KB174858

조선시대 서학 관련 자료 집성 및 번역·해제 3

한국연구재단 토대연구지원사업 총서

조선시대 서학 관련 자료 집성 및 번역·해제 3

동국역사문화연구소 편

해제자: 배주연, 송요후, 장정란

경인문화사

발간사

본서는 한국연구재단의 토대연구지원사업에 선정되어 동국대학교 동국역사문화연구소에서 '조선 지식인의 서학연구'라는 주제로 2015년부터 2018년까지 3년에 걸쳐 수행한 작업 결과물이다.

'서학(西學)'은 대항해라는 세계사적 흐름에 의해 동아시아 사회에 등장한 새로운 사상적 조류였다. 유럽 세계와 직접적 접촉이 없었던 조선은 17세기에 들어 중국을 통해 서학을 수용하였다. 서학은 대부분의 조선 지식인들이 신봉하고 있던 유학과는 전혀 다른 것이었다. 조선 지식인들은 처음에는 호기심에 끌려 서학을 접촉했지만 시간이 지나면서 서학에 관심을 갖는 이들이 늘어났다. 18세기 후반에 이르면 서학은 조선 젊은이들 사이에 하나의 유행이 되었다. 이들은 천문·역학을 대표되는 과학적 성과뿐만 아니라 천주교도 받아들였다. 서학의 영향력이 확대되자 정통 유학자들이 척사적 태도를 견지하면서 서학은 사회적·정치적 문제로 비화하였다. 그 결과 서학은 조선후기 사회의 방향성을 결정하는 가장 중요한 변수가 되었다.

중요한 주제인 만큼 서학에 대해서는 그동안 많은 연구가 이루어졌지만 아쉽게도 조선후기 서학을 통괄할 수 있는 작업은 진행되지 못하였다. 이에 동국역사문화연구소에서는 조선후기 서학의 수용 양상을 종합적으로 정리하겠다는 계획 하에 토대연구지원사업에 지원하였는데 운이 좋게도 선정되었다. 본 사업은 크게 ①조선에 수용된 서학서 정리 ②조선 지식인에 의해 편찬된 서학서 정리 ③조선후기 서학 관련 원문 자료 정리라는 세 가지 과제의 수행을 목표로 설정하였고, 3년 동안 차질 없이 작업을 수행하여 이제 그 결과물을 내놓게 되었다.

본서는 많은 분들의 도움과 노력으로 출간될 수 있었다. 우선 본 과제를 선정해주신 심사위원분들께 깊은 감사를 드린다. 많이 부족한 연구계

획서를 높이 평가해주신 것은 의미 있는 결과물을 만들어 학계에 기여할 수 있을 것으로 기대했기 때문이었을 것이다. 연구진은 그러한 기대에 어긋나지 않도록 최선의 노력을 기울였다. 본 연구를 수행하는데 가장 중요한 역할을 한 분들은 역시 전임연구원들이다. 장정란·송요후·배주연 세 분 전임연구원분들은 연구소의 지원이 충분치 못한 환경에서도 헌신적으로 작업을 진행하셨다. 세 분께는 어떤 감사를 드려도 부족하다. 서인범·김혜경·전용훈·원재연·구만옥·박권수 여섯 분의 공동연구원분들께도 깊이 감사드린다. 학계 전문가로 구성된 공동연구원 선생님들은 천주교나 천문·역학 등 까다로운 분야의 작업을 빈틈없이 진행해주셨다. 서인범 선생님의 경우 같은 학과에 재직하고 있다는 죄로 사업 전반을 챙기시느라 많은 고생을 하셔 죄송할 따름이다. 이명제·신경미 보조연구원은 각종 복잡한 행정 업무를 처리하는 것은 물론 해제·번역 작업에도 참여하였다. 두 보조연구원이 없었다면 사업의 정상적인 진행은 어려웠을 것이다. 귀찮은 온갖 일을 한결같이 맡아 처리해준 두 사람에게 정말 고마움을 전한다. 이밖에도 감사를 드려야 할 분들이 더 계시다. 이원순·조광·조현범·방상근·서종태·정성희·강민정·임종태·조한건선생님께서는 콜로키움에서 본 사업과 관련된 더 없이 귀한 자문을 해주셨고 서종태 선생님의 경우는 해제 작업까지 맡아주셨다. 특히 고령에도 불구하고 두 시간 동안 쉬지 않고 강의를 해주시던 이원순 선생님의 모습은 잊을 수 없다. 이제는 고인이 되신 선생님의 영전에 삼가 이 책을 바친다. 마지막으로 사업성이 없는 본서의 출간을 맡아주신 경인문화사 한정희 사장님과 본서를 아담하게 꾸며주신 편집부 분들께 감사드린다.

　이렇게 많은 분들의 도움과 노력에도 불구하고 본서에 부족한 점이 있다면 그것은 전적으로 연구책임자의 잘못이다. 아무쪼록 본서가 조선후기 서학 연구 나아가 조선후기 사상사 연구에 기여할 수 있기를 기대한다.

연구책임자 노대환

▌일러두기 ▌

1. 수록범위

본 해제집은 3년간 진행된 연구의 결과물이다. 연구는 연도별 주제를 선정하여 진행되었고, 각 연도별 수록범위는 아래와 같다.

〈연차별 연구 주제와 수록 범위〉

연차	주 제	수록범위
1차	조선 지식인과 서학의 만남	17세기 이래 조선에 유입된 한문서학서
2차	조선 지식인의 서학에 대한 대응과 연구	조선후기 작성된 조선 지식인의 서학 연구 관련 문헌
3차	조선 지식인의 서학관련 언설	서학 관련 언설 번역

2. 해제

① 대상 자료에 대한 이해를 위해 서지정보를 개괄적으로 기술하였다.
② 해제자의 이름은 대상 자료의 마지막에 표기하였다.
③ 대상 자료의 내용, 목차, 저자에 대해 설명하고 대상 자료가 가지는 의의 및 영향에 대해 기술하였다.

3. 표기원칙

① 한글 표기를 원칙으로 하되, 필요에 따라 한자나 원어로 표기하였다. 한글과 한자 및 원어를 병기하는 경우 한자나 원어를 소괄호( )에 표기하였다.
② 인물은 이름과 생몰연대를 소괄호( )에 표기하고, 생몰연대를 모를 경우 물음표 ?를 사용하였다.
③ 책은 겹낫표『 』를, 책의 일부로 수록된 글 등에는 홑낫표「 」를 사용하였다.
④ 인용문은 " "를 사용하여 작성하고 들여쓰기를 하였다.
⑤ 기타 일반적인 것은「한글맞춤법 규정」에 따랐다.

4. 기타

① 3년간의 연구는 각 1·2권, 3·4권, 5·6권으로 나누어 수록하였다.
② 연구소 전임연구원의 연구결과물은 1·3·5권에, 공동연구원과 외부 전문가의 결과물은 2·4·6권에 수록하였다.
③ 1·2권은 총서-종교-과학, 3·4권은 논저-논설, 5·6권은 문집-백과전서-연행록으로 분류하고 가나다순에 따라 수록하였다.

|목차|

발간사 | 일러두기

★된 자료는 서(序), 발(跋)을 번역하여 함께 수록하였다.

※동일한 제목의 책은 저자명을 함께 표기하였다.

『긔희일긔』

분 류	세 부 내 용
문 헌 종 류	조선서학서
문 헌 제 목	기해일기(긔희일긔)
문 헌 형 태	활판본
문 헌 언 어	한글
저 술 년 도	미상(1841~1845 추정)
간 행 년 도	1905
저　　　자	玄錫文 外
형 태 사 항	264면
대 분 류	종교
세 부 분 류	전기(傳記)
소 장 처	절두산성지박물관 한국교회사연구소 숭실대 한국기독교박물관 활판본
개　　　요	기해박해(1839년, 헌종 5) 때 순교한 천주교 신자 78명의 간략한 전기(傳記). 인물명은 모두 세례명으로 기록되어 있으며 간단한 인적 사항과 가족이 함께 순교한 경우에는 중심인물과의 관계 서술하고 힐문(詰問)·치명(致命) 상황을 밝힘.
주 제 어	성교(聖敎), 천당 영복(永福), 지옥 영고(永苦), 치명(致命), 군난(窘難)

1. 문헌제목

『긔희일긔』

2. 서지사항

『긔히일긔』는 기해박해(1839, 헌종 5) 때 순교한 천주교 신자의 간략한 인물 전기(傳記)이다. 1838년 말 제 2대 앵베르(L.Imbert, 范世亨, 1796~1839)[1] 주교가 순교자들의 행적을 수집하면서 작성이 시작되었고 1846년 병오박해 때 순교한 한양 교우회장 현석문(玄錫文, 1797~1846)이 중심이 되어 완성하였으며 제3대 조선 교구장 페레올 주교가 이를 보완 하였다.[2]

원본은 현존하지 않으며 필사본 2종과 1905년 간행한 활판본이 전해진다.

1880년 조선에 입국한 뮈텔(Gustave Charles Marie Mütel, 閔德孝, 1854~1933) 주교는 순교자들의 자료를 수집하던 중 교우로부터 필사한 『긔히일긔』한 벌을 얻게 된다.[3] 이 때 입수한 『긔히일긔』는 앞·뒤의 몇 장이 썩어서 글자를 알아볼 수가 없게 된 총 88장이었는데 뮈텔 주교는 자신이 얻은 이것이 원본 『긔히일긔』인지 아닌지 알 수 없었다.[4]

---

1) 앵베르 주교 : 제2대 조선 교구장으로 파리 외방전교회 소속 한국 선교사. 1796년 3월 23일에 태어나 1819년 서품을 받은 후 중국에서 12년 동안 활동하였다. 1837년 12월 31일 서울에 도착하여 사목활동 및 사제 양성 등에 힘쓰다 1839년 9월 모방 신부와 샤스탕 신부와 함께 새남터에서 순교하였다.
2) 1845년 입국한 제 3대 조선 교구장 페레올(J.Ferrèol, 1808~1853) 주교는 이를 보완하여 일기 내용을 다시 검토하고, 1846년의 병오박해로 순교한 김대건 신부와 현석문 등의 전기를 추가 수록하여 1847년 증보판 『긔히일긔』인 『1839년 1846년 순교자들의 행적』)를 완성하였다. 프랑스어로 기록한 것을 최양업 부제가 라틴어로 옮겼는데 "1839년과 1846년 조선에서 발생한 박해 중에 그리스도 신앙을 위해 순교한 자들의 전기, 현 가롤로와 이 토마가 수집하였다"라고 기록하고 있다.
3) 山口正之, 「朝鮮基督敎史料『己亥日記』」, 『靑丘學叢 1號』, 1930, 『韓國天主敎會史 論文選集』 2집 재수록 p.213.
4) 이 때 입수한 『긔히일긔』를 모본으로 1905년 뮈텔 주교가 활판본을 출판했다고

현재 남아 있는 필사본은 절두산 순교 박물관 소장 『긔희년일긔』와 한국교회사연구소 소장 『긔희일긔』 두 가지가 있다. 첫 번째 필사본인 절두산 본은 1885년 4월 25일 로베르(Robert, 金保祿) 신부가 필사한 것으로 상·하 2권으로 구분되어 있으며 79위 시복 절차를 위한 자료로 사용하기 위해 필사한 것으로 보인다. 23.7×35,4cm 크기로 "이쥬 명이라"고 시작하여 마지막 장에 1885년 4월 25일 로베르 신부[5]가 필사하였고 뮈텔 주교가 감준했다는 기록이 있다.[6] 이것으로 보아 이 『긔희년일긔』는 뮈텔 주교가 사목 활동 중 얻은『긔희일긔』를 로베르 신부에게 필사하게 시켜 만든 것으로 추정된다. 총 78명의 순교자 전기가 실려 있으며 필사 도중 빠뜨린 글자가 있을 경우, 그 위치에 작게 'ㅤ'나 'ㅇ'표시를 하고 글자를 첨부한 후 그 줄 위쪽에 같은 표시를 하고 뮈텔 주교와 로베르 신부의 서명을 표기하였다.

두 번째 필사본인 한국 교회사 연구소에 소장된 판본은 19.8×12.9cm의 크기에 상(163면)·하 (147면) 2권으로 1책으로 묶여 있는데

볼 때, 이 모본은 현석문이 처음 출간한 원본은 아닐 것이다. 김제준(이냐시오)의 전기를 볼 때, '김 신부(김대건)의 부친이라'라고 하며 김 신부가 사제 서품을 받고 병오년 (1846)에 순교한 사실이 기재되어 있는데 이는 병오년 이후에 추가·첨삭된 것이기 때문이다.

5) 로베르 신부(A.P Robert, 金保祿, 1853~1922) 파리 외방 전교회 소속 신부로 두세(Doucet) 신부와 뮈텔 신부와 함께 공부한 후 1876년 사제 서품을 받았다. 이 듬해 조선 선교사로 임명되어 9월 23일 두세, 리델(Ridel) 신부와 함께 황해도 長淵에 도착하였다. 황해도 白川에서 한국어와 관습을 익힌 후 황해도,경기도, 강원도 지방을 돌아다니며 전교 활동을 벌였다. 1886년부터 경상도 지역의 전교를 담당하여 이 지역 교세 확장에 전력을 기울였던 로베르 신부는 1920년 지병으로 은퇴하고 한국에서의 전교 활동 회고록을 집필하던 중 1922년 1월 사망하였다.

6) 로베르 신부가 자신이 뮈텔 주교의 명을 받아 '기해년 치명 일기'를 필사하였는데 처음 2장과 마지막 3장이 소실되었다고 진술한 내용을 확인할 수 있다.(『기해·병인 순교자들의 증언록』 회차 87)

저술 시기는 확인할 수 없다. 『긔히년일긔』와 비교해 볼 때 내용상의 차이는 없으나 '뵤티'가 '브로다시오'로 '죠가로'가 '죠갈올노'로, '아나'가 '안나' 등으로 표기되어 있는 것으로 보아 『긔히일긔』의 필사자가 『긔히년일긔』를 대본(臺本)으로 하여 조금 더 현대어에 가깝게 옮긴 것으로 보인다. 또한 활판본에 보이는 뮈텔 주교가 삽입한-「셔」, 「범례」, 「열명」- 부분이 보이지 않는 것으로 보아 활판본 제작 이전에 필사된 것으로 보인다. 상권에는 6면 분량의 박해 상황에 대한 설명과 앵베르 주교부터 김효주까지 39명의 행적이, 하권에는 최창흡부터 손경서까지 39명의 전기가 수록되어 있다. 하권 중반까지는 "참수 치명자(56명)"의 전기를 하권 후반(이호영)부터는 "옥중 치명자(22명)"의 내용을 적었다.

활판본 『긔히일긔』는 1905년 서울에서 뮈텔(Gustave Charles Marie Mütel, 閔德孝,1854~1933) 주교가 감준(監准)한 것으로 한글 필사본을 대본(臺本)으로 보충·정리하여 간행한 것이다. 본 해제의 저본으로 삼는다.

표지 안쪽에 "텬쥬강싱일천구빅오년 대한광무구년 을ᄉ 감목 민아오스딩 감준"이라 써 있다. 민아오스딩은 1880년에 조선에 와서 1933년까지 제 8대 조선교구장을 지낸 파리 외방전교회(外方傳敎會) 소속 선교사 뮈텔 주교로 민덕효(閔德孝)라는 한국 이름을 사용하였으며 세례명 귀스타브(Gustave)는 오늘날 '아우구스티노'로 불리는 'Augustin'의 다른 이름이고 '아오스딩' 역시 'Augustin'의 애칭 중 하나이다.

1880년 대 『긔히일긔』를 입수했던 뮈텔은 1885년 5월 파리 외방 전교회 신학교의 교수로 임명되어 프랑스로 돌아갔다. 그는 1890년 제 8대 조선 교구장으로 임명되어 1891년 재입국하여 선교 활동을 재개하면서 박해기 순교자들의 자료를 수집하였다. 이 과정에서 『긔히일긔』의 원본을 구하려 하였으나 1880년대 얻은 판본 외에는 다른 것을 구할 수 없었기에 이를 활판본으로 제작하여 출판하였다.[7] 당시 상황에 대하여 일본 연구자 산구정지(山口正之)는[8] 뮈텔 주교에게 들은 『긔희 일긔』의 내력을 다음과 같이 적었다.

　　"뮈텔 주교의 말에 의하면 본서는 이씨 조선 24대 헌종왕(憲宗
　王) 5년 기해(己亥)에 벌어진 천주교도 대학살 때의 순교자열전(殉
　敎者列傳)이며 어떤 신도(信徒)집에 매장(埋藏)되어 있었던 것으로
　그것을 그대로 판본화한 것이 기해일기(己亥日記)이다."

　입수한 판본은 땅에 묻혀 보존되어 책의 첫 장과 끝 장이 상하여 알아볼 수 없었으나 다른 필사본을 구할 수 없어 뮈텔 주교는 1905년 이를 다시 정사(正寫)하게 한 후 활판으로 인쇄 간행하였다.

　책의 앞부분은 뮈텔 주교가 간행하면서 삽입한 부분이다. 「셔」와 「범례」, 「가경자(可敬者)[9]의 명단」을 인명과 숫자를 표기하여 목차로 제시하고, 이어 순교한 세 프랑스인 신부(앵베르, 모방, 샤스땅)와 김대건 신부의 동판 초상」을 싣고 있으며 총 14면이다.

　이하 본문은 한글 필사본을 대본으로 한 부분으로 「총론」과 「약전 (略傳)」 246면으로 구성된다. 권두와 본문 부분을 합쳐 총 261면의 분량으로 각 면은 10행으로 되어 있고, 각 행의 글자 수는 22자이며 크

---

7) 『뮈텔 주교 일기』 3, 1905년 9월 5일 참조, 한국 교회사 연구소, 2008.
8) 규장각에는 山口正之가 일본어로 옮긴 『己亥日記』(1책 558면)가 소장되어 있다.
9) 가경자(可敬者) : 시복(諡福)후보자에게 잠정적으로 주어지는 존칭. 시복 조사가 예부성성 교황청에 접수되면 시복 후보자에게 이 존칭이 주어진다. 성인의 전 단계로 복자(福者)가 있고 그 전 단계로 '가경자(可敬者)'가 있다. 1857년 9월 23일 교황 비오 9세 는 조선의 순교자 등 82명을 가경자로 선포하였고, 그 후 1925년 7월 5일 교황 비오 11세에 의하여 79위가 복자로 시복되고 1984년 5월 6일 교황 요한 바오로 2세에 의하여 성인으로 시성되었다.

기는 21.5×13.5cm이다. 인명은 모두 세례명으로 기록되어 있으며 간단한 인적 사항, 가족이 함께 순교한 경우에는 중심인물과의 관계를 서술하였다.

본문에서 행(行)을 바꾸는 외에는 띄어쓰기를 하지 않았고 구두점(句讀點)은 사용하지 않았다. 인물별로 나누어 행을 구분하여 큰 글자로 성과 세례명을 적고 그 바로 아래에 '쥬교', '탁덕', '궁녀' 등의 신분을 밝혀 적었다. 참수 치명자와 옥중 치명자가 나뉘어져 서술되었고 순교자들의 약전이 순교 날짜 순서대로 실려 있다.

인명, 지명 등 고유명사 표기에서 눈에 띄는 것은 해당 단어의 오른쪽에 세로로 선을 그은 일인데, '리 아가다', '권 베드루', '남 다미앙' 등 인명의 경우에는 우측에 두 선을, '죠선', '즁화', '이궁', '변문' 등 지명에는 우측에 한 선을 그었다. 주격조사로는 'ㅣ'만이 사용되었다.(텬쥬ㅣ, 너ㅣ, 동셔ㅣ)

이외에 규장각에는 산구정지(山口正之)가 일본어로 옮긴 『己亥日記』(1책 229장, 청구번호 想白古 922.2-H996g-)가 소장되어 있다.

〈표 1〉『긔히일긔』의 판본

발행년도	명칭 및 소장처	발행인	보존 여부	순교자 수
1841~1845	원본	현석문	소실	78명
1885	『긔히년일긔』 (절두산 본)	로베르 신부가 4월 25일 필사	79위 시복을 위한 자료로 사용하기 위해 필사한 것으로 추정. 상·하2권 구분.	78명
미상	『긔히일긔』 (연구소 본)		1905년 활판본 간행을 위해 다시 필사된 대본으로 추정.	78명
1905년	『긔히일긔』	뮈텔 주교	『긔히일긔』(연구소 본)의 활판본	8명

[저자]

뮈텔 주교는 1905년 활판본을 간행하면서 쓴 「셔」에서 "범(范) 주교가 치명자들의 용덕을 숭상하시고 그 행실을 기록하시더니 자기도 미구에 잡혀 죽을 줄을 짐작하시고 모든 치명 행적이 영영 서실(閭失)될까 염려하사 그때 서울 회장 현 가롤로(현석문)에게 따로 군난일기(窘難日記)를 지으라 명하시니…"라고 밝히고 있다. 그러나 실제로 앵베르 주교로부터 시작된 순교자에 대한 전기의 수집 및 정리 작업은 박해의 상황 속에서 여러 인물들을 거쳐 완성된 것으로 볼 수 있다.

기해박해가 시작되기 직전인 1838년 말 제 2대 조선교구장이었던 앵베르(L.Imbert, 范世亨,1796~1839)주교가 순교자들의 행적을 수집하면서 작성이 시작되었고, 기해박해가 끝난 후 현석문이 중심이 되어 이를 완성하였다. 앵베르 주교는 1838년 말부터 자신이 수원으로 피신하던 이듬해 5월까지 순교자들에 대한 전기를 수집하여 이를 자세하게 작성하였다. 앵베르 주교는 본격적으로 박해가 시작되자 자신도 체포될 것을 짐작하고 이로 인해 그 후 순교자들의 행적이 완전히 사라질까 염려하여 서울의 심복 교우들에게 순교 일기를 중단하지 말도록 명하였다.[10] 그는 대표적 인물로 정하상(丁夏祥, 바오로), 현경련(玄

---

10) 앵베르 주교는 박해 시초(1838년 12월 31일(양)부터 자신이 체포되기 3일 전인 1839년 8월 7일까지의 사실을 상세히 기록한 '1839년 조선 서울에서 일어난 박해에 관한 보고(Relation de la Persécution de Sehoul en Corée en 1839)'라는 수기를 작성하였다.(Archives de la Société des Missions-Etrangéres de Paris : 파리 외방전교회 고문서고, vol.579, ff.141~154) 이 보고서는 모방 신부와 샤스탕 신부가 1839년 9월 6일 파리 외방 전교회 회원들에게 보내는 하직 편지(Archives de la Société des Missions-Etrangéres de Paris : 파리 외방전교회 고문서고, vol.1256, ff.125~126)에 동봉되어 파리로 보내졌다. Ch.Dallet, 安應烈·崔奭祐 譯註, 『韓國天主教會史』 中 , 한국 교회사연구소, 1980, p.386 참조.

敬連, 베네딕다), 이문우(李文祐, 요한), 최영수(崔榮受, 필립보), 현석문(玄錫文, 가롤로) 등에게 순교자들의 사적을 조사 정리하는 일을 위임하였다.[11] 그 해 8월 10일 앵베르 주교는 스스로 체포되었고, 9월 21일에는 모방(Maubant, 羅伯多祿, 1803~1839)·샤스탕(Chastant, 鄭牙各伯, 1803~1839) 두 선교사와 함께 순교하였다. 그 후 얼마 안 되어 정하상·현경련·이문우도 순교하니 최영수와 현석문이 이 일을 맡게 되었다. 1841년 8월 최영수도 순교하자 현석문이 정리 작업을 전담하였으며 이후, 이재의(李在誼, 토마)와 최베드로의 협력을 얻어 3년 동안 순교자 전기를 완성하였다.

서울 중인 계급의 천주교 집안에서 태어난 현석문은 1801년 신유박해 때 순교자 현계흠(玄啓欽)의 아들이며, 기해박해 때 순교한 현경련의 동생이다. 현계흠은 역관(譯官) 출신으로 주문모 신부·최창현·정약종 등과 함께 초기 천주교회의 주요 역할을 맡아 활동하였으며 1801년 신유박해 때 처형당한 인물이다. 현석문은 앵베르 주교가 북경 심양을 거쳐 의주(義州)의 대안(對岸) 변문(邊門)에 도착하자 그를 인도하는 책무를 수행하였으며, 샤스탕 신부의 복사(服事)가 되어 신부와 함께 순회하며 전교 활동을 펼쳤다. 1839년 주교와 신부가 체포될 때 한양 교우 회장으로 임명되었다. 그 후 변성명(變姓名)하고 쫓기면서도 각지에 흩어진 교우들을 격려하는 한편 중국 교회와 긴밀히 연락하며 활동하였다. 기해박해 때 그의 딸이 체포되어 옥사하였고 누이 경련은 11월 24일 참수되었으며 처 김더릐사도 12월 28일 교수형을 당하였다. 그는 1846년 김대건 신부의 체포로 병오 박해가 일어나 정철염 등과 함께 체포되어 9월 19일 새남터에서 군문효수형을 받고 순교함으로써 1801년 순교한 부친, 1839년 순교한 아내, 아들, 누이와 함께

---

11) 차기진, 「기해일기」, 『한국가톨릭대사전』 2권, p.1139.

전 가족이 순교하였다.

셔(序)

성교회(聖教會)의 역대 사기를 상고하건대 예수 승천하신 후 신
도들이 성교(聖教)를 두루 반포하여 그 거룩한 은혜를 널리 베푸
심에 각방 각국에서 성화에 감동하지 않음이 없고 이같이 감화함
이 이제까지 그침이 없음은 실로 예수께서 이르신 바

성신(聖神)이 오시면 성령(聖靈)이 나를 증거 하실 것이요. 그때
에 너희 무리도 또한 나의 증거가 되리라.

하신 말씀대로이다. 과연 신도들은 말과 덕행과 죽음으로써 주
의 증인이 되어 성교의 도리가 선하고 참됨[至善至眞]을 확실히 증험
하였고 역대 교우들도 그 자취를 밟아 주를 위하여 박해[窘難]를 겪
으며 세복(世福)과 존영(尊榮)은 업신여기고 육정(肉情)을 끊고 몸을
버려 죽는 것을 보며 이단사망(異端邪妄)에 굴하지 않고 두려움 없
이 혹독한 형벌이며 모든 고난을 굳센 마음으로 감수하여 치명(致
命)한 자가 무수하니 성교회에서 저들의 용맹을 아름답게 여겨 그
사적을 자세하게[到底]12) 사실(査實)13)한 후에 이름을 성인품(聖人
品)에 올리고 행실을 적어[竹帛]14) 후세에게 권장(勸奬)하는 것이라.

---

12) 도저(到底) : 밑바닥에 이르기까지 세밀하게. 현대어와는 '어의(語意)의 전변(轉
    變)'이 있다.
13) 사실(査實) : 사실을 있는 대로 조사.
14) 죽백(竹帛) : 서적이나 사기에 이름을 남기. 종이가 없을 때에 죽간(竹簡)이나
    비단[帛]에 글을 쓴 것에서 온 말.

우리 대한(大韓)에도 주(主)의 증인이 없지 않으니 성교가 동국(東國)에 들어온 지 백여 년에 여러 번 풍파를 겪음에 그 사이 영준(榮俊)한 무리들이 온갓[百般] 굴욕을 기꺼이[甘心] 참으며 차라리 죽을지언정 변치 않고 마침내 희생(犧牲)15)하니 주를 위해 목숨을 바친 자가 여러 천 명이라.

기해년(1839) 박해가 일어날 초기에 범(范)주교16)가 치명자들의 용덕(勇德)17)|18)될까 염려하시어 그때 서울 회장 현 가롤로19)에게 따로 '군난일기(窘難日記)'를 지으라 명하시니, 그가 분부를 시행하여 기해년 박해의 시말을 책으로 기록하고 이름을 『긔히일긔』라 하였다. 그 후 주교·신부들이 와서 이 책을 보고 준(准)20)한 후에 교우들에게 반포하여 주셨으나 서역(書役)21)|22) 이 귀한 책을 있는 대로 판에 박아 교우들에게 주노니 한 편으로는 위주(爲主)하여 치명(致命)한 이들의 영광을 널리 드러내어 그 기이한 사적을 후세에 보증(保證)하게 하며, 한 편으로는 후생들에게 이전 사람들의 용맹한 신덕(信德)을 알게 하여 이로써 날마다 행위의 표준을 삼아 세속의 체면(體面)이며 마귀의 유감(有憾)이며, 본성의 편벽(偏僻)을 용맹히 이기고 천당의 바른 길로 이르게 하기 위함이로라.

---

15) 희생(犧牲) : 제사 때 바치는 소·양·돼지 등 제물. 여기에서는 하느님께 바치는 희생의 제물이라는 뜻.

16) 각주 9) 참조.

17) 智·義·勇·節德 등 四福德의 kㄴ. 그 중 勇德[Fortitudo]는 바른 이치와 천주의 거룩한 뜻을 따라 비록 어렵고 괴로울지라도 끝까지 버텨 나가는 용감한 신앙심을 말한다.

18) 서실(閪失) : 물건을 흐지부지 잃어버림.

19) 현 가롤로 : 현석문(玄錫文).

20) 준(准) : 천주교에서 책을 간행할 때 교리상의 잘못을 살피기 위하여 대체로 주교의 감수·인준을 받는다.

21) 서역(書役) : 책을 붓으로 베껴 내는 일

22) 할 일없이 : 할 수 없이.

3. 목차 및 내용

[목차]

[내용]

뮈텔 주교는 기해일기 서두에 82명의 치명자를 열기(列記)하며 기해병오 박해 때 알려진 순교자들이 아직 성인의 품에 오르지 않았으나 가경자이므로 전구(轉求)하는 것이 가능하다는 내용을 밝히고 있다. 이 명단은 기해·병오 박해에 치명자 82명을 골라 교황청에 보고한 것으로[23] 범례의 가경자 명단과 실제 『긔히일긔』 본문 내용의 인물은 일치하지 않는다. 본문에 등장하는 인물은 총 78명으로 죠발ㅂ라, 최비리버, 박마리아, 리막다릐나, 김데레사, 손안드레아 등 6명은 본문에 있으나 가경자 명단에 빠져 있으며[24], 김안당을 비롯한 10인은 목차 뒷부분에 이름만 언급된다.[25]

총론은 "피착(被捉)되어 참수 치명(致命)한 자 54人이니라…옥에서 교(絞)하여 죽고 장하(杖下)에 죽고 병들어 죽은 자 합 60여인이나 되난지라"로 시작된다. 기해의 박해가 우의정 이지연(李止淵)[26]의 제창에 의한 것임을 적고 각도의 박해 상황을 개괄적으로 적고 끝으로 교도중의 배신자 특히 김 요안[27] 등의 밀고로 기해박해가 시작되었음을 논한다.

---

23) 이들 82명의 순교자는 교황청의 추기경들에 의해 심사 선발되어 그 가운데 정아가다(과부),한안나, 김발ㅂ라(과부) 3인을 제외한 79명은 교황에 의해 1925년 7월 5일에 시복식이 거행되어 '복자(福者)'의 지위를 얻게 된다.

24) 제외된 이유로 손안드레아의 본문은 뒷부분이 유실되어 치명 내용이 부실하고, 최비리버, 리막다릐나, 김더릐사 등은 배교의 전적에서 비롯된 것으로 추정된다.

25) 10인은 병오 박해 때 순교한 인물로 본문에서 이들의 전기는 없다. 이들을 제외한 72인은 폐레올의 증보판 인물과 일치한다.

26) 본문에는 대신 '리지현'이라 적혀있다.

27) 김여상이라 적혀 있기도 하다. 본문 중 앵베르 傳에 김여상의 말이라 하여 "서울서는 도리 명백한 교우가 많이 잡혀 官前에 강론하여 밝힘에 국왕과 관장들이 번연히 깨닫고 奉敎하려 하니 동국에 성교 大行하게 되어 주교와 신부 들어가시면 국왕과 제신이 領洗 入敎하려하여 바오르[丁夏祥]의 편지를 가지고 내려 왔으니 계신 곳을 모르니 알거든 告하고"라고 적혀 있다.

편찬 형식은 열전체(列傳體) 기술로 총 78명-남 28명, 여 50명-1839(헌종 5)년 음력 4월에서 12월까지 사망한 인물들에 관한 전기를 적었다. 가장 먼저 프랑스 선교사 앵베르 주교의 입국에서 치명에 이르기까지의 행적을 적고 최후로 손 안드레아의 전기를 서술하였다.[28]

◎로 표시한 부분을 중심으로 총론 이후의 구성을 정리하면 다음과 같다.

(1) 나 신부와 정 신부가 주교의 명으로 인하여 포채를 찾아가실 때에 모든 교우에게 효유하신 편지라. 여러 회장과 모든 교우들은 한가지로 보아라.

(2) 이 아래 말씀은 나 신부와 정 신부가 한가지로 하신 말씀이라

(3) 기해 4월 12일 심획 십자성가 첨례 후 일일에 서소문 밖에서 9일 인 참수 치명하니라

(4) 기해 6월 초 10일 성모 성의 첨례 후 4일에 서소문 밖에서 8인이 참수 치명하니라

(5) 기해 7월 26일 성모 성탄 전 5일에 6인이 서소문 밖에서 참수 치명하니라

(6) 기해 8월 14일 성 마태오 종도 첨례날 주교와 두 위 신부가 새남터 사장에서 군문효수하니라 「삼위 신사 일기」에 보라

(7) 기해 8월 15일 성 마태오 종도 첨례 후 1일에 서소문 외에서 2인이 참수 치명하니라

(8) 기해 8월 19일 성 마태오 종도 첨례 후 5일에 서소문 밖에서 9인이 참수 치명하니라

(9) 기해 11월 24일 제성 영해 치명 첨례 후 1일에 서소문 밖에서 7인이 참수 치명하니라

---

28) 손안드레아의 치명 기록이 나오지 않고 본문의 서술 내용상 연결을 보아 이후 부분도 낙장이 된 것으로 보인다.

(10) 기해 12월 27일 성모가 예수 주당 첨례 전 2일에 당고개에서 7인이 참수 치명하니라

(11) 기해 12월 28일 성모가 예수 주당 첨례 전 1일에 당고개에서 3인이 참수 치명하니라

(12) 옥중 치명자의 일기라

총론 이후 세 신부의 전기를 차례로 서술한다.[29)

1. 범노렌신쥬교 (Lauent-Marie-Joseph Imbert, 앵베르, 范世亨, 1797 ~1839)

프랑스인으로 7세에 '원방(遠方)에 전교하여 중생을 구하리라'다짐하여 중국에서 10여년 전교 활동하였다. 1837년 조선에 와 두어 달에 언어를 통달하여 말씀을 배우고 책을 번역하였다. 김여상의 간계로 체포되어 배주(背主)하여 본국으로 돌아가기를 강요받고 고문당하였으나 굴하지 않았다.8월 14일 43세로 모방·샤스탕 신부와 함께 군문효수(軍門梟首)형을 받았다.

2. 로베드루(Pierre-Phihbert Maubant, 羅伯多祿,1803~1839) 탁덕되쥬교(鐸德代主敎)

탁덕은 Prêfre의 한역이며 선교사의 의미. 8월 14일 치명, 年 35 (37의 오류) 프랑스인으로 성품이 정직 준결(峻潔)하고 온공겸애(溫恭兼愛)하였다. 1835년 12월 조선에서 4년 여 전교 활동하였다. 박해 초기 샤스탕 신부와 피신하였다가 앵베르 주교의 명령을 받고 함께 자수하여 35세에 군문효수 형을 받았다.

---

29) 인명 앞 숫자는 78인 명단 이해를 위해 임의로 부여한 것임을 밝힌다.

3. 졍야고버(Jacques-Honoré Chastan, 鄭牙各伯, 8월 14일 치명, 年 35(37의 오류) 탁덕

프랑스인으로 관인 후덕(寬仁厚德)하시고 자애 감발(慈愛感發)하였다. 일찍 신품에 올라 외방 전교를 위해 20세에 중국에 와서 언어를 배우고 10년 후인 1836년 12월 조선으로 옮겨 활동하였다. 휼민의 마음으로 전교 활동을 힘썼으며 나이 35세에 군문효수 형을 받았다.

◎ 나 신부와 정 신부가 주교의 명으로 인하여 포채를 찾아가실 때에 모든 교우에게 효유하신 편지라. 여러 회장과 모든 교우들은 한가지로 보아라.

- 나 신부 : "무릇 나를 위하여 자기 생명을 버리는 돌보고 자는 영원한 생명을 얻으리라"하신 예수의 말을 인용하며 천주 공경함을 위해 치명하는 자 반드시 즉시 천당으로 가고 즉시 영복을 누릴 것을 의심하지 말 것을 강조한다.

- 정 신부 : 주명(主命)을 기다려 한가지로 본향(本鄉)으로 모이기를 바라며 회장 등은 혼배(婚配) 사정을 돌보아야함을 언급한다. 만일 하나가 영세 못한 자라면 상등통회30)를 발하게 하고 대세(代洗)한 후 고상(苦像) 대전에 규구(規矩)대로 혼배하라 명한다. 환난 교우와 신부들을 위해 기구하여 주기를 바라고 서울에 의연히 굴하지 않는 이가 많음을 전하고 너희 등은 이전 선인의 표양과 지금 저런 표양을 따르기를 간절히 바람을 밝힌다.

---

30) 자신의 죄를 뉘우치는 통회는 상등 통회와 하등 통회의 두 가지가 있다. 상등 통회는 천주를 사랑하는 마음으로 죄를 뉘우치는 것이며, 하등 통회는 자기를 위하여 죄를 뉘우치는 것이다.

◎ 이 아래 말씀은 나 신부와 정 신부가 한가지로 하신 말씀이라 "모든 교우들은 다 한가지로 돌려 보아라. 지금 사정이 할일없어[31] 우리들이 마저 들어가니 너희 등은 순명인내(順命忍耐)하여 수계(守誡)를 타당히 하고 또 모든 군난당한 교우와 당하지 아니한 이들을 위하여 기구들 하고 주교 신부를 위하여 천주께 간절히 기구하여라. 이제는 주교와 신부들에게는 육신의 은혜를 베풀 수 없게 되었으니 우리의 복사하던 사람들을 생각하여 각별히 돌보고, 서로 의논하며 지내어라. 임행(臨行)이기로 다른 말은 다 못한다."

◎ 기해 4월 12일 심획 십자성가 첨례 후 일일에 서소문 밖에서 9일인 참수 치명하니라

4. 리와스딩 이광헌(李光獻) 4월 12일, 53세
5. 권발ᄇ다 권희(權喜), 이광헌의 처, 7월 26일, 46세
6. 리아가타 이광헌의 딸, 12월 5일, 17세
7. 남다미앙 남명혁, 치명일 불명, 38세
8. 리마리아 이연희, 7월 26일, 36세
9. 권베드루 권득인, 치명일 불명, 35세
10. 리아가다, 4월 모일, 56세
11. 김막다릐나 4월 모일, 66세
12. 한발ᄇ다 4월 모일, 48세
13. 박안나 4월 모일, 57세
14. 김아가타 4월 모일, 50세

---

31) 할 일없이 : '어찌할 수 없어, 극도에 도달하여'의 의미

15. 박누시아 치명일 불명, 39세

16 박마리아 박희순의 매(妹),7월 26일, 54세

17. 리요안 6월 10일, 54세

18. 리 막다리나 6월 10일, 31세

19. 허 막다리나 허계임(허영희의 母)

20. 리발ᄇ다 이정선(영희의 妹)

21. 리더릭사 이매임, 6월 10일,52세

22. 리발ᄇ다 이 모(영희의 姪),15세

23. 김말다김 모, 6월 10일,50세

24. 김누시아 김 모, 6월 10일 22세

25. 김안나 김장금, 6월 10일 51세

26. 김로사 김로사 6월 모일, 56세

27. 원마리아 원귀임, 6월 10일 22세

28. 박요안 박후재, 7월 26일 41세

29. 던반로 정하상(1801년 순교자인 정약종의 아들), 8월 15일, 45세

30. 류았스딩 유진길 8월 15일 49세

31. 죠갸오로 조신철 8월 19일 45세

32. 남바스디아노 남이관 8월 19일 60세

33. 김이아신 김제준(1846 순교한 신부 김대건 父), 8월 19일 44세

34. 김유릿다 8월 19일 56세

35. 젼아가다 전경협, 8월 19일 50세

36. 박마다리나 박봉손, 8월 19일 44세

37. 홍베두아 홍금주, 8월 19일 44세

38. 김골롬바 김효임, 8월 19일 26세

39. 김아그네스 김효주 (효임의 妹), 25세

40. 최베드루 최창치(1801년 순교한 최창현의 弟, 11월 24일, 53세

41.죠발ᄇ다 조증이(남이한의 妻),11월 24일, 58세

42.한막다릐나 한영이, 11월 24일 56세

43.권아가타 권경이, 12월 27일 21세

44.리아가타 12월 27일 27세

45.현분다(현계흠의 여, 현석문의 매),11월 24일 46세

46.뎡엘리사벳 정정혜 11월 24일, 58세

47.고발ᄇ라 고순이 11월 24일 42세

48.리막다릐나이영덕 11월 24일, 11월 24일 42세

49.리마리아 12월 27일 22세

50.죠발ᄇ라 옥사

51.박안스딩 박종원 12월 27일, 48세

52.홍베드루 홍병주, 12월 27일 42세

53.홍받로 홍영주, 12월 28일, 39세

54.손막다릐나 손소벽, 12월 27일 39세

55.리마리아 이 모(최경환의 처, 최신부의 모) 12월 27일 39세

56.리요안 12월 28일 31세

57.최발ᄇ라 12월 28일 12세

58.리베드루 이 모 10월 8일 옥사 38세

59.장요셉 장 모 4월 24일, 54세

60.뎡브로다신 정 모 4월 옥사 41세

61.졍아가다 정 모 옥사 79세

62.김발ᄇ라 김 모 4월 옥사 39세

63.누시아 7월 옥사 71세

64.한안나 7월 2일 옥사 55세

65.김발ᄇ라 김모 7월 15일 옥사 49세

66.리가타리나 이모, 치명일 불명, 57세

67.죠막다릐나 조모 치명일 불명, 33세

68.최방지거 최경환(최양업 신부의 부), 8월 5일 35세

69.최비리버 최모 9월 25일 33세

70.류베드루 유 모(유진길의 자) 9월 25일 14세

71.유세실리아 유 모(정약종의 처) 10월 18일 옥사 79세

72.졍안드리아 정 모 12월 19일 33세

73.허반로 허 모 옥사 45세

74.김더릐사 12월 5일 44세

75.리막다릐나 12월 6일 51세

76.민스더파노 12월 26일 53세

77.김더릐사 김 모 12월 28일 37세

78.손안드리아 손 모 미상

<표 2> 『긔히일긔』의 순교자

번	이름	치명과정	연령	관계	신앙행위	전교 특징
1	범쥬교	1839 참수	43	2대 주교	조선 2대 주교	
2	로신부	1839 참수	35	대주교	대주교. 프랑스인 참수	
3	졍신부	1839 참수	35	주교		편지로 신부(모방) 신부입국. 교우대폭증가 1838.8월 6천여명→ 1839.초 9천여명
4	리 왓스딩 (이광렬, 李光烈)	4.13	53		고문 후 옥사	
5	권발부다 (권희)	1839.7.26 (참수)	46	리왓스딩의 처	주교와 신부 효봉. 정부를 따라 수계	리 왓스딩이 30세에 동생 내외와 입문
6	리아가다	1839.12.5 絞	17	동정 딸		
7	명브로다쇤	1839.5.21.	41		1830.4 체포.	

번	이름	치명과정	연령	관계	신앙행위	전교 특징
		장사(杖死)			배교·통회하여 자수 후 장사	
8	리마리아 (이연희)	1839.7.26 참수	36	남명혁 다미아노의 부인	공소 예비하고 복사(服事)함. 남편의 깨우침으로 혹형을 잘 견딤	
9	권베드로	1839.5.27 참수				
10	리아가다	1839.4 참수	56	과부,이호영 베드로의 매	17세 외교인과 결혼.3년 후 과부가 되어 친정으로 돌아와 수계.	
11	김막다릐나	1836.9 체포 1839.4 참수	66	과부, 김복이 매	동정을 원함. 봉교인과 결혼 후 과부가 되자 친정어머니를 효성으로 모심	
12	한발부다	1836.9 체포 1839.4 참수	48	과부, 순길의 모	모친이 봉교. 외교에 출가한 후 김막달리나가 권하여 봉교	
13	박안나	1839.4 참수	57	부인, 강촌인, 득손의 모	모친과 함께 성교	
14	김아가다	1839.4.12 참수	50	과부	형이 인도함. 십이단을 못 외움. 옥중대세	
15	박누시아 (박희순)	1839.5.24	39	궁녀	30세에 성교. 칭병하여 궁권을 나와 조카집에서 기거하면서 신앙 생활. 집안이 영세 입교	
16	박마리아	1839.7.26 참수	54	박누시아 형		
17	이요안 (이광렬)	1839.7.20				
18	리막다릐나 (이영희)	1839.6.10	31	동정	동정을 지키려고 고모집으로 도망	가족 5인 포졸에게 자헌, 김성임과 김누시아 동반
19	허막다릐나 (허계임)	1839.8.19	67	부인,모친		
20	리발부	1839.7.26	41	과부,	3년 간 병신 행세.	

번	이름	치명과정	연령	관계	신앙행위	전교 특징
	(이정희)			리마다리나 형	교인과 결혼	
21	리더릿사 (이매임)	1839.6.10	52	과부,고모		
22	리발부라	1839.2. 옥사	15	동정, 질녀	옥에서 염병으로 죽음	
23	김안나 (김정금)	1839.6.10	51	과부, 경성인	효녀, 이요안과 생애 같이하여함께 체포	
24	김말다 (김성임)	1839.6.10	50	과부, 부평 집		개가하여 교인과 결혼
25	김로사	1839.6.10	56	과부, 감골집	모친과 동생 돌봄	정부 사망 후 입교
26	원마리아 (원귀임)	1839.6.10	22	동정, 시골인	조실부모, 경성 친척집 의탁, 수놓기로 생계, 염병 걸림	
27	김누시아	1839.6.10	22	동정, 강촌인 작은손의 누이	동정, 모친과 형이 함께 봉교, 9세 때 모친에게서 배움	여교우 5,6인과 자헌
28	박요안	1839				
29	김유릿다	1839.8.19	56	궁녀, 시골인	머리카락을 뽑고 동정 지킴	교인 군난 후 부모냉담
30	전아가다 (전경협)	1839.8.19	50	궁녀	궁을 버리고 교우의 집에 나와 봉교	
31	박막다리나 (박봉손)	1839.8.19	44	과부, 김세실리 아의 딸, 사문의 생질녀	외교인에게 15세에 출가, 과부된 후 친정 계모와 그 식구와 지냄	
32	홍베두아 (홍금주)	1839.8.19	36	과부, 조모에게 양육	교우 봉사, 병자 치료	10세에 문교, 외인에게 출가, 과부된 후 재입교
33	김골롬바 (김효임)	1839.8.19	26	동정,강촌인 안토니오의 누이	근본이 외교나 부친이 죽자 모친과 육남매가	
34	김아그네스 (김효주)	1839.7.26	25	동정, 김효임 동생	문교, 동생 글라라까지 동정	
35	류안스딩	1839.9.22. 참수			구베아 주교에게 세례 받음	
36	조갸오로 (조신철)	1839.	45		1839. 6월 체포	

번	이름	치명과정	연령	관계	신앙행위	전교 특징
37	남바스티아노	1839.5.24	38		아내와 함께 참수 순교성의회의 치명자 남 다미아노로 불리기를 바람	
38	김이아쇠 (김제준)	1839.9.26. 참수	43	김대건의 아버지		
39	유베드로 (유대철)	1839.10.31. 絞	14	유진길의 아들		
40	죠발부라 (조증이)	1839.11.24	58	남이관의 아내 정하상의 외척	시가 몰락 옥살이 4달 만에 처형	
41	박왓스딩 (박종원)	1840.1.31. 참수	49		1839.10월 26일 체포 서울 중인 출신. 회장	
42	홍베드로 (홍병주)	1840. 1.31 참수	43	홍낙민 (1801 순교) 손자.홍재용 (1839 순교) 조카	1839. 9월 말 체포	
43	홍반로 (홍영주)	1840.1.31. 참수	40	홍낙민 손자. 홍재용 조카	1839.9월 말 체포	
44	한막달릐나 (한영이)	1839.11.24	56	과부, 권 진사의 아내		중년 문교
45	권아가다 (권진이)	1840.1.31	21	권 진사의 딸	정하상 집에 기거, 유방제 신부 복사	
46	리아가다 (이경이)	1840.1.31	27	중인의 딸	권 아가다 모녀에게 의탁	
47	현분다 (현경련)	1839.11.24	46	과부, 현석문의 매, 경성 중인	유신부 복사, 여교우 중 표본	부모가 봉교
48	뎡엘리사벳 (정정혜)	1839.11.24	43	동정, 정하상의 매	명환거가의 딸, 4살 때 주문모 신부께 영세 받음	부친순교 후 적몰당하여 삼남매가 모친과 어렵게 생계유지
49	고발부라 (고순이)	1839.11.24	42	박종원 아내, 고광성 딸	남편과 삼남매와 함께 일심 봉교, 냉담자 권면	어려서 모친과 함께 수계
50	리막다리나 (이영덕)	1839.11.24	28	동정, 형제 참수 치명	삼모녀가 집을 떠나 교우 집에 의탁	외조모 모시고 봉교. 동정을 원함
51	리마리아 (이인덕)	1839.12.17	22	동정, 리막다릐나 아우		

번	이름	치명과정	연령	관계	신앙행위	전교 특징
52	죠발브라	1839	57	리막다릐나 모친		
53	손막다릐나 (손소벽)	1839.12.27	39	최창령의 아내	11명 자녀, 2살짜리 떼어 놓고 투옥, 여공	
54	리마리아 (이성례)	1839.12.27	39	충청도 홍주인, 최경환의 아내, 최양업 신부의 모친	재물을 모아 애긍(哀矜)실천	부모가 교우
55	최발브라 (최영이)	1839.12.28	22	조신철의 아내, 최창흡의 딸	본인이 문벌과 나이는 상관 없고 교인이어야 한다고 배우자의 조건을 말함	부모가 교우, 어려서 대게, 자식 떼어놓고 옥살이
56	허반로 (허임)	1840.1.30. 옥사	46		1839. 8월 경 체포	
57	이사도요안 (이문우, 이경천)	1840.2.1. 참수	32		1839.11.11.일 체포	
58	최프란시스코(영환, 영술)	1839.9.12. 옥사	35	최양업의 아버지		
59	최비리보	1839.9.25. 絞	33		경성인. 배교 후 치명 원의하여 치도곤 290도 맞고 絞	
60	뎡아가다		79	과부, 강촌인, 순진의 조모	두 과부 며느리와 손녀와 함께 수계	중년에 문교, 남편과 자식이 죽고 두 며느리와 손녀와 함께 봉사
61	김발브라	1839.4	35	과부, 시골인	동정을 원함, 남의 집살이,남편 객사 후 딸과 수계	
62	김누시아	1839.7	71	부인, 곱추 할머니	남편과 집 버리고 가출	신유박해 이전 어려서 문교
63	한안나	1839.7.21	55	과부		근본은 외교 중년에 문교
64	김발브다	1839.7.15	49	과부, 한안나와 동서		
65	리가타리나	1839.8	57	과부	외교인과 결혼, 과부 후	리가타리나

번	이름	치명과정	연령	관계	신앙행위	전교 특징
66	죠막다리나	1839.8	33	동정, 리가타리나의 딸	친정살이, 부모가 문교, 어려서부터 수계 동정 지키려 서울에서 고용살이	죠막다리나 죠볼부라
67	정안드레아 (정화경)	1840.1 絞	34		앵베르 주교 체포 관련	
68	민스테파노 (민극가)	1840.1.30	54		양반.	
69	리요안 (이요한)	1840.1.30	32		가난한 양반집 출생 1839. 11월 11일 체포	
70	리베드루 (이호영)	1838.10	36		이천 출신.	
71	유세시리아	1839.10.18	79	과부 정하상의 모친	출가 후 문교. 남편과 장남 치명 후 남매 거둠	
72	리마리아	1840.1.30	23		1839.6월 체포	
73	쟝요셉 (장성진)	1839.4.24	54		본래 외교. 장사(杖死)	
74	김더릭사	1839.12.5	44	과부, 지방인, 김대건 신부 당고모	남편은 정해 박해 때 순교한 손연욱 요셉, 아버지는 김종한 안드레아	부모가 수계
75	리막다리나	1839.12.6	69	과부	권화에 힘씀	장부 사망 후 중병으로 입교
76	권아가타 (권진이)	1839.7.17	22		1839.12.29. 참수당한 한영이의 딸. 13쯤 혼인했으나 정하상 집에서 살았다.	
77	김더릭사	1839. 12.28	37	현석문의 아내, 은덕의 모.	모친, 오빠와 함께 수계, 명도회	모친의 훈계로 오빠와 순교
78	김안토니오 (김성우)	1841, 4,29 絞	47		15 개월 이상 투옥	

4. 의의 및 평가

『긔히일긔』는 당시 동시대를 살았던 목격자들의 증언을 기초로 한 기록으로서 1925년 시복된 79위 복자의 시복 조사사업에 있어서 가장 주요한 사료로 이용되었다. 19세기 전반기에 살았던 천주교 신자들의 인적 사항이 담겨 있어 이를 통해 당시 교회를 구성하고 있던 이들의 존재 형태와 당시 사회의 일단을 파악할 수 있다.

『긔히일긔』는 기해박해를 다룬 다른 자료[32]들과 달리 유일하게 한글로 작성되어 당시 신자들에게 읽혔다는 점[33]에서 그 영향력이 컸음을 알 수 있다. 뮈텔은 「셔」에서 간행 동기에 대하여 다음과 같이 밝히고 있다.

"한편으로는 위주(爲主)하여 치명한 이들의 영광을 널리 드러내어 그 기이한 사적을 후세에 보증하게 하며, 한 편으로는 후생들에게 우리 이전 사람들의 용맹한 신덕(信德)을 알게 하여 이로써 날마다 행위의 표준을 삼아 세속의 체면(體面)이며 마귀의 유감(遺憾)이며 본성의 편벽(偏僻)을 용맹히 이기고 천당의 바른 길로 잘 이르게 하기 위함이로라."

---

32) 김대건이 라틴어로 작성한 『기해 병오년 순교자에 관한 보고서(1845)』나 페레올이 프랑스어로 작성한 『증보판 기해일기』(1846)가 있다.

33) 기해년 박해 후에는 최영수 필립보가 그때마다 교우에게도 탐지하고 옥중 편지도 보고 하여 치명 일기를 작성하였는데, 후에 현 가롤로가 보고 잘못된 것을 고치거나 올바르게 작성한 뒤 책을 만들어 모든 교우가 보도록 하자 모두 열복하였으니 그 책이 지금 교우에게 있는 '기해 치명 일기'입니다(『증언록』 회차 75, 증인 김 프란치스코, 차기진, 「『己亥·丙午 殉敎者 시복 조사 수속록』 譯註」, 『교회사연구』 12, 한국교회사연구소, 1997 ;『기해·병오 박해 순교자 증언록』, (1882년~1905년 사이에 진행된 기해·병오 박해 순교자들에 대한 시복 재판 기록, 절두산 순교 박물관 소장)

이와 같이 순교자전을 작성했던 것은 '순교자들의 용덕(勇德)'을 숭상했기 때문이며 기록을 통해 순교자들의 행적을 기리고자 하였기 때문이다. 또 이러한 순교자전은 천주교 신자들의 신앙심을 고취시키는 역할을 하였으며[34] 이 기록은 한글로 작성되어 서민들이 더 쉽게 접할 수 있었으며 그만큼 파급력이 컸다.

『긔히일긔』 자료의 풍부한 내용에 있어서의 독자적 의의는 당시 관찬서인 『추안급국안(推案及鞫案)』에 기해박해와 관련하여 정하상과 유진길의 결안(結案)만이 실려 있고, 『일성록(日省錄)』에는 조신철·남이관·김제준의 결안만 실어[35] 간단히 언급한 점에서도 드러난다.

『긔히일긔』의 자료를 근거로 하여 1857년 9월 23일 교황 비오 9세는 한국 순교자 중 82명을 가경자로 선포하였고, 그 후 1925년 7월 5일 교황 비오 11세에 의하여 79위가 복자로 시복되고, 1984년 5월 6일 교황 요한 바오로 2세에 의하여 성인으로 시성되었다.[36]

단, 서술 대상이 서울 지역 편향이라는 점은 자료의 한계이다. 경성에서의 옥사 또는 순교한 신자들의 열전이며 지방관아에서 처형된 신자들은 포함되어 있지 않다. 이는 현석문이 경성의 회장이었던 관계로 이 방면에 조사에 중점을 두었기에 지방에 있어서의 옥사 자료를 수집하기 어려웠기 때문으로 볼 수 있다.

〈해제 : 배주연〉

---

34) 1801년 순교한 심 발바라는 '성인들의 생애'에서 보았던 위대한 모범에 감동하여 동정을 지켰고, 1801년에 순교한 문영인도 성인들의 전기를 읽고 본받으려 노력했다고 한다. 샤를르 달레, 『한국천주교회사』, p.471,p.504 참조.
35) 『추안급국안(推案及鞫案)』 28권 <己亥邪學謨叛罪人洋漢進吉等案>(憲宗 5년 8월 7일부터 4일간) 프랑스 신부 3명과 신자 5명의 結案과 詰問 내용이 실려 있다.
36) 천주교회에서는 신앙의 덕이 높은 사람을 성인(聖人)으로 추앙하는데, 성인의 전 단계로 복자(福者)가 있고, 그 전 단계로 가히 공경할 만한 '가경자(可敬者)'가 있다.

『긔히일긔』

성교회(聖敎會)의 역대 사기를 상고하건대 예수 승천하신 후 신도들이 성교(聖敎)를 두루 반포하여 그 거룩한 은혜를 널리 베푸심에 각방각국에서 성화에 감동하지 않음이 없고 이같이 감화함이 이제까지 그침이 없음은 실로 예수께서 이르신 바

"성신(聖神)이 오시면 성령(聖靈)이 나를 증거 하실 것이요. 그 때에 너희 무리도 또한 나의 증거가 되리라"

하신 말씀대로이다. 과연 신도들은 말과 덕행과 죽음으로써 주의 증인이 되어 성교의 도리가 선하고 참됨[至善至眞]을 확실히 증험하였고 역대 교우들도 그 자취를 밟아 주를 위하여 박해[窘難]를 겪으며 세복(世福)과 존영(尊榮)은 업신여기고 육정(肉情)을 끊고 몸을 버려 죽는 것을 보며 이단사망(異端邪妄)에 굴하지 않고 두려움 없이 혹독한 형벌이며 모든 고난을 굳센 마음으로 감수하여 치명(致命)한 자가 무수하니 성교회에서 저들의 용맹을 아름답게 여겨 그 사적을 자세하게[도저37)] 사실(査實)38)한 후에 이름을 성인품(聖人品)에 올리고 행실을 적어[竹帛]39) 후세에게 권장(勸奬)하는 것이라.

---

37) 도저(到底) : 밑바닥에 이르기까지 세밀하게. 현대어와는 '어의(語意)의 전변(轉變)'이 있다.
38) 사실(査實) : 사실을 있는 대로 조사.
39) 죽백(竹帛) : 서적이나 사기에 이름을 남기. 종이가 없을 때에 죽간(竹簡)이나

우리 대한(大韓)에도 주(主)의 증인이 없지 않으니 성교가 동국(東國)에 들어온 지 백여 년에 여러 번 풍파를 겪음에 그 사이 영준(榮俊)한 무리들이 온갖[百般] 굴욕을 기꺼이[甘心] 참으며 차라리 죽을지언정 변치 않고 마침내 희생(犧牲)⁴⁰⁾하니 주를 위해 목숨을 바친 자가 여러 천 명이라.

기해년(1839) 박해가 일어날 초기에 앵베르 주교⁴¹⁾께서 치명자들의 용덕(勇德)⁴²⁾을 숭상하시고 그 행실을 기록하시더니 자신도 미구(未久)에 잡혀 죽을 줄을 짐작하시고 모든 치명자들의 행적이 영영 서실(閩失)⁴³⁾될까 염려하시어 그때 서울 회장 현 가롤로⁴⁴⁾에게 따로 '군난일기(窘難日記)'를 지으라 명하시니 그가 분부를 시행하여 기해년 박해의 시말을 책으로 기록하고 이름을 『긔히일긔』라 하였다. 그 후 주교·신부들이 와서 이 책을 보고 준(准)⁴⁵⁾한 후에 교우들에게 반포하여 주셨으나 서역(書役)⁴⁶⁾하여 내는 것은 여러 질(帙)이 되지 못하고 병인박해에 있던 것도 잃어버리고 겨우 이 한 질 책을 얻었으나 여러 해 땅 속에 묻혔던 것이라. 첫 장과 끝 장이 없어져 혹 온전히 보존한 다른 책이 있을까 하여 두루 구하여[方求] 기다려도 이 때 까지 얻지 못한지라 할 일없이⁴⁷⁾ 이 귀한 책을 있는 대로 판에 박아 교우들에게 주노니

비단[帛]에 글을 쓴 것에서 온 말.
40) 희생(犧牲) : 제사 때 바치는 소·양·돼지 등 제물. 여기에서는 하느님께 바치는 희생의 제물이라는 뜻.
41) 각주 9) 참조.
42) 智·義·勇·節德 등 四福德의 kι나. 그 중 勇德[Fortitudo]는 바른 이치와 천주의 거룩한 뜻을 따라 비록 어렵고 괴로울지라도 끝까지 버텨 나가는 용감한 신앙심을 말한다.
43) 서실(閩失) : 물건을 흐지부지 잃어버림.
44) 현 가롤로 : 현석문(玄錫文).
45) 준(准) : 천주교에서 책을 간행할 때 교리상의 잘못을 살피기 위하여 대체로 주교의 감수·인준을 받는다.
46) 서역(書役) : 책을 붓으로 베껴 내는 일

한 편으로는 위주(爲主)하여 치명(致命)한 이들의 영광을 널리 드러내어 그 기이한 사적을 후세에 보증(保證)하게 하며, 한 편으로는 후생들에게 이전 사람들의 용맹한 신덕(信德)을 알게 하여 이로써 날마다 행위의 표준을 삼아 세속의 체면(體面)이며 마귀의 유감(有憾)이며, 본성의 편벽(偏僻)을 용맹히 이기고 천당의 바른 길로 이르게 하기 위함이로라.

〈역주 : 배주연〉

---

47) 할 일없이 : 할 수 없이.

참 고 문 헌

1. 사료

『긔히일긔』

『推案及鞫案』, 아세아문화사, 1978.

2.단행본

『뮈텔 주교 일기』 3, 1905년 9월 5일 참조, 한국 교회사 연구소, 2008.

Ch.Dallet, 安應烈·崔奭祐 譯註,『韓國天主敎會史』中 , 한국 교회사연구소, 1980.

3. 논문

방상근, 「『기해일기』에 대한 기초적 연구」,『韓國史學史學報』12, 2005.

차기진, 「『己亥·丙午 殉敎者 시복 조사 수속록』譯註」,『교회사연구』12, 한국교회
사연구소, 1997.

山口正之, 「朝鮮基督敎史料『己亥日記』」, 『靑丘學叢 1號』, 1930, 『韓國天主敎會
史 論文選集』2집.

4. 사전

『한국가톨릭대사전』, 한국 가톨릭 대사전 편찬위원회, 1985.

『돈와서학변(遯窩西學辨)』

분류	세부내용
문 헌 종 류	조선서학서
문 헌 제 목	돈와서학변(遯窩西學辨)
문 헌 형 태	필사본
문 헌 언 어	한문
저 술 년 도	1724
저 자	신후담
형 태 사 항	105면
대 분 류	사상
세 부 분 류	척사
소 장 처	국립중앙도서관
개 요	『돈와서학변』은 「기문편」과 「서학변」으로 구성된다. 「기문편」은 신후담이 스승인 이익과 나눈 서학에 관한 문답을 정리 기술하였고, 「서학변」은 신후담이 한문서학서 『영언여작』, 『천주실의』, 『직방외기』를 읽고 영혼, 신 등을 비롯한 천주 교리에 대하여 성리학적 관점에서 비판한 글이다.
주 제 어	영언려작(靈言蠡勻), 천주실의(天主實義), 직방외기(職方外記), 아니마(亞尼瑪), 각능(覺能), 영기함(靈記含), 사기함(司記含)

1. 문헌제목

『돈와서학변(遯窩西學辨)』

2. 서지사항

『돈와서학변』은 『돈와선생문집』 권7에 해당하는 「서학변(西學辨)」을 「기문편(紀聞編)」과 함께 『돈와서학변』이라는 제목으로 묶어 편찬한 것이다. 다른 판본의 「서학변」은 이만채가 1931년 간행한 『벽위편(闢衛編)』 권1에 「신돈와서학변(愼遯窩西學辨)」이라는 제목으로 수록되어 있다.

『돈와서학변』은 한 사람의 필체가 아니라 여러 사람이 돌려가며 필사한 것으로 보인다. 필사본 『돈와서학변』 끝부분에는 『벽위편』에 실린 「서학변」에 없는 한 문단이 있는데 이는 필사자가 남긴 부기로 보인다. 저자 생애와 학문, 저술 경위 등에 대하여 간략하게 정리하는데 내용은 다음과 같다.

> "선생은 숙종대 임오년에 태어났는데 22세인 계묘년에 사마시에 합격했으나 과거 공부를 포기하고 위기지학에 전심하였다. 해를 넘겨 다음 해 갑진년에 성호 선생을 뵙고 처음으로 서양의 학문이 있다는 것을 들어 그 책을 구해 보았는데 일견에 이미 그것이 사학(邪學)임을 알아서 곧 「서학변」을 지어 배척하였다. 이는 아직 성행하기 이전으로 선생이 이미 그 사설이 횡행하여 그 해가 장차 홍수나 맹수보다 더 심할 것임을 알아서 그렇게 하신 것이다. 선생은 영조 대 신미년 60세의 나이로 생을 마쳤다. 일찍이 백여 권의 저술을 지었는데 모두 육경(六經)의 뜻을 발휘한 것이다."

「기문편」은 1면 당 10줄, 1줄 당 22자, 14면, 「서학변」은 1면당 10줄, 1줄 당 19~20자, 91면으로 두 편을 합하여 총 105면으로 구성되어 있다.

[저자]

　하빈 신후담(河濱 愼後耼, 1702~1761)은 성호 이익(星湖 李瀷, 1681~ 1763)의 제자로 근기남인계 집안에서 태어나 과거를 포기하고 평생 학업에 전념한 학자였다. 자(字)는 이로(耳老)·연로(淵老)이며 호(號)는 하빈(河濱)·돈와(遯窩)로 본관은 거창(居昌)이다. 현감 신구중(愼龜重)의 3남 3녀 중 장남으로 태어난 그는 평생 경기도 파주의 교하(交河)를 중심으로 학문 활동을 했고 20대에 성호 이익의 문하에 들어가 문인 들과 교류하며 『대학』, 『주역』 등 백여 권의 저술을 남겼다. 신후담은 성호에게 순임금의 노여움과 맹자의 기쁨과 같은 공희노(公喜怒)가 이 발(理發)이라는 주장을 폈고 성호가 『사칠신편(四七新編)』에서 이를 반 영하여 「중발(重跋)」을 지음으로써 이에 관한 심도 있는 논쟁이 일어 나기도 하였다.

　연보에 의하면 6세에 박세흥(朴世興)에게 수학하였으며 14세에 사서 삼경을 독파하였고 17세에 『성리대전』을 읽었다고 한다. 한 때 노장 사상에 관심을 가져 병서나 불교서적을 보았으나 부친의 훈계를 듣고 18세 때 「자경설(自警說)」을 지어 스스로 규계하였다. 19세 때 「역학 계몽보주(易學啟蒙補註)」를 지었고 22세 때 진사시에 합격하였으나 과 거시험을 포기하였다. 이는 남인 출신이라는 현실적 제약에서 비롯된 것이기도 하지만 당시 성호학파의 학문적 경향과도 관계가 있다. 그 의 문인들은 관직에 진출해 현실 정치에 참여함으로써 세상을 바꾸기 보다는 깊이 있는 학문적 추구와 토론, 저술 활동에 중점을 두고자 했 으며 그도 이러한 배경에서 관직 진출을 포기했던 것으로 보인다. 23세 때인 1724년 아현우사(鵝峴寓舍)로 성호 이익을 찾아가 그에게서 서학 (西學)에 관하여 듣고 이후로 성호와 나눈 서학 관련 토론을 「기문편 (紀聞編)」으로 정리하였고 이후 주요 한문 서학서를 읽고 그에 관한 이론을 정리하여 「서학변(西學辨)」을 완성함으로써 서학에 대한 견해와 입장을 정리하였다.

「서학변」은 순암 안정복(順菴 安鼎福, 1712~1791)[1]의 「천학고(天學考)」, 「천학문답(天學問答)」, 간옹 이헌경(艮翁 李獻慶, 1719~1791)의 「천학문답(天學問答)」 등 서학 유입에 따른 조선 후기 유학자들의 척사론적 대응의 시발점이 된 저술이다. 이 시기 신후담은 서호 문하의 윤동규·이병휴 등과 함께 성호의 「사칠신편(四七新編)」에 대한 토론을 진행하기도 하였다.

28세 때인 1729년 식산 이만부(息山 李萬敷, 1664~1731)를 방문하여 『주역』에 관한 토론을 나누었으며 30대부터는 경학에 몰두하여 「주역상사신편(周易象辭新編)」, 「논어차의(論語箚義)」 등을 완성하였고, 「대학후설(大學後說)」, 「중용후설(中庸後說)」 등 경학 관련 저술에 매진하였다. 사십대 후반에는 『춘추』나 『시경』에 관한 저술을 남겼고 오십대에는 「가례차의(家禮箚疑)」 등 예학 관련 저술을 쓰기도 하였다. 「천문략론(天文略論)」, 「곤여도설략론(坤輿圖說略論)」과 같은 과학 분야의 서학 관련 저술을 남겼다고 하나 현재 전하지 않는다.

---

1) 안정복(安鼎福 : 1712년(숙종 38)~1791년(정조 15))의 자는 백순(百順), 호는 순암(順菴), 한산병은(漢山病隱), 우이자(虞夷子), 상헌(橡軒)이다. 제천(提川)출신으로 본관은 광주(廣州)이다.

3. 목차 및 내용

[목차]

목차는 없으며 「기문편」은 본문에 줄을 달리하여 "갑진춘견이성호기문(甲辰春見李星湖紀聞)" 등과 같이 저작 배경을 기록하였으며, 「서학변」은 한문서학서 『영언여작』, 『천주실의』, 『직방외기』세 작품에 대하여 줄을 달리하고 편(編)을 나누어 주요 논제를 기록하였다.

[내용]

1) 「기문편(起聞篇)」

1724년 봄부터 1729년 가을까지 성호 이익과 나눈 서학 관련 토론 내용을 바탕으로 이천의 외암 이식(畏庵 李栻, 1659~1729), 상주의 식산 이만부(息山 李萬敷, 1664~1732) 등과 나눈 서학 관련 토론을 총 6편으로 정리한 글이다.

(1) 갑진년 봄에 성호 이익을 뵙고 들은 것을 기록함[甲辰春見李星湖紀聞]

1724년 신후담이 안산으로 이익을 찾아갔을 때 다른 사람과 마태오 리치(Matteo Ricci, 利瑪竇, 1552~1610)에 관하여 논의하고 있었다. 이때 신후담이 리치가 어떠한 사람이냐고 묻자 이익은 이 사람의 학문은 소홀히 할 수 없는 것이라 말하고 그의 저술을 보면 비록 그 도가 우리 유교와 반드시 합치되는지는 알지 못하나 그 도에 나아가 그것의 도달한 바를 논한다면 그 또한 성인이라 할 수 있다고 답하였다. 이어 무엇을 종지(宗)로 삼느냐 묻자 이익은 머리는 생명을 부여받는 근본이 되고 또한 머리에는 뇌낭(腦囊)이 있어 기함(記啣)의 주체가 된다는 '뇌낭설'과 초목에는 생혼이 있고 금수에는 각혼이 있으며, 사람에게는 영혼이 있다는 '삼혼설'을 소개하고 비록 그것이 유교의 심성설과 같지는 않지만 반드시 타당하지 않다고 볼 수는 없다고 답하였다.

천당과 지옥설에 대하여 불교와의 차이점을 묻자 이익은 불교와 대략 같지만 서학에는 실용적인 면이 있으므로 불교와 다르다고 하였다. 이에 신후담은 그 선조 등도 요(堯)·순(舜)·우(禹)·탕(湯)처럼 덕치를 베풀었는지 묻자 성군(聖君)·현주(賢主)의 기록도 있으나 자신이 말한 바는 『천문략(天問略)』, 『기하원본(幾何原本)』 등의 서적에서 논하고 있는 것을 가리키며 그 천문 산수의 법은 이전 사람들이 못한 바를 발명한 것으로 세상에 이익 됨이 크다고 설명하였다.

(2) 갑진년 가을에 성호 이익을 뵙고 들은 것을 기록함[甲辰秋見李星湖紀聞]

신후담은 지난번에 이익이 서학을 깊이 취한 것을 보았지만 그가 『직방외기(職方外紀)』를 구해서 보았더니 그 도는 불교를 온전히 답습하고 있어 사학(邪學)임에 틀림없다고 믿게 되어 스승 이익이 취하는 뜻을 이해하지 못하겠다고 비판하였는데 이에 대해 이익은 서학은 소홀히 보아 넘길 수 없다고 답하였다.

(3) 을사년 가을에 성호 이익을 뵙고 들은 것을 기록함[乙巳秋見李星湖紀聞] : 1725년

이익은 예수회 선교사들을 옹호하며 세상을 구제하려는 마음으로 8만여 리 먼 길을 왔으며 천주(天主)의 설도 모르는 사람들은 놀라지만 유교경전의 상제(上帝)·귀신(鬼神)의 설과 합치되며 이 때문에 중국의 선비가 천주의 설을 배척하였다가 선교사들에게 굴복당한 것이라 말하였다. 이익은 신후담이 서학을 배척한 것도 그가 아직 그것을 깊이

고찰하지 않은 때문이 아닌가 걱정된다고 언급하고 이에 대하여 신후담은 단지 『직방외기』에 실린 내용만 보았는데 거기에 황탄(荒誕)한 것이 많았다 해명하면서 선교사들이 재주가 있고 기술에 뛰어나기는 하지만 그들의 도는 황탄하다 비판하였다.

이어 신후담이 천문 역법에 대한 서양 선교사의 논의가 중국인들과 다른 점을 묻자 이익은 서양의 역학에서 천중(天重)·천도(天度)·지평(地平)·해서(歲序) 등을 헤아리는 방법, 금성의 두 고리와 은하수를 망원경으로 확인하여 알게 된 사실, 일식과 월식에 관한 학설 등을 설명한 뒤 이치에 합당한 만큼 서양의 역학을 취해야 한다고 주장하였다. 이에 대해 신후담은 역학에 대하여 아직 공부한 것이 없어 그 득실을 가릴 수 없어 나중에 다시 생각하겠다고 하였다. 끝으로 서양 역학을 추종하는 중국 선비가 몇 명 있는지 묻자 따르는 자가 많지만 이지조(李之藻, 1565~1630)가 특히 깊이 연구하여 그 법을 전하였다고 답하였다.

(4) 병오년 겨울 성호 이익을 뵙고 들은 것을 기록함[丙午冬見李星湖紀聞] : 1726년

신후담은 서양 선교사들이 역학이 뛰어나다는 것을 인정하고 그들이 보기 드문 이인(異人)이라 확신하게 되었지만 『영언여작』 등에서 논한 설은 불교를 답습하여 취할 것이 없고 천주의 신령한 행적 종류의 이야기는 세상을 기만하는 뜻이 현저하다하면서 어떤 사람이 "서양의 술(術)은 취할 만하지만 서양의 도는 배척하지 않을 수 없다"고 하는데, 어떻게 생각하느냐고 물었다. 이에 이익은 선교사들이 귀신을 심하게 믿는 면이 있기는 하지만 세상을 기만하고자 하는 사람들은 아니라고 하였다. 이어 신후담은 천주강생설과 같은 예를 들어 천주설의 황탄함을 비판하였고 또한 『천학정종(天學正宗)』 가운데 태극을 변척(辨斥)한 설에 대해 중국의 육상산(陸象山, 1139~1193)과 왕양명

(王陽明, 1472~1529)의 학설을 전적으로 답습한 것으로 아마도 서양
선교사가 주장한 것이 아니라 중국의 호사가가 그들의 설을 배워 선
교사가 주장한 것처럼 꾸민 것 같다고 의심하였다. 이에 이익은 천신
에 대한 설은 비록 황탄하지만 기만 의도는 없으며, 태극을 변척한 육
상산과 왕양명의 학설과 우연히 합치되기는 하지만 그것은 선교사의
독자적 설이라 주장하였다.

(5) 무신년 봄에 이익위를 뵙고 들은 것을 기록함[戊申春見李翊衛紀聞]

신후담은 1728년 이천에 사는 이식(李栻)²⁾을 만나 서학에 대하여 토
론하였다. 이식은 일찍이 이익과 심신설(心腎說)에 대하여 토론하였으
나 귀일(歸一)하지 못하였다고 하면서 신후담에게 밝혀 달라고 부탁하
였다. 신후담은 자신이 말할 바 못된다고 하면서 아니마(亞尼瑪)를 논
한 글에 보면 뇌낭(腦囊)이 있어 기함(記含)의 주체가 된다는 설이 있는
데 나름대로 일리가 있다고 한 이익의 말을 전하였다. 이어 신후담은
뇌낭설·삼혼설 등은 이익이 취한 것이고 천당 지옥설은 이익이 배척한
것이라 소개하면서 이익이 역학은 만고에 뛰어난 것이라 말하였음을
전하고 있다. 『천학정종』에서 주렴계(周濂溪, 1017~1073)의 태극도(太
極圖)의 그릇됨을 논한 것은 육상산 무리의 설과 일치하는데 이는 이들
무리가 선교사들이 주장한 것처럼 꾸민 것이라고 언급하였다.

(6) 기유년 가을에 이식산을 뵙고 들은 것을 기록함[己酉秋李息山紀聞]

신후담은 1729년 이만부(李萬敷)³⁾를 찾아가 서학에 관하여 토론하

---

2) 자는 경숙(敬叔), 호는 외엄(畏庵), 본관은 정안(廷安), 이천(利川) 출신. 이황의
   학통을 따라 이기이원론의 입장을 지지하여 『사칠부설(四七附說)』 1권 저술하였
   다. 숙종 때 천거되어 수령과 세제익위사익위(世弟翊衛司翊衛)를 지냈다.
3) 자는 중서(仲序), 호는 식산(息山). 송시열의 극형을 주장하다가 유배된 아버지

였다. 이만부가 서양 선교사의 학문은 어떤 것이냐 묻자 신후담은 이익의 삼혼설과 뇌낭설을 소개하고 이익이 일찍이 그 말에 이치가 있다고 일컬었다고 답변하였다. 그러자 이만부는 삼혼의 설은 유가의 인물통색(人物通塞)의 논(論)에서 나왔고 뇌낭설은 의서(醫書)의 체해(體海)를 논한 것과 같다고 언급하면서 탁견이 아니라고 말하였다.

2) 「서학변(西學辨)」

(1) 『영언여작』

신후담은 『영언여작』의 편차에 따라 '아니마[靈魂]'의 개념을 ① 체(體)·② 능(能)·③ 존(尊)·④ 정(情 : 성질)으로 나누어 비판 이론을 펼쳤다.

제1편 아니마의 실체를 논함[第一編 論亞尼瑪之體][4]
영혼이 '자립하는 실체'라는 것에 대해 신후담은 혼이란 형체에 의지하여 있다가 형체가 없어지면 흩어져 무(無)로 돌아가는 것이니, 어찌 자립하는 실체가 될 수 있겠는가라고 하면서 '혼'이 형체에 의존하는 것이요 자립하는 실체가 아님을 확인하였다. 혼이 신(神)의 부류에 속하는 것이요 기(氣)가 아니라는 견해에 대해 그는 '혼은 곧 기의 신(神)'이라는 주자의 언급을 근거로 혼은 기를 떠나 존재하는 것이 아님

이옥(李沃)을 시봉하며 학문을 닦았다. 영남의 학자들과 친분이 있어 그곳에 이거(移居)하여 후진 양성에 힘쓰며 저술 활동을 하였다. 영조 때 장릉참봉(長陵參奉)과 영고별제(永庫別提)에 임명되었으나 사퇴하였다. 이황을 정주학의 적전(嫡傳)으로 존숭하였고 만년에는 역학도 깊이 연구하였다.
4) 『영언여작』에서 영혼의 본체를 규정하는 개념으로 '자립하는 실체', '본래 스스로 존재하는 것', '신의 부류', '죽을 수 없음', '인간의 體模가 됨', '끝내 은총에 의지함'의 여섯 가지를 들고 있다.

을 주장하였다.

제2편 아니마의 능력을 논함[第二篇 論亞尼瑪之能]

『영언여작』에서 '각능(覺能)'은 외능(外能 : 五司-耳·目·口·鼻·體)에 의한 외각과 내능(內能 : 二司-公司·思司)에 의한 내각으로 나뉜다는 주장에 대해 신후담은 마음의 지각 이외에 별도의 지각은 없다고 하여 모든 지각은 마음의 지각[心覺]일 뿐이라고 주장하였다. 여기에서 내능 (內能)이라는 것은 혼(魂)에 불과한데 무근거한 설명을 한 것으로 여기에서 안은 우리가 말하는 안이 아니며 공허하게 꾸민 군소리일 뿐이라는 것이다.

또 『영언여작』에서 기함(記含) 중에 형체가 있는 사물을 기억하는 '사기함(司記含)'은 '뇌낭'에 있고 형체가 없는 것을 기억하는 '영기함(靈記含)'은 인간만 가진 영혼이라 한 주장에 대하여 신후담은 '뇌낭(腦囊)' 과 유교의 '심(心)'이 다름을 구분하면서 기억의 주체는 뇌낭이 아니라 마음이라 주장하였다.

제3편 아니마의 존엄이 천주와 비슷함을 논함[第三篇 論亞尼瑪之尊與 天主相似]

영혼의 존귀함이 천주와 비슷함을 논한 것에 대하여 신후담은 상제를 천주로 칭할 수도 있고 인혼(人魂)을 '아니마'로 칭할 수 있지만 '아니마'를 천주에 비교하여 그 존귀함이 비슷하다고 하는 것은 잘못된 것이라 지적하였다. 인간의 '혼(魂)·백(魄)'과 하늘의 '귀(鬼)·신(神)'을 유사한 것으로 비교할 수 있지만 음양이 굽혀지고 펴지는 자취로 '혼·백'을 천지 만물의 주재자인 '상제'에 견줄 수 없는 것이라 강조하는 것이다.

제4편 선성에 이르고자 하는 성질을 논함[第四篇 論至美好之情]

『영언여작』에서 영혼이 가진 선성을 지향하는 성질을 논하면서 지극히 아름답고 좋은 것은 보고 들을 수 없으며 믿어야 한다고 한 주장에 대하여 신후담은 죽은 후에 명확히 알게 된다는 설에 의탁하고 상생의 복으로 유혹하니 스스로 죽은 후의 일은 삶들이 그 있고 없음을 힐난할 수 없을 것으로 여긴 것이라고 비판하였다.

(2) 『천주실의』

『천주실의』의 내용을 편을 따라 비판하고 있다. 신후담은 『천주실의』 서두에 마태오 리치가 이 책이 불교를 배척하는 것이지만 요순주공(堯舜周孔)의 도에 어그러지지 않는다고 말하였고 명나라 이지조, 풍응경 들이 서문을 써서 찬탄하면서 그 학문이 과연 유교와 다를 것이 없고 불교와 다르다고 하였음을 언급하면서 이는 망녕된 짓이라고 말하였다.

제1편 천주께서 천지와 만물을 창조하시고 이들을 주재하시며
　　　편안히 기르심을 논함

[第一篇 首篇論天主始制天主萬物而主宰安養之]

유교에서 정자(程子)도 주재(主宰)하는 것은 제(帝)라고 하였으니 천주가 천지를 주재한다는 말이나 만물을 안양(安養)한다는 것도 그 뜻이 비슷하나 천지의 이루어짐이 천주의 제작에 의한 것이라면 이것은 리(理)에도 징험이 없고 경(經)에도 계사(稽査)할 것이 없다는 점을 지적하였다. 이른바 상제는 천지가 형성된 후에 그 사이를 주재하는 것이요 도(道)와 기(器)를 합쳐서 이름 하는 것으로 그것은 마치 사람이 생을 타고난 후에 바로 이 마음이 인신을 주재하되 그렇다고 마음을 제작할 수 없는 것과 같다고 말하였다. 그런즉 상제가 비록 천지를 주

재하지만 어찌 천지를 제작하는 이치가 있겠는가 하면서 이것이 그들의 설이 망녕된 까닭이라 하였다.

제2편 세상 사람이 천주를 잘못알고 있음에 대한 해석
[第二篇 解釋世人錯認天主]

a. 서사(西士)가 태극을 배격한데 대한 반론이다. 태극은 그 리(理)는 실(實)하고 그 위(位)는 허한 것으로 상제가 천을 주재하여 정해진 자리가 있는 것은 아니다. 그래서 그 공경의 예를 베풀만한 곳이 없으며 옛사람들이 상제는 공경하였으나 태극은 존봉(尊奉)하는 자가 있었다는 말을 듣지 못함이 당연한 것이라고 말하였다.

b. 『천주실의』에서 '태극도(太極圖)가 기우(奇耦)의 상(象)에 불과한데 그 상이란 어떻게 있는 것인가'라고 하였지만 이는 어리석은 말로 여기서 기우의 상이라고 함은 곧 음양(陰陽)으로 태극은 일찍이 음양을 떠날 수 없는 것이다. 그렇다고 음양이 스스로 음양일 수 없으니 음양이 되도록 하는 까닭이 바로 태극인 것이라 주장하였다.

c. '중국학자가 리(理)는 사물과 인심에 있다고 함은 리(理)가 물(物) 후(後)에 있음을 의미하는 것으로 어찌 이것이 물(物)의 본원(本原)이겠는가 하면서 또 처음에 일물(一物)도 앞선 것이 없는데 반드시 리(理)가 있다고 하겠는가?'라고 한 것에 대한 반론으로 '리(理)는 본래 인심 사물 밖에 있는 것이 아니다. 이른 바 인심에 있고 사물에 있는 리(理)는 인심이 있는 후에 사물에다 부치는 것으로 적어도 리가 있으면 물이 있고 적어도 이 물이 있으면 리가 있는 것이다. 그런 만큼 만일 리가 물 밖에 있는 것이라면 가능하나 만일 이 물에 앞서서 물의 리가 없다면 이른바 물은 어디로부터 생겨날 것인가' 묻고 있다.

d. 『천주실의』에서 '리가 물에 의존하지 않으면 공허의 의존할 수밖에 없으며 그렇게 되면 리가 쓰러져 떨어질 수밖에 없다'고 한 것에 대한 반론으로 이것도 리(理)를 모르는 말이라고 한다. 목석(木石)은 유형한 물건이라 공허에 자립할 수 없지만 리(理)는 무형한 것이라 쓰러져 떨어질 것을 염려할 바가 못 된다고 말하였다.

e. '리는 본래 동정(動靜)이 없으니 더구나 자동(自動)할 수 있겠는가?'라고 말하지만 이에 대하여 리의 동정은 다른 곳에서 징험할 수 없는 것이요, 양(陽)의 동(動), 음(陰)의 정(靜)이 바로 리(理)의 동정인 것이라는 점을 말하였다.

f. 또 저들은 '리는 영각(靈覺)이 없으니 리가 가지고 있지 않는 것을 물에 베풀어 있게 할 수 없을 것이라고 하지만 이것도 리가 리가 되는 까닭과 물이 물이 되는 까닭을 모른 말이다. 물이 영(靈)하며 각(覺)함은 기(氣)가 하는 것이나 그 본원을 추구하면 리(理)인 것이다. 물은 형태가 있어서 볼 수 있고 리는 형태가 없어서 볼 수 없으므로 도를 아는 이는 형태가 있어서 볼 수 있는 물에 즉하여 그 형태가 없어서 볼 수 없는 리를 증험하는 것이니 만일 리는 형태가 없고 물은 형태가 있다고 하여 리와 물이 관여함이 없다고 한다면 리를 논함에 있어 또 멀지 않겠는가라고 하였다.

g. 이 편의 주의(主意)가 태극을 논박하는데 있음에 그 해석이 육자정(陸子靜)이나 왕수인(王守仁)의 설과 유사한 것으로 육·왕의 학문이 명나라 때 성한 것인데 저 구만리 해외의 사람의 소견이 이처럼 암합(暗合)한 것은 실로 이상하다. 어떤 중국의 호사가가 육왕의 설을 전해 맞추어 마태오 리치의 것인 양 만든 것인지도 모를 일이라고 하였다.

제3편 사람의 혼은 불멸하여 금수와 크게 다름을 논함

[第三篇 論人魂不滅大異禽獸]

사람의 혼은 금수와 달라 불멸한다고 논한 부분이다. 마태오 리치는 우리가 사는 이세상의 고로(苦勞)와 죽어서 흙속에 묻히는 것이 큰 근심이라 말하지만 그것은 유교 속에 스스로 락지(樂地)가 있어 군자의 마음이 편안하여 때와 곳을 따라 일찍이 생사에 얽매이지 않음을 모른 것이라 하였다.

제4편 귀신과 사람의 영혼이 다르다는 논리를 따져서 해석하고 만물일체라고 할 수 없음을 해명함

[第四篇 辨釋鬼神及人魂異論而解萬物不可謂一體]

귀신과 인혼에 관한 것이나 3편의 뜻을 펴서 말한 것으로 더 따질 필요가 없다고 하여 기의 모이고 흩어짐에 의한 것임을 간단히 설명하고 그것이 또한 리에 근거하여 날로 생기는 것이 호연무궁(浩然無窮)하다고 하였다.

제5편 윤회의 여섯 가지 방법과 살생을 결계하는 잘못된 설을 논박하고 재계(齋戒)와 소식(素食)을 현양하는 바른 뜻을 논함

[第五篇 辨排輪回六道戒生殺之謬說而揭齊素正志]

불가의 윤회설을 배척하는 까닭이 그럴 듯하나 불가에서 선악을 전세(前世)에 있어서 생각하는 것도 천주학이 화복을 후세(後世)에 있어 보여주는 것도 그 현세를 떠나 허황되게 말하는 것과 마찬가지이다. 후세의 화복은 불가의 천당지옥설을 인용한데 불과한 것이니 이래서는 윤회를 논척하는 것이 불가의 웃음거리가 아닐 수 없다는 것이다.

제6편 죽은 후에는 반드시 천당·지옥이 있어서 선과 악으로 응보된다는 것을 논함

[第六篇 論死後必有天堂地獄以報善惡]

사후에 천당 지옥이 있다는 것을 이에 대하여 위에서 논변이 있어 소략하였다.

제7편 인성이 본래 선함을 논하고 천주교도 선비의 올바른 학문에 대해 서술함

[第七篇 論人性本善而迷天主門士正學]

인성에 관한 부분으로 "저들은 생각하여 리를 추론하는 것이 이른바 인성이라고 하였다. 인의예지는 추리한 후에 있는 것이므로 인성이 될 수 없다고 하며 또 성(性)은 덕을 가진 것이 아니다. 덕이라는 것은 바른 생각 행동을 오랫동안 익힘으로써 생겨난다고 하는데 저들은 생각(生覺) 추론을 혼에 속한다 하니 혼은 기(氣)이다. 어찌 인성의 연(然)을 논할 수 있겠는가? 설령 인의예지(仁義禮智)를 참으로 추리의 뒤에 있는 것으로 본연지성에 갖춘 것이 아니라고 한다면 측은 등 사단(四端)의 마음이 어디에 있다가 우물에 빠질 때에 발하는 것이요 추리의 뒤를 기다리고 나서 있는 것이 아닌가? 추리의 뒤에 있어서 성이 아니라고 한다면 이른바 리(理)라는 것은 과연 성 밖에 있어서 리와 성이 판연한 이물(二物)이 되는 것인가? 이는 리가 무엇인지 모르는 말로 덕이 의로운 생각과 행동에서 생겨나는 것이라고 하여 본래 성(性)에서 구한 것이 아니라고 한다면 사람이 덕을 가지는 것은 과연 밖에 있는 물을 이끌어 당겨 억지로 속에 넣는 것이니 『대학』의 이른바 명덕(明德), 『중용』의 덕성(德性)은 도대체 어디에 둘 것인가"라고 지적하였다.

제8편 전도사가 결혼하지 않는 까닭을 논하고 아울러 천주가 강생하신 유래를 풀이함

[第八篇 論傳道之士所以不娶而幷釋天主降生來由]

전도하는 이가 결혼하지 않는 까닭을 말하나 이는 불가를 유가에서 죄라고 하여 선인들이 자세히 변척한 것으로 재론의 여지가 없다고 하면서 천주강생설의 허탄함도 상용될 수 없는 것이 밝혀졌다고 하였다.

천주가 그들의 말과 같이 고금의 대부로서 우주의 공군(公君)이라면 이는 반드시 사해를 두루 덮어야 할 것인데 사은(私恩) 소혜(小惠)로 치우쳐 베풀었음을 지적하였다. 이제 서양 이외에도 천하의 나라들이 만구(萬區)가 넘을 터인데 천주가 강생하였다는 말을 듣지 못했으니 홀로 서양 나라에만 강생하였다고 함은 천주의 시은지도(施恩之道)가 또한 치우친 것이니 어찌 대부 공군이 될 수 있겠는가?라고 말하였다.

3) 『직방외기』

저서의 내용과 구성 등에 대한 개괄적인 해설과 비판으로 본문에서 언급한 오대주-아시아(亞細亞)·유럽[歐羅巴]·아프리카[利未亞]·아메리카[亞墨利加]·마젤라니카[墨瓦蠟尼加]에 대한 간략한 설명과 속한 나라들의 위치 풍습, 기후 등에 대하여 밝히고 그에 대하여 비판하였다. 지금 서사(西士)들이 여행하기를 잘한다 하나 반드시 천지의 사방 끝까지 이르지 못했을 것이다. 한갓 귀와 눈으로 경험한 것으로 구구절절 모아 다섯 대륙이라 지정하고 오만하게 스스로 천하를 다 보았다고 말하니 어찌 소견이 그리 작은가?라고 하면서 마젤라니카 대륙은 무엇으로 고증할지 모르면서 네 대륙과 더불어 나란히 배열할 수 있음을 알겠는가라고 비판하는 것이다. 또 서양의 교육 제도를 소개하며 그 체제를 비판하며 그들과 우리 유가의 『대학』의 도는 다르다는 언급으로 끝맺고 있다.

4. 의의 및 평가

신후담은 성호 문인을 중심으로 천주교 비판론을 전개한 이른바 '공서파(攻西派)'에서 가장 선구적인 인물이다. 천주교 비판서인 『돈와서학변』에 실린 「기문편」은 신후담이 스승 이익을 비롯한 이식, 이만부 등의 동료 문인들과 펼친 서학과 관련된 토론을 정리한 6편의 글이고 「서학변」은 예수회 선교사들의 천주교 교리서-『영언여작』, 『천주실의』, 『직방외기』 세 편을 읽고 이에 대하여 비판한 글이다. 그는 이 교리서들에서 제시된 '보유론'의 논리, 유교와 천주교의 일치나 소통을 강조하는 적응주의적 논리를 받아들일 수 없었고 오히려 근원적 차이를 표출시키는 것으로 비판의 입장을 보여준다. 천주 교리에 대한 비판에 관심을 기울인 것은 도학 정통의 신념을 지키는 성리학자로서의 입장을 밝혀주는 것이다. 그의 서학비판론은 대부분 도학의 이단 배척의 논리를 따르는 것이었다. 그러나 배타적 적대감으로 천주교를 배척하였던 18세기 말 이후의 척사론과 비교한다면, 신후담의 비판론은 논리적 일관성과 합리성을 견지하는 이론적 성격의 비판론이다.

신후담은 조선에서 가장 이른 시기에 천주 교리에 대한 본격적인 비판 이론을 제기한 만큼 서학서를 접할 때 반응하는 성리학자로서의 태도와 그에 대한 문제의식을 잘 드러내고 있다. 이러한 점에서 그의 비판론이 지니는 의의 및 특성으로 다음과 같은 점을 들 수 있다.

첫째, 한문서학서를 통해 알 수 있는 '천주'와 '영혼' 개념 및 서양교육제도와 세계지리 등 서양문물의 문제를 천주 교리의 주요 쟁점으로 삼아 비판의 대상으로 삼았다는 점에서 문제의식을 드러낸다. 특히 당시까지는 흔히 논의되지 않았던 『영언여작』을 구하여 천주교 영혼론을 자신의 비판이론의 단초로 삼고 있다. 실제로 그의 뒤를 이

허 서학비판론을 전개한 안정복도 처음부터 영혼론에 가장 많은 관심을 기울였다. 영혼론의 문제는 '영혼불멸설'에 따라 사후세계의 문제인 천당지옥설로 연결되며 제사문제까지도 맥락이 이어질 수 있기 때문이다.

둘째, 신후담의 천주 교리 비판론은 스콜라 철학의 논리와 성리학의 논리가 맞서는 논쟁적 성격을 보여주고 있다는 점이다. 천주 개념 문제에서 유교의 상제 개념과 태극·리 개념 사이의 관계를 해명하면서 성리학의 궁극 존재에 대한 인식을 명확히 하였으며 이를 통해 천주교의 '천주'와 유교의 '상제'개념 사이의 소통 가능성과 차이점을 잘 드러내 준다. '영혼'개념의 문제에서도 유교에서 기(氣)의 모임과 흩어짐으로 설명되는 혼백·귀신의 존재와 대비시키면서 동시에 성(性)에 대한 성리학적 인식을 연관시켰으며 덕(德)에 대해 행위의 결과로 보는 천주 교리의 견해와 인격의 본질로 보는 성리학적 입장의 차이를 대비시켜 보여준다.

셋째, 그의 비판론은 천주 교리를 불교와 같은 맥락에서 이단으로 보고 이익을 추구하는 것이라 규정하여 의리를 준거로 삼는 유교의 입장과 대립시킨다. 천주교의 종교 의례들도 불교 의례와 상통하는 것이라 지적하며 불교비판론에 근거하여 천주교를 비판하면서 이단의 공통적인 속성을 '살기를 탐내고 죽기를 아쉬워하는' 이익을 추구하는 마음으로 규정하고 천주교가 이단의 조건에 일치함을 강조하였다. 이러한 점에서 여전히 화이론(華夷論)에서 비론된 중국 중심 의식의 한계를 드러낸다.

그러나 조선 후기 신후담이 선구적으로 보여준 천주 교리에 대한 비판론은 개념에 대한 이론적 비판이며 이는 당시 사회의 유교 이론들을 다시 점검하면서 새롭게 각성하는 계기가 되었다. 즉, 신후담의 비판론은 서학 유입에 대한 또 다른 작용으로 조선 사회에서 천주 교리와 차별화되는 유교의 이론적 인식을 공고히 하여 확장하고 심화시키고자 하는 시발점이 되었다 하겠다.

〈해제 : 배주연〉

참 고 문 헌

1. 사료

『하빈선생 전집』권7, 아세아문화사, 2006.
『闢衛編』, 闢衛社, 1931.

2. 단행본

신후담 편저, 『하빈 신후담의 돈와서학변』, 김선희(역), 사람의 무늬 , 2014

3. 논문

금장태, 「遯窩 愼後聃의 서학비판이론과 쟁점」, 『종교학연구』, 2001.
박종홍, 「서구사상의 도입 비판과 섭취」, 『아세아연구』35호, 1969.
최동희, 「愼後聃의 西學辨에 관한 硏究」, 『아세아연구』46, 1972.

4. 사전

『한국가톨릭대사전』, 한국교회사연구소.

『벽위편(闢衛編)』

분류	세부내용
문 헌 종 류	조선서학서
문 헌 제 목	벽위편(闢衛編)
문 헌 형 태	필사본
문 헌 언 어	漢文
저 술 년 도	미상
저 자	이기경(李基慶, 1756~1819)
형 태 사 항	633면
대 분 류	사상서
세 부 분 류	척사위정서(斥邪衛正書)
소 장 처	Harvard-Yenching Library 경희대학교 도서관 경상대학교 도서관 국립중앙도서관
개 요	조선 지식인 이기경이 1787년부터 1801년까지 사이 반(反) 서학(西學) 및 반(反) 천주교(天主敎)를 논하는 서간(書簡), 통문(通文), 상소(上疏), 결안(決案) 등 자료를 모아 편찬한 척사서(斥邪書).
주 제 어	이기경(李基慶), 홍낙안(洪樂安), 척사위정(斥邪衛正), 통문(通文), 차자(箚子), 계사(啓辭), 상소(上疏), 정미반회사(丁未泮會事), 진산사건(珍山事件), 을묘실포사건(乙卯失捕事件), 신유사옥(辛酉邪獄), 백서(帛書), 토역반교문(討逆頒敎文)

1. 문헌제목

『벽위편(闢衛編)』

2. 서지사항

『벽위편(闢衛編)』은 조선시대 대표적 척사론(斥邪論) 모음서이다. 조선 후기 공서파(攻西派) 유학자 이기경(李基慶, 1756~1819)이 척사(斥邪) 입장에서 서학(西學)을 사학(邪學)으로 규정해 물리치고, 유학을 유일한 가치규범이자 정학(正學)으로 옹호할 목적으로 편찬한 책이다. 서명(書名)「闢衛」도 '사학(邪學)이나 이단(異端)의 사도(邪道)를 물리치고 정학(正學)을 정도(正道)로 옹호한다는 '벽사위정(闢邪衛正)'의 줄임말로, 여기서 말하는 정학은 유학(儒學), 사학이나 이단은 모두 천주교를 가리킨다.

『벽위편』은 1959년 이기경의 후손이 거주하던 경기도 양평군 양서면 양수리(兩水里) 용진(龍津)에서 홍이섭(洪以燮) 교수가 원본을 베낀 사본으로 추정되는 총4권 4책으로 된 필사본(筆寫本)을 발견하였고 이를 일반적으로 양수본(兩水本)이라 통칭한다. 이 양수본이 1978년 한국교회사연구소에 의해 영인본으로 간행되었다.

『벽위편』은 총 4책 4권이다. 각 책의 길이와 너비는 제1책(권1) 32×20.5cm, 제2책(권2) 35×22.5cm, 제3책(권3) 29.8×19.5cm, 제4책(권4) 29.8×19.5cm이다.

필사본(筆寫本)으로 제1책 246면, 제2책 158면, 제3책 94면, 제4책이 135면, 총 633면으로 방대하다.

각 책, 각 면의 행(行)의 수와 한 행 당 글자 수에는 출입이 있다. 권1 및 권2는 한 면 10줄, 한 행 당 24자, 권3은 한 면 9줄, 한 행 당 21자, 권4는 한 면 10줄, 한 행 당 20자를 썼다.

필사자(筆寫者)는 여럿으로 동일 권(卷) 안에도 다른 필체의 기록이 다수 보인다. 『벽위편』편찬 년도는 명확히 알 수 없다. 다만 그 내용이 신유년(1801) 12월에서 끝나고 있어 1801년 신유박해 이후 바로 편찬되었으리라 짐작한다. 1801년 음력 12월 22일에 신유박해의 정당성을 백성들에게 설명하기 위해 조정이 척사윤음(斥邪綸音)[1]을 반포한 것처럼 이기경도 척사 타당성의 근거를 기록으로 남겨 후세에 전하기 위해 『벽위편』을 편찬하였을 것이기 때문이다.

『벽위편』에는 목차(目次), 서문(序文), 발문(跋文) 등이 없다. 1787년 정조(正祖, 재위 : 1777~1800) 11년부터 1801년 순조(純祖, 재위 : 1801~1834) 1년에 이르는 15년 동안의 서학과 천주교 배척 전말을 보여주는 조야(朝野)의 계사(啓辭) 및 상소(上疏), 유림(儒林)의 통문(通文), 조정의 천주교 억제 및 박해 정책자료, 그에 대응하는 소위 친서파(親西派) 측 소명 자료 등을 광범위하게 수집해 편찬 수록한 척사 사료모음집 성격의 서적이다.

본 해제는 1978년 한국교회사연구소 간행 영인본을 저본으로 삼는다.

---

1) 척사윤음(斥邪綸音) : 척사윤음은 조선시대에 천주교를 사학(邪學)으로 단정하고 배척하기 위해 임금이 내리던 유시(諭示)이다. 18세기말 천주교 수용 이후 조선 왕조는 척사위정(斥邪衛正)의 유교 이념에 근거하여 천주교를 사학으로 탄압했고 박해 전후 법적 효력을 갖는 척사윤음이 반포되었다. 1801년 12월 22일 반포된 「신유척사윤음(辛酉斥邪綸音)」은 대제학 이만수(李晩秀)가 지은 것으로 '토역반교문(討逆頒教文)'의 제목에, 내용은 유교의 근본이념과 신유박해의 상황 및 결과가 약술되어 있다.

[저자]2)

이기경(李基慶, 1756~1819)의 자는 휴길(休吉), 호는 척암(瘠庵)이다. 전주(全州) 이씨로 사간을 지낸 봉령(鳳齡)의 손자, 지평을 지낸 제현(齊顯)의 아들이다. 1777년 사마시(司馬試)에 합격하고 1789년 식년문과을과(式年文科乙科)에 급제하고, 승문원(承文院) 벼슬을 거쳐 강제문신(講製文臣)에 뽑히고 감찰(監察), 예조정랑(禮曹正郎)을 지냈다.

이기경은 정치적으로는 남인이었으며 이승훈(李承薰)과 동문수학한 친구이고, 정약용(丁若鏞)과 더욱 막역란 사이였다. 그리하여 1784년 이승훈이 북경(北京)에서 세례를 받고 온 후 많은 서학서를 얻어 보고 천주교에 대해 호의적이었다. 그러나 1787년 정미년(丁未年) 이른바 반회사건(泮會事件)3)을 계기로 곧 공서파(攻西派)에 가담하여 홍낙안과 더불어 공서파의 선봉에 서게 되었다. 이 사실을 달레(Dallet)는 "이기경이 이승훈의 친구이며 동문(同門)으로서 처음에는 신자들 편을 들었으나 즉시 물러나 홍낙안(洪樂安)의 편에 가담했다"고 하였다.

이후 1791년 진산사건(珍山事件)4)이 일어나자 예조정랑이던 이기경

---

2) 저자 이기경 : 한국교회사연구소(편),『한국가톨릭대사전』권5, 1997,「벽위편」조, 권9, 2005,「이기경」조; 최석우,「벽위편의 형성」,『한국교회사의 탐구』, 한국교회사연구소, 1982 참조.

3) 정미년(丁未年) 이른바 반회사건(泮會事件) : 정미년(丁未年) 1787년 10월경 이승훈, 정약용 등이 반촌(泮村)에서 천주교 서적을 읽고 연구하는 걸 목격했다며 성토한 사건. 이 사건 발설자는 이기경으로, 그는 정미년 겨울에 이승훈, 정약용 등이 반촌에 있는 김석태(金石太)의 집에 모여서 서학서 만을 보는 것을 목격했다고 천주교 배척자 홍낙안(洪樂安)에게 폭로하였고 이에 홍낙안은 이 사실을 왕에게 상주하며 처벌을 주장하였다. 당시 이 사건으로 사건 관련자들에게 직접적 처단이 내려지지는 않았으나, 점차 서학과 천주교를 사교(邪敎)라고 하는 상소 등이 잇달아서 이후 천주교 박해 유발 원인의 하나가 되었다.

4) 진산사건(珍山事件) : 1790년 말 북경교구장 구베아(Gouvea, 湯土選) 주교가 조선교회에 내린 제사금지령에 따라 전라도 진산(珍山)에서 천주교인 윤지충(尹持

은 홍낙안 등과 더불어 척사를 주장하며 또한 친(親)서계로 의심되는 좌의정 채제공(蔡濟恭)을 척사에 미온적이라고 공박하고, 평택현감 이승훈의 정미반회사건 죄를 재론하며 천주교서적을 간행하고 있다고 상소를 올렸다. 곤경에 빠지게 된 이승훈은 무고(誣告)를 탄원하고, 이기경은 이에 대한 변명소(辨明疏)를 올렸으나 무고죄로 정조(正祖)의 노여움을 사 오히려 함경도 경원(慶源)으로 유배되었다. 이 일로 정약용 형제를 비롯하여 이승훈, 이가환 등과 등지게 되었다.

1794년 유배에서 풀려난 이기경은 이듬해 사헌부 지평(持平)에 복직하고 이후 병조정랑(兵曹正郎), 사간원 정언(正言), 이조좌랑(吏曹佐郎)을 거쳐 홍문관 교리(敎理), 사간원 헌납(獻納), 사헌부 장령(掌令)과 집의(集議) 등을 역임하며 계속 서학을 공격하였고, 1801년 신유박해 때에도 홍낙안과 함께 척사에 동참하였다.

그러나 1804년 대왕대비 정순왕후 김씨(大王大妃 貞純王后 金氏)의 재차 수렴청정을 반대하다가 함경도 단천(端川)에 유배되고 이듬해 풀려났으나 이남규(李南圭)의 탄핵으로 다시 경상도 운산(雲山)으로 유배되었다가 1809년 해배되었다.

이후 정계를 등지고 살다가 1819년 64세를 일기로 사망하였다.

忠)이 1791년 5월(음) 모친 권씨(權氏)의 상(喪)을 당한 후 외종사촌 권상연(權尚然)과 함께 제사를 폐하고 신주를 불태워 땅에 묻어버린 폐제분주(廢祭焚主)사건을 말한다.

3. 목차 및 내용

[목차]

없음

[내용]

1785년(정조 9)부터 1801년(순조 1)에 이르는 약 15년간 반(反) 서학 반(反) 천주교 전말을 보여주는 조야(朝野)의 계사(啓辭) 및 상소문(上疏文), 유림(儒林)의 통문(通文), 조정의 천주교 억제 및 박해 정책, 그에 대한 소위 친서파(親西派) 측 대응 관련 자료 등을 그 내용으로 수록하고 있다.

『벽위편』 전체 4권 중 권1에는 1785년부터 1795년까지의 신유박해 이전 척사 (斥邪) 관련 자료를 싣고, 『벽위편』 권2·권3·권4에는 1801년 신유년(辛酉年)의 천주교 박해 관련 자료를 수록하였다.

신유박해(辛酉迫害)는 1801년 신유년에 일어난 천주교 박해이다. 1800년(정조 24년) 6월 서학에 긍정적이고 천주교에 대해 비교적 온화한 정책을 써왔던 정조가 승하하고 나이 11세의 어린 순조(順祖)가 즉위하며 대왕대비(大王大妃) 정순왕후(貞純王后) 김씨가 수렴청정을 시작하였다. 왕대비는 원래 노론벽파(老論僻派)에 속해 있어서 집권 후 남인시파(時派)를 구축하려는데 천주교를 이용하려하였다. 그리하여 국상이 끝나자 곧 12월 중순부터 많은 천주교인들을 체포하고 이어 1801년 신유년 1월 11일에는 오가작통법(五家作統法)에 의거, 전국의 천주교인을 빠짐없이 고발케 하고, 회개하지 않는 자는 역적으로 다

스려 뿌리 뽑도록 하라는 공식 박해령을 전국에 내려지며 신유박해가
시작되었다.

그리고 1월 20일 정약용의 형 정약종(丁若鍾)이 천주교 서적과 성물
(聖物), 주문모(周文謨) 신부의 편지 등을 담은 책 고리짝을 안전한 곳
으로 옮기려다 발각된 사건이 일어났다. 이 사건은 박해에 박차를 가
하는 계기가 되어 천주교 엄단 상소문이 연달아, 마침내 남인의 중요
한 지도자인 동시에 천주교의 지도급 인물들인 이가환(李家煥), 홍낙민
(洪樂敏), 정약용(丁若鏞), 이승훈(李承薰), 권철신(權哲身), 정약종(丁若
鍾)에 대한 국문이 2월 10일부터 26일까지 계속되었다. 결국 그들 중
정약종, 홍낙민, 최창현, 홍교만(洪敎萬), 최필공, 이승훈 등 6명은 참
수되고, 이가환, 권철신은 옥사하였으며, 정약용, 정약전은 배교하여
경상도와 전라도로 각각 유배되었다. 박해는 충청도, 경기도, 전라도
등 지방으로도 크게 확산되었다.

2월 말, 남인 주요인물들이 모두 참수 또는 옥사, 유배됨으로써 끝
난 것으로 보였던 박해는 3월 12일 피신했던 주문모 신부의 자수로
가열되었다. 주 신부에 대한 국문으로 여러 신자들이 체포되고, 한 때
주 신부를 궁 안으로 피신시킨 사실과 세례를 받은 일이 드러나, 은언
군(恩彦君) 이인(李䄄)의 처 송씨(宋氏)와 며느리 신씨(申氏)가 사사되
고, 강화(江華)에 유배 중이던 은언군 역시 사사되었다. 주 신부는 4월
19일 군문효수(軍門梟首)되고, 많은 교인들이 순교하였다.

주문모 신부의 자수와 처형 이후 소강상태에 들어갔던 천주교에 대한
박해는 황사영(黃嗣永)의 백서 사건으로 다시 크게 일어났다. 황사영은
이미 2월 11일에 체포령이 내렸으나, 2월 10일부터 충청도 제천(堤川)
배론(舟論)에 은신하며 박해로 폐허가 된 조선교회의 실정과 교회의
재건과 종교의 자유를 얻기 위한 방도를 강구해 백서(帛書)[5]를 작성하
여 8월 26일 박해를 피해 떠돌던 황심(黃沁) 편에 북경으로 발송하려

다 미수에 그친 것이다. 황사영은 9월 26일 체포당해 서울로 압송되어 문초 후 11월 5일 대역무도죄로 능지처참되었다.

황사영 백서 사건이 일단락되자 조정에서는 박해의 전말과 옥사(獄事)를 변호하는 반교문(頒敎文)을 준비하여 12월 22일 「토사교문(討邪敎文)」 즉 「척사윤음(斥邪綸音)」을 반포하며 공식적으로 신유박해를 종료하였다.

또한 조정에서는 1801년 10월(음)에 파견된 동지사에게 천주교 탄압의 정당성을 설명하는 진주사(陳奏使)의 임무도 부여하였다. 황사영 백서 발각 이후 중국인 주문모 신부의 처형 사실이 청국(淸國)에 알려질 가능성이 높다고 판단하여 조선정부는 진주사를 파견하여 신유박해 전반에 관한 청국의 이해를 촉구하고, 주문모 신부의 처형에 따를 수 있는 중국 측 반발을 예방하려 했던 것이다.

신유박해로 희생된 천주교 신도 수는 처형된 자 약 100명, 유배된 자 약 400명으로 도합 500명에 달하였다. 『벽위편』 내용의 일목요연

---

5) 백서(帛書) : 백서는 황사영이 1801년 당시 천주교회의 박해현황과 그에 대한 대책 등을 북경의 주교에게 보고건의하려다 사전에 발각되어 압수당한 비단에 쓴 비밀문서다. 가로 62cm, 세로 38cm의 흰 명주에 작은 붓글씨로 쓴 122행 1만 3,311자에 달하는 장문이다. 이 백서에서는 1785년 이후 교회의 사정과 박해의 발생에 관한 설명, 신자들과 체포와 순교 및 주문모 신부의 활동과 자수 및 죽음 등 신유박해의 전개과정 서술. 그리고 박해의 종식과 신앙의 자유 획득을 위한 방책을 제안하였다. 그리고 1801년 8월 26일 황심 편에 북경으로 발송하려다 미수에 그친 것이다. 황사영 백서는 1801년 압수 이후 의금부에서 계속 보관해 오다가 1894년 옛 문서들을 파기할 때 그 원본이 우연히 발견되어 당시 조선교구장 뮈텔(Mutel, 閔德孝) 주교에게 전달되었다. 뮈텔 주교는 1925년 7월 5일 로마에서 거행된 조선순교복자 79위 시복식 때 이 자료를 교황 비오 11세에게 선물하여, 현재 교황청 민속박물관에 소장되어 있다. 한편 백서의 사본은 발각 당시부터 작성되기 시작해서 『벽위편(闢衛編)』, 『신유사학죄인 사영 등 추안(辛酉邪學罪人嗣永等推案)』을 비롯한 몇몇 자료에 재 수록되어 있다. 한국교회사연구소(편), 『한국가톨릭대사전』, 1985 「황사영 조」 참조.

한 이해를 위해 각 권 본문 수록 자료 소제목을 원문대로 등재한다.

권1

1787년 정미(丁未)년부터 1795년 을묘(乙卯)년에 이르는 동안 일어난 세 건의 서학 및 천주교 관련 사건들 자료가 수록되어 있다.

1787년 정미반회사건(丁未泮會事件)을 발단으로 이승훈과 정약용에 대한 홍낙안과 이기경의 성토가 시작되었다.

이어 1791년 신해(辛亥)년 진산사건(珍山事件)을 기화로 이기경은 좌의정 채제공(蔡濟恭)에게 장서(長書)를 보냈으며 이 장서는 신해박해(辛亥迫害, 1791)를 야기했을 뿐 아니라 윤지충(尹持忠)과 권상연(權尙然) 처형 후에도 신서파(信西派)에 대한 박해를 지속하게 하였다. 그리하여 평택현감(平澤縣監) 이승훈이 삭직(削職)되고, 권일신은 유배(流配)되고, 최필공(崔必恭), 최인길(崔仁吉) 등 중인(中人) 10여명이 형조(刑曹)의 문초를 받았다. 한편 공서파 이기경 역시 유배를 면치 못하였다.

1795년 을묘(乙卯)년 을묘실포사건(乙卯失捕事件)[6]으로 최인길(崔仁

---

6) 을묘실포사건(乙卯失捕事件) : 1795년(乙卯年) 음력 5월 11일 포청에서 주문모(周文謨) 신부를 체포하려다 최인길(崔仁吉), 윤유일(尹有一), 지황(池璜) 등만을 잡아들여 포청에서 주 신부 거처를 알아내려고 고문하던 중 이들이 그 이튿날 장사(杖死)함으로써 발단되었다. 포청에서는 신부 거처를 알아내지 못한 채 세 사람이 죽자 시신을 강물에 던져 버리고 사건을 은폐했으나 2개월 뒤인 7월 6일 이 사실을 안 대사헌 권유(權裕)가 상소를 올려 세 사람을 일찍 죽게 해 신부를 놓친 포장의 죄를 물었다. 이어 부사직(副司直) 박장설(朴長卨)은 이가환, 정약용, 이승훈을 사학의 교주로 고발하고 주 신부를 놓친 책임을 이들 셋에게 전가시키는 상소를 올렸으나 이들은 주문모 신부의 일을 모르고 있었으므로 결국 고발자 박장설이 유배형에 처해졌다. 그러나 사건이 알려지자 천주교 배척과 이가환, 정약용, 이승훈 탄핵 상소가 끊이지 않게되자 이로 인해 이가환은 충주목사(忠州牧使), 정약용은 금정찰방(金井察訪)으로 좌천되고 이승훈은 예산(禮山)으로 유배되었다. 이로써 사건은 일단락되었으나 이는 을묘박해 발생 원인이

吉), 윤유일(尹有一), 지황(池璜) 등 소위 사학죄인(邪學罪人) 3인이 포청에서 타살(打殺)되었다. 이 사건이 폭로되자 공서파의 이가환(李家煥), 정약용, 이승훈에 대한 공격이 재연되고 임금 정조(正祖)는 부득이 그들을 좌천 또는 유배로 처리하였다.

이상 사건들과 관련된 통문(通文), 상소문(上疏文), 차자(箚子)[7], 계사(啓辭)[8], 계목(啓目)[9], 문계(問啓)[10], 공사(供辭)[11] 등 70건 자료들이 수록되어있다.

◎ 卷1 본문 기재 자료

■ 進士洪樂安與李基慶書 (丁未十二月)
  : 진사 홍낙안이 이기경에게 보낸 편지 (1787년 12월)

■ 進士李基慶答洪樂安書 (丁未十二月)
  : 진사 이기경이 홍낙안에게 답한 편지 (1787년 12월)

■ 洪樂安答李基慶書 (丁未十二月)
  : 홍낙안이 이기경에게 답한 편지 (1787년 12월)

■ 李基慶與進士丁若鏞書 (戊申十二月)
  : 이기경이 진사 정약용에게 보낸 편지 (1788년 12월)

■ 洪樂安對 親策文 (戊申正月十日)
  : 홍낙안의 과거시험 시무책(時務策) 답안 (1788년 1월 10일)

되어 비밀리에 주문모 신부 체포령이 전국에 내려지면서 지방에서는 박해가 가열되기 시작하였다. 한국교회사연구소(편), 『한국가톨릭대사전』, 1985 참조.
7) 차자(箚子) : 임금에게 올리는 글.
8) 계사(啓辭) : 논죄에 관해 임금에게 올리는 글.
9) 계목(啓目) : 임금에게 보이는 서류(書類)에 붙인 목록(目錄) .
10) 문계(問啓) : 임금의 명으로 죄과 등으로 퇴관당한 관리를 승지가 불러 그 전말을 물어 아뢰는 것.
11) 공사(供辭) : 범인(犯人)이 자신의 범죄 사실을 진술하는 말.

- 洪樂安抵珍山郡守申史源書（辛亥九月二十七日）

  : 홍낙안이 진산군수 신사원에게 보낸 편지 (1791년 9월 27일)

- 申史源答洪樂安書（辛亥十月初二日）

  : 신사원이 홍낙안에게 답한 편지 (1791년 10월 2일)

- 洪樂安上左相蔡濟恭書（辛亥九月二十九日）

  : 1791년 9월 홍낙안이 좌의정 채제공에게 보낸 편지 (1791년 9월 29일)

- 洪樂安與發通諸儒書（辛亥十月初一日）

  : 홍낙안이 여러 유생들에게 발송해 돌린 통문 (1791년 10월 1일)

- 洪樂安餘蔡弘遠書（辛亥十月初六日）

  : 홍낙안이 채홍원에게 보낸 편지 (1791년 10월 6일)

- 進士睦仁圭與發通諸儒書（辛亥十月初一日）

  : 진사 목인규가 여러 유생들에게 발송해 돌린 통문 (1791년 10월 1일)

- 大司憲具㢞正言朴崙壽合啓（辛亥十月十六日）

  : 대사헌 구익과 정언 박윤수가 함께 아뢰는 말씀 (1791년 10월 16일)

- 左相蔡濟恭啓辭

  : 좌의정 채제공이 아뢰는 말씀

- 大司諫申耆上疏（辛亥十月十七日）

  : 대사간 신기의 상소 (1791년 10월 17일)

- 持平韓永逵啓辭

  : 지평 한영규가 아뢰는 말씀

- 司諫李彦祐獻納李庚運啓辭(동일)

  : 사간 이언우와 헌납 이경운이 함께 아뢰는 말씀 (같은 날)

- 左議政蔡濟恭箚子聖批（辛亥十月二十四日）

  : 좌의정 채제공이 (임금에게) 올리는 글. 임금의 비답. (1791년 10월 24일)

- 大司諫權以綱上疏聖批 (辛亥十月二十九日)

  : 대사간 권이강의 상소. 임금의 비답. (1791년 10월 29일)

- 前假注書洪樂安問啓批旨 (辛亥十月三十日三更)

  : 전 가주서 홍낙안의 문계.임금의 비답 말씀. (1791년 10월 30일 밤11시~새벽1시)

- 再次問啓批旨 (辛亥十一月初二日)

  : (홍낙안의) 재차 문계.임금의 비답 말씀. (1791년 11월 2일)

- 備邊司草記

  : 1791년 12월 3일에 비변사가 사실만 간략히 적어 임금에게 올린 상주문(上奏文)

- 前假注書洪樂安上疏 (辛亥十一月初六日)

  : 전 가주서 홍낙안의 상소 (1791년 11월 6일)

- 李基慶上左議政書 (辛亥十月初七日)

  : 이기경이 좌의정에게 올리는 편지 (1791년 10월 7일)

- 又上左議政書 (同日)

  : 좌의정에게 또 올린 편지 (같은 날)

- 李基慶與蔡弘遠書 (同日)

  : 이기경이 채홍원에게 보낸 편지 (같은 날)

- 左議政蔡濟恭答李基慶書 (同)

  : 좌의정 채재공이 이기경에게 보낸 답서 (같음)

- 平澤縣監李承薰供辭

  : 평택현감 이승훈의 공사

- 李承薰再次供辭處分傳敎

  : 이승훈의 재차 공사. (이승훈에 대한) 왕명의 처분을 받듦.

- 前假注書洪樂安上疏 (辛亥十一月初八日)

  : 전 가주서 홍낙안의 상소 (1791년 11월 8일)

- 獻納宋翼孝疏批
  : 헌납 송익효의 상소. 비답(批答)

- 館學儒生宋道鼎等上疏 批旨
  : 성균관 유생 송도정 등의 상소. 임금이 내린 비답(批答).

- 生員睦允中等十二人上疏大槪處分傳敎 (辛亥十一月初七日)
  : 생원 목윤중 등 12인의 상소. 왕명의 처분을 받듬. (1791년 11월 7일)

- 政院啓辭左部承旨洪仁浩
  : 1791년 11월 6일 승정원에서 좌부승지 홍인호에게 내린 임금
  의 말씀

- 刑曹 啓目
  : 1781년 11월 8일 형조의 계목

- 刑曹判書金尙集 啓辭
  : 형조판서 김상집이 올린 계사

- 十一月初八日 傳敎
  : 1791년 11월 8일 왕명을 받듬

- 修撰申獻朝上疏批旨
  : 수찬 신헌조의 상소. 임금이 내린 비답(批答).

- 修撰尹光普上疏批旨
  : 수찬 윤광보의 상소. 임금이 내린 비답(批答).

- 刑曹 啓目 批旨權日身事
  : 형조의 계목, 임금이 내린 권일신 관련 사안 비답(批答).

- 草土臣李基慶疏
  : 거상(居喪) 중(中)인 신하 이기경의 상소

- 李基慶上疏後處分傳敎 (辛亥十一月十三日)
  : 이기경 상소 후의 왕명 처분을 받듬 (1791년 11월 13일)

- 前假注書洪樂安擬上疏-送院退却 (辛亥十一月十四日)

  : 전 가주서 홍낙안의 비슷한 모방 상소.-승정원에 보냈으나 물리쳐짐. (1791년 11월 14일)

- 右副承旨洪仁浩上疏 (辛亥至月十四日)

  : 우부승지 홍인호의 상소 (1791년 12월 14일)

- 壬子二月十七日 筵教

  : 1792년 2월 17일 경연에서의 논의

- 司直鄭昌順上疏 (同日)

  : 사직 정창순의 상소 (같은 날)

- 校理申獻朝上疏 (壬子三月三十日)

  : 교리 신헌조의 상소 (1792년 3월 30일)

- 大司憲權裕上疏 (乙卯七月初三日)

  : 대사헌 권유의 상소 (1795년 7월 3일)

- 副司直朴長卨上疏 (乙卯七月七日)

  : 부사직 박장설의 상소 (1795년 7월 7일)

- 右議政蔡濟恭箚子 (乙卯七月初八日)

  : 우의정 채제공이 임금에게 올리는 글 (1795년 7월 8일)

- 漢城府關文 (乙卯七月初十日)

  : 한성부의 관련 문서 (1795년 7월 10일)

- 工曹判書李家煥上疏 (乙卯七月初九日)

  : 공조판서 이가환의 상소 (1795년 7월 9일)

- 李家煥處分傳敎 (乙卯七月)

  : 이가환에 대한 왕명 처분을 받듬 (1795년 7월)

- 館學進士朴盈源等上疏批答傳敎附

  : 성균관 유생 진사 박영원 등의 상소. 비답. 왕명 처분

- 生員李重庚等上疏
  : 생원 이중경 등의 상소
- 修撰崔獻重上疏
  : 수찬 최헌중의 상소
- 李家煥補外 傳敎
  : 이가환을 보직 해제하라는 왕명을 받듬
- 丁若鏞 處分 傳敎
  : 정약용에 대한 왕명의 처분을 받듬
- 李承薰投畀 傳敎
  : 이승훈을 왕명으로 지정한 곳에 귀양 보냄
- 大司憲李義弼初疏批答
  : 대사헌 이의필의 첫 상소문. 비답
- 大司憲李義弼再疏批答
  : 대사헌 이의필의 재차 상소. 비답
- 持平洪樂敏疏批避嫌附
  : 지평 홍낙민의 상소.사건에서 혐의가 풀릴 때까지 관직에 나
  가지 말라는임금의 비답
- 大司憲崔獻重上疏批答
  : 대사헌 최헌중의 상소.비답.
- 奎章閣提學沈煥之箚子批答
  : 규장각제학 심환지가 임금에게 올리는 글.비답
- 吳錫忠與尹愼書
  : 오석충이 윤신에게 보낸 편지
- 尹愼與吳錫忠書
  : 윤신이 오석충에게 보낸 편지

- 前正言李基慶上右相蔡濟恭書
  : 전 정언 이기경이 우의정 채제공에게 올리는 편지
- 領議政洪樂性啓辭
  : 영의정 홍낙성이 논죄에 관해 임금에게 올리는 글
- 掌樂正趙鎭井上疏
  : 장악정 조진정의 상소
- 湖南儒抵本道疏儒通文
  : 호남 유생들이 (사학이) 본래의 도에 저촉됨을 상소한 소(疏)를 다른 유생들에게 돌린 통문
- 副正字洪樂安外補 傳敎
  : 1795년 8월 10일에 부정자 홍낙안 보직제외 임금의 명령을 받듬

이상 『벽위편』 권1은 신유박해 이전 척사 관련 자료를 수록하였다. 이어 『벽위편』 권2·권3·권4에는 신유박해 당시의 상황 전모를 알리는 관련 자료들을 풍부하고 충실히 기재하고 있다.

권2

1801년 신유 정월 11일 대왕대비 정순왕후의 오가통 자교(五家統 慈敎)를 신호탄으로 공서파 홍낙안, 이기경 등이 친서파 및 서교신자(西敎信者)를 엄히 다스리라는 상소가 끊이지 않았다. 결국 국청(鞠廳)이 설치되고 추국(推鞠)이 시작되었으며 남인(南人) 주요 인물 뿐 만 아니라 일반 신도들도 서울과 지방에서 순교하였다. 『벽위편』 권2에는 신유년 1월 11일부터 5월 22일간의 신유박해 초기 관련 자료들, 곧 계사(啓辭), 상소(上疏), 초사(招辭), 결안(結案), 전교(傳敎) 등 44건이 수록되어있다.[12]

◎ 卷2 본문 기재 자료

■ 五家統[13] 慈敎

　: 1801년 1월 11일에 대왕대비전에서 내린 전교

■ 崔獻重所 啓

　: 1801년 1월 6일 승지 최헌중이 올린 글

■ 李書九所 啓

　: 같은 날 유사당상(有司堂上) 이서구가 올리는 글

■ 副摠管朴長卨上疏

　: 부총관 박장설의 상소

■ 前掌令李安黙上疏

　: 전 장령 이안묵의 상소

■ 司諫朴瑞源上疏

　: 사간 박서원의 상소

■ 府新 啓 (辛酉正月初九日)

　: 의정부(議政府)가 새로 올리는 보고 (1801년 1월 9일)

■ 閣臣所 啓

　: 1801년 2월 11일 규장각제학(奎章閣提學) 이만수(李晩秀), 대제학
　(大提學) 윤행임(尹行恁), 직제학(直提學) 남공철(南公轍)이 올린 글

---

12) 다만 왕족인 은언군(恩彦君)과 부인 송씨(宋氏), 며느리 신씨(申氏) 관련 내용들
　은 일부 삭제 기재하였다.
13) 오가통(五家統) : 조선시대에 백성 사찰을 위해 제정된 주민조직법의 하나. 5가
　(家)를 1통(統)으로 하여 통주(統主)를 두고, 5통을 1리(里)로 주민을 조직하였
　는데 부역, 납세, 징용 등의 의무를 소홀히 할 경우 통·리 단위로 연대책임을
　물었다. 이것이 천주교인 박해에 적용된 것은 1801년(순조 원년) 이후로 1월
　11일 전국에 교서를 내려 사학(邪學) 엄금을 명하면서, 오가작통법을 적용하며
　만약 통내에 천주교인이 있으면 통주들까지 처벌하여 천주교를 뿌리째 뽑으라
　고 하였다. 이로써 신유박해 이후 많은 신도들이 오가작통법의 피해로 잡혀 순
　교하였으며, 이 법은 천주교 전교를 막는 데 주된 역할을 하였다.

- 治邪(委官李秉模判義禁徐鼎修知義禁李書九同義禁韓用鐸尹東晚問事卽廳
  吳翰 源鄭采百柳河源李安黙李基憲任厚常)
  : 사교(邪敎)를 다스림-(위관[14])은 이병모, 의금부 당상은 서정수·
  이서구·한용 탁·윤동만, 의금부 관리는 오한원·정채백·유하원·이
  안묵·이기헌·임후상)
- 大司諫申鳳朝上疏
  : 대사헌 신본조의 상소
- 副校理李基獻上疏
  : 부교리 이기헌의 상소
- 副修撰李象謙上疏
  : 부수찬 이상겸의 상소
- 知事權儼等聯名上疏 (十八日)
  : 지사 권엄 등의 연명상소 (2월 18일)
- 府新啓 (十八日)
  : 의정부(議政府)의 새로운 보고 (2월 18일)
- 大司諫睦萬中上疏 (十八日)
  : 대사간 목만중의 상소 (2월 18일)
- 大司諫睦萬中上疏
  : 대사간 목만중의 상소
- 京畿監司李益運上疏 (二十一日)
  : 경기감사 이익운의 상소 (2월 21일)
- 掌令權漢緯上疏
  : 장령 권한위의 상소

---

14) 위관(委官) : 죄인 추국 때 의정대신 중 임시로 뽑는 재판장.

- 校理尹羽烈上疏
  : 교리 윤우열의 상소
- 正言李毅采上疏
  : 정언 이의채의 상소
- 掌令洪光一上疏
  : 장령 홍광일의 상소
- 執義柳耕上疏
  : 집의 유경의 상소
- 孝元殿告由文
  : 효원전15)에 사유를 고하는 글
- 申光軾上疏
  : 신광식의 상소
- 掌令洪羲運上疏
  : 장령 홍희운의 상소
- 慶尙道幼學姜樂等上疏
  : 경상도의 벼슬하지 않은 유생(儒生) 강낙 등 상소
- 府新啓 （十八日）
  : 의금부의 새 보고 (3월 18일)
- 三司合新啓 （十九日）
  : 삼사(사헌부·사간원·홍문관)가 함께 상소함 (3월 19일)
- 睦仁秀韓在維抵太學通文
  : 목인수·한재유가 태학에 올린 통문
- 京畿監司副護軍崔重奎上疏
  : 경기감사 부호군 최중규의 상소

---

15) 효원전(孝元殿) : 정조(正祖) 임금의 혼전(魂殿).

권3

권3에는 신유 1801년 5월 23일부터 10월 29일 사이, 신유박해의 전개 과정을 알려 주는 자료 24건을 기재하였다. 특히 6월 10일자 토역반교문(討逆頒敎文)과 황사영(黃嗣永)의 백서(帛書) 사건 관련 등 중요 문건이 수록되어 있다.

박해는 천주교와 관련 없는 인물들에게까지 미쳐 이승훈의 아우 이치훈(李致薰)이 고향으로 추방되었다. 전라도 전주의 사학(邪學) 죄인 중 한정흠(韓正欽)과 최여겸(崔汝謙) 등은 즉시 처형시켰으나 유항검(柳恒儉), 윤지헌(尹持憲) 등 황사영 관련 의혹 죄인들은 서울로 압송하여 국문하였다.

남인(南人)시파(時派)에 대한 벽파(僻派)의 정치적 제제는 이미 정법된 이가환(李家煥), 권철신(權哲身)에게까지 거슬러 적용되었고, 황심(黃沁)의 체포로 황사영이 잡히며, 백서 사건은 정약전, 정약용 형제들과의 연관성을 추국하는 계기가 되었다. 이 기간 서울과 충주 등지에서도 다수 희생자가 생겨났다.

◎ 卷3 본문 기재 자료

■ 李致薰 處分

: 5월 23일 이승훈의 아우 부정자(副正字) 이치훈에 대한 처분

■ 開城留守金文淳等聯名上疏

: 개성유수 김문순 등의 연명상소

■ 李象謙供辭

: 이상겸의 (자신의) 행적에 대한 진술

■ 申鳳朝避啓

: 대사간 신봉조의 피계

■ 討逆頒敎文 (六月初十日)

: 토역반교문 (6월 10일)

■ 正言閔耉顯上疏

: 정언 민기현의 상소

■ 副校理張錫胤上疏 (七月初二日)

: 부교리 장석윤의 상소 (7월 2일)

■ 刑曹堂上聯名上疏 (判書曺允大參判金啓洛參議李素)

: 판서 조윤대·참판 김계락·참의 이소 등 형조 당상들의 연명 상소

■ 玉堂[16]聯名箚子

: 홍문관의 연명 차자

■ 兩司聯名上疏 (司諫徐有沂獻納金孝秀正言尹濟弘持平李惟采)

: 사간 서유기·헌납 김효수·정언 윤제홍·지평 이유채 등 사헌부
(司憲府)와 사간원(司諫院) 양사 대신들의 연명 상소

■ 執義尹羽烈上疏

: 집의 윤우열의 상소

---

16) 옥당(玉堂) : 조선시대 홍문관(弘文館)을 말한다.

- 執義尹羽烈上疏

  : 집의 윤우열의 상소

- 掌令崔時淳上疏

  : 장령 최시순의 상소

- 尹行恁事[17]三司合辭 啓 (九月初九日)

  : 윤행임 사건에 대해 심사가 합동으로 아뢰는 글 (1801년 9월 9일)

- 時原任大臣聯名箚子 (領議政沈煥之左議政李時秀右議政徐龍輔領府事李秉

  模 十一日)

  : 현직 시임(時任) 및 전직 원임(原任) 대신 영의정 심환지·좌의
  정 이시수·우의정 서용보·영부사 이병모의 연명 차자 (1801년
  9월 11일)

- 掌令鄭澣上疏

  : 장령 정한의 상소

- 三司合新啓 (十五日)

  : 삼사가 합동으로 새롭게 올리는 글 (9월 15일)

- 府啓改措語添入 (同日)

  : 의금부에서 말의 뜻을 엉구어 고쳐서 93자를 더 첨가해 넣어
  아룀. (같은 날)

---

17) 윤행임(尹行恁, 1762~1801) 사건 : 윤행임은 1782년(정조 6) 별시 문과 급제자
로 이조참의, 비변사제조 등을 지내며 왕의 신임이 두터웠으나 남인 시파(時派)
로 여러 차례 벽파(僻派)의 탄핵을 받아 유배, 복직을 거듭하였다. 정조 말년에
도승지로 있다가 1800년 정조가 서거하자 왕의 시장(諡狀)을 썼으며, 순조 즉
위 후 정순왕후에 의해 이조판서에 올랐다. 그러나 정순왕후가 시파 추방을 위
해 신유박해를 일으키면서 서학 신봉자 비호 죄목으로 신지도(薪智島)에 유배
되었다가 사사되었다.

- 司諫崔恒上疏 (十六日)

  : 사간 최환의 상소 (9월 16일)

- 校理尹羽烈上疏

  : 교리 윤우열의 상소

- 三司合啓添入 (二十四日)

  : 삼사가 함께 286자를 더 첨가해 넣어 아룀. (9월 24일)

- 校理尹羽烈上疏 (九日)

  : 교리 윤우열의 상소 (10월 9일)

- 執義洪羲運獻納申龜朝聯名箚子 (十四日)

  : 집의 홍희운과 헌납 신구조의 연명 차자 (10월 14일)

- 同副承旨洪羲運上疏 (同日)

  : 동부승지 홍희운의 상소 (같은 날)

권4

권4에는 1801년 10월 17일부터 12월 말까지의 신유박해 후기 양상을 설명해주는 자료 31편(篇)이 기재되어 있다. 특히 황사영 백서 사건 이후의 관련 자료들, 즉 황심, 황사영 처분, 정약전(丁若銓) 정약용(丁若鏞) 형제의 유배, 결안에 대한 재 국문 요청, 재상 채제공(蔡濟恭)의 서원배향 출척 등 각종 상소 및 통문, 비답(批答), 신유박해의 정당성을 변호하고 그 종식(終熄)을 알리는 토역반교문(討逆頒敎文), 대제학 이만수(李晩秀)가 찬진한 「토사주문(討邪奏文, 일명 陳奏文草)」와 그에 대해 중국이 조선에 보낸 「토사주복(討邪奏覆, 즉 回答)」 등이 수록되어 있다.

◎ 卷4 본문 기재 자료

■ 玉堂箚子 (二十二日)
  : 홍문관의 차자. (10월 22일)

■ 戶曹參判徐美修上疏 (同日)
  : 호조참판 서미수의 상소 (10월 22일)

■ 兩司聯名上疏 (同日 大司諫林希存執義朴瑞源司諫金熙采持平朴宗正申淑
  正言金碩鉉尹濟弘)
  : 대사간 임희존·집의 박서원·사간 김희채·지평 박종정과 신숙·
  정언 김석현과 윤제홍 등 사헌부(司憲府)와 사간원(司諫院) 양사
  대신들의 연명 상소 (10월 22일)

■ 時原任大臣聯名箚子 (同日)
  : 현직 시임(時任) 및 전직 원임(原任) 대신들의 연명 차자 (10월 22일)

■ 掌令李 上疏 (同日)
  : 장령 이 (*이름 없음)의 상소 (10월 22일)

■ 校理朴命燮上疏 (同日)
  : 교리 박명섭의 상소 (10월 22일)

■ 掌令姜彙鈺上疏 (同日)
  : 장령 강휘옥의 상소 (10월 22일)

■ 大司諫俞漢寧掌令李 聯名箚子 (初五日)
  : 대사간 유한녕과 장령 이 (*이름 없음)의 연명 차자 (11월 5일)

■ 玉堂箚子
  : 홍문관의 차자

■ 玉堂聯名上疏
  : 홍문관의 연명 상소

■ 兩司聯名上疏 (執義朴瑞源掌令姜彙鈺持平申淑朴宗正正言元在明李永老)
  : 집의 박서원·장령 강휘옥·지평 신숙과 박종정·정언 원재명과 이

영로 등사헌부(司憲府)와 사간원(司諫院) 양사 대신들의 연명 상소

- 大司諫俞漢寧上疏

  : 대사간 유한녕의 상소

- 副修撰申龜朝上疏

  : 부수창 신구조의 상소

- 工曹參判尹東晩上疏

  : 공조참판 윤동만의 상소

- 忠淸監司尹光顔上疏

  : 충청감사 윤광언의 상소

- 洪羲運與姜復欽書

  : 홍희운이 강복흠에게 보낸 편지

- 姜復欽答書

  : 강복흠의 답신

- 蔡濟恭黜享通文 (十一月初三日)

  : 書院에 배향된 채제공을 쫓아내기 위해 유림, 관계기관, 각 서원 등에 돌린 통문(11월 3일)

- 陳奏文草 (大提學李晩秀製)

  : 신유박해의 전말과 중국인 주문모(周文謨) 신부의 처형에 대한 변명을 적어 청의 인종(仁宗)에게 보낸 보고서(대제학 이만수 작성)

- 司諫李東埴上疏 (十一日)

  : 사간 이동식의 상소(12월 11알)

- 尹商弼抵太學通文

  : 윤상필이 태학에 올린 통문

- 副敎理金熙采上疏

  : 부교리 김희채의 상소

- 同義禁尹長烈上疏
  : 동의금 윤장열의 상소
- 兩司聯名箚子
  : (사간원·사헌부) 양사의 연명 차자
- 蔡濟恭追奪 慈敎 (同日)
  : (사망한) 채제공의 죄를 논하여 생전의 벼슬 이름을 깎아 없앰.
  대왕대비의 교지 (같은 날)
- 討逆頒敎文 (大提學李晩秀製 進)
  : (1801년 12월 22일) 신유박해를 마무리 지으며 박해의 원인과
  경과, 당위성을 백성들에게 알리는 국왕 명의의 반포문. (대제
  학 이만수가 지어서 바침)
- 大司諫俞漢寧上疏
  : 대사간 유한녕의 상소
- 獻納姜世綸上疏
  : 헌납 강세륜의 상소
- 獻納李重蓮上疏
  : 헌납 이중련의 상소
- 護軍尹弼秉等上疏
  : 호군 윤필병 등의 상소
- 回咨
  : 가경(嘉慶) 6년(1801) 12월 27일 (중국)황제의 유시를 받들어
  써서 조선 국왕에게 보낸 회답

4. 의의 및 평가

이기경의 『벽위편(闢衛編)』은 서학(西學)에 반대하고 천주교를 배척하는 이론을 담은 공적(公的), 사적(私的) 자료들을 모아 편찬한 대표적 척사론(斥邪論) 서책이다.

1785년부터 1801년까지의 천주교에 대한 비판론 및 실제 박해의 전개 상황을 보여주는 자료들인데, 자료 전문(全文)을 수록하고 사건 사실을 일지(日誌) 형식으로 기록하여 조선 후기 사회사상사 및 종교사, 특별히 한국 천주교회사 연구에 없어서는 안 될 핵심적 사료(史料)라 하겠다. 특히 연대기적으로 수록된 통문(通文), 상소문(上疏文), 계사(啓辭), 전교(傳敎), 윤음(綸音) 등은 당시의 척사 배경과 내용을 상세히 알려 주는 일차(一次) 사료로서 귀중하다.

조선 후기 사회사상사적 측면에서 『벽위편』은 천주교 전래 초기부터 조선사회가 받은 충격과 반응을 모아 전함으로써 척사론자들의 천주교에 대한 인식 내지 배척 운동의 전말을 정확하고 체계적으로 파악하고 이해할 수 있도록 한다.

한국 천주교회사 연구 측면에서 『벽위편』은 천주교 전래 초기의 주요 사건들 즉 1787년 정미반회사건(丁未泮會事件), 1791년 신해박해(辛亥迫害), 1795년 을묘실포사건(乙卯失捕事件) 및 1801년 조선 최초의 공식 대 박해인 신유박해의 전말을 명학하고 상세히 알려주고 있어서 당시 상황을 보다 객관적 역사적으로 파악할 수 있도록 한다.

아울러 박해로 희생된 천주교 신자들에 관한 재판 판결 기록인 결안(決案)은 박해 상황과 초기 신자들 신앙의 내용을 알 수 있게 하고 동시에 순교 사실 증명의 중요 자료이다.

또한 『벽위편』을 불어로 번역해 1862년 프랑스로 보낸 제5대 조선

교구장 다블뤼(Daveluy, 安敦伊, 1818~1866) 주교의 역사 자료의 중요성에 대한 인식은, 샤를르 달레(Charles Dallet, 1829~1878)가『한국천주교회사』[18]를 저술하면서 그 사료적(史料的) 가치에 주목하며 그 내용을 자주 인용하여 초기 한국천주교회사 서책을 탄생하게 하였다.

『벽위편』은 척사(斥邪)의 큰 틀에서 일관성을 유지하며 가능한 당시의 모든 공적, 사적 자료들을 입수, 기재하려 했다는 점과, 특히 자료 수집과 편찬에 있어 편자 이기경이 주관이나 편견을 거의 개입시키지 않고 객관성을 유지하며 원 자료를 수록, 기재하고 있다는 점에서 높이 평가할 수 있다.

그럼에도 일부 내용에는 인명, 일자, 사건의 배경 자료 등에 약간의 오류가 있어 여타 기록과의 비교 검토가 요청된다.

〈해제 : 장정란〉

---

18) 샤를르 달레의『한국천주교회사』: 1874년 프랑스에서 프랑스어(語)로 간행된 상·하 2권(卷) 2책(冊) 총 1,167면의 한국 천주교회사. 원래 서명 Histoire de l'Eglise de Coree, 저자는 파리외방전교회 달레 신부.『한국천주교회사』는 원래 5대 조선교구장 다블뤼 주교가 편찬을 계획, 국한문자료들을 수집하였으나 건강상 이유로 포기하고 모든 불역 자료들을 1862년 파리로 보냈다. 이 자료들이 달레 신부에 의해 정리되어 기본사료로 이용되었고, 여기에 조선 활동 파리외방전교회 선교사들의 서한이 추가 자료로 이용되어 1874년『한국천주교회사』가 간행되었다. 이 책은 간행 즉시 영국, 러시아, 네덜란드 등지에서 번역되었다. 한국에서는 한국교회사연구소 소장 최석우 신부와 불문학자 안응렬 교수의 번역·주해 작업을 거쳐 1979년 상권, 1980년 중·하 3권으로 완역되었다. 이 책은 최초의 한국천주교회사 통사로서 그 사료적 가치가 매우 높이 평가된다. 샤를르 달레(저), 안응렬·최석우(역주),『한국천주교회사』, 상·중·하, 분도출판사, 1879~1980; 최석우,「달레 저 한국천주교회사의 형성과정」,『한국교회사의 탐구』, 한국교회사연구소, 1982 참조.

참 고 문 헌

1. 사료

이만채, 김시준(역), 『闢衛編』, 명문당, 1987.

『闢衛編』, 한국교회사연구소, 1978.

『闢衛編』, 闢衛社, 1931.

2. 단행본

차기진, 『조선 후기의 서학과 척사론 연구』, 한국교회사연구소, 2002.

3. 논문

김가람, 「이기경의 척사 활동과 공서파 형성에 끼친 영향」, 『교회사연구』 제30집, 한국교회사연구소, 2008.

최석우, 「벽위편의 형성」, 『한국교회사의 탐구』, 한국교회사연구소, 1982.

홍이섭, 「소위 '벽위편'의 형성에 대하여」, 『인문과학』 제4집, 1959.

4. 사전

『한국가톨릭대사전』 12권, 한국교회사연구소 1995~2006.

『벽위편(闢衛編)』

분류	세부내용
문 헌 종 류	조선서학서
문 헌 제 목	벽위편(闢衛編)
문 헌 형 태	석인본(石印本)
문 헌 언 어	漢文
저 술 년 도	1931
저　　　자	이만채(李晚采, ? ~ ?)
형 태 사 항	상하 2책, 7권, 442면
대 　분 　류	사상서
세 부 분 류	척사위정서(斥邪衛正書)
소 　장 　처	한국교회사연구소 성균관대학교 존경각
개　　　요	조선 지식인 이기경(李基慶)의 4대손 이만채가 종조부 이기경의 척사서『벽위편(闢衛編)』일부와 그 이후 19세기 말엽까지의 천주교 배척 및 반(反) 서학(西學) 이론을 담은 문헌(文獻), 상소(上疏), 결안(決案) 관련 자료들을 모아 편찬한 척사론(斥邪論) 저서.
주 　제 　어	서교동래(西敎東來), 사추조적발(乙巳秋曹摘發), 정미반회사(丁未泮會事), 신해진산지변(辛亥珍山之變), 신유치사(辛酉治邪), 기해치사(己亥治邪), 척사윤음(斥邪綸音)

1. 문헌제목

『벽위편(闢衛編)』

2. 서지사항

『벽위편(闢衛編)』은 조선시대 대표적 척사론(斥邪論) 모음서이다. 조선 후기 공서파(攻西派) 유학자 이기경(李基慶, 1756~1819)이 척사(斥邪) 입장에서 서학(西學)을 사학(邪學)으로 규정해 물리치고, 유학을 유일한 가치규범이자 정학(正學)으로 옹호할 목적으로 편찬한 책이다. 서명(書名) 「闢衛」도 '사학(邪學)이나 이단(異端)의 사도(邪道)를 물리치고 정학(正學)을 정도(正道)로 옹호한다는 '벽사위정(闢邪衛正)'의 줄임말로, 여기서 말하는 정학은 유학(儒學), 사학이나 이단은 모두 천주교를 가리킨다.

이만채의 『벽위편(闢衛編)』은 원 편자 이기경이 편찬한 4권 4책의 필사본 『벽위편(闢衛編)』에 후손들이 꾸준히 자료를 보충해 1931년 4대손 이만채(李晩采)가 최종 편집하여 간행한 책이다. 이만채가 고조부 이기경의 『벽위편』을 토대로 집안에서 대대로 보완 작업을 거쳐 완성한 것이라고 밝히고 있듯이, 이기경의 『벽위편』은 1785년(정조 9)부터 1801년(순조 1)까지의 15년간에 걸친 자료를 수집한 것인데 비해, 이만채의 『벽위편』은 1785년부터 1856년(철종 7)까지의 72년간에 걸친 자료 모음집이다. 내용에 있어서도 이기경 편본 자료를 거의 다 수록했을 뿐 아니라 이만채 편 본의 제1, 제6, 제7책에 수록된 것은 이기경 편 본에는 없는 자료들이다.

『벽위편』은 상하(上下) 2책, 7권으로, 상책 3권 하책 4권으로 편성되었다. 서문과 발문을 합쳐 총 442면인데, 한 면당 12행, 한 행에 24자이다. 1931년 벽위사(闢衛社)에서 석인본으로 간행되었다. 이희필(李熙弼) 서문(序文)과 이만채의 발문(跋文)은 자필(自筆)로 쓴 수기(手記) 원본을 그대로 수록하였다.

[저자]

이만채(李晩采, ?~?)

3. 목차 및 내용

- 海國圖志

跋

[내용]

『벽위편』은 조선시대 대표적 척사론 모음서로 사도(邪道)를 물리치고 정도(正道)를 옹호할 목적으로 편찬한 책이다. 천주교가 전래되는 18세기 말엽부터 19세기 중엽까지의 천주교 신앙운동을 탄압하는 조정과 유교집단의 입장에서 정리한 사료이기도 하다. 여기서 말하는 정도는 유학(儒學), 사도는 모두 천주교를 가리킨다.

이기경의 원본『벽위편(闢衛編)』은 1785년부터 1801년에 이르는 15년에 걸친 반(反) 서학 반(反) 천주교 전말을 보여주는 조야(朝野)의 계사(啓辭) 및 상소문(上疏文), 유림(儒林)의 통문(通文), 조정의 천주교 억제 및 박해 정책, 그에 대한 소위 친서파(親西派) 측 대응 관련 자료 등을 그 내용으로 수록하고 있는데, 이만채의『벽위편(闢衛編)』은 여기에다 천주교 전래의 내력, 신유박해(辛酉年 : 1801) 사학죄인(邪學罪人)의 결안(結案), 기해박해(己亥迫害)의 치사(治事)전말, 그 이후 전개되는 천주교의 성행과 박해 양상 등을 덧붙여 그 취급범위가 훨씬 많고 넓다. 특히 이희필(李熙弼)이 서문에서 밝혔듯 척사론자인 삼명(三溟) 강준흠(姜浚欽)과 이재(頤齋) 목태석(睦台錫)의 견해를 비롯하여 편자 이만채의 사건 설명과 이에 대한 의견 등 안기(按記)가 곳곳에 첨부되어 있다.

『벽위편』내용의 일목요연한 이해를 위해 각 권 본문 수록 소제목을 등재하고 내용을 간략 해설한다.

권1

그리스도교가 동양으로 전래된 전말(顛末)을 「명사(明史)」 외이전(外夷傳), 주이존(朱彝尊)의 폭서정집(曝書亭集), 전목재(錢牧齋)의 경교고(景教考), 고염무(顧炎武)의 일지록(日知錄) 등 중국 정사(正史)와 반 서학 논설들을 인용해 밝히고 있다. 또한 이수광(李晬光)의 「지봉유설(芝峯類說)」을 비롯해 이익(李瀷)의 「천주실의발(天主實義跋)」, 안정복(安鼎福)의 「천학고(天學考)」·「천학문답(天學問答)」, 목만중(睦萬中)의 「술감시(述感詩)」, 이헌경(李獻慶)의 「천학문답(天學問答)」, 신후담(愼後聃)의 「서학변(西學辨)」 등 조선 후기의 대표적 척사론서(斥邪論書) 논설들도 수록되어 있다. 이를 통해 서학 배척의 역사적 학술적 이론 근거를 제시하고 증명하고자 한 것이다.

- ■ 서교(西敎)가 동방에 전하여 온 전말
  - 명사(明史) 외이전(外夷傳)
  - 주죽타(朱竹垞)의 폭서정집(曝書亭集)
  - 전목재(錢牧齋)의 경교고(景教考)
  - 고염무(顧炎武)의 일지록(日知錄)
  - 이지봉(李芝峯)의 유설(類說)
  - 이성호(李星湖)의 천주실의발(天主實義跋)
  - 안순암(安順庵)의 천학고(天學考)
  - 안순암의 천학문답(天學問答)
  - 목여와(睦餘窩)의 술감시(述感詩)
  - 이간옹(李艮翁)의 천학문답(天學問答)
  - 신돈와(愼遯窩)의 서학변(西學辨)
    : 영언려작(靈言蠡勺) 4편과, 천주실의(天主實義) 8편, 직방외기

(職方外記) 등 당시 조선지식인들이 지대한 관심을 가지고 통독, 논의하던 서학서(西學書)에 대한 자신의 견해 피력.

권2

1785년 을사추조적발(乙巳秋曹摘發), 1789년 정미반회사건(丁未泮會事件), 1791년 진산사건(辛亥珍山之變) 관련 자료들을 모았다. 즉, 진사 이용서(李龍舒) 등의 통문 및 회문 및 안정복이 권철신(權哲身), 이기양(李基讓), 채제공(蔡濟恭) 등과 주고받은 서한인 을사일기(乙巳日記) 등 을사추조적발사건(乙巳秋曹摘發事件), 홍낙안이 이기경과 주고받은 서한과 정약용과 이기경과 주고 받은 서한, 홍낙안의 과거 시험 답안 등 정미반회사건(丁未泮會事件), 홍낙안이 신사원과 좌상 체제공과 주고받은 서한, 진사 최조(崔照)등이 친구들에게 보내는 통문, 진사 목인규가 여러 유학생들에게 통문으로 띄우는 글, 진사 성영우 등 20여명이 태학에 보내는 통문, 태학 장의(掌議) 김익빈(金益彬)의 통문에 회답, 홍낙안이 채홍원에게 보내는 서한과 대사헌 구익과 정언 박윤수의 합계(合啓), 좌상 채제공의 계사, 대사간 신기(申耆)의 상소, 지평(持平) 한영규의 계사(啓辭), 사간(司諫) 이언우와 헌납(獻納), 이경운의 연계(聯啓), 좌의정 채제공의 차자(箚子), 임금과 여러 신하가 자리를 마주하고 문답한 말, 대사간 권이강의 상소, 홍낙안의 문계(問啓), 장악원의 사계(査啓), 전(前) 가주서(假注書) 홍낙안의 상소, 이기경이 체제공과 주고 받은 서한, 초토의 신 이기경, 전 가주서 홍낙안, 관학 유생 송도정 등의 상소, 생원 목윤중, 승지 홍인보, 수찬 윤광보의 상소 등 전라도 진산(珍山)에서 일어난 윤지충(尹持忠)과 권상연(權尙然)의 신해박해(辛亥迫害) 관련 자료들을 수록하였다.

- 을사년 추조(秋曹)에서 적발(摘發)한 사실
  - 진사(進士) 이용서(李龍舒) 등의 통문(通文) 및 회문(回文)
- 안순암의 을사일기(乙巳日記)
  - 권철신(權哲身)과 이사홍(李士興)에게 보내는 편지
  - 이사홍에게 답하는 편지
  - 채제공 정승에게 보내는 편지
- 정미(丁未)년 반회사건(泮會事件)
  - 진사 홍낙안(洪樂安)이 진사 이기경(李基慶)에게 보내는 편지
  - 진사 이기경의 답하는 편지
  - 홍진사의 두번째 편지
  - 정약용(丁若鏞)이 진사 이기경에게 보내는 편지
  - 이진사의 답하는 편지
  - 진사 홍낙안의 과거시험 답안
- 신해년(辛亥年) 진산(珍山) 사건
  - 주서(注書) 홍낙안이 진산군수 신사원(申史源)에게 보내는 편지
  - 신(申)의 진산(珍山)관련 회답 편지- 홍주서가 좌상 채제공에게 드리는 편지
  - 진사 최조(崔照) 등이 친구에게 보내는 통문(通文) (1)
  - 진사 최조 등이 친구에게 보내는 통문 (2)
  - 진사 목인규(睦仁圭)가 여러 유생(儒生)들에게 보내는 통문
  - 진사 성영우(成永愚)등 20여 명이 태학에 보내는 통문
  - 태학 장의(掌議) 김익빈(金益彬)의 통문에 대한 회답
  - 홍낙안이 채홍원에게 보내는 편지
  - 대사헌 구익(具㢞)과 정언 박윤수(朴崙壽)의 합계(合啓)
  - 좌상 채제공의 계사(啓辭)
  - 대사간 신기(申耆)의 상소

권3

1791년 진산 사건과 관련된 윤지충, 권상연의 처형 이후 이승훈, 권일신(權日身) 등 주요 천주교 신봉자들에 대한 처벌과, 중국인 신부 주문모(周文謨)의 영입과 관련된 윤유일(尹有一), 지황(池黃), 최인길(崔仁吉) 등 처형 관련 자료들을 모았다.

즉 신해년(辛亥年, 1791) 이후의 여러 죄인에 대한 처분들을 평택 현감 이승훈의 진술, 형조의 권일신 형벌과 문초, 형조에 있는 여러 죄수들 감화(感化) 내용, 전라감사 정민시가 윤지충과 권상연을 문초하고 올린 장계(狀啓) 등을 정리하고, 신해년(辛亥年) 이후 사학과 정학이 어떻게 소장(消長)되었는지의 정황을 평택에서 안핵(按覈)한 사건, 대사간 유한영의 상소, 포도청의 삼적(三賊)이 갑자기 죽은 사건들을 편자 이만채의 의견과 함께 정리하였다.

- ■ 여러 죄인에 대한 처분
  - 평택 현감 이승훈의 진술
  - 형조(刑曹) 계목(啓目) 권일신(權日身)의 형벌과 문초[1]
  - 형조에 있는 여러 죄수의 감화(感化)내용 (11월)
  - 전라감사 정민시(鄭民始)가 윤지충(尹持忠)과 권상연(權尙然)을 문초하고 올린 장계(狀啓) (11월)
- ■ 신유년 이후 사학(邪學)과 정학(正學)의 소장(消長)
  - 평택(平澤)에서 안핵(按覈)한 사건
  - 대사간 유한영(俞漢寧)의 상소[2]
  - 포청(捕廳)의 삼적(三賊)이 갑자기 죽은 사건

권4

1785～1796년의 천주교 억제 정책의 경과와 결과, 1798～1799년까지 주문모 신부추적에 따른 호서지방 천주교 교인들에 대한 박해, 1800년도의 사학의 성행 양상을 기록하였다.

곧, 부사직(副詞直) 박장설의 상소, 공조판서 이가환의 상소, 정원(政院)의 계문, 성균관 유생 박영원등의 상소, 생원 이중경 등의 상소, 오석충이 윤신에게 보내는 글, 윤신의 답장, 수찬 최헌중의 상소, 여기

---

1) 원문 목차에는 누락되어 있다.
2) 원문 목차에는 누락되어 있다.

에서 사학(邪學)의 3흉으로 지목된 이가환, 정약용, 이승훈의 처분, 대사헌 이의필의 상소, 유언호의 연주(筵奏), 규장각 제학 심환지의 상소, 장악정(掌樂正) 조진정의 상소, 지평 홍낙민이 혐의를 피함, 동부승지 정약용의 상소, 대사간 신헌조의 계사와 무오년(1798)과 기미년(1799)에 충청도에서 사학을 다스리고 경신년(1800)에 사학이 더욱 성했던 사실이 수록되어있다.

■ 을사(乙巳)년 이후 기록
  - 부사직(副司直) 박장설(朴長卨)의 상소
  - 공조판서 이가환의 상소 ; 정원(政院)의 계문(啓文)
  - 성균관 유생 박영원(朴盈源)등의 상소
  - 생원 이중경(生員 李重庚)등의 상소
  - 오석충(吳錫忠)이 윤신(尹愼)에게 주는 글 ; 윤신의 답장
  - 수찬(修撰) 최헌중(崔獻重)의 상소
  - 이가환·정약용·이승훈의 처분
  - 대사헌 이의필(大司憲 李義弼)의 상소 ; 유언호(俞彦鎬)의 연주(筵奏)
  - 규장각 제학 심환지(沈煥之)의 상소
  - 장악정(掌樂正) 조진정(趙鎭井)의 상소
  - 지평 홍낙민(洪樂敏)이 혐의를 피함
  - 동부승지(同副承旨) 정약용의 상소
  - 대사간 신헌조(申獻朝)의 계사
■ 무오년과 기미년 두 해에 충청도에서 사학을 다스림
■ 경신년에 사학이 더욱 성함

권5

주로 신유박해(辛酉迫害)의 전말과 체포 교인들의 판결문 등 박해 관련 자료들을 수록하였다. 곧, 효원전에 사유를 고하는 글, 대제학 이만수(李晚秀)가 지어서 올린토역반교문(討逆頒敎文), 중국인 주문모 신부를 참형한 후 해명과 이해를 중국에 구하는 글, 중국 가경제(嘉慶帝)의 회답, 여러 천주교도 체포 판결 안건들과 황사영(黃嗣永)의 백서(帛書)관련 사건 자료들이 수록되어있다.

- 신유년 사교를 다스림
  - 효원전(孝元殿)에 사유를 고하는 글
  - 토역 반교문(討逆頒敎文)
  - 북경에 아뢰는 글 [奏文北京]
  - 가경제(嘉慶帝)의 회자(回咨)
- 여러 사악한 역적 판결안건 [諸賊結案]
  - 정배시킨 등급 ① [竄配秩]
  - 형조가 정한 등급
  - 정배시킨 등급 ② [竄配秩]
  - 각도(各道)에서 정한 형벌 등급
  - 참작하여 정배시킨 등급
- 황사영 백서(黃嗣永帛書)[3]

---

3) 원문 목차에는 누락되어 있다.

권6

신유박해를 모면한 교인들이 1806년 이후 용인과 청송 등지 산간벽촌으로 피신하여 신앙생활을 계속하고 있는 정황을 지적하는 기록들과, 1827년 정해박해 때 삼도(三道)에서 사적을 다스리는 사실들을 정리 수록하였다.

- 병인년(丙寅年), 정묘년(丁卯年) 이후의 기록
- 정해년(丁亥年) 삼도(三道)에서 사적을 다스림

권7

1833년 중국인 신부 유방제(劉方濟)의 입국사실과, 1836년 프랑스 파리외방전교회 소속 사제들 즉 주교 앵베르(Imbert, 한명: 范世亨)와 신부 모방(Maubant, 한명: 羅伯多祿)과 샤스탕(Chastan, 한명: 鄭牙各伯)이 조선에 잠입하여 선교활동을 한 사실을 정리하였다. 그리고 1839년 기해년(己亥年)의 박해와 정하상(丁夏祥)이 당시 재상 이지연(李止淵)에게 보낸「상재상서(上宰相書)」, 헌종이 반포한「척사윤음(斥邪綸音)」, 프랑스 선교사들의 처형에 대한 1846년 세실함대(Cecil艦隊)의 출동과 그들의 항의문서까지 수록하고 있다. 또한 1856년에 이승훈의 아들 이신규(李身逵)가 징을 쳐 원통함을 호소한 것과 1857년 4월 6일 유학(幼學) 정규승, 이도면, 이수국 등이 태학에 보내는 통문, 진사 이은진, 이덕진 등이 태학에 보내는 단자(單子)인 천주교 관련 내용들이 단편적으로 수록되어있다. 말미에는 1844년 청나라 학자 위원(魏源)이 저술 간행 후 1850년대에 조선에 전해진「해국도지(海國圖志)」를 일부 채록하였다.

- 기해년(1839) 사적을 다스림
  - 여러 사적들을 문초한 판결안
  - 형조(刑曹)가 정형한 등급 ; 권득인(權得仁)·남명혁(南明赫) 등 남녀 40인
  - 배교자를 놓아준 등급 ; 권황(權晃) 등 남여 32인
  - 물고한 등급 ; 박광신(朴光臣) 등 남녀 25인
  - 포청(捕廳)에서 물고한 등급 ; 이희연(李姬燕, 여자) 등 남녀 38인
  - 배교자를 놓아준 등급 ; 이기원(李起元)등 남녀 61인[4]
  - 정하상(丁夏祥)이 재상에게 올리는 글
  - 다시 올리는 글
- 삼도(충청, 전라, 경상)에서 사학을 다스림
  - 척사윤음(斥邪綸音)
  - 병오년의 서양 선박(船舶)사건
  - 홍주(洪州) 외연도(外烟島) 백성이 이상한 선박의 사람들과 한 문답
  - 고려 보상대인(輔相大人)께 바침
  - 진연(診筵)
  - 1856년 병진년 이승훈의 아들 이신규(李身逵)가 징을 쳐 선친의 억울함을 호소(呼訴)한 일
  - 1857년 4월 6일 유학(幼學) 정규승(鄭圭升)·이도면(李道勉)·이수국(李守國) 등이 태학에 보내는 통문
  - 진사 이은진(李恩鎭)·이덕진(李悳鎭) 등이 태학에 보내는 단자(單子)
  - 해국도지(海國圖志) 일부를 발췌하여 기재

---

4) 원문 목차에는 누락되어 있다.

跋

책 말미에 이만채가 스스로 지어 넣은 발문(跋文).

"이 『벽위편』은 지난날 나의 황고조인 척암공(瘠菴公 = 李基慶)과 홍노암공(魯菴公 = 洪樂安), 강 삼명공(三溟公 = 姜浚欽), 목 이재공(頤齋公 = 睦台錫)이 사교를 배척하던 때의 역사이다. 불초 현손 만채는 삼가 발문을 쓰다." 라고 『벽위편』을 마무리하였다.

4. 의의 및 평가

조선 후기 유학자 이기경이 편찬한 조선시대 대표적 척사론 모음서 『벽위편(闢衛編)』은 1785년부터 1801년까지의 천주교에 대한 비판론 및 실제 박해의 전개 상황을 보여주는 귀중한 자료이다. 이 책을 토대로 후손들이 꾸준히 자료를 보충 보완하여 4대손 이만채(李晚采)가 최종 편집해 1931년 간행한 책이 이만채의 『벽위편(闢衛編)』이다. 즉 이기경의 『벽위편』은 1785년부터 1801년까지의 15년간의 자료인데 비해, 이만채의 『벽위편』은 1785년부터 1856년까지 72년간에 걸친 자료 모음집이다. 내용에 있어서도 이기경 편 본 자료를 거의 모두 수록했을 뿐 아니라 이기경 편 본에는 없는 자료들이 다수이다. 그리하여 이만채의 『벽위편』은 조선 후기 서학(西學)과 서교(西敎) 전래 이후 서학에 반대하고 천주교를 배척하는 공적(公的), 사적(私的) 자료들을 모아 집대성한 척사론집(斥邪論集)으로서의 의의를 으뜸으로 꼽을 수 있다.

또한 『벽위편』은 척사(斥邪)의 큰 틀에서 일관성을 유지하며 가능한 모든 자료를 입수하여 연대기적으로 수록하였다. 통문(通文), 상소문

(上疏文), 계사(啓辭), 전교(傳敎), 윤음(綸音) 등은 당시의 척사 배경과 내용을 일목요연하게 알려 주는 일차(一次) 사료로서 귀중하다.

위에 이만채가 사건 설명과 이에 대한 의견 등 안기(按記)를 곳곳에 첨부했다는 점도 특징적이다. 또한 이기경과 동 시대의 삼명(三溟) 강준흠(姜浚欽)과 이재(頤齋) 목태석(睦台錫)의 척사 견해도 안기(按記)로 여러 곳에 기록되어 조선 후기 척사론자들의 천주교 인식을 파악할 수 있도록 한다. 안기는 이기경의 『벽위편』에는 보이지 않는다.

『벽위편』은 척사론 입장에서 편찬된 총괄적 자료집이다. 조선 천주교 설립 초기부터 박해 상황을 극복하며 점차 뿌리내리는 과정에 이르기까지 숭유(崇儒)의 조선 사회에 끼친 영향과 그 반응을 『벽위편』은 모든 자료를 모아 체계적으로 정리 수록함으로써 천주교회사 뿐 아니라 조선 후기 사상사 및 사회사 연구에도 중요한 가치를 지닌 문헌이다.

〈해제 : 장정란〉

『벽위편(闢衛編)』

序

李熙弼

우리의 도(道)는 하늘(天)이다. 도 이외에는 하늘이 없고, 하늘 이외
에는 도가 없다. 어찌 하늘을 없애고, 도를 없애겠는가! 세상을 속이
는 교(敎)가 유행한 지 이미 백년이 지났으니, 이제 우리의 하늘이 없
어지고, 우리의 도가 없어진 셈이다. 신유년(辛酉年)[5] 사교 도적(邪賊)
무리들이 그런 가르침을 연 것이 아니겠는가!

일찍이 정조(正祖)때에 순암(順菴)[6]·돈와(遯窩)[7]·여와(餘窩)[8]·간옹(艮
翁)[9] 등 여러 선생이 사교를 배척하였고, 이어 노암(魯巖) 홍공(洪公)[10],
척암(瘠菴) 이공(李公)[11], 삼명(三溟) 강공(姜公)[12] 이재(頤齋) 목공(睦公)[13]
등이 있어서 그제야 우리의 도(道)를 지키려는 사람이 부족하지 않다는
것을 믿게 되었다. 여러 공(公)들은 사악(邪惡)한 무리들에게 미움을 받았는

---

5) 신유년(辛酉年) : 1801년(순조 1) 신유년에 일어난 조선 왕조의 공식 천주교
   박해. 일명 신유사옥(辛酉邪獄)이라고도 한다.
6) 순암(順菴) : 안정복(安鼎福, 1712~1791). 조선 후기 실학자, 역사학자.
7) 돈와(遯窩) : 신후담(申後聃, 1702~1761). 조선 후기 유학자.
8) 여와(餘窩) : 목만중(睦萬中, 1727~1810). 조선 후기 문신. 신유박해 때 대사
   간으로, 영의정 심환지와 함께 천주교 박해를 주도하였다.
9) 간옹(艮翁) : 이헌경(李獻慶, 1719~1791). 조선 후기의 문신, 학자.
10) 노암(魯巖) 홍공(洪公) : 홍낙안(洪樂安, 1752~ ?). 조선 후기의 문신. 천주교 신
   자들을 고발하여 1787년 정미반회사건(丁未泮會事件)과 1791년 신해박해(辛亥
   迫害)를 일으켰다.
11) 척암(瘠菴) 이공(李公) : 이기경(李基慶, 1756~1819). 조선 후기의 문신. 천주교를
   배척하여 조선시대 대표적 척사론(斥邪論) 모음서 『벽위편(闢衛編)』을 지었다.
12) 삼명(三溟) 강공(姜公) : 강준흠(姜浚欽, 1768~ ?). 조선 후기의 문신, 서예가.
13) 이재(頤齋) 목공(睦公) : 목태석(睦台錫, ?~?). 조선 후기의 문신. 목만중(睦萬中)의 손자.

데, 그 중에서도 척암옹(瘠菴翁)이 가장 심하게 피해를 입었다. 그는 북쪽으로 유배(流配)당하고, 서쪽으로 귀양 가면서 죽을 고비를 여러 번 넘겼다. 그 때의 일들이 잘못된 것이었음을 비통히 여겨 당시 사실들을 모아 수록(收錄)하여 『벽위편(闢衛編)』이라 이름 붙였다. 이는 세상에 가르침을 바로 주고 우리의 뜻을 밝히려 한 것이다. 이에 삼명(三溟)과 이재(頤齋)의 논설을 첨부함으로써 사악한 것과 바른 것이 더욱 뚜렷해졌다. 이것을 그 자손들이 끊임이 없이 계승해 책으로 찬술(纂述)하여 가문에 소장하였다.

이 책은 『명사(明史)』「외이전(外夷傳)」, 주이존(朱彝尊)14)의 『폭서정집(暴暑亭集)』, 청나라 전겸익(錢謙益)15)의 「경교고(景教考)」, 고염무(顧炎武)16)의 『일지록(日知錄)』 및 우리나라 유학자인 지봉(芝峯)17)의 『유설(類說)』, 성호(星湖)18)의 「천주실의발문(天主實義跋文)」, 순암과 간옹의 「천학문답(天學問答)」, 돈와의 「서학변(西學辨)」을 책머리에 실었는데, 이는 사학이 선왕(先王)의 가르침이 아님을 밝히기 위해서이다. 다음에는 사교를 배척한 군자(君子)들이 주고받은 서한과, 성균관 통문(通文), 상소문(上疏

---

14) 주이존(朱彝尊, 1629~1709) : 중국 청나라 초기의 시인, 문장가. 고문(古文)과 금석(金石)의 고증(考證)에 밝고 『명사(明史)』편찬에도 참여하였다.
15) 전겸익(錢謙益, 1582~1664) : 중국 명말·청초(明末淸初) 시기의 시인, 문신.
16) 고염무(顧炎武, 1613~1682) : 중국 명말·청초의 사상가. 경학(經學), 사학(史學), 문학(文學) 등 여러 분야에 경세치용(經世致用)의 실학 구현에 뜻을 두고 실천적 정신과 실증적 학풍을 이루었다.
17) 지봉(芝峯) : 이수광(李睟光, 1563~1628). 호는 지봉(芝峯). 조선 중기의 문신, 학자. 조선 후기로 이행하는 사회 변동기에 사상의 새로운 전개 방향을 탐색하고 개척한 실학파의 선구적 인물. 1590년, 1597년, 1611년에 명나라 사신으로 왕래하며 서양 문물을 접하고 이를 토대로 조선시대 문화백과사전의 효시라 평가받은 『지봉유설(芝峯類說)』을 집필하여 서학(西學)을 소개하였다.
18) 성호(星湖) : 이익(李瀷, 1681~1763). 호는 성호(星湖). 조선 후기의 실학자. 경세치용의 개혁사상을 설파하고 한문서학서(漢文西學書)를 통해 서학에도 학문적 관심을 기울여 세계관과 역사의식을 확대시켜서 당대 많은 진보적 학자들이 문하로 모여들어 성호학파를 형성함으로써 후대에 많은 영향을 미쳤다.

文), 차자(箚子)와, 사교 무리의 공술(供述)을 실었다. 이어 순조(純祖) 임금의 「토역문(討逆文)」과 「주경문(奏京文)」 및 이에 대한 가경제(嘉慶帝)의 「회계문(回啓文)」을 실었다. 그리고서 사교 도적 무리에 대한 판결문[結案]과 흉악한 사(嗣)[19]의 「백서(帛書)」, 도적 하(夏)[20]의 「상재상서(上宰相書)」와, 「척사윤음(斥邪綸音)」과 『해국지(海國誌)』로 끝을 맺었다.

이는 벽위(闢衛)의 시작에서 종말까지의 전말(顚末)을 밝게 들어낸 것이어서 무릇 사악함과 올바름, 옳은 것과 그른 것이 마치 음양이나 주야와 같아 아녀자의 어리석음으로도 능히 알아차릴 수 있다.

그런데 이 책의 편목을 보면 같은 집안 다툼으로 인해 다른 이들의 적극적 구조가 없었으니 이는 크게 개탄할 일이다. 번옹(樊翁)[21]도 처음에야 어찌 진실로 사교를 옹호했겠으며, 사교를 배척한 여러 선비들도

---

19) 흉악한 사(嗣) : 황사영(黃嗣永, 1775~1801)을 가리킨다. 초기 천주교 신자, 순교자로 1801년 신유박해가 일어나자 충청북도 제천 배론(舟論)으로 피신해 은거하면서 박해의 전말을 북경 주교에게 보고하며 조선교회의 재건 책을 건의하는 글 1만3311자를 명주 천에 한문으로 기록하였다. 이 '백서(帛書)'가 발각되어 황사영은 체포되고 대역부도 죄로 서소문 밖 형장에서 능지처참되었다.

20) 도적 하(夏) : 정하상(丁夏祥, 1795~1839)을 가리킨다. 정하상은 신유박해 때 순교한 정약종의 아들, 정약용의 조카로 평생을 조선 천주교회를 위해 헌신하였다. 1839년 기해박해가 일어나자 정하상은 체포될 것을 예상하고 미리 작성해 둔 재상 이지연(李止淵)에게 올리는 글을 전달하며 천주교의 도리를 밝히고 박해의 부당함을 주장하였다. 「상재상서(上宰相書)」는 별첨 우사(又辭)까지 합쳐 3,400여 자에 불과하나, 천주교 기본교리에 대한 설명, 호교론, 신앙의 자유를 호소한 한국 최초의 호교론으로 인정된다. 1839년 기해박해 때 순교하였는데, 성인으로 추대되었다.

21) 번옹(樊翁) : 채제공(蔡濟恭, 1720~1799). 호는 번암(樊巖) 번옹(樊翁). 영조·정조 시기의 문신. 뛰어난 경륜으로 정조의 개혁을 보필한 재상. 정통 성리학자로 서학에 대해서도 패륜과 이단의 요소를 지녔다고 부정적으로 인식하였다. 그러나 서학 신봉자를 역적으로 다스리라는 요구를 당론이라 배척하고, 정조의 뜻을 받들어 척사(斥邪)를 내세우면서도 교화우선 원칙을 적용하려 하였다. 그로 인해 공서파(攻西派)의 공격을 받았다.

어찌 본래 채공(蔡公)22)을 공격하고자 하였겠는가! 두 집안의 상호 공격이 이렇듯 극심하기에 이르렀다. 이단을 물리치고 바른 학문을 숭상하고 밝힘은 옛 사람에게 물어도 부끄러울 일이 아닌데 사교를 배척한 여러 선비들이 고난을 당했던 것이 어찌 번상(樊相)23)의 잘못이겠는가? 번상은 영조(英祖)와 정조(正祖) 양조의 노신(老臣)이므로 용서하는 것이 옳은 일이겠는데 죽은 후 추가로 죄를 적용하니24) 어찌 대신을 예우하는 체면이 선다고 하겠는가! 또한 채공을 공격했던 사람들이 그릇된 것을 고치는데 너무 과격했었다고 할 수 있지 않겠는가? 그러나 사교를 옹호한 것이 어찌 죄가 되지 않겠는가? 일찍 알지 못하고 용기 있게 결단을 내리지 못하여 마침내 (사교를) 옹호하고 말았으니 죄가 아니고 무엇이겠는가?

채공을 공격한 것이 죄인가? 공격할만한 것을 공격하는 것에 어찌 죄가 있다고 하겠는가. 후세에 양주(楊朱)와 묵적(墨翟)을 거부하였다고 맹자(孟子)를 죄주었다거나, 불교를 배척하였다고 한유(韓愈)를 죄주었다거나, 노자(老子)와 불교를 막았다고 정자(程子)와 주자(朱子)를 죄주었다는 말은 들어보지 못하였다. 『벽위편』이 여기 있으니 누가 감히 교활한 혀를 놀려서 공의(公議)를 현혹시킬 것인가? 우리의 도는 사악한 것을 막고 바른 것을 옹위하는데 있을 뿐이다.

공부자(孔夫子) 탄강(誕降) 후 2482년 신미(辛未)25)
후학(後學) 완산(完山) 이희필(李熙弼) 서(序)

---

22) 채공(蔡公) : 채제공(蔡濟恭).
23) 번상(樊相) : 재상(宰相) 채제공(蔡濟恭).
24) 채제공 사후(死後) 1801년(순조 1)에 일어난 신유박해에 남인이 많이 연루되고 그의 제자 이가환(李家煥) 이승훈(李承薰)등도 처형되었다. 이 때문에 채제공은 '사학(邪學)의 뿌리'로 지목되어 관직을 추탈 당했다. "죽은 후 추가의 죄"란 이 사실을 말하는 것이다.
25) 공부자(孔夫子) 탄강(誕降) 후 2482년 신미(辛未) : 1831년.

跋

李晚采

이 『벽위편』은 지난 날, 나의 황고조(皇高祖)인 척암공(瘠菴公)26)과 홍공(洪公) 노암(魯巖)27), 강공(姜公) 삼명(三溟)28), 목공(睦公) 이재(頤齋)29)가 사교(邪敎)30)를 배척하던 때의 역사이다. 벽위(闢衛)라고 일컫는 것은 사교를 물리치고 정도를 호위한다는 뜻이다.

그때에 사학이 크게 어지럽고 수괴가 높은 관직에 있었다. 이에 사대부, 동료, 벗들이 혹은 면대하여 깨우치고 혹은 편지로 공박하고 혹은 상소로 배척하며 회개하기를 기다렸으나 적반하장이었다. 그러는 동안에 채상(蔡相)31)과 사이가 벌어지게 되고 사학을 배척하던 여러 선비들도 배척당해 쫓겨나게 되어 혹은 귀양을 가고 관직도 삭탈되었다. 황고조께서는 북관(北關)에서 돌아갈 뻔 하셨는데 무고를 당함이 더욱 심해져서 당시 공론(公論)이 원통하다고 여겼다. 오래지않아 사학의 괴수는 (바른) 도(道)가 아니라고 처형되었고, 채상(蔡相)도 사학을 옹호하였다하여 사후(死後)에 심판 받았으니32) 그 때의 사실들이 이 책에 자세히 기록되어 있다. 황고조 당신께서 스스로 이 책을 편찬하신 것은 백대(百代)의 공의(公議)를 기대하신 것이었다. 그 후 채상(蔡相)을 위해 억울함을 풀어달라고 하는 자들이 항상 떠들어대었다.

---

26) 나의 황고조(皇高祖)인 척암공(瘠菴公) : 이기경(李基慶, 1756~1819)을 지칭한다. 조선 후기의 문신. 천주교를 배척하여 조선시대 대표적 척사론(斥邪論) 모음서 『벽위편(闢衛編)』을 지었다.
27) 홍공(洪公) 노암(魯巖) : 홍낙안(洪樂安). 주10) 참조.
28) 강공(姜公) 삼명(三溟) : 강준흠(姜浚欽). 주12) 참조.
29) 목공(睦公) 이재(頤齋) : 목태석(睦台錫). 주13) 참조.
30) 사교(邪敎) : 천주교.
31) 채상(蔡相) : 채제공(蔡濟恭)을 지칭한다. 주 21) 참조.
32) 사후(死後)에 심판 받았으니 : 주 24) 참조.

나의 증조(曾祖)와 조부, 백부와 부친이 그 후의 일을 따라 계속 편찬하였고 중형(仲兄)이 또한 누락된 것을 보충하였으니 모두 사실의 기록이다. 무릇 사악한 것이 바른 것을 이길 수 없고, 그른 것이 옳은 것을 공격할 수 없는 것은 마땅한 이치이다. 혹시 이와 반대로 군자(君子)가 비록 한 때 억울함을 당했더라도 마침내는 반드시 천년 후에라도 억울함을 풀 수 있다는 것을 이 『벽위편』이 아니면 어느 것이 알려주겠는가? 그러나 책상에 먼지가 쌓이도록 세월이 흘러서 잔글씨 원고는 종이가 해지고 먹글자가 지워진 것이 태반이 되었다. 오래되어 유실된다면 황고조의 사학을 물리치고(斥邪) 정도를 우러르던(崇正) 일이 자취도 없이 모두 없어져 볼 수 없게 되어서 후세사람들이 혹 시비에 현혹되어 떠들어댈까 두려워 중형과 의논해서 간행하여 오래도록 전하고자 하였다. 후일에 군자들 중 만약 이 사실을 아는 자가 있다면 옳지 못함(邪)과 올바름(正)이 자연 판단될 것이다.

출판을 하게 되어 조심스럽게 옛날 원고를 베끼는데 황고조 이하 4대의 손때가 아직도 새로운 듯하니 눈물을 뿌리며 이렇게 쓰노라.

불초(不肖) 현손(玄孫) 만채는 삼가 발문을 쓰다.

〈역주 : 장정란〉

참 고 문 헌

1. 사료

이만채, 김시준(역), 『闢衛編』, 명문당, 1987.

『闢衛編』, 한국교회사연구소, 1978.

『闢衛編』, 闢衛社, 1931.

2. 단행본

조 광, 『조선 후기 천주교사 연구』, 고려대학교 민족문화연구소, 1988.

차기진, 『조선 후기의 서학과 척사론 연구』, 한국교회사연구소, 2002.

3. 논문

금장태, 「이조 유학에 있어서 벽이단의 이념과 전통」, 『국제대학논문집』 제2집, 1974.

김가람, 「이기경의 척사 활동과 공서파 형성에 끼친 영향」, 『교회사연구』 제30집, 한국교회사연구소, 2008.

최석우, 「벽위편의 형성」, 『한국교회사의 탐구』, 한국교회사연구소, 1982.

홍이섭, 「소위 '벽위편'의 형성에 대하여」, 『인문과학』 제4집, 1959.

4. 사전

『한국가톨릭대사전』 12권, 한국교회사연구소 1995~2006.

『사학징의(邪學懲義)』

분류	세부내용
문 헌 종 류	조선서학서
문 헌 제 목	사학징의(邪學懲義)
문 헌 형 태	한장(漢裝) 필사본(筆寫本)
문 헌 언 어	漢文
저 술 년 도	미상
저 자	미상
형 태 사 항	상·하 2책, 386면
대 분 류	사상서
세 부 분 류	공문서
소 장 처	양화진순교자기념관
개 요	1801년 신유박해(辛酉迫害) 때 형조(刑曹) 및 포도청(捕盜廳)에서 문초와 처벌을 받은 천주교 신자들의 진술 내용과 판결문 모음 편찬서.
주 제 어	사학(邪學), 징의(懲義), 전교주계(傳敎奏啓), 이문(移文), 내관(來關), 정법죄인질(正法罪人秩), 형방질(刑放秩), 백방질(白放秩), 감화자현질(感化自現秩), 이환송질(移還送秩), 작배죄인질(酌配罪人秩), 요화사서소화기(妖畵邪書燒火記)

1. 문헌제목

『사학징의(邪學懲義)』

2. 서지사항

책 제목『사학징의(邪學懲義)』의 '사학(邪學)'이란 이단의 사악한 학문의 뜻으로 정학(正學) 곧 성리학(性理學) 입장에서 천주교를 배격하기 위해 쓰던 용어이고, '징의(懲義)'란 사학에 물든 사람들을 징계하고 성리학의 바른 도리(義理)를 밝힌다는 상징적 의미이다. 1801년 순조 원년에 천주교를 억압하는 조선 왕조 최초의 공식 신유박해(辛酉迫害)가 시행되었을 때 형조(刑曹) 및 포도청(捕盜廳)에서 문초와 형벌을 받은 천주교 신자들의 진술 내용과 판결문 등을 모아 편찬한 책이다.

저자와 편찬연도는 알 수 없다. 그러나 그 내용을 보면 척사(斥邪) 입장에 섰던 인물이 분명하며, 대부분 당시의 형조와 포도청 자료를 인용한 점으로 미루어 신유박해 당시에 직·간접적으로 연관되어 있었거나 박해 이후 현직에 있던 인물로 추정된다.

혹은 형조에서의 관찬(官撰) 가능성을 추정하는 학설도 있다. 조광 교수는 현존 완본(完本)인 양화진본 표지에 '추조관장(秋曹官藏)'이라 쓰여 있어 이 책이 추조 즉 형조(刑曹) 소장이었고 따라서『사학징의』 편찬처가 형조였을 가능성이 크다는 것이다. 포도청과 형조의 자료는 유출시킬 수 없는데『사학징의』에는 형조와 포도청 자료가 이용되었으며, 또한『사학징의』내용 중에도 형조에서 편찬하여 보관하던 책 『추관지(秋官誌)』가 인용되고 있다는 점도『사학징의』의 형조 편찬 추정을 뒷받침한다고 하였다.[1]

판본(板本)으로는 세 종류가 밝혀져 있다.

일본인 학자 시라토리 구라기치(白鳥庫吉)가 중심이 되어 남만주철

---

1) 조광,「사학징의(邪學懲義)의 사료적 가치」,『邪學懲義』(한국교회연구자료 7), 한국교회사연구소, 1977, 6쪽 참조.

도주식회사(南滿洲鐵道株式會社) 산하 만선지리역사조사실(滿鮮地理歷史調査室) 지원 아래 수집하여 동경제국대학(東京帝國大學) 박물관에 소장되어 있다가 1923년 관동대지진으로 소실된 4책의 총사본(叢史本)이 있다. 목록만은 소실되기 전에 마에마(前間恭作)에 의해 그의 저서 『고선책보(古鮮册譜)』에 수록되어 전해진다.2)

현존 『사학징의』는 2종이다. 하나는 1945년 광복 직후 김양선(金良善) 목사가 입수했다가 1950년 한국전쟁으로 참화를 입어 크게 훼손되어 몇 장만 해독 가능한 숭실대 기독교박물관 소장 김양선 본(金良善本)이다,

다른 하나는 현재 양화진 순교자기념관에 소장되어 양화진본(楊化津本)이라 일컫는 상·하 2책의 『사학징의』이다. 양화진본은 1971년 절두산순교자기념관에서 우연히 입수한 훼손 없는 완본(完本)이다.3)

양화진본은 34.5cm x 21.5cm 크기의 한장(漢裝) 필사본(筆寫本)이다. 2권 2책인데 권1은 96장 192면, 권2는 97장 194면으로, 권1 맨 앞 목차 2면과 권2 맨 뒤에 부록으로 기재한 소각 서학관련 서적 목록(妖畵邪書燒火記) 8면을 합쳐 전체 193장(張) 총 386면(面)이다.

한 면당 11행, 한 행 32자 한문 필사본이다. 서문(序文) 발문(跋文)은 없다. 양화진본을 대본으로 1977년 한국교회사연구소에서 영인본이 간행되었으며, 본 해제도 이 영인본을 저본으로 삼는다.

[저자]

미상

---

2) 위의 책, 3쪽.
3) 위의 책, 4쪽.

3. 목차 및 내용

[목차]

[내용]

『邪學懲義』는 1801년 1월 10일(음) 대왕대비 정순왕후 김씨(貞純王后 金氏)가 내린 천주교 박해령에서 시작된다. 제1권은 전교주 계(傳敎奏

啓)·이문질(移文秩)·내관질(來關秩)·정법죄인질(正法罪人秩) 등 네 부분
이다. 제2권은 형방질(形放秩)·백방질(白放秩)·감화죄인질(感化罪人秩)·
이환송질(移還送秩)·작배죄인질(作配罪人秩) 등 네 부분이다. 즉 제1권
에 신유박해 관련 중요 문서와 참수된 신자들에 관한 내용을 수록하
고, 제2권에는 체포되었다가 풀려나거나 유배당한 신자들에 관한 자
료들을 수록하였다.

　책 말미에는 부록으로 「추관지을사춘감결(秋官誌乙巳春甘結)」과 「요
화사서소화기(妖畵邪書燒火記)」가 수록되어 있다.

　　권1

■ 전교주 계(傳敎奏 啓) - 부(附) 주문반사문(奏文頒赦文)·호남밀계
　　(湖南密啓)
　　- 대왕대비의 지시와 대왕대비에게 올린 보고(傳敎奏 啓)
　　　: 1801년 1월 10일 신유년 사학 금지에 대한 대왕대비 김씨(大
　　　王大妃 金氏)의 전교(傳敎)가 내려진 때부터 대왕대비가 옥중에
　　　남아 있는 사학죄인의 조속한 처벌을 거듭 촉구하는 지시를
　　　내린 같은 해 12월 25일까지 천주교인을 체포하고 투옥해 신
　　　문하고 처벌한 지시문과 보고문이다. 날짜를 기입하고 지시문
　　　과 보고문을 간략히 감추려 쓴 일지형식(日誌形式)의 기록이다.
　　- 11월 대제학(大提學) 이만수(李晩秀)가 지어 올린 반사문(頒赦
　　　文)은 제목만 기록.
　　- 전라감사 김달순(金達淳)의 비밀 보고서(全羅監司金達淳密 啓)
　　　: 호남밀계(湖南密啓)는 전주(全州) 감영(監營)에서 전라도지역
　　　천주교신자들을 체포해 신문한 뒤 전라감사 김달순이 3차에
　　　걸쳐 올린 비밀 보고서이다. 제1차 비밀 보고서에는 유관검

(柳觀儉), 윤지헌(尹持憲), 이우집(李宇集)에 대한신문 기록과, 이우집과 유관검 대질신문 기록, 유관검과 윤지헌 공동신문 기록 등을 기록하였다. 제2차 비밀 보고문에는 김유산(金有山) 신문 내용을 기록하였다. 제3차 비밀 보고문에는 유관검, 윤지헌, 이우집, 김유산에 대한 결안과 처리, 중앙 조정의 지시에 대한 의견과 보고를 수록하였다.

비밀 보고문 안에는 1795년 조선 천주교 지도층 신자들이 추진한 성직자 영입운동과 주문모(周文謨) 신부의 입국 사실과, 아울러 북경 주교에게 큰 배의 파송을 청원한 대박청래(大舶請來) 사건에 대한 전개 과정이 사학죄인 신문 기록로 상세히 수록되어 있다.

■ 이문(移文) - 부(附) 발배관문식(發配關文式)
: 사학죄인의 처벌과 관련해 형조에서 다른 기관으로 발송한 공문을 수록한 공문철(公文綴). 공문을 처음 발송한 날짜는 2월 8일이며, 그 후 5월 8일 좌포도청 과 우포도청으로 보낸 공문까지 모두 15편이 실려 있다.
- 1801년 2월 8일 경기 감영과 충청 감영에 보낸 공문
- 1801년 2월 12일 좌포도청에 보낸 공문
- 1801년 2월 12일 경기 감영에 보낸 공문
- 1801년 2월 16일 의금부에 보낸 공문
- 1801년 2월 20일 의금부에 보낸 공문
- 1801년 2월 21일 경기 감영에 보낸 공문
- 1801년 2월 28일 충청 감영에 보낸 공문
- 1801년 2월 30일 경기 감영에 보낸 공문
- 1801년 3월 2일 충청 감영과 경기 감영에 보낸 공문

- 1801년 3월 24일 경기 감영에 보낸 공문
- 1801년 3월 26일 충청 감영에 보낸 공문
- 1801년 3월 28일 충청 감영에 보낸 공문
- 1801년 4월 3일 충청 감영에 보낸 공문
- 1801년 4월 28일 경상 감영에 보낸 공문
- 1801년 5월 8일 좌포도청과 우포도청에 보낸 공문
- 부록 – 유배를 보내는 공문 형식(發配關文式)
  : 유배 사학죄인의 귀양지 배소에서 죄인을 보호하고 접수(保授)하는 주인이 유념해야 할 주의사항을 기록한 공문서가 첨부되어 있다.

■ 내관(來關)
: 다른 기관에서 형조로 보내 온 공문을 형조가 접수한 공문서철(來關秩). 사학죄인 처벌과 관련해 1801년 2월 6일 좌포도청에서 보내 온 공문으로부터 1802년 2월 26일까지 사이에 접수한 총 44건의 공문을 요약해 수록하였다.
- 1801년 2월 6일 좌포도청의 비밀 공문
- 1801년 2월 12일 포도청의 비밀 공문
- 같은 날 (1801년 2월 12일) 광주(廣州) 판관(判官)의 보고서
- 1801년 2월 14일 포천(抱川) 현감(縣監)의 보고서
- 1801년 2월 18일 충청 감영이 발송한 공문
- 1801년 2월 22일 진위(振威) 현령(縣令)의 보고서
- 1801년 2월 25일 충청 감영의 비밀 공문
- 1801년 2월 30일 우포도청에서 보낸 공문
- 같은 날 (1801년 2월 30일) 경기 감영에서 보낸 공문
- 1801년 3월 8일 포천 현감의 보고문

- 1801년 3월 16일 좌포도청과 우포도청이 발송한 공문
- 1801년 3월 17일 좌포도청과 우포도청이 발송한 공문
- 1801년 3월 19일 충청 감영이 발송한 공문
- 1801년 3월 24일 충청 감영이 발송한 공문
- 1801년 3월 25일 사헌부가 발송한 공문
- 1801년 3월 27일 경기 감영이 발송한 공문
- 1801년 3월 29일 충청 감영이 발송한 공문
- 1801년 4월 6일 좌포도청과 우포도청이 발송한 공문
- 1801년 4월 7일 좌포도청과 우포도청이 발송한 공문
- 1801년 4월 22일 호조(戶曹)가 발송한 공문
- 1801년 4월 23일 경상 감영이 발송한 공문
- 같은 날 (1801년 4월 23일) 정선(旌善) 군수(郡守)의 보고서
- 1801년 5월 10일 좌포도청이 발송한 공문
- 1801년 5월 10일 우포도청이 발송한 공문
- 1801년 8월 5일 좌포도청과 우포도청이 발송한 공문
- 1801년 9월 11일 좌포도청과 우포도청이 발송한 공문
- 1801년 9월 11일 전옥서(典獄署) 보고서
- 1801년 9월 18일 좌포도청과 우포도청이 발송한 공문
- 1801년 9월 19일 좌포도청과 우포도청이 발송한 공문
- 1801년 9월 24일 의금부가 발송한 공문
- 1801년 9월 25일 평안도 감영이 발송한 공문
- 1801년 10월 11일 사헌부가 발송한 공문
- 1801년 10월 11일 좌포도청과 우포도청이 발송한 공문
- 1801년 10월 11일 좌포도청과 우포도청이 발송한 공문
- 1801년 10월 15일 전옥서 보고서
- 1801년 10월 23일 전옥서 보고서

- 1801년 11월 4일 전옥서 보고서
- 1801년 11월 5일 전옥서 보고서
- 1801년 11월 6일 좌포도청과 우포도청이 발송한 공문
- 1801년 11월 12일 좌포도청과 우포도청이 발송한 공문
- 1801년 11월 23일 한성부가 발송한 공문
- 1802년 1월 29일 좌포도청과 우포도청이 발송한 공문
- 1802년 2월 5일 충청 감영이 발송한 공문
- 1802년 2월 26일 평택 현감 보고서

■ 정법죄인질(正法罪人秩) - 부(附) 각도 및 국청의 정법사사 장폐 정배 죄인(各道及鞫廳正法賜死杖斃定配罪人)

: 사학죄인의 사형 문서철. 천주교 신자로 형조나 포도청에서 사형을 선고하고 집 행한 죄수들에 대한 신문 내용(推案)과 사형 선고문(結案)을 수록하였다. 주로 교회를 이끈 지도자로 활동하거나 체포된 후 배교를 거부한 37명이다. 남성 신자 26명, 여성 신자 11명이다. 성명을 적고 그 아래 작은 글자로 가계(家系), 신문 일자, 사형일자를 기록하였다. 각각의 인물 본문 난에 죄인 신문 내용, 신문에 대한 죄인의 진술, 혹은 포도청에서 진술한 내용, 자백 내용, 사형 선고문 내용이 순차로 상세히 실려 있다. 이 내용들은 다른 기록에서는 찾아볼 수 없는 현장에서의 생생하며 정확한 사실들을 담고 있다.

- 정철상(丁哲祥)
- 이합규(李合逵)
- 최필제(崔必悌)
- 정인혁(鄭仁赫)
- 최인철(崔仁喆)

- 김현우(金顯禹)

- 이현(李鉉)

- 홍정호(洪正浩)

- 이국승(李國昇)

- 고광성(高光晟)

- 정복혜(鄭福惠)

- 윤운혜(尹雲惠)

- 강완숙(姜完淑)

- 한신애(韓信愛)

- 강경복(姜景福)

- 김연이(金連伊)

- 문영인(文榮仁)

- 윤점혜(尹占惠)

- 정순매(鄭順每)

- 김종교(金宗敎)

- 홍필주(洪弼周)

- 정광수(鄭光受)

- 홍익만(洪翼萬)

- 김계완(金啓完)[4]

- 손경윤(孫敬允)

- 김의호(金義浩)

- 송재기(宋再紀)

- 김귀동(金貴同)

---

4) 원문에는 현계완(玄啓完)으로 되어 있으나 김계완(金啓完)의 오기임이 분명하다
고 규명되었다. 조광 역주, 『사학징의』1, 한국순교자현양위원회, 2001, 203쪽,
각주 250 참조.

- 최설애(崔雪愛)

- 황일광(黃日光)

- 한덕운(韓德運)

- 홍인(洪鏔)

- 권상문(權相問)

- 김일호(金日浩)

- 장덕유(張德裕)

- 변득중(邊得中)

- 이경도(李景陶)

- 부록(附) - 각도(各道)의 사형죄인문서철(正法罪人秩)

  : 각 도의 사형 죄인들 사형선고문(結案)과 사형 집행일 수록.

  • 경기(京畿) - 양근(楊根); 3명·여주(驪州); 4명

  • 충청도 - 공주(公州); 2명·충주(忠州); 3명

  • 전라도 - 김제(金堤); 1명·전주(全州); 5명·무장(茂長); 1명

- 부록(附) - 국청(鞠廳)[5)]의 사형(鞠廳正法)·사사(賜死)·맞아죽은(杖斃) 죄인 명단

  • 국청의 사형 죄인 - 12명

  • 국청에서 사사한 죄인 - 2명

  • 국청에서 맞아죽은 죄인 - 3명

  • 포청(捕廳)에서 맞아죽은 죄인 -4명

  • 국청의 사형 죄인 (추가) - 10명

  • 국청에서 유배 보낸 죄인 -14명

---

5) 국청(鞠廳) : 조선시대 왕명으로 모반·대역 기타 국가적 중죄인을 심문, 재판하기 위해 임시로 설치한 특별 재판기관 또는 그 재판정. 왕명으로 죄질에 따라 친국(親鞠)·정국(庭鞠)·추국(推鞠)·삼성추국(三省推鞠)으로 구별해 국청을 개설하였다. 한국학중앙연구원, 『한국민족문화대백과』 국청 조.

- 본조(本曹) 즉 형조(刑曹)의 사형 죄인 - 37명[6]
- 형조에서 형을 받고 풀려난 죄인 - 9명
- 무죄 석방자 - 15명
- 자수자 - 5명
- 이송 죄인 *(지방 관아에서 형조로 혹은 형조에서 포도청으로 이송) - 11명
- 형조의 유배 죄인 - 71명

- 각도(各道)의 유배죄인 명단
  - 경기(京畿) - 여주(驪州); 5명·양근(楊根); 19명
  - 충청도 - 충주(忠州); 22명·홍주(洪州); 12명·덕산(德山); 5명·면천(沔川); 4명·보령(保寧); 2명·청양(靑陽); 2명·은진(恩津); 3명·공주(公州); 1명·회덕(懷德); 1명·정산(定山); 1명·천안(天安); 1명·결성(結城); 1명
  - 전라도 - 전주(全州); 21명·김제(金堤); 3명·고산(高山); 2명·영광(靈光); 2명·함평(咸平); 1명·무안(務安); 1명·흥덕(興德); 1명·금구(金溝); 1명·무장(茂長); 1명
  - 기타 : 도(道)를 밝히지 않고 합쳐서 기재하였다. 또한 경기 충청 전라도의 누락자를 추가로 기재하였다. - 전주; 1명·동래(東萊); 2명·함흥(咸興); 1명·고양(高陽); 1명·여주; 1명·양근; 1명·공주; 2명·연풍(延豊); 1명

- 황사영(黃嗣永) 연좌 유배자 명단(嗣永叔與奴婢及婢夫發配秩)
  : 황사영 백서(帛書) 사건에 연루되어 유배된 죄인 명단을 수록하였다. 황사영의 숙부(叔父), 사내종 2명, 계집종 3명, 계집종의 남편 1명 등 총 7명이다.

---

6) 위 본문의 정법죄인질(正法罪人秩) 37인 명단과 동일.

권2

『邪學懲義』제2권에는 제1권 정법죄인질(正法罪人秩)의 부록(附)으로 수록한 각도 및 국청 정법 사사 장폐 정배 죄인(各道及鞠廳正法賜死杖斃定配罪人) 명단 중 형조(刑曹)의 사형 죄인 37명을 제외하고 형조에서 형벌을 가하거나 곤장을 쳐서 석방한 9명, 무죄 석방자 15명, 자수자 5명, 지방 관아에서 형조로 혹은 형조에서 포도청으로 이송한 11명, 형조에서 유배 보낸 71명 등 총111명의 명단을 싣고, 이에 대한 상세한 내용을 수록하였다.

■ 형방질(刑放秩)

: 형을 받고 풀려난 사학죄인 문서철로, 형조에서 신문 받는 과정에서 배교(背敎)로 석방된 인물들의 추안과 제사(題辭)를 기록하였다. 총 9명이다. 앞부분에는 재판 시작 때는 신앙을 지키다가 후에 배교(悔悟)하고 석방된 6명에 대한 문초 내용과 판결이나 법령(題辭)를 수록하였다. 이들 대부분은 교회안에서 중요한 역할을 담당하지 않은 경우이다. 이어 말미에는 체포된 후 배교를 천명한 뒤 가벼운 형벌을 받고 석방된 3명의진술 내용이 수록되어 있다.

■ 백방질(白放秩)

: 천주교와 직접적 관계가 없던 인물이지만 체포되었다가 무죄로 석방된 사람들 의 기록이다. 총 15명이다. 이들은 일찍이 천주교와 관련을 맺었거나 천주교 신자들과 관계가 있던 경우로, 신유박해 당시에는 직접적으로 천주교와 관련이 없었으므로 가벼운 신문을 거친 다음 곧 무죄석방 되었다.

■ 감화자현질(感化自現秩)

: 자수자 문서철이다. 천주교 금지령이 내려지자 스스로 형조에
나아가서 배교를 선언하였고 이들은 자수 후 대개 열흘을 전후
해 석방되었다. 총 5명이다.

■ 이환송질(移還送秩)

: 이송죄인 문서철이다. 지방 관아에서 형조로 이송된 천주교도
및 형조에서 포도 청으로 환송한 죄인들에 관한 형조나 포도청
의 문초 기록이 실려 있다. 총 11명 의 진술 내용을 수록하였다.
특기할 것은 『邪學懲義』제1권 전교주계(傳敎奏啓)의 부록 호남밀
계(湖南密啓) 에서 전라감사 김달순(金達淳)이 비밀 보고하며 거
명한 전라도 신자 유관검(柳觀儉), 윤지헌(尹持憲), 이우집(李宇
集), 김유산(金有山) 등 4명이 호남지방에서 제 일 먼저 체포된
'호남의 사도' 유항검(柳恒儉)과 함께 수록되어 있다. 또한 무죄
석방자 문서철(백방질)에 있는 이관기(李寬基)가 다시 수록된 것
은 그 가 다른 관아에서 형조로 이송되었기 때문인 듯하다.

■ 작배죄인질(酌配罪人秩) - 부(附) 각도작배(各道酌配)

: 형조에서 유배형에 처한 71명 문서철이다. 각 성명 아래에 가
족 관계, 거주지, 체포 날짜, 유배 날짜, 유배지 등이 작은 글 자
로 첨부되어 있고, 수록 내용이 상세하다. 이들은 교회 안에서
그다지 중요한 역할을 하지 않았던 경우가 대부분이며 체포 후
신문 과정에서 대부분 배교하였다.

『邪學懲義』책 말미에는 부록(附)으로 「추관지을사춘감결(秋官誌乙巳
春甘結)」과 「요화사서소화기(妖畵邪書燒火記)」 등 2종이 수록되어 있다.

1801년 신유박해 처리에 참고하거나 증거물로 제시한 자료들로 추정된다.

■ 부록(附) - 추관지을사춘감결(秋官誌乙巳春甘結)
: 1785년 형조판서 김화진(金華鎭)이 1785년 을사추조적발사건 당시 천주교인 김범우(金範禹) 등을 형조에서 체포해 다스린 것에 관한 내용이다. 이 부분은 『추관지』제4편 「장금부(掌禁部)」 중 법으로 사학(邪學)을 금지하는 '법금(法禁) 금사학조(禁邪學條)'의 내용을 그대로 옮겨 놓은 것이다.

■ 부록(附) - 요화사서소화기(妖畵邪書燒火記)
: 1801년 신유박해 당시 천주교 신자 총 16명으로부터 압수해 불태워버린 서적과 종교용품 목록의 기록. 제목 아래 작은 글자로 "신유년 5월 22일 아홉 명 죄인을 사형에 처한 후 소각했다."고 기록하였다.
불태운 서적과 종교용품 목록은 다음과 같다.

- 한신애(韓新愛)의 집에 파묻혀 있다가 파낸 사학서적(邪書)과 종교용품 : 사학서적 28종과 종교용품 8종
- 한신애의 집에서 포청이 압수한 문서 : 2종
- 도화동(桃花洞)의 홍씨 여성(洪女) 집에서 압수한 책 : 9종
- 조봉상(趙鳳祥)의 집에서 압수한 요망한 그림(妖畵) : 1곽
- 오석충(吳錫忠)의 집에서 압수한 물건 : 염주7) 3개, 십자패

---

7) 염주 : 천주교의 묵주(默珠, 라틴어: rosarium). 구슬이나 나무 알 등을 열 개씩 구분해 다섯 마디로 엮고 끝에 십자가를 매단 둥근 고리 형태의 가장 보편적, 전통적 천주교 성물이다. 이 묵주를 이용해 기도하는 신앙 예절을 묵주기도라

- 김조이(金召史)[8]가 스스로 바친 물건 : 염주 1개
- 정섭(鄭涉)의 집에서 압수한 물건 : 염주 1개
- 정광수(鄭光受)의 집에서 압수한 물건 : 사학서적 4종(낱장), 요화 1장 및 종교용품 2종
- 최경문(崔慶門)의 집에 숨겨놓은 사학서적 : 2종
- 이지번(李枝蕃)의 집에 도배해 놓은 사학서적 : 1봉(封)
- 윤현(尹鉉)의 집 구들 속에서 찾아낸 요망한 상(妖像)과 사학서적 : 사학서적 90종 및 종교용품 12종
- 최필공(崔必恭) 최필제(崔必悌) 오현달(吳玄達)의 보따리에서 나온 요서(妖書) : 3권
- 군기시(軍器寺) 앞 여(女) 김희인(金喜仁) 집에서 압수한 물건 : 사학서적 18종, 언문등서류(諺文謄書類) 134건 및 종교용품 7종
- 조조이(曹召史)의 집에서 압수한 물건 : 사학서적 1종
- 이조이(李召史)의 집에서 압수한 물건 : 서양 양(羊) 그림 1장

4. 의의 및 평가

『사학징의』는 1801년 신유년 조선 왕조 최초의 공식적 천주교 박해에 관해 가장 정확하고 풍부한 내용을 기록한 중요 사료(史料)이다. 특히 이 사료는 박해 주체측 기록이라는 점에서 그 의미와 가치가 한층 지대하다.

한다. 불교의 염주와 비슷한 형태여서 염주로 기록한 듯하다.
8) 김조이(金召史) : 한자 '召史'라 쓰고 '조이'라 읽는다. 조이(召史)란 양민의 아내 혹은 과부를 일컫는 말로 흔히 성(姓) 밑에 붙여 부른다. 세종대왕기념사업회, 『한국고전용어사전』, 2001 .

『사학징의』는 신유박해의 전말 연구는 물론 초기 한국 천주교회사 관련 연구에 있어 필수 자료라는 점에 그 의의가 있다. 특히 편찬자의 주관이나 편견을 개입시키지 않은 공문서 원 자료를 기재하여서 순수 1차 사료로서 신뢰할 수 있다.

내용 면에서도 『사학징의』는 정확하고 포괄적이다. 1801년 형조나 포도청에서 체포한 사학죄인(邪學罪人) 곧 천주교 신자들의 심문 기록(推案)과 판결문(結案)을 수록했는데 사형수, 장사자(杖死者), 유배죄수, 배교자, 자수자에 이르기까지 거의 모든 신유박해 관련 천주교 인물들 명단과 신문 과정, 판결문이 고스란히 기록되어 있다.

아울러 천주교 신자 죄수들의 진술 내용에 나타나는 여러 사실들, 즉 출신 신분이나 배경, 탄생지와 거주지, 입교 동기와 세례 여부, 전교 활동과 신자들 간의 교회 내 교류, 그리고 부록에 나타나는 당시의 사학(邪學) 서적과 종교 용품(聖物) 등은 당시의 교회 역사를 밝히는 가장 상세하고 객관적이며 정확한 자료가 된다.

또한 『사학징의』는 초기 천주교회 구성 인물들을 통한 교회사 연구의 귀한 자료이다. 『사학징의』에 수록된 인물들은 대부분 초기 한국 천주교회에서 중요한 역할을 했거나 이들과 가까웠던 인물들이다. 그리하여 기존 자료로는 겨우 그 인명만을 파악할 수 있었던 초기 교회의 조직과 성격 등에 관해 이 책은 많은 구체적 사실을 제공해 준다. 곧, 각 천주교인의 기본 정보인 가족관계, 거주지, 사회적 신분 및 직업, 천주교 입교 동기와 신앙 활동 내용, 체포일, 판결내용 등이 기록되어 있어 초기 교회 구성 인물들의 사회적 성격과 신앙적 성격 등을 상세하고 명확히 파악할 수 있는 자료이다.

특징적으로 『사학징의』는 중인(中人) 이하의 신분층에 속한 신자들이나 여성 신자들에 관해 풍부한 자료를 싣고 있다.

『사학징의』와 같은 시기에 편찬된 것으로 추정되는 이기경(李基慶)

의 『벽위편(闢衛編)』은 당시 조정이나 양반 선비 등 조선지식인 사이에 논의되던 각종 척사론(斥邪論)이 주요 부분을 이루고 있다. 또한 달레(Dallet)의 『한국천주교회사』를 비롯한 당시 관련 자료들도 신분 높은 신자들에 관해서 많은 분량을 담았다. 그러나 『사학징의』는 이와는 대조적으로 신분이 상대적으로 낮은 신자들에 관한 내용들을 수록하여 한국 천주교회사의 비어 있던 미지의 부분을 채울 수 있는 가치 있는 중요 자료들을 제공하였다.

　『사학징의』는 가능한 당시의 공적 자료들을 입수, 기재했다는 점과 특히 자료가 편찬자의 주관이나 편견을 개입시키지 않은 공문서 원자료를 수록, 기재하고 있다는 점에서 중요하고 으뜸인 사료로 평가할 수 있다.

〈해제 : 장정란〉

참 고 문 헌

1. 사료

『邪學懲義』 영인본(影印本) 『한국교회연구자료』 7 한국교회사연구소, 1977.

2. 단행본

차기진, 『조선 후기의 서학과 척사론 연구』, 한국교회사연구소, 2002.

3.논문

김양선, 「신유박해(辛酉迫害)의 귀중(貴重)한 자료(資料) 사학징의(邪學懲義)에
관 하여」, 『숭실대학보』 3, 1957.

김한규, 「<邪學懲義>를 통해서 본 初期 韓國天主教會의 몇가지 問題」, 한국교회
사연구소, 1979.

조 광, 「사학징의(邪學懲義)의 사료적 가치」, 『邪學懲義』(한국교회연구자료 7),
한국교회사연구소, 1977.

최석우, 「邪學懲義를 통해서 본 初期天主教會」, 한국교회사연구소, 1979.

최중복, 「천주교 서적이 초기 한국천주교회 순교복자들의 신앙생활에 미친 영향」,
가톨릭대학교 석사학위논문, 2015.

4. 사전

『한국가톨릭대사전』 12권, 한국교회사연구소 1995~2006.

『상재상서(上宰相書)』

분류	세부내용
문 헌 종 류	조선서학서
문 헌 제 목	상재상서(上宰相書)
문 헌 형 태	新鉛活字本
문 헌 언 어	漢文
저 술 년 도	1839년(憲宗 5) 6월 1일 이전
간 행 년 도	1887년(高宗 24)
저 자	丁夏祥(1795~1839)
형 태 사 항	44면
대 분 류	종교
세 부 분 류	천주교 교리
소 장 처	한국 국립중앙도서관 규장각한국학연구원 한국학보존서고 Institut National des Langues et Civilisations Orientales
개 요	정하상은 정부의 천주교 탄압이 천주교가 어떤 종교인지 알아보지도 않고 행해진 것인데, 천주교는 사교(邪敎)가 아님을 밝히고 천주교에 대한 호교론적 변증에서 천주교의 교리와 천주교에 대한 오해를 언급 하고 있다. 나아가 천주교 신앙에 대한 자유를 호소하면서 조상숭배와 신주가 천주교에서 금하는 것이므로 자신도 그것을 따를 것임을 분명하게 밝히고 있다.
주 제 어	경교(景敎), 양지(良知), 성경(聖經), 만물(萬物), 천주성교(天主聖敎), 하느님(上帝), 십계명(十誡), 천주(天主), 천당(天堂), 지옥(地獄), 영혼(靈魂), 신주(木主), 천주교(天主敎)

1. 문헌제목

『상재상서(上宰相書)』

2. 서지사항

『상재상서(上宰相書)』는 "재상(宰相)에게 올리는 글"이라는 뜻으로, 정하상(丁夏祥)이 기해박해(己亥迫害) 때에 박해의 주동자였던 우의정(右議政) 이지연(李止淵)[1]에게 순교를g 앞두고 천주교 교리의 정당성을 알리고자 작성한 글이다. 이 글은 순한문으로 부록 성격인 '우사(又辭)'까지 합하여 3,644자로 이루어져 있다. 이 글이 쓰여진 정확한 날짜는 알 수 없는데, 정하상이 기해박해(己亥迫害)가 일어난 후, 1839년 6월 1일 체포되어[2] 같은 해 8월 15일에 순교했으므로[3], 1839년 6월 1일

---

1) 李止淵(1777~1841) : 字 景進. 號 希谷. 1806년 중시 문과에 을과로 급제, 승문원에 보직되었다. 1837년 우의정이 되고 이듬해 실록청의 총재관이 되어 純祖實錄 편찬에 참여하였다. 같은 해 영의정 李相璜, 좌의정 朴宗薰이 사직하여 홀로 相臣의 자리에 있게 되었다. 趙大妃의 측근자로서 1839년에 邪敎 禁止를 주장해 앙베르, 모방, 샤스탕 등 프랑스 신부를 비롯해 많은 천주교인들을 학살한 기해박해를 일으킨 장본인이 되었다. 그는 천주교를 척결하기 위한 방책으로 伍家作統法 시행을 上啓했을 정도로 주도면밀하게 기해박해를 주도하였다. 1840년 대사간 李在鶴, 대사헌 李義準 등이 정권을 마음대로 했다고 탄핵해 함경북도 명천에 유배되고 그곳에서 죽었다.

2) 丁夏祥 지음, 尹敏求 신부 번역, 『상재상서(上宰相書)』, 성요셉출판사, 2016, p.73.

3) 달레에 의하면 정하상의 죽음이 8월 15일에 있었다고 한다 (Charles Dallet 著, 안응렬·최석우 역주, 『한국천주교회사(Histoire de L'glise de Corée)』(중), 왜관 : 분도출판사, 1980, p.465). 아래 "述宰相書丁保祿 日記"에도 8월 15일로 나와 있다. 배요한은 8월 14일에 순교하였다고 한다 (배요한, 「정하상의 상재상서에 관한 연구–헌종대 「척사윤음」과의 비교를 중심으로」『장신논단』vol.46, no.1, 2014.3).

이전에 이 글을 써서 몸에 품고 있다가 조정에 올린 것으로 생각된다.

배요한에 의하면, "이 글은 필사본으로 전해지다가 1887년 블랑(Blanc) 주교에 의해 홍콩에서 단행본으로 출간되어 중국의 가톨릭 선교에 이용되기도 하였으며, 후에는 일본어로도 번역되었다. 판본(版本)으로는 1887년 홍콩본(本) 외에 서울대학교 사범대학 간행본(1969) 등이 있으며, 그 밖에 블랑 주교의 서명이 들어 있는 필사본과 한글 번역본 등이 있다."[4]고 한다.

해제에 이용된 것은 프랑스 동양언어문화학교(Institut National des Langues et Civilisations Orientales)에 소장된 것을 2002년 국립중앙도서관에서 조사, 영인한 자료이다. 여기에는 홍콩(香港)의 주교(主敎) 요한 고(若望高)가 출판을 허락하여(監准) 1887년 홍콩나사렛정원(香港納匝肋靜院)에서 판본(藏板)이 만들어졌다고 한다. 표지에 제목이 있고 이어서 홍콩(香港)의 주교(主敎) 요한 고(若望高)가 출판을 허락하여(監准) 1887년 홍콩나사렛정원(香港納匝肋靜院)에서 판본(藏板)이 만들어졌음을 보이는 면이 나온다. 그 다음에 "술재상서정보록 일기(述宰相書丁保祿 日記)"가 5면에 걸쳐 서술되어 있다. 한 면 10줄, 한 줄 24자로 되어 있다. 이어서 상재상서 원문이 30면에 걸쳐 나오는데, 한 면 7줄, 한 줄에 18자로 되어 있다.

윤민구(尹敏求) 신부가 번역한 『상재상서(上宰相書)』[5]에는 위와 같이 홍콩(香港)의 주교(主敎) 요한 고(若望高)가 출판을 허락하여 홍콩나사렛정원에서 1890년에 나온 판본이 영인되어 있다. 이 판본은 1887년

안수강은 성지 배론 관리소 편, 『상재상서』(제천 : 성지 베론관리소, pp1~13)와 기독교대백과사전편찬위원회 편, 『기독교대백과사전(13권)』(서울 : 기독교문화사, 1994, pp1049~1050)를 인용하여 정하상은 1839년 9월 22에 처형되었다고 한다. 8월 15일은 음력이고 이를 양력으로 하면 9월 22일이 된다.

4) 배요한, 위와 같은 논문.
5) 丁夏祥 지음, 尹敏求 신부 번역, 『상재상서(上宰相書)』, 성요셉출판사, 2016.

판본과 같은 내용 배열로 되어 있는데, "술재상서정보록 일기(述宰相書丁保祿 日記)"는 5면에 걸쳐 서술되어 있고 한 면은 10줄, 한 줄은 24자로 되어 있다. 상재상서 원문은 16면으로 되어 있고 1면 10줄, 한 줄은 24자로 되어 있다.

그 밖에 국립중앙도서관에 표제명이 『상재상서(上宰相書)』이고 내용에 1839년에 기록된 정보록일기(丁保祿日記)와 상재상서(上宰相書)가 1930년(昭和五年) 평양공립고등여학교(平壤公立高等女學校) 학생의 공책에 필사된 것이 있다.

이만채(李晩采)는 『벽위편(闢衛編)』에서 『상재상서』의 글이 고문(古文)을 많이 따라 쓰고 글짓는 법이 노숙하여, 정하상의 무리나 친족 가운데 유식한 자가 지은 것 같다6)고 하고 정하상이 『상재상서』를 친히 지었다는 것에 대해 의문을 나타내고 있다. 또한, 『순교자와 증거들』에 전하는 『상재상서』의 필사본에는 저자가 정약용(丁若鏞)으로 되어 있다.7) 이러한 주장들은 학계에서 받아들여지지 않고 있다. 우선, 정하상이 부친 정약종이 순교했을 때 7세였으므로, 이미 어느 정도의 가정교육이 이루어졌을 것이라는 것과 그후 정하상이 모친인 유 세실리아의 훈계에 순종하여 경문(經文)을 배울 수 있었다고 하는 것, 또한 조동섬(趙東暹, 유스티노)에게 천주교 교리와 한문을 익혔다는 것, 그리고 순교하기 전 앙베르 주교 밑에서 신부가 되기 위해 신품공부에 임하고 있었다는 것 등을 종합해 볼 때, 정하상은 『상재상서』를 쓸 만한 능력이 충분히 있었다고 생각된다. 정약용이 썼다는 것과 관련해서는, 그가 배교(背教)한 상황에서 천주교회를 위하여 몸 바친 사람의 소신에 찬 목소리8)를 낼 수가 없었을 것이기 때문이다.

---

6) 李晩采 編, 『闢衛編』(影印本), 서울 : 悅說堂 1971, pp.6a-b(?).
7) 한국교회사연구소 편저, 『순교자와 증거들』, 서울 : 한국교회사연구소, 1983, p.136.
8) 丁夏祥 지음, 尹敏求 신부 번역, 『상재상서(上宰相書)』, 성요셉출판사, 2016,

정하상은 1795년 경기도 양근(楊根)9) 마현촌(馬峴村)에서 『주교요지』의 저자이며 명도회(明道會) 초대 회장을 지낸 정약종(丁若鍾, 1760~1801)과 그의 두 번째 부인인 유 세실리아의 사이에서 출생하였다. 그가 7세 때 부친 정약종과 이복형(異腹兄)인 정철상(丁哲祥, 가를로)은 신유박해(1801)로 순교하였다. 정하상의 가정 교육에 대해 알 수 있는 자료는 매우 부족한데, 신유박해 후 정하상에게 가장 많은 영향을 끼친 이는 그의 어머니 유 세실리아였을 것으로 생각된다.

신유박해로 부친이 순교한 후, 정하상은 모친 그리고 여동생 정혜(情惠, 엘리사벳)과 함께 서부(西部)10)에 감금되었고 가산(家産)은 관(官)에 몰수되었다. 그들은 관이 풀어주었으나 의지할 데가 없었으므로, 시골(鄕曲)을 떠돌아다니다가 숙부(叔父)11)의 집에 의지해 살게 되었다. 정약전(丁若銓)과 정약용(丁若鏞)이 사교 죄인으로 귀양을 가 있을 때이므로 그들은 비신자였던 친척들로부터 학대와 냉대를 받았다.12) 그는 모친의 훈계에 순종하여 경문(經文)을 배울 수 있었다는 것을 보면, 어려운 상황에서도 교육을 받았음을 알 수 있다.

20세가 되어 정하상은 아버지의 뒤를 이어 교회의 일꾼이 되고자

pp.57~59. 朴宣煥은 『상재상서』의 내용에는 당당하고 해박한 논리 전개와 용감성이 나타나 있는데, 이는 정하상의 생애 전반에 나타난 그의 행적과 상응하는 것이며 정약용의 생활과는 다르다고 하고, 『상재상서』의 저자가 정약용으로 기록되어 있는 것은 필사자의 잘못으로 밖에 달리 설명할 길이 없다고 한다 (朴宣煥, 「韓國 初代敎會의 護敎論 : 丁若鍾의 쥬교요지와 丁夏祥의 上宰相書를 중심으로」, 가톨릭대학교 대학원 신학과 역사신학전공 석사학위논문, 1995).

9) 京畿道 楊平郡 一圓의 옛 지명.

10) 서울 안의 오부(五部)의 하나, 또는 그것을 맡아보던 관아(官衙)

11) 양근 땅에 있는 丁若鏞의 집이라고 한다. Sacra Rituum Congregatione, "Summarium," <Beatificationis seu Martyrii>, (Roma : Tipografia Guerra E Mirri), 1921, pp.178~179 참조.

12) 샤를르 달레 저, 안응렬·최석우 편역, 『韓國天主敎會史』中, 왜관 : 분도출판사, 1980, pp.86~87.

결심하고 한양에 올라가 가난한 교우 조숙(趙淑)[13]의 집에 기거하면서 그리스도교적 고행을 닦았다. 그 뒤에 정하상은 교리와 학문을 철저하게 배우기 위해 함경도 무산(茂山)에서 사교 죄인으로 귀양살이를 하던 조동섬(趙東暹, 유스티노)에게 천주교 교리와 한문을 익혀 지도자로서의 자질을 배양하였다.[14]

정하상은 22세(1816)에 한양에서 그와 뜻을 같이 한 신앙의 동지 유진길(劉進吉)[15], 조신철(趙信喆)[16] 등과 함께 조선천주교에 신부(神父)

---

13) 趙淑(1786~1819) : 세례명 베드로. 權日身의 사위. 경기도 陽根 출신. 권일신의 딸 권 데레사와 결혼하였으나 부부가 합의하여 일생을 童貞夫婦로 살 것을 결심하고 순교 때까지 순결을 지켰다. 1801년 신유박해가 뜸해지자 가족과 함께 서울로 이사해 살면서 신앙을 굳혔으며 전교에 힘썼다. 1817년 조숙이 체포되어 갇히자 권 데레사도 자진 포도청에 출두하여 함께 갇히었다. 그들은 1819년 5월 21일(음력) 함께 서울 포청에서 참수되어 순교하였다. 한국가톨릭대사전편찬위원회, 『한국가톨릭대사전』, 서울 : 한국교회사연구소, 1985, p.1056.

14) 샤를르 달레 저, 안응렬·최석우 편역, 『韓國天主教會史』 中, 왜관 : 분도출판사, 1980, pp.87~88.

15) 劉進吉(1791~1839) : 세례명 아우구스티노. 서울의 譯官 집안에서 태어났다. 『天主實義』를 읽고 천주교에 흥미를 느껴 교리를 터득한 뒤에 입교하였다. 이때 성직자 영입운동을 전개하던 정하상을 만나, 역관 신분을 이용해 북경 교회와의 연락과 성직자 영입운동에 참여하게 되었다. 1824년 冬至使의 수석역관으로 북경에 들어가 세례를 받고, 1826년에는 교황에게 성직자 파견을 요청하는 청원서를 북경주교에게 전달하는 등 8차에 걸쳐 북경을 내왕하면서 조선교회의 사정을 알렸다. 순조의 妃인 純元王后의 아버지 金祖淳이 1832년 죽고, 2년 뒤 순조가 죽자 헌종이 8세의 나이로 즉위하였다. 그 결과 순원왕후가 수렴청정을 하게 되었다. 순원왕후를 적극 보필한 자가 대비의 오빠인 金逌根이었다. 김유근은 1836년 병으로 말조차 못하다가, 유진길의 권유로 1839년 5월에 세례를 받아 천주교에 대해 관대한 정책을 폈다. 그러나 그가 정계에서 은퇴하자 천주교를 적대시했던 우의정 李止淵이 정권을 장악하였다. 유진길은 1836년에 모방 신부의 주선으로 마카오로 유학을 가게 된 金大建, 崔良業, 崔方濟에게 중국어를 가르쳐주었다. 1839년 3월부터 기해박해가 시작되었는데, 유진길은 당상역관이라는 정3품 벼슬과 김유근과의 친분으로 감히 손을 대지 못하다가 김유근이 병사하자, 그후 즉시 체포되고 모역죄로 서소문 밖 네거리에서 정하상

를 영입하는 일에 앞장섰다.[17] 같은 해 10월 역관의 노비신분으로 동지사(冬至使) 이조원(李肇源)을 수행하여 중국을 방문할 기회가 있었다. 이때 피레스(Pires)주교에게 신부 파송을 청원했으나 구체적인 약속을 받지 못하고, 영세(領洗)와 견진성사(堅振聖事)를 받은 뒤에 교리서와 성물을 갖고 다음 해에 돌아왔다. 이후 20여 년간 정하상은 8, 9차례에 걸쳐 북경을 왕래하며 성직자 영입운동을 계속하였다.[18]

과 함께 순교하였다. 1984년 5월 6일 요한 바오로 교황에 의해 諡聖되었다.

16) 趙信喆(1796~1839) : 세례명 가롤로. 江原道 淮陽 출신. 5세 때 모친을 잃고 절에 들어가 중이 되었다. 몇 년 후 환속한 그는 23세부터 서울 서소문 밖에 거주하며 冬至使의 마부로 일하였다. 30세 때 정하상과 劉進吉을 알게 되었고, 유진길로부터 천주교 교리를 배워 입교하였다. 1826년부터 유진길과 함께 북경 천주당을 방문하여 세례, 견진, 고해, 성체성사를 받았다. 이후 그는 동지사의 마부로 일하면서 북경 교회와의 연락과 성직자 영입 운동에 깊이 관여하였다. 1834년 余恒德 (劉 파치피코 : 劉方濟) 신부, 1836년 모방 신부, 1837년 샤스탕 신부와 앙베르 주교를 입국시키는데 공헌하였다. 그는 기해박해로 1839년 8월 19일 순교하였다. 1984년 5월 6일 요한 바오로 2세에 교황에 의해 諡聖되었다.

17) 1784년 이승훈의 세례 이후 조선 교회 지도자들은 성사 집행과 교계 제도의 불가피함을 알고 1786년 假聖職制度를 설정하고 성사 집행을 하였다. 그런데 假神父 한 사람이 책을 통해 자신들이 하고 있는 일이 잘못된 것임을 발견하고 이승훈에게 알리면서 가성직제도는 중단되었다. 북경 주교는 이승훈의 구원을 얻는 방법에 관한 질문에 대해, 그 확실한 방법이 신부를 영입해 그에게 성사를 받는 것임을 알려주었다. 이에 조선 교회는 성직자가 필요하다는 것과 성직자만이 성사를 집행할 수 있음을 깨닫고 자신들이 구원과 후세의 구원을 위해 성직자 영입운동을 전개하기 시작하였다. 朴宣煥,「韓國 初代敎會의 護敎論 : 丁若鍾의 쥬교요지와 丁夏祥의 上宰相書를 중심으로」, 가톨릭대학교 대학원 신학과 역사신학전공 석사학위논문, 1995.

18) 1825년 유진길, 이여진 등과 함께 교황 레오12세에게 조선 교회의 사정을 전하고 성직자 파견을 요청하는 편지를 써서 북경 교회에 전달을 부탁하였다. 후에 이 편지와 1811년 교우들이 보낸 편지가 계기가 되어 1831년 9월 9일자로 교황 그레고리오 16세는 조선을 북경 교구로부터 독립시키고 초대 교구장으로 브르기에르(Barthélemy Bruguière, 蘇. 1792~1835) 주교를 임명하였다. 이는 조선 교회 창설 46년만의 일이었다. 蘇 주교는 1832년 조선 입국 도중 뇌일혈을 일으켜 주교를 맞으러 간 정하상 일행은 돌아서야 했다. 브르기에르 신부는

정하상은 1827년 북경 방문 이후에[19], 피레스 주교가, "네 노모와 처녀 여동생을 천주교가 없는 지역(外敎地方)에 버려두어서는 안 된다."고 하는 명에 따라 정하상은 돌아온 날로 즉시 숙부가 있는 곳에 이르러 모친과 여동생을 데리고 한양으로 들어갔다가 오래지 않아 깊은 시골로 옮겨 6, 7년을 우거하며 군난(窘難)을 피했다가, 다시 가족을 이끌고 한양으로 왔다.

1833년 의주(義州) 변문에서 청나라 신부 유방제(劉方濟)를, 1836년에 프랑스 신부 모방(Pierre Philibert Maubant, 羅伯多祿), 1837년에 샤스탕(Jacques Honore Chastan, 鄭牙各伯)을 영접했고, 앵베르(Imbert, 范世亨) 신부를 보좌하여 국내 전교(傳敎) 활동에 힘썼다.

모방 신부는 조선에 도착한 즉시 세 명의 신학생을 선발하여 마카오로 보냈는데, 선발 과정에 있어서 정하상이 주도적 역할을 하였다.[20] 정하상은 서울에 집을 마련하여 서양 선교사들을 모셨고 비서로 활동하였다. 또한 그는 선교사들의 지방에서의 활동에 동행하고 성사를 볼 수 있도록 도와주었다. 그는 신자들의 지도자였으며 대표로서 활동하였는데, 그의 지도력은 전국적인 것이었다.

2대 교구장인 앵베르 주교를 모신 조선 교구는 본격적인 포교 활동으로 당시 교우 수가 9천 명에 달하게 되었다. 정하상은 1838년 앵베르 주교 밑에서 신부가 되기 위해 신품공부에 임하던 중 1839년 기해

1835년 43세의 나이로 善終하였다.
19) 朴宣煥, 위와 같은 논문. 尹敏求 신부는 1825년 경이라고 하고 있다. 丁夏祥 지음, 尹敏求 신부 번역, 『상재상서(上宰相書)』, 성요셉출판사, 2016, p.68.
20) 모방 신부는 1836년 1월 중순에 한양에 도착했는데 이미(밑줄 필자) 1월 6일에 최양업을 선발하였고, 3월 14일에 최방지거를, 7월 11일에 김대건을 선발하였다.(朴宣煥, 위와 같은 논문). 尹敏求 신부는, "1836년 1월 중순에 서울에 도착하여 곧바로(밑줄 필자) 2월 6일에 최양업을 선발하였고, 3월 14일에 최방지거를, 7월 11일에는 김대건을 선발하였다."고 한다. 丁夏祥 지음, 尹敏求 신부 번역, 『상재상서(上宰相書)』, 성요셉출판사, 2016, p.69.

박해가 일어나 뜻을 이루지 못하였다. 1838년 12월 성물을 만드는 권득인(베드로)을 체포함으로써 야기된 기해박해(1839)로 전국 각지에서 교우들이 체포되었다. 자신도 체포될 것을 짐작한 정하상은 미리 『상재상서』를 작성해 두었다가 1839년 6월 1일 체포된 후 종사관(從事官)[21]에게 바쳤다.[22] 그러나 그의 호소는 받아들여지지 않았다. 그는 국금(國禁)에 저항하여 사교(邪敎)를 신봉하고 전교했는데, 이러한 죄를 범한 까닭은 신유박해 때 순교한 부친의 원수를 갚으려는 것이었고 그래서 모반을 꾀하였다[23]는 죄목으로 1839년 8월 15일 순교하였다.

3. 목차 및 내용

[목차]

없음

[내용]

Ⅰ. 述宰相書丁保祿 日記

정하상의 『상재상서』가 시작되기에 앞서서 "술재상서정보록 일기

---

21) 朝鮮時代 때 각 軍營·捕盜廳에 딸린 從六品 벼슬.

22) 정하상은 이 글을 미리 기록해 두었다가 체포되자 관장(官長)에게 바쳤다고 한다(李晩采 編, 『천주교전교박해사 : 벽위편(闢衛編)』, p.344).

23) 丁夏祥 지음, 尹敏求 신부 번역, 『상재상서(上宰相書)』, 성요셉출판사, 2016, pp.73~74.

(述宰相書丁保祿 日記)"가 나온다. 이 글의 내용은 정하상이 태어나 순교에 이르기까지의 일대기를 정리해 놓은 것으로, 필자가 누구인지는 확인할 수 없는데, 작성 연대만 청(淸) 도광(道光) 19년, 조선(朝鮮) 헌종(憲宗) 7년(1839)으로 되어 있다. 체포된 이후의 심문과 고문(拷問)으로 인한 신체적 손상이나 순교할 때의 모습을 기록해 놓고 있다. 정하상의 일대기로서 그 전문(全文)을 번역하였다.

"述宰相書丁保祿 日記"

정 바오로는 1795년(건륭60)에 경기도(京畿道) 양근(楊根) 마현촌(馬峴村)에서 태어났다. 순교하기 전에 명도회(明道會) 회장이었던 약종(若種)의 아들(幼子)이며 정가록(丁嘉祿)의 친동생(胞弟)이다. 신유박해(辛酉迫害) 때 부친과 형이 순교 당하였고 외인(外人)과 친척으로, 연루되어 환난을 당한 자들이 많았다. 그때 정하상의 나이는 7세로 모친과 함께 서부(西部)[24]에 감금되었고 가산(家産)은 관(官)에 몰수되었다. 관이 풀어주었으나 의지할 데가 없었다. 시골(鄕曲)을 떠돌아다니다가 숙부(叔父)의 집에 의지해 살게 되었다. 이 동안의 고초는 이루 기록할 수 없다. 모친의 훈계에 순종하여 경문(經文)을 배울 수 있었다. 천주교가 없는 지역(外敎地方)에서 계율을 지키는 것이 매우 어려웠고 교우(敎友)를 접하는 것이 드물어 천주교의 도리(道理)를 밝히 배울 길이 없었다. 나이가 어느 정도 젊어지자 체력(膂力)이 남보다 뛰어났고 품성(品性)이 강직하여 남에게 굽히지 않고 꿋꿋하였다. 이미 쫓겨 오고갈 데가 없었으므로 친척과 노예배(奴隷輩)의 박대(薄待)가 더욱 심하였다. 분개를 이기지 못하고 혈기를 억제하기가 어려웠고 또한

---

24) 서울 안의 오부(五部)의 하나, 또는 그것을 맡아보던 관아(官衙).

불편(不便)한 사정도 있어서 낙담하여 그 모친과 여동생을 떠나 몇 명의 교우(敎友)를 따라 갔다. 그때 나이가 22세였다. 가난한 친구의 집에 숨어 지내면서 기한(飢寒)과 간고(艱苦)를 겪었다. 이러한 가운데서도 기도(祈禱)를 밤이 새도록 멈추지 않았다. 다만 다행히 한 신부(神父)가 동국(東國)에 임(臨)하여 교화(敎化)가 널리 왕성해지는 것을 급무로 하여, 비천(卑賤)을 마다하지 않고 노예(奴隸)의 역을 기꺼이 맡아 역관(譯官)을 따라 북경에 갔다. 왕래하기를 8, 9차례나 하면서 성당(聖堂)가 가서 성사(聖事)를 받은 후 주교(主敎)의 앞에서, "동국(東國)을 불쌍히 돌아보아서 한 목자(牧者)를 보내주십시오."라고 엎드려 간청하였다. 처음에는 허락지 않았으나, 5번째에 이르러 허락을 받았다. 변문(邊門)에서 약속 날짜를 정하고 때에 맞춰 가서 맞아들이기로 했는데, 신부(神父)가 오지 않았다. 마음에 의심이 일어나 곧 바로 북경에 가서 성당을 방문하였는데, 역시 그 이유를 알 수 없었다. 슬픈 마음을 품고 돌아섰다. 고생스럽게 여행을 하여 형상이 말할 수 없었다. 주교가 명(命)하여 이르기를, "네 노모와 처녀 여동생을 천주교가 없는 지역(外敎地方)에 버려두어서는 안 된다."고 하였다. 정하상은 돌아온 날로 즉시 숙부가 있는 곳에 이르러 모친과 여동생을 데리고 경성(京城)으로 들어갔다가 오래지 않아 깊은 시골로 옮겨 6, 7년을 우거(寓居)하며 군난(窘難)을 피했다가, 다시 경성으로 왔다. 몸은 비록 숨어 살았지만, 원래 지식(知識)이 남을 뛰어넘었고 재능이 출중하며 일을 하는 것이 주도면밀했으므로 여러 신도들이 우러러보았다. 봉재(封齋 : 천주교의 재계 기간) 때 외에, 사순(四旬)의 엄재(嚴齋)를 지키고, 매 금요일(瞻禮六) 대재(大齋) 때마다 힘을 다해 고통을 이기며 가용(家用)을 절약하여 (이웃에게) 즐거이 베풀어 불쌍히 여겼으니, 진실로 주님을 사랑함과 이웃을 사랑함이 간절하였다. 교(教) 내의 제무(諸務)를 지휘함에 타당한 것이 많았다. 후에 계사년(癸巳年 1833년 純祖33)에 신부(神父)가 온다는 명(命)을 받자, 위험을 돌아보지 않고 변문에 가서 영접해 왔다. 범사(凡事)에 (신부를) 보좌(輔佐)함에 견디기 어려울 정도로 마음과 몸이 지쳤다. 여러 일들도 (그를) 굴복시킬 수 없었고 일들이 계속 이어졌다(數其後數). 세 차례 변문에 가서 주교신부(主教神父)를 영접해 와서 앞에서 모시며 섬겼다. 양서(洋書)를 부지런히 공부하여 재덕(才德)을 겸비하고 도리(道理)에 밝아 승품(陞品)하기에 다다랐다. 기해(己亥 1839년 憲宗5)에 고난(窘難)이 크게 성(盛)하였는데, 주교를 모시고 경성에서 한 달여간 피신하였다. 풍파가 조금 잠잠해지자, 주교가 그들 문제(門弟)들을 이끌고 깊은 시골로 가서 머물렀다. 정하상은 경성에 있었는데, 성교회(聖教會)의 일로 바빴고 그러한 중에도 가무(家務)와 그 노모, 여동생을 함께 돌보며 주(主)의 명(命)을 공손하게 기다렸으니, 성경(聖經)의 실리(實理)에 의거하여 원정(原情) 한 폭(一幅)을 기술하고 만약 체포되면 관(官)에 바쳐서 성교(聖教)의 도리(道理)가 참됨을 변백(辨白)하고자 하였다. 기해(己亥) 6월 초1일에 포졸이 문에 이르렀고, 노모와 여동생이 함께 체포되었다. 정하상은 집에서부터 홍사(紅絲)[25]로 결박되어 담당 관청에 이르렀다. 관원이 성명(姓名)·사조(四祖)를 물었고 옥에 가두었다. 다음날 그 원정(原情)을 기술한 것을 종사관(從事官)[26]에게 바쳤다. 제3일에 포장(捕將)[27]이 법에 의거해 묻기를, "너는 어찌해서 조선의 풍속을 따르지 않고 외국의 도(道)

---

25) 붉은 물을 들인 실이라는 뜻으로, 도둑이나 중한 죄인(罪人)의 두 손을 뒷짐을 지우고 묶는 데 사용한 붉고 굵은 줄.
26) 朝鮮時代 때 각 軍營·捕盜廳에 딸린 從六品 벼슬.
27) 捕盜大將.

를 행하며 널리 교(敎)를 우민(愚民)에게 퍼뜨려 세도정인(世道正人)을 혼탁하게 하였는가?"라고 하였다. (정하상이) 답하기를, "외국의 훌륭한(美好) 물건은 사람들이 모두 가져다 쓴다. 그런데 어찌 오직 천주성교(天主聖敎)만 외국의 도(道)라 일컫고 그 진정으로 훌륭한 것을 취하지 않겠는가? 사람들이 모두 반드시 행해야 할 정도(正道)이다."라고 하였다. 포도대장이 또 이르기를, "너는 외국의 도는 찬미하면서 국왕, 관장(官長)이 금하는 령(令)은 마음에 들어 하지 않으니, 죄가 마땅히 사형에 해당한다."고 하고 원정(原情)의 사의(辭意)에 대해 상세히 물었다. 또 이르기를, "네 말이 곧 이러하구나. 감히 나라에서 금하는 것을 무릅쓰고 무리를 모아 교(敎)를 베풀 것인가?"라고 하고, 묶어 관정(官庭)에 두고 주뇌(朱牢)를 행해 양팔(兩臂)이 늘어진 후에야 하옥(下獄)하였다. 제2차에서도 여러 단계의 심문 조목(問目)으로 다시 주뇌(朱牢)를 행해 정강이뼈(脛骨)가 모두 드러났다. 제3차에서는 좌포청(左捕廳)[28]으로 옮겨 가서 주교(主敎)와 대질하고 주장(朱杖)[29]으로 마구 찔었고(亂杵), 주뇌(朱牢)함에 견고한 동아줄(繩索)로 양정강이뼈를 단단히 감아 묶고는 자주 잡아당겨 삼릉장(三稜杖)으로 베었다(작斫; 斬, 砍, 割). 양넓쩍다리(股)의 피부가 모두 벗겨 떨어져 뼈가

---

28) 조선시대 捕盜廳 가운데 左捕盜廳으로, 左廳, 左邊, 左邊廳이라고도 한다. 捕盜廳은 1540년(중종35) 상설적인 치안 전담기구로 설치되는데, 좌포도청과 우포도청이 독립적으로 편제되어 있었다. 좌포도청은 한양의 동, 남, 중부를 우포도청은 한양의 서, 북부의 치안에 관한 일을 관장하였다. 좌포도청은 中部의 정선방에, 우포도청은 西部의 서린방에 있었다. 각 청에는 종2품 大將1명, 종6품 從事官3명, 部長4명, 무료부장26명, 가설부장12명의 지휘부와 포도군사로 이루어져 있었다. 포도군사는 허리에 붉은 오라를 차고 다니다가 범인의 결박에 이용하였다. 1894년(고종31) 갑오개혁 때 右捕盜廳과 합쳐서 警務廳으로 개편되었다.
29) 주릿대나 무기 따위로 쓰던 붉은 칠을 한 몽둥이.

드러났다. 피가 용솟음쳐 땅으로 흘러내렸는데, 안색(顔色)은 평상시와 같았다. 제6번째 심문 항목은 신부(神父)가 간 곳, 무리의 소재를 대도록 하였고 혹형(酷刑)이 극심하였다. 또한 포교(捕校)30)들이 사적으로 마구 때리며 꾸짖고 욕설함이 이루 비할 데가 없었다. 그때 세 사람의 신사(神師)31) 및 정(丁)·유(劉)·조(趙)의 세 사람이 함께 금부(禁府)32)에 잡혀와 3일 연속 추국(推鞫)당함에 세 차례나 심문하며 형벌이 가해졌다. 후에 8월 15일 성마태오(聖瑪竇) 축일(瞻禮) 다음날 신시(申時)에 유 아우구스티노(劉奧斯定)33)와 함께 참수(斬首)당해 순교하였다. 이때 나이가 45세였으며 천주께서 강생하신 후 1839년이 되는 해였다. 정 바오로는 사형장(法場)으로 떠날 때, 마차 위에 매달려 서 있으면서도 기뻐 웃으며 즐거워했다고 한다.

대청도광(大淸道光)19년 기해(己亥) 조선헌종(朝鮮憲宗)7년

II. 上宰相書

정하상의 『상재상서』는 목차가 없지만 내용을 아래와 같이 정리해 볼 수 있다.

---

30) 捕盜部將의 別稱.
31) 靈神의 스승이라는 뜻으로, 敎皇, 主敎, 神父를 이르는 말.
32) 義禁府의 준말.
33) 劉進吉.

1) 상재상서(上宰相書)를 올린 이유

(1) 천주교 박해의 정당성에 대해 물음.

정하상은 맹자(孟子)가 양주(楊朱)·묵적(墨翟)을 배척한 것과 한유(韓愈)가 불교와 도교를 배척한 것처럼 옛 군자가 금령을 펼 때에는 그 대상이 어떠한 것인가에 대해 숙고한 후에 조치가 취해졌는데, 조선에서 천주성교(天主聖敎)를 금함에 있어서는 그 뜻이 어디에 있는지 밝히지 않고 행해졌다고 보고 있다.

(2) 천주교는 사교(邪敎)가 아니다.

그는 신유사옥(辛酉邪獄, 1801) 이래 천주교를 억울하게 사교(邪敎)로 몰아 사형(死刑 : 大辟)이라는 엄벌로 많은 사람들을 처단하면서도 정부가 전혀 천주교의 기원과 전통에 대해 알아보려 하지 않았다고 보고 있다. 그는 천주성교가 유교의 가르침에 해가 된다거나 서민들을 혼란케 하는 일이 결코 없다고 하면서, "천주교는 왕으로부터 일반 서민에 이르기까지 매일같이 그 가르침을 실천해야 하는 종교"라고 하고 아래와 같이 천주교의 가르침이 잘못된 것이 아님을 변증하고 있다.

2) 천주교에 대한 호교론적 변증

(1) 하느님의 존재에 대한 증명

정하상은 하느님은 천지 위에 계시며, 스스로 존재하시고 천하를 주재(主宰)하시는 분임을 분명히 밝히고, 하느님이 존재하심을 세 가지 측면에서 증명하고 있다.

첫째, (천지)만물(萬物).

정하상은 천지를 집에 비유해서, 집이 우연히 맞추어져서 저절로 세워지지 않은 것처럼, 천지에 있는 온갖 동식물, 해와 달과 별들의 운행, 계절의 변화가 규칙적인 것은 모두 주재하시는 분이 있음을 말하는 것이라고 한다. 또한 흥망성쇠, 선악에 대한 보응, 인간의 죽음, 우주만물의 다양한 형상, 개개의 사물에 있어서 그 물질적인 질(質), 모양(模樣), 만든 이(作)와 쓰임새(爲)가 있음을 생각할 때, 천지를 만드신 이가 있으며 그 분이 하느님이시다.

둘째, 양지(良知; 양심).

정하상은 인간에게는 상선벌악(賞善罰惡)하시는 분이 계시다는 마음이 머릿속에 깊이 새겨져 있다고 한다. 그는 사람이 극도의 어려운 지경에 처했을 때 하느님을 찾고 기도하는 것은 인간의 타고난 천성이라고 한다.

셋째, 성경(聖經).

유교의 경서(經書)와 사서(史書)가 있음으로 요·순·우·탕·문·무·주·공(堯舜禹湯文武周孔) 등 성현에 관한 사실(史實)이 전해지고 있는 것처럼, 구약성서와 신약성서에는 천지창조 때로부터 역사가 끊임없이 기록되어 있다. 정하상은 선진(先秦) 시대의 경서인 시경(詩經), 역경(易經), 서경(書經)에 하느님(上帝)에 대한 내용이 나오고 공자도 하늘(天)에 대해 말했음을 지적하며 보유론적(補儒論的) 입장을 표하고 있다. 그리고 중국에서 동오(東吳) 적오(赤烏)년간(238~248)에 십자가가 발견된 것, 당나라 때 경교(景敎)가 크게 번성한 것, 그리고 명나라 만력(萬曆)년간에 서양 선교사들이 중국 들어가 천주교에 관해 많은 책을 지었고 이러한 책들이 전해오고 있다는 것을 보이며, 조선에도 천주교가 전해진 것은 신비롭고 행복한 일이라 하고 있다.

(2) 십계명(十誡)

정하상은 하느님께서 천지만물을 창조한 것은 인간에게 복을 내려 주시고 당신의 덕을 나타내려 하신 것이니 인간은 그 은혜에 보답하기 위해 살아 있는 동안 하느님을 받들어 섬겨야 하는데, 이것은 곧 하느님의 계명을 지키는 것이라고 하고 십계명을 열거하고 있다.

십계명에는 충성, 관용, 용서, 그리고 효제(孝悌), 인의(仁義), 예지(禮智)가 모두 들어 있어 유교에 비해 부족한 것이 없으니, 이의 실행은 나라를 잘 다스리는 것과 세계의 평화에 도움을 줄 수 있다고 한다. 따라서 이 계명들을 몸은 물론 마음으로 범해서는 안 된다고 한다. 그는 7죄종(七罪宗; 교만, 분노, 탐욕, 음란, 질투, 인색, 게으름)이 사람을 사망에 이르게 하니 죽는 날까지 이와 싸워 이겨야 한다고 한다.

(3) 심판과 영혼의 문제

정하상은 인간에게는 영혼이 있어 불멸하며, 이는 동식물과 달리 썩어 없어지지 않는데, 지극히 공평하시며 의로우신 하나님께서는 인간의 사후(死後)에 그의 공로와 죄에 대해 반드시 심판을 행하신다고 한다. 그 결과 선한 사람의 영혼은 천당으로 올라가 영원한 행복을 누리며, 악한 사람의 영혼은 지옥에 떨어져 영원한 고통의 벌을 받는다. 정하상은 이러한 것은 이치에 합당한 것이므로 꼭 직접 눈으로 볼 필요가 없다고 한다. 이러한 영원한 상과 영원한 벌이 있으므로 세상의 일은 모두 헛된 현상이라고 한다. 많은 사람들이 죽음 앞에서도 신앙을 굽히지 않은 것은 천주교가 참됨을 보여주는 것이라 하고, 천주교는 지극히 거룩하고(至聖) 지극히 공평하고(至公) 지극히 바르고(至正) 지극히 참되며(至眞) 지극히 완전하며(至全) 지극히 뛰어난 유일무이한(至獨惟一無二) 종교라고 한다. 그리고 이어서 천주교가 지극히 거룩하고, 공평하며, 바르고, 참되고, 완전하다고 한 각각의 이유에 대해 설명하고 있다.

(4) 천주교에 대한 오해

첫째, 천주교가 부모님과 임금을 업신여긴다고 하는 것에 대해, 정하상은 십계명을 들어 반박하고 있다. 다만, 부모와 임금이 천주교를 금함에도 불구하고 믿는 것은, 하느님이 임금보다 높은 천지의 큰 임금이기 때문이라고 분명히 밝히고 있다. 그러므로 천주를 받들어 섬기는 것은 임금의 명령을 일부러 어기려는 마음에서 하는 것이 아니라, 어쩔 수 없는 이치 때문이라고 한다.

둘째, 재물과 여자를 서로 교환(交換)한다고 하는 것에 대해, 정하상은 재물을 통용하는 것은 예로부터 국가를 다스리고 가정을 다스리는 사람에게서는 하루라도 없어서는 안 되는 것이라고 하고 있다. 이러한 오해는 당시 은밀한 집회 과정에서의 헌금, 재산 헌납, 고액의 성물 구입 등으로 야기된 것[34]으로 보인다. 여자를 교환한다는 것에 대해서는 남녀가 동석하는 미사, 남성 사제가 여성에게 집례하는 시세(施洗)와 성찬예식, 사제 간 교육과정 등에서 나온 것으로 보이는데, 십계명의 제6계에서 음행을 하지 말라(육체적으로 범하는 것)고 한 것과 제9계에서 남의 아내를 탐하지 말라(마음으로 범하는 것)고 한 것을 들어 반박하고 있다.

3) 천주교 신앙의 자유에 대한 호소

정하상은 조선에서 천주교가 받아들여지지 않는 이유가 무엇인지에 대해 묻고 있다. 위에서 본 바와 같이 천주교의 교리가 참됨에도 불구하고 공격받고 배척되는 이유는 천주교가 외국의 종교이기 때문이 아닌가 하고 있다. 그는 거룩하고 참된 종교라면 나라의 경계는 의

---

34) 안수강, 「정하상(丁夏祥)의 "상재상서(上宰相書)" 고찰」, 『역사신학논총』 제28집, 2015.

미가 없다고 한다.

그는 당시 조선에서 불교가 천주교의 글을 표절하고 천주교의 규칙을 모방하면서도 윤리와 기강을 무너뜨렸고 백성들을 어지럽히고 있는 서역에서 들어온 이단(異端)이라고 한다. 그리고 무당, 풍수, 점장이, 관상쟁이 등이 부녀자와 아이들을 미혹시키고 재물을 갈취하고 있음에도 예사롭게 보면서 천주교만 받아들이려고 하지 않는 것에 대해 개탄하고 있다.

그는 천주교가 가정과 국가에 어떠한 해(害)를 끼쳤는지를 물으면서, 법에도 없는 형벌로 배교(背敎)케 하고, 모욕을 주는 경우가 많다고 한다. 그는 하느님은 천지만물을 지으시고 주재하시는 자이심을 다시 한 번 강조하고, 옛 유교의 성현들도 국가가 어려운 일을 당하면 하느님께 기도했는데, 조선에서는 해마다 흉년을 당하면서도 왜 하느님께 기도하지 않는 지를 묻고 있다.

그는 왕에게 부지런히 정사(政事)를 돌보고 백성의 생명을 소중히 여기는 덕스러운 통치를 해줄 것을 바라면서, 천주교인들도 왕의 자식들이니 감싸주기를 바라고 있다. 그는 천주교 박해로 인한 신도들의 극도의 비참함과 고통을 말하면서, 이 책을 쓴 이유에 대해,

> "대저 목숨을 걸고 생명을 바쳐서 천주의 참된 가르침을 증거하고 천주의 영광을 나타냄은 저희들이 해야 할 본분입니다. 그런데 이 몸 또한 머지않아 죽어야 할 몸입니다. 그러므로 이렇게 감히 말해야 할 때를 만나서 한 번 머리를 쳐들고 길게 외치지 않고 슬프게 입을 다물고 죽는다면, 산더미 같이 쌓인 감회를 장차 백 대(代)가 지난다 하더라도 다 풀지 못할 것입니다."

라고 하고 있다. 그리고 그는 천주교가 수용되도록 해 줄 것을 임금께

간청하고 있다.

추신(又辭)에서, 그는 조상 숭배 문제에 대해 언급하고 있다. 그는 죽은 사람 앞에 술과 음식을 차려 놓는 것은 천주교에서 금하는 일임을 밝히고 있다. 그는 인간의 영혼을 말하면서 이러한 제사가 헛되고 잘못된 것이라 하고, "자식된 도리로 어찌 허위와 가식(假飾)의 예(禮)로써 이미 죽은 부모를 섬기겠습니까?"라고 주장하고 있다.

이어서 그는 신주(木主)에 대해서도 천주교에서 금하는 것임을 밝히고, 신주는 정신적으로나 육체적으로 혈육과는 아무 관계가 없고, 낳고 길러주신 부모의 노고와도 아무런 관련이 없다고 하고 신주를 참된 아버지, 어머니라 부를 수 없다고 한다. 그는 그럴 만한 근거도 없고 또한 양심도 허락하지 않는다고 하면서, "차라리 양반에게 죄를 짓더라도 성교회에 죄를 짓고 싶지는 않다"고 단호하게 표명하고 있다.

4. 의의 및 평가

정하상의 『상재상서』는 조선 집권층의 천주교 비판에 대해서 준비한 호교론적(護教論的) 답변서(答辯書)이다. 집권층이 천주교를 접하면서 갖게 되는 의문점, 혹은 배척점에 대해 명확하게 답변한 것이라 하겠다. 당시 천주교에 대해 제기되고 있는 질문들에 대해서 변증함으로써, 사교(邪敎)가 아님을 분명하게 호소한 글이다.

정하상은 주자학의 뿌리인 오경(五經) 중에서 본인의 상제설(上帝說)을 입증하기 위한 근거를 가져왔다. 이는 천주교의 상제설에 대한 근거가 됨과 동시에, 적극적으로는 당시 체제 이념인 조선 주자학의 하늘(天)에 대한 이해가 원시유학의 오경에 나타난 상제관의 내용을 충실히 계승한 것이 아니라는 비판이 그 근저에 깔려 있다. 이러한 정하상의 논리는 마태오 리치의 『천주실의(天主實義)』의 기본 논리와 유사하다.[35]

정하상의 『상재상서』에는 현세 중심적인 유교에 대해 영혼불멸설과 천당·지옥설로써 인생에는 반드시 종말이 있다는 것과 사후(死後)의 심판 등, 사말론(四末論)에 의거한 그리스도교의 내세관이 잘 설명되어 있다.

그는 무엇보다도 먼저 천주가 실존함을 밝히고자 하였고, 이를 증명하기 위해 우주론적 논증, 예술론적 논증, 목적론적 논증, 일반계시로서의 논증, 도덕론적 논증, 본체론적 논증, 등 여섯 가지의 논증을 동원하였다.[36]

정하상은 천주교가 실제적으로 국태민안의 종교이며 거룩한 삶을 솔선해서 지향하는 종교임을 역사적으로 입증하고 있다. 그는 보유론적 입장에서 천주교와 유교는 큰 틀 안에서 근친(近親)이자 동류(同類)로 범주화할 수 있지만, 사교(邪敎)인 불교와는 근본적으로 다름을 변론하고 있다.

그가 천주는 국왕보다 더 높은 위치에 있고 천주교는 유교보다도 우월한 종교라고 하고, 또한 제사나 신주의 폐지에 대해 확고하게 신앙적 입장을 밝히며 천주교는 진리의 종교이므로 박해를 받을수록 오히려 흥왕하는 순교의 종교라고 표방한 것은, 중국에서 예수회 선

---

35) 배요한은 정하상이 원시유학으로서 五經을 언급한 것은 양명학이 깊이 정착되지 못했던 조선유학의 전통을 고려할 때, 주자학 자체에 대한 정면 도전을 천주학을 통해서 하고 있다는 유학사적인 차원도 반드시 기억해 두어야 할 중요한 점이라고 보고 있다. 배요한, 「정하상의 상재상서에 관한 연구—헌종대 「척사윤음」과의 비교를 중심으로」, 『장신논단』 vol.46, no.1, 2014.3.
36) 안수강, 「정하상(丁夏祥)의 "상재상서(上宰相書)" 고찰」, 『역사신학논총』 제28집, 2015.

교사들에 의해 발간된 천주교 관련 한역 교리서에서는 찾아보기 어려운 내용이다. 이러한 가운데 그는 조정의 중신들이 천주교를 배척하지 말 것을 요청하면서 자신의 천주교 신앙에 대한 절대적 지조(志操)를 고백하고 있다. 이러한 점은 조선의 천주교 교리서들이 중국에서 들어온 한역 교리서들을 그대로 모방하지 않고, 시대적인 상황과 조선 문화 안에서 나름대로 이해, 섭취, 소화하여 수용한 것이라 할 수 있다.

정하상이 제사폐지의 사유를 십계명의 제1, 제2계명에 두지 않은 것[37], 또한 삼위일체설 및 예수의 탄생과 십자가에서의 고난, 부활, 그리고 인간 구원의 공로 및 재림에 대한 언급이 없는 것은 신앙 변증서이자 고백서로서 핵심적인 요소를 빠뜨린 측면이 있다.

〈해제 : 송요후〉

---

37) 위와 같은 주.

『상재상서(上宰相書)』

정 바오로는 1795년(건륭60)에 경기도(京畿道) 양근(楊根) 마현촌(馬峴村)에서 태어났다. 순교하기 전에 명도회(明道會) 회장이었던 약종(若種)의 아들(幼子)이며 정가록(丁嘉祿)의 친동생(胞弟)이다. 신유박해(辛酉迫害) 때 부친과 형이 순교 당하였고 외인(外人)과 친척으로, 연루되어 환난을 당한 자들이 많았다. 그때 정하상의 나이는 7세로 모친과 함께 서부(西部)[38]에 감금되었고 가산(家産)은 관(官)에 몰수되었다. 관이 풀어주었으나 의지할 데가 없었다. 시골(鄕曲)을 떠돌아다니다가 숙부(叔父)의 집에 의지해 살게 되었다. 이 동안의 고초는 이루 기록할 수 없다. 모친의 훈계에 순종하여 경문(經文)을 배울 수 있었다. 천주교가 없는 지역(外教地方)에서 계율을 지키는 것이 매우 어려웠고 교우(教友)를 접하는 것이 드물어 천주교의 도리(道理)를 밝히 배울 길이 없었다. 나이가 어느 정도 젊어지자 체력(膂力)이 남보다 뛰어났고 품성(品性)이 강직하여 남에게 굽히지 않고 꿋꿋하였다. 이미 쫓겨 오고갈 데가 없었으므로 친척과 노예배(奴隷輩)의 박대(薄待)가 더욱 심하였다. 분개를 이기지 못하고 혈기를 억제하기가 어려웠고 또한 불편(不便)한 사정도 있어서 낙담하여 그 모친과 여동생을 떠나 몇 명의 교우(教友)를 따라 갔다. 그때 나이가 22세였다. 가난한 친구의 집에 숨어 지내면서 기한(飢寒)과 간고(艱苦)를 겪었다. 이러한 가운데서도 기도(祈禱)를 밤이 새도록 멈추지 않았다. 다만 다행히 한 신부(神父)가 동국(東

---

38) 서울 안의 오부(五部)의 하나, 또는 그것을 맡아보던 관아(官衙)

國)에 임(臨)하여 교화(敎化)가 널리 왕성해지는 것을 급무로 하여, 비천(卑賤)을 마다하지 않고 노예(奴隸)의 역을 기꺼이 맡아 역관(譯官)을 따라 북경에 갔다. 왕래하기를 8, 9차례나 하면서 성당(聖堂)가 가서 성사(聖事)를 받은 후 주교(主敎)의 앞에서, "동국(東國)을 불쌍히 돌아보아서 한 목자(牧者)를 보내주십시오."라고 엎드려 간청하였다. 처음에는 허락지 않았으나, 5번째에 이르러 허락을 받았다. 변문(邊門)에서 약속 날짜를 정하고 때에 맞춰 가서 맞아들이기로 했는데, 신부(神父)가 오지 않았다. 마음에 의심이 일어나 곧 바로 북경에 가서 성당을 방문하였는데, 역시 그 이유를 알 수 없었다. 슬픈 마음을 품고 돌아섰다. 고생스럽게 여행을 하여 형상이 말할 수 없었다. 주교가 명(命)하여 이르기를, "네 노모와 처녀 여동생을 천주교가 없는 지역(外敎地方)에 버려두어서는 안 된다."고 하였다. 정하상은 돌아온 날로 즉시 숙부가 있는 곳에 이르러 모친과 여동생을 데리고 경성(京城)으로 들어갔다가 오래지 않아 깊은 시골로 옮겨 6, 7년을 우거(寓居)하며 군난(窘難)을 피했다가, 다시 경성으로 왔다. 몸은 비록 숨어 살았지만, 원래 지식(知識)이 남을 뛰어넘었고 재능이 출중하며 일을 하는 것이 주도면밀했으므로 여러 신도들이 우러러보았다. 봉재(封齋 : 천주교의 재계 기간) 때 외에, 사순(四旬)의 엄재(嚴齋)를 지키고, 매 금요일(瞻禮六) 대재(大齋) 때마다 힘을 다해 고통을 이기며 가용(家用)을 절약하여 (이웃에게) 즐거이 베풀어 불쌍히 여겼으니, 진실로 주님을 사랑함과 이웃을 사랑함이 간절하였다. 교(敎) 내의 제무(諸務)를 지휘함에 타당한 것이 많았다. 후에 계사년(癸巳年 1833년 純祖33)에 신부(神父)가 온다는 명(命)을 받자, 위험을 돌아보지 않고 변문에 가서 영접해 왔다. 범사(凡事)에 (신부를) 보좌(輔佐)함에 견디기 어려울 정도로 마음과 몸이 지쳤다. 여러 일들도 (그를) 굴복시킬 수 없었고 일들이 계속 이어졌다(數其後數). 세 차례 변문에 가서 주교신부(主敎神父)를 영접해

와서 앞에서 모시며 섬겼다. 양서(洋書)를 부지런히 공부하여 재덕(才德)을 겸비하고 도리(道理)에 밝아 승품(陞品)하기에 다다랐다. 기해(己亥 1839년 憲宗5)에 고난(窘難)이 크게 성(盛)하였는데, 주교를 모시고 경성에서 한 달여간 피신하였다. 풍파가 조금 잠잠해지자, 주교가 그들 문제(門弟)들을 이끌고 깊은 시골로 가서 머물렀다. 정하상은 경성에 있었는데, 성교회(聖教會)의 일로 바빴고 그러한 중에도 가무(家務)와 그 노모, 여동생을 함께 돌보며 주(主)의 명(命)을 공손하게 기다렸으니, 성경(聖經)의 실리(實理)에 의거하여 원정(原情) 한 폭(一幅)을 기술하고 만약 체포되면 관(官)에 바쳐서 성교(聖教)의 도리(道理)가 참됨을 변백(辨白)하고자 하였다. 기해(己亥) 6월 초1일에 포졸이 문에 이르렀고, 노모와 여동생이 함께 체포되었다. 정하상은 집에서부터 홍사(紅絲)[39]로 결박되어 담당 관청에 이르렀다. 관원이 성명(姓名)·사조(四祖)를 물었고 옥에 가두었다. 다음날 그 원정(原情)을 기술한 것을 종사관(從事官)[40]에게 바쳤다. 제3일에 포장(捕將)[41]이 법에 의거해 묻기를, "너는 어찌해서 조선의 풍속을 따르지 않고 외국의 도(道)를 행하며 널리 교(教)를 우민(愚民)에게 퍼뜨려 세도정인(世道正人)을 혼탁하게 하였는가?"라고 하였다. (정하상이) 답하기를, "외국의 훌륭한(美好) 물건은 사람들이 모두 가져다 쓴다. 그런데 어찌 오직 천주성교(天主聖教)만 외국의 도(道)라 일컫고 그 진정으로 훌륭한 것을 취하지 않겠는가? 사람들이 모두 반드시 행해야 할 정도(正道)이다."라고 하였다. 포도대장이 또 이르기를, "너는 외국의 도는 찬미하면서 국왕, 관장(官長)이 금하는 령(令)은 마음에 들어 하지 않으니, 죄가 마땅히 사

---

39) 붉은 물을 들인 실이라는 뜻으로, 도둑이나 중한 죄인(罪人)의 두 손을 뒷짐을 지우고 묶는 데 사용한 붉고 굵은 줄.
40) 朝鮮時代 때 각 軍營·捕盜廳에 딸린 從六品 벼슬.
41) 捕盜大將.

형에 해당한다."고 하고 원정(原情)의 사의(辭意)에 대해 상세히 물었다. 또 이르기를, "네 말이 곧 이러하구나. 감히 나라에서 금하는 것을 무릅쓰고 무리를 모아 교(敎)를 베풀 것인가?"라고 하고, 묶어 관정(官庭)에 두고 주뇌(朱牢)를 행해 양팔(兩臂)이 늘어진 후에야 하옥(下獄)하였다. 제2차에서도 여러 단계의 심문 조목(問目)으로 다시 주뇌(朱牢)를 행해 정강이뼈(脛骨)가 모두 드러났다. 제3차에서는 좌포청(左捕廳)[42]으로 옮겨 가서 주교(主敎)와 대질하고 주장(朱杖)[43]으로 마구 찧었고(亂杵), 주뇌(朱牢)함에 견고한 동아줄(繩索)로 양정강이뼈를 단단히 감아 묶고는 자주 잡아당겨 삼릉장(三稜杖)으로 베었다(작 斫; 斬, 砍, 割). 양넓쩍다리(股)의 피부가 모두 벗겨 떨어져 뼈가 드러났다. 피가 용솟음쳐 땅으로 흘러내렸는데, 안색(顔色)은 평상시와 같았다. 제6번째 심문 항목은 신부(神父)가 간 곳, 무리의 소재를 대도록 하였고 혹형(酷刑)이 극심하였다. 또한 포교(捕校)[44]들이 사적으로 마구 때리며 꾸짖고 욕설함이 이루 비할 데가 없었다. 그때 세 사람의 신사(神師)[45] 및 정(丁)·유(劉)·조(趙)의 세 사람이 함께 금부(禁府)[46]에 잡혀와 3일 연속 추국(推鞫)당함에 세 차례나 심문하며 형벌이 가해졌다. 후에 8월 15일 성마태오(聖瑪竇) 축일(瞻禮) 다음날 신시(申時)에 유 아

---

42) 조선시대 捕盜廳 가운데 左捕盜廳으로, 左廳, 左邊, 左邊廳이라고도 한다. 捕盜廳은 1540년(중종35) 상설적인 치안 전담기구로 설치되는데, 좌포도청과 우포도청이 독립적으로 편제되어 있었다. 좌포도청은 한양의 동, 남, 중부를 우포도청은 한양의 서, 북부의 치안에 관한 일을 관장하였다. 좌포도청은 中部의 정선방에, 우포도청은 西部의 서린방에 있었다. 각 청에는 종2품 大將1명, 종6품 從事官3명, 部長4명, 무료부장26명, 가설부장12명의 지휘부와 포도군사로 이루어져 있었다. 포도군사는 허리에 붉은 오라를 차고 다니다가 범인의 결박에 이용하였다. 1894년(고종31) 갑오개혁 때 右捕盜廳과 합쳐져서 警務廳으로 개편되었다.
43) 주릿대나 무기 따위로 쓰던 붉은 칠을 한 몽둥이.
44) 捕盜部將의 別稱.
45) 靈神의 스승이라는 뜻으로, 敎皇, 主敎, 神父를 이르는 말.
46) 義禁府의 준말.

우구스티노(劉奧斯定)[47]와 함께 참수(斬首)당해 순교하였다. 이때 나이가 45세였으며 천주께서 강생하신 후 1839년이 되는 해였다. 정 바오로는 사형장(法場)으로 떠날 때, 마차 위에 매달려 서 있으면서도 기뻐 웃으며 즐거워했다고 한다.

대청도광(大淸道光)19년 기해(己亥) 조선헌종(朝鮮憲宗)7년

〈역주 : 송요후〉

---

47) 劉進吉.

참 고 문 헌

1. 사료

성지 배론관리소 편, 『상재상서(上宰相書)』, 제천 : 성지 배론관리소.

2. 단행본

곽승룡, 『丁夏祥의 上宰相書 研究 : 以天補儒 혹은 以儒補天의 方法論을 중심으로』, 가톨릭출판사, 2004.

丁夏祥 지음, 尹敏求 신부 번역, 『상재상서(上宰相書)』, 성요셉출판사, 2016.

3. 논문

권　평, 「정하상과 상재상서 - 생애와 천주론을 중심으로」, 『한국기독교사학회』, 2007.

배요한, 「정하상의 상재상서에 관한 연구―헌종대 「척사윤음」과의 비교를 중심으로」『장신논단』vol.46, no.1, 2014.

심재기, 「한국(韓國)의 명문순례(名文巡禮) : 정하상(丁夏祥)의 상재상서(上宰相書)」, 『한글한자문화』 제142집, 2011.

안수강, 「정하상(丁夏祥)의 "상재상서(上宰相書)" 고찰」, 『역사신학논총』 제28집, 2015.

한국교회사연구소 편, 「상재상서 해제」(『순교자와 증거자들』, 서울 : 한국교회사연구소출판부, 1982).

金廷炫, 「上宰相書에 나타난 丁夏祥의 護敎論」, 광주가톨릭대학교 대학원 역사신학전공 석사학위논문, 1999.

朴宣煥, 「韓國 初代敎會의 護敎論 : 丁若鍾의 쥬교요지와 丁夏祥의 上宰相書를 중심으로」, 가톨릭대학교 대학원 신학과 역사신학전공 석사학위논문, 1995.

朴鍾鴻, 「西歐思想의 導入 批判과 攝取 ― 其一 天主學 ―」, 『亞細亞研究』12(3), 1969.9.

『성교요지(聖敎要旨)』

분류	세부내용
문 헌 종 류	조선서학서
문 헌 제 목	성교요지(聖敎要旨)
문 헌 형 태	필사본
문 헌 언 어	漢文
저 술 년 도	미상
저　　자	이벽(李檗, 1754~1786)
형 태 사 항	총 28면
대　분　류	종교서
세 부 분 류	교의
소　장　처	숭실대학교 한국기독교박물관 한국교회사연구소 고문서자료실 국립중앙도서관
개　　요	조선 유가 지식인 이벽(李檗)이 4언(四言) 한시체(漢詩體) 형태로 지은 한국 천주교회 최초의 교의서.
주　제　어	상제(上帝), 상주(上主), 유일진신(唯一眞神), 천지(天地) 만물(萬物), 야소(耶穌), 구주(救主), 사십이도(司十二徒), 성적(聖蹟), 도약(跳躍), 앙망(仰望)

1. 문헌제목

『성교요지(聖敎要旨)』

2. 서지사항

『성교요지(聖教要旨)』는 조선지식인 이벽(李檗)이 한국 천주교회사상 최초로 지은 4언(四言) 가사체 한문시(漢文詩) 교리서로 총 49절에 달한다. 이승훈(李承薰)의 문집 『蔓川遺稿(만천유고)』속에 수록된 한문본(漢文本)과, 이를 한글로 번역한 언해본(諺解本)의 두 종류가 있다.

한문본 『聖教要旨』가 포함되어 있는 『만천유고』는 괘지에 붓으로 쓴 필사본으로 잡고(雜稿)와 시고(詩稿) 및 수의록(隨意錄), 그리고 발문(跋文)으로 구성되어 있다. 한 면당 9행, 총 112면이다. 속지에 제목 '蔓川遺稿'가 쓰여 있고 다음 면에 목록이 있다. 『聖教要旨』는 잡고 부분 중 총 28면을 차지한다. 잡고에는 『聖教要旨』 외에도 이승훈의 「농부가(農夫歌)」, 이익(李瀷)의 「천주실의발(天主實義跋)」, 정약전(丁若銓)의 「십계명가(十誡命歌)」, 이벽의 또 다른 저작 「천주공경가(天主恭敬歌)」, 이가환(李家煥)의 「경세가(警世歌)」등이 함께 수록되어 있다.

한문본 「聖教要旨」는 제목 밑에 세필로 "讀天學初函 李曠庵作註記之"라고 써서 이벽이 『천학초함』을 읽은 후 성교요지를 짓고 거기에 주석을 붙였다고 밝혔다. 따라서 「성교요지」 저작연도는 이벽이 사망한 1786년 이전으로 추정된다.

『성교요지』는 사언(四言) 한시체(漢詩體)로 이루어졌다. 전체 총 49절(節)인데, 각 절의 분량은 일정하지 않고 4언 8행부터 4언 24행까지 출입이 있다. 각 절마다 본문(本文), 본문 말미의 '우절(右節)', 주기(註記)로 구성되었다. 본문은 구약성서와 신약성서 내용과 이벽 자신의 그에 관한 정도(正道) 인식을 풀어서 읊고, 각 절 본문 말미에 '우절(右節)' 이라고 표기하며 내용을 요약해 적었다. 주기는 각 절 마지막에 필요한 용어에 한해 단 주석이다.

한글 번역 언해본(諺解本)은 주기는 제외하고 한문체 본문만을 의역해 놓은 것이다. 책 서두에 한문본과 동일하게 「성교요지」가 옛 이벽 선생이 천학초함을 읽은 후 지은 것이라고 주석을 달아 설명하였고, 책 끝에는 "임신년 명아오스딩 등셔우 약현셔실이라"고 기록하였다. 이로 미루어 현존하는 가장 오래된 한글본은 임신년(壬申年) 1812년(순조 12) 이전 번역본으로 추정한다. 한글본에는 군데군데 오역과 탈락이 있다.[1]

『蔓川遺稿(만천유고)』수록 한문본과, 언해 한글본은 모두 숭실대학교 기독교박물관에 소장되어 있다.

[저자]

이벽(李檗, 1754~1786)은 조선시대 후기 성호(星湖) 이익(李瀷)의 학통을 이은 안정복(安鼎福)과 권철신(權哲身) 문하 기호학파 남인학자의 일원이며, 한국 천주교회 창설의 주역이다.

자는 덕조(德操), 호는 광암(曠庵), 세례명은 세례자요한이다. 경기도 광주를 세거지로 가문은 대대로 문인이었으나 조부 이달이 무과에 합격하고 이벽의 형 이격(李格)과 동생 이석(李晳)이 무과 합격 후 황해병마절도사와 좌포장의 직책을 맡으며 무반 집안으로 이름 높았다. 이벽 또한 신체 건장하여 키는 8척, 힘은 장사여서 부친 이부만(李簿萬)은 이벽 역시 무반이 되기를 소원하였으나 이벽은 뜻 맞는 선비들과 어울려 학문 연마에 진력하였다.

이벽은 1774년 충청도 예산으로 이병휴(李秉休)[2]를 찾아가 스승으

---

1) 이벽(저) 하성래 이성배(공역), 『聖敎要旨』, 가톨릭출판사, 1976, 11쪽 참조.
2) 이병휴(李秉休, 1710~1776) : 조선 후기 실학자로 이익(李瀷)의 조카이며 1801년 신유박해 때 순교한 공조판서 이가환(李家煥)의 숙부이다. 13세 무렵부터 이익

로 모셨고 1776년에는 이병휴의 제자 녹암(鹿菴) 권철신(權哲身)을 받들고 '녹암계'의 일원이 되었다. 특히 권철신의 여동생을 아내로 맞으며 권일신(權日身)과, 이벽의 누이가 정약현(丁若鉉)의 부인이 됨으로써 그의 동생 정약전(丁若銓), 정약용(丁若鏞) 형제와 인척관계를 형성하였다. 또한 모친이 이가환(李家煥)의 누이이고 정씨 형제의 누이를 아내로 맞은 이승훈(李承薰)과도 어울려 1777년부터 1785년까지 함께 토론하며 학문을 익혔다.

특별히 1779년 권철신, 정약전 등 녹암계 회원들이 경기도 광주 천진암(天眞庵)과 여주 주어사(走魚寺)에서 실학적 인식을 깊이하고 새로운 윤리관을 모색하려는 목적으로 강학회(講學會)를 열었을 때 이벽은 한문서학서(漢文西學書)를 제시하고 천주교 교리를 강학의 토론 주제로 정하며 후일 자생적으로 천주교를 새로운 신앙으로 수용하게 하는 계기를 만들었다.

이벽은 1783년 동지사 서장관으로 가는 아버지 이동욱(李東郁)를 따라 북경에 가는 이승훈에게 선교사를 방문해 교리를 배울 것을 당부하였다. 그리하여 1784년 이승훈이 세례를 받고 수십 종의 교리서적을 가지고 귀국하자 다시 그에게서 권일신, 정약용 등과 함께 영세하여 정식으로 천주교 신자가 되었다. 이는 조선에서 거행된 최초의 세례식으로 비로소 한국천주교회가 창설되었다.

이후 이벽은 천주교 의식이나 전교를 위해 교단조직과 교직자가 있

문하에서 수학하며 이익의 대표적 제자인 신후담(愼後聃), 안정복(安鼎福) 등과 학문적으로 깊이 교류하였다. 이익의 학문을 계승, 발전시키는 일로 일생을 보냈는데 만년에 충남 예산에 살며 제자를 양성하였다. 문하생으로 이기양(李基讓), 권철신(權哲身), 한정운(韓鼎運), 이가환, 권일신(權日身) 등과 그들의 문도 정약전(丁若銓), 이벽(李檗), 이승훈(李承薰) 등이 있는데 이들이 성호학파 소장학자들로 뒤에 서양 과학기술과 천주교 수용에 주도적 역할을 담당하였다. 한국학중앙연구원, 한국민족문화대백과, 이병휴 조 참조

어야 할 필요성을 느껴, 다른 신자들과 더불어 우리나라 최초의 교단 조직인 가성직자계급(假聖職者階級)을 구성하고 교단 지도자로서 서울 수표교(水標橋) 그의 집에서 포교, 강학, 독서 등 천주교 전례의식을 주도하였다. 이 때 권철신, 정약전, 정약종, 이윤하(李潤夏) 등 남인 학자들과 중인 김범우(金範禹) 등이 세례를 받았다.

그러나 1785년 김범우의 집에서 종교집회를 갖던 중 형조의 관헌에게 발각된 을사추조적발사건(乙巳秋曹摘發事件)이 발생하자 이벽은 부친에게 배교를 강요당하며 가택연금 되었고, 이듬해인 1786년 32세로 사망하였다. 포천 화현리 선산에 묻혔다가 현재 경기도 퇴촌 천진암에 안장되어 있다.

한국은 선교사 없이 그리스도교를 받아들이고 교회를 설립한 그리스도교회 역사 상 유일무이한 자생적 교회이다. 이벽은 이 자생적 교회 창설의 주역이며 조선에서 영세한 최초의 천주교 신자로서 "한국 천주교회의 성조(聖祖)"로 일컬어진다.

이벽 관련 자료로는 정약용의 『與猶堂全書』와 『中庸講義補』에 그의 학문을 높이 평가하는 내용 일부가 있다.

3. 목차 및 내용

[목차]

없음

[내용]

『성교요지(聖敎要旨)』 총 49절은 구약성서 및 신약성서의 핵심 내용, 성서가 주는 신앙적 실천의 교훈, 저자 이벽의 천주의 존재와 인간의 본질에 관한 인식과, 이벽이 결론으로 제시하는 종교적 실천에 의한 구원관(救援觀)을 그 내용으로 하고 있다.

대체로 전반부에서는 이벽이 표현하는 창조 주체인 상주(上主)의 천지창조, 인간 창조와 인간의 영혼, 원죄론, 노아의 홍수, 그리고 예수의 일생과 강생구속, 사도들의 전교 등 천주교 주요 교리를 구약성서·신약성서에 나타난 역사적 사실을 근거로 해설하였다. 그런 후 자신의 그리스도교 교리에 대한 이해와 인식을 바탕으로 모든 인간은 지킬 도리와 교리의 실천을 통해 자신의 구원에 수고로움을 아끼지 말아야한다고 간곡히 읊었다.

대체로 1절부터 30절까지는 성서에 근거한 사실을 해설하였다. 1절~2절은 구약성서의 핵심 내용, 3절~15절은 신약성서의 주요 내용, 16절~ 30절에서는 성서가 주는 신앙적 실천에 관한 성서의 교훈에 대해 읊었다.

다음 31절부터 49절까지는 이벽의 그리스도교 사상에 대한 인식을 바탕으로 실제로 「성교요지」의 저술 목적인 천주신앙을 통한 영혼의 구원을 제안하고 있다. 곧 31절~36절은 우주 만물의 자연 현상을 들어 천주의 존재를 증명하고, 37절~46절은 인간의 본질에 대한 고찰을 통한 구원의 필요성을 강조하며, 47절~49절은 인간 누구나가 신앙 실천에 의해 구원에 이를 것을 간절히 요망하고 있다.

『성교요지(聖敎要旨)』 전체 내용을 살피기 전에 제1절을 예시(例示)하면 다음과 같다.

1節

未生民來(아직 사람이 태어나기 이전)

前有上帝(이미 상제가 계셨으니)

唯一眞神(유일한 참 신이시니)

無聖能比(비할 데 없는 성인이시라.)

六日力作(엿새 동안 힘써 [우주를] 지으실 때)

先闢天地(하늘과 땅을 먼저 여시니)

萬物多焉(온갖 만물 많기도 하고)

旣希且異(모든 것이 희귀하고 기이하도다.)

遂摶和土(마침내 흙을 빚어 사람을 만드시고)

抒爲靈矣(영혼을 불어넣으신 뒤)

食處賜臺(먹고 살아갈 땅과 터를 주시고)

千百皆與(천만가지를 모두 주셨도다.)

復使宜家(다시 사람으로 하여금 가정을 이루도록)

女兮往事(여자를 주시어)

謂之曰夫(지아비라 부르게 하니)

爾我如自(비로소 하나 되었다네.)

凡所求者(무릇 구하는 모든 것이)

毋不立豫(예비 되지 않은 것 없건마는)

然欲善惡(그러나 선악과를 탐내어)

勿聽手取(손대지 말라는 말씀 듣지 않고)

告云可食(먹으라는 유혹 받고)

或當見耳(볼 수 있고 들을 수 있다는)

聞言摩拏(악마의 그 말 듣고 손을 대니)

得罪因此(이로 인해 죄를 지었네.)

右節 記上主造物之多 所以備人之用也 人奈何犯基禁令 而自取罪戾哉

(윗글은 상주께서 모든 만물을 창조하신 이유가 사람들이 쓸 수 있도록 대비하기 위함이었는데도 사람이 어떻게 그 금령을 어기고 스스로 죄와 허물을 얻었는가를 기록한 것이다.)

『聖敎要旨』총 49절의 구성과 내용은 다음과 같다.

* 제1절- 4언 24행

상주가 만물을 창조하여 인간을 위해 예비해놓고 끝으로 인간을 창조하였으나 단 하나 금한 것을 어김으로써 원죄를 지었다는 내용을 읊음.
우절(右節- 내용 요약) : 윗글은 상주께서 모든 만물을 창조하신 이유가 사람들이 사용하도록 대비하기 위함이었는데도 사람이 어떻게 그 금령을 어기고 스스로 죄와 허물을 얻었는가를 기록한 것이다.[3]

* 제2절- 4언 18행

카인의 살인, 노아의 홍수 등.
우절(右節) : 윗글은 세인이 금령을 범하고 악에 타락하여 잔인, 살상, 탐욕, 포악하며 죄를 짓는 것이 날로 깊으므로 큰 홍수가 일어 사방을 횡행하였는데 이는 상주께서 그 더러움을 미워하신 때문이었으며 만약 이 때 의인이 아니었다면 인류가 거의 전멸하였을 것을 기록한 것이다.

* 제3절- 4언 18행

예수의 실체와 지상으로의 파견. 예수의 탄생과 12사도의 거느림.

---

3) 우절(右節) 부분은 하성래 이성배 (공역), 앞의 책, 참조 혹은 인용. (이하 같음)

우절(右節) : 윗글은 상주께서 강생하시어 인류를 구제하신 까닭을 기록한 것이다. 대개 세인이 악이 길에 빠져 허덕이며 제 스스로를 구제하지 못함을 불쌍히 여겨 특별히 사랑하는 아들을 보내시니 이분은 만세의 구주라는 것을 기록한 것이다.

* 제4절- 4언 8행
예수의 강생 구속 사업 찬양.
우절(右節) : 윗글은 다음 글의 총 모두(冒頭)로 이 장(章)의 강령이다.

* 제5절- 4언 10행
성모 마리아의 잉태와 예수의 탄생.
우절(右節) : 윗글은 예수 탄생 시초에 하늘에서 상징을 내려 먼저 사람에게 현시하심을 기록한 것이다.

* 제6절- 4언 12행
예수 어린 시절의 고난과 그 고난을 모두 극복한 것에 대한 찬양.
우절(右節) : 윗글은 예수 영아시절에 박해를 만나 온갖 고난을 겪 뒤 비로소 안전을 얻은 것을 기록한 것이다.

* 제7절- 4언 8행
요한으로부터 세례 받는 예수.
우절(右節) : 윗글은 예수 세례 받은 것을 기록한 것이다.

* 제8절- 4언 10행
예수의 40일간 산중 수행 때, 사람 형상의 마귀의 유혹을 받았으나 물리침.

우절(右節) : 윗글은 예수가 마귀에게 시험 당하시던 날, 올바름을 지키시고 아첨하지 않으므로 마귀 곧 물러감을 기록한 것이다.

* 제9절- 4언 24행
예수의 전도 행적.
우절(右節) : 윗글은 예수께서 전도하실 때 많은 비유로써 사람들을 깨우치고 가르치심을 기록한 것이다.

* 제10절- 4언 24행
예수의 전도 행적과 기본 예식에 있어서 구약에서 신약으로의 개혁 내용 묘사.
우절(右節) : 윗글은 예수께서 교의 정도(正道)를 세우실 때 구약의 전례를 고치고 새 전례를 사용하심을 기록한 것이다.

* 제11절- 4언 20행
마귀의 구축, 병자의 치유, 죽은 이의 소생, 파도 위 걷기, 풍랑을 잠재움 등 예수가 행한 수많은 기적들을 묘사 칭송함.
우절(右節) : 윗글은 예수께서 많은 기적을 행함으로써 그 권능을 나타내신 것을 기록한 것이다.

* 제12절- 4언 8행
'허물어진 집을 다시 지으리라'한 이사야 예언서의 예언대로 예수가 새로운 세상을 구축한 것을 찬양.
우절(右節) : 윗글은 예수가 예언을 확실히 이룩하여 믿을 수 있으니 곧 (하느님 은) 모르시는 바가 없다는 것을 기록한 것이다.

* 제13절- 4언 8행
사람은 누구나 평등하게 만민이 하느님의 초대를 받는다는 사실과, 예수의 수난을 슬퍼하는 대중들을 묘사.
우절(右節) : 윗글은 예수 임종의 참담함과 온 세상 만민의 죄를 구속하신 까닭을 기록한 것이다.

* 제14절- 4언 16행
예수의 죽음과 구속 사업의 완성, 그로 인해 구원 받은 인간들이 살며 행해야 할 바른 길을 묘사.
우절(右節) : 윗글은 예수께서 세속을 권면하는 간절한 말씀으로 설교하시고 이미 목숨을 희생하셨으니 사람들은 마땅히 마음 속 기쁘게 정성을 바쳐 승복하고 그 본분을 다 한 뒤 심판을 기다릴 것을 기록한 것이다. 그럼에도 사람들은 어찌하여 우상을 숭배하며 그 풍속을 바꾸지 않는가?

* 제15절- 4언 8행
예수의 승천과 그에 보답하여 인간은 죄를 짓지 말 것을 묘사.
우절(右節) : 윗글은 예수 승천하신 뒤 만사를 기다려 죄를 심판하심을 기록한 것이다.

* 제16절- 4언 8행
예수 승천 후 사도들이 전교하는 모습을 묘사.
우절(右節) : 윗글은 사람은 마땅히 바른 도(道)를 구하여 베우기에 부지런해야 함을 말한 것이다.

* 제17절- 4언 8행

인간이 원죄를 극복하고 세례로 새로 태어나야 하는 당위성을 묘사.

우절(右節) : 윗글은 사람이 처음 태어날 때에는 사악한 죄악이 아직 싹트지 않으니 일찍 원죄를 씻어 주어야 함을 말한 것이다.

* 제18절- 4언 8행

인간이 자라나면서 온갖 죄악에 물들어 가는 것을 경계해야 함을 묘사.

우절(右節) : 윗글은 사람이 성장하며 점점 죄악에 물들어 악의 길에 떨어지기 쉬우니 마땅히 행실을 삼가고 죄를 방지하며 구원할 자를 찾아야 한다고 말한 것이다.

* 제19절- 4언 8행

선비들도 생활 속에서 천주의 가르침을 행하고 천주에게로 나아야 할 것을 묘사

우절(右節) : 윗글은 책 읽는 선비가 거문고와 칼 놀이만을 즐기고 감정 내키는대로 망령되이 행동하며 진실로 바른 도를 사모하고 구하지 않는다면 영원히 죄인이 됨을 말한 것이다.

* 제20절- 4언 8행

농부들이 농사지으며 천주의 은혜를 알고 천주를 향해 나아갈 것을 묘사

우절(右節) : 윗글은 농부들이 힘들게 농사를 짓고 풍성히 수확하기를 기원한다. 그럼에도 진실로 바른 도를 구하고 사모하지 않는다면 영원히 죄인이 됨을 말한것이다.

* 제21절- 4언 8행

공인(工人)들이 천주를 섬길 것을 독려함.

우절(右節) : 윗글은 공장(工匠)의 무리들이 비록 지붕이나 투각(鬪
角)을 기묘하고 정교하게 만들지라도 진실로 바른 도를 사모하고
구하지 않는다면 영원히 죄인이 된다는 것을 기록한 것이다.

* 제22절- 4언 8행
상인들에게 신앙을 권면함.
우절(右節) : 윗글은 행상인들이 산과 물을 건너 여러 지방을 돌아다
니며 영리를 도모하나 진실로 바른 도를 사모하고 구하지 않는다면
영원히 죄인이 된다는 것를 기록한 것이다.

* 제23절- 4언 8행
한 집안 가족이 모두 화락하게 지내며 신앙을 함께 할 것을 권면함.
우절(右節) : 윗글은 한 집안 안에 화락한 기운과 성스러운 기운이
돌면 그 효성과우애가 진실로 가히 아름답다는 것을 말한 것이다.

* 제24절- 4언 8행
정치가와 관원들에게 신앙을 권면함.
우절(右節) : 윗글은 임금을 섬김에 몸을 바쳐 수고로움을 다 하면
그 충성심이 진실로 아름답다는 것을 말한 것이다.

* 제25절- 4언 8행
선을 베푸는 사람은 세상의 황량함도 건질 수 있는데, 어찌하여 싸
우고 헐뜯고 더러움에 이끌려 들어가는가? 라고 선행을 권면함
우절(右節) : 윗글은 선을 베푸는 사람이 사물을 비뚤게 보지 않고
행한다면 그 지혜로움이 진실로 아름답다는 것을 말한 것이다.

* 제26절- 4언 8행

신앙을 맹세하면 영예와 상찬이 빛나는데, 눈을 돌리면 몰락과 죽음뿐이라는 것을 경고함.

우절(右節) : 윗글은 이 삼등 부류 사람[三等시 사람들은 그 분수를 다하면 진실로 바른 도에 합치되는 일이나, 바른 도를 사모하고 구하지 않는다면 제 영혼을 스스로 구하지 못함을 말한 것이다.

* 제27절- 4언 8행

사악한 악행은 일삼는 무리들은 심판받는 최후의 날에 내 쫓길 것인데도 어찌 바른 도를 예비하지 않는가?

우절(右節) : 윗글은 지금 사악한 무리들이 횡행하며 착한 사람을 헤치는데 이들은 최후 심판 때 예수께서 반드시 그 죄를 성토할 것이라는 것을 말한 것이다.

* 제28절- 4언 16행

높고 좋은 집이나 몸을 화려하게 장식한 장식품은 외양과 외모만을 장식했을 뿐 마음의 보배는 잃었다. 어두운 밤 불빛에 날아드는 하루살이요 불빛을 바라보는 소경이니 지난 날 착각을 부끄러이 뉘우치고 하느님을 앙모하며 믿어야 함.

우절(右節) : 윗글은 비유를 빌어 예수의 도를 설교한 것이다. 따라서 사람마다 모두 이를 준행해야 하며 미물처럼 구원 얻을 생각을 하면 안 된다고 말한 것이다.

* 제29절- 4언 16행

예수 십자가에 못 박혀 죽으신 고통을 묵상할 것을 권면함.

우절(右節) : 윗글은 예수가 받으신 혹독한 수난과 하늘에 올라가신 영광을 항상 생각하고, 또한 예수의 생전 언행을 깊이 묵상하여 신심을 굳게 할 것을 말한 것이다.

* 제30절- 4언 8행
선교사들이 힘들고 어렵게 널리 세계를 다니며 전교하는 수고로움을 묘사함.
우절(右節) : 윗글은 전도하는 선교사들이 복음을 전할 때 험한 고생도 사양 않고 추위와 더위도 가리지 않고 오직 널리 세상을 구제하려 하니 이는 (예수와) 함께 영원한 복을 누리는 것을 말한 것이다.

* 제31절- 4언 8행
이 절부터는 천주의 업적과 공로로 창조하신 만물의 근원을 밝힘으로써 진리를 가르쳐주겠노라고 선언함.
우절(右節) : 윗글은 상주께서 찬지를 창조하신 그 흔적을 통해서 세상 사람들을 깨우치고 믿는 참다운 마음을 다하도록 한 것이다. 이 절은 전 절의 계속이지만 다음 절의 서장도 된다고 밝힌다.

* 제32절- 4언 6행
춘하추동 절기의 변화와 계절의 모든 자연 현상은 천주가 정한 이치라는 것.
우절(右節) : 윗글은 하늘의 여러 현상을 보면 상주의 공적이 이와 같음을 징험할 수 있음을 말한 것이다.

* 제33절- 4언 8행
온 세상을 이루는 대지를 보면 상주가 포괄하고 계시를 알 수 있다.
우절(右節) : 윗글은 광대한 땅을 보면 상주의 공적을 징험함이 이와 같음을 징험할 수 있음을 말한 것이다.

* 제34절- 4언 8행
시간과 계절의 운행을 보면 세월이 살같이 지나가니 영원한 복록을
찾기에 머뭇거리지 말 것을 경고함.
우절(右節) : 윗글은 시간과 계절의 운행은 조금도 쉬지 않아서 봄과
가을이 뒤좇아 지나가니 사람은 마땅히 빛 같은 빠름을 알고 시급
히 (주의) 영복을 구해야 함을 촉구한다.

* 제35절- 4언 8행
큰 산(岱嶽)과 긴 강(渭川), 산맥과 바다의 현묘한 변화와 아름다운
풍경을 바라보면 창조주의 신비가 놀랍지 않은가?
우절(右節) : 윗글은 산천의 기묘함을 보건대 뛰어난 장인의 마음도
갖추고 있으니 인간은 상주의 공로와 능력을 미루어 보아야 하며
부질없이 아름다운 경치의 완상에만 그쳐서는 안 된다는 것을 말하
고 있다.

* 제36절- 4언 8행
사람들을 보면 착한 마음과 악한 마음, 어리석음과 영리함, 외면은
각각 다른 형태를 지니고 있으니 창조주의 조화롭게 배열하는 능력
이 오묘하고 풍요로움을 묘사.
우절(右節) : 윗글은 상주께서 사람을 태어나게 하실 때에 영리하고
두둔함이 한결같지 않으나 조화롭게 배열하신 고심과 오묘함이 있
으니 이는 사람이 능히 측량치 못 할 바임을 말한 것이다.

* 제37절- 4언 8행

넓고 화려한 아름다운 집에 드나드는 사람들은 그 집이 더러워지면
부끄러워하면서도 마음의 더러움은 모른다고 경고.

우절(右節) : 윗글은 화려한 집에 드나드는 사람들은 건물에 때가 묻
으면 부끄러워하면서 어찌 마음의 청결은 구하지 않는가?

* 제38절- 4언 8행

철따라 옷 골라 입고 장신구로 장식하면서 늙은 나이에도 속절없이
외모 장식에만 집착하는 인간 모습을 경고함.

우절(右節) : 윗글은 복식이란 겨우 외관만을 아름답게 할 뿐 영복을
누리려면 영혼을 구제해야 하는데도 어찌 외모의 장식에만 연연하
며 내면의 귀한 보배는 급하게 생각하지 않는가를 말한 것이다.

* 제39절- 4언 8행

침상, 밥상, 말고삐, 종이, 칼 등 모든 기물은 장만해 날로 편하게
쓰면서 어찌 상주의 귀중한 그릇이 되기 위해 덕을 닦지 않는가?
고 경고한다.

우절(右節) : 윗글은 사람이 기물을 자기 쓰기에 알맞게 만들 줄은
알면서 어찌하여 상주의 귀중한 그릇이 되기 위해 덕을 닦지 않는
가? 를 말한 것이다.

* 제40절- 4언 8행

진주, 구슬, 비취, 산호 등 찬란하고 진기한 보석들만 남몰래 비장
하고 기뻐할 줄 안다는 경고.

우절(右節) : 윗글은 진기한 보물들만 성스러운 길(聖道)로 여기고
창고에 숨겨두지만 마음 안에 깃들인 성도는 오히려 영원한 보배로

마음에 머금고 감추어야 한다고 말한 것이다.

* 제41절- 4언 8행
퉁소, 거문고 악기에 맞춰 노래하며 한 가락 시 읊조리면 그 소리가
화합하여 조화를 이루는데 악기가 있어도 불지 못하는 자는 그 부
끄러움을 모른다.
우절(右節) : 윗글은 음악을 연주함에 화음(音)을 잘 이루어도 악(樂)
을 모르는 자는 화성(和聲)을 이룰 줄 모르는 것과 같이 성교가 널
리 퍼져 원근 사람들이 서로 믿지만 도를 알지 못하는 사람은 선
(善)을 행하지 못함을 말한 것이다.

* 제42절- 4언 8행
고운 꽃과 아름다운 나무들이 철따라 아름다운 경치를 이루는 것처
럼 [상주는] 온 세상이 화창한 꽃동산 되어주기를 바라신다는 것.
우절(右節) : 윗글은 꽃과 나무가 한 때 빼어나게 아름다운 것은 상
주가 아름다운 경색을 주시기 때문이니 사람들도 이 세상에 태어나
죄를 씻고 다시 새로워지기를 상주는 바란다는 것을 기록한 것이다.

* 제43절- 4언 8행
야채와 열매와 향기로운 나물은 천하의 바른 맛인데 어찌 누린내
나는 고기만을 실컷 먹으려 하는가? 고 경고한다.
우절(右節) : 윗글은 소채(蔬菜)는 천하의 바른 맛(正味)으로 사람의
목숨을 보전하기에 족하고 또 입에 맞으므로 달리 누린내 나는 많
은 고기반찬을 구할 필요가 없다. 성교(聖敎)는 고금의 정도(正道)로
죄를 없애고 영혼을 구제하기에 족하니 헛되이 다른 신과 많은 우
상을 섬길 필요가 없음을 말한 것이다.

* 제44절- 4언 8행

봉황, 기린, 준마, 난새, 학, 돼지, 오리, 까치 등 온갖 짐승들은 땅과 하늘에서 제각각 살아도 [상주는] 먹이를 넉넉히 마련해 주시는데 어찌하여 너희는 끊여 먹을 음식을 염려하는가?

우절(右節) : 윗글은 미물인 새와 짐승들에게도 상주께서 오히려 먹이를 갖추어 그 목숨을 기르거늘 사람이 어찌 의식의 부족을 걱정하며 부엌 끓일 것에 급급해 하는가.

* 제45절- 4언 8행

물고기와 조개는 수없이 번식하니 그 종류도 갖가지로 복잡하다. 거북이, 남생이, 자라와 악어 들은 습지에 수없이 알을 낳아 며칠 지나면 뛰고 퍼덕인다.

우절(右節) : 윗글은 물고기와 조개류는 비록 많기는 하나 영혼이 없어 그 살아 뛰는 기간이 잠시에 지나지 않으므로 인생은 매우 귀하고 중함을 알 수 있는데 어찌하여 사람들은 물고기류 같이 그 영혼을 구하려는 생각을 하지 않는가!

* 제46절- 4언 8행

누에, 거미, 지렁이, 매미, 개미, 하루살이 같은 작은 벌레들은 사냥하고 밥 부스러기에 들끓고 싸우면서 영혼의 처참하고 신고함은 생각하지 못한다.

우절(右節) : 윗글은 작은 벌레들은 생명이 잠시이므로 사려가 없고 고난을 알지 못한다. [그러나] 사람의 생명은 심히 귀중하여 만약 구원을 잃는다면 그 괴로움이 어떻겠는가? 그러므로 깊이 믿어야만 비로소 처참함을 면할 수 있으리라고 말한 것이다.

* 제47절- 4언 8행

정성스레 섬기고 순종하며, 아침마다 익히고 열흘마다 물으며 육신이 썩는 날 가까이 옴을 두려워하라고 경고한다.

우절(右節) : 윗글은 사람이 마땅히 도를 부지런히 구해야함을 말한 것이다. 예를 다해 정성되게 공경하고 죽을 날이 가까워 옴을 두렵게 생각하며 육신의 굴레 속에서 죄악을 면치 못함을 깨달아 뜻을 같이하는 자들과 뭉쳐서 두렵고 송구한 마음으로 기도하라. 이는 대개 육신이 썩는 날 영혼의 구원을 잃을까 깊이 염려함인 것이다.

* 제48절- 4언 8행

[천주를] 우러러 그 덕화의 빛 앞에 허리를 굽히고 무릎을 꿇고 부끄러움과 원 망의 마음을 버리고 엎드려 공경하면 어둡고 캄캄한 마음은 서서히 깨우칠 것이다.

우절(右節) : 윗글은 상주의 덕은 광대하기 이를 데 없고 공(功)의 광명함을 볼 것이니 사람은 그 덕과 공을 깨달으면 그 착하지 못한 마음을 고치고 삼가 공경하며 성령의 감응을 받아 스스로 뉘우치고 고쳐야 함을 말한 것이다.

* 제49절- 4언 8행

[예수는] 우(禹) 탕(湯) 요(堯) 순(舜) 같이 태평성대를 이룩한 어진 임금이요자로(子路), 자건(子騫), 공자, 맹자 같이 세상을 경계하고 바로잡은 성현이시다. 사람의 도리를 엄히 구별하셨으니 악은 불태우고 가슴으로 [천주를] 간절하게 간구하여라.

우절(右節) : 윗글은 예수의 가르침과 그 교인은 임금을 섬기고 백성을 다스림에 바른 마음과 성의를 다하고 있으니 마땅히 어느 도가 참되고 거짓인가를 생각할 것이다. 또 신도들이 지켜야할 규준이 엄격히 구별되어 있으니 이를 지킨다면 어찌 영겁의 불속에서 영혼을 구하지 못할 것을 두려워 할 것인가. 정성을 다하여 상제(上帝) 섬기기를 시작해야 할 것을 말하고 있다.

이상 살펴본바 같이 『성교요지(聖教要旨)』는 한시체로 읊은 일종의 서사시이다. 우주 만물의 창조 주체로서의 상주(上主), 삼위일체 제2위로서의 구세주 예수, 예수의 구속사업의 실행, 그 은총을 받은 인간이 이 세상에서 반드시 가르침을 따라 행함으로써 영원한 복록을 누려야 한다는 것을 주 내용으로 하고 있다.

따라서 「성교요지」는 조선시대 문학의 한 형태를 빌어 단순하게 읊으며 익힐 수 있도록 지어진 교리해설서 내지 신앙입문서라고 하겠다.

4. 의의 및 평가

『성교요지(聖教要旨)』는 현존 조선 천주교 관련서적 중 가장 초기 저술로 선교사의 도움 없이 수용된 그리스도교 교의에 관한 조선지식인의 인식을 보여주는 사료라는 점에서 귀중하다.

이벽은 세계사에 유례가 없이 자생적(自生的)으로 창설된 한국 천주교회 설립 주체로 '성조(聖祖)'라 칭하여진다. 이벽 이전에도 서학서(西學書)를 접하며 연구한 학자들은 많이 있었으나 대부분은 서학을 학문으로 받아들였을 뿐이다. 성호 이익(李瀷)을 중심으로 하는 남인학자들이 대표적이다. 그 중 서학을 신앙으로 승화시킨 지식인들도 있었는데 그들 중 선구적 역할을 한 인물이 이벽인 것이다.

이벽은 『천주실의(天主實義)』『칠극(七克)』『영언려작(靈言蠡勺)』『직방외기(職方外紀)』등 한문서학서를 접하며 축적한 신의 존재, 원죄, 영혼불멸, 사후(死後) 세계에 대한 깊은 이해를 바탕으로 1777년 이래 주어사(走魚寺), 천진암(天眞菴) 등지에서 연 강학(講學)을 통해 그리스도교 교리의 실천으로 바꾸었고, 이승훈(李承薰)에게 천주교를 소개하여 북경에서 세례를 받게 함으로써 1784년 조선 신자공동체가 건립될 수 있도록 하였다. 한국 천주교회가 1784년을 교회 창설 원년으로 공인하므로 이벽의 선구적 역할에는 의심의 여지가 없다. 그러한 이벽의 그리스도교 인식을 알려주는 한국 초기 천주교 교리해설서 내지 입문서가 바로 『성교요지』인 것이다.

아울러 『성교요지』는 문학적 측면에서도 이질적 서양 그리스도교 사상과 용어를 『시경』형식의 한시로 엮어 한국적 정서와 사상 속에 자연스럽고 아름답게 흡수시켜 표현한 것으로도 높이 평가된다.

〈해제 : 장정란〉

참 고 문 헌

1. 사료

이벽(저), 하성래·이성배(공역), 『聖敎要旨』, 가톨릭출판사, 1976.

2.단행본

김옥희, 『광암(曠菴) 이벽(李檗)의 서학사상(西學思想) 연구』, 가톨릭출판사, 1979.

이성배, 『유교와 그리스도교』, 분도출판사, 2001.

한국천주교회 이백주년 기념사업회, 『한국천주교회 창립성현 시복시성 자료, 광
    암이벽 요한세자』, 1983.

3. 논문

이경원, 「광암 이벽의 천주사상 연구 : 『성교요지(聖敎要旨)』를 중심으로」, 『한
    국철학논집』 제21집, 한국철학사연구회, 2007.

홍이섭, 「이벽-한국 근세사상사의 그의 위치」, 『한국교회사연구논문선집』 제I집,
    한국교회사연구소, 1976.

4. 사전

『한국가톨릭대사전』 12권, 한국교회사연구소 1995~2006.

『이학집변(異學集辨)』

분류	세부내용
문 헌 종 류	조선서학서
문 헌 제 목	이학집변(異學集辨)
문 헌 형 태	필사본
문 헌 언 어	한문
저 술 년 도	1833
저 자	류건휴(柳健休, 1768~1834)
형 태 사 항	50면
대 분 류	사상
세 부 분 류	척사
소 장 처	한국국학진흥원
개 요	류건휴(柳健休)의 벽위론서로 「천주학」편에서는 천주학에 대하여 말한 학자들의 설을 싣고 그것을 비판한 다른 학자의 설을 들거나 '건휴안(健休按)'을 붙여 자신의 의견을 드러내는 방식으로 서술하였다. 안정복의 「천학고」와 「천학문답」, 남한조의 「안순암천학혹문변의(安順庵天學或問辨疑)」, 「이성호익천주실의발변의(李星湖翼天主實義跋辨疑)」 등을 인용하면서 천주·상재의 상이함, 성서 내용의 허황됨(남녀무별·영신불멸·천당지옥), 서양 역법을 비롯한 기예의 유입에 대하여 비판하였다.
주 제 어	상제(上帝), 천주(天主), 야소(耶蘇), 양학(洋學), 영신불멸(靈神不滅), 천당지옥(天堂地獄), 지해기예(知解技藝)

1. 문헌제목

『이학집변(異學集辨)』

2. 서지사항

『이학집변(異學集辨)』은 류건휴가 지은 벽위론서로 6권 5책으로 구성되어 있다. 유일 필사본으로 종택에서 보관해오던 것을 기탁받아 2004년 한국국학진흥원에서 영인하여 간행하였다. 『전주류씨수곡파지문헌총간(全州柳氏水谷派之文獻叢刊)』 제 6집에도 수록되어 있다. 원시 유학 이후 19세기까지 성리학자의 입장에서 이학으로 간주된 모든 학문에 대하여 변증한 것들을 모은 것이다.

[저자]

류건휴(柳健休, 1768~1834)의 본관은 전주(全州). 자는 자강(子强), 호는 대야(大埜)이며 소와당(笑臥堂) 류의손(柳義孫, 1398~1450)의 후손이다. 아버지는 류충원(柳忠源)으로 안동의 수곡(水谷)에서 거처하였다. 18세가 되던 1785년(정조 9) 족숙인 류장원을 사사하여 경학과 성리학, 제자백가서를 섭렵한 인물이다. 1694년 갑술환국 이후 관직에서 배제되어 재야에서 처사로 살아가는 남인의 상황에서 재야의 유림들은 중앙정계에 대한 비판세력으로 영향력을 키운다. 특히 영남 유림들은 자신의 학문적, 사회적 입지를 확보하기 위하여 병호시비(屏虎是非)[1] 문제로 논쟁을 벌이기도 하였다.

류건휴의 학문은 이황(李滉)→김성일(金誠一)→이현일(李玄逸)→이재(李栽)→이상정(李象靖)→류장원(柳長源)으로부터 시작되는데 류장원(柳長源, 1724~1796)[2]의 영향으로 예학에 조예가 깊었다. 류장원은 이종수(李宗洙)·김종덕(金宗德)과 함께 호문삼로(湖門三老)로 불리며 퇴계학을 이어받은 것으로 평가된다. 상주 출신의 손재 남한조는 안정복의 서학비판을 영남에 전달하고 이를 확장시킨 인물이다.

류장원 사후 남한조(南漢朝, 1744~1809)에게 가르침을 받았다. 남한조는 1782년(38세) 서울에 올라갔다가 다음해 안정복 문하에 출입하게 되는데 이 시기 안정복의 척사론 성격의 글을 보게 된다. 이후 남한조는 신치봉으로부터 「천학혹문」을 전해 받아 「안순암천학혹문변의(安順庵天學或問辨疑)」를 저술하였다. 류건휴는 『이학집변』의 천주학 부분은 남한조의 비판을 대부분 전제하면서 서학에 대한 다른 영남 남인들의 입장을 덧붙인 후 자신의 의견을 밝히는 방식으로 편제하였다.

류건휴는 19세기 영남학파의 종장으로 일컬어지는 정재(正齋) 류치명(柳致明, 1777~1861)[3]보다 아홉 살 연상으로서 '정재학파(正齋學派)'

---

1) 병호시비(屛虎是非) : 1620년(광해군 12) 여강서원(호계선원)을 건립하면서 발생한 류성룡과 김성일의 배향(配享) 때 위차(位次) 시비를 계기로 안동을 비롯한 영남 유림들이 병파(屛派)와 호파(虎派)로 나뉘어 전개된 논쟁이다.1620년 이황(李滉)을 주향으로 모신 여강서원을 지을 때 이황의 대표적인 제자인 류성룡과 김성일의 배향이 결정되었는데, 이때 양인의 위패를 어디에 배치할 것인가를 두고 논란이 제기되었다. 정경세의 자문을 받아 류성룡을 동쪽에, 김성일을 서쪽으로 배치하는 것으로 일단락되었다. 이후 19세기 초반 류성룡과 김성일 등의 문묘 종사 청원과 이상정(李象靖)의 서원 추향(追享) 문제 등으로 병파와 호파가 대립하였다.

2) 류장원(柳長源) : 호는 동암(東巖), 자는 숙원(叔源), 본관은 전주(全州)이다. 1763년 진사시에 합격했으나 이후 진취에 뜻을 두지 않고 후진 양성에 힘써가. 이상정(李象靖)의 문인으로 저서 『동암집(東巖集)』, 『상변통고(常變通攷)』 등이 있다.

3) 류치명(柳致明) : 호는 정재(正齋), 자는 성백(誠伯), 본관은 전주(全州)이다. 외가인 안동시에서 아버지 류회문(柳晦文)과 한산 이씨 이완(李浣)의 딸인 어머니 사

형성에 중요한 이론적 기여를 한 것으로 보이는데 류치명도 류건휴와 마찬가지로 류장원과 남한조에게 수학하였다.

류건휴의 학문은 족손인 류치구(柳致救, 1793~1853)를 통해 전해지며 16세기부터 20세기 후반에 이르기까지 150여 명에 가까운 학자가 문(文)·행(行)·충(忠)·신(信)으로 이름을 남겼다.

저서로는 『동유사서해집평(東儒四書解集評)』과 『계호학적(溪湖學的)』, 문집인 『대야집(大埜集)』 10권 5책이 있다. 『동유사서해집평』은 사서(四書)에서 논의된 중요한 부분에 대하여 우리나라 선유(先儒)들의 평주(評註)를 모아 엮은 책으로, 『회재집(晦齋集)』·『퇴계집(退溪集)』·『월천집(月川集)』·『고봉집(高峯集)』·『우계집(牛溪集)』·『율곡집(栗谷集)』 등 63종의 문집을 인용하였다. 이 책도 『이학집변』과 같이 선유의 학설을 소개한 후 필요에 따라 자신의 평을 붙이고 있다. 스승인 류장원의 학설이 상대적으로 많이 소개되어 있다. 권두에 류필영(柳必永)의 서문이 있고, 권말에는 류연구(柳淵龜)와 류연창의 발문이 있다. 1792년에 편찬하였으나 초고상태로 보관되다가 현손인 류연창에 의해 간행되었다.

『동유근사록해(東儒近思錄解)』는 주자의 『근사록(近思錄)』에 대한 조선 유학자들의 평론과 주석을 모은 것이다. 『동유삼경집해(東儒三經集解)』는 『동유사서집평(東儒三經集解)』과 같은 형식으로 삼경에 대한 평론을 편집한 것인데, 실전되었다. 『계호학적』은 이황과 이상정의 학문적 요점을 발췌하여 분류·편성한 책으로 계호의 '계(溪)'는 퇴계 이황, '호(湖)는 대산(大山) 이상정(李象靖)을 말한다. 『국조고사(國朝故事)』는 조선 태조로부터 정조까지의 역사를 편년체로 서술하여 역대에 일

이에서 출생하였다. 외증조부가 대상 이상정이면 동암 류장원에게 학문을 배워 영남학파의 맥을 이었다. 29세 급제하여 48년 벼슬살이 했으며 65세 에 대사간으로 임명되었고 77세 때 병조참판을 사직하였다.

어났던 사실과 인물을 중심으로 수록한 책이다. 열거한 저서에서 알 수 있듯, 류건휴는 유학의 근원과 성리학적 도통을 지켜나가기 위해 노력한 인물로 도학의 전승과 보존에 힘쓴 성리학자이다.

3. 목차 및 내용

[목차]

전체 목차를 살펴보면, 권1은 〈총론〉·〈노(老)·장(莊)·열(列)〉·〈양(楊)·묵(墨)〉·〈관자(管子)〉·〈순(荀)·양(楊)〉·〈공총자(孔叢子)〉·〈문중자(文中子)·〈도가(道家)〉이고 권 2~3은 〈선불〉, 권 4는 〈육학〉, 권 5는 〈왕학〉·〈소학〉·〈사학〉, 권 6은 〈천주학〉·〈기송사장〉의 18가지 이학(異學)을 비판하고 있다.

〈총론〉을 4조목으로 나누어 이단의 해로움에 대하여 언급하였다. '스스로를 다스리는 것이 사설을 물리치는 근본임을 밝힘(明自治爲闢邪之本)', '사설을 물리쳐야 정도가 분명해진다는 점을 밝힘(明闢邪然後正道明)', '이단을 전공하는 것이 잘못이라는 점에 대하여 논함(論專治異端之非)', '우리 유학에 이미 밝으면 사설은 절로 변파가 된다는 점을 논함(論吾學旣明邪說自破)'이 각 조목이다.

〈각론〉은 〈노자·장자·열자〉, 〈양주·묵자〉, 〈관자〉, 〈순자·양자〉, 〈공총자〉, 〈문중자〉, 〈도가〉, 〈선불〉, 〈육상산〉, 〈왕양명〉, 〈소동파〉, 〈사학〉, 〈천주학〉, 〈기송사장〉을 비판하는 순서로 구성되어 있다. 비판 대상인 이학들은 대체로 시간상의 흐름에 따라 전개 되어 있고, 천주학과 과거용 문자와 사장의 폐단에 대하여 언급하는 것으로 마무리를 짓는다.

　본문 외에 권두에 류건휴의 자서(自序)가 있고 권말에 족손 류형진(柳衡鎭)과 류남규(柳南珪)의 발문이 실려 있다. 류형진의 발문은 임술년(1862)에 쓴 것으로 천주교의 발호를 우려하고 있다. "지금 시대에는 이학이 없다고 말해도 괜찮을 것이다. 하지만 유독 저 예수 저 예수 [耶蘇]의 학문이란 것이 서쪽 오랑캐 땅에서 와서 나라 안에 널리 퍼져 국가에서 형벌 조목을 엄하게 세워서 사흉(四凶)의 죄목으로 바루었으나 여전히 금지시킬 수는 없었다.……" 기묘년(1879) 류남규의 발문에서도 역시 마찬가지다. "지금 예수의 무리들이 백성들과 국가에 해를 끼치는 것이 불교보다 심하므로 반드시 우리 유학을 선성(先聖)의 도리를 통해 천명하여 경(經)을 세우고 기(紀)를 진술하여 스스로 지킬 방도를 엄격하게 해야 확실하게 물리치는 공을 기대할 수 있다.……" 두 발문을 쓴 것은 19세기 후반으로 당시 유학을 위협하는 이학(異學)이 천주학이었음을 알 수 있다.

　본 해제에서 다룬 것은 권 6의 〈천주학〉 부분이다. 한 면은 19자~22자씩 10줄로 구성되어 총 50면이며 14조목으로 나누어 편제되어 있다. 1833년 6월 쓴 『이학집변』 서문을 살펴보면 당시 류건휴의 저술 의도가 잘 드러난다.

　　"원나라와 명나라 때에는 또 이른바 천주학이라는 것이 출현했는데, 그 이론은 불교와 도교의 찌꺼기를 주워 모은 것으로 지극히 비루하여 사람을 속일 정도도 못되었다. 그러나 오늘날 서양 오랑캐들이 여기에 의거하여 천지를 막고 가리며 또한 점성·역학의 교묘한 술책이 인재와 지식계를 현혹하고, 남녀의 욕망을 부추겨 순진한 풍속을 억압·견제하고 있으니, 어떻게 우리 도학이 모두 침체해서 없어지지 않는다고 보장하겠는가. 나 건휴 또한 선

배와 어른들의 말씀을 듣고 이 점에 대하여 분개의 감정을 느낀
적이 있다.”

천주학이 인재와 지식계를 현혹하여 성리학이 위협받는 상황에 분
개하여 이학이 왜 이학인지 밝히고자 저술하였다고 밝히고 있다. 즉,
이단의 비판을 통해 사학의 폐단을 알리고 주자에서 퇴계까지의 도학
적 전통을 계승하며 이를 통해 도학의 정통성을 수호하고자 한 것이다.
이어진 서문에서 학문에 뜻을 두면서도 어떤 학문을 할 것인지 정
하지 못한 이들에게 상고하게 하여 성리학만이 정학임을 알게 하기
위해서 책을 저술한 것이다. 즉, 후학들이 경계로 삼을 수 있도록 각
이학이 왜 사학이고 사설인지 맹점을 짧게 지적하였다. 도가의 천존
(天尊), 서학의 천주(天主), 불가의 공(空)과 무(無), 고자(告子)의 ‘생을
성이라 한다’는 설, 순자의 성악설, 양자(揚子)의 선악이 혼재되었다는
학설, 불가의 ‘작용이 곧 성’이라는 설 등을 언급하였다.

[내용]

『이학집변』의 전체 체제는 서두에 주제와 관련된 이단의 주장을 싣
고 유학자들이 그것을 비판하거나 유학과의 차이를 설명하는 방식을
취하고 있다.
〈천주학〉 편에서는 순암(順庵) 안정복(安鼎福, 1712~1791)의 「천학고」
와 「천학문답」, 만곡(晚谷) 조술도(趙述道, 1729~1803)[4]의 「운교문답

---

4) 조술도(趙述道) : 호는 만곡(晚谷), 자는 성소(聖紹), 본관은 한양(漢陽)이다. 경북
   영양(永陽)에 살았다. 이상정(李象靖)·김낙행(金樂行)의 문인으로 경전과 제자백
   가에 관통하였다. 1762년 월록서당(月麓書堂)을 지어 형제와 함께 강학하다가
   그 뒤에 만곡정사(晚谷精舍)를 지어 후진을 양성하였다. 「운교문답」은 그의 문

(雲橋問答)」, 남한조의 「안순암천학혹문변의(安順庵天學或問辨疑)」, 「이
성호익천주실의발변의(李星湖翼天主實義跋辨疑)」 등을 인용하여 천주·
상재의 상이함, 성서 내용의 허황됨(남녀무별·영신불멸·천당지옥), 서
양 역법 및 기예의 유입에 대하여 비판하고 있다. 학자들의 논의를 거
론한 후 조목에 따라 〈건휴안(健休按)〉을 덧붙여 자신의 의견을 덧붙
여 드러내었다.

〈천주학〉의 조목

1) 예수가 한나라 때 태어났다는 것에 대한 변[辨耶蘇之生於漢時]

순암 안정복이 "천주 예수[耶蘇]는 한(漢) 애제(哀帝, B.C.26년~B.C.1년)
때 태어났다. 서사(西士)의 말에 따르면, 그들 나라에는 천지개벽 이후
역사 기록이 모두 3천 7백 권이 있는데 예수가 태어날 때를 모두 예언
했다"라고 한 부분에 대한 자신의 생각을 〈건휴안(健休按)〉을 통해 피
력한다. 서양에서 온 천주학은 그 설이 무엇을 말하는지 알 수 없으나
그들의 공부는 불가(佛家)의 예참(禮懺)[5]에 불과하다는 것이다. 천주학
은 애초 학문이라 명명할 수도 없는 것으로 안정복의 분석은 한 잔의
물로 한 수레나 되는 섶의 불을 끄는 것에 불과하며 이것은 공자에게
의탁해서 그 권위의 바탕으로 삼으려는 것뿐이라 평한다. 예수가 한
나라 때 태어났는지 아닌지 따지는 것은 가치가 없으며 그 역시 3천
7백 권의 역사책을 반드시 보지는 못했을 것인데 근거 없는 말을 경
솔하게 믿고 적었으니 사람들이 괴이한 것을 좋아하는 것이 심하다는
것이다.

집『만곡집』권8 잡저(雜著)에 실려 있다.
5) 예참(禮懺) : 부처나 보살(菩薩) 앞에 예배하고 죄과를 참회하는 것을 말한다.

---

2) 양학의 상제와 천주에 대한 변[辨洋學上帝天主]

유학에서 말하는 상제(上帝)와 서학의 천주(天主)는 다르다는 점을 이익, 안정복의 리(理)와 태극(太極)에 대한 서술을 예로 들어 비판하였다. 이익이 천주는 유가의 상제라 하였으나 이는 타당하지 않다는 남한조의 비판을 전하여 서술하였다. 유가에서 말하는 '상제'는 '리(理)'의 주재(主宰)로 감정이나 의도가 없고 조작하는 것도 없으나 온갖 변화의 근본이다. 그러나 '천주'는 기(氣)의 영신(靈神)으로써 감정이나 의도가 있고 조작하는 것도 있어서 수많은 기량(伎倆)을 나타내기 때문에 같다고 할 수 없고 천주가 주재하는 천당과 지옥은 유학의 이기론(理氣論)으로 볼 때 허탄하다고 비판하였다. 〈건휴안〉에서는 남한조의 변석은 다시 의론할 것이 없으나 그가'귀신에게 지내는 것은 리(理)에 근본 하여 기(氣)에 합하기를 구하는 것'이라고 말한 구절은 조금 온당하지 못한 것으로 제사지내는 것은 기를 가지고 말하였지만 리에 근원한 것이라 지적하였다.

3) 가씨가 삼신을 해석한 것에 대한 변[辨柯氏釋三辰]

장락 가씨[6]가 "주례(周禮) 춘관 (春官) 「가종인(家宗人)」에 '삼신(三辰)'의 법을 관장하여 천신(天神)·지기(地示)·인귀(人鬼)의 자리를 그린다"고 한 것에 대하여 상고할 것이 없다고 하면서 『주례』의 해석을 이따금 천착하면서 주자의 설을 경솔하게 고쳤다고 하였다. 또 서하모씨(西河毛氏)[7] 무리가 천학(天學)에 빠져 그들의 설을 가지고 경전의

---

6) 장락가씨(長樂柯氏) : 명나라 학자 가상천(柯尚遷)을 말한다. 자는 교가(喬可). 호는 양석산인(陽石山人)이며, 복건성 장락(長樂) 사람이다. 가정(嘉正, 1522~1566) 연간에 천거되어 형대현승(邢臺縣丞)에 제수되었다. 특히 예학에 밝았으며 송나라 때 유정춘(兪庭椿)의 『주례복고편(周禮復古編)』에 근거하여 『주례전경석원(周禮全經釋原)』을 저술하였다.

뜻을 견강부회한 것은 장자소(張子韶)가 불가의 설을 가지고 경전을 해석한 것과 같은 것이라고 하였다.

4) 천주학 공부에 대한 변[辨天學工夫]

천주학의 공부법은 밤낮으로 천주를 공경하고 간절히 기도해야 지난 잘못을 용서받고 지옥에 떨어지지 않는다는 것이지만 그것은 결국 이욕의 마음으로 가탁한 사심(私心)을 채우려는 것에 불과하다고 보았다.

5) 천주학에서 남녀 구별이 없다는 것에 대한 변[辨天學男女無別]

"남녀 간의 정욕은 하늘이 준 것이고 윤리와 기강을 분별하는 일은 성인의 가르침이다. 하늘은 성인보다 높으니 차라리 성인의 가르침을 어길지언정 하늘이 준 본성을 거스를 수는 없다"라고 한 허균(許筠, 1569~1618)[8]의 말을 들면서 그가 음란하고 분별이 없으며 성인을 비방한 것은 서학을 귀의처로 삼았기 때문이라 언급하고 있다. 이에 대하여 〈건휴안〉에서도 서학에서 대개 민간의 남녀를 무너뜨린다는 것은 천당과 지옥설로 사람들을 유혹하여 불공을 드리고 식사를 베풀게 하면서 남녀가 뒤섞여 구분이 없는 것을 말한다고 하였다. 허균이 행

---

7) 서하모씨(西河毛氏) : 서하는 모기령(毛奇齡, 1623~1716)의 호이다. 자는 대가 (大可)이다. 명나라가 망한 뒤 은둔했다가 강희(康熙, 1662~1722)연간에 한림원 검토관에 임명되어 『명사(明史)』를 찬(纂)하였다.

8) 허균(許筠) : 호는 교산(蛟山)·성수(惺叟). 자는 단보(端甫), 본관은 양천(陽川)이다. 26세에 문과에 급제하여 승문관 사관으로 벼슬길에 올라 삼척 부사·공주 목사 등을 제수 받았으나 반대자의 탄핵을 받아 파면되거나 유배당했다. 당대 실세였던 이이첨(李爾瞻)과 결탁하여 폐모론을 주장하면서 왕의 신임을 받아 예조 참의·좌찬성 등을 역임하였으나 국가의 변란을 기도했다는 죄목으로 참수형을 당하였다. 저술로 『성소부부고(惺所覆瓿藁)』·『학산초담(鶴山樵談)』·『국조시산(國朝詩刪)』 등이 있다.

실을 단속하지 않은 것도 이 때문이며 『명사(明史)』 신종(神宗) 만력
(萬曆) 신축(1601)에 이마두(利瑪竇)가 방물(方物)을 진상할 때 천주녀도
(天主女圖)가 있었다고 하니 이 또한 그 증거라고 들었다.

6) 영혼이 사라지지 않는다는 것에 대한 변[辨靈神不滅]

천주학의 영혼불멸에 대한 비판이다.[9] 유가적 관점에서 생사(生死)
는 기(氣)가 소장(消長)하고 굴신(屈伸)하는 것인데 이기와 별도로 존재
하는 영혼은 있을 수 없다는 것이다. 상식적으로 보더라도 사람이 죽
은 후 영혼이 사라지지 않는다면 천지간이 영혼으로 가득찰 것이라고
반론하였다. 그 이론이 천박하고 비루하여 어린 아이를 속이기에도
부족하나 세상 사람들에게 글 읽는 사군자라 불리는 자들이 서로 이
끌리고 휩쓸리며 따르고 있어 학술이 밝지 못하고 인심이 괴이함을
좋아하는 것이 이 지경에 이름을 한탄하였다.

7) 금수의 세상에 대한 변[辨禽獸世]

〈건휴안〉에서 노장은 신체를 군더더기로 여기고 삶을 고해라 하고
죽음을 낙원이라 하며 불씨는 인간 세상을 꿈·허깨비·물거품·그림자
로 여기는데 서학은 심지어 현세를 금수의 세상으로 생각하니 그 근
원과 내력이 같다고 말하였다. 연경에 천주관을 세워 그 무리들이 학
업을 익히도록 한 것을 두고 식자들은 이로써 인류가 금수가 될 것이
라고 우려한다고 지적하고 있다.

---

9) 안정복의 「천학문답」과 남한조의 「안순암천학혹문변의(安順庵天學或問辨疑)」에
서 언급한 이마두의 생혼·각혼·영혼에 대한 내용을 예로 들면서 그 허황됨을 지
적하였다.

8) 제사에 마귀가 음식을 찾는 것에 대한 변[辨祭祀魔鬼求食]

서학에서 제사를 폐기하는 것에 대한 비판이다. 제사의 예는 조상에 대한 추원보본(追遠報本)의 도리를 다하는 것이다. 그 이치도 실질이 있어서 사당을 세워서 음식을 마련하면 조상신이 와서 흠향한다는 것이 유교의 사생관이다. 그런데도 서학을 하는 사람들이 제사를 지내면 마귀가 와서 먹는다고 하면서 제사의 예를 폐하는 것은 옳지 않다는 것이다.

9) 서학이 중국에 들어온 것에 대한 논[論西學入中國]

이마두가 천주녀도 등의 방물을 올리고 주머니에 신선골(神仙骨) 등의 물건을 가지고 있었다는『명사』의 기록을 인용하였다. 〈건휴안〉에서는 천주교는 불씨의 찌꺼기를 주워 모았는데 욕심 부리고 멋대로 행동하여 꺼리는 것이 없는 것은 불씨보다 심하다고 말하는 것이다. 또 서양에서 전해진 천주교는 매우 천박하여 불씨처럼 마땅히 사라질 것이라는 몽예(夢囈) 남극관(南克寬, 1689~1714)[10]의 말을 인용하였다. 류건휴는 여기에서 남극관이 천주학에 대하여 '또한 크게 어그러진 것이 없다(亦無大悖)'라고 언급한 것은 문인이 기이함을 좋아하는 것에 중독된 것으로 천박하고 망령된 말이라 변파하지 않으면 안 된다고 지적하였다.

10) 서학이 조선에 들어온 것에 대한 논[論西學入東國]

『조야회통』[11]에 실린 진주사(陳奏使) 정두원(鄭斗源, 1581~?)[12]의

---

10) 남극관(南克寬) : 호는 몽예·사시자(謝施子), 본관은 의령, 남구만의 손자로 저서『몽예집(夢囈集)』이 있다.
11)『조야회통』: 필사본 28권 16책. 정조시기 김재구(金在玖) 편저로 조선 태조부

장계 내용13)을 인용한 후, 『정종대왕첩론도산(正宗大王帖論陶山)』과 『대산속집(大山續集)』의 기록을 인용하여 양학(洋學)이 세상을 속여 세상을 미혹하였으나 영남 한 지역만은 넘보지 못하였음은 퇴계의 영향으로 선정(先正)의 가르침에 젖어있었기 때문이라는 점을 강조하였다.

11) 〈천주경〉을 〈시경〉과 〈서경〉에 견준 것에 대한 변[辨天主經擬詩·書]

천주경이 중국의 『시경』·『서경』과 같다고 말한 이익에 대한 남한조의 비판이다. 천주경을 보지는 못했으나 사사로운 술책으로 선을 행한다는 명목에 가탁하고 백성들을 유혹하고 위협한 것으로 속이는 것이 심하다고 하면서 대체로 이학(異學)에서 주로 삼는 것이 기(氣)인데 서학은 특히 심하다고 지적하였다.

터 영조 1년까지의 정강(政綱)과 사력(事歷)을 기술하였다

12) 정두원(鄭斗源) : 호는 호정(壺亭)·풍악산인(楓嶽山人), 본관은 광주(光州)이다. 1616년 문과 급제한 뒤 여러 관직을 거쳐 강원도 관찰사·개성 유수에 이르렀다, 1630년 진주사로 명나라에 가서 이듬해 귀국할 때 화포·천리경·자명종 등의 서양 기기와 함께 마태오 리치의 천문서 등을 얻어 돌아왔다.

13) 정두원 장계의 내용은 다음과 같다. "서양은 중국과 9만 리나 떨어진 거리에 있어 3년이 걸려야 북경에 도달할 수 있습니다. 육약한(Rodriges Joannes, 이탈리아, 1561~1633)은 바로 이마두의 친구로 일찍이 화포를 만들어 홍이(紅夷)·모이(毛夷)를 섬멸하였고 천문과 역법에는 더 정통했다고 합니다.……하루는 약한이 신을 찾아왔는데 나이가 97세라는데도 정신이 깨끗하고 기상이 표연한 게 신선 같았습니다. 신이 화포 1문을 얻어 우리나라에 가 바치고 싶다고 했더니 그는 즉석에서 허락하고 아울러 기타 서적과 기물들을 주었기에 그것들을 뒤에 적습니다. 치력연기(治曆緣起) 1책, 천문략(天問略) 1책, 이마두천문서(利瑪竇天文書) 1책, 원경설(遠鏡說) 1책, 천리경설(千里鏡說) 1책, 서양국풍속기(西洋國風俗記) 1책, 서양국에서 바친 신위대경소(神威大鏡疏) 1책, 천문도 남북극 2폭, 천문(天文) 광수(廣數) 2폭, 만리전도(萬里全圖) 홍이포(紅夷砲) 제본(題本) 1개입니다."

12) 서역이 천하의 중심이 된다는 것에 대한 변[辨西域爲天下中]

서역은 곤륜산 아래에 터를 잡아 천하의 중앙이 되어 인물이 빼어나고[14] 진기한 보물이 생산된다고 언급한 안정복에 대한 남한조의 비판이다. 주자가 말하길 '곤륜산이 천하의 중심이 되는 것은 마치 만두(饅頭)를 꼬아서 뾰족하게 하는 것과 같다'고 하였는데 이 말에 근거한다면 중국이 바로 배 앞부분의 장부(臟腑)이고 서국(西國)은 동쪽이니 서국이 중심이 될 수 없다는 것이다.

13) 서양역법을 사용한 것에 대한 변[辨用西洋曆法]

서양 역법 사용에 대한 남한조의 비판을 싣고 있다. 그는 『조야회통』의 기록을 인용하여 서양의 역법을 쓰게 된 과정을 적은 후[15] 비록 오랑캐라도 일부 능한 재주는 취할 수 있다고 언급한 남극관의 말을 들어 비판하였다. 남한조는 김백옥(金伯玉; 金尙範)[16]이 이마두(利瑪竇)·탕약망(湯若望)[17]의 서양 역법을 사용하여 만든 역법에 대하여 만

---

14) 중국으로 말하면 천하의 동쪽에 위치하여 양명(陽明)한 기운이 모여드는 곳으로 이 때문에 이런 기운을 받고 태어난 이들은 요·순·우·탕·문·무·주공·공자처럼 신성한 분들이 많다고 하였다.

15) 김육이 사신으로 연경에 갔다가 탕약망이 시헌력을 만들어 숭정 초기부터 쓰고 있다는 이야기를 듣고 서적 구입 후 김상범 등에게 연구하도록 하여 10년 후 그 법을 터득하여 시행하게 되었다.

16) 김상범 : 조선 인조 때의 관상감관(觀象監官). 1646년 관상감제조인 김육이 사은사로 북경에 갔다가 예수회 선교사 아담 샬(Schall, J, A., 湯若望)이 시헌역법을 만들었다는 소식을 듣고 그 법을 배우려 했으나 뜻을 이루지 못하고 책만 사가지고 돌아 왔다. 김상범은 이 책을 연구하여(1651년·1653년 중국행) 그 이치를 대략 터득하여 1653년부터 시헌역법이 조선에 시행되었다.

17) 탕약망 : 독일 출신 선교사 Schall von Bell, Johannes Adam(1591~1666)의 중국명이다. 1630년 『숭정역서(崇禎曆書)』 편찬에 참여하고 1646년 『대청시헌력(大淸時憲曆)』을 편찬하였다.

약 중국의 도술이 크게 밝혀졌다면 선비들의 이론(異論)이 없었을 것이라 언급하고 김상범의 말이 지나친 것 같으나 그 이치가 없다고는 할 수 없다고 말하였다.

14) 서양인의 지식과 견해, 기예에 대한 변[辨西洋人知解技藝]

서국(西國) 사람들이 지해(知解)가 뛰어나 천도의 움직임, 역법의 계산, 기물의 제조에 뛰어나다고 평한 안정복에 대한 남한조의 비판을 싣고 있다. 저들의 학문이 마음을 조섭(調攝)하고 정신을 기르는 것을 주로 삼고 일체의 힘들이는 일은 끊어버리기 때문에 식견이 신통하여 종종 사람을 놀라게 하는 것이 있지만 거기에 견강부회하고 허탄한 말을 덧붙였다고 하였다. 서학 역시 지식과 견해는 다르더라도 도·불에서 단련하고 수양하는 것에 지나지 않고 기예가 비록 정밀해도 일본과 안남의 기예에 불과한 것이라 말하였다.

끝으로 류장원의 말을 붙여 끝맺는다. 사특한 마귀의 설[邪魔之說]은 천만 가지라 일일이 변별할 수 없으니 긴요한 곳을 한 칼에 잘라 버려야 하는데 저들이 천학이라 하지만 군신과 부자를 모르니 천지 사이에 용납해서는 안 된다는 것이다. 중국에서 정학(正學)이 황폐해진 것을 보고 외국에서 이 문자를 던져 넣었으니 유자는 멀리 해야 하며 혹시라도 신기함에 취해서 변박할 바탕을 삼는다면 자신도 모르게 빠져들게 된다고 경계하였다.

4. 의의 및 평가

『이학집변』은 19세기 초 류건휴가 쓴 이학 비판서로 안정복, 신후담, 이가환 등을 비롯한 기호 남인의 벽위론과는 다른 영남 남인의 벽위론서라는 점에서 특별한 의의를 가진다 하겠다.

서문에 천주교 무리들이 조선을 어지럽히는 것에 대한 분노로 이 책을 저술하였다고 밝히고 있는데 천주학에 대한 우려 때문에 유학 이래 이학들을 모두 모아 변증하면서 사라진 전대의 이학들처럼 정학을 밝히면 천주교도 언젠가 사라질 것이라 여긴 것이다.

이러한 류건휴의 의식은 이황(李滉)에서 김성일(金誠一), 이상정(李象靖), 류장원(柳長源)을 잇는 인물로서 당시 노론으로부터 영남 남인을 보위해야한다는 책임감에서 비롯된 것으로 볼 수 있을 것이다. 신유박해로 기호 남인들이 대거 축출되자 영남 남인들은 안동은 퇴계의 덕화가 미쳐 성리학이 잘 보존된 지역임을 내세워 기호 남인들과 다르다는 점을 강조하려 하였던 것이다. 당시 남인을 향한 노론의 공격에 대한 위기감에서 비롯된 저술 동기로 인하여 천주학의 이론적인 내용보다는 기호 남인들이 가진 천주학을 이해하는 태도를 비판함으로써 영남 남인의 차별성을 강조하려 하였다.

이익과 안정복, 신후담은 고대 유학의 상제관을 주자학의 범위 안에서 수용하고자 하였으며 이들은 적어도 상제를 도덕적 실천의 토대로 요청하여 받아들였다. 그러나 남한조와 류건휴를 비롯한 영남 남인들은 퇴계학을 온전하게 계승해야 한다고 믿었기 때문에 천주 상제설이나 영혼불멸과 귀신에 대한 기호 남인들의 해석을 수용할 수 없었다.

같은 맥락에서 기호 남인들에 대한 영남 남인들의 또 다른 중요 비판의 근거는 서학의 과학 기술에 대한 태도를 논할 수 있다. 남한조와 류건휴를 비롯한 영남 남인들은 서양 과학 기술의 효용을 인정하지 않았다. 남한조는 서학의 과학적 측면은 단순한 기예나 기술에 불과하기 때문에 이를 높게 평가할 필요가 없다는 것이다. 그들의 기술이

정교하지만 일본이나 안남의 기술에 불과할 뿐이니 어떻게 신성(神聖)의 이름을 덧붙여 도리어 현란한 기술을 도와주느냐고 기호 남인들의 태도를 비판한다.

그러나 류건휴의 비판은 실제 서학서들을 읽고 논박한 기호 남인들과 달리 기호 남인의 벽이단서와 이에 대한 영남 남인의 평가적 글들만을 보고 집필하였는데 이 점에서 천주학 이해의 한계가 드러난다. 사학의 폐해를 알리고자 한 저술이라 밝혔으나 천주학의 쟁점들을 제대로 다루지 못하고 기호 남인들의 서학을 비판하는 태도나 말만을 문제 삼았다는 점이다.

〈해제 : 배주연〉

『이학집변(異學集辨)』

자사(子思)가 이학(異學)이 진리를 어지럽히는 것을 염려하여 『중용』을 지어 후세를 가르친 것은 성학(聖學)을 밝힌 바에 지나지 않는다. 그러므로 "하늘이 부여한 것을 성(性)이라고 하고 성을 따르는 것을 도(道)라 하고 도를 닦는 것을 교(敎)라 한다."하고 하였다. 하늘의 이치를 원형이정(元亨利貞)이라 하는데 사람에게 부여한 것이고 성의 덕목을 인의예지(仁義禮智)라 하는데 마음에 갖추어져 있는 것이다.

도는 부자유친으로부터 백성을 사랑하고 만물을 아껴주는[仁民愛物] 것까지가 인이 드러난 것이요, 군신유의로부터 어른을 공경하고 현인을 존경하는[敬長尊賢] 일까지는 의(義)가 발현된 것이다. 이 두 가지를 알아 시비와 (是非)와 사정(邪正)을 분별하는 기준으로 삼으니 이것이 예(禮)와 지(智)의 쓰임이다.

교는 성인이 사람마다 품부 받은 것이 저마다 달라서 지나치거나 부족한 차이가 있기 때문에 그 도가 같은 것을 가지고 등급을 나누어 지나치거나 부족한 것으로 하여금 중용을 취할 수 있도록 한 것이니 예악형정(禮樂刑政) 등이 이것이다. 옛날 성왕들이 가르침을 베풀 때에 위로는 이것으로 가르치게 하고 아래로는 이것으로 배우게 하였기 때문에 국가마다 정치가 다르지 않았고 가정마다 풍속이 다르지 않았다. 주나라가 쇠퇴하게 되자 교화가 행해지지 않아 저마다 자신의 사견으로 학설을 만들었기 때문에 이단이 일어나게 되었다. 그러나 그때에는 공자와 같은 성인이 있어서 정학(正學)을 인도하여 밝힘이 마치 하늘에 태양이 있는 것과 같았으므로 이단의 학설이 몰래 서로 전수하면서도 감히 드러내놓고 천하를 횡행할 수 없었다. 이 때문에 자사의 말씀이 이 정도에서 그쳤던 것이다.

그런데 맹자에 이르러서는 거짓되고 편파적인 학설이 멋대로 일어났기 때문에 의연히 이단을 분변하여 동도(同道)로 회귀토록 하는 것을 자신의 소임으로 삼아서 세상 사람들이 변론을 좋아하는 것을 자신의 소임으로 삼아서 세상 사람들이 변론을 좋아하는 자로 지목하였지만 아랑곳하지 않았다.

맹자가 세상을 떠나자 백가(百家)가 분분히 일어난 가운데 불씨(佛氏)가 더 심하였으나 아무도 거기에 대항하지 않았기 때문에 온 세상의 위 아래가 쏠리듯 따르게 되었다. 게다가 논리를 다듬고 장식하여 이치에 더욱 가깝게 함으로써 크게 진리를 어지럽히게 되었다.

하늘이 우리 유학을 도와서 정부자(程夫子)[18] 형제가 백세 뒤에 일어나 홀로 도를 체득하여 성학을 환하게 다시 밝혔으나 불교에 대해서만은 오히려 '여러 맹자가 계시더라도 어찌할 수 없을 것'이라고 탄식한 바 있다.

주자(朱子)가 이어 나온 뒤에 우리 유학을 더욱 밝혀 그 가운데 숨겨진 뜻을 모두 드러내었고, 불학에 대해서는 그 핵심처를 궁구하여 모두 뒤엎고, 배와 창자처럼 옹호하던 이론을 제거하여 깨끗이 씻어낼 수 있었다. 아울러 입장에 따라 안면만 바꾸어 배척하는 척하지만 속으로는 동조하는 이들이 그 실상을 감출 수 없게 되었고 심지어 권모술수나 공리(功利)·사장학(詞章學) 등을 유자들의 한 마디 말과 한가지 행동이 정도를 벗어나 사사로움을 좇으면 낱낱이 분석하고 통렬

---

18) 정부자(程夫子) : 북송(北宋)의 학자 정호(程顥,1032~1085)와 정이(程頤,1933~1108)를 가리킨다. 형 정호는 자가 백순(伯淳)이고 명도(明道) 선생이라 부르며 아우 정이는자가 정숙(正叔)이고 이천(伊川) 선생이라 부른다. 두 사람을 합쳐 정부자(程夫子)·이정자(二程子)·정자(程子) 등으로 일컫는다. 저서『이정전서(二程全書)』가 있다.

히 분변하여 털끝만큼이라도 오차가 있을까 걱정했으니 불학을 꺾고 깨끗하게 쓸어버린 공을 거의 다시 볼 수 있었다. 그러나 권간(權奸)들이 세도를 좌지우지하면서 도학이 세상에서 금기시되어 마침내 육씨(陸氏)[19]의 무리가 점차 세력을 확장하여 세상에 가득 차도록 하였다.

원나라와 명나라 때에는 또 이른바 천주학이라는 것이 출현했는데 그 이론은 석씨(釋氏)와 노씨(老氏)의 찌꺼기를 주워 모은 것으로 지극히 비루하여 사람을 속일 정도도 못되었다. 그러나 오늘날 서양 오랑캐들이 여기에 의거하여 천지를 막고 가리며 또한 점성·역학의 교묘한 술책이 인재와 지식계를 현혹하고 남녀의 욕망을 부추겨 순진한 풍속을 억압·견제하고 있으니 어떻게 우리 도학이 모두 침체하여 없어지지 않는다고 보장하겠는가.

나 건휴(健休)[20] 또한 선배와 어른들의 말씀을 듣고 이 점에 대하여 분개의 감정을 느낀 적이 있다. 그리하여 근래 『주자대전(朱子大全)』과 주자어류(朱子語類)』를 보면서 손 가는대로 뽑아 기록하고 또 청란진씨(淸瀾陳氏)의 『학부통변(學蔀通辨)[21]』과 설애첨씨(雪厓詹氏)의 『이단변정(異端辨正)[22]』을 얻어 빠진 데를 보충하였다. 그리고 여러 유가의 학설

---

19) 육씨(陸氏) : 남송의 학자 육구연(陸九淵,1139~1192)를 가리킨다. 자는 자정(子靜), 호는 상산(象山)이다. 주희(朱熹)의 이기설(理氣說)에 반대하여 우주 안에는 오직 '리(理)'만 있다고 하는 리일원론(理一元論)을 세웠다. 저서로 『상산선생문집(象山先生文集)』

20) 건휴(健休) : 류건휴(柳健休, 1768~1834)로 자는 자강(子強),호는 대야(大埜),본관은 전주(全州)이다. 류장원(柳長源)·남한조(南漢朝)의 문인이다. 만년에 학문연구와 후진 양성에 힘썼고 지덕을 겸비한 학자로 강회가 있을 때에는 반드시 의장으로 추대되었다. 저서로 『이학집변(異學集辨)』을 비롯하여 『대야집(大埜集)』,『사서집평(四書集評)』,『국조고사(國朝故事)』 등이 있다.

21) 『학부통변(學蔀通辨)』 : 명나라 진건(陳建,1497~1567)의 저술이다. 육구연(陸九淵)과 왕수인(王守仁)의 사상에 대하여 그 미혹함을 지적하고 사람들이 미혹당하지 않게 하려는 의도로 저술하였다. 총 12권이다. 진건의 자는 정조(廷肇), 호는 청란(淸瀾)이다.

을 그 사이에 부기하여 조(條)와 목(目)으로 갈래를 나누어 찾아보기에 편리하게 하고 과거 문자와 사장학의 폐단을 지적하면서 종결하였다.

이후 학문에 뜻을 두면서도 지향할 곳을 정하지 못한 이들로 하여금 상고할 곳이 생겨 상(像)을 놓고 기도한다거나[도가의 천존(天尊)] 주(主)를 떠받들어 주문을 외우는 무리들[서학의 천주(天主)]이 일컫는 하늘은 하늘이 아니라는 것과 공(空)을 성(性)이라 하면서 인(仁)·의(義)와 분리시킨다거나[불가의 공(空)과 무(無)] 생(生)을 성이라 하면서 기질과 뒤섞는 학설[고자(告子)의 '생을 성이라 한다'는 설, 순자(荀子)의 성악설, 양자(揚子)의 '선악이 혼재되었다'는 설, 불가의 작용(作用)이 곧 성'이라는 설이 모두 여기에 해당한다] 이 일컫는 성을 성이 아니라는 것, 그리고 요명(窈冥)과 혼묵(昏黙)[23]이라는 말[노자·장자·열자는 모두 현허(玄虛)를 도라고 한다]이나 보고 듣는 것과 움직이고 숨 쉬는 것이라는 [불가] 설[24]이 도에서 멀리 떨어져 있다는 사실, 또한 스스로 자신의 이익을 도모한다거나 정도를 역행하여 거꾸로 행동하기[양씨(楊氏)의 위아

---

22) 『이단변정(異端辨正)』: 명나라 첨릉(詹陵)의 저술이다. 당·송 시대의 배불론(排佛論)능 총결하고 불교를 공격하고 도교를 극력 비판하는 한편 유교를 변호하는 내용으로 만들었다.

23) 요명(窈冥)·혼묵(昏黙): '도란 무엇인가'라는 질문에 대한 노장적 응답이다. 『노자(老子)』21장에서 "그윽하고 침침함이여, 그 안에 정수가 있도다[窈兮冥兮 其中有精]"라고 하였고 『장자(莊子)』「재유(在宥)」에는 헌원씨(軒轅氏, 黃帝) 가 광성자(廣成子)를 찾아가 양생의 도리를 묻자 "지도(至道)의 정수는 요요명명(窈窈冥冥)한 것이요 지도의 극치는 혼혼묵묵(昏昏黙黙)한 것이다."라고 대답한 내용이 있다. '요명'에 대하여 하상공(河上公)의 주(註)에서는 '형체가 없는 도의 모습'이라고 하였고, 왕필(王弼)의 주에서는 '심원하여 볼 수 없는 모양'이라고 하였다. '혼묵'은 광성자의 말로 추정해보면, '보지도 말고 듣지도 말며, 마음의 정숙을 유지하면서 외부 지식을 단속하고 차단하는 것'이라는 설명이 가능하다.

24) 보고……설: 눈으로 보고 귀로 듣는 것에도 모두 천칙(天則)이 있는 것이니, 의식(衣食)·작식(作息)·시청(視聽)·거이(擧履) 등의 준칙이 곧 도이고 이를 주재하는 것은 마음이라고 주장하는 학설을 가리킨다.

설(爲我說)[25]은 스스로 자신의 이익을 도모하고 묵씨(墨氏)의 겸애설(兼愛說)[26]은 정도를 역행하며 불가에서는 이 두 가지를 아우른다를 주장하는 학설이 교에 현격히 어긋난 것이라는 사실[육상산(陸象山)과 왕양명(王陽明)의 학설이 겉으로는 유학을 표방하지만 속으로는 불가로 곧 사이비라는 것은 이 네 조목에서 간파된다]을 알 수 있게 하였고 그 외 비루하거나 [관·상·신·한(管·商·申·韓)[27]과 왕·소·진·섭(王·蘇·陳·葉)[28]의 권모술수와 공리설 등] 편파적이고 왜곡되며 [백가(百家)와 중기(衆技) 류] 지리한[과거 문자와 사장학 류] 학술 등을 분변할 수 있게 하였으니 여기에서 비로소 자사의 『중용』이 과연 도에 나아가기 위한 준칙이라는 사실을 믿을 수 있을 것이다. 그러나 번거로운 점을 산삭하고 착오를 바르게 고치는 일은 모두 후세의 군자들에게 기대하지 않을 수 없다,

계사[1833년] 6월 상현(上弦)
완산 이건휴

〈역주 : 배주연〉

---

25) 양씨(楊氏)의 위아설(爲我說) : 자기 본위로 나의 이익만을 따질 뿐 타인은 고려하지 않는 전국시대 양주(楊朱)의 학설을 말한다. 『맹자』「진심 상(盡心 上)」26장에서 양주에 대하여 "자기 본위로만 행동하기 때문에 터럭 하나를 뽑아 천하를 이롭게 할 수 있다 하더라도 하려고 하지 않는다."라고 하였다.

26) 묵씨(墨氏)의 겸애설(兼愛說) : 묵적(墨翟)은 박애주의자(博愛主義者)로 『맹자(孟子)』「진심상(盡心上)」26장에서 묵적에 대해 "이마에서부터 발끝까지 부서지더라도 천하를 이롭게 한다면 한다"라고 하였다.

27) 관·상·신·한(管·商·申·韓) : 권모술수를 주장한 춘추전국시대의 관중(管仲)·상앙(商鞅)·신불해(申不害)·한비자(韓非子)를 가리킨다.

28) 왕·소·진·섭(王·蘇·陳·葉) : 공리설을 주장한 송나라의 왕안석(王安石)·소식(蘇軾)·진부량(陳傅良)·진량(陳亮)·섭적(葉適)을 가리킨다.

참 고 문 헌

1. 사료

『異學集辨』, 韓國國學振興院 所藏資料 影印叢書 : 4.

『이학집변』, 한국국학진흥원, 2013

2. 논문

김순미, 「대야 유건휴의 『異學集辨』에 나타난 천주학 비판에 관한 연구」, 『교회
　　사연구』 45집, 2014.

『ᄌᆞ칙 ᄉᆞ슬ᄶᅮ지』

분 류	세 부 내 용
문 헌 종 류	조선서학서
문 헌 제 목	ᄌᆞ칙 ᄉᆞ슬ᄶᅮ지(자책, 自責)
문 헌 형 태	필사본
문 헌 언 어	한글
저 술 년 도	1801년, 또는 1801~1805년 무렵
생 산 자	崔海斗(?~1801년 또는 1805년 무렵)로 추정됨.
형 태 사 항	66면
대 분 류	종교
세 부 분 류	윤리
소 장 처	한국교회사연구소
개 요	최해두라고 하는 양반 신분의 천주교 신자가 독실한 믿음 생활을 하는 가운데 신유사옥(辛酉邪獄, 1801)의 박해 중 배교(背敎)하여 경상도 흥해(興海)로 유배당한 후 순교하지 않고 살아남은 것을 자책하고 유배지에서의 자신의 믿음의 미래에 대한 염려, 죄에 대한 회개, 그리고 영혼을 구하기 위한 노력으로 일생치명을 표하며, 천주십계(天主十誡)에 의거해 자신의 삶의 방향을 제시하고 있다.
주 제 어	치명(致命), 흥해(興海), 예수, 향주(向主), 진복팔단(眞福八端), 회죄경(悔罪經), 영혼(靈魂), 경세금서(輕世金書), 통회(痛悔), 삼구(三仇), 칠죄(七罪), 십계(十誡), 신망애(信望愛)

1. 문헌제목

『ᄌ칙 스슐쑤지』

2. 서지사항

『자책』은 순한글로 쓰여졌는데, 필자는 밝혀져 있지 않다. 책의 제목이나 내용을 보면, 1801년 신유사옥(辛酉邪獄)으로 경상도(慶尙道) 홍해(興海)로 유배된 인물에 의해 쓰여진 참회의 글임을 알 수 있다.[1] 1801년 신유박해 때 포도청 및 형조에서 문초와 형벌을 받은 천주교 신자들의 진술내용과 판결문을 모아 편찬한 『사학징의(邪學懲義)』에 의하면 신유박해로 유배된 사학죄인(邪學罪人)은 총 213명이었는데, 이들 중 경상도 홍해로 유배된 자는 최해두(崔海斗)와 박판남(朴判南)의 두 사람뿐이었다.

책의 내용에서 볼 때 저자는, ① 천주교를 근 20년 동안 죽기살기로 믿고 섬겼고, ②『경세금서(輕世禁書)』나『칠극(七克)』등의 한역서학서(漢譯西學書)에 정통하고, 성인전(聖人傳)을 즐겨 읽고, ③ 천주십계(天主十誡)를 천주교 교리에 입각해 충분히 논할 수 있는 인물이었다. 그리고『사학징의(邪學懲義)』의 문초(問招) 기록에 나타난 두 인물의 행적 등을 고려할 때,『자책』의 저자는 유항검의 비부(婢夫)인 박판남이 아니고 양반 출신인 최해두일 것으로 추정된다.

---

1) 원문에, "신유년 동국 봉교인에게 상사하신 그리 흔한 치명의 대은을 참례지 못하고 절박 원통이 나 혼자 빠져나와 이 홍해 옥중에 잔명이 붙어살았으니, 이 무슨 일인고."라고 하여, 신유박해 때 배교하여 홍해로 유배되었다는 것을 알 수 있다.

최해두가 언제 태어났고 죽었는지는 알 수 없다. 그러나 최해두는 1784년 교회 창설 직후에 자신의 처삼촌인 윤유일(尹有一)의 권고를 받아 영세했고, 1801년 신유박해로 체포될 때까지 16년 동안 정광수(鄭光受), 정약종(丁若鍾). 황사영(黃嗣永). 최창현(崔昌顯) 등 당시 교회의 지도적인 인물들과 함께 교회 일에 참여했다. 서울 전동(典洞)에 거주한 최해두는 조섭(趙燮), 정광수와 함께 담을 터놓고 왕래하면서 천주교 서적을 학습했고, 정광수의 집에서 주문모(周文謨) 신부를 세 차례 만나 성사를 통해 자신의 신앙을 다질 수 있었다. 그는 평소에 『경세금서』, 『칠극』 등과 같은 한역서학서를 읽고 있었다.

1801년 신유박해가 일어나고, 경기도 여주에 사는 그의 숙부 최창주(崔昌周)[2]가 체포되었다는 소식을 들은 그는 신변의 위협을 느껴 일시 피신하였으나 그를 잡으려는 관원들은 연좌율에 따라 그 대신 그의 부친 최상은(崔相殷)을 잡아 옥에 가두었다. 이 소식을 들은 최해두는 즉시 자수하였고, 신문을 받는 가운데 배교하여 그해 5월 10일에 유배형의 선고를 받아 경상도 흥해로 귀양을 갔다.

귀양을 떠날 때 그에게는 칠순의 노친이 있었으며 젊은 처와 어린 두 아들이 있었다. 유배 생활 중 5~6년 후 그는 부친의 부음을 들었다고 한다. 그러나 최해두가 얼마동안 귀양 생활을 했는지는 정확히 알 수 없다. 그가 유배지에서 사망했음은 분명하다.

그의 큰 아들 최영수(崔榮受)[3]는 부친의 부음을 듣고 흥해로 가서 장례를 치렀다.[4] 그는 서울로 돌아와 동생 최병문(崔秉文)과 함께 살

---

2) 1749~1801. 세례명은 마르첼리노. 신유박해 때 순교하였다.
3) 字는 希遠, 榮受는 그의 본명이다. 동종의 항렬에 따라 秉常으로 개명하였다.
4) 최해두가 善終했을 때 그의 큰 아들 최영수는 10세였다. 그가 태어난 해가 1791년인 것을 고려하면, 최해두가 선종한 것은 1801년이 된다. 그런데, 『자책』에는 "부모를 떠나 오류 년을 지내다가 엄친의 상사분부를 들어"라는 구절이 있어, 부모를 떠나 귀양 생활을 시작한지 5~6년이 지나 부친의 부고를 들었다고 하는

았다. 1839년 기해박해(己亥迫害)가 일어나자 최병문은 체포되었다가 배교하여 석방되었지만 다시 체포되어 10월에 물고(物故)[5]당하였다. 1841년 4월 체포된 최영수는 같은 해 9월 51세의 나이로 순교하였다. 그는 문초에서 "제가 비록 심히 어리석고 미혹할지라도 어찌 삶을 좋아하고 죽음을 싫어하는 마음이 없겠습니까? 이 천주학은 이미 저의 집에서 전해져 오는 가르침이니 어찌 가히 천주를 배반하고 부친의 가르침을 저 버릴 수 있겠습니까?"라고 진술하여, 자신의 신앙의 뿌리가 부친 최해두로부터 유래되었음을 밝히고 있다.

가 책은 겉표지 제목이 『ᄌᆞ칙 스슬ᄭᅮ지』이고 순한글 필사본이다. 책에는 저술 연도나 저자의 이름이 제시되어 있지 않다. 해제에 참고한 것은 필사본의 복사본이다. 필사본 원본은 한국교회사연구소에 소장되어 있다. 제3면부터 내용이 시작되는데, "ᄌᆞ칙 스슬ᄭᅮ지롬이라"는 제목이 다시 나오고, 이어서 내용이 서술되어 있다. 한 면은 9줄로 되어 있고 각 줄은 20자 내외로 되어 있다. 총 면수는 66면이다.

것이 되어, 최해두의 선종은 최소한 1805년 이후로 추정할 수도 있을 것이다.
5) 재판을 통하지 않고 피의자를 죽이는 수단으로, 심문할 때, 정해진 한도를 넘는 杖을 치거나 심한 주뢰형 등 법외의 濫刑을 가함으로써 피의자를 죽음에 이르게 하였는데, 이를 관가에서는 物故라고 표현하였다. 이로 보아 최병문은 순교했을 가능성이 높다고 보고 있다. 박형무 編, 『자책-스스로 꾸짖음이라』, 군자출판사, 2014, p.41.

3. 목차 및 내용

[목차]

없음

[내용]

필자는 글의 제목에서도 보는 바와 같이, 천주교를 근 20년 동안 죽기살기로 믿고 섬기다가 1801년 신유박해를 당해 순교의 큰 은혜를 받지 못하고 배교(背敎)하여 경상도 흥해(興海)의 옥중에서 욕된 목숨을 유지하고 있는 자신에 대해, 자책을 하면서도 끝까지 하느님을 향한 믿음을 버리지 않고 극복하여 궁극적으로 구원의 길로 나아가고자 하는 의지를 보여주고 있다. 전체의 내용은 목차로 구분되어 있지 않은데, 내용에 의거해 아래와 같이 나누었다.

Ⅰ. 유배 후 자신의 믿음의 미래에 대한 염려

그는 우선 즐겨 보던 천주교 서책도 없고 믿을 사람도 없는 가운데 홀로 믿음을 지키며 살아가고자 할 때, 그것이 앞으로 어떤 모양이 될지를 다음과 같이 염려하고 있다.

"만일 이 모양으로 죽게 되면, 우리 주의 만 자녀가 되지 못하고, 천당 영원 끝없는 세상에 비할 데 없는 참된 복을 얻지 못할 것이니, 어찌 한심하고 가련하지 않겠는가? 살아 이승에서는 세상의 복도 잃고, 죽어 후세에서는 하늘의 복도 또한 잃을 것이니, 세상 복과 하늘의 복 모두를 잃을 것이고, 이승에서는 세상 지옥을 면치 못할 것이니, 이 세상 시련과 저 지옥의 벌을 어찌 다 견디자는 말인고. 목숨은 날로 죽을 날이 가까워 오고, 행하는 일은 날로 지옥이 가까워 오니, 누구를 원망하며 누구를 탓 하리오."

그는 진복팔단(眞福八端)에 고난을 받는 자가 참된 복을 받는다고 했으니, 지금 자신이 받고 있는 세상적인 괴로움 속에서라도 천주와 성모의 큰 은혜를 잊지 말고 옛 성인의 본보기를 따라야 할 것임을 밝히고 있다. 이로써 자신이 받는 고난이 헛것이 되지 않고 마귀의 종이 되는 데에서 벗어나 슬기로운 사람이 될 것이라고 한다.

II. 죄에 대한 회개

그는 이에 의거해서, 회죄경(悔罪經)에 나오는 것처럼 "이 후는 단단히 주의 가르침을 지키기로 결심하고 그 뜻을 세워 굳혀서 한결 같이 죄를 멀리 할 것"이며, 예수께서 당하신 고난에 비해, 자신이 받는 남의 나무람과 비방은 받음직한 것이며 참기 어려운 것이 아니라고 한다.6)

---

6) "우리 주 예수는 지극히 높고 지극히 귀하시고 허물이 없으시니, 남의 나무람과 비웃음과 업신여김과 욕함을 달게 받고 계시거늘, 나는 지극히 작고 천한 중에, 죄악이 심하고 잘못이 첩첩하니 당연히 남의 나무람과 비방함을 받음직한 지라 무엇을 참기 어려워하냐? 업신여기고 깔보는 욕이 나에게 이르거든 평화로운 얼굴로 고개를 숙이고 주의 은혜에 감사하여 달게 받으라. 해롭지 아니할 것이다. 이러하면 어찌 이 괴로운 중에도 즐거움이 생겨나지 아니하겠는가. 세상의 복인 많은 재산과 재물에는 도적이 나와 무섭거니와 예수님을 본보기로 삼고 성모님의 덕행으로 본받아 고난과 모욕을 참고 견디면, 그 굳은 덕을 빼

그러나, 그는 이러한 첫마음을 변함없이 실행하기가 어렵다는 것을 깨달았다. 그 이유는 자신의 탓도 있지만 자신을 대하는 사람들의 말이 자신의 마음을 견고치 못하게 하기 때문이었다.[7] 이에 그는 자신의 하루 동안의 행실을 돌아보며 다시 마음을 다잡고자 하고 있다. 조과(早課)와 만과(晩課)를 때맞춰 빠뜨리지 말고, 천주와 성모께서 감동하시도록 마음을 다해 할 것과 자신의 영혼을 맑고 깨끗하게 하고서 지극히 높고 귀하신 주님을 모실 것, 착한 일을 함에 부지런할 것, 자신을 낳아 기르고 대신 속죄하여 구원해 주신 주님의 큰 은혜를 잊지 말고 죄를 짓지 않음으로써 주님의 분노와 엄벌을 면해야 할 것을 말하고 있다.[8]

특히, 그는 죄를 짓는 것에 대해 경계하고자 하였다. 『경세금서(輕世金書)』[9]에

앗을 자 누가 있겠는가? 내 입으로 변명하여 밝히지 아니하여도 주께서 이미 아시느니라. 다 자기가 마땅히 행하여야 할 직분이고 자기 이익이니 다른 누가 알겠는가?"

7) "이곳에 오던 초년에는 그래도 아주 적은 양심을 잃어버리지는 아니하였으나, 이제는 몹시 잘못되어 음담패설을 하기는 도리어 기뻐하다가, 점점 물들어 입으로 그런 말하기를 믿음 없는 뭇사람에게도 지지 아니하니, 이 무슨 일이뇨? 나의 행위를 생각해 보건대, 믿음 없는 뭇사람이라도 어지간히 행실이 있는 사람은 하지 않을 버릇을 주를 아는 사람은 참으로 아니하니, 가히 한심하고 서럽지 아니하랴?"

8) "아침에 마땅히 해야 할 일을 빠뜨리고 때를 놓치지 아니한 체는 하였으나, 앉아 쓸데없는 말과 호탕하게 웃기는 부지런히 하여도 아침 저녁 기도를 바치기는 한가롭고 대수롭지 않게 아음 없이 하여, 아주 적은 양심을 속이지 못하여 겨우 빠뜨렸다는 말만 면하게 하고, 맛있게 재미롭게 천주와 성모의 인자로 감동하시도록 하여 보지 못하였으니, 이러하고도 주님과 더불어 말씀함이 되랴. 쓸데없는 말과 죄 되는 생각은 부러 일삼아 부지런히 맛있게 하고, 유익하고 공되며 덕되는 기도를 바침에는 어서 바삐하고, 무슨 큰일이나 있는 듯이 입만 놀려 맛없이 지나치니, 이렇게 하고도 때를 놓치지 아니하였다 하겠는가."

9) 중국에서 활동하던 예수회 선교사 엠마누엘 디아즈(Emmanuel Diaz, 陽瑪諾,

"천사는 깨끗한 하늘에서 떨어지고 사람의 원조(元祖)[10]는 복된 지경에 있어도 넘어졌으니 너희는 세 가지 원수(三仇)[11] 아래 더러운 세상에 머물러 있으니 어찌 한결 같음이 나와 같겠느냐."

라고 한 바에 의거해서, 그는 인간이 죄를 짓는 것은 불가피하지만, 잘못을 뉘우치고 다시는 죄를 짓지 않기로 결심함이 없는 것이 애달프다고 하였다. 그래서 그는 뉘우침이 참되고 간절해야 하며, 죽기로 마음을 정하여 두 번 다시 죄를 범하지 말아야 할 것이라고 한다.[12] 그는 하등통회(下等痛悔)보다 상등통회(上等痛悔)가 가장 크고 귀한 통회라고 하고[13], 두 번 다시 죄를 짓는 것은 예수를 두 번 십자가에

1574~1659년)가 번역한 신심서로서 1640년 북경에서 2권으로 간행되었다. 원본은 Thomas A Kempis(1380~1471)가 라틴어로 저술한 "그리스도교를 본받음 (준주성범 Imitatio Christi)" 4권인데, 『경세금서』는 그 중 1, 3권만을 번역한 것이다. 그 문체는 장중한 경서체(經書體)로 쓰여져 있어서 일반 중국인들은 책을 읽기가 어려웠고 상당한 지식 수준에 도달한 사람들만이 읽을 수 있었다. 『경세금서』는 중국에서 간행된지 얼마 안 되어 조선에 전래되었다.

10) 아담과 하와.

11) 세상, 육체, 악마를 말한다.

12) "옛 성인도 살기는 좋아하고 죽기는 나와 같이 싫어하련마는, 죄의 해로움이 깊은 줄을 밝히 아신 고로 죽기로서 바꾸었으니, 나는 어찌 죽을 마음도 없이 덕을 무엇으로부터 이루고자 하느뇨?"

13) 뉘우침. 상등통회와 하등통회의 두 가지가 있다. 상등 통회-천주를 사랑하는 마음으로 죄를 뉘우침이니, 내 죄로 인하여 만유 위에 사랑하여야 할 지선(至善)하신 천주께 욕되게 한 것을 생각하고 아파함이다. 하등통회-자기를 위하여 죄를 뉘우침이니 내 죄의 추로함과 지옥벌을 받고 천당복을 잃게 된 것을 생각하고 아파함이다(상해천주교요리(하), 윤형중, 가톨릭출판사, 1998, pp.150~153). 하등통회는 그 뉘우침이 범죄로 인해 남에게 준 상처와는 전혀 관계없이, 오직 자신이 그 죄로 말미암아 벌을 받을까 무서워하는 뉘우침이다. 반면 상등통회는 자신이 벌 받는 것보다 상대방을 위주로, 상대방에게 마음의 상처를 준 것에 대한 아픔에서 나오는 뉘우침을 말한다. 즉 하느님 앞에서 지옥불이나 연옥불을 무서워하는 참회는 하등통회요, 하느님의 선성(善性)에 누를 끼친 것에 대

못 박는 것이라 말하고 있다. 그는 또한 자신에게 통회(痛悔)의 때의 중요성을 깨우치고 있다.[14]

그는 잘못을 뉘우치는 공부(工夫) 방법에 대해 말하고 있다. 그 방법은, 우선 자신이 스스로 힘써야 하는데, 예수와 성모와 천사와 성인을 굳게 믿고 의지해야 함을 강조하고 있다.[15] 자신이 행한 생각(思), 행실(行)과 말(言)에 대한 성찰(省察)[16], 성찰을 통한 통회(痛悔)와 정개

해서 참회하는 것이 상등통회이다(천주교 용어사전, 최형락, 도서출판 작은예수, 1995). 하등통회는 불완전한 회개, 낮은 등급의 회개를, 상등통회는 완전한 회개를 의미한다.

14) "죄를 짓고 한번 통회는 아니 할 리 없으되, 다만 때가 지극히 다르니, 이승에서 뉘우치면 사후에는 뉘우침을 면할 것이오, 이승에서 뉘우치지 아니하면 내세에는 뉘우침을 무궁세에 그치지 못하리니, 작고 잠깐의 아픔과 괴로움을 아껴 아니하다가 크고 먼 뉘우침을 기다리느냐? 그러할 뿐 아니라, 이승의 뉘우침은 작고 잠깐이나 유익함은 끝이 없거니와, 내세의 뉘우침은 비록 크고 무한하나 달리 어떻게 할 도리가 없다. 늦었도다. 무익한 중에 또한 그칠 길도 없느니라. 이제 나는 어느 뉘우침을 기다리려 하고, 눈이 말끔하여 무죄한 듯이 마음 편히 앉았느냐?"

15) "자기 힘쓰지 아니하면 주 어찌 도우시리요? 고로 자기 힘만 믿고 주를 의뢰치 아니하여도 공부 있지 못할 것이고, 주만 의뢰하고 자기 힘을 쓰지 아니하여도 또한 덕행이 서지 못하리니, … 모든 일에 천주와 성모를 의지하며, 겸하여 자기 힘써 행하여 마침내 대덕 군자가 되었다 하니, 우리도 이 말씀을 밝히 생각하면 그릇될 일이 없으리로다."

16) 마음을 써서 범한 모든 죄를 살펴 알아내는 것이다 (상해천주교요리(하), 윤형중, 가톨릭출판사, 1998, p.144). 최해두는 성찰을 함에 있어서, 자신의 생각, 말, 그리고 행위의 잘못을 즉시 살피는 시각성찰(時刻省察); 날마다 새벽에 일어나 조과(早課)의 끝에 그날 밤을 어떻게 지냈는지를 반성하고 살피며 죄가 없거든 주의 은혜에 감사하여 오늘 하루도 잘 지내게 해 달라고 기도하고, 만과(晩課)의 끝에도 하루를 어떻게 보냈는지 반성하고 살펴 허물이 있거든 진심으로 뉘우치고 다시는 죄를 짓지 않기로 결심하고 무사히 잘 지냈다면 주의 은혜에 감사하고 오늘밤도 잘 지내도록 기도하는 조석성찰(朝夕省察); 한 달 동안 어떻게 지냈는지를 반성하고 살피며, 또한 한 해를 마칠 때, 그 해를 어떻게 지냈는지 반성하고 살피는 것을 말하고 있다. 그는 이러한 성찰을 행함에 있어서 흥해(興海)의 옥중이 더할 나위 없는 좋은 장소라 하고 있다.

(定改)[17]를 말하며, 죄를 알아야 진심으로 뉘우치며 뉘우침이 생겨나야 죄를 짓지 않기로 결심함이 단단할 것이라 하고 있다. 그는 더 나아가, 죄만 없어서는 쓸데없고 공(功)이 있어야 하는데, 자신은 공을 세우기는커녕, 죄에 묻혀 죽을 것을 염려하고 있다.

Ⅲ. 영혼을 구하기 위한 노력

다음에 그는 영혼을 구하는데 방해가 되는 세 가지 원수—삼구(三仇 : 肉身, 魔鬼, 世俗)—에 대해 언급하면서,

> "나는 이 옥중에 앉았으니 무슨 세속 체면을 보리요. 세속 사람은 원수가 셋이로되, 나는 하나를 덜어 원수가 둘밖에 없으니, 이도 또한 남다른 특별한 주님의 은총이라, 웬만한 사람이라면, 눈물을 흘려 주님께 감사할 것이요."

라고 하여 자신의 처지를 오히려 주님께 감사해야 할 것이라 하고 있다.

그는, 마귀는 천주와 성모를 굳게 믿고 의지하여, 그 자신이 삼가면 오히려 피하기 쉬운데, 자신의 영혼에 붙어 피하지 못할 원수가 자신의 육신이라고 한다. 그는 육정(肉情)이 영혼을 억누를 것을 염려하여 육정을 억누르는 생활 방식이 필요함을 말하면서, 흥해(興海)의 감옥에 있는 것이 자신의 영혼을 구하기에만 치중토록 함에 좋은 곳이라 하여 긍정적으로 자신의 처지를 해석하면서도, 이러한 중에도 육신의

---

17) 다시 죄를 짓지 아니하고 또한 범죄할 기회를 피하기로 결심하는 일이다. 정개(定改)가 없으면 참 통회가 없음이니 사죄함을 얻지 못한다 (상해천주교요리(하), 윤형중, 가톨릭출판사, 1998, pp.155~156).

욕망의 죄를 짓고 있음을 고백하고 있다.

흥해 주민으로부터 '천주학 죄인'이라는 비난을 듣는데, 그는 자신의 현재의 모습을 다음과 같이 언급하면서 자신은 헛된 이름만 갖고 결실이 없어 성교회만 욕되게 하는 정말로 천주학의 죄인이라고 한다.

"무릇 아침과 저녁 기도를 바치고, 온갖 선한 일을 행하며, 그외 약간의 기도문을 암송하고 축일을 지키며 부모를 섬기고 공경하며, 남을 불쌍히 여겨 자선을 베풀고, 남을 사랑하는 이런 좋은 일에는 게으르고, 음탕함과 도둑질과 분노와 게으름과 음식을 탐냄과 남의 말 하기를 좋아하는 이런 몹쓸 일에는 날래어, 십계(十誡)와 칠죄(七罪)를 범하고도 마음이 쇠와 돌과 같이 단단하니, 이러하고 이러하기는 도무지 원수인 육신을 너그러이 대접한 까닭이로다."

자신도 치명(致命)을 부러워했으나 실행하지 못하고 이렇게 살고 있어서 "어느 시절에 좋은 기회를 만나리오." 하며 절망하는 중에도 희망을 잃지 않고자 하고 있다. 자신은 도끼로 죽는 잠시치명은 못했지만, 자신을 은수자(隱修者)[18]와 고수자(苦修者)[19]의 공부를 하는 일생치명을 하는 자로 보고 이를 달게 받고자 하고 있다. 어떤 치명이든

---

18) 아무도 없는 외딴 곳에서 수도 생활을 하는 것을 은수 생활이라 하며 이렇게 생활하는 자를 은수자라고 한다. 즉 그윽한 곳에 숨어 수덕하는 사람을 말하며 은둔자를 의미한다.

19) 수도자, 은둔자, 은수자, 고행에 몰두하는 자를 의미한다. 사후묵상에 "죽어 승천하는 자는 위주치명이 으뜸이다. 부월(斧鉞)에 죽음도 치명이라 하거니와, 일생을 주를 위해 온갖 괴로움을 자원하여 감수함이 또한 일생치명이라! 어찌 아름답지 아니 하리요"라는 글이 나온다 (사후묵상, 한국고등신학연구원, 2011, p.67).

주의 사랑하는 자녀가 되어 영원히 참된 복을 얻을 것이라고 하고 있다. 그는 자신의 죽음은 윤지충(尹持忠, 1759~1791), 권상연(權尙然, 1751~1791)만은 못하지만, 옥중에 있으면서 주를 위해 죽으면, 순교의 칭호를 얻을 수 있어 다행이라 하며, 영원하고 끝없는 세상에서 죽지 않고 사라지지 않는 영혼을 찾고자 하였다.

오히려 자신의 상황도 비록 형벌로 인한 육체적 고통이나 말에 의한 위협은 없으나, 오히려 이것이 박해를 받고 있는 것과 마찬가지라고 한다. 그러나 그는 죄의 버릇을 놓지 못하고 있어, 천주를 믿는 사람의 행실이 아니며 괴로움을 위해 박해 받는 것도 아니라고 하고, 죄의 뿌리를 끊는 데는 오직 믿음이 있어야 한다고 한다. 그는 주의 강림을 아이처럼 순수하게 믿고 말 한마디, 행동 하나라도 소홀히 하지 않음이 참 믿음이라고 하고, 또한, 작은 믿음의 덕을 발휘하여 남까지 뉘우치게 해야 주를 굳게 믿는다고 할 수 있을 것이라고 한다.

그러나 그는 자신의 입교(入敎)가 주님에 대한 참 믿음에 의한 것이 아니고 남의 말만 듣고 한 것이어서, 공(功)을 세우고 잘못을 고침에 급한 마음이 없다고 한다.

사람은 오래 살고 싶어 하는데, 그럼에도 죽기를 아끼지 아니함은 뭇사람에 대한 깨우침을 생각해서이다. 그러나 그는 죽을까 무서워하여 아무 것도 세운 것이 없고, 일시의 사욕(私欲)을 이기지 못해 뉘우치기를 더디하며 육신에 마음이 쏠려 영혼을 죽이고 마귀의 행실을 끊지 못하고 있는데, 이제 언제든지 죽으면 지옥으로 갈 것을 생각하니 답답하다고 한다.

IV. 천주십계(天主十誡)에 거해 자신의 삶의 방향을 제시함.

이하에서는 천주십계[20] 중 제1계에서 제6계까지를 하나하나 들면서 이와 관련해 자신이 해야 할 바를 지적하고 있다.

제1계와 관련해서, 천주(天主)의 특성(特性)에 대해 고백하면서, 천주께서는 사람의 털끝만한 마음먹은 것까지도 다 아신다고 한다. 그는 자신의 지극히 비천, 무지, 졸렬함과 천주의 전능(全能), 전지(全知), 전선(全善)하심을 대비시키면서, 천주를 마땅히 사랑하고 공경해야 한다고 하고, 하느님을 공경해야 할 이유를 제시하고 있다.

제2계와 관련해서는, 천주를 위하는 도리와 영혼을 구하는 일은 죄가 안 되고, 도리어 공(功)이 된다고 하여 흥해로의 유배 이후 자신의 행동을 합리화하고 있다. 그는 타 종교의 천주교에 대한 비난과 관가(官家)의 박해와 사적(私的) 박해에 대응하여 어떤 것이 좋은 맹세이고, 어떤 것이 헛 맹세, 헛 증언인가를 밝히고, 헛 맹세와 헛 증언이 자신의 나쁜 버릇으로 고치기 어려운 병임을 밝히고 있다.

제3계와 관련해서는, 축일(祝日) 지키기를 자신에게 권면할 뿐만 아니라, 대·소재(大·小齋) 때에는 금식(禁食), 육찬(肉饌)과 육수(肉水)를 금하는 외에, 눈, 코, 귀 및 입의 재(齋)를 지키며 손과 발의 재(齋)를 지키는 등, 자신을 지키기 위한 노력을 보이고자 하고 있다. 더 나아가 마음의 재(齋)를 지키는 것이 더욱 중요하다고 하며 재(齋)를 지키는 덕(德)을 유지하고자 하고 있다.

제4계와 관련해서, 그는 아버님께서 이미 돌아가셨지만, 유배지에서 아버님을 위해, 극진히 기도문을 외워 보속(補贖)하거나, 빨리 천당 낙원으로 승천하시도록 주께서 인자(仁慈)를 베풀어주시도록 기도함

---

20) 제1계. 하나이신 하느님을 만유위에 공경하여 높이고; 제2계. 하느님의 거룩하신 이름을 불러 거짓 맹세를 하지 말고; 제3계. 주일을 지키고; 제4계. 부모에게 효도하여 공경하고; 제5계. 사람을 죽이지 말고; 제6계. 사음(邪淫)을 행하지 말고; 제7계. 도둑질을 말고; 제8계. 거짓 증언을 말고; 제9계. 남의 아내를 원하지 말고; 제10계. 남의 재물을 탐하지 말라.

으로써 부모를 섬기고 공경함을 이룰 수 있다고 한다. 또한 생존해 계시는 어머님을 위한 기도가 효경 중에서도 으뜸이라 하고 있다. 그는 자식, 노복, 아버지, 형, 아우를 올바르고 좋은 길로 가도록 해야 할 의무가 있으니, 그들이 지옥에 가게 해서는 안 된다고 하고 있다.

그는 유배지 사람들의 자신에 대한 비난은 잘못된 것이니, 자신도 나름대로 효를 다하고자 하고 있으며, 다만, 자신의 행위에 실(實)이 있어야 하는데, 현재 자신의 행위를 생각하면 참 망신이고 참 불효라 하고 있다.

그는 이승에서는 불효하고 죽어서도 지옥에 떨어지게 될 것을 염려하고 있다. 그는 노부모, 아내, 어린 자식을 영원히 이별하여 육신으로는 어찌 할 수 없으나, 영혼을 위한 기도로 받들고 효도하며 자기 영혼을 잘 돌보아 잘 죽으면, 이곳 유배지 사람들의 비방과 달리 지옥을 면할 것이라 하고 있다.

제5계와 관련해서, 그는 사람의 육신을 죽인 죄로 ① 손으로 살인한 죄, ② 입으로 살인한 죄, 그리고 ③ 마음으로 살인한 죄의 세 가지를 들고, 더 나아가 사람의 영혼을 죽인 죄[21]를 말하고 있다. 그리고 이에 의거해서 자신을 비춰보고 있다. 그는 '자기가 자기를 죽이는 죄'[22]와 자신이 범할 수 있는 '남을 죽이는 죄'[23]를 열거하고 있다.

---

21) "혹 남으로 하여금 죄를 범하게 하거나, 혹 남이 범죄하는 것을 보고 힘이 가히 구할 만하되 구하지 않거나, 혹 자기가 언짢은 일을 하여 남이 본받게 하거나, 혹 남의 착함을 막 자르면, 이는 사람의 영혼을 죽인 죄요."

22) 옥중의 곤란과 고통을 견디지 못해 자살하거나, 말로 죽고 싶다고 하는 것, 육신을 상해하여 병들게 하는 것, 그리고 영혼을 돌아보지 않아 죄에 빠지도록 하는 것을 들고 있다.

23) "가히 가르칠 만한 사람으로, 천주교의 도리를 권유하지 아니하여 그 사람의 영혼이 어두워 죄 안에 죽게 하거나, 육신이 굶고 헐벗어 죽게 된 사람과 병들어 위태로운 사람을 보고 힘써 가히 구할 만하되 구하지 아니 하거나, 남과 더불어 원수를 맺거나 원한을 품고 풀지 아니하거나, 남을 부추겨 시비를 붙이거나,

그는 자신의 육신에 상처가 나게 해를 입힌 사람에 대해 겸손한 마음으로 그와 화합에 힘쓸 것과, 자신의 영혼을 죄에 빠지게 하는 교우에 대해, 선으로 타일러 나쁜 마음을 고치게 해야 한다고 한다.

그러나 그렇게 되지 아니 할 경우에는, 자신을 구하는 마음으로 관계를 끊고 피하여 그 잘못을 미워함으로써, 살인죄와 스스로 죽이는 죄를 면해야 한다고 한다. 그는 그들의 마귀 행실을 미워해야 하는데, 이러한 미움은 죄가 아니고 공(功)이 된다고 한다. 곧 사람을 미워하지 말고, 그 사람의 그릇된 행실을 미워함은 진실로 잘 미워하는 것이라는 것이다. 그는 옛 성인도 자신에게 죄를 범하게 하는 자를 미워하여 피함에 있어서 원수 같이 하였는데, 심지어 처자(妻子)까지도 서로 떠나 상대하지 않았다고 하고 이같이 해야 죄를 범하지 않는다고 한다. 그는 이러한 것들에 근거하여 자신의 행한 일들을 생각할 때, 살인과 같은 죄를 범했다고 자책하고 있다.

제6계와 관련해서, 그는 사음(邪淫)에 대한 경계를 말하고 있는데, 『칠극(七克)』의 내용을 많이 인용하고 있다. 그는 절제(節制)를 강조하고, 사음의 해(害)는 영혼을 더럽혀 주를 떠나게 하고 자신을 죽이는 것이라 규정하고 있다. 특히, 마귀는 여러 욕망으로 우리를 공격하는데, 다른 욕망을 다 이길 지라도, 최종적으로 색(色)으로 공격해 오며, 이는 주님의 은총이 없으면 그 해(害)를 면할 수 없다고 한다. 색욕이 비록 해롭지만 그것과 싸워 이긴다면 공(功)을 이루는 것이라고 한다.

그는 『칠극』卷六 「방음(坊淫)」에서 말한 정결(貞潔)의 세 등급[24]과

남이 원한을 품은 줄을 알고 힘이 능히 화해할 만하나 내가 권하여 풀어주지 아니 하면 모두 다 살인한 죄라.”

24) 가장 아래 등급은 한 지아비, 한 지어미가 부부의 도리를 지키는 정결이고, 중간 등급은 홀아비와 홀어미가 지키는 정결이며, 가장 위의 등급은 동정(童貞)의 몸을 지키는 정결이다.

선공(善功)[25]하신 분들이 제6계를 지키기 위해 노력한 예들을 말하면서, 자신의 행실을 생각해 보고 자신의 노력이 부족하여 심히 어리석다고 평가하고 '새로운 나'가 되어야 할 것이라고 한다.

4. 의의 및 평가

조선의 천주교는 1784년 이승훈이 중국 북경에서 세례를 받고 온 이후 본격적으로 전파되기 시작하였다. 천주교는 과학 지식과 서양 문물뿐만 아니라, 천주교 교리에 바탕을 둔 인간 평등, 박애 사상, 십계명 등을 통해 기존 유교 사회와는 다른 문화 체계를 제시하였다. 이를 통해 조선 사상계는 큰 충격을 받았고, 이로 인해 조선 정부는 신해(辛亥, 1791), 신유(辛酉, 1801), 정해(丁亥, 1827), 기해(己亥, 1839), 병오(丙午, 1846), 그리고 병인박해(丙寅迫害, 1866~1871)를 비롯한 크고 작은 탄압을 가하였다. 천주교 신자들은 고통스런 경험을 겪었고, 그러한 내용들을 서술한 다양한 문헌들이 출현하였다. 천주교 신자들은 이를 통해 그들이 경험한 고난에 관한 서사를 소통·전승해 나갈 수 있었다.[26]

---

25) 『韓佛字典』에 의하면, ① 적선(積善), 또는 적선사업 즉 자선(慈善)사업을 지칭할 때의 '선업'(bonne oeuvre, bonnes oeuvres), ② 존경할만한 행동 또는 업적(oeuvre meritoire)을 의미하는 용어이다. 여기에서는 '존경할만한 행동 또는 찬양할만한 업적'을 의미한다.

26) 이러한 문헌으로는 ① 일기 및 전기류 : 『긔히일긔』, 『뎡산일기』, 『丙寅致命者傳』. ② 수기류 : 이경언 『옥중수기』, 윤지충 『죄인지충일기』, 최해두 『즈칙스슬쿠지』, 황사영 『帛書』. ③ 편지류 : 이순이, 이경언, 이경도의 「옥중편지」와 최양업, 김대건 신부의 「서한」 등을 들 수 있다(윤인선, 「천주교 고난 경험 서사 연구」, 서강대학교 대학원, 박사학위논문, 2015, pp.1~2).

이들 천주교 고난 경험 서사(narrative)의 대부분은 순교나 동정(童貞) 생활을 비롯한 천주교 교리를 충실하게 수행하는 모습을 소재로 하였다. 그러나 최해두의 『자책』만은 신유박해 당시 붙잡혀 문초를 받던 중 배교를 통해 살아나간 자의 경험과 심정을 서술한 일종의 참회록이라는 점에서 다른 것들과의 차별점을 찾을 수 있다.

〈해제 : 송요후〉

참 고 문 헌

1. 사료

박형무 譯, 『자책-스스로 꾸짖음이라』, 군자출판사, 2014.

2. 논문

오진철, 「한국교회사에 나타난 한국적 순교신앙에 대한 고찰 : 천주교 순교신앙
　　을 중심으로」, 천안대학교 기독신학대학원 석사학위논문, 2002.
윤인선, 「천주교 고난 경험 서사 연구」, 서강대학교 대학원, 박사학위논문, 2015.
정두희, 「최해두(崔海斗)의 『자책(自責)』」, 『세계의 신학』 No.31, 1996.

『정속신편(正俗新編)』

분류	세부내용
문 헌 종 류	조선서학서
문 헌 제 목	정속신편(正俗新編)
문 헌 형 태	筆寫本
문 헌 언 어	漢文
저 술 년 도	1884~1892년 4월
저 자	洪在龜(1845~1898)
형 태 사 항	126면
대 분 류	思想
세 부 분 류	衛正斥邪
소 장 처	Bibliotheque Interuniversitaire des Langues Orientales
개 요	이 책은 재야 유학자인 홍재구가 당시 국내에서 유교 체제의 붕괴와 일본, 청 및 서양 세력의 정치·경제적 침략이라는 대내·외적 위기 상황에 직면해 대명존화론(大明尊華論)을 바탕으로 청, 일본, 서양 문물을 철저히 금단(禁斷)할 것과 서양세력의 침략을 막기 위해 유교 체제를 재확립할 것을 주장한 내수외양론(內修外攘論)에 입각해 저술한 척사론서이다.
주 제 어	양적(洋賊), 왜적(倭賊), 청인(淸人), 양학(洋學), 왜기(倭技), 청술(淸術), 왜양(倭洋), 양교(洋敎), 양복(洋服), 호복(胡服), 예수(野蘇), 왜학(倭學), 전선탑(電線榻), 천주(天主), 전학(電學), 화학(火學), 양물(洋物), 화륜(火輪), 주차(舟車), 자기황(自起黃), 등(燈), 서양(西洋), 청교(淸敎), 왜교(倭敎)

1. 문헌제목

『정속신편(正俗新編)』

2. 서지사항

홍재구(洪在龜)의 『정속신편(正俗新編)』은 현재 프랑스 교육부 직속 파리 제3대학 도서관(Bibliotheque Interuniversitaire des Langues Orientales) 고문서고에 소장되어 있다.[1] 『正俗新編』에 관한 정보는 Maurice Courant의 『韓國書誌(Bibliographie Coréenne)』 補遺版 Ⅲ部 儒敎部 3277번 항목에 '正俗新編'이 나오는데, 이 책에 대해 "1책. 4절판. 필사본. L.O.V. COR.I.39. 저자 및 연대 미상. 1617년 이후의 것이다."[2]라는 설명이 있다.

필사본으로 저자의 이름이 기록되어 있지 않다. 필체로 보아 두 사람 정도가 옮겨 썼다고 보고 있다. 이 글의 저자를 홍재구로 보는 근거는, ① 강원도 횡성(橫城) 풍수원 본당에 부임해 있던 프랑스인 신부 르 메르(Le Merre, 李類斯, 1888.6~1896.8 재임)가 1892년 이 책을 수

---

[1] 鄭敬薰, 「遜志 洪在龜의 『正俗新編』研究」, 『儒學研究』 제26집, 충남대학교 유학연구소, 2012. 呂珍千은 프랑스 파리의 Institut National des Langues et Civilisations Orientales 도서관에 소장되어 있는 『正俗新編』의 마이크로필름 복사본을 2002년 4월 12일 파리에 유학 중인 이종혁 신부를 통해 입수했다고 한다(呂珍千, 「19세기 화서학과 홍재구의 서양 인식과 천주교회의 반응—≪正俗新編≫을 통하여—」, 『교회사연구』제21집, 2003). 鄭敬薰은 같은 논문에 이 책이 프랑스 파리 제3대학에 소장되었던 과정을 기술해 놓았다.

[2] 모리스 꾸랑 原著, 李姬載 翻譯, 『韓國書誌─修訂翻譯版─』, 서울 : 一潮閣, 1994, p.775.

집한 후 교구장 뮈텔(Mutel, 閔德孝, 1854~1933 재임) 주교에게 보낸 서신에서, 그 책의 저자에 대해 횡성에 사는 홍씨 성의 문인으로 그의 아우는 신사년(辛巳年. 1881)에 왕비를 천주교인이라 고발했다가 참수되었다고 했는데, 이 사람은 홍재학(洪在鶴, 1848~1881)이며 그의 형이 홍재구이다. ② 이 서한을 받은 뮈텔 주교는 1892년 7월 25일자 일기에서 이 책의 저자가 홍재구임을 밝혔다. ③ 이 책의 본문에서 저자는 이항로(李恒老, 1792~1868)의 척사론의 영향을 받았음이 나타난다. ④ 홍재구가 1876년 왜양일체론(倭洋一體論)을 견지하며 올린 상소와 1881년 3월에 올린 상소문의 내용이 『정속신편』제6에 나오는 원청지당양(元淸之當攘), 왜양지당양(倭洋之當攘), 숭절명도시면화지도(崇節明道是免禍之道)의 내용과 전반적으로 일치하고 있다는 것이다.[3]

홍재구는 1876년과 1881년 두 번의 상소 운동이 실패로 끝나자 1883년 강원도 횡성 근처 봉평(蓬平)으로 이주하였다. 이후 그는 이곳에서 문인을 양성하며 일생을 보냈는데, 이 시기에 상소 운동 실패 뒤에 방법을 달리해 민중 교육용으로 이 책을 저술한 것으로 보인다. 이 책을 저술한 시기는 본문에 1884년 변복령(變服令)에 대한 언급이 나오는 것으로 봐서, 홍재구가 1884년의 변복령을 들은 후로부터 르 메르 신부가 서한에서 『정속신편』에 대해 처음으로 언급한 1892년 4월 22일 이전의 어느 때에 저술된 것으로 생각된다.

이 책은 1892년 경에는 필사되어 널리 유포되어 읽혀진 듯한데, 르 메르 신부가 뮈텔 주교에게 보낸 1892년 4월 22일자 서한에 "주교님께서 받아 보실 책자는 존재하는 유일한 것이 아닙니다. 그 부수는 무수히 많습니다."[4]라고 하고 있기 때문이다.

해제에 이용된 것은 국립중앙도서관에 소장된 것으로, 1982년에

---

3) 呂珍千, 위와 같은 논문.
4) 呂珍千, 위와 같은 논문에서 재인용.

Ecole des Orientales Vivantes에서 조사, 영인된 것으로 보인다. 1책(冊)으로 필사본인데 필사지(筆寫地)와 필사자(筆寫者)는 미상이다. 겉면에 제목이 나오고 셋째면 첫째줄에 다시 제목이 나오고 그 다음줄부터 총론(總論)으로 내용이 시작되고 있다. 한 쪽은 14행(行)이고 한 행은 24자(字)이다. 각 쪽마다 테두리가 쳐져 있다.

홍재구는 1845년 강원도 춘천에서 출생하였다. 자(字) 사백(思伯), 호(號) 손지(遜志)이다. 그의 집안은 춘천시 서면 신매리에서 세거(世居)하던 남양(南陽) 홍씨 가문 출신이다. 일찍이 동생 홍재학과 함께 양평의 화서(華西) 이항로(李恒老)에게 수학하였다. 1868년 화서 사후, 부친 홍창섭(洪昌燮)은 화서의 제자인 김평묵(金平黙, 1819~1891)을 춘천으로 초빙하여 사사시켰고5) 홍재구는 스승의 사위가 되었다.

1876년 일본과의 개항협상 당시, 홍재구는 김평묵과 함께 「병자연명유소(丙子聯名儒疏)」를 올렸으나 받아들여지지 않음으로써 실패하였다. 개항 직후 홍재구 등은 또 다른 척사론을 펴지 못하고 자정(自靖)을 견지하였다.

1880년 8월 수신사(修信使) 김홍집(金弘集, 1842~1896)이 일본에서 귀국하면서 황준헌(黃遵憲, 1848~1905)의 『조선책략(朝鮮策略)』을 갖고 들어오자 위정척사론이 전국적으로 대두되었다. 이때 김평묵이 1881년 3월 경기·관동 지역의 유생들로 하여금 복합상소(伏閤上疏)를 전개하도록 하였다. 이에 따라 홍재구, 홍재학 등 유생 70여 명이 집단 상경하여 3도 유생들과 함께 4월부터 윤7월까지 복합상소 운동을 전개했지만 받아들여지지 않자 홍재학이 개화에 앞장선 노론 당국자와 침묵한 병조판서 민태호(閔台鎬, 1834~1884)를 강력하게 비판하자, 홍재학은 의금부에 투옥되고 윤7월 20일 참형(斬刑)을 당하였다. 이후

---

5) 呂珍千, 위와 같은 논문에서는 1856년 홍재구의 부친 홍창섭이 김평묵을 춘천으로 초빙했다고 한다.

가평에서 함께 살던 스승 김평묵이 전라도 지도(智島)로 유배가자, 홍재구는 1883년 12월 횡성 근처의 봉평으로 이주하였다.

1891년 김평묵이 사망한 후, 같은 화서의 제자인 유중교(柳重敎, 1832～1893)가 이항로의 학설을 변개하자, 홍재구는 김평묵을 옹호하며 유중교의 학설을 비판함으로써 유인석(柳麟錫, 1842～1915) 등 유중교계 유생들과 홍재구 등 김평묵계 유생 간의 극단적 대립 관계로 나가게 되었다.

1896년 2월 아관파천(俄館播遷)이 일어났을 때에 홍재구는 민용호(閔龍鎬, 1869～1922)와 함께 고종의 환궁을 요구하는 복합상소 및 의병들에 대한 호가환궁(護駕還宮) 계획을 추진하였다. 그는 1896년 6월 1일 유생 만여 명을 동원해 러시아 공사관 앞에서 환궁을 요청하는 복합상소를 올린 뒤 고종의 어가를 모시고 경복궁으로 돌아오고 조회문(照會文) 및 창의격문(倡議檄文)을 지어 제자들로 하여금 각국 공사관에 전달하고자 하였다. 그러나 5월 6일 관군이 내려와 의병진을 먼저 공격함으로써 계획은 실패하였다. 민용호는 중국 망명길에 올랐고 홍재구는 1898년 세상을 떠나 춘천에 묻혔다.[6]

척사론의 전개 및 의병 활동을 했던 김평묵, 유중교 이후의 선두 주자는 홍재구였다. 그는 화서학파의 주요 인물로 그가 차지하는 비중은 대단히 높다. 그가 남긴 글로, 『정속신편』 외에 『남양홍씨대제학마천공파보(南陽洪氏大提學麻川公派譜)』(1992)에는 홍재구의 어록(語錄) 및 손지집(遜志集)이 있다고 하는데 현재 전해지고 있는 것이 없고, 「신사연명유소(辛巳聯名儒疏)」(1881)와 을미관동의병장(乙未關東義兵長) 민용호(閔龍鎬)의 『복재집(復齋集)』에 실린 「조회일본공사나교내외범궐시역문(照會日本公使拿交內外犯闕弑逆文)」·「관동창의격문(關東倡議檄文)」, 그리고 유중교(柳重敎)와 유의석(柳毅錫)에게 보낸 서한[7] 등이 그의 사

---

6) 홍재구의 전기에 관해서는 鄭敬薰, 위와 같은 논문과 呂珍千, 위와 같은 논문을 참조하였다.

상을 파악하는 중요한 자료로 남아 있다.[8]

3. 목차 및 내용

[목차]

없음

[내용]

전체 내용은 7개 장으로 구성되어 있다.

總論.

第二 明倫은 明父子之親, 明君臣之義, 夫婦之別, 明長幼之序, 明師生朋友之交의 5개 절

第三 治身은 明心術之要, 言福善禍淫之常, 明威儀言論行事之宜, 明衣服之制, 明飮食之節의 5개 절

第三(sic)[9] 正家는 言正倫理篤恩義幷行不悖之道, 言勤謹之道, 言崇儉革奢絕冗費之道, 言用財之宜, 言祭祀之禮, 言治喪之禮, 言冠婚之禮, 言接賓之道, 言謹疾之道, 言左道之禁, 言祈禱之宜, 言貴義賤利之道兼言謀生之方의 12개 절

第五 居鄕은 言重民庶之道, 言勸善規過, 言正名分篤恩義之道, 言患難相恤之

---

7) 呂珍千, 「≪正俗新編≫ 解題」(『교회사연구』제18집, 2002)에 의하면, 강원대학교 중앙박물관에 소장되어 있다고 한다(유물 번호 3043~3045, 3049~3073, 3632~3665).
8) 呂珍千, 위와 같은 논문 주3) 참조; 辛種遠·吳瑛燮·鄭種千, 「華西學派 簡札選」(Ⅰ), 강원대학교 중앙박물관 『博物館誌』 제1집, 1994.
9) '第四'가 옳을 것인데, 필사본에는 '第三'으로 되어 있다.

道, 言畏敬法令守分自修之道의 5개 절

　第六 處世는 言出處榮辱之大分, 言元淸之當攘, 言倭洋之當攘, 言崇節明道是
免禍之道의 4개 절

　　총론(總論)

　천지간 만물의 많은 것들에서 오직 사람이 가장 귀한 까닭은 오륜
(五倫)[10]·오상(五常)[11]이 있기 때문이다. 이를 지키면 삼대(三代) 때의
순후한 풍속이 이루어진다. 인성(人性)은 본래 선(善)하며, 이러한 본
연(本然)의 성(性)은 상제(上帝)로부터 얻는데, 부모에게 내려준다. 상
제와 부모는 자식을 낳을 때 신체를 온전하게 낳았으니, 그러한 것을
부여받아 태어난 자는 맹자가 말한 것처럼, "몸(體)에는 귀(貴)하고 천
(賤)한 것이 있고 크고(大) 작은(小) 것이 있는데, 작은 것으로써 큰 것
을 해침이 없고, 천한 것으로써 귀한 것을 해침이 없[12]어야 한다." 또
이르기를, "사람이 금수(禽獸)와 다른 바는 그 양자의 차이가 많지 않
다. 그 차이는 서민에게는 없고 군자에게는 존재한다.[13] 소로써 대를

---

10) 父子有親 君臣有義 夫婦有別 長幼有序 朋友有信.

11) 仁·義·禮·智·信.

12) 『孟子』 告子章句(上).

13) 『孟子』 離婁(下). 맹자의 이 말은 하늘로부터 稟받은 性에는 두 가지 뜻(義)이
　　있다. 하나는, 사람과 禽獸의 대체로 서로 유사한 性(비유하면, 목마르면 마시
　　고, 배고프면 먹고, 生殖해 번성시키는 등 生理 本質과 欲求)이고, 다른 하나는
　　사람이 금수와 구별되는 人性으로, 이것인 사람이 하늘에게서 稟受한 性 중에
　　서도 단지 극히 적은 비율(比例)을 점하고 있는 것이다. 그러므로 사람이 금수
　　와 다른 그 차이가 많지 않다고 한 것이다. 인간이 부여받아 갖고 있는 이러한
　　비율이 극히 적은 '차이가 많지 않은(幾希)' 性은 사람이 사람됨의 본질을 결정
　　하는 것이다. '차이가 많지 않은(幾希)' 性은 性善을 倡揚한 맹자에 의해 注意된
　　사람의 善性, 즉 '仁義禮智'의 四端이다. '庶民'에게는 이 '차이가 많지 않은(幾
　　希)' 四端이 없어서 '庶民'이 되고, '君子'에게는 이 四端이 있고 또한 發揚하여

해하지 않고 천으로써 귀를 해하지 않은 즉, 금수와 다르다. 소로써 대를 해하고 천으로써 귀를 해한 즉 금수와 같다."

그런데 서양 오랑캐(洋賊), 왜적(倭賊)과 청인(淸人)은 모두 작은 것으로 큰 것을 해치고 천한 것으로 귀한 것을 해치니 금수를 면치 못하고 서양 학문(洋學), 왜의 기술(倭技)와 청술(淸術)에 잠겨 있는 자는 모두 작은 것으로 큰 것을 해치고 천한 것으로 귀한 것을 해치니 금수를 면치 못한다. 입과 신체(口體)의 배양(培養)에만 힘을 쏟고 오륜·오상의 도를 모르는 자는 모두 작은 것으로 큰 것을 해치고 천한 것으로 귀한 것을 해치니 금수를 면치 못한다.

사유(四維)[14]·팔덕(八德)[15]을 모르고 일을 하면서 아주 적은 돈과 곡식에 골몰함은 천한 것으로 귀한 것을 해치고 작은 것으로 큰 것을 해치는 것이다. 돈을 버는 도(道)는 농업에 힘쓰고 절약함에 있을 따름이다. 부모를 섬기고 처자를 보살피고, 여러 상황에 대응하며, 일신을 보전하려면, 돈을 버는 것을 결코 소홀히 할 수 없다. 오직 농업에 힘쓰고 절제(節制)함으로써 선행을 이룰 수 있다. 상하의 모든 사람들이 절제하고 근면하게 선을 행하고 악을 멀리함으로써 몸을 보전하며 가(家)를 보전하며, 국·천하(國天下)를 보전할 수 있다. 지금 세상이 어지럽고 위태롭도다. 용기를 내어 일하고 근검절약하며 이웃 마을 향당(鄕黨)이 서로 바로잡아주며 함께 힘써야 한다.

제2 오륜을 밝힘(明倫)

이 장은 오륜에 의거해 1) 明父子之親, 2) 明君臣之義, 3) 夫婦之別,

'君子'가 된다.

14) 국가를 유지하는데 필요한 禮(예절), 義(법도), 廉(염치), 恥(부끄러움)의 네 가지 덕.
15) 仁·義·禮·智·忠·信·孝·悌의 여덟 가지 德.

4) 明長幼之序, 5) 明師生朋友之交의 5개 절로 구성되어 있다.

1) 부자간의 사랑을 밝힘(明父子之親)

홍재구는 공자, 맹자, 시경 등 유교 경전에 의거하여 자녀가 부모님을 섬기는 방법을 언급하면서, 동시에 "오늘날에 부모를 섬기는 자는 그렇지 못하다."고 하면서 당시의 시대상을 적나라하게 보여주고 있다.

> "지금의 사람의 자식들은 부모를 버리고 달아나 숨어 소재를 모르는 자가 많다. 이것은 진실로 불효가 큰 것이며 국법(王法)이 반드시 죽여야 하는 바이다. 만약 혹시 그렇지 않더라도 수백 리 밖에 떨어뜨려 놓아 절대로 왕래하지 못하게 하여, 질병에는 어떻게 조리(調攝)하고, 기한(飢寒)에는 어떻게 휴양조리(休養調理)하는지, 겨울의 추위에는 누가 따뜻하게 할 수 있는지, 여름의 더위는 누가 시원하게 할 수 있는지, 설사 시킬 사람이 있다고 할지라도, 남의 마음은 나의 마음만 못하니 그가 어찌 마음을 다해 돌보고자 하겠는가? 무릇 나의 향당(鄕黨)의 사람들이 어찌 이러하겠는가?"

그는 인간이 금수와 다른 것은 부모를 알기 때문인데, 위와 같이 자식은 알면서 아비는 모르는 것이 과연 금수보다 현명하다고 할 수 있겠는가 하며 탄식하고 있다.

홍재구는 또한 사람 중 이(利)를 탐하여, "자신의 무관(無官)의 조상을 버리고 타인의 유관(有官)의 족(族)에 들어가고 자기의 한미(寒微)한 성(姓)은 버리고 타인의 유명한 종족에게 찾아들어간다. 혹은 그 선조(父祖)로써 남의 후손이 되게 하거나 혹은 그 고조(高祖), 증조(曾祖)로써 남의 후손이 되게 하니, 부모를 잊음이 이런 지경에까지 이르렀다."고 하고 이는 왜양(倭洋)의 행위이고 금수의 행위이니 향당의 사람은 삼가야 함을 주장하고 있다.

홍재구는 이어서 자녀들은 부모가 사용하던 기물들과 부모의 친구들을 공경해야 한다. 그는 순(舜)은 완고한 아버지와 우둔한 어머니에게 정성을 다함으로써 기쁘고 즐거워함에 이르렀는데, 하물며 사랑하는 아버지와 자애로운 어머니를 둔 오늘날의 사람들은 그렇지 못함을 지적하고 있다.

이어서 그는 부모의 은덕을 갚고자 해도 넓은 하늘과 같이 끝이 없다고 하고, 따라서 부모의 죽음에 대해 어떠한 마음을 갖고 예(禮)를 치러야 하는지를 말하고 있다. 그러나 그는 오늘날은 상법(喪法)이 소멸됨이 극에 이르렀다고 주장하고, 이를 천지의 큰 변고라 규정하고 국법이 용납하지 않는 것이며 고성(古聖)의 법에 죄를 짓는 것이라고 한다.

이어서 홍재구는 부모가 과오가 있을 때 간(諫)하는 방법에 대해 말하고 있다. 그는 불의(不義)에 대해 자녀는 아버지에게 바른 말로 간해야 하며, 신하는 임금에게 바른 말로 간해야 된다고 한다. 그는 이것이 군과 신이 의로써 합하였다고 함이 의미하는 바라고 한다.

홍재구는 부모에 대한 효를 다음과 같이 규정짓고 있다.

"증자(曾子)가 이르기를, 효자가 부모께 효함은, 살아 계신 즉 그 공경을 다하고, 부양함에 그 즐거움을 다하고, 병이 듦에 그 염려를 다하고, 상(喪)을 치름에 그 슬픔을 다하고, 제사를 지냄에 그 엄숙함을 다하는 다섯 가지가 갖추어진 연후에야 부모를 섬길 수 있다. 또 이르기를, 생전에 부모님 섬기기를 예(禮)로써 하며 사후에 장례를 예로써 하며 제사 지내기를 예로써 해야 효라 일컬을 수 있다."

그는 이렇게 함이 곧 사람된 도리로, 이를 폐하고 행하지 않음은 정(情)으로나 예(禮)로나 마땅치 않아, 위로는 황천(皇天)[16]의 성내어 꾸짖음이 있고, 중(中)에는 방국(邦國)[17]의 헌장(憲章)이 있다. 아래로는 민생(民生)의 비난과 책망이 있어 몸을 받아들일 땅이 없고 얼굴을 들 곳이 없다고 한다.

그는 지금의 부모를 섬기는 자는 이러한 예(禮)들을 지키지 않을 뿐만 아니라, 양적(洋賊)은 제사지내지 않는다는 설(說)을 국내에 퍼뜨려 국내의 사람들이 천당·지옥(堂獄)의 설에 미혹되고 내세와 현세의 일에 무지하여 그 묘우(廟宇)를 헐고 그 신주(神主)를 버리고서 죽은 사람의 영패(靈牌)에 절하지 않는 것을 절대로 바꿀 수 없는 규정(鐵限)으로 여김으로써 신위(神位)에서 물린 음식을 먹지 않는 것을 매우 중요한 법으로 여기는데, 이것은 천지간에 용납할 수 없다고 한다.

그는 그의 향리 사람들에게 다음과 같이 대응할 것을 요구하고 있다.

"이러한 적(賊)을 철천지원수로 여겨서 만약 제사를 지내지 않는 사람이 있거나 만약 묘주(廟主)[18]를 훼손해 없애는 무리가 있다면, 만약 영패(靈牌)에 절하지 않는 부류가 있다면, 깊이 증오하며 철저하게 관계를 끊는다. 왕래를 허락하지 않으며 그 죄를 공개적으로 처벌하고, 경외(境外)로 쫓아내, 하나를 징벌함으로써 만(萬)을 격려하게 되리라. 장사(葬事)를 치름에 신주(神主)를 세우지 않음은 진실로 의식의 결함이 큰 것이다. 양적(洋賊)의 설은 이미

---

16) ①큰 하늘 ②하늘의 높임말로서 불가사의(不可思議)하고 초자연적(超自然的)인 신앙(信仰)의 대상(對象)을 가리킴. 하느님
17) 옛날 諸侯의 封土를 말한다. 큰 것을 '邦'이라 하며, 작은 것을 '國'이라 한다. 후에는 國家를 가리키는데 連用되고 있다.
18) 문묘(文廟)나 종묘(宗廟)에 두는 신주(神主).

이와 같으니, 만약 양교(洋教)를 물리쳐 배척하고자 한다면 반드시 먼저 우리의 도(道)를 바르게 해야 한다."

홍재구는 이어서 자녀에 대한 교육에 대해 언급하고 있다. 그는 자녀를 가르치는 것이 일가(一家)의 대정(大政)이라고 하며 맹모삼천지교(孟母三遷之敎)를 말한다. 그는 그 가르침이 대유(大儒)를 이루고 공성(孔聖)의 도의 전통을 이어 만세에 태평을 열 것이라고 한다.

그는 자식의 불효는 그 부모 때문이니 자식이 비록 불효하더라도 부모는 사랑하지 않을 수 없고, 사랑의 도(道)를 다함이 마땅하다고 한다.

그는 또한 종족(舉族)에 대해 자신에게 친소(親疎)가 있지만, 자신의 조종(祖宗)으로부터 보면 모두 골육(骨肉)으로 그 분한(分限)에 따라서, 그 친소에 따라서 친밀히 사랑하고 존경해야 한다고 한다. 이와 관련하여 홍재구는 종족 내에서의 입양(入養)의 법과 입양 이후의 예(禮)에 대해 언급하고 있다.

2) 군신간의 의를 밝힘(明君臣之義)

홍재구는 조선 왕조가 500여 년이나 되었고 자신은 그 백성의 손(孫)으로 그 동안 선왕(先王), 열성(列聖)이 자신의 조상들의 부모가 되어왔다고 한다.

그는 자신이 살고 있던 당시의 시운(時運)이 악하며 난신적자(亂臣賊子)로 인해 임금이 선한 일과 창생의 구제에 함께 할 사람이 없다고 한다.

홍재구는 사람이 사람됨에 있어서 덕행이 가장 중요하며 언론이 그 다음, 의복은 또 그 다음인데, 완급의 순서로 논하면, 의복(衣服)이 가장 급하고 언론이 다음이고 행하는 것(行事)이 또 그 다음이라고 한다.

그는 입은 바가 오랑캐(夷虜)의 것인 즉, 사람은 그를 오랑캐로 인식하며, 말한 바 법언(法言)과 덕행(德行)은 사소한 것이라고 한다.

"공자는 말하여 가르치기를, 법복(法服)이 가장 먼저이고 법언·덕행은 그 다음으로 삼았다. 맹자는 말하기를 요(堯)와 걸(桀)의 구분은 복요(服堯), 복걸(服桀)을 가장 우선으로 하고 요(堯)같이 말하고 걸(桀)같이 말하는 것을 그 다음으로 하고 요같이 행동하고 걸같이 행동하는 것을 뒤로 한다고 하였다."

홍재구는 당시 정부에서 양복(洋服)을 입도록 명령을 발포하려는 것에 대해,

"옛날 갑신(甲申) 해[19]에 조정이 호복(胡服)의 명령을 반포하여 경내(境內)의 대신(大臣)이 다투었고 유현(儒賢)이 다투었다. … 지금의 임금은 진실로 임금이다. 27명의 대왕(大王)은 지금 임금의 임금이다. 대명(大明) 황제는 지금 임금의 임금이다. 황천상제(皇天上帝)는 지금 임금과 제성(諸聖)의 임금이다. 지금 임금에게 죄를 얻음은 오히려 말이 될 수 있는데, 상제(上帝)에게 득죄하고, 제성(群聖)에게 득죄함은 선왕(先王), 천지가 용납하지 않는 바이다. … 임금의 명령에 따름으로 해서 임금을 불의에 빠뜨리는 것은 불충이 큰 것이다. 지금 임금의 일시(一時)의 명령을 따르지 않고 선왕(先聖) 만세(萬世)의 예의를 사수(死守)함은 충성됨이 큰 것이다. 지금의 임금이 만약 혹시 이로 인해 깨달아 선으로 향한 즉, 어찌 충성스럽고 또한 충성스러운 것이 아니겠는가? 요사이

---

19) 1884년 變服令.

또한 양복(洋服)으로 명령을 발포한다는 말이 있다. 무릇 양인(洋人)은 금수이다. 양(洋)의 옷을 입은 즉, 그 안에는 비록 인의예지의 덕(德), 효제충신의 행이 있다고 할지라도 양인일 따름이며 금수일 따름이다. … 이러므로 만약 이들 명령이 있다면, 무릇 우리 뜻을 같이 하는 사람들은 오직 죽음으로써 의로 해야 하며, 죽음으로써 의로 하고서야 선왕의 법복(法服)을 온전히 지킬 수 있으며, 상제(上帝)의 천한 우리들은 상제의 영(靈), 선왕의 신(神)에게 돌아가 보고할 수 있으니 마음에 어찌 불안하겠는가? 어찌 불쾌하겠는가? 하물며 거국적으로 우리들이 죽음으로써 의로 한 즉, 양적(洋賊)은 머물 곳이 없으니 몰아내 깨끗이 할 수 있다."

라고 하여, 임금의 명령이라도 선성(先聖) 만세(萬世)의 예의(禮義)를 사수(死守)함이 충(忠)이므로 임금을 깨닫게 함에 죽음으로써 의(義)로 해야 하며, 그렇게 하고서야 양적(洋賊)을 구축할 수 있다고 한다. 그는 서양 세력 등이 조선에 밀려오는 것은 그 까닭이 있는 것이니, 곧 유교 도덕이 무너졌기 때문이라는 것이다. 그리고 임금은 국가가 위난(危難)한 때에는 군대를 통수(統帥)해 일어나 그 적(賊)을 토벌해 나라를 편안케 해야 한다고 주장하고 있다.

3) 부부간의 분별(夫婦之別)

홍재구는 남자와 여자와 분별이 있은 연후에 부자(父子)가 친(親)하고 부자가 친한 연후에 의(義)가 나오며 의가 나온 연후에 예(禮)가 일어난다고 한다. 그는 남녀 분별이 없고 의가 없음은 금수(禽獸)의 도(道)이니, 오륜(五倫)이 차례로 어그러지고 무너지므로, 남녀 분별이 인륜(人倫)의 근본이 된다고 한다.

"양적(洋賊)은 남녀를 혼란시키는 것을 첫 번째의 일(第一事)로 삼고 있다. 그러므로 사람, 가정, 국가에 화(禍)를 끼침이 미치지 않는 곳이 없다. 남녀를 금수(禽獸)의 암컷과 수컷(雌雄, 牝牡)으로 혼란시킨다. 낳고 길러도 어미는 아는데 아비는 모른다. 아비를 모르니 하물며 형제에 대해서랴! 형제를 모르니 하물며 친구는 물론이고 군신(君臣)에 대해서랴! 그러므로 남녀라는 것이 인륜의 시초이다."

그는 남녀 간에 지켜야 할 도리를 언급하며, 부부는 서로 공경해야 함을 강조하고 있다. 그러나 그는 당시의 남녀 간의 성적 문란이 심한 상황에 대해 개탄하고 있다. 그는 서양인들이 남녀 간의 분별에 대해 중시하지 않는 언사에 대해 비판하고 있다.

"양인(洋人)의 말에 이르기를, 한방에 같이 거처하더라도 더러워지지 않는 것이 분별이 있는 것이라 일컬음이다. 다른 곳에 거처하면서 오염되지 않는 것은 진심(眞心)이 아니라고 하니, 이게 무슨 말인가? 흑과 백이 서로 가까이 있으면 서로 오염되고 장작불이 서로 닿으면 서로 타는 것은 모든 사람들이 눈으로 모두 보는 바이니, 이런 말로 사람을 속일 수 있는가? 검은 것은 오염시키기 쉬운 것이다. 분별하여 멀리 해야 거의 면할 수 있다. 물이라는 것은 무너져 흩어지기 쉬운 것이니 제방을 쌓고 막아야 거의 면할 수 있다. 불이라는 것은 태우기 쉬운 것이니 삼가 억눌러야 거의 면할 수 있다. 막고 억누르고서야 안녕의 즐거움을 누리고 방자하게 풀어놓으면 뒤집혀 망하는 재난을 당하니 과연 누가 득이 되고 누가 실이 되겠는가?"

또한 그는 유교 이념을 근간으로 한 남성 중심의 사고방식에 깊이 젖어 있었다.

"결혼한 여자(婦人)는 남편에게 엎드려져 사는 것이다(伏於人)[20]. 이러하므로 멋대로 혼자 할 수 있는 의(義)는 없고 삼종(三從)의 도(道)만 있다. 라든지 친정에 있을 때는 아버지를 따르고 남에게 갔을 때는 지아비를 따르고 지아비가 죽으면 아들을 따르면서 감히 스스로 하는 바가 없다. 가르치고 지시하여 규방 문을 나가지 않도록 하고 하는 일은 음식을 공궤(供饋)하는데 그칠 따름이다. 이런 때문에 여자는 하루 종일 규문 안에 있고, 백리(百里)를 달리지 않는다. 상사(喪事)에 멋대로 행동하지 않고 홀로 성취하지 않는다. 아는 바를 헤아리고 난 후에 행동하고 경험할 수 있고 나서 말한다. 낮에는 뜰을 거닐지 말고 밤에는 불을 들고 행동하는 것이 바른 부덕(婦德)이다."

이외에도 안씨가훈(顔氏家訓)을 인용하여,

"부인은 집안에서 음식을 만들어 올리는 일을 주로 하므로 오직 술과 밥과 의복의 예절을 일로 삼아야 한다. 나라에서는 정치에 관여하도록 해서는 안 되며, 집에서는 집안일을 주관하도록 해서는 안 된다. 만약 총명하고 재주와 지혜가 있어 식견이 고금의 정사(政事)에 통달해 있더라도, 마땅히 남편을 보좌해 남편의 부족한 면을 보충하도록 권면할 뿐이다. 반드시 암탉이 새벽에 울

---

20) 『大戴禮』「本命解」 家語, 小學에 나오는 말임. '伏'은 '굴복', '엎드러지다'의 의미이므로, 결혼한 부인은 남편 앞에 무릎을 꿇는, 남편에게 지배받는 존재라는 것이다.

어 화를 부르는 일이 없도록 해야 한다."

라고 한다.

4) 장유의 위계를 밝힘(明長幼之序)

홍재구는 형제의 사랑에 대해 언급하고 있다. 그는 형제 부모의 사지(四肢)이니 의복과 음식의 있고 없음은 모두 함께 해야 하며 경중후박(輕重厚薄)이 있을 수 없다고 한다. 그는 또한 아버지는 나를 낳은 하늘인데, 연장자는 나이가 많음으로써 아버지에 가까우므로 어린 자는 연장자를 섬겨야 함을 강조하고 있다.

5) 스승과 제자 및 친구의 사귐을 밝힘(明師生朋友之交)

홍재구는 『소학(小學)』을 인용하여,

> "사람은 세 분에게서 태어나니 이들을 섬기기를 하나같이 한다. 아버지는 나를 낳고 스승은 나를 가르치고 임금은 나를 먹이니, 아버지가 아니면 살 수 없고 먹지 못하면 자라지 못하고 가르침이 없으면 알지 못하니 낳아줌과 같은 것이다."

라고 하며 제자는 스승에게 조금도 소홀히 할 수 없다고 한다. 그는 더 나아가,

> "스승이라는 것은 도(道)가 있는 곳이다. 부친과 스승 사이에 이의(異議)가 있으면 마땅히 부친을 버리고 스승을 따라야 한다. 임금과 스승에게 다른 도가 있다면 마땅히 임금을 버리고 스승을

따라야 한다. …… 부모를 위해 죽은 자는 일가(一家)의 효이고 임금을 위해 죽은 자는 일국(一國)의 효이다. 스승을 위해 죽은 자는 일세(一世)의 효이다. 공맹정주(孔·孟·程·朱)를 위해 죽은 자는 천하만고(天下萬古)의 효이다."

라고까지 말하고 있다.

홍재구는 붕우(朋友)는 의(義)로써 합(合)한 것이니, 친구끼리 옳은 일을 하도록 권함(責善)은 붕우의 도(道)이며, 따라서 붕우는 옳은 일을 하도록 권함을 의(義)로 한다고 한다. 잘못이 있으면 충고하여 좋은 길로 올바르게 인도하는데, 만약 그가 듣지 않을 경우, 그와 관계를 끊을 수도 있음이 교우(交友)의 도라고 한다.

第3 몸을 다스림(治身)

1) 마음씀의 요체를 밝힘(明心術之要)

홍재구는 심(心)은 일신(一身)의 주(主)이며 근본적으로 순선(純善)하여 무악(無惡)하다고 하나, 군자(君子)는 반드시 정심(正心)을 우선으로 해야 한다고 한다. 성인(聖人)은 인욕(人欲)을 제거하고 천리(天理)를 보존할 것을 사람에게 가르치는데, 천리는 만물을 낳는 마음이고 인욕은 저 만물을 낳는 마음을 해(害)하는 것이다. 군자의 마음에 사랑이 있고 악을 미워함이 있음은 만물을 해(害)함을 미워함이다. 홍재구는 이러한 군자의 마음이 가(家), 국(國), 그리고 천하를 이적(夷狄)으로부터 지키는 것과 관련이 있다고 한다.

"(군자가) 선을 좋아함은 사람으로 하여금 선으로 함께 돌아가게 하고 악을 미워함은 사람으로 하여금 함께 그 악을 제거하게 하니 선은 오래오래 간직하고 악은 빨리 잊음이 아니겠는가? 후세 사람들은 이러한 이치를 모르고, … 성도(聖道)는 진실로 밝힐 만하나 이교(異敎)는 배척할 필요가 없으며 중화(中華)는 진실로 높힐 만하나 이적(夷狄)은 물리칠 필요가 없는데, 이것이 이른바 착한 바가 있으면 그 아름다움을 길이 자손에게 미치게 하고, 악한 사실이 있으면 그 미워함은 그 자신에 그치도록 하는 것이라고 생각한다. 아! 이것이 가(家)와 국(國)에 화를 미치고 천하를 어지럽힘은 다만 홍수맹수(洪水猛獸)의 류일 따름이 아니다. … 유(儒)와 불(佛)이 서로 용납될 수 있다고 함은 불측(佛側)의 말이다. 화(華)와 이(夷)가 서로 용납될 수 있다고 함은 이적측(夷狄側)의 말이다. 이것은 사설(邪說)인가? 법언(法言)인가? 과연 착한 바가 있으면 그 아름다움을 길이 자손에게 미치게 하고, 악한 사실이 있으면 그 미워함은 그 자신에 그치도록 하는 것으로 일컬을 수 있는가?"

홍재구는 사랑해야 할 바를 사랑하는 것을 인(仁)이라 하고, 미워해야 할 바를 미워하는 것을 의(義)라고 하는데, 신(信)은 이 양자를 실천하는 것이며, 하나라도 실천하지 않음이 있으면 온갖 말과 행동이 모두 헛되고 온갖 덕과 선이 모두 헛되다고 한다.

2) 선에는 복이 따르고 음란에는 화가 따르는 법칙을 말함(言福善禍淫之常)

홍재구는 선은 비록 작더라도 쌓으면 이름을 이룰 수 있고 악은 비록 작더라도 쌓으면 몸을 망칠(滅身) 수 있으므로 선행은 작더라도 행하며 악은 작더라도 행하지 말라고 한다. 그리고 하나의 선으로 반드시 복을 얻는 것이 아니나, 만선(萬善)을 쌓으면 비록 무복(無福)하고자 해도 그럴 수 없으며 한 가지 악으로 반드시 화(禍)를 얻는 것은 아니나, 만악(萬惡)을 쌓으면 비록 화가 없고자 해도 그럴 수 없다고 한다. 조광조(靜菴 趙光祖), 정철(松江 鄭澈), 그리고 이이(栗谷 李珥) 등을 복선(福善)의 올바른 예로 들고 있다.

3) 위의, 언론, 행사의 마땅함을 밝힘(明威儀·言論·行事之宜)

홍범(洪範)에서 논하는 5사(事)[21]에서 모(貌)는 예법에 맞는 몸가짐(威儀)이고, 언(言)은 언론(言論), 시(視)·청(聽)·사려(思慮)는 덕행(德行)이다. 홍재구는 군자(君子)에게 급한 것은 위의(威儀)이며 그 다음이 언론, 또 그 다음이 행사(行事)이므로 군자는 용모와 행동거지(威儀容止)에 대해 삼가지 않을 수 없다고 한다.

그는 지금 사람은 그렇지 않아서 그 몸가짐이나 모습을 제멋대로 하여, 그 용모가 불손하며 버릇이 없다고 하고, 외적으로 이러하니 마음 역시 마찬가지일 것이라 보고 있다. 지금 사람은 언행에 실이 있는 경우가 아주 드물며 실이 없는 것을 다반사로 여기고 있어, 실이 없음이 주(主)가 되니 천하의 법언(法言)이나 덕행은 믿을 수 없다고 한다.

홍재구는 당시 오륜·오상보다도 이록(利祿)에 이끌리고 명리(名利)만을 추구하는 모습을 다음과 같이 말하고 있다.

"이(利)가 있는 곳에는 사람이 좇지 않음이 없다. 그러므로 온 세상이 분주히 경쟁을 일삼는다. 지금의 이(利)라는 것은 양학(洋學), 왜학(倭學)이다. 그러므로 사람들은 양(洋)을 배우고 왜(倭)를 배우는 것으로 능사(能事)로 삼는다. 만약 높은 관모를 쓰고 넓은

---

21) 1. 貌, 2. 言, 3. 視, 4. 聽, 5. 思.

허리띠를 두르고 성도(聖道)에 종사하는 자가 있다면 무리지어 일어나 배척하고 보통과 다른 인물로 주의하여 본다. 또 이르기를, '사대부의 자제에게 어찌 이것에 종사하는 자가 있겠는가? 이는 곧 한문(寒門) 냉족(冷族22))이 이름을 얻는데 도움이 되는 것이다.' 또 이르기를, '저들의 이른바 학문에 종사하는 자들은 그 성취에 도달함에 향당(鄕黨)이 스스로 좋아하는 것일 따름이라고 일컬음에 불과하고, 한 향(鄕)의 선사(善士)일 따름이라고 일컬음에 불과하니, 어찌 진사급제하여 공경할 만하고 존중할 만함만 같겠는가?'라고 한다. 입을 열어 말하는 것이 이러하다. 그러므로 왕도(王都)에서 학문의 종자(種子)는 단절되고 왜양(倭洋)의 학이 크게 극에 달했다. 아! 삼대(三代)에는 배우지 않는 사람이 없었는데, 지금은 그만두지 않는 사람이 없다. 배우지 않는 사람이 없은 즉, 현지(賢智)하지 않은 사람이 없다. 폐하지 않은 사람이 없은 즉, 이수(夷獸)가 아닌 사람이 없다. 아! 사설(邪說)이 정(正)을 해(害)하고 사람의 심술(心術)을 무너뜨림이 홍수와 맹수의 화보다 심하며, 이적(夷狄)이 임금을 죽이고 그 자리를 빼앗는 변(變)보다도 참혹하다. 주자(朱子)가 어찌 나를 속이겠는가? 무릇 나의 동지(同志)인 사람들이 어찌 이러한 말에 흔들려 마음을 빼앗기겠는가?"

그리고 그는 재물을 얻는 방법은 오직 삼가는 것(謹)일 따름이고 재물을 쓰는 도(道)는 절검일 따름이라고 한다. 만약 부지런하기를 싫어하고 횡재하기를 힘쓰다가는 망신(亡身), 패가(敗家)할 뿐이라고 한다.

---

22) 힘이나 세력이 점점 줄어서 약해진 무리.

4) 의복에 관련된 제도를 밝힘(明衣服之制)

홍재구는 의복이라는 것은 용모를 삼가고 위의(威儀)를 갖추는 것이니 삼가지 않을 수 없음에도 오늘날의 사람들은 그렇지 않다고 한다.

"공자(孔子)가 이르기를, 선왕(先王)의 법복(法服)이 아니면 감히 입지 않는다. 무릇 주(周) 선왕(先王)이 제정한 바의 옷은 법복이다. 나의 선황(先皇), 선왕이 제정한 바의 옷은 법복이다. 대포(大布), 대백(大帛)으로 선왕이 입은 바이나 독독(裻裻 : 등솔기) 의복인 즉, 법복이 아니다. 토지 소산으로 선왕이 입는 바이나 원방(遠方)에서 온 진이(珍異)한 것인 즉, 법복이 아니다. 하물며 양(洋)에서 짜고, 양(洋)에서 염색한 양(洋)의 신발(緞=鞋)은 그 이름이 즉 양(洋)이고 그 실(實)인 즉, 양인(洋人)의 손에 의해 생산된 것이다. 양(洋)을 열탕(熱湯)에 손을 넣는 듯이 싫어한다. 그러므로 또한 양(洋)을 이름으로 하는 것과 함께 그것을 미워하며, 또한 양인(洋人)의 손에 의해 생산된 것과 함께 그것을 미워한다. 무릇 온 나라의 사람들은 모두 입지 않는 것을 의(義)로 한 즉, 저가 어찌 그 흉한 음모를 실하겠는가?

아! 어머니를 이긴다는 뜻을 지닌 마을 이름(勝母) 때문에 (효자인) 증자(曾子)는 그 마을에 들어가지 않았는데, 어찌 승모(勝母)의 실(實)이 있어서 그런 것이겠는가? 그 이름이 바르지 못하기 때문이다. 읍의 이름이 조가(朝歌)여서 (음악을 싫어하는) 묵적(墨翟)이 마차를 돌렸다고 하는데, 어찌 조가라는 실(實)이 있어서 그러한 것이겠는가? 그 이름이 바르지 못하기 때문이다. 바르게 자르지 않은(割不正) 고기라도 마음이 바른 즉, 가한데 성인(聖人)은 먹지 않았다. 자리가 반듯하지 않더라도 마음이 바른 즉, 가한데 성인은 앉지 않았다. 하물며 양인(洋人)의 손에 의해 생산된 물건은 양(洋)을 이름으로 하고 또한 이용후생(利用厚生)의 유익함이 없으나 나의 삼천리 적자(赤子)의 피를 쳐내는(瀋) 것이다. 양직(洋織), 양염(洋染)의 옷을 입고 오히려 자랑하듯이 말한다고 하니, 하물며 청인(淸人), 왜적(倭賊), 양적(洋賊)의 옷이라! 호(胡)의 옷을 입은 즉 호인(胡人)일 따름이다. 왜(倭)의 옷을 입은 즉 왜인(倭人)일 따름이다. 양(洋)의 옷을 입은 즉 양인(洋人)일 따름이다. 죽음은 참을 수 있는데, 이것은 참고 입을 수 있는가?"

홍재구는 의복에 있어서 성별 및 상황에 따른 양식의 옳고 그름은 인도(人道)를 규율하고 질서를 세우는데 있는 것이니 사람이 마음대로 폐할 수 없다고 한다. 그는 이와 관련해서 관(冠)을 예로 들고 있는데, 우리나라는 천한 자는 관을 하지 않도록 제정하였다고 하며 신분에 따른 의관(衣冠) 제도의 준수를 강조하고 있다.

5) 음식의 절제를 밝힘(明飲食之節)

홍재구는 음식은 맛이 좋아서는 안 되고 배고픔을 구(救)할 따름인데, 조강(糟糠[23]))도 가하고 소려(蔬糲; 푸성귀와 현미) 역시 가하니, 먹고 마심에는 절제가 귀하다(飲食貴於節). 절제하지 않은 즉, 해됨이 적지 않다고 한다.

---

23) ①지게미와 쌀겨라는 뜻 ②가난한 사람이 먹는 변변하지 못한 음식(飲食) ③조강지처(糟糠之妻).

第4 집안을 바르게 함(正家)

1) 윤리를 바르게 하고 은의를 돈독히 하며 패역하지 않은 도를 행함을 말함(言正倫理篤恩義并行不悖之道)

홍재구는 정자(程子)의 말을 인용해, 윤리를 바르게 하고 은의(恩義)를 돈독하게 함이 집안사람(家人)의 도(道)라 하고 있다. 아버지는 아버지답고 자식을 자식답고 형은 형답고 동생은 동생답고 남편은 남편답고 부인은 부인다운 것이 윤리를 바르게 함이고, 아버지는 자식을 사랑하고 자식은 아버지께 효도하며, 형은 동생에게 우애하며 동생은 형을 공경하며, 남편은 부인과 화합하고 부인은 남편을 따름이 이른바 은의를 돈독하게 함이라고 한다.

또한 홍재구는 역(易)을 인용하여, "집안사람들이 근엄하니 후회하고 위태로워도 길하다. 아내와 자식이 깔깔거리면 끝에는 부끄럽게 된다. 믿음이 있고, 위엄이 있으면 끝내 길하다."라고 하여, 집안사람들 누구에게든지 잘못이 있으면 고치도록 타이름으로써 화(禍)의 싹을 막아 길할 수 있다고 한다.

2) 부지런하며 삼가는 도를 말함(言勤謹之道)

홍재구는 각자 자신의 맡은 바 일에 태만하지 않고 삼가는 태도로 임해야 함을 강조하는데, 신분에 따라 맡겨진 일이 다름을 분명하게 밝히고 있다.

"군자는 노심(勞心)하며 감히 태만하지 않고 소민(小民)은 노력(勞力)하며 감히 태만하지 않는다. … 한 사람의 몸에는 이목구비가 갖추어져 있고 사지백해가 갖추어져 있다. 개인들이 각각 잘

해야 일가(一家)의 일이 잘 이루어질 수 있다. 한 하늘 아래 사농공상이 모두 있다. 군자, 소민의 위(位)가 있다. 각각이 그 직분을 잘 해야 천하(天下)의 일이 잘 이루어질 수 있다."

그는 사(士)는 독서, 궁리(窮理)하여 윤상(倫常)의 도를 밝혀 그 공(功)을 먹을 수 있고 농민은 경전하고 우물을 파고 곡식을 키워 그 공으로 먹을 수 있으며 공상(工商)은 기명(器皿)을 만들고 재화를 통하게 함으로써 그 쓰임을 이롭게 하여 삶을 넉넉하게 하니 그 공으로 먹을 수 있는데 사농공상이 각각 이러한 제 할 일들을 안일하고 나태하게 지내면서 행하지 않을 때의 문제를 지적하고 있다. 그는 이러한 자들을 간민(奸民)이라 일컬으니 무슨 공으로 먹을 수 있겠는가라고 하고, 더 나아가 사가 윤상을 밝히지 않고 이교(異敎), 속학(俗學)에 종사하며, 농민이 숙속(菽粟)의 곡식을 심지 않고 기화(奇花) 이초(異草) 구문(鉤吻[24]) 오훼(烏喙)[25]에 종사하며, 공상은 기기(奇技) 음교(淫巧) 진이(珍異) 요괴(妖怪)에 종사하니 이 (儒)도의 적(賊)이며 백성의 적이니 어찌 다만 간민으로만 논할 수 없다고 한다.

3) 검소함을 숭상하고 사치를 고치고 용비를 끊는 도를 말함(言崇儉革奢絶冗費之道)

홍재구는 근검은 재물을 쓰는 도라고 하며 검소함에 대해 지켜져야 할 도리를 말하고 지금 사람들은 그렇지 않다는 것을 보이고 있다.

"쓸데없고 잡다한 비용은 절제하지 않을 수 없고 한가한 술자

---

24) 단장초(斷腸草·학명 Gelsemium elegans). 독미나리, 독당근
25) ①초오두(草烏頭) ②천오두(川烏頭).

리의 놀이는 그만두어야 한다. 도가 지나치게 사치한 규칙은 멈춰야 한다. 괴이한 물건은 끊어야 한다. 왜양(倭洋)의 재화는 금해야 하며 지나치게 기교가 있는의 기예(巧)를 멀리해야 한다. 근세에 이른바 왜양의 재물은 지나치게 기교가 있는의 기예가 아닌 것이 없어서 사람의 심지(心志)를 흐리게하고 사람의 이목을 어지럽게 해서 본연의 성(性)을 상해(傷害)하며 음란하고 퇴폐적인 욕구를 증익시킨다. 군자는 한 번 칼을 휘둘러 둘을 갈라놓아(一劍兩段) 제압한다. 그렇지 않으면 적지 않게 진창에 빠지고 구덩이에 떨어지나 구할 수 없다."

4) 재물을 잘 쓰는 것에 관해 말함(言用財之宜)

홍재구는 부지런히 돈을 벌고 검소하게 재물을 쓴 즉, 재물이 자연히 모인다고 하고, 이항로(李恒老), 범중엄(范仲淹), 송시열(宋時烈), 그리고 홍순언(洪純彦)의 예를 들면서 선행에 대한 보응의 예를 제시하며 재물을 쓰는데 인색하지 말 것을 이야기고 있다.

5) 제사의 예를 말함(言祭祀之禮)

홍재구는 제사에는 사시(四時)의 제(祭), 기일(忌日)의 제, 삭일(朔日)의 제, 그리고 절일(節日)의 제 네 가지가 있고 각각에 그 목적이 있다고 하며 그 하나라도 빠뜨릴 수 없다고 한다. 그 외에 집에서 지내는 토신(土神)의 제, 동장(洞長)이 동민(洞民)을 이끌고 지내는 사제(社祭), 이제(里祀) 등을 언급하면서, 이들이 음사(淫祀)로 돌아갈 것을 염려하고 있다.

6) 상을 치루는 예를 말함(言治喪之禮)

홍재구는 치상(治喪)의 예(禮)에 대해 『가례비요편람(家禮備要便覽)』
등의 책에 다 마련되어 있지만, 예교(禮敎)가 폐이(廢弛)해진 것에 대
해, "치우치고 삐뚤어진 것이 멋대로 행해져 정도(正道)로 되고 정례
(正禮)는 요괴(妖怪)로 되었다"고 걱정하면서 이를 해결하기 위한 방법
으로 다음과 같이 말하고 있다.

"송사(送死)하는 것은 부모를 섬김(事親)에 있어서 중대사(大節)
이다. … 시체를 입관한 후 3개월이 지나서 장사지내는데, 반드시
성의를 다해서 후회가 있어서는 안 된다. 무릇 시체를 입관하고
3일이 지나지 않아 장사지내고 … 축회(築灰), 위패를 만드는(造
主[26]) 예(禮)를 폐(廢)하는 것이 일반 풍조가 되었다. 아! 요즈음
(近世)에는 재물이 마르고, 백성이 곤궁한 지가 오래되었다. 작은
사람이나 큰사람이나 모두 떨면서 고향을 떠나 의지할 곳이 없다
(流離失所). 송사(送死)할 때 어찌 그러하지 않을 수 있는가? 이것
은 슬퍼할 만하지 악하다고 할 수 있는 것이 아니다. 혹자가 술사
(術士)의 말에 미혹되어 그것을 믿음으로써 모방하여 속이니, 관
곽(棺槨)을 갖출 수 있으나 폐하고 축회(築灰), 위패를 만들(造主)
수 있으나 폐한다. 곁의 사람이 보고서 법으로 여기는 자는 그것
을 당연하다고 여기니, 이른바 예(禮)가 망한 것이 아닌가? 양교
(洋敎)가 멋대로 행하기에 또한 형편이 좋은 것이 아닌가?"

라고 하여, 당시의 상황에서 천주교가 퍼져나갈 가능성에 크다는 것
을 염려하고 있다. 그는 또한 위에서 언급한 것처럼, 최근에 재물이

---

26) 사당 따위에 모셔 두는 죽은 사람의 위패를 만듦

고갈되어 백성들이 궁핍함으로 인해 상복을 제대로 갖추지 못하고 있음을 말하고 있다.

7) 관혼의 예를 말함(言冠婚之禮)

관(冠)은 성인(成人)의 도(道)이다. 혼(婚)에는 6예(禮)가 있는데 이는 옛 도(道)이다. 가례(家禮)에는 옛 것을 참작해서 현재와 통하는데 단지 3예(禮)가 있으니, 납채(納采), 납폐(納幣)와 친영(親迎)이다. 모두 남자를 주(主)로 하여 여자보다 앞에 두었는데, 지금은 그러하지 않다. 납채의 예를 폐하고 사주(四柱)를 받듦이 있으니 여자가 주(主)가 되어 남자보다 앞에 있다. 홍재구는 혼례가 여자를 위주로 행해지고 있으며, 이는 체통이 바르지 못함이 심하다고 하고, 군자(君子)라면 이를 바로잡고자 해야 할 것이라고 한다.

8) 손님을 대접하는 도를 말함(言接賓之道)

제사를 받들고 손님을 접대함이 집안의 중요한 일이다.

9) 질병을 신중하게 대하는 도를 말함(言謹疾之道)

질병은 마땅히 의술로 병을 고쳐야 하며(醫治) 무당과 부적 같은 것들은 혹세무민(惑世誣民)하는 것이니 반드시 의논하는 것을 끊어야 한다.

10) 좌도에 대한 금지를 말함(言左道之禁)

홍재구는 무당(巫覡), 부처를 섬기는 불교, 음사(淫祀), 그리고 구체적으로 밝히지는 않는데 좌도(左道)의 해악에 대해 실례를 들며 언급하고 있다. 그는 천주교에 대해서도 그에 대한 믿음이 머지않아 사라질 것으로 예상하고 있다.

"요사이 양적(洋賊)의 일은 모두 좌도(左道)가 무리들을 미혹하게 함이다. 이른바 인신(人神)을 어지럽힘이 온천지에 걸쳐 있는 것이다. 비록 그러하더라도, 그것이 그치는 것은 발끝을 세우고 기다리는 것처럼 순식간에 찾아올 것이다. 그러한 연후에 이 말이 과장이 아님을 알기를 바란다."

11) 기도를 잘 하는 것에 대해 말함(言祈禱之宜)

홍재구는 질병이 있으면 의약(醫藥)으로 다스려야 하며, 인사(人事)를 버리고 전적으로 귀신(鬼神)의 도움을 구해서는 안 된다고 한다. 질병에 걸렸을 때, 약이 효험을 보지 못하면 조묘(祖廟)에서 기도함이 타당하다고 한다. 형제자질(兄弟子侄)이 죽으려고 할 때, 음사(淫祠), 괴신(怪鬼), 승불(僧佛)에게 기도함은 의(義)에 맞지 않을 뿐만 아니라, 감응할 리가 없다고 하고, 설령 감응하는 바가 있다고 할지라도 사신(邪鬼)를 받들어 섬긴 화(禍)는 반드시 클 것이라고 한다.

12) 의를 중히 여기고 이를 천히 여기는 도와 생계를 도모하는 방법에 대해 말함(言貴義賤利之道兼言謀生之方)

군자(君子)가 생계를 도모하는 도에 대해 말하면서, 유교에서 지켜야 할 원칙과 그가 살고 있던 당시의 현실 상황에 대해 다음과 같이 말하고 있다.

"사농공상(士農工商)을 일컬어 사민(四民)이라 한다. 사는 독서, 구도(求道)를 일로 하니 이른바 군자이다. 농공상은 소민(小民)이다. 농은 본이고 상은 말이다. 이로써 성왕(聖王)의 법은 사를 귀히 하고 상을 천히 하였으며 본을 중히 하고 말을 가벼이 하였다.

조정을 향하고 시장에 등을 돌렸다. 사는 시장 문에 들어가지 않았다. 천자는 있고 없음을 말하지 않았고 제후는 많고 적음을 말하지 않았다. 벌빙지가(伐氷之家27))는 우양(牛羊)을 기르지 않으며 백승지가(百乘之家)는 취렴지신(聚斂之臣28))을 기르지 않는다고 했는데, 이는 의를 귀히 여기고 이(利)를 가벼이 여긴다는 것이다. 후세는 그렇지 않다. 사농공상의 귀천의 위치가 바뀌었고 본말의 순서가 뒤집어졌다. 상은 즉 몸을 살찌우고 집안을 영화롭게 한다. 상은 복(福)을 만들고 위(威)를 만든다. 상은 힘으로 빼앗고 절도하는데, 강도(講道)하는 사는 춥고 배고프며 비럭질한다. 본을 섬기는 농은 곤고하여 유리하니 한탄할 만하다. … 상이 천하다는데, 조(朝)와 야(野)에서 상이 아닌 사람이 없고 대인(大人), 소인(小人)으로 상이 아닌 자가 없어, … 이른바 상이 상다운 세상은 지금을 일컬음이 아니다. 군자가 그 간에 그러했는데, 장차 어찌할 것인가? 명(名)이 바르지 못하니 말이 불순(不順)하고 아사할(餓死) 수도 있는데, 상이 천하다고 기록할 수 있는가? 가난한 생활을 전전할 수도 있는데, 상이 천하다고 기록할 수 있는가?"

27) 경대부(卿大夫) 이상으로서 얼음을 보관하고 있다가 초상이나 제사에 사용하는 것을 말한다. 경은 공경이니, 천자의 삼공(三公)과 육경(六卿)이다. 제후는 삼공은 없지만 대국의 경우 삼경이 있다. 경대부 이상은 녹이 많은 데다가 할 일이 갖추어져 있기 때문에 초상과 제사에 얼음을 보관하였다가 썼다.
28) 취렴하는 신하라는 것은 백성이 먹고살 것을 긁어모아서 국가의 수입으로 삼는 자를 말한다. 취렴하는 신하를 기르지 않는다는 것에 대해 유독 백승지가를 들어 말한 것은 백승지가가 되어야 비로소 채지(采地 대부의 봉읍)를 소유하므로 가신(家臣)을 읍재(邑宰)로 삼아 다스리게 해서 가신들이 일정한 녹을 먹게 되기 때문에 취렴하는 신하를 기르지 않는다고 한 것.

第5 향당에 거함(居鄕)

1) 백성을 중히 여기는 도를 말함(言重民庶之道)

공자, 맹자, 장자(張子 : 張載), 주자(朱子), 여씨향약(呂氏鄕約)의 말을 인용하여 백성을 중히 여겨 약육강식하지 말고 강으로써 약을 구제하고 기울어진 것을 지탱해주며 부로써 가난한 자를 구제하고 홀로 된 자를 구휼하라고 한다. 그는 여씨향약에 나오는 네 가지 규약 중 환난상휼(患難相恤)을 들며 이를 지킴이 향인의 임무라 하고 그러하지 못함은 주자에게 죄를 짓는 것이라고 한다.

2) 선을 권하고 과오를 경계함을 말함(言勸善規過)

감응(感應)의 이치로 남에게 악을 행하지 말 것을 강조하고 있다. 남에게 덕업(德業)을 권하고 음주, 도박, 잡기로 부모를 굶기고 처자식을 추위에 떨게 해서는 안 된다고 한다.

3) 이름을 바르게 하고 은의를 돈독하게 하는 도를 말함(言正名令篤恩義之道)

『주례(周禮)』 등을 인용하면서 향당(鄕黨)에서 윤리를 바르게 하고 은의를 돈독히 하며 사귐에 힘써야 함을 말하고 있다. 그는, "사류(士類)와 평민 사이에는 아버지와 자식(尊幼) 사이와 같고 사류와 품관(品官) 사이는 형과 동생의 분(分)이 있다. 사족(士族)과 사족 사이는 약간 나이가 많거나 적은 사이이다."라고 하여 유교적 신분질서를 지지하면서도 서얼 및 서북인에 대한 차별 대우 같은 지역에 대한 차별은 없어져야 함을 강조하고 있다.

4) 환난을 만났을 때 서로 돕는 도를 말함(言患難相恤之道)

여씨향약의 환난상휼 조에 환난으로, 수화(水火), 도적, 질병, 사상(死喪), 무왕(誣枉), 고약(孤弱), 빈핍의 7가지를 들고 있다고 하고 그 각각의 상황에 어떻게 대처해야 할 것인지를 설명하고 있다.

5) 법을 두려워하고 분을 지키며 스스로를 다스리는 도를 말함(言畏敬法 令守分自修之道)

"자신을 많이 꾸짖고 남을 적게 책망한 즉 남의 원한을 피할 수 있다(『論語』衛靈公篇)."는 말을 인용하면서 향리에서 화평의 도에 대해 말하고 있다. 그는 양민에 대한 사태(私笞)를 해서는 안 된다는 것과 부인은 사부(士夫), 상천(常賤)을 무론하고 남편이 죽어도 재가를 해서는 안 된다고 하면서도 상천의 사람은 재가하는 것을 예사롭게 여기고 있음을 말하고 있다.

第6 세상을 살아가는 법(處世)

1) 벼슬에 나아감과 물러남에 있어서 영예와 부끄러움에 대해 말함(言出 處榮辱之大分)

홍재구는 "나라에 도(道)가 있을 때 가난과 천함이 부끄러운 것이며, 나라에 도가 무너져 있을 때에는 부유와 귀함이 부끄러운 것이다."라는 공자의 말을 인용하면서, 나라가 어려운 때 어떻게 처세해야 하는지를 말하고 있다.

"왜양(倭洋)이 거리낌 없이 제멋대로 굴 때 부유하고 귀함은 왜양의 친구로 의심받지 않겠는가? 그러므로 욕되다고 하고 영예로움이 아니라고 한다. … 세상 사람들은 이루지 못하면서 다만 부귀는 바랄 수 있음을 아나 그것에는 마땅함과 그렇지 못함이 있음을 모른다. 빈천은 부끄러워할 만함을 아나 그것에는 영욕이 있음을 살피지 못한다."

그는 세상 사람들에게 앞뒤를 돌아보지 않고 명리(名利)의 장(場)으로 달려가는 것을 경계하라고 한다.

2) 원·청은 마땅히 물리쳐야 함을 말함(言元淸之當攘)

홍재구는 중화를 받들고 이적(夷狄)을 물리쳐 천지의 큰 도리를 다하고, 자신의 사(私)를 물리쳐 정성스럽게 제(帝)를 받듦에 성현의 요법(要法)이 있다고 한다. 그리고 이렇게 한 연후에야 살아서 천지에 얼굴을 들 수 있고, 죽어서는 조상에게 변명할 수 있다고 한다.

대명(大明)이 우리나라의 군(君)이고 청인(淸人)은 대명의 원수이니, 우리가 언제나 높이고 섬겨야 하는 것은 대명인데, 모르는 자가 청의 한(汗)을 진천자(眞天子)로 간주하니 사리에 어긋남이 심하다고 한다. 그는 대명을 섬겨야 할 이유로 다음 세 가지를 들고 있다 : ㉠ 대명은 조선 태조를 봉한 군(君)이다. ㉡ 임진의 변 때 우리나라는 왜에게 함락당했으나 대명이 군대를 움직여 구원해주었다. ㉢ 대명이 멸망하고 청한(淸汗)이 들어와 주인이 되어 천지가 뒤집어지고, 사해(四海)에서 비린내와 노린내가 나서 천하에 섬길 만한 것이 없다. 그러므로 섬기지 않을 수 없다.

홍재구는 사람이 차려 입은 의관을 보고 사군자(士君子)와 조예(皂隸)를 분별할 수 있으며 머리 모양을 보고서도 어떤 사람인지를 알 수 있으니, 요순(堯舜)·문무(文武)는 진천자(眞天子)이며 원과 청은 가짜

군장(君長)이라고 한다. 만이(蠻夷)가 중하(中夏)에 들어가 주인이 된 것은 정통으로 대하지 않으며, 정통이 아닌 즉, 우리의 군(君)이 아니고 우리의 군은 오직 대명황제라고 한다.

3) 왜·양을 마땅히 물리쳐야 함을 말함(言倭洋之當攘)

홍재구는 적(賊)의 죄는 다 말할 수 없는데, 그중 대략을 다음과 같이 들고 있다.

① 남녀를 문란케 함 : 남녀관계를 삼가는 것이 사람의 도리의 시작이니, 남녀를 문란케 함은 죄의 으뜸이 된다.

② 사람과 신(神)을 뒤섞는 것 : 전선탑[電線搨(塔?)] 같은 것은 모두 도깨비(魍魎 怪鬼)의 일이니 사람과 신을 뒤섞은 것이다.

③ 천지를 꾸짖어서 욕함 : 저 무리는 예수를 천주(天主)라 하고 천지의 주(主)이며, 천지를 빈 껍질이며 존경하기에 족하지 않다고 일컫고, 천지에 절하는 것을 빈 대궐을 보고서 절함과 같다고 일컬으니, 천지를 꾸짖어서 욕하는 말이 아님이 없다.

④ 군부(君父)를 내버리고 돌아보지 않음 : 저 적(賊)이 이르기를, 부모는 원수이며 육신은 원수이다. 또 이르기를, 아버지는 하룻밤의 양공(良工)이며 어머니는 10개월간 머무는 여관이라고 한다. 그 법은 부모가 죽을 때 그 자녀는 임종하지 않고 장사지내지 않고 제사지내지 않으며 신주를 세우지 않는다. 그 군(君)은 몇 년으로 한정되어 그에서 해직하면 서인(庶人)이 되며, 뜻대로 하지 않으면 형벌에 따라 죽이니, 모두 군부를 내버리고 돌아보지 않는 것이다.

⑤ 음탕, 무례하며 희롱하고 거만하여 음란을 조장하고 욕망을 유발시킴 : 양물(洋物)은 모두 음란하고 도리에 어긋난 것으로, 모두 남녀가 서로 친압하는(褻) 모양인데, 남녀가 혹은 나체로 있으며 또한 그 이른바 서양 차와 서양의 약은 모두 음란을 조장하고 욕망을 유발시키는 것이다.

⑥ 신(神祇)을 업신여기고 거만하며 요괴(妖怪)를 숭배함 : 신(神)에게 제사지내는 것을 마귀에게 대접하는 것이라 일컬어 폐하고, 예수(野蘇)를 천주라 일컬어서 제사하며 조석으로 숭배해 마지않는다.

⑦ 신기(神機29))를 훔쳐 조화(造化)를 어지럽힘 : 전학(電學), 화학(火學), 전선(電線), 설기(設機), 직포(織布), 직백(織帛) 류 같은 것은 모두 신(神)을 훔쳐서 조화를 어지럽히는 것이다.

⑧ 의식(衣食)을 훔치고 재물과 여색을 힘으로 빼앗음 : 양물(洋物)은 모두 무익하고 유해한 요물(妖物)로, 우리의 의식의 근원을 바꿔 백성으로 하여금 안심하고 살 수 없게 하며 또한 방술(方術30))을 써서 여색(女色)을 훔쳐간다.

⑨ 어린아이를 훔쳐 약(藥餌)을 제조함 : 신농(神農) 본초(本草)에는 금수와 충어(蟲魚)의 육(肉)이 모두 있지만 인육은 없다. 어찌 몰라서 침묵하고 있는 것이겠는가? 사람을 죽여 병을 다스릴 수 없음은 당연한 바이다. 지금 양적(洋賊)이 사람의 아이를 훔쳐 약을 마련하는 죄는 용서할 수 없다.

⑩ 죽은 사람을 팔과 다리를 각각 찢어 내어 약을 제조함.

⑪ 금과 은을 채굴하고 제련하여 백성들로 하여금 농업을 폐하게 함 : 선왕(先王)의 법에 금과 은을 채굴하는 자의 죄를 유

---

29) 신묘한 계기(契機)나 기략(機略).
30) ①방법(方法)과 기술(技術) ②방사(房事 : 男女가 性的으로 關係하는 일)의 術法.

배(流配)로 한 것은 백성이 본을 버리고 말을 좇을 것을 염려하여 그렇게 한 것이다. 또한 금은은 보물이 아니고 숙속(菽粟[31])이 보물이니 금은이 있어도 숙속이 없으면 어찌 삶을 도모할 수 있겠는가? 서양 사람은 이것을 보물로 해서 곳곳에서 채굴하니 항심(恒心)이 없는 백성은 농작(農作)을 잊고 급히 달려간다. 전국이 금과 은을 채굴하는 것을 일로 삼아 숙속이 끊어질 것이니 생활할 수 있겠는가?

⑫ 산을 뚫고 땅에 구멍을 뚫어 지형을 개변시킴 : 산천의 융합(融結)은 모두 조물주(化翁)가 마음먹은 바대로 이루어진 것이다. 그것을 도시로 만들고 읍으로 만드니, 풍기(風氣[32])가 교차(交)하는 바로 해서 인재가 태어나겠는가? 서양사람이 금은을 채굴하는 것으로 일을 삼으니 지맥을 끊고 형세(形勢)를 개변시킨 즉, 인간 세상에 화를 끼침이 또한 심하지 않은가?

⑬ 무덤을 파고 집을 헐어 금은을 채취함 : 땅에 구멍을 뚫어 금을 취하고 무덤과 집의 바닥을 넓게 파내어, 관곽(棺槨)으로 하여금 밑으로 떨어져 함몰되게 하고 동량(棟樑)이 기울어져 무너지게 하니 어찌 인골(人骨)로 하여금 아프게 함이 아니겠는가?

대략 여기 13개가 있는데, 어찌 천지간에 용납될 수 있겠는가? 이같은 흉적(凶賊)을 우리 영역 안에서 용인(容忍)함은, 다만 용인할 뿐만 아니라, 서라고 한 즉 서고, 앉으라고 한 즉 앉으니, 어찌 사람으로 하여금 창자가 찢어지고 가슴이 막히게 함이 아니겠는가? 아! 저 서양의

---

31) 콩류와 곡류. 양식. 곡식. 식량.
32) 풍도(風度)와 기상(氣象).

기(技)는 장차 어디에 쓸모가 있겠는가? 저 쓸모없는 물건으로 우리의 유용한 재화를 훔칠 따름이다. 저 마음을 미혹하는 물(物)로써 우리의 목숨을 양육하는 원천을 훔칠 따름이다. 화륜(火輪), 주차(舟車)가 우리에게 무슨 유익이 있겠는가? 저들이 절도하는 일에 편하고 좋을 것이다. 금은을 단련함이 우리에게 무슨 유익이 있는가? 저들이 힘으로 빼앗는 일에 이익이 있을 것이다. 그 나머지 이른바 전선(電線)과 성냥(自起黃)의 무릇 백 가지 기묘한 기술이나 솜씨는 다만 마음을 미혹케 하고 덕을 잃어버리게 하는 도구이며 백성을 힘들게 하고 많은 사람들을 동요시키는 자료(資)일 따름이다. 최근에 또한 궐내에서 등(燈)을 켜는 일이 있었는데, 만 가지 등이 일시에 다 켜지고 일시에 다 꺼졌다. 기술은 교묘하고 재주는 곧 뛰어난데, 우리의 이용후생의 사(事)에 하나도 이익이 되는 바가 없고 매일 수많은 돈을 써야만 할 따름이다. 수많은 돈은 하늘에서 내린 것인가? 땅에서 샘솟은 것인가? 지속적으로 물을 길어 올리는 것인가? 땅을 파서 대는 것인가? 서양의 기술은 곧 이같이 만 가지 해가 있으나 한 가지 이익도 없다. 서양의 교(敎)는 곧 또한 멸륜(滅倫)하고 도리를 무너뜨리며 하늘을 거스르고 도에서 어긋나는 행위이니, 천지간에 용납되는 바가 없다. 무릇 나와 뜻을 같이 하는 사람들은 저 교를 보기를 짐독(鴆毒33))과 같이 하고, 저 기술을 보기를 구문(鉤吻 : 독미나리, 독당근) 같이 하여 한 점의 더러워짐도 없이 미래에 천지와 부모의 신령에게 돌아가 보고하기를 바란다.

4) 절의를 숭상하고 도를 밝혀 화를 면하는 길을 말함(言崇節明道是免禍之道)

홍재구는 당시 상하가 위태롭고 험하여 조석으로 편안하지 못한 판

---

33) 짐새의 깃에 있다는 맹렬(猛烈)한 독, 또는 독한 기운(氣運).

탕(板蕩[34])의 상황에 있으니, 죽음에서 구원하려고 해도 방법이 없지만, 도(道)는 버릴 수 없다는 입장을 밝히고 있다.

사람이 사람 된 바는 선을 행하고 악을 멀리함에 있으니, 이익이나 죽음, 위협 등에 그 의지가 꺾이지 않고서야 진정한 군자라 할 수 있다고 한다. 군자는 참됨을 귀히 여기므로 부모에게 효함에 죽어도 불변하고 임금께 충성함에 죽어도 불변해야 하니, 만사가 모두 그러해야 한다고 한다.

따라서 중요한 도리(大體)가 살아 있어야 하며 그 도리가 죽으면 사람은 금수(禽獸)와 같다고 한다. 그는 당시에 있어서 중요한 도리를 지키기 위한 방법으로 외국 문물을 배척해야 함을 보이고 있다.

> "무릇 호복(胡服)은 입어서는 안 된다. 입은 즉, 대체(大體)가 망한다. 양복(洋服)은 입어서는 안 된다. 입은 즉 대체가 망한다. 청교(淸敎), 왜교(倭敎)는 따라서는 안 된다. 따른 즉, 대체가 망한다."

그는 도리는 푸른 하늘처럼 분명하고 대낮 같이 밝으니 도리를 죽이지 말 것을 강조하고 있다.

4. 의의 및 평가

홍재구는 19세기 화서학파인 이항로, 김평묵의 학맥을 잇는 대표적인 위정척사론자였다. 그의 『정속신편』은 그의 위정척사사상의 내용

---

34) 〈板〉과 〈蕩〉은 《詩經》大雅의 篇名으로, 모두 무도한 周나라 厲王과 부패한 정치를 풍자한 것에서 유래한 말이다. 모두 어지러운 政事를 읊은 데서) 정치를 잘 못하여 어지러워진 나라의 형편을 이르는 말. 정국이 혼란하다. 정국이 요동치다.

을 알려주고 있는 중요한 자료이다. 그는 1883년 12월에 강원도 횡성 근처의 봉평으로 이주해 살고 있었는데, 1888년 횡성에 풍수원 본당이 설립되어 프랑스인 신부 르 메르가 부임하면서 천주교인들의 수가 많이 증가하고 있는 현실에 우려하는 마음을 품었다.

그는 또한 우리 나라가 일본과 청 및 미국, 영국, 독일, 이탈리아, 러시아, 그리고 프랑스 등 여러 나라와 통상 조약을 맺고 그 결과 전기, 철도, 탄광 등 각종 이권들이 이들 나라들에게 넘어가는 현상도 개탄스럽게 바라보고 있었다. 이와 같이 일본, 청, 서구 열강의 침탈과 천주교인의 증가는 보수 유생이었던 그에게 개화정책을 추구하는 정부 및 열강에 대한 반발 심리와 함께 체제 이념의 붕괴에 대한 절박감을 느끼게 했을 것이고, 이러한 상황에서 그는『정속신편』을 저술하였다. 그는 이러한 상황을 타개하기 위한 방법으로 청, 서양, 일본의 문물을 철저하게 배척할 것을 주장했는데, 이는 화서 이항로의 양물금단론(洋物禁斷論)을 계승하고 있다. 한편, 그는 우리나라가 외세의 침략을 받아 나라의 정치가 어지러워진 근본적인 까닭은 우리 내부의 체제와 도덕성의 붕괴에서 나온 것이니 외세를 막기 위해서는 내수(內修)가 시급함을 말하고 있어 중암 김평묵의 내수외양론(內修外攘論)과 같은 괘를 하고 있다고 하겠다.

그는『정속신편』을 저술하고 필사본 등으로 그의 사상을 전파하기에 힘썼는데, 이는 당시 프랑스인 르 메르 신부의 강원도 횡성의 풍수원 성당을 중심으로 한 전교 활동을 반대하기 위한 대중 계몽의 목적도 있었던 것이다.

『정속신편』의 내용 중에 "어린아이를 훔쳐 약(藥餌)을 제조한다. 신농(神農) 본초(本草)에는 금수(禽獸)와 충어(蟲魚)의 육(肉)이 모두 있지만 인육(人肉)은 없다. 어찌 몰라서 침묵하고 있는 것이겠는가? 사람을 죽여 병을 다스릴 수 없음은 당연한 바이다. 지금 양적(洋賊)이 사람의 아이를 훔쳐 약을 마련하는 죄는 용서할 수 없다."고 하고 "죽은 사람을 도해(屠解 : 도살해서 팔과 다리를 각각 찢어 내다)해서 약을 제조한다."는 것에 대해 르 메르 신부는 유언비어라며 강력하게 이의를 제기하였다. 이 문제를 해결하기 위해 르 메르 신부와 뮈텔 주교는 당시 주한 프랑스 공사였던 프랑댕에게 도움을 요청했지만, 프랑댕 공사는 뮈텔 주교와의 갈등으로 인해 이 사건의 해결에 적극적으로 대처하지 않았고 프랑스와 한국 정부 간의 외교적 문제로 비화되지 않았다.

프랑스 교회 당국이나 프랑스 공사관에서 『정속신편』 사건에 대해 적극적으로 대처하지 않으면서 홍재구의 『정속신편』의 영향을 받은 홍효백(洪孝伯)과 안준문(安俊文)이 르 메르 신부를 축출하기 위해 유언비어를 만들어 유포함으로써 횡성교안(橫城敎案)이 일어나게 되었다.[35]

〈해제 : 송요후〉

---

35) 횡성교안에 관한 내용은, 呂珍千, 위와 같은 논문을 참조.

『정속신편(正俗新編)』

『正俗新編』 總論

천지간(天地間) 만물의 많은 것들에서 오직 사람이 가장 귀한데, 가장 귀한 까닭은 어째서인가? 말을 할 수 있는 것으로 하면, 짐승에는 성성(猩猩)[36]이 있고 날짐승에는 앵무새(鸚鵡)가 있는데, 어째서 본디부터 남다르고 특별한가? 슬기롭고 지혜가 뛰어남으로 하면, 벌꿀이 단 것을 만드는 것은 의적(儀狄)[37]이 미칠 수 있는 바가 아니며, 교인(鮫人)[38]이 비단을 짜는 것은 공수(公輸)[39]가 도달할 수 있는 바가 아니다. 역시 어째서 본디부터 남다르고 특별한가? 맹자가 이르기를, "사람에게는 도리(道理)가 있어서, 배불리 먹고 따뜻한 옷을 입고 편안히 살면서 가르침이 없으면 금수(禽獸)에 가깝다. 성인(聖人)이 그것을 근심하여 인륜을 가르쳤으니, 부자유친(父子有親)·군신유의(君臣有義)·부부유별(夫婦有別)·장유유서(長幼有序)·붕우유신(朋友有信)이다. 사람이 금수와 다른 까닭은 다만 이것에 있다."고 하였다. 만약 혹시 모른다면, 이것이 금수와 어떻게 다른가? 성인(聖人)이 사람에게 가르친 까닭은 다만 오륜오상(五倫五常)에 있다. 무릇 나의 향당(鄕黨)의 사람들은 조금도 망설이지 않고 (明目張膽[40]) 아버지 된 자는 자애롭고 자녀 된 자는 효성스럽고 신하된

---

36) 성성이. 중국에 전하는 상상 속의 짐승. 오랑우탄. 성성이
37) 夏禹 때에 술을 제조하는 뛰어났다고 전해오는 인물.
38) 전설에 南海中에 거주하고 있는 人魚. 絹紗를 짜는데 뛰어났다고 함.
39) 春秋 시대 때 魯나라의 기술이 뛰어난 장인.
40) 눈을 크게 뜨고, 담력(膽力)으로 아무것도 두려워하지 않는다는 뜻으로, 곧 두려워하지 아니하고 용기(勇氣)를 내어 일을 함. 공공연한. 공공연하고 대담하다. 조금도 망설이지 않다.

자는 충성되고 부부(夫婦)된 자는 반드시 분별이 있으며, 어른은 어린이를 사랑하고 어린이는 어른을 공경하고 친구 사이에는 반드시 믿음이 있다. 날로 그 몰랐던 바를 알고 날로 그 삼가지 않았던 바를 삼가니, 천한 곳에서 높은 곳으로 올라가며 가까운 곳에서 먼 곳으로 미친 즉, 어찌 삼대(三代) 때의 순후한(淳厚) 풍속이 아니겠는가?

안자(晏子)가 이르기를, "임금의 명령에 잘못이 없으니 신하가 공경하여 두 마음을 품지 않으며, 아버지는 인자로 자식에게 효를 가르치고 훈계하며, 형은 사랑하며 우애하여 동생은 공경하여 따르며, 남편이 의(義)로써 화합하니 처는 복종하며 바르고, 시어머니가 인자로 가르치니 며느리가 순종하여 유순함은 예(禮)의 선물(善物[41])이다."라고 하였다.

이것으로부터 보건대, 아버지가 아들을 사랑함은 다만 양육하는 것에 그치지 않는다. 반드시 또한 의(義)로써 가르쳐야 비로소 사(邪)에 바치지 않는 것이 크게 빛나는 절조(大節)이다. 자식이 부모께 효도함은 다만 공양함에만 그치지 않는다. 반드시 도덕(道德)으로써 깨우쳐 드리고 불의(不義)에 당(當)해서는 다투는 것이 대절(大節)이다. 동생에게 형에게 처에게 남편에게 며느리에게 시어머니에게 친구에게 있어서 모두 그렇지 않음이 없다.

인성(人性)은 본래 선(善)한데, 그 조목은 인·의·예·지·신(仁義禮智信)이다. 인은 사물(事物)을 사랑하는 까닭(所以)이다. 무릇 군친(君親)을 사랑하고 형제를 사랑하는 것 및 향당을 사랑하며 나라(國), 천하의 모든 백성을 사랑하는 것이 모두 인이다. 의는 물(物)을 마땅하게 하는 바이니, 무릇 일(事)에 대응하고 사물(物)을 접(接)함에 즈음해서 일마다 적합하여 의가 아니면 행하지 않음이 모두 의이다. 예라는 것은

---

41) 善事, 好事와 같음.

공경하여 겸양(謙讓)하는 바이다. 일마다 공경하여 삼가서 감히 제멋대로 하지 않는다. 일마다 양보하여 스스로는 낮추고 남을 높이며 남을 앞세우고 자신을 뒤로 한다. 지라는 것은 분별(分別)하는 바이다. 일마다 시비(是非)를 분별해 그릇됨(非)을 물리치고 옳음(是)을 따름이다. 신이라는 것은 성실(誠實)한 바이다. 선(善)을 행함에 반드시 성(誠)하고 실(實)해야 함이 호색(好色)을 좋아함과 같다. 악을 멀리함은 반드시 성하고 실해야 함이 악취(惡臭)를 싫어함과 같다.

본연(本然)의 성(性)은 상제(上帝)로부터 얻는데, 부모에게 내려준다(稟). 상제와 부모는 자식을 낳을 때 신체를 온전하게 낳았다. 그러한 것을 부여받아 태어난 자가 장벌(戕伐)[42]하여 육신을 멸절케 한 즉, 천지의 죄인이며 부모의 적자(賊子)[43]이다. 아! 경계하지 않을 수 있겠는가? 맹자가 이르기를, "몸에는 귀하고 천한 것이 있고 크고 작은 것이 있는데, 작은 것으로써 큰 것을 해침이 없고, 천한 것으로써 귀한 것을 해침이 없다."[44] 또 이르기를, "사람이 금수 다른 바는 그 양자의 차이가 많지 않다. 그 차이는 서민에게는 없고 군자에게는 존재한다.[45] 소(小)로써 대(大)를 해(害)하지 않고 천(賤)으로써 귀(貴)를 해하

---

42) ① 傷害하다. ② 指縱欲욕망에 따름으로써 自害함을 가리킴.
43) 임금이나 부모(父母)에게 거역(拒逆)하는 불충(不忠), 불효(不孝)한 사람.
44) 『孟子』告子章句(上).
45) 『孟子』離婁(下). 맹자의 이 말은 하늘로부터 稟받은 性에는 두 가지 뜻(義)이 있다. 하나는, 사람과 禽獸의 대체로 서로 유사한 性(비유하면, 목마르면 마시고, 배고프면 먹고, 生殖해 번성시키는 등 生理 本質과 欲求)이고, 다른 하나는 사람이 금수와 구별되는 人性으로, 이것인 사람이 하늘에게서 稟受한 性 중에서도 단지 극히 적은 비율(比例)을 점하고 있는 것이다. 그러므로 사람이 금수와 다른 그 차이가 많지 않다고 한 것이다. 인간이 부여받아 갖고 있는 이러한 비율이 극히 적은 '차이가 많지 않은(幾希)' 性은 사람이 사람됨의 본질을 결정하는 것이다. '차이가 많지 않은(幾希)' 性은 性善을 倡揚한 맹자에 의해 注意된 사람의 善性, 즉 '仁義禮智'의 四端이다. '庶民'에게는 이 '차이가 많지 않은(幾希)' 四端이 없어서 '庶民'이 되고, '君子'에게는 이 四端이 있고 또한 發揚하여 '君子'

지 않은 즉, 금수와 다르다. 소로써 대를 해하고 천으로써 귀를 해한 즉 금수와 같다."

아! 저 양적(洋賊), 왜적(倭賊)과 청인(淸人)은 모두 작은 것으로 큰 것을 해치고 천한 것으로 귀한 것을 해치니 금수를 면치 못한다. 아! 저 양학(洋學), 왜기(倭技)와 청술(淸術)에 잠겨 있는 자는 모두 작은 것으로 큰 것을 해치고 천한 것으로 귀한 것을 해치니 금수를 면치 못한다. 아! 저 구체(口體)[46]의 배양(培養)에만 힘을 쓰고 오륜(五倫)·오상(五常)의 도를 모르는 자는 모두 작은 것으로 큰 것을 해치고 천한 것으로 귀한 것을 해치니 금수를 면치 못한다.

형체(形體)와 도리(道理)는 서로 없을 수 없는데, 이 사람이 장군이면 저 사람은 군졸이고 이것이 사람이면 저것은 말(馬)이다. 군졸을 기르는 것은 장군을 지키기 위함이다. 말을 기르는 것은 사람을 태우기 위함이다. 만약 그 군졸을 길러 그 장군을 거꾸러뜨리고 그 말을 길러 그 사람을 죽인다면 가(可)한 것인가 아닌가?

효제충신(孝弟忠信)을 모르고 무슨 일을 하면서 아주 적은 돈과 곡식에 골똘함은 진실로 천한 것으로 귀한 것을 해치고 작은 것으로 큰 것을 해치는 것이다. 하는 일 없이 놀면서 입고 먹는 무리, 재물로 도박을 하는 부류, 도둑질하여 힘으로 빼앗아 가지는 부류는 금수만도 못하다. 온 세상이 진흙탕물이 넘치는데 잘못된 것을 모르니, 아! 탄식할 만하다.

돈을 버는 도(道)는 다만 이르기를, 농업에 힘쓰고(務本) 절약할(節用) 따름이다. 위로는 부모를 섬기고 아래로 처자를 보살피려면, 여기저기 바쁘게 응수하려면, 칠척(七尺)[47]을 보전(保全)하려면, 돈을 버는

가 된다.

46) 입과 배; 입과 신체.

47) 成人의 키는 대략 古尺으로 7척이므로, 故常用以指 成年 男子의 신체를 가리키

도를 어찌 소홀히 할 수 있겠는가? 농업에 힘쓴 즉, 개천(川)의 근원을 파서 쳐 냄과 같고 절약한 즉 개천의 흐름을 막음과 같다. 그 본업에 힘쓰지 않고 그 쓰임새를 아끼지 않으면, 생명을 양육하는 원천을 마르게 하고 부모를 섬기고 처자를 양육할 재원을 잃는다. 이에 의(義)를 어기고 본분을 어기며, 염치(廉恥)를 잊어 신명(神明)에게 죄를 얻고 사방에 원한을 맺으니 어떻게 소홀히 할 수 있겠는가?

백성은 실제 노고(勞苦)를 해봐야 물자와 노력을 사랑하고 아낌에 생각이 미친다. 생각이 미친 즉 착한 마음이 일어난다. 안일하면 절제가 결핍되고, 절제가 결핍되면 선행을 잊어버린다. 선행을 잊어버리면 악한 마음이 생긴다. 오히려 털끝만치라도 게으름이 있지는 않을까 염려하며, 털끝만치라도 잘못이 있지는 않을까 염려한다. 어찌하랴! 어찌하랴! 자세하게 고려하고 자세하게 심사해서 처리함이 이른바 노고를 해봐야 물자와 노력(物力)을 사랑하고 아낌에 생각이 미치며, 생각이 미친 즉 착한 마음이 일어나는 것이 아닌가? 게으를 것을 염려하여 방탕하게 놀기에 이르지 아니 함으로 마침내 무슨 일이든지 다하고 어떤 변(變)도 다 있음에 이르기에는 족하지 않으니, 이른바 안일하면 절제가 결핍되고, 절제가 결핍되면 선행을 잊어버리며 선행을 잊어버리면 악한 마음이 생기는 것이 아닌가?

문왕(文王)의 후비(后妃)는 치격(絺綌)⁴⁸⁾을 만들고, 대부(大夫)의 처는 광주리를 갖고 뽕잎을 채취해 양잠(養蠶)하여 비단(帛)을 짜 공자(公子)⁴⁹⁾의 상(裳)⁵⁰⁾을 만든다. 후비(后妃)·부인(夫人)⁵¹⁾·대부(大夫)의 처라는 존귀함에도 감히 스스로 안일하지 않음이 이와 같은데, 하물며

는데 늘 사용되었다.
48) 발을 곱게 짠 갈포(葛布)와 굵게 짠 갈포.
49) 古代에 諸侯의 자녀를 칭한 말.
50) 고대에 치마를 가리킴.
51) 제후(諸侯)의 아내에 대한 호칭.

그 나머지 자들에게서랴! 내외·상하가 부지런하고 정성스럽게 선(善)을 행함에, 노고(勞苦)를 하고서야 악을 멀리하며, 노고를 함이 몸에 있는 바 몸을 보전하며, 가(家)에 있는 바 가를 보전하며, 국·천하(國天下)에 있는 바 국·천하를 보전한다. 만약 무절제하게 쾌락을 즐기고 술과 계집에 빠지며 지나치게 사치함이 몸에 있으면 망신(亡身)이고 가(家)에 있으면 망가(亡家)이며 국·천하(國天下)에 있으면 국·천하를 망하게 한다. 천자(天子)의 귀(貴)와 사해(四海)의 부(富)는 간직하고 있을 수 없을 것이니, 하물며 그 아랫사람이랴!

아! 세상이 어지럽다. 큰 쥐와 작은 쥐가 나라(邦域)에 두루 가득 차 있다. 귀매(鬼魅)[52]와 금수가 온 세계에 두루 가득 차 있다. 어떻게 하면 성명(性命)을 온전케 하며, 온몸을 지키는가? 어떻게 하면 위로 부모를 섬기며, 아래로 처자를 보살피겠는가? 아! 위태롭도다. 만약 용기를 내어 일하고 근검절약하며, 이웃 마을 향당이 서로 바로잡아 주며 함께 힘쓰지 않는다면, 크게 낭패(狼狽)하지 않음이 드물다. 아! 경계하라.

〈역주 : 송요후〉

---

52) 도깨비와 두억시니.

참 고 문 헌

1. 단행본

「華西學派 簡札選」(Ⅰ), 강원대학교 중앙박물관 『博物館辛種遠・吳瑛燮・鄭種千, 誌』 제1집, 1994.

2. 논문

呂珍千, 「≪正俗新編≫ 解題」, 『교회사연구』 제18집, 2002.

_____, 「19세기 화서학파 홍재구의 서양 인식과 천주교회의 반응―≪正俗新編≫ 을 통하여―」, 『교회사연구』 제21집, 2003.

鄭敬薰, 「遜志 洪在龜의 『正俗新編』研究」, 『儒學研究』 제26집, 충남대학교 유학 연구소, 2012.

『쥬교요지』

분 류	세 부 내 용
문 헌 종 류	조선서학서
문 헌 제 목	주교요지(쥬교요지)
문 헌 형 태	필사본
문 헌 언 어	한글
저 술 년 도	미상(1795년 이후 추정)
저 자	정약종(1760~1801)
형 태 사 항	총 192면
대 분 류	종교
세 부 분 류	교리
소 장 처	절두산순교박물관 한국교회사연구소 숭실대 기독교 박물관
개 요	조선인이 저술한 최초의 한글 교리서 · 신학서 · 호교론서. 상편은 천주론, 호교론, 내세론 등의 내용을 32조목으로 나누어 설명하고 하편은 부활과 승천의 구체적 내용을 다룬 구속(救贖)론의 내용을 11조목으로 나누어 설명함.
주 제 어	천주(天主), 상선벌악(賞善罰惡), 삼위일체(三位一體), 영혼(靈魂), 천당(天堂), 지옥(地獄), 강생구속(降生救贖)

1. 문헌제목

『쥬교요지』

2. 서지사항

『쥬교요지』는 천주의 가르침 중에서 가장 핵심이 되는 내용을 정리한 것으로 조선에서 쓰여진 최초의 한글 교리서이면서 호교론서이다. 정약종이 『쥬교요지』를 저술하였던 정확한 시기는 미상이나 대체로 1795년 이후로 추정된다.[1]

현존하는 필사·간행된 『쥬교요지』를 판본 별로 분류하면 필사본 5책, 목판본 5책, 활판본 39책으로[2] 특히 다블뤼(Daveluy, 安敦伊) 주교가 1864년에 목판본으로 간행한[3] 뒤 목판본이나 활판본으로 간행되어 더욱 널리 보급되었다.

목판본은 표지가 떨어져 나가 간행연도와 감준자를 알 수 없는 1책을 제외한 4책 모두 블랑(Blanc, 白圭三)주교가 감준한 중간본으로 1885년 간행된 것이다.

활판본은 1887년 간행된 것, 1897년 간행된 것, 1906년 간행된 것,

---

1) 저술 시기에 대해 조광은 정약종의 생애 말년으로 이해했으며, 원재연은 대략 1790년대의 어느 시점이 될 것으로 보았고, 박선환(『한국 초대교회의 호교론 : 정약종의 '쥬교요지'와 정하상의 '상재상서'를 중심으로』, 가톨릭대 대학원, 1995, 석사 논문)은 주문모 신부가 서울에 도착한 시기를 전후로 이해한 데 반하여 차기진은 주문모 신부가 입국하기 전이 아니라 정약종이 하층 신자에게 교리를 가르치거나 지도층으로 부각되는 1797~1798년 이후 혹은 1799년 초 명도회장이 된 이후로 보아야 한다고 주장하였다.
2) 필사본 5책은 절두산순교박물관에 1책, 한국교회사연구소에 2책, 숭실대 기독교박물관에 1책, 국립중앙도서관에 1책 소장되어 있으며, 목판본 5책은 1885년 간행 목판본으로 호남교회사연구소에 1책, 절두산순교박물관에 1책, 가톨릭대학교 신학도서관에 2책, 간행 연도 미상본으로 한국교회사연구소에 1책이 소장되어 있다.
3) Maurice Courang, Bibliographie Coreenne, tome 3, Paris, 1896,p.287에 보면, 다블뤼 주교가 1864년에 『쥬교요지』를 감준하여 목판본으로 간행한 사실이 언급되어 있다.

1932년 간행된 것, 연도 미상의 것으로 나뉘는데 1887년 간행된 활판본은 5책이 전해지며 블랑 주교가 감준한 중간본이다. 이는 1885년 간행된 목판본과 비교할 때 형태도 내용이 많이 다른데 이는 블랑 주교가 감준하면서 내용을 많이 첨삭한 것으로 보인다.

필사본은 4종류가 전해지며 국립중앙도서관 소장본은 뮈텔 주교가 소장하고 있던 1885년 간행 목판본을 1930년 8월 19일 평양에서 필사한 것이다. 한국교회사연구소 필사본 2책은 필사 시기나 저본에 대한 언급이 없다. 절두산순교박물관에 소장되어 있는 필사본 1책은 한지에 흘림체로 필사한 것으로 현존 본 중에서 가장 원본과 가까운 형태의 것으로 추정되며 본 해제의 저본으로 삼았다.

목차 없이 본문만 수록되어 있으며 상편 90면, 하편 102면, 총 192면으로 되어 있다. 각 면은 10행으로 되어 있는 1~6면을 제외하고는 모두 9행으로 되어 있고, 각 행의 글자 수는 17~23자로 되어 있으며, 책의 크기는 23.7×15.5cm이다.

표지 안쪽에 기록을 보면 "텬쥬강싱텬구빅七년 丁未 / 監收 閔아오스딩 監准 / 大韓 隆熙 元年"이라 적혀 있는데 이 부분은 필체가 본문과 다르다. 민아오스딩은 1880년에 조선에 와서 1933년까지 제 8대 조선교구장을 지낸 파리 외방전교회(外方傳敎會) 소속 선교사 뮈텔(Gustave Charles Marie Mütel) 주교(1854~1933)로 추정된다. 뮈텔 주교는 민덕효(閔德孝)라는 한국 이름을 사용하였으며 세례명 귀스타브(Gustave)는 오늘날 '아우구스티노'로 불리는 'Augustin'의 다른 이름이고 '아오스딩' 역시 'Augustin'의 애칭 중 하나이다. 뮈텔은 한국어를 잘 알았고 한학(漢學)에도 능통하였다고 한다. 뮈텔 주교가 1907년 감준하여 간행한 판본은 발견되지 않지만 뮈텔 주교가 1897년부터 1909년까지 감준하여 간행하였던 현존 『쥬교요지』는 모두 블랑 주교가 1887년에 감준하여 간행한 활판본과 형태와 내용이 동일하기 때문에 이 자료와 동일한 것이어야 하지만 이와 비교할 때 내용이 상이하다.

이와 관련하여 상편과 하편 사이 여백에 있는 기록이 주목되는데 내용은 1916년 세모에 스스로 느낀 점을 적어 놓은 것으로 필체가 앞의 기록과 동일하다. 이를 통해 이 기록은 뮈텔 주교가 1907년 간행한 판본에 수록되어 있는 뮈텔 주교의 감준 내용을 보고 필사자가 판본의 여백에 써 넣은 것으로 추정된다. "텬쥬 아들이 흔듸 합흐샤 아홉돌만에 나시니 나신 째는 한나라 이제 원슈 이년 동지 후 데 스일이라 강싱흐신 째로부터 이제 니르히 일천팔빅여년이니"의 필사본 내용이 일부 활판본에는 "니르히 일천구빅여년이니"로 표기된 것에서 필사 연도를 추정해 볼 수 있다.

본문에서 행(行)을 바꾸는 외에는 띄어쓰기를 하지 않았다. '텬쥬, 셩부, 예수' 등의 단어가 행의 맨 아래 칸에 나올 경우에는 그 칸을 비우고 다음 행으로 올려 쓰는 방식을 취하는데 대두법이 적용된 예들이다. 이 밖에 같은 행 안에서 이야기가 새로 시작될 때에 한 칸을 띈 것도 간혹 있으나 일관된 것은 아니다. 구두점(句讀點)은 사용하지 않았다. 인명, 지명 등 고유명사 표기에서 눈에 띄는 것은 해당 단어의 오른쪽에 세로로 선을 그은 일인데, '아당, 에와, 미까엘' 등 인명의 경우에는 우측에 두 선을, '디당' 등 지명에는 우측에 한 선을 그은 예가 보인다. 주격조사로는 'ㅣ'만이 사용되고(텬쥬 ㅣ, 도 ㅣ, 셕가 ㅣ), 이중모음이 단모음화하기 이전 단계를 반영하고 있다(샹, 셕, 졀, 쥬, 텬 등). 구개음화와 두음법칙에 대해서도 예외가 있으나 대체로 그 이전 단계를 반영하고 있다. '됴흐시니라, 디옥, 됴희' 등 과 '녀름, 령혼, 류리, 니겨, 릿일' 등이 그 예이다.

[저자]

정약종(1760~1801)은 1760년(영조 36) 경기도 마재에서 태어났으며, 본관은 나주(羅州)이고 세례명은 아우구스티노이다. 초대 명도회장(明道會長)으로서 천주교회의 전파에 힘썼다.

부친은 남인 가문에 속하였던 정재원(丁載遠)이며 어머니 하남 윤씨와의 사이에서 3남 1녀가 태어났는데 약전, 약종, 약용 형제이다. 정약종은 두 번 결혼했는데 첫째 부인 이씨 사이에서 철상(1782~1801, 가롤로, 순교)을 낳았고, 이씨 부인 사망 후 맞은 유씨 부인(1761~1839, 세실리아, 성녀) 사이에서 하상(1795~1839, 바오로, 성인), 정혜(1797~1839, 엘리사벳, 성녀)를 낳았다.

이익의 종손인 이가환이나 정약종의 매부였던 이승훈을 통해 종교를 처음 접한 이후, 천진함 주어사 강학회에 참석하면서 본격적으로 탐구하였다. 정약종은 27세 때인 1786년 3월 둘째 형 약전으로부터 천주교에 대해 듣고, 이익의 종손인 이가환이나 대부인 권일신에게 영향을 받았으며 정약종의 매부였던 이승훈으로부터 세례를 받았다. 입교 후 그는 여러 해 동안 칩거하면서 한문 서학서와 천주교 서적을 탐독했다. 그리고 도교의 헛됨을 깨닫고, 실학을 통해 조선왕조를 개혁하고 서학을 '보유역불'(補儒逆佛-유교를 보완하고 불교를 바꾼다) 관점에서 이해했던 약전·약용 형제들과 달리 순수 종교적 차원에서 신앙을 키워나갔다.

1787년 반회사건(泮會事件-성균관 인근 반촌에서 이승훈, 정약용 등이 서학서를 연구하다 체포된 사건)과 1791년 신해박해(진산사건-윤지충이 모친의 신주를 불태우고 제사를 거부한 사건)이 발생하자 부친을 비롯한 가족들의 반대로 약전·약용 형제가 교회와 단절했으나 정약종은 신앙생활을 유지하기 위해 자신의 가족들을 이끌고 한강을 건너 양근 분원으로 이주했다. 양근 분원에서 정약종은 교리 연구에 더욱 몰두했고, 날이 저물도록 전교에 힘썼다. 그의 가르침은 막힘이 없고 듣는 사람들도 지루해 하지 않아 그의 박식함이 천주교 신자들 사이에 널리 알려졌고, 김한빈, 임대인, 홍주 출신 황일광과 최기인 등이 그의 집으로 이사와 행랑채에 살면서 교리를 듣는가 하면, 서울을 비롯한 전국의 많은 신자들이 그의 강론을 듣기 위해 그의 집을 찾았다. 정약종은 또 최창현·이국승·황사영·최필공·최필제 등과 교리 연구 모임인 '동학공동체'를 통해 교회 지도층으로 성장하기 시작했고, 그의 활동은 주문모 신부가 활발하게 활동하는 1797~1798년에 가장 폭넓게 활동했다.

황사영은 『백서(帛書)』[4]에서 정약종에 대하여 다음과 같이 기술하고 있다.

"정아오스딩 약종은 성질이 강직하고 의지가 전일하며 무엇에나 자상하고 세밀하였습니다.…성교를 듣자 그는 독실하고 믿고 힘써 실행하였습니다.…그는 말을 타고 가거나 배를 타고 있거나 언제나 묵상하는 공부를 그치지 않았으며, 어리석고 몽매한 사람을 보면 힘을 다해 가르치고 타일러서 혀가 굳고 목이 아프게까지 되어도 조금도 싫증내는 기색이 없었으므로 비록 아무리 어리석은 노둔한 사람이라도 깨치지 못하는 자가 별로 없었으므로 비록 아무리 어리석은 노둔한 사람이라도 깨치지 못하는 자가 별로 없었습니다.…사람들이 별의별 도리를 다 물어도 그는 마치 호주머니 속에서 물건을 꺼내듯이 별로 생각해 보지도 않고 말이 술술 풀려나와 끊어지는 일이 없었고, 아무리 연거푸 어려운 문제를

---

4) 『帛書』 35행~40행 참고.

가려내게 하여도 조금도 막히는 일이 없었습니다.…그는 세속 이야기는 서툴렀으나 교의 진리를 강론하기를 가장 좋아하여 비록 병들어 괴롭거나 양식이 없어 굶주림을 당했을 때에도 그 괴로움을 모르는 사람 같았습니다."

정약종은 1794년 무렵부터 교리 연구 모임을 조직하여 가족을 비롯하여 하인이었던 임대인(토마스), 김한빈(베드로), 홍주 천민 출신 최기인, 백정 출신 황일광(알렉시오) 등에게 교리를 가르쳤다. 1797∼1798년 무렵은 조선에 온 중국인 주문모(周文謨,야고보) 신부가 서울과 지방을 오가며 성사를 베풀거나 중국으로 밀사를 보내 북경의 구베아 주교와 연락하였던 시기로 홍낙민, 이국승, 최필공 등과 함께 주문모 신부를 보필하며 전교에 힘썼다.

정약종은 주문모 신부로부터 1799년경 '명도회' 초대 회장으로 임명되었다. 명도회는 교회 비밀 조직으로 대여섯 신자 가정을 엮어 하부 조직인 '육회'를 구성하고 있고, 육회 단위로 첨례·교리공부·공동 기도에 힘쓰며 예비 신자의 신심 교육을 담당했다. 명도회의 체계적인 전교활동으로 주문모 신부 입국 당시 신자 4000여명에 불과하던 것이 신유박해 때 1만여 명으로 증가했다. 정약종은 명도회 회장으로 활동하면서 한국 천주교 최초의 한글 대중 교리서인「주교요지」를 저술하였다. 이 저술로 말미암아 그는 한국 천주교회의 초대 교부요 신학자라는 평을 듣고 있다. 정약종은 한글 교리서인『쥬교요지』에 이어서 교리서를 종합·정리한『성교전서(聖敎全書)』의 편찬을 시도했으나 이 책의 초고가 절반도 집필되지 못했을 때 신유사옥이 일어나 이 작업은 이루어지지 못했다.

1801년 1월19일(음력) 정약종의 '책롱사건'이 발생했다. 이 사건은 임대인이 천주교 서적과 성물, 북경 주교의 서한 및 주문모 신부의 서한, 정약종 일기 등이 들어 있는 정약종의 책롱을 황사영의 집으로 옮기려다 발각된 일을 말한다. 이 사건을 계기로 2월9일 이가환, 정약용, 이승훈, 홍낙민이 검거되고, 11일에 권철신과 함께 정약종이 체포돼 의금부에 투옥됐다. 12일부터 의금부에서 심문을 받은 정약종은 "나라에 큰 원수가 있으니 바로 임금이요, 가정에 큰 원수가 있으니 바로 아비이다"(國有大仇君也 家有大仇父也)며 신분제와 가부장제 사회를 신랄히 비판하고, 삼위일체의 천주를 고백하고 인간의 존엄성과 평등을 주장하여 고문을 받았다.

정약종은 1801년 2월26일(양력 4월8일) 국가가 금하는 사교(邪敎)를 믿고, 국왕에 대한 불경과 국가에 대한 모반죄로 42세 때인 1801년(순조 1) 2월 26일, 이승훈(李承薰)·최창현(崔昌顯)·홍낙민(洪樂民) 등과 함께 서소문 밖에서 참수되어 순교하였다.

정약종은 체포된 직후 받은 심문에서 "천주교가 올바른 학문이라 생각했으며 만 번을 죽는다 해도 후회가 없다"고 하였다.[5] 사람은 누구나 다 죽기를 싫어하고 살기를 바라겠지만 올바른 삶이 아니라면 살아도 산 것이 아니라고 하면서 자신이 믿는 신앙을 위해 죽음도 두렵지 않음을 역설하였던 것이다.[6] 이후 주문모 신부에 대한 추궁을 비롯한 심문을 계속하였으나 관련 조직의 보호를 위해 함구하니 "오직 입을 굳게 다물고 있으니 물어도 아무 소용이 없다"[7]고 하면서 부

---

5) 『推案』, 아세아문화사, p.49, 1801년 2월 12일 "저는 본래 이 가르침을 정학(正學)이라고 알았을 뿐 사학(邪學)이라고 알지 않았습니다. 제가 만약 사학이라 인식했다면 어찌 감히 그것을 했겠습니까? 그 가르침은 대공지정(大公至正)하고 가장 진실된 지식의 도입입니다"
6) 황사영은 『帛書』에서 정약종의 독실한 신앙심에 대하여 "진산사건 때 그의 형제와 친구들 중에서 믿음이 온전한 사람이 드물었는데 오직 그만이 조금도 동요하지 않았다"고 하였다.
7) 『推案』, p.144, 1801년 2월 17일.

대시참수형을 집행하였다. 황사영은 정약종의 최후에 대하여 "칼로 한 번 찍으니 머리와 몸이 반으로 잘렸는데 그는 벌떡 일어나 앉아 손을 크게 벌려서 십자 성호를 긋고는 조용히 다시 넘어졌다"고 적고 있다.

정약종과 큰 아들 정철상(丁哲祥, 가롤로 : ?~1801)은 신유박해로 인해, 정하상(丁夏祥, 바오로 : 1795~1839), 정정혜(丁情惠, 엘리사벳 : 1797~1839) 남매와 아내 유소사(柳召史, 체칠리아 : 1761~1839) 등은 기해박해로 인해 사망하여 가족 5인이 모두 순교하였다.

3. 목차 및 내용

[목차]

목차는 없고 각 절의 제목은 "텬쥬ㅣ 세 위시고 흔 톄시니라", "불경 말이 다 허망ㅎ야 밋을 거시 업ᄂ니라" 등과 같이 천주교의 가르침을 단적으로 보여주는 말과 불교에 대한 비판의 내용을 간단히 제시하는 말로 되어 있다. 본문에서는 그 내용을 상세히 풀어 설명하였다.

상편은 천주의 존재, 천주의 속성, 유교·불교·도교와의 관계 및 불교 비판, 내세와 천주의 상벌 등에 관한 32조목이다. 하편은 천지창조와 인간의 타락, 예수를 통한 인간의 구원 사업 등 천주교의 창조론·구속론을 설명하는 11조목이다. 문답식으로 구성하고 한글로 씀으로써 각 계층의 사람들에게 천주교의 종교적, 철학적인 내용을 쉽게 설명하였다. 상하편의 제목은 다음과 같다.

샹편

인심이 스스로텬쥬계신쥬를아ᄂ니라

만물이스스로나지못ᄒᄂ니라

만물이결노되지못ᄒᄂ니라

하늘이움죽여도라감을보고텬쥬계신쥬를알디이라

사름이반ᄃ시텬쥬로말매암아삼겨나ᄂ니라

텬쥬오직ᄒ나히시니라

텬쥬ㅣ본ᄃㅣ계시고스스로계시니라

텬쥬시작이업ᄉ시고밋춤이업ᄉ시니라

텬쥬지극히신령ᄒ샤형샹이업ᄉ신이라

텬쥬아이계신곳이업셔곳곳이다계시니라

텬쥬ㅣ무궁이능ᄒ시니라

텬쥬온젼이알으시ᄂ니라

텬쥬무궁이아름다오시고됴ᄒ신이라

텬쥬ㅣ셰위시고흔테시니라

푸른하늘이텬쥬아이신니라

텬디스스로만물을능히내지못ᄒ나니라

옥황샹뎨라ᄒᄂ말이그릇니라

부쳐와보살둘이다텬쥬의내신사름이니라

셕가여릭ᄂ스스로텬디간에홀노놉다ᄒ미지극히요망ᄒ고망녕되니라

불경말이다허망ᄒ야밋을거시업ᄂ니라

뫼와물과큰싸히부쳐의ᄆ음속으로삼겨낫단말이허망ᄒ니라

사름이젼싱과후싱이잇고사름이죽어즘싱이되고즘싱이사름이되다말이허망ᄒ니라

불경의텬당디옥의즐거움과고로움을의논홈이다모로고혼말니니라

불경의말이두가지로나니밋을것시업ᄂ니라

불도의샹벌말혼법이샹괴업ᄂ니라

득도ᄒ여부쳐되엿가말이아조허망ᄒ니라

부쳐의도가텬쥬의도와ᄀᆺ지아니ᄒ니라

잡귀신위ᄒᄂ거시큰죄이라

텬쥬ㅣ반ᄃ시착혼이를샹주시고악한이를벌쥬시ᄂ니라

사름이죽은후의령혼이이셔샹벌을닙ᄂ니라

령혼이반ᄃ시즐거움과고로움을밧ᄂ니라

텬쥬셰계를셔흘ᄆᆫᄃᄅ사름의션악을시험ᄒ시고갑흐시ᄂ니라

하편

텬쥬계셔엿시에텬디만물을일우시니라

셰샹이본ᄃᆡ됴텬니쳐음조샹이텬쥬긔득죄ᄒ야됴텬계샹이고로와지고셰샹사름이다그ᄅ되엿ᄂ니라

텬조강싱ᄒ샤사름이되샤온셰샹을구ᄒ시고사름의죄를다쇽ᄒ야주시니라

예수계셔다시살으셔하늘의올나가시니라

예수ㅣ하늘의오ᄅ시던발자최가잇ᄂ니라

십ᄌ가의신령혼자최가무궁무진ᄒ니라

셰샹이ᄆᆺ출째에텬쥬예수계셔다시ᄂ려오샤쳔하고금사름을다판ᄒ시ᄂ니라

텬쥬강싱ᄒ신의심을붧힘미라

텬하사름이다혼몸ᄀᆺᄒ야아당의죄를만민이무릅쓰고예수의공만민이닙ᄂ니라

텬쥬교를힝ᄒ기어렵다말을못ᄒᆯ지니라
텬쥬교를드르면즉시드러올지니라

[내용]

〈상편 : 총 32조목〉

1) 천주론

(1) 천주존재의 증명 : 1-5조목

첫 장에서 인심(人心)에 호소하면서 천주를 "님ᄌ"로 언급하여 다음과 같이 소개하고[8] 인심의 나약함을 거론하며 천주의 존재를 증험하려 하였다. 이어 만물이 스스로 나지 못함, 만물이 저절로 되지 못함, 하늘이 움직여 돌아감 등을 예로 들면서 신의 존재를 증명하였다. 이어 처음 난 것은 천주로 인한 것이지만 지금은 부모의 속으로 나니 어찌 아는 지를 묻고[9] 이에 대한 답으로 '장인이 그릇을 만드는 묘리'와 '사람이 자식을 낳는 묘리'를 대조시켜[10] 원초적 소이연(所以然)의 원리를 염두에 두고 이를 "천주의 령(靈)하신 슬기"로 설명하였다.

---

8) "무릇 사름이 하늘을 우러러 보미 그 우희 님지 계신 쥬울 아는고로 질통고난을 당ᄒ면 앙쳔 슈ᄒ야 면ᄒ기를 ᄇ라고 번기와 우레를 만나면 즈긔 죄악을 싱각ᄒ고 ᄆᆞ음이 놀납고 송구ᄒ니 만일 텬상에 님지 아니 계시량이면 엇지 사름마다 ᄆᆞ음이 이러ᄒ리오"
9) "ᄒᆞ 사름이 무로 처음으로 난 ᄉ름은 텬쥬로 말미암아 낫거이와 즉금 사름은 부모의 속으로 나니 텬쥬 아이 계신들 엇지 못 잇시리오"
10) "장인은 그릇술 졔 지조로 ᄆᆞᆫ들기에 그릇술 ᄆᆞᆫ드는 묘리를 다 알거이와 사름은 ᄌᆞ식을 나하도 되는 묘리를 뉘가 아난고"

---

(2) 천주의 속성 : 6-14조목

천주의 속성으로 유일, 지존, 무시무종, 무형무상, 전지, 전능, 삼위일체 등을 들어 설명하고 특히 삼위일체에 대한 설명을 거울에 비친 상에 비유하여 얼굴·마음·정의 상관관계를 설명하였다.[11] 이어 더 나아가 사람의 경우 거울에 비친 상과 마음에 맺힌 것이 다 잠시뿐이지만, 천주의 경우 사랑하는 정(情)이 무궁하므로 본체와 얼굴과 정이 하나라는 논리를 펼치고 있다. 이는 삼위일체 교리의 위격(位格)의 구분과 한 본체(本體)를 설명한 것으로 삼위는 천주의 체가 세 개가 아니라 위는 비록 세 가지이지만 그 체는 오직 하나며 얼굴과 정이 한 천주 안에 있으니 삼위가 다 높음과 낮음 크고 적음과 먼저와 나중의 분별이 없다고 한 것이다. 이를 통해 "삼위의 일체"를 말하고 다시 출생이라는 관점에서 삼위일체를 확증하였다. 삼위는 비록 선후의 구분이 없으나 실은 상생하는 차례가 있다는 의미이다. 형체가 걸리는 것이 없이 통한다는 말로 성부와 성자와 관계 및 이로부터 나타나는 성신을 설명하고 있다.

2) 호교론(護敎論)

천주에 대한 설명에 이어 당시 사람들이 잘못 알고 있는 점에 대하여 설명하면서 당대의 호교론을 보여주고 불교 비판에 큰 비중을 두고 천주교의 교리를 주로 불교의 그것과 대비시키는 방법으로 해설하였다.

---

11) "무릇 사룸이 붉은 거울에 빗최면 거울 속의 그 얼골이 나고, 스도 사룸이 무움에 혼가지 거슬 스랑호면 무움 속에 그 스랑호는 정이 나니 텬쥬도 이러호샤 무시브터 그 무궁이 아룸다오신 톄 무궁이 아룸다오신 얼골이 나 계시니 얼골이 임의 당신 얼골리오 스도 지극히 아룸다오시기에 졀노 무궁이 스랑호시는 무움이 나셔 그 스랑호는 무움으로 스도 무궁이 아룸다오신 졍이 나시니"

(1) 하늘과 천주의 차이 : 15-16조목

여기에서 조선인들이 잘못 믿고 있던 천신에 대한 생각을 지적하고 중국에서 건너온 천주교의 신(神)을 "텬쥬"라는 한자어로 표기하였고 창조주하는 관점에서 천주를 "님즈"라고 칭하였다. 당시 조선에서 "텬쥬"는 "하늘의 주인"으로서 일종의 자연신(自然神)으로 받아들일 수 있었을 것이다. 이에 대하여 논거를 들어 천주는 푸른 하늘이 아님을 말하고 이어서 다음 장에 그 이유를 화원(畫員)과 그림의 관계, 부모가 자식에 물려주는 집과 전답과의 관계로 설명하여 답하였다. 문답식으로 구성된 두 장에서 만물이 생성되는 원리를 비유를 통해 드러내는데 만물을 그림으로 보았을 때, 땅은 그림을 담는 종이에 비유되고 하늘은 종이에 담겨진 채색에 비유되었다. 천지가 동양의 음양을 상징하며 그 조화로 만물을 생성시키는데 여기에 화원을 등장시켜 비유하는 것이다. 즉,'푸른 하늘'과 대비되는 화원의 '주재지천(主宰之天)'을 언급하면서 천주의 주재로 천지와 일월을 내신 그 은혜를 모르는 것은 부모의 정을 모르고 주신 집과 전답을 향하여 절하는 우(愚)를 범하는 것과 같다는 비유로 설명하였다.[12]

(2) 타종교 비판(도교 비판 17조목; 불교 비판 18-26조목; 민간 신앙 비판;27조목)

먼저 도교, 옥황상제의 그릇됨을 설명하는데 이는 정약종이 한때 빠져들었던 신선도술과 결별했음을 의미하였다. 이 중에서 당시 민간에 널리 알려진 설화로 설명하고자 하는데 한나라 장의[13]라는 사람이 "샹(常)업손"[14] 신선도술을 하였고, 송나라 휘종(徽宗)때에 그를 옥황

---

12) "텬디와 일월을 내신 텬쥬의 은혜를 모로고 텬디와 일월을 향ᄒ야 절ᄒ미 집과 뎐답을 향ᄒ야 절홈과 무어시 다르리오"
13) 원문에는 "장의ᄂ 소진(蘇秦) 장의(張儀)와 다ᄅ니라"라는 註가 있다.

상제로 높였다는 것이다. 그리고 천주상제는 오직 하나인데 어찌 세상 사람을 상제(上帝)라 이름하리오?라고 반문하였다. 이는 범인(凡人)을 가리켜 임금이라고 일컫는 큰 죄악임을 설명하고 휘종 때의 송의 멸망이라는 역사적 근거로 마무리 짓는다.

타종교에 대하여 불교 비판이 가장 많은 부분을 차지한다. 먼저 부처와 보살이 천주께서 내신 사람에 불과함을 말하고, 석가여래의 망령됨을 거론하면서 이어 불경의 거짓됨을 논증하였다. 불교와 천주교의 도(道)가 다름을 명확히 하고 잡귀신에 대한 거부가 천주교의 유일신 사상에 근거함을 보여주는데 곧 고을에 원이 한 분이고 나라에 임금이 한 분이듯이 천지의 주인도 하나뿐이라는 것이다. 구체적으로 군왕, 세존, 제장(諸將), 성주(成柱), 성황 등을 들고 있으며 그 외의 물(物)을 섬기는 '굿', '제(祭)'등은 두 임금 섬기는 죄에 해당한다는 논리를 펼치는 것이다.

3) 내세관(來世觀) : 상선벌악(賞善罰惡)

(1) 내세적 인과응보설(28조목)

상편을 마무리하면서 교리를 종합적으로 정리하고자 하는데 지금까지의 서술 방식과는 다른 구조를 가져 29장 이하부터는 내용의 짜임새가 조직적이기보다는 나열식이다. 내세적 인과응보설을 바탕으로 한 상선벌악에 대한 천주교 교리를 상편에 집약시킴으로써 강생구속(降生救贖)이라는 하편의 주제만을 남겨 놓고 천주존재·삼위일체·상선벌악이라는 천주교의 4대 교리를 설명하고자 하였다.

천주의 공정하심에 대하여 설명한 후, 하나의 반론으로 문제를 제

---

14) "常없다"는 말로 '이치에 맞지 않는'이라는 뜻

기하고 세상의 화복으로는 선악을 다 갚지 못하므로 죽은 후에야 선악이 결단난다는 내세적 인과응보설이다. 이에 대한 비유로 정승 세자리에 열 사람을 시킬 수 없고 한 만금으로 만금 받을 만한 여러 사람들에게 나누어 줄 수 없음을 들었다. 이는 현세의 인과응보로는 풀릴 수 없었던 것을 내세관으로 해명하고자 한 것이다. 이어 천주가 그처럼 공정하다면 왜 착한 사람이 빈천하고 고난 받으며 못된 사람이 복락을 받느냐는 질문으로 끝맺고 있다.

(2) 영혼관 : 29조목-30조목

상선벌악에 대상이 되는 영혼에 대하여 설명하는데 이 부분의 서두는 앞 장에서 제기한 질문에 대한 대답으로 "답왈"이라는 한자음으로 시작하였다. 천주교의 사후 상벌은 결국 썩어 없어지지 않을 영혼에 베풀어지는 것으로 여기에서 짐승의 각혼(覺魂), 사람의 영혼(靈魂),을 구분시켰다. 남이 나를 칭찬하면 좋아지고 남이 나를 나무라면 괜히 싫어지는 마음이 생기는 것은 모두 영혼에서 나오기 때문이라 설명하고 영혼은 사람 고유의 것으로 영혼 불멸을 조선의 초혼(招魂) 풍습으로 설명하면서 끝으로 살고 싶은 사람의 마음을 예로 들었다. 이어 영혼에 대한 보충 설명으로 사람의 몸은 다만 피와 살로 이루어져 있으며 영혼이 즐거움과 괴로움의 근본임을 말하였다. 이는 영혼이 육체와 더불어 천주에게 부여받은 것을 확신하였고 이러한 시각에서 이어지는 하편에서 천주교 교리를 한마디로 '영혼의 공부'라고 지칭하였다.

(3) 천당과 지옥의 세계관(31조목-32조목)

상편의 마지막 장은 천주교의 세계관을 제시하면서 믿음을 권고하는 것으로 끝맺는데 이를 세 개의 세계, 곧 천당, 지옥 그리고 이 세상인 현세라 규정하며 단순화시켜 설명하고자 하였다.[15] 천당 지옥관 관련한 좀 더 자세한 설명은 하편의 창조론(創造論)과 공심판(公審判)에서 다루었다.

천당지옥설을 천주께서 만민에게 친히 일러주신 말씀이라는 점을 강조하면서 상편을 시작할 때 인심(人心)에 호소하였듯이 다시 뇌성(雷聲)에 천벌을 입을까 두려워하는 마음을 상기시키고 믿는 시점은 바로 이 세상에 있을 때이어야 함을 강조하였다. 상편은 이와 같은 수미쌍관식(首尾雙關式)의 구조를 가진 독립된 한 권이며, 그 목적은 천주교의 신관(神觀)을 조선의 상황에 맞게 설명하고자 하는 것이다.

〈 하편 : 11조목 〉

교리에 대한 좀 더 깊은 이해를 위해 하편에서는 창조론, 원죄론, 구속론을 설명하였다. 총 11조목으로 구성되어 있으며 하편은 이야기식이면서도 상편에 비해 더 복합적인 구조를 가지는데 구속론에서는 천지 창조와 원죄, 천주와 관련된 강생구속, 십자가 사건 및 부활의 신비를 다루고 있다. 이어 승천과 그 증거, 십자가의 자취와 신비, 심판 예수의 강생구속에 대한 의문 풀이, 천주교를 권면하는 내용으로 끝마치고 있다.

1) 창조론(1조목)

1일 째 천지·빛·천당·천신을 만들고, 2일 째 기운·불·9중천을 만들고, 3일 째 산·바다·초목·곡식을 만들고, 4일 째 해·달·별을 만들어

---

15) 『천주실록』에는 제 4장 <天主制作天地人物章九>에는 첫째 날 지어진 하늘에 대해 9重에서부터 1重天까지로 차례로 자세히 설명하는 대목이 있으며, 『교요서론』에는 신경을 설명하는 대목에서 지옥의 세 층, 곧 영원한 고통의 지옥, 연옥, 림보의 세 층을 언급하였다.

세월과 주야가 생기게 하고, 5일 째 모든 물고기·짐승을 만들고, 6일 째 모든 기는 짐승·사람을 만드는 과정을 설명하였다. "루지풀(Lucifer)"과 "미까열(Michael)"이라는 천사의 명칭을 소개하는데 정약종은 창세기에 나온 6일 간의 창조이야기에 천사론을 붙여 그의 창조론을 완성하여 설명하였다.

2) 원죄론(2조목)

선악과 관련 서술을 이야기 식으로 번역하여 원죄의 결과로 즐거운 세상에서 괴로운 세상으로 변했음을 언급하고 조상이 득죄하게 되면 그 자손이 대대로 속죄하며 갚게 된다는 비유를 들어 다음 장인 구속론과 관련지었다.

3) 구속론(3-7조목)

"임금께 죄를 지으면 그 자손이 대대로 변방에서 충군(充軍)이 되고 노(奴)가 되어 원조의 벌을 자손이 면할 수 없다"고 말한다. 이어 천주에게 지은 죄는 사람이 갚을 수 없고 그 높음이 천주와 같아야 갚을 수 있다고 설명하였다.

천사의 말과 마리아의 응답을 쉽게 의역하면서 예수의 탄생은 한나라 애제(哀帝) 원년 2년 동지 후 제 3일, 약 1800년 전의 일로 예수는 태어나신 후 8일 만에 붙여진 이름으로 '세상을 구한다'는 뜻임을 덧붙였다.

이어 예수의 수난과정을 설명하는데 병사 500인에게 끌려가 돌기둥에 매어 5400여 대를 맞고 다시 십자가를 지고 산에 올라 못 박혀 죽는 장면에 대한 묘사로 끝맺었다.

마지막으로 7조목은 심판과 부활한 육체에 대한 설명이다. 심판날에는 산 이와 죽은 이들이 "요사바 뫼골16)에서 모여 예수를 만난다는 것이다. 이어지는 사심판(私審判)과 공심판(公審判)을 설명하고 이어 심판의 대상이 되는 부활한 육체에 대하여 설명하였다[17].

4) 문답식 교리 설명

8조목부터 마지막 11조목까지는 모두 문답식의 형태로 교리를 설명하면서 천주에 대한 여러 의문들을 해명하면서 영혼 공부를 시작하도록 권면하였다.

① 8조목의 문답

문 : 천주는 본래 계신데 어찌 어미가 계시는가?

답 : 예수의 천주성이 아니라 예수의 사람의 성이 성모께 아들이 됨

문 : 높으신 천주가 천한 사람과 합한 이유는?

답 : 왕비가 임금과 배합하면 임금의 높음은 그대로 있음

문 : 예수가 죽었을 때 왜 천주께서 죽었다 하는가?

답 : 천주가 사람의 몸과 합해 한 분이 되었으므로 그 몸이 죽었을 때 천주가 죽었다 말함

문 : 예수의 속죄는 왜 죽기까지 이르는가?

답 : 천주의 사랑하는 마음이 무궁하므로

　　사람의 죄가 지극히 중(重)하므로

　　예수의 몸이 희생이 되어 제사하므로

문 : 천주께서 왜 서국에만 내려서 이제야 우리 나라에 미쳐 왔는가?

---

16) "요사바 뫼골"은 요엘서 4장 2절에 나오는 '여호사팟'이라는 상징적인 심판 장소를 가리킨다. 『교요서론』에 나오는 若撒法 山谷에서 음차한 것으로 보인다.
17) 부활한 육체의 네 가지 은혜에 대하여 1) 건장하여 무궁히 사는 것 2) 광명하여 빛나는 것 3) 날개없어도 가벼운 것 4) 신통하여 아무데도 걸림이 없는 것을 들어 설명한다.

답 : 천주께서 한 곳에 내리면 교법이 퍼짐

　　서국 사람이 예부터 천주를 섬기고 있었으므로 조선에 서책이
　　나온 지 백년이 되었지만 믿는 것은 사람에게 달린 일

② 9조목의 문답

문 : 원죄가 왜 만민에게 끼치며 예수의 공이 만민에게 미치는가?

답 : 아담의 죄는 오장의 병 같아 모든 가람이 그 해를 입고 예수의
　　공은 신통한약 같아서 모든 사람이 효험을 입음

문 : 천주교 말씀이 중대하나 서국 사람의 말을 어떻게 징험하는가?

답 : 서국 사람들이 거짓말하기 위해 중원까지 왔을 리가 없으며 천
　　주 십계의 거짓말하는 것이 큰 죄이므로 거짓일 리 없음

③ 10조목의 문답

문 : 천주교는 행하기 어려운가?

답 : 현세에 불과 범을 피하여 살아나듯 영혼 구원에 힘써야 함

④ 11조목의 문답

문 : 천천히 내년부터 시작하면 어떠한가?

답 : 날마다 무덤으로 향해 가면서 어찌 내년을 기다리고 영혼 공부
　　를 하지 않겠는가

4. 의의 및 평가

1) 일반 서민을 위해 편찬한 최초의 한글 교리서

정약종은 명도회 회장으로 전교 활동하면서 일반 서민들을 대상으로 하는 한글로 된 교리서의 필요성을 절감하고 조선 최초의 한글 교리서인 『쥬교요지』를 편찬하였다.[18] 1780년대와 1790년대는 조정에서 천주교를 탄압하면서 신자 계층이 양반 중심에서 서민 중심으로 이동하게 되던 시기였다. 이 시기는 '을사추조적발사건(乙巳秋曹摘發事件)'[19]과 '진산사건'[20]으로 인해 양반 천주교인은 줄어든 반면 서민들 사이에서는 점점 천주교 신자들의 숫자가 늘어나던 때였다.[21] 이러한 과정에서 천주교 교리에 밝았던 정약종은 입교한 일반 서민들에게 교리를 쉽고 정확하게 전달하고자 하는 목적으로 이 책을 저술한 것이다.

『쥬교요지』는 당시 일반 천주교인들을 위한 교리서 중에서 탁월한 의미를 갖는 저서이다. 당시 한문을 읽지 못하는 이들을 위해 한글로 번역된 교리서로는 『교요서론』,『천쥬교요』,『성세추요』,『요리문답』등이

---

18) 정약종이 순교한 신유박해 당시 형조에 압수된 천주교 서적들을 보면 한글본과 한문본을 합하여 120종 177권 199책이었고, 이 중에서 한글로 쓴 책이 총 86종 111권 128책이었다고 전해진다. 한글본 서적을 분류하면 聖書 3종, 典禮書 10종, 聖事書 7종, 祈禱書 17종, 信心默想書가 16종, 교리서 5종, 聖人 傳記 14종, 기타 14종으로 한글 교리서는 총 5종에 불과하였다. 조광,『조선후기 천주교사 연구』, 서울 :고려대 민족문화연구소, 1988, pp.28~31.

19) 1785년 포졸에 적발되어 이승훈을 비롯한 정약전·약종·약용 형제와 권일신 부자 등 10여명이 형조로 끌려가게 된 사건.

20) 1791년 전라도 진산의 윤지충·권상연이 부모의 제사를 거부하고 위패를 불태워 참형에 처해진 사건.

21) 샤를르 달레는 『한국천주교회사』에서 "주문모(周文謨) 신부가 오기 전에는 조선의 천주교인이 약 4천 명이었는데, 몇 년 후에 그 숫자가 1만 명에 이르렀다"고 기록하였다.

있었다.22) 이 책들이 『쥬교요지』의 간행보다 먼저 번역되었는지 확인할 수 없지만, 먼저 번역되었다 하더라고 일반 서민이 이해하기에는 어려움이 있었을 것이다.

정약종은 이러한 점을 인식하고 서민들의 일상적 생활에서 볼 수 있는 평이한 소재들을 예로 들어 비유함으로써 일반 서민들에게 쉽게 설명하고자 했다. 이에 대해 샤를르 달레는 정약종이 "천주교 서적에서 본 것을 정리하여 제시하고 거기에 자신의 생각을 덧붙였으며 교리의 내용을 명백히 설명해 주었다"23)고 언급하였다. 15조목의 대궐에 사는 임금에 대한 비유나 16조목의 화원에 대한 비유 등 친근한 예를 들지만 교리의 핵심을 정확하게 파악할 수 있게 설명한다. 별도의 유교경전이나 문헌의 출처, 언급한 학자의 이름을 쓰지 않은 것도 읽는 대상을 고려한 배려로 볼 수 있다.24)

이 책에서 성사론이나 전례에 대한 내용을 다루지 않는 것도 같은 맥락으로 이해할 수 있다. 천주교 지도자들이 알아야 할 내용인 성사 거행 등에 대한 내용을 일반 서민들을 위한 책에 포함시키기 보다는 천주와 예수 구속의 도리에 관한 내용을 위주로 교리를 서술하고자 한 것으로 이해할 수 있다.

이와 같이 『쥬교요지』는 조선인이 편찬한 최초의 한글교리서로서 지식수준이 비교적 낮은 일반 서민들이 쉽게 교리를 접근할 수 있도록 한 점에서 높이 평가할 수 있다. 이에 대하여 그가 순교한지 10년

---

22) 조광, 앞 책 p.93.
23) 샤를르 달레, 『한국천주교회사』 上, 분도 출판사, 1979, p.442.
24) 상편 9조목은 『周易』, 「繫辭傳」에 나오는 "형이상의 것을 道라 하고 형이하의 것을 器라 한다(形而上者 謂之道 形而下者 謂之器)"는 구절과 내용상 연결되며 16조목의 물음에서도 북송의 장재(張載, 1020~1077)가 『西銘』에서 "하늘을 아버지라 칭하고 땅을 어머니라 칭한다(乾稱父坤稱母)"라는 구절을 직접 인용하였으나 출처를 따로 밝히지 않았다.

후인 1811년 '북경 주교에게 보낸 편지'에도 "지금도 교우들은 그 책을 읽음으로써 큰 유익을 얻고 있다"고 증언하였다.

2) 조선의 풍토를 감안한 토착화된 신학서

『쥬교요지』는 단순한 교리 지식을 설명하는데 그치는 것이 아니라 일종의 신학서로서의 가치를 지닌다는 점에서 의의가 있다. 특히 정약종은 당시의 조선적 풍토를 감안하여 천주의 존재와 그 속성, 원죄, 천주의 강생 구속의 필요성, 구원 경륜, 예수의 역할과 그 모범들을 성서의 정신에 입각하여 기술하면서도 또한 자신의 지식과 이성, 경험의 토대 안에서 표현하였다.

주문모 신부는 『쥬교요지』에 대하여 "추요보다도 더 요긴하다"고 평한 바 있다.[25] 두 책의 구성은 『성세추요(盛世蒭蕘)』가 溯源(소원), 救贖(구속), 靈魂(영혼), 賞罰(상벌), 異端(이단)의 다섯 편의 순서를 따른다면 『쥬교요지』는 상편에 천주론, 이단논박, 상선벌악과 영혼론을, 하편에 구속론을 배치하였다. 두 교리서는 비슷한 내용을 다루었으나 다른 순서를 따르고 있다. 특히 『쥬교요지』는 천주의 특성을 제시하고자 『성세추요』의 '溯源(소원)'편을 참고하였으나 이해하기 쉽도록 재구성하였다. '천주의 특성'을 설명할 때처럼 정약종은 이 책에서 『성세추요』를 자유자재로 인용하여 가감하는데 주문모 신부의 평가는 청나라의 교리서보다 더 토착화되고 요약이 잘 되었음을 뜻한다.

또한 『쥬교요지』 하편의 천사론, 종말론은 모두 『교요서론』에 의거하며, 유용한 비유들을 끌어다 쓰고 있으며 삼위일체론은 『진도자증』의 논거를 쓰고 있다.[26] 그러나 분명한 것은 정약용은 서학서의 논거

---

25) 『帛書』 36행~37행 "緊於本國 更勝於蒭蕘 神父准行之"
26) 원 헥톨(Hector Diaz)은 「한국신학-정약종의 『주교요지』를 중심으로」, 원흥문화사, 1998에서 15가지의 서학서 목록-『교요서론』, 『천주실의』, 『천주실록』, 『진

와 비유를 끌어다 쓰는 경우 직접 인용하기보다 변형시키고 있다는 점이다. 다른 한글 관련 천주 교리서들이 주로 한역서를 직역한 형태였다면 『쥬교요지』는 중국 서학서의 내용을 전달할 때도 조선의 상황에 알맞게 적용시켜 독특한 설명이나 토착화된 형태의 용어를 사용하였던 것이다. "물레와 수레가 돌아가는 보고"라든지 예수님을 "거간(居間)꾼에 비교한 것, 예수의 영혼이 "지옥"에 내렸다고 표현하는 것 등은 당시 사람들에게 천주교 교리를 쉽게 이해시키기 위한 의도로 보인다.

3) 전교를 목적으로 한 호교론서

『쥬교요지』는 천주교 탄압으로 어려워진 사회적 여건 속에서 신자들이 동요하지 않고 확고한 신앙적 태도를 가지도록 유도하고자 하는 목적으로 편찬한 호교론서이다.

이 책을 통해 배불적(排佛的) 비판과 도교 및 민간 신앙을 비판하면서 천주교에 대한 그릇된 인식에 대하여 올바른 이해를 갖도록 촉구하고, 신앙을 가지지 않은 이들에게 만물의 주인인 천주께 귀의하도록 촉구한다. 종교적 관심사에 대하여 올바른 입장을 제시하고 있는

도자증』, 『삼산학논기』, 『만물진원』, 『환우시말』, 『변학유독』, 『이십오언』, 『주교연기』, 『영언여작』, 『기인십편』, 『성세추요』, 『천주강생출상경해』, 『야소고난』, 『수난시말』, 『성경직해』-를 구체적으로 제시하면서 필요한 내용을 참조하였다고 평하였으나 실증적 분석은 『천주실의』와의 관련성만을 논의하였다. 원재연은 「정약종 "주교요지"와 한문서학서의 비교연구」, 韓國思想史學』 18, 2002, pp.50~195에서 『성세추요』와 비교 논의하였고, 노용필은 「정약종의"주교요지"와 利類思의 『主敎要旨』비교연구」, 『韓國思想史學』 19, 2002, 12, pp.307~ 349, 同音異冊인 이류사의 책과 비교하여 정약종의 『쥬교요지』가 한문본의 번역이 아님을 명확히 밝히고 정약종이 『주교요지』, 『교요서론』 등을 참조하였을 것으로 추정하였다. 조한건은 「《주교요지》와 漢譯西學書와의 관계」, 『교회사연구』 26집, 2006에서 『교요서론』, 『천주실의』, 『천주실록』, 『진도자증』 등의 교리서와 『성경직해』 등의 복음서의 영향을 받았음을 논의하였다.

데 예를 들어 옥황상제를 비판한 내용이나(17조목) 잡귀신, 즉 무속신앙을 비판한 것(27조목) 등이 그 예이다.

또한 임금과 부모에 대한 충, 효를 자주 비유로 내세운 것은 서학서 자체가 지니는 보유론적인 성격도 있었지만, 정약종 자신이 유학의 배경에서 천주교를 받아들이고 있었음을 의미하는 것으로 볼 수 있다. 천주에 대한 당시 사람들의 오해를 풀이한 후 다른 종교와 비교하여 풀어 설명하는 방식을 취한다. 당시 천주교에 대하여 주로 비판한 내용과 『쥬교요지』의 내용상 조목들을 서로 비교해보면 다음과 같다.

천주교 교리 비판	『쥬교요지』의 대응	『쥬교요지』의 조목
천주론 비판	천주의 존재증명과 속성에 대해 변증함	상편 1~16조목
영혼불멸설 비판	내세의 상벌을 위한 영혼불멸설의 필요성을 변증함	상편 29~30조목
천당지옥설 비판	리(利)가 아닌 의(義 : 공의의 심판)의 논리로 천당지옥설을 변증함	상편 28,31~32조목
기독론과 구속론 비판	창조-원죄-구속의 필요성과 예수의 사역을 성서를 중심으로 변증함	하편 1~11조목
불교적이라는 비판	천주교가 불교와 같지 않은 종교임을 불교의 문제점을 비판하며 변증함	상편 18~26, 28조목
윤리설 비판	천주교의 십계명을 들어 변증함	하편 9,10조목

이상의 내용을 요약하여 『쥬교요지』의 특성을 살펴보면 다음과 같이 정리할 수 있다.

첫째, 유교 경전의 내용에 대한 직접 인용 보다는 하층 독자를 배려하여 쉬운 예와 구체적인 비유를 통한 설명을 위주로 하고 있다.

둘째, 하편은 성서의 내용을 주로 인용하면서 창조-타락 이후의 구속의 필요성에 대하여 많은 부분 할애하는데 이는 구속론에 대한 변증이자 『성경직해』의 내용을 참조하여 정약종의 입장을 더 구체적으로 변증한 것으로 이해할 수 있다.

셋째, 『쥬교요지』의 내용은 천주교 교리 비판론자들의 논의에 대한 변증을 다루고 있으며 이는 교리서이면서 호교론서의 성격을 가하게 가지고 있음을 보여준다.

넷째, 『쥬교요지』에서 다루는 주제는 천주교에 대한 올바른 이해와 확고한 신앙적 태도를 견지하는 데 필수적인 교리에 대한 설명이다. 이 책을 통해 배불적(排佛的)비판과 도교 및 민간 신앙을 비판하면서 천주교에 대한 그릇된 인식에 대하여 올바른 이해를 갖도록 촉구하고, 신앙을 가지지 않은 17조목에서 옥황상제의 허망한 것을 지적한 것이나 27조목에서 잡귀신을 위하는 것이 큰 죄임을 지적하는데 이는 일반 서민들의 잘못된 신앙 행태를 경계한 것이다.

〈해제 : 배주연〉

참 고 문 헌

1. 사료

『邪學懲義』, 韓國敎會史硏究資料 第七輯, 韓國敎會史硏究所 刊, 弗咸文化社, 1977.

2. 단행본

서종태 著,『쥬교요지』上,下, 국학자료원, 2003.

조 광,『조선후기 천주교사 연구』, 고려대 민족문화연구소, 1988.

샤를르 달레, 최석우·안응렬 역주,『한국천주교회사』, 분도출판사, 1979.

黃嗣永 著, 윤재영 역,『백서(帛書)』, 정음사, 1981.

3. 논문

배요한, 「정약종의『주교요지』에 관한 연구」, 장신논단,Vol.44, 2012.

조한건, 「《주교요지》와 漢譯西學書와의 관계」,『교회사연구』26집, 2006.

『지구전요(地球典要)』

분류	세부내용
문 헌 종 류	조선서학서
문 헌 제 목	지구전요(地球典要)
문 헌 형 태	한장(漢裝) 필사본(筆寫本)
문 헌 언 어	漢文
저 술 년 도	1857년
저 자	최한기(崔漢綺, 1803~1877)
형 태 사 항	13권 7책, 995면
대 분 류	과학서
세 부 분 류	지리서
소 장 처	국립중앙도서관 고려대학교도서관 Harvard-Yenching Library 일본 西尾市立圖書館
개 요	조선 후기 실학자이며 과학사상가인 최한기(崔漢綺)가 독창적 기철학(氣哲學)을 바탕으로 1857년 우주의 구조와 인문지리에 관해 서술한 한국 최초의 세계지리지(地理誌).
주 제 어	기화(氣化), 해론(海論), 역상도(歷象圖), 제국도(諸國圖), 아세아(亞細亞), 구라파(歐羅巴), 아비리가(阿非利加), 아묵리가(亞墨利加), 강역(疆域), 산수(山水), 풍기(風氣), 인민(人民), 물산(物産), 의식(衣食), 문자(文字), 역(歷), 업(業), 상(商), 공(工), 정(政), 교(敎), 학(學), 예(禮), 형(刑), 속(俗), 정도(程途), 각부(各部), 연혁(沿革), 양교(洋敎), 회교(回敎)

1. 문헌제목

『지구전요(地球典要)』

2. 서지사항

『지구전요(地球典要)』는 조선 후기의 철학자이며 과학자이자 실학자인 최한기(崔漢綺, 1803~1877)가 1857년(철종 8) 독창적 기철학(氣哲學)에 바탕을 두고 우주의 구조와 지구 인문지리에 관해 편찬·저술한 한국 최초의 세계지리지(地理誌)이다.

저자는 『지구전요』서문에서 책의 편찬 배경과 저술 목적을 밝히고 있다. 곧, 긴 시기에 걸친 많은 사람들의 관측과 검증 노력으로 땅이 둥글고(地圓) 움직인다(地轉)는 것이 밝혀졌는데, 이로써 더욱 분명해진 것은 지구의 운화(運化)를 통해서만이 백성과 세상을 깨우칠 수 있다는 점이다. 즉 여러 별들의 조응에 의해 지구의 운화가 이루어지고, 지구의 운화로부터 인간의 도리(人道)가 생겨나는 것이므로 기화(氣化)를 깨달아야 인도가 실현되며 널리 펴질 수 있는 것이다. 그러나 지금까지의 지구 관련 책들은 대체로 허황되었으므로 최한기 자신은 지구 운화를 제대로 밝히고자 『지구전요』를 편찬했으니 독자는 이 책을 통해 지구 운화를 인식하고 깨달아 인도(人道)를 실현해야한다는 것이다. 최한기는 『지구전요』저술의 편찬과 저술에 있어 지구 운화와 관련된 인식론적 측면과 지구 운화로부터 생겨난다고 본 인도의 실현이라는 실천적 측면을 담으려 한 것이다.

현존 『지구전요』는 총 7책 13권으로, 지지(地誌) 12권과 지도 1권으로 구성되어 있다. 한장(漢裝) 한문 필사본인데, 한 면당 10행, 한 행 21자이며, 총 995면이다.

제1책은 136면으로 권1과 권2가 수록되어 있다. 제2책은 156면으로 권3, 권4, 제3책은 138면으로 권5, 권6, 제4책은 146면으로 권7, 권8, 제5책은 194면으로 권9, 권10, 제6책은 132면으로 권11, 권12, 제7책은 93면으로 권13이 수록되었다.

『지구전요』권1에는 이 책의 편찬 배경과 관점 등을 밝히는 저자의 서문(序文) 일곱 절(七節)과, 편찬 원칙과 책 내용 대략을 서술한 범례 (凡例) 13항목, 전체 목차를 제시하였다. 그 다음 지구과학 관련 기본 내용으로 본문 서술을 시작하여 권1 전반에 싣고, 권1 후반에 아시아 총설(總說)로 세계지리지 서술을 개시하였다. 즉 세계지리지는 제1책 권1부터 제6책 권11까지에서 다루었다. 권11 후반부터 권12까지는 해양 및 동·서양 문화에 관해 서술하였다. 마지막 제7책 권13은 천문 역상도(歷象圖) 총 23점과, 세계지도 및 각국 지도인 제국도(諸國圖) 총 41점으로 구성되어 있다.

『지구전요』권1부터 권12까지 권(卷)을 여는 첫 줄에 모두 '浿東 崔漢綺 編輯'이라고 기록하였다. 저자가 범례에서도 밝히고 있듯이 『지구전요』는 한문서학서 『직방외기(職方外紀)』[1), 『지구도설(地球圖說)』[2), 및 청말(淸末)의 한문서 『해국도지(海國圖志)』[3), 『영환지략(瀛環志略)』[4)과 국내

---

1) 『직방외기(職方外紀)』: 중국 명말(明末)에 이탈리아 예수회 선교사 알레니(Julio Aleni, 艾儒略, 1582~1649)가 1623년 한문으로 저술한 총 6권의 중국 최초 세계지리서. 세계 5대주 42개국의 지리, 풍토, 기후, 명승지, 민생 등을 다루었다.
2) 『지구도설(地球圖說)』: 중국 청 왕조 1767년에 프랑스 예수회 선교사 브노아(Michel Benoit, 蔣友仁, 1715~1774)에 의해 한역된 지구과학서.
3) 『해국도지(海國圖志)』: 중국 청나라 학자 위원(魏源, 1794~1856)이 기존에 출간된 국내외 저작물을 취사선택해 1844~1852년에 걸쳐 지도(圖)와 지지(志)로 편찬한 세계지리서. 특히 유럽열강의 침략에 대한 해양 방위 대책에 관심을 두고 편찬한 국방서 성격을 겸한다.

서적『해유록(海遊錄)』5)등을 상세하고 충실히 종합하였다. 그뿐 아니라 저자 자신의 철학인 '기화(氣化)'와 '실용(實用)'의 관점에서 실용을 가려내는데 힘쓰고 기화에 도달하고자 하였다. 즉 그는 '실용과 기화'라는 기준을 세워두고 그 기준에 의해『지구전요』의 서술 체재를 만들고 기존 지리지의 내용을 취사선택하고 재해석 보완한 것이다.

현존『지구전요』는 모두 필사본으로 국립중앙도서관에 3종, 고려대학교에 2종, 숭실대학교 기독교박물관에 1종이 소장되어 있다.6)

1986년 여강출판사에서 최한기의『명남루전집(明南樓全集)』전3책을 영인본으로 간행하였는데 제3책에 국립중앙도서관 귀중본을 대본으로『지구전요』를 실었다. 본 해제는 이 영인본을 저본으로 삼는다.

[저자]

조선 후기의 실학자이며 과학사상가인 최한기(崔漢綺)의 자는 운로(芸老). 호는 혜강(惠崗)·패동(浿東)·명남루(明南樓)·기화당(氣和堂)이다.

1803년 최치현(崔致鉉)과 한(韓)씨 부인 사이에서 태어났다. 출생 직후 큰집 종숙부 최광현(崔光鉉)의 양자로 정해졌다. 가문은 개성에서 世居한 집안이었으나 18세기 말 19세기 초 무렵에 서울로 이주하였다. 증조부

---

4)『영환지략(瀛環志略)』: 중국 청나라 관리이며 지리학자 서계여(徐繼畬, 1795~1873)가 한문서학서『직방외기』와『곤여도설』을 다량 차용해 1850년 간행한 10권 6책의 세계지리서. 양무(洋務)목적으로 서양 열강의 국가별 지도와 지지를 상세하게 해설하였다.

5)『해유록(海遊錄)』: 신유한(申維翰, 1681~1752)이 조선 숙종 45년 통신사 제술관(製述官)으로 일본에 다녀온 사행일록(使行日錄). 1719년 4월부터 이듬해 1월까지 10개월간의 일기를 3권으로 나누어 썼으며, 끝에「문견잡록(聞見雜錄)」이 수록되었다.

6) 노혜정,「최한기의 지리사상 연구-지구전요를 중심으로」,『지리학논총』별호51, 서울대학교 국토문제연구소, 2003, 61쪽 참조.

대에 무과 급제하여 양반 반열에 속하게 되었고, 생부 최치현은 뛰어난 시재(詩才)로 명성은 떨쳤으나 과거급제에는 실패하였다. 양부 최광현은 1800년 무과 급제해 관직에 있었고 품계는 통정대부에 이르렀다.

최한기는 1825년(순조 25) 사마시(司馬試) 급제 후 학문에 전념하였다. 조인영(趙寅永)[7], 홍석주(洪奭周)[8], 정기원(鄭岐源)[9] 등 조정 중신들이 최한기를 중용하려했으나 응하지 않고 평생 학문의 길을 걸었다.

1872년(고종 9) 아들 최병대(崔柄大)가 고종의 시종이 되자 중추부첨지사(中樞府僉知事) 관작을 제수 받았을 뿐이다.

최한기는 방대한 저술을 남겼으나 그의 일생에 대해 알 수 있는 것은 거의 없다.

다만 이규경(李圭景)의 『오주연문장전산고(五洲衍文長箋散稿)』 몇 군데에 최한기에 관해 기록하였는데, 이규경은 그를 뛰어난 학자로 많은 저술을 남겼다고 소개하고, 중국에서 출간된 많은 신간서적을 가지고 있었다고 하였다.

가 외에 조선 후기 문장가 이건창(李建昌)[10]이 쓴 최한기의 전기적

---

7) 조인영(趙寅永, 1782~1850) : 조선시대 문신으로 시·서·화(詩書畵)에 모두 뛰어났다. 1839년(헌종 5) 우의정이 되어 천주교 탄압을 주도하고,1841~1850년까지 영의정을 4차례 역임하며 국가재정의 확보, 민생문제 개선책,유능한 선비의 발탁 등을 주장하였다. 『민족문화대백과』 참조.

8) 홍석주(洪奭周, 1774~1842) : 조선시대 문신. 학자. 1834년(순조34)부터 좌의정역임. 여러 차례 연행하여 중국 문물을 접하고 중국학자들과 교유하며 영향을받아 선진적 정치, 경제, 과학 사상으로 이름이 높았다. 『민족문화대백과』 참조.

9) 정기원(鄭岐源, 1809~?) : 조선 후기 무신. 1870년 어영대장과 훈련대장이되고, 이듬해 강화도 鎭撫使로 부임하였다. 강화에 침입한 미군함대의 처사에 강력 항의하고 통상제의를 거절하였고 신미양요가 발발하자 군사를 독려하여 수비하였다. 『민족문화대백과』 참조

10) 이건창(李建昌, 1852~1898) : 조선시대 문인이다. 이건창이 20대 젊은 官人으로 서울에서 활동하고 있을 때 최한기는 70전후의 노학자로 아직 서울에 생존해 있었으나 직접 교분이 있었던 것 같지는 않고, 이건창이 최한기의 학자적

기록 「혜강 최공전(惠崗 崔公傳)」이 있다. 최한기는 좋은 책이 있다는 소식을 들으면 비싼 값에도 아끼지 않고 샀으며 그리하여 중국에서 조선으로 들어온 새로운 책을 읽지 않은 것이 없었다. 본래 부유했던 최한기의 집은 이 때문에 가세가 기울어(旁落) 옛 집을 팔고 도성문 밖으로 나가 살게 되었다. 시골로 돌아가 농사짓기를 권하는 이가 있었는데 최한기는 "나의 見聞을 넓히고 智慮를 여는데 오직 여러 책들만이 도움이 되니 책을 구하기가 서울(京)보다 편리한 곳이 없다."고 말했다고 기록하였다. 최한기는 1877년 75세로 서거하여 몇 차례 이장을 거쳐 개성 선영에 묻혀 있다.

최한기는 당대 지리학자 김정호(金正浩)와 교분이 두터웠으며 함께 중국에서 나온 세계지도를 대추나무에 새기기도 하였다. 1834년 김정호가 『청구도(靑丘圖)』를 만들자 최한기는 제(題)를 써주었다.[11]

최한기는 저술로 과학적 문명사회를 지향하였다. 그가 다양한 책을 저술할 수 있었던 것은 경험을 중시하면서 사물을 과학적이고 합리적으로 이해할 수 있는 방법을 찾았기 때문이다.

최한기는 수많은 저작을 통해 경험주의적 인식론(認識論)을 확립하여 일체의 선험적(先驗的) 이론이나 학설을 배격하고 사물을 수학적 실증적으로 파악할 것을 주장하였다. 그는 이 기초 위에서 진보적 역사관을 수립하고 과감한 개혁을 부르짖었으며, 외국과의 대등한 교류를 주장하는 등 실학파 학자들의 전통을 계승하고, 뒤이어 등장하는 개화 사상가들의 선구가 되었다.[12]

명망과 지조를 간접적으로 전해 듣고 흠모하여 최한기 사후 전기를 지은 것인 듯 여겨진다. 이우성,「혜강 최한기의 사회적 처지와 서울생활」,『제4회 동양학 국제학술회의 논문집』, 성균관대학교 대동문화연구원,1990, 255쪽 참조.
11) 한국학중앙연구원, 『한국민족문화대백과』,「최한기」조
12) 노혜정, 앞의 논문, 2003 참조.

그의 학문적 관심은 천문·지리·농학·의학·수학 등 여러 분야로 다양하여 1천여 권의 저서를 남겼는데 현재는 15종 80여 권만 전해진다. 지금까지 알려진 최한기의 저술은 다음과 같다.

『농정회요(農政會要)』(1830), 『육해법(陸海法)』(1834), 『청구도제(靑丘圖題)』(1834), 『만국경위지구도(萬國經緯地球圖)』(1834, 현존 미상), 『추측록(推測錄)』(1836), 『강관론(講官論)』(1836), 『신기통(神氣通)』(1836), 『기측체의(氣測體義)』(1836, 추측록과 신기통 합본), 『감평(鑑枰)』(1838, 후에 人政에 포함), 『의상이수(儀象理數)』(1839), 『심기도설(心器圖說)』(1842), 『소차유찬(疏箚類纂)』(1843), 『습산진벌(習算津筏)』(1850), 『우주책(宇宙策)』(연도 미상), 『지구전요(地球典要)』(1857), 『기학(氣學)』(1857), 『운화측험(運化測驗)』(1860), 『인정(人政)』(1860), 『신기천험(身機踐驗)』(1866), 『성기운화(星氣運化)』(1867), 『명남루수록(明南樓隨錄)』(연도 미상)[13]

3. 목차 및 내용

[목차]

---

13) 한국학중앙연구원, 『한국민족문화대백과』, 「최한기」조 참조.

卷十三

- 歷象圖
- 諸國圖

[내용]

『지구전요』의 내용은 저자 최한기가 신문화에 대한 높은 식견과 깊은 학문적 조예를 바탕으로 독창적 우주관과 지리관을 집약해 우주계의 천체와 기상현상, 그리고 지구상의 자연, 지리, 문화현상에 관해 상세히 서술한 것이라고 정의할 수 있다. 곧 『지구전요』내용의 대체는 이전의 지리지와는 다른 체재를 가지고 있어서 크게 지구 과학적 내용 즉 천체로서의 지구와 세계 지리적 내용 즉 지리적 측면의 지구 두 부분으로 이루어져 있다.

『지구전요』는 우선 권1 책머리에 범례와 목차를 두고, 그다음 12항목은 천체로서의 지구 즉 우주체계, 지구의 운동, 대기, 태양, 달, 오성, 일식과 월식, 조석(潮汐) 현상 등 지구과학적 내용들로서 서양 르네상스 시대에 밝혀진 천문, 우주, 지구과학설을 수용해 서술하였다. 그 범주는 칠요(七曜)·사시(四時)·지구반경차(地球半徑差)·청몽기차(淸蒙氣差)·태양·태음·오성(五星)·교식(交食)·조석(潮汐)·지도(地度)·천도(天度)이다.

권1의 13째 해륙분계(海陸分界) 항목부터 권11까지는 지구 인문지리에 관한 백과전서적 내용이다.

먼저 해륙분계(海陸分界)에서 지구표면을 육지와 바다로 나누어 개략적으로 설명하고, 이어 아시아, 유럽, 아프리카, 남아메리카, 북아메리카 등 각 대륙 총설을 싣고, 다음 각 대륙 소속 여러 나라 및 지방에 대한 지지(地誌)를 실었다.

최한기는 세계 각국 지지 부분 설명의 기준을 미리 범례에서 제시하고 있다. 그의 기철학(氣哲學)에 의거해 4개 범주로 나누고, 각각 그에 속하는 항목을 나열했는데 다음과 같다.

범주1 - 기화가 만들어 놓은 부문(氣化生成門) : 속하는 항목은 강역(疆域) 산수(山水) 풍기(風氣) 인민(人民- 戶口, 容貌) 물산(物産).

범주2 - 기화에 순응하여 나타나는 부문(順氣化之諸具門) : 속하는 항목은 의식(衣食) 궁성(宮城- 都) 문자(文字) 역(歷), 농(農- 業) 상(商- 市捕, 旗號) 공(工) 기용(器用- 錢, 礮, 船, 財, 田賦).

범주3 - 기화를 이끄는 통법(導氣化之通法門) : 속하는 항목은 정(政- 王, 官, 用人), 교(敎), 학(學), 예(禮- 樂, 葬), 형법(刑禁- 法, 兵), 속상(俗尙- 外道. 鬼神), 사빙(使聘- 程途).

범주4 - 기화가 지나온 자취(氣化經歷門) : 속하는 항목은 각부(各部- 島), 치화(治華).

각 대륙 총설에서는 특히 '기화생성문(氣化生成門)'에 해당하는 강역·산수·풍기·인민·물산을 중시하여 반드시 제시하고자 하였다. '기화생성문'의 강조는 총설에서 뿐 아니라 각 국가와 지방의 지지에서도 적용하였다. 또 수리적 위치를 중시하고 있다.

지지의 서술 체제는 각 대륙을 몇 개 지역으로 구분하고 그 지역에 속해 있는 국가 및 지방에 대한 지지 내용을 소개하였다. 각 대륙은 육지와 섬 지역으로 구분하고, 육지는 동서남북 방위에 따라 인접지역을 함께 묶었다.

각 지역 국가와 지방의 지지 서술 내용은 국가별로 약간의 출입은 있으나 공통적으로 강역·풍기·물산·생활·궁실(宮室)·도(都)·문자·상

공업·기용(器用)·재정·정치·관직제도·교육·예절·형벌·병제(兵制)·풍속 등에 관해 상세히 기술하였다.

세계 각 지역과 국가 지지에 이어 권11 후반부터 권12까지는 해론(海論), 중서이동(中西異同), 전후기년표(前後紀年表), 양회교문변(洋回教門辯) 항목을 실었다. 해론에서는 해로(海路)·해산(海產)·해도(海島)·조석(潮汐) 등을 설명하였다. 중서이동에서는 동서양의 성좌명(星座名)·역법(曆法)·문자(文字) 등을 소개하였다. 전후기년표는 이해를 돕기 위한 연표(年表)다. 양회교문변에서는 양교(洋敎, 그리스도교)와 회교(回敎, 이슬람교)에 대해 해설하였다.

마지막 권13은 앞의 본문 12권 내용의 이해를 돕는 일종의 세계 지도첩이다. 천문지도인 역상도(曆象圖) 23도(圖)와 세계지도 및 각 대륙과 각국 지도 제국도(諸國圖) 41도(圖)로 구성되어 있다.

원본 목차 순서에 따라 각 권별 내용을 살펴보면 다음과 같다.

卷一

처음 12항목은 지구에 관한 내용을 기존의 한문서학서(漢文西學書)에서 발췌해 기록하였다. 천체로서의 지구에 관한 내용으로, 즉 우주체계 소개로부터 지구로 관심을 옮겨와 다른 별과의 관계 속에서 지구의 실체를 제시함으로써 뒤에 나올 다양한 지리적 현상의 기초를 제공하도록 체재를 구성하고 내용을 해설하였다.

■ 칠요차서(七曜次序)
  : 프톨레마이오스(多祿歆, 90~170), 티코 브라헤(的谷, 1546~1601), 메르센(馬爾象, 1588~1648), 코페르니쿠스(歌白尼, 1473~1543)의 설 등 서양의 우주 체계 학설을 소개하며 해설

- 제요경각부동(諸曜徑各不同)

  : 지구,태양,달 및 각 행성의 물리량을 서양 천문학에 근거해 수치로 표시

- 춘하추동(春夏秋冬)

  : 사계절이 생기는 이유

- 지반경차(地半徑差)

  : 사람들이 별을 실제 높이보다 낮게 보는 이유

- 청몽기차(淸蒙氣差)

  : 대기의 굴절 현상

- 태양(太陽)

  : 태양의 흑점, 자전

- 태음(太陰)

  : 달의 표면

- 오성(五星)

  : 수성·화성·금성·토성·목성 등 오성 표면의 특징

- 교식(交食)

  : 일식과 월식

- 조석(潮汐)

  : 지구와 달의 기륜(氣輪)에 의해 발생하는 해수면의 규칙적 승강운동인 조석(밀물과 썰물) 현상 설명

- 논기화(論氣化)

  : 우주는 기(氣)로 가득 차 있는데 이 기의 운화(運化)는 여러 별의 순환에 의해 생겨나는 것으로, 서로 연관이 있다는 기화에 대한 기본 이론 설명

- 추지도측천도(推地度測天度)

  : 지원설(地圓說), 지동설(地動說), 타원설, 경선과 시차, 위도와

기후대 등 지구 전반에 대한 기본 내용 해설
- 해륙분계(海陸分界)
: 세계 각국 지지 서술에 앞서 지구표면을 육지와 바다로 나누어
소개 설명
- 아세아 총설(亞細亞總說)
: 아시아 대륙에 관한 간략한 소개.[14] 강역(疆域)에 대해서만 기술.
- 중국(中國)
: 중국에 관한 대략적 소개

卷二

- 동양이국(東洋二國)
  - 일본(日本)
: 『해유록』을 참조하여 강역, 산수, 풍기, 인민, 물산, 음식, 의
복, 궁실, 도, 문자, 상, 민업, 기용, 전부, 왕,교, 예, 형, 법, 속,
빙사, 전 등 22항목 서술[15]
  - 유구(琉球) - 오키나와
: 강역, 풍기, 물산, 의, 문, 상, 공, 왕, 관, 사(使) 등 10항목 서술.

---

14) 각 대륙 총설 중 다른 지역 총설이 상세한데 비해 아세아를 가장 간략히 서술
하였다. 이는 잘 알지 못하는 지역에 대해 새로운 사실을 알려주려는 최한기의
『지구전요』 편찬 의도를 알 수 있게 한다. 뒤이은 중국 지지가 간략한 것도 같
은 이유이다. 노혜정, 앞의 논문, 2003, 87쪽 참조.
15) 아세아에서는 일본에 가장 많은 지면을 할애하고 있는 것으로 보아 중국과 한
국에 앞서 개항한 일본에 대한 최한기의 관심을 짐작할 수 있다. 노혜정, 위의
논문, 2003, 91쪽 참조.

■ 남양빈해각국(南洋濱海各國)

- 월남(越南) - 베트남

: 강역, 水, 山,풍기, 인민, 물산, 문자, 歷, 상, 기용, 船, 관, 학,

예, 禁, 程 途, 각부, 연혁 등 18항목 서술

- 섬라(暹羅) - 태국

: 강역, 산수, 풍기, 인민, 물산, 의, 궁성, 문자, 기용, 왕, 관, 禮葬,

법, 속상, 정도, 각부, 연혁 등 17항목 서술

- 면전(緬甸) - 미얀마

: 강역, 산수, 인민, 물산, 궁성, 문자, 농, 賦, 왕, 형법, 속, 戰,

각부, 연혁등 14항목 서술

- 남장(南掌) - 라오스

: 강역 1항목 서술

卷三

■ 남양각도(南洋各島) - 인도지나 반도의 여러 섬나라

- 여송(呂宋) - 필리핀(루손 섬)

: 강역, 산, 인민, 물산, 상, 공, 부, 속, 각부, 島, 연혁 등 11항목 서술

- 서리백(西里百) - 셀레베스 섬

: 서술 항목 없음

- 소록(蘇祿)

: 강역 1항목 서술

- 바라주(婆羅洲) - 보르네오

: 강역,풍기,인민, 상, 기용, 부, 속, 정도, 연혁 등 9항목 서술

- 갈라파(噶羅巴) -자바

: 강역, 산, 풍기, 인민, 물산, 의식, 궁실, 기용, 왕, 관, 속, 형,

각부, 연혁등 14항목 서술.
- 갈라파제도(喝羅巴諸島)

■ 동남대양각도(東南大洋各島) - 인도네시아의 섬나라
- 오대리아(澳大利亞) - 오세아니아
: 항목 없이 간단 소개
- 반지만란도(班地曼蘭島) - 태즈메이니아 섬
: 항목 없이 간단 소개
- 익일(搦日) - 뉴질랜드
: 항목 없이 간단 소개
- 윤돈(倫敦) - 뉴질랜드
: 항목 없이 익일(搦日)과 더불어 간단 소개
- 제소도(諸小島)
: 항목 없이 간단 소개

■ 오인도(五印度) - 다섯 인도
: 강역, 산수, 풍기, 인민, 물산, 의식, 공, 상, 기용, 관, 형, 속, 葬, 外道,정도, 각부, 연혁 등 17항목 서술

卷四

■ 인도이서 회부사국(印度以西回部四國) - 인도 서쪽 아랍4국
- 아부한(阿富汗) - 아프가니스탄
: 강역, 풍기, 인민, 물산, 농, 城, 기용, 속, 연혁 등 9항목 서술
- 비로지(俾路芝) - 파키스탄
: 강역 1항목 서술
- 파사(波斯) - 이란
: 강역, 풍기, 인민, 물산, 의식, 궁성, 文, 정, 교, 병, 속, 神, 각

부, 연혁 등 14항목 서술

- 아날백(阿剌伯) - 사우디아라비아

: 강역, 산수, 인민, 물산, 의식, 문, 역, 궁실, 상, 기용, 속, 외도,사, 각부 등 14항목 서술

■ 서역 각 회부(西域各回部) - 중앙아시아 이슬람 각국

■ 구라파총설(歐羅巴總說) - 유럽총설

: 강역(疆域),각국(各國), 풍기(風氣-기후), 인민(人民), 물산(物産), 의(衣), 식(食), 궁(宮), 문(文), 역(曆), 상(商), 공(工), 기용(器用), 정(政), 예(禮). 형(形), 법(法), 용인(用人), 학(學), 병(兵), 속(俗), 정도(程途) 등 22항목에 걸쳐 자세히 소개 설 명하였다. 이어 구라파 각국의 면적·인구·재정·군대에 대한 내용을 숫자로 나타낸「구라파각국 판도표」제시.

卷五

■ 아라사(峩羅斯) - 러시아

: 강역, 수, 풍기, 인민, 물산, 의식, 궁실, 문자, 역, 농, 상, 기용, 錢, 賦, 政, 왕, 관, 예. 형, 법, 병, 俗, 각부, 연혁 등 24항목 서술

■ 서국(瑞國) - 스웨덴

: 강역, 산수, 풍기, 인민, 물산, 식, 도, 상, 俗, 각부, 연혁 등 11항목 서술

■ 연국(嗹國) - 덴마크

: 강역, 수, 풍기, 인민, 물산, 문, 역, 상, 財, 정, 병, 俗, 각부, 연혁 등 14항목 서술

■ 오지리아(奧地利亞) - 오스트리아

: 강역, 산수, 인민, 물산, 의, 상, 財, 정, 관, 병, 俗, 각부, 연혁

등 13항목 서술
- 보노사(普魯士) - 폴란드
  강역, 풍기, 인민, 물산, 의, 상, 법, 병, 俗, 각부, 연혁 등 11항목
  서술

  卷六

- 일이만열국(日耳曼列國) - 독일
  : 강역, 산수, 풍기, 인민, 물산, 공, 기용, 왕, 학, 병, 俗, 각부,
  연혁 등 13항목서술
- 서사(瑞士) - 스위스
  : 강역, 산수, 인민, 물산, 식, 俗, 각부, 연혁 등 8항목 서술
- 토이기(土耳其) - 터키
  : 강역, 산수, 인민, 물산, 의식, 문자, 역, 왕, 관, 용인, 형, 병,
  俗, 각부, 연혁 등15항목 서술
- 희랍(希臘) - 그리스
  : 강역, 산, 인민, 물산, 문, 왕, 각부, 연혁 등 8항목 서술

  卷七

권7에 속한 이탈리아, 네덜란드, 벨기에, 프랑스, 스페인 등 다섯 나라는 항목을 설정해서 설명하지는 않았으나 내용은 대단히 상세하다. 각국마다 특징적이고 중요한 사실을 기술할 때는 행(行)을 바꾸어 새 문단으로 자세히 해설하였다.

- ■ 의대리아열국(義大利亞列國) - 이탈리아
  : 강역, 산수, 풍기, 인, 물산, 궁, 상, 공, 기용, 왕, 속상, 각부, 연혁 등 서술
- ■ 하란(荷蘭) - 네덜란드
  : 강역, 산, 인민, 물산, 문학, 상, 시포, 공, 기용, 재, 관, 俗, 각부, 연혁 등 서술
- ■ 비리시(比利時) - 벨기에
  : 강역, 수, 산, 기, 산, 상, 관, 각부, 연혁 등 서술
- ■ 불랑서(佛郞西) - 프랑스
  : 강역, 산수, 풍기, 인민, 물산, 의, 식, 문자, 농, 상, 交市, 공, 왕, 관, 학, 예, 병, 속상, 각부, 연혁 등 서술
- ■ 서반아(西班牙) - 스페인
  : 강역, 산수, 풍기, 인민, 물산, 문, 역, 기용, 부, 政, 학, 법, 병, 俗, 정도, 각부, 연혁 등 서술

卷八

권 8에 속한 포르투갈과 영국 역시 권7과 동일하게 항목을 설정해 설명하지 않았으나 내용은 대단히 상세히 서술하였다. 특히 영국은 『지구전요』의 다른 세계 각국 지지에 비해 그 내용이 가장 상세하고 세밀하다.

- ■ 포도아(葡萄牙) - 포르투갈
  : 강역, 산수, 풍기, 인민, 물산, 의, 궁, 상, 관, 형, 俗, 각부, 연혁 등 서술
- ■ 영길리(英吉利) - 영국
  : 강역, 산수, 풍기, 인민, 물산, 의, 식, 궁실, 문자, 역, 농, 상,

기용, 錢, 賦, 政,왕, 관, 예. 형, 법, 병, 俗, 각부, 연혁 등 서술

卷九

■ 아비리가 총설(阿非利加總說) - 아프리카 총설
: 강역(疆域), 산수(山水), 풍기(風氣), 인민(人民), 물산(物産), 농(農), 시포(市埔)등 7항목에 관해 소개하였다.
■ 아비리가 북토(阿非利加北土) - 북부 아프리카
　- 맥서(麥西) - 이집트
: 강역, 수, 풍기, 인민, 물산, 의식, 문자, 기용, 부, 政, 관, 병, 학, 법, 俗, 외도, 각부, 연혁 등 18항목 서술
　- 노북아(努北阿)
: 강역, 산수, 풍기, 인민, 물산, 각부, 연혁 등 7항목 서술
　- 아북서니아(阿北西尼亞) - 에티오피아
: 강역, 산수, 풍기, 인민, 물산, 의식, 궁실, 문자, 왕, 예, 형, 병, 俗, 사빙, 정도, 각부, 연혁 등 17항목 서술
　- 적여파리(的黎波里) - 리비아
: 강역, 수, 풍기, 인민 등 4항목 서술
　- 돌니사(突尼斯) - 튀니지
: 강역, 수, 풍기, 인민, 물산, 상, 왕, 법, 각부, 연혁 등 10항목 서술
　- 아이급이(阿爾及耳) - 알제리
: 강역, 산수, 풍기, 인민, 물산, 농, 각부, 연혁 등 8항목 서술
　- 마락가(摩洛哥) - 모로코
: 강역, 산, 풍기, 인민, 물산, 의식, 부, 법, 각부, 연혁 등 10항목 서술
■ 아비리가 중토(阿非利加中土) - 중부 아프리카
: 강역, 산수, 풍기, 인민, 물산, 상, 왕, 관, 병, 俗, 각부 등 11항목 서술

- 가이다번(哥爾多番)

: 강역, 수, 풍기, 인민, 물산, 성 등 6항목 서술

- 달이부이(達爾夫耳)

: 강역, 풍기, 인민, 물산, 도성, 농, 상 등 7항목 서술

- 니급리서아(尼給里西亞) - 나이지리아

: 강역, 풍기, 인민, 정도, 각부 등 5항목 서술

■ 아비리가 동토(阿非利加東土) - 동부 아프리카

: 강역, 산수, 인민, 물산, 정도, 각부 등 6항목 서술

- 아덕이(亞德爾) - 소말리아

: 강역, 산수, 풍기, 인민, 물산, 각부 등 6항목 서술

- 상급파이(桑給巴爾) - 케냐

: 강역, 산수, 풍기, 인민, 물산, 각부 등 6항목 서술

- 막삼비급(莫三鼻給) - 탄자니아

: 강역, 산수, 풍기, 인민, 물산, 각부 등 6항목 서술

- 마낙마달파(麼諾麼達巴) - 말라위

: 강역, 산수, 풍기, 인민, 물산, 각부 등 6항목 서술

■ 아비리가 서토(阿非利加西土) - 서부 아프리카

: 강역, 산수, 풍기, 인민, 물산, 의식, 궁실, 시포, 財, 학, 속, 각
부 등 12항목 서술

- 새내강비아(塞內岡比亞)

: 강역, 수, 풍기, 인민, 물산, 상, 시포, 각부 등 8항목 서술

- 기내아(幾內亞) - 적도기니

: 강역, 산수, 풍기, 인민, 물산, 시포, 형, 각부 등 8항목 서술

- 공액(公額) - 가봉

: 강역, 수, 풍기, 인민, 물산, 시포, 각부 등 7항목 서술

- 아비리가 남토(阿非利加南土) - 남부 아프리카
    : 강역, 산수, 풍기, 인민, 물산, 문자, 기용, 속, 각부 등 9항목 서술
    - 가불륵리아(加弗勒里亞)
    : 강역, 산수, 인민, 물산, 각부 등 5항목 서술
    - 성비파서아(星卑巴西亞)
    : 강역, 인민 등 2항목 서술
    - 가정다적아(痾丁多的亞) - 나미비아
    : 강역, 산수, 풍기, 인민, 물산, 각부 등 6항목 서술
    - 가불(可不) - 남아프리카공화국
    : 강역, 산수, 풍기, 인민, 물산, 시포 등 6항목 서술
- 아비리가 군도(阿非利加羣島) - 아프리카의 섬 들
    - 마달가사가이(馬達加斯加爾) - 마다가스카르
    : 강역, 산수, 풍기, 인민, 물산, 각부 등 6항목 서술
- 아묵리가 총설(亞墨利加總說) - 아메리카 총설
    : 강역(疆域), 산수(山水), 풍기(風氣), 인민(人民), 물산(物産), 연혁
    (沿革) 등 6항목에 관해 소개하였다.
- 북아묵리가 빙강(北亞墨利加氷疆) - 아메리카 북부의 빙하 영역
    : 풍기, 인민, 업, 각부 등 4할목 서술
- 북아묵리가 영길리 속부(北亞墨利加英吉利屬部) - 캐나다
    : 강역, 수,풍기, 인민, 물산, 의식, 궁, 업, 부, 관, 법률, 속, 각부,
    연혁 등14항목 서술

卷十

- 북아묵리가 미리견합중국(北亞墨利加未利堅合衆國) - 북 아메리카
    미국합중국

: 미국은 권10 전체를 할애하여 기술하여 세계 각국 지지 중 가장 많은 비중 을 차지한다. 먼저 강역, 산수, 풍기, 인민, 물산, 의, 식, 업, 상, 공, 기용, 賦,政, 왕, 官, 학, 예, 형, 법, 병, 속, 각부 등 22항목에 걸쳐 미국을 총설로 소개한 다음, 동부지역을 1都18國1部, 서부지역을 8國2部, 서부 원주민 거주지를 3지역으로 나누어 소개하였다. 미국 항목에서는 특별히 대통령제, 선거 제도, 법제 등에 관해 상세히 해설하였다.

卷十一

■ 북아묵리가 남경 각국(北亞墨利加南境各國) – 라틴아메리카 각국
  – 묵서가(墨西哥) – 멕시코
  : 강역, 산수, 풍기, 인민, 물산, 문자, 상, 법, 속, 각부, 연혁 등 11항목 서술
  – 득살(得撒)
  : 강역, 수, 풍기, 인민, 물산, 농, 각부, 연혁 등 8항목 서술
  – 위지마랍(危地馬拉) – 과테말라
  : 강역, 산, 풍기, 물산, 각부, 연혁 등 6항목 서술
■ 남아묵리가 각국(南亞墨利加各國) – 남아메리카 각국
  – 가륜비아(可侖比亞) – 콜롬비아
  : 강역, 산수, 풍기, 인민, 물산, 각부, 연혁 등 7항목 서술
  – 비노(秘魯) – 페루
  : 강역, 산, 인민, 물산, 의, 기용, 관, 연혁 등 8항목 서술
  – 파리비아(玻利非亞) – 볼리비아 페루
  : 강역, 산, 풍기, 관 등 4항목 서술
  – 지리(智利) – 칠레

: 강역, 산수, 인민, 물산, 문자, 재, 속, 각부, 연혁 등 9항목 서술

- 납파랍타(拉巴拉他)

: 강역, 산수, 각부 등 3항목 서술

- 파랍규(巴拉圭) - 파라과이

: 강역, 물산, 각부, 연혁 등 4항목 서술

- 오랍규(烏拉圭)

: 강역, 산, 각부, 연혁 등 4항목 서술

- 파서(巴西) - 브라질

: 강역, 산수, 인민, 물산, 각부, 연혁 등 6항목 서술

- 파타아나(巴他哉拿) - 아르헨티나

: 강역, 풍기, 인민, 물산, 정도, 연혁 등 6항목 서술

■ 남아묵리가 해만군도(南亞墨利加海灣羣島) - 카리브해의 섬들

■ 해론(海論) - 바다이야기

: 해로(海路), 해산(海産), 해도(海島), 조석(潮汐), 해수의 염분, 해양의 선박, 진주와 산호 등 산물에 대한 기록

■ 중서이동(中西同異) - 동서양 용어비교

: 동양과 서양에서의 성명(星名), 성좌(星座), 역(曆), 자모(字母), 문자, 언어 등을 소개하고 그 차이점 설명.

卷十二

■ 전후기연표(前後紀年表)

: 『지구전요』가 완성된 1857년을 기준하여 전후로 나누어 작성한 연표(年表)

■ 양회교문변(洋回教文辨)

: 양교(洋教=그리스도교)와 회교(回教=이슬람교)의 역사, 기본교

리, 준수할 교계(敎誡) 등에 관해 서술하였다. 양교(洋敎)는 천체 현상인 역상(曆象), 지구(地球), 기용(氣用), 기화현상(氣化現狀)이 밝혀지지 않았던 1856년 전 [AD 1년]에 생겨난 것이며, 회교(回敎, 이슬람교)는 기독교를 수정·보완해 후대인1264년 전 [AD 593년]에 만들어진 종교라며, 두 종교를 미신으로 배척하였 다. 특히 양교에 관해서는 유일신 상제(上帝)의 존재, 십계명 등 기본 교리를 해설, 비판하며 중국의 서양선교사들의 한문서학서를 인용하였다. 『이십오언(二十五言)』1권, 『천주실의(天主實義)』2권, 『기인십편(畸人十篇)』부(附) 『서금곡의(西琴曲意)』1권, 『변학유독(辨學遺牘)』1권, 『칠극(七克)』7권,『서학범(西學凡)』1권, 『영언여작(靈言蠡勺)』2권, 『공제격치(空際格致)』2권, 『환유전(寰有銓)』6권 등 주요 서학서의 저자를 정확히 기재하고 책의 권 수까지 밝히며 서책 내용의 핵심을 요약해 제시하면서 주로 철학적 관점에서 비판하였다.

卷十三

역상도(歷象圖)와 제국도(諸國圖)로 구성된 지도첩으로 세계 및 각국의 경계와 형태를 충실히 나타내었다. 또한 각 지도에 경위도에 해당하는 수리적 위치를 표시하여 범위를 명시하고 있는데 이는 경위도를 통해 면적과 위치 뿐 아니라 전체 도량과의 연관성을 분명히 하기 위해서이다. 그리하여 다양한 지리적 현상을 지구 과학적 지식과 관련지었다. 이 지도첩은 우리나라에서 편찬한 최초의 세계지도책이라는 점에 의미가 크다.[16]

---

16) 노혜정, 위의 논문, 166쪽 참조.

- 역상도(歷象圖)

  : 천문(天文) 역학(曆學)에 관한 도해(圖解) 제1도~제23도 총 23매

- 제국도(諸國圖)

  : 세계지도, 각 대륙, 각국 지도들로 제24도~제64도 총 41매

  -제24地球前圖 : 유라시아, 아프리카의 동반구(東半球) 지도

  -제25地球後圖 : 남북아메리카, 태평양의 서반구(西半球) 지도

  -제26皇淸全圖 : 중국

  -제27亞世亞圖 : 아시아

  -제28-1東洋二國圖 : 조선, 일본

  -제28-2日本圖 : 일본지도

  -제29南洋濱海各國圖 : 베트남, 캄보디아, 태국, 말레이시아, 미얀마

  -제30南洋各島圖 : 필리핀 및 인도네시아의 섬들 지도

  -제31東南洋大洋海各國圖 : 중국, 호주, 태평양 및 남북아메리카

  -제32五印度圖 : 다섯 인도 지도

  -제33五印度舊圖 : 다섯 인도 옛 지도

  -제34印度以西回部四國圖 : 아프가니스탄, 이란, 이라크, 아라비아

  -제35西域各回部圖 : 중앙아시아 각국

  -제36歐羅巴圖 : 유럽 전체 지도

  -제37峨羅斯圖 : 러시아 전체 지도

  -제38峨羅斯西境圖 : 서부 러시아

  -제39瑞國圖 : 스웨덴, 노르웨이

  -제40嗹國圖 : 덴마크

  -제41奧地利亞圖 : 오스트리아

  -제42普魯士圖 : 프러시아

  -제43-1日耳曼列國圖 : 북부 독일

  -제43-2日耳曼列國圖 : 남부 독일

4. 의의 및 평가

『지구전요』는 최한기가 자신이 접한 당시의 세계 최신 지리 정보를 바탕으로 자신이 정립한 철학적 기학(氣學) 체계에 따라 저술한 우리나라 최초의 방대한 세계지리지이다.

최한기는 서양의 지구과학 및 지리 지식을 수용하여 천(天)은 천체로, 지(地)는 지구로 양립시키며 자연의 과학적 탐구 대상 가능성을 열었다. 나아가 기화(氣化)의 깨달음과 인도(人道)의 실현을 통해 인간을 인식과 변통의 주체로 세웠다. 이는 이익(李瀷)을 위시한 여타 실학자들이 과학기술은 수용하면서도 성리학적 세계관은 그대로 지니며 과학과 철학을 이원화시켰으나, 최한기는 천문, 지리,의학, 수학 등 서양 과학지식을 받아들여 기학을 성립시키고 기학을 통해 서양 과학지식과 철학을 일원화한 것이다.[17]

최한기의 세계 지리에 대한 인식 태도는 매우 개방적, 진취적, 실증적이며, 지리인식의 방법은 다각적이며 경험적 구조를 가지고 있다. 우리나라 최초의 세계 지리서를 꾸며 세계를 의식하고 세계를 광범위하게 이해하기에 힘쓴 점에서 선각적 지리인식을 높이 평가할 수 있다.

물론 『지구전요』에 수록된 지도 대부분이 『영환지략』에 실린 지도이고,지지의 내용은 『영환지략』,『해국도지』를 답습하였고, 천체 과학적 지식은 중세와 르네상스시기의 수준을 담은 한문서학서를 표본으로 하였다는 점에 한계가 있다. 그럼에도 불구하고 『지구전요』에 담긴 세계지리에 대한 폭넓은 이해와 합리적 자연지리 인식으로 최한기는 조선 최초로 세계지리학을 수용한 것이다.[18]

---

17) 노혜정, 앞의 책, 2005, 150쪽.
18) 이원순, 「최한기의 세계지리인식의 역사성-혜강학의 지리학적 측면」, 『문화역사지리』 4, 문화역사지리학회,1992, 29쪽.

『지구전요』의 특징은 첫째, 세계 각국의 지리적 사실만을 나열하지 않고 천체로서의 지구, 지구에 사는 인간과 인간사회를 기학 체계로 엮으려는 의도를 담은 체계적 세계지리지이다.

둘째, 저자 최한기는 사는 곳에 집착해 발생하는 잘못된 인식의 극복을 위해 『지구전요』를 조선 지리지가 아닌 세계지리지로 편찬하였다.

셋째, 세계 각 지역 풍토와 물산은 다르지만 그러나 윤리와 강령(倫綱), 정치와 교육(政敎)은 변하여 통해서(變通) 대동사회(大同社會)를 이룰 수 있다는 가능성을 『지구전요』를 통해 제시하고자 한 실용 세계지리지이다.[19]

따라서 『지구전요』는 최한기가 후기 조선 사회애 새로운 지식을 소개하고 그 지식을 통해 변통에 이르고자 하는 실용성은 물론 나아가 인간이 살고 있는 세계를 유기적, 체계적으로 엮는 시도를 했다는 점에 의의가 있다.

〈해제 : 장정란〉

---

19) 노혜정, 앞의 책, 2005, 149쪽.

『地球典要』

序

崔漢綺

크고도 둥근 것을 어찌 한 번 바라보고 알겠는가. 형체가 거대하고
도 움직인다는 것은 모름지기 해와 달과 별이 돌고 있다는 것으로 인
해 검증할 수 있다. 지구의 (실체)를 밝히려면 스스로 (갖고 있는) 많
은 가닥이 보인다. 한 사람의 발자국이 도달할 수 있는 곳은 만리, 천
리, 백리에 불과하고, 한 사람의 이목이 미칠 수 있는 곳은 단지 산등
성이와 물 흐르는 곳일 뿐이니 어떻게 지구 형태의 네모와 둥글기(方
圓), 지구 몸체의 움직임과 정지(動靜)를 알겠는가. 장차 천하 사람 발
자국이 도달하는 곳과 이목이 미치는 바를 모아서 그 형태가 둥글다
는 것을 증명하고 천만세 오랜 세월 해와 달의 천체 위치와 별들의 움
직임을 추측하고 헤아려 그 몸체의 움직임(運轉)을 증명할 수 있다면
이것이 곧 우주인 것이다. 현명한 지식인이 힘을 합치고 함께 나아가
면 점차 고쳐지며 명확해지는 것이지 한 두 사람이 십년, 백년 만에
설명하고 결정하는 것은 아니다. (제1절)

옛날 사람들은 예전 그들이 보고 듣고 연구하고 경험한 바와 마당
의 평평함에 미루어 땅을 네모라 하고, 여러 해, 달, 별의 운행을 보며
땅이 정지해있다고 하였다. 이로부터 그 설을 존중하고 그 법을 숭상
해서 견해가 같으면 옳다하고 다르면 그르다하면서 이 이론을 변호하
는 학설이 갖추어지지 않았던 적이 없었다. 간혹 땅이 둥글다하고, 땅
이 움직인다고 하였으나 모두 어디에서도 관측으로 증명하고 계산을

거친 바는 없었다. 근래 이래로 '지구가 둥글다(地圓說)'는 학설은 세계 일주를 통해서 증명되었고, '지구가 돈다(地轉說)'[20]는 이력은 여러 천체를 통해서 비로소 증명되었다. 그 설은 처음 들은 몇 명만이 숨겨 은밀히 즐기며 기뻐했는데 점차 그 이치를 깨닫는 사람들이 (그 설을) 흔쾌히 받아 들여 의견을 합하고 기(氣)의 운화(運化)[21]를 본 사람은 이 설을 이어서 교육하였다. 천하에 밝은 지혜를 가지고 연구하고 밝혀보려는 자가 다소라도 있고, 실상(實像)과 실리(實理)가 명확히 증명된 것이 아니라면 어떻게 다른 의견 없이 같은 목소리로 화합해 응답할 수 있겠는가. 모름지기 적당히 모방한 설이 아니라면 생각하고 또 의논할 수 있는 바이다. 옛 학설에 집착하는 자는 그때그때 측험하는 것을 알지 못 하고,지금 설을 주장하는 자는 연구로써 부합하거나 혹은 견제하거나 할 수 없다. 예나 지금이나 말로만 하는 학설에 의존하는 자는 실제로 얻는 것이 없다. 무릇 인간은 지구 표면에 함께 살면서 돌고, 기화(氣化)에 의지해 평생을 보낸다는 것은 옛날이나 지금이나 다름이 없는데, 어찌 견문과 식견이 동등하지 않고 그 드러냄이 이같이 다르단 말인가? (제2절)

이에 백성을 깨우치고 이 세상을 깨우치려 하는 자는 오직 지구 운화에서만 마침내 그 (경지)에 도달하게 된다. 정도나 수준이 높은 사

---

20) '지구가 돈다(地轉說)' : 지구가 하루 한 번씩 스스로 한 바퀴 돌아서 낮과 밤이 생긴다는 주장.
21) 기(氣)의 운화(運化) : 운화지기(運化之氣)란 최한기가 기(氣)의 운동과 변화를 강조하기 위해 사용한 개념. 운화(運化)란 본래 하늘과 땅의 운행과 기상의 변화 등 자연의 움직임과 변화를 총괄하여 지칭한 말로 천지의 운화, 음양오행의 운화 등으로 쓰이다가 기로써 자연현상을 설명하는 성리학적 세계관이 보편화됨에 따라 기의 유행 변화를 가리키는 말로 쓰이게 되었다. 한국학중앙연구원, 『한국민족문화대백과』, 운화지기(運化之氣) 조 참조.

람(上等人)은 그림 등을 이용한 설명(圖說)으로써 깨우치고, 수준이 낮은 사람(下等人)은 민간에 전하는 설명(俗說)으로 비유해서 실제 효과를 보려 했지만 매우 어려웠다. 아울러 끊임없이 헐뜯는 자들은 주장이나 따지는 것에 가닥이 많고 복잡한데 (기존관념에서 벗어나 합리적 인식을 갖게 계발하는) 계몽(啓蒙)은 진실로 처음 이에서 나왔다. (제3절)

현재에 이르러 세상의 현명한 부류는 모두 그 대단원의 다다름을 인식할 수 있으나 그 나머지는 알지 못하여 이리저리 흔들리는 자가 대부분이니 온 세상 깨달음의 수준은 이 정도이며 또한 불안정하다. 그러나 신기하고 괴기한 설(神怪之說)은 변화하는 시기에 쉽게 퍼지고, 어긋난 이야기(違戾之談)는 같음과 다름의 의문에 덧붙여져 도리어 성실히 도(道)를 추구하는데 누를 끼치고 연구 해석하는 방법에 거꾸로 의혹을 불린다. 서양 선교사(西士)들이 쓴 지구에 관한 책이 두 세 권 정도가 아니나 대개가 과장되고 허황하다. 하늘의 도(天道)를 어찌 과장되고 허황한 설로 설명할 수 있겠는가. 땅의 도(地道)를 어찌 과장되고 허황한 설로 설명할 수 있겠는가. 실없이 재미있는 이야기(遊戲之談)를 받아 적은 것은 재능과 기예(才藝)를 익살스럽게 해 경박하게 만드는 것이 되지만, 천지기화(天地氣化)의 도(道)는 실로 여러 별들이 그릇됨 없이 도는 것(旋轉)으로부터 말미암는 것이니 이것이 『지구전요』를 지은 까닭이다. (제4절)

기존의 지구에 관한 논의는 향하는 방향이 없는 것부터 방향이 있는 것까지, 허황된 주장부터 허황됨을 종식시키는 것에까지 이르렀으니 이들을 새로 고칠 필요는 없다. 앞으로의 지구에 관한 논의는 이전 사람들이 매우 정밀하게 힘을 다해 쌓은 (성과를) 자신의 경험과 경력으로 삼고 천지의 그치거나 변하지 않는 운화(運化)를 백성을 평안히 하고 구제하는 일로 삼는다. (그리하여) 귀신과 화복(禍福)은 기화(氣化)의 영역(府)에 녹아들고, 영적으로 괴이하고 허망한 것은 진실의 도가니(鑛)에서 없어질 것이다. 경계(境界), 정리(程里), 토산(土産), 번영과 쇠망(榮枯)은 지구 면에서부터 점차 상세해질 것이다. 해와 달이 일치해 잘 어울리고 여러 별들이 함께 움직이는 것은 지구 밖으로부터 비롯해 쌓인 증험이니 이것이 곧 지구를 인식하여 깨달은 큰 효험이다. 만약 지구를 설명하는데 멀고 가까운 나라 이름과 신비롭고 괴이한 일들만을 전하며 변하지 않는 운화(運化)를 알지 못하고 오로지 어리석은 풍속과 속된 습관으로 귀신과 화복을 고수한다면, 땅의 도(地道)에서 얻는 바가 없음을 알 수 있을 것이다. (제5절)

인간과 사물은 땅의 기화(氣化)에 의해 일어나고 없어지고 살아가고 멈추는 것이다. 땅으로써 인간과 사물을 살피려면 유무(有無)를 알 수 없고, 인간으로써 땅을 보아야 표면의 바다와 육지에서 일어나는 기화를 추측할 수 있으니, 그 안(內)을 보지 못하고 그 밖(外)을 밝히지 못하면 장차 어떻게 지구를 인식해 말 하겠는가? 우주 내에서는 인간과 사물이 지구의 일에 관여하니 조목별로 구분해 권장할 것과 징계할 것을 연구 학습하고 그로써 사람의 도리(人道)에 있어 그치거나 변하지 않는 것을 밝혀 말하고 정치와 교육(政敎)의 교화와 실행(化行)을 수립하여야 지구에서의 인생도리를 인식했다고 일컬을 수 있다. (제6절)

대개 하늘과 인간(天人)의 도(道)는 모두 기의 묶음(氣括)을 가지니 어찌 맥락이 없겠는가. 지구의 운화는 여러 별이 일치해 잘 어울림으로 말미암아 이루어지고, 인생의 도리는 지구의 운화로 말미암아 생겨난다. 기화의 사문(四門)22) 배정에 있어 문(門)은 각각 조직이 있어서 우주 안 각 나라의 역사적 자취(史蹟)를 이룬다. 이를 읽는 자는 기화(氣化)를 깨달아 인간의 도(人道)를 수렴하고 인도를 행하면 인도가 정(定)해지면서 지구면(球面)에 모여 도달(偏達)할 수 있으나, 기화를 깨닫지 못하면서 인도를 말하고 인도를 생각하면 인도가 정해지지 못해서 지구면에 모여 도달할 수 없다.(제7절)

만약 앞에서 말한 (일곱) 절(節)들을 수행함에 있어 분별(分別)이 점차 열려 지각(知覺)이 바뀌는 것을 깨닫는다면 세상의 경륜과 학업의 범위에서 이보다 더 크고 이보다 더 과분한 것이 어디 있겠는가! 도가(道家)에서 말하는 앞 천지 뒤 천지(先天地後天地)는 송두리째 잡혀 그 학설이 없어지고, 불교에서 설파하는 (인륜과 만물을 버리라는) 공산하 유륜물(空山河 遺倫物)은 밝음을 등지고 어둠을 향할 것이다.

정사(丁巳)23) 오월 보름(望) 혜강 최한기가 기화당(氣和堂)에서 쓰다.

〈역주 : 장정란〉

---

22) 기화의 사문(四門) : 사문(四門)은 최한기가 『지구전요』에서 세계 각국 지지(地誌)를 설명할 때 그의 기철학(氣哲學)에 의거해 氣化生成門(기화가 만들어 놓은 부문), 順氣化之諸具門(기화에 순응하여 나타나는 부문), 導氣化之通法門(기화를 이끄는 통법), 氣化經歷門(기화가 지나온 자취) 등 4개 범주로 나눈 것을 말한다.
23) 정사(丁巳) : 1857년

참 고 문 헌

1. 사료

『明南樓全集』, 영인본(影印本), 전3책, 여강출판사, 1986.

2. 단행본

권오영, 『최한기의 학문과 사상연구』, 집문당, 1999.

노혜정, 『『地球典要』에 나타난 최한기의 지리사상』, 한국학술정보, 2005.

3.논문

노혜정, 「최한기의 지리사상 연구-지구전요를 중심으로」, 『지리학논총』 별호51, 서울대학교 국토문제연구소, 2003.

오길순, 「최한기『지구전요』도(圖)의 모사와 세계지명조사」, 『한국고지도연구』 2(1), 고지도연구학회, 2010.

오상학, 「조선시대의 세계지도와 세계인식」, 『지리학논총』 43, 2001.

이면우, 「지구전요를 통해 본 최한기의 세계 인식」

이원순, 「최한기의 세계지리인식의 역사성-혜강학의 지리학적 측면」, 『문화역사지리』 4, 문화역사지리학회,1992.

『천학문답(天學問答)』

분류	세부내용
문 헌 종 류	조선서학서
문 헌 제 목	천학문답(天學問答)
문 헌 형 태	필사본
문 헌 언 어	한문
저 술 년 도	1790
저 자	이헌경(李獻慶, 1719~1791)
형 태 사 항	12면
대 분 류	사상
세 부 분 류	척사
소 장 처	경상대학교 도서관 고려대학교 도서관 경희대학교 도서관 성균관대학교 존경각 국립중앙도서관
개 요	이헌경의 『천학문답』은 총 2,260자 분량의 객(客)과 이아헌주인(爾雅軒主人)의 문답을 7개 항목으로 구성하여, 서학에 대한 우려와 함께 서학의 속성을 드러내고 이를 배척하고자 한 의도로 저술한 글이다.
주 제 어	상제(上帝), 천주(天主), 이매(魑魅), 이마두(利瑪竇), 본원이색(本原而塞), 서양(西洋), 진분기서(盡焚其書), 진출기설(盡黜其說)

1. 문헌제목

「천학문답(天學問答)」

2. 서지사항

「천학문답(天學問答)」은 이헌경(李獻慶, 1719~1791)이 쓴 서학 비판 저술로 그의 『간옹집(艮翁集)』 권23 「雜著」 항목에 실려 있다. 이 외에도 고려대학교 도서관에 '艮翁先生集抄'라는 표제가 붙어 있는 필사본 1책 「천학문답」이 소장[1]되어 있고, 1931년 이만채(李晚采)가 간행한 『벽위편(闢衛編)』 권1에 '이간옹천학문답(李艮翁天學問答)'이라는 제목으로 수록되어 있다.

본 해제의 저본은 『간옹집(艮翁集)』 권 23 필사본으로 1면은 10줄 20자로 구성되며 총 12면이다.

[저자]

이헌경(李獻慶)은 1719년 9월 21일 한양의 홍인문(興仁門) 자지동(紫芝洞, 현 창신동)에서 태어났다. 본관은 전주(全州)이며, 세종(世宗)의 10남 담양군(潭陽君)의 후손이다. 초명은 성경(星慶)이었으나 45세 때인 1763년에 헌경(獻慶)으로 개명하였으며, 자는 몽서(夢瑞), 호는 간옹(艮翁)이다.

이헌경의 학문적 연원을 따져보면 특징적인 것이 오로지 가학(家學)을 통해서만 가르침을 받고 별달리 외부의 스승에게 나아가지 않았다는 점이다. 그는 자신의 종대부(從大父)였던 이명시(李命蓍, ?~?)에게 학업을 전수받았는데, 이명시는 퇴계 이황→한강 정구→관설(觀雪) 허후(許厚, 1588~1661)로 이어지는 남인의 학맥을 이어받은 인물이다.[2]

---

1) 고려대학교 한적실 [청구기호 : 신암 C16 A14].
2) 박광용, 『조선시대 탕평 연구』, 서울대학교 박사학위논문, 1994, 30면.

허후는 미수(眉叟) 허목(許穆)의 종형이었던 바, 생각건대 이헌경은 17세기 근기 남인학자들이 고문경전(古文經典)과 육경(六經)을 기본정신으로 중시했던 학풍을 전수받아 당시 주류적 학풍인 주자성리학보다는 육경의 학문에 침잠하여 그 본의를 탐구하고자 하였을 것이다. 이러한 학풍은 자연스럽게 박학(博學)·다독(多讀)을 통해 여러 학문을 접하는 경향이 강했기에 그의 독서 목록에 서학서들도 포함 되었던 듯하다.

ㄷ

"저는 어렸을 때부터 이미 이를 근심하고 탄식하여 번번이 그 天主의 학설이 결국에는 필시 백성들을 그르칠 것이라 생각했습니다."3)

ㄹ

"부군[이헌경]께서는 약관(弱冠) 때부터 이미 서학이 백성들을 그르치는 것을 근심하여 매양 근심하고 탄식하셨다."4)

위 인용문 ㄷ은 이헌경이 안정복에게 보낸 편지의 일부이며, ㄹ는 이헌경의 손자 이승진(李升鎭)이 쓴 글이다. 두 글을 통해 이헌경이 학문의 길로 접어든 이후 이른 시기부터 서학서를 접했던 것이 아닌가 하는 추정을 가능케 한다. 하지만 그는 서학서를 접하고 부정적인 생각을 지니게 되었던 듯하며, 나아가 서학이 백성들을 그르치고 있음

---

3) 『艮翁集』, 「寄安順菴鼎福書」, 한국문집총간 234, 284면. 弟自童孺時, 已爲憂歎, 輒料其天主之說, 終必誤蒼生.
4) 李升鎭, 『艮翁集』, 「家庭聞見錄」, 한국문집총간 234, 507면. 府君自弱冠時, 已憂西學之誤蒼生, 每嘗憂歎.

을 근심하고 탄식하였다. 즉 이헌경은 젊은 시절부터 서학을 접하였지만, 서학이 끼칠 해를 우려하여 서학에 대해 부정적으로 인식하고 있었다.

이헌경은 1738년(20세) 진사시에 합격하고, 1743년(25세) 문과에 급제하였다. 당시 문과에서 남인 인사 중에 채제공·정항령(鄭恒齡)도 함께 급제하였다. 이후 그는 사간원 정언, 사헌부 지평·집의, 양양부사, 홍문관 수찬 등을 지냈다. 하지만 중년기에 들면서 연이은 가족·친척들의 상을 당하면서[5] 정조가 즉위하기 전까지 10여 년간 출사하지 않고 은거하며 오로지 학문에만 전념하게 되었다.

이헌경은 정계 진출 이후 중앙의 청요직(淸要職)을 두루 거쳐 품계가 정2품 한성부판윤에까지 올라 기로소(耆老所)에 들어간 18세기 근기 남인의 핵심 인사 중에 하나로서, 목만중(睦萬中)·정범조(丁範祖)·채제공(蔡濟恭)과 더불어 '남인 4대 문장가'로 꼽힌다.[6] 그는 정조대 탕평정국을 주도했던 채제공에 견준다면 정치적으로 특출한 자취를 남긴 인물은 아니지만, 남인 세력 안에서 정치적인 입지를 꾸준히 지니고 있었던 인물 가운데 하나였다. 또 그는 자신의 당파를 넘어 소론 계열 인사였던 홍양호(洪良浩)나 노론 계열 인사였던 황경원(黃景源) 등과도 폭넓게 문학적·사상적으로 교유하였다는 점에서, 그가 근기 남인 계열 인사들 가운데 차지하는 위상은 독특하다고 할 수 있다.

한편 근기 남인 계열 인사들 가운데 18세기 반서학적 입장을 지녔던 대표적 인물인 신후담·안정복은 물론이요 채제공[7]까지도 모두 성

---

5) 그는 1760년 모친, 1764년 장녀, 1764년 장인, 1767년 6촌형 홍경(弘慶), 1768년 부친, 1771년 동생 한경(漢慶), 1772년 아들 정린(廷郴), 1777년 부인까지 모두 16년간 무려 8차례의 상을 당하였다.

6) 심경호, 「18세기 중·말엽의 南人 문단」, 『국문학연구』 창간호, 태학사, 1997.

7) 번암 채제공의 천주교에 대한 비판적 인식에 대해서는 조광, 『조선후기 천주교사 연구』, 고려대학교 민족문화연구소, 1988, 196~236면 참조.

호 이익의 문하생이었던 바, 기실 18세기 서학 비판은 성호우파 문인들이 주도했다고 할 수 있다. 아울러 이들의 반서학적 입장은 모두 스승인 성호와의 학문적 토론과 문답의 과정을 통해 일정 부분 형성되었다. 반면에 이헌경의 경우에는 근기 남인 계열의 인사이기는 하지만 특별한 스승이 없이 가학(家學)을 통해 수학하였다,

관직에 오른 후 그가 가장 돈독하게 교유했던 인물은 바로 채제공과 목만중이었다. 채제공과는 관직 생활 이전부터 약하시사(藥下詩社)에서 함께 활동하면서 시문을 주고받았을 뿐만 아니라, 두 사람은 문과 급제 동기이기도 했다. 목만중과는 서원시사(西園詩社)·계사(溪社)·만사(蔓社) 등 여러 시사를 결성하여 함께 자리를 하였다.[8] 이들의 시사에는 당시 남인 계열의 인사인 신광수(申光洙)·정범조(丁範祖)·이동욱(李東郁) 등이 두루 참여하고 있었다. 기실 이상 열거한 인물들은 온건-강경의 정도 차이는 존재하지만 모두 서학에 대해서 비판적인 입장을 견지하고 있었다. 따라서 이들과의 교유 현장은 문주위연(文酒爲宴)의 장이었던 동시에 서학에 대해서도 비판적인 인식을 공유하는 자리이기도 하였을 것이다.

하지만 훗날 목만중과 채제공 사이에 1780년(정조4) 무렵을 기점으로 간극이 생기기 시작하였다. 이는 채제공이 서명응(徐命膺) 정권에 의해 축출당하면서 정치적 위기를 겪게 되었을 때 목만중이 홍유보(洪秀輔)·채홍리(蔡弘履) 등과 함께 그를 공격하는 편에 섰기 때문이다. 이후에도 진산사건(1791)을 거치면서 두 사람의 간극은 돌이킬 수 없을 정도로 더욱 커지게 되었다. 이러한 분위기 속에서 이헌경은 채제공과는 점차 거리를 유지하고, 목만중과는 지속적으로 교유하면서 반서학적 입장을 보다 강화해 나갔다.

---

8) 박희인, 「餘窩 睦萬中의 시에 나타난 현실인식과 대응양상」, 『한국한시연구』 19, 한국한시학회, 2011, 260면.

정조 즉위 후에 이헌경은 승정원 동부승지로 발탁되었으나, 당시 홍국영(洪國榮)과의 불화 속에서 지방으로 좌천되어 북청부사, 삼척부사, 회양부사 등을 지냈다.[9] 이헌경의 직접적인 천주교에 대한 비판적 언사는 이즈음에 처음으로 보이는데, 1782년 10월 홍양호(洪良浩)가 동지겸사은부사로 연경(燕京)에 갈 때 써 준 송서(送序)가 그것이다.

> "이제 듣자하니, 천주학이라 하는 것이 중국에 성행한다고 한다. 내 비록 자세히 그 학설을 듣지는 못하였지만, 그 학설은 본래 서양국(西洋國)에서 나온 것이다. …… 중국 사람들은 이러한 학설을 얼핏 듣고 처음 보면서도 괴이하다 놀라지 않고 혹신(酷信)하고 있다. 이것이 점차 우리나라에도 흘러들어 우리나라의 학자들 중 천인성명(天人性命)에 관한 이치를 논하는 자들이 왕왕 그 학설을 종지로 삼고, 옛 성인(聖人)·현인(賢人)의 논의는 쓸데없는 것으로 여기면서 제대로 살필 줄도 모르니, 아! 그 미혹됨이 심하도다."[10]

홍양호는 소론 계열의 인사였지만, 이헌경과 교유를 통해 반서학적 입장을 공유하고 있던 인물이다. 위 인용문에서 이헌경은 중국에 천주학이 성행하는 현실을 거론하며 중국 사람들이 천주학을 처음 접하면서도 이를 괴이하다고 놀라기는커녕 오히려 거기에 완전히 매료되

---

9) 李升鎭, 『良翁集』, 「家庭聞見錄」, 한국문집총간 234, 504~505면. 時權姦國榮以知申事直宿衛所, 府君晨夕赴公, 直過宿衛所前而一不訪見, 國榮又送人致其款洽之意, 欲與相識, 府君終不往謝, 以是國榮大憾之, 竟有北邑左遷之行.
10) 『良翁集』, 「送洪侍郎良浩燕槎之行序」, 한국문집총간 234, 407~408면. 今聞爲天主之學者, 盛行於中國, 雖未得其說之詳, 其本出於西洋國. …… 中州之人驟聞而創見之, 無不嗟異酷信. 駸駸然流入我國, 我國學者論天人性命之理者, 往往以其說爲宗, 而古聖人賢人之論, 幾乎弁髦而不知省, 噫嘻其惑之甚也.

어 존신하고 있음을 지적하고 있다. 문제는 이것이 중국의 상황으로 끝나지 않고 조선의 유학자들 중에도 천주학에 미혹된 자들이 존재한 다는 것이었다. 홍양호는 이러한 현실을 꼬집으며 이어 천주학을 맹 비난하는데, ①서양은 풍기(風氣)가 좋지 않아 백성들 중에 요사스런 기예를 부리는 자들이 많으며, ②서양 오랑캐들과는 더불어 대도(大 道)를 논할 수 없으며, ③그들이 추보(推步)에 뛰어나다고 하지만 이는 잘못 알고 있는 것이며, ④천주학에서는 천주를 한낱 귀신과 동일시 하니 이는 하늘을 업신여기고 하늘을 더럽히는 행위라는 것이 그 핵 심이다. 또 송서의 마지막 부분에서 이헌경은 홍양호를 향해 중국에 가게 되면 연경의 사대부들에게 이러한 천주학의 폐해를 명쾌하게 설 득시켜 줄 것을 당부하고 있다.

하지만 이러한 이헌경의 서학에 대한 우려와 비판적 입장과는 달 리, 1784년 이승훈이 북경에서 세례를 받고 돌아온 뒤 오히려 동류 남 인들 중에 천주교에 빠져드는 인사들이 많아지자, 이헌경은 「천학문 답(天學問答)」을 지어 '서학서를 모두 불태워버리고 그 학설을 모두 추 방하자'는 적극적인 방안을 제시한다. 「천학문답」은 1785년 무렵에 지 은 것으로 생각된다. 당시 이헌경은 대사간(大司諫)에 올라 있었다. 이 에 홍양호는 이헌경을 위해 「이아헌기(爾雅軒記)」[11]를 지어 주면서 서 학을 배척하는 종지로 삼도록 하였다.

한편 이 무렵 남인 계열 인사 중 서학 비판에 가장 적극적이었던 인 물은 안정복이었다. 안정복은 「천학설문」(1784)·「천학고」(1785)·「천 학문답」(1785)을 지었으며, 권철신에게 편지를 보내 젊은 사류들을 모 아 서학을 공부하는 것을 심하게 꾸짖기도 하고,[12] 채제공에게 편지

---

11) 洪良浩, 『耳溪集』, 「爾雅軒記」, 한국문집총간 241, 218~219면.
12) 「答權旣明書 甲辰十一月二十二日」『順菴集』卷6, 『順菴覆瓿稿』卷10. ; 「答權旣
明書」甲辰十二月初三日」『順菴集』卷6, 『順菴覆瓿稿』卷10. ; 「與權旣明書 甲辰」

를 보내 남인계 소장파들이 천주학에 빠져 있는 현실에 미온적으로 대처함에 대한 비판적 의견을 드러내기도 하였다.[13] 이러한 과정에서 안정복은 이헌경에게도 편지를 보냈다.

□

"생각해 보니 옛날 정사년(丁巳年, 1737년) 가을에 족제(族弟) 연익(廷益)과 함께한 자리에서 비록 대감의 모습을 접하기는 했으나 사람들이 많이 모인 자리라서 한마디 말도 서로 주고받을 수 없었습니다. 지금 오십여 년이 되었는데 대감께서는 기억할 수 있으신지요? …… 불행하게도 근자에 젊은이들에게 천학(天學)의 움직임이 있는데, 듣자하니 대감께서 논지를 세워 배척하셨다고 하던데 그것이 과연 그렇습니까? 천하의 사변은 일정함이 없거늘 뜻하지 않게 우리 무리들 중에도 이런 자들이 있으니, 이것이 과연 하늘이 그들의 마음을 폐하고자 해서 그런 것입니까. 어찌 그 그릇됨을 모르고 마음으로 좋아하며 미혹되고 탐닉하는 것인지, 비유하건대 이는 또한 西士들이 말하는 마귀의 환농(幻弄) 때문에 그런 것입니까. 만약 대감께서 앞장서서 그들을 깊이 배척하지 않으시면 누가 그들을 배척하겠습니까? 혹 인편(人便을) 통해 제게도 보여주시면 매우 고맙겠습니다."[14]

『順菴集』卷6, 『順菴覆瓿稿』卷10.

13) 「與樊巖書」丙午 『順菴集』卷5, 『順菴覆瓿稿』卷11.

14) 「答李艮翁獻慶 丁未八月」『順菴覆瓿稿』卷13. 憶昔丁巳秋, 族弟廷益座上, 雖奉英眄, 稠廣中不能一語相接, 追今五十餘年矣, 台能記之否. …… 不幸近者少輩有天學之機, 聞台立說而斥云, 其果然否. 天下之事變無常, 不意吾儕有此事, 是果天之所廢其心, 豈不知其非, 而甘心惑溺者, 比亦西士所謂魔鬼之幻弄而然耶. 若台兄居前列者, 不深斥之, 有誰斥之. 或從便示及, 幸甚幸甚.

　"「천학문답(天學問答)」을 찾아보니 과연 그런 논저(論著)가 있었습니다. 근래 듣자하니 천학을 행하는 자들이 이것을 보고 비웃으며 전혀 천학의 묘처(妙處)를 모른다고 했다는군요. …… 이른바「천학문답」과「연경으로 사신가는 홍양호에게 준 서」를 별지에 기록하여 보내오니, 자세히 살펴보시고 그것이 가한지 불가한지 가르침을 주십시오."15)

　"보내주신「천학문답」을 읽고 또 읽어보았는데 내용이 근엄하고 뜻이 정중하며 문장이 간결하여 흠탄하기를 마지않았습니다. …… 저도 이 천주학을 배척하는 문자를 쓰기는 썼는데 한갓 남의 구설에만 오르고 그 효과는 없어 곧바로 스스로 후회하였습니다. 얼마 후에 그 정본(正本)은 영남의 선비가 빌려가고 없고 초본(初本)만 여기 있어 보내드리니, 보시면 그 핵심을 알 수 있을 것입니다. 대감의 저술이 여기에 있으니 제가 지은 것과 한 책으로 합쳐 잘 보관해 두고자 합니다."16)

　위 인용문 二에서 안정복은 이헌경에게 보내는 편지 서두에서 두 사람이 50년 전의 모임에서 함께 자리한 적이 있음을 상기시키며 자

---

15) 『艮翁集』,「寄安順菴鼎福書」, 한국문집총간 234, 283~284면. 俯索天學問答, 果嘗有所論著. 近聞爲此學者, 見而笑之, 以爲全不知天學妙處. …… 嚮所謂天學問答及送別燕使序, 別紙錄呈, 俯賜詳覽, 回敎其可不可也.

16)「答艮翁李參判夢瑞獻慶書 己酉」『順菴集』卷5, 『順菴覆瓿稿』卷14. 俯示天學問答, 莊玩重複, 辭嚴義正, 文章簡潔, 不任欽賞. …… 弟果有斥此學文字, 徒取人言而無其效, 旋自悔恨. 後來正本嶺儒借去, 初本在此, 故玆以奉呈, 可知其槩矣. 盛撰留此, 與鄙草同付一冊, 以爲藏弄之地耳.

신을 기억할 수 있느냐고 묻고 있다. 두 사람은 공히 남인 계열에 속한 인사이기는 하였지만 오랜 기간 전혀 왕래가 없었던 것이다. 이어 안정복은 근래 젊은 인사들이 천학을 결행하고 있는 현실을 언급하며, 이헌경이 서학 비판의 논설을 지었다는 소문을 들었는데, 실제로 그것이 맞는지 물었다. 해당 자료를 인편을 통해 자신에게도 보여주기를 부탁하고 있다.

편지를 받은 이헌경은 답장을 보낸다. 三에서 이헌경은 자신이 천학을 비판하는 논저를 지은 적이 있음을 확인시키고 있다. 하지만 천학에 빠져있는 자들에게 도리어 '천학을 제대로 알지도 못하면서 이러한 비판적 논저를 지었다'고 하는 비웃음을 샀음을 말하며, 자신이 지은 「천학문답」과 앞서 홍양호가 연경으로 사신 갈 때 지은 송서를 함께 보낼 터이니, 실제로 자신의 논설이 논리적으로 적절한 것인지의 가부를 좀 알려달라고 부탁을 하였다.

그러자 안정복은 이헌경의 논저를 받고 그에 대한 답장을 다시 보냈다. 三에서 안정복은 이헌경의 「천학문답」을 읽고 또 읽었는데 내용상에도 문체상에도 아무런 문제가 없었으며 오히려 매우 훌륭하였다고 답하면서 이헌경을 치켜세우고 있다. 또 자신도 서학에 대한 비판적 논저를 지었다가 남의 구설에 올랐던 점을 언급하며 두 사람이 동병상련의 처지에 놓여있음을 말하였다. 이어 안정복은 자신의 천주학 비판 저술도 한번 살펴보라며 이헌경에게 보내주고, 아울러 자신의 저술과 이헌경의 저술을 한 책으로 합쳐서 잘 보관해두겠다고 약속을 하였다. 편지를 주고받을 당시 이헌경과 안정복은 일흔에 가까웠지만 이처럼 두 사람은 자신들이 지은 서학 비판의 저술을 공유하고 함께 반서학적 입장을 견지하고자 하였음을 알 수 있다.

이후 이헌경은 1789년(70세)에 호조참판, 1790년(71세)에 예조참판, 한성부판윤을 지내고 기로소(耆老所)에 들었다가 1791년 1월에 사망하였다.

3. 목차 및 내용

[목차]

없음

[내용]

이헌경의 「천학문답」은 1790년 지은 것으로 총 2,260자 분량의 객과 이아헌주인의 문답을 7개 항목으로 구성하여, 서학이 퍼져 가는 현실에서 그에 대한 우려와 함께 서학의 속성을 드러내고 이를 배척하고자 저술한 글이다.

1) 제1항 : 천학이 치성해지는 현실

첫 번째 항에서 객은 이아헌주인(爾雅軒主人)에게 과거 홍양호가 중국으로 사신을 갈 때 이미 천주학의 확산에 대해 우려와 비판의 목소리를 낸 적이 있는데, 지금 실제로 조선에서 천주학이 크게 유행하는 상황에 이르게 되었으니, 혹 선견지명이 있어서 이런 상황을 미리 예견한 것인가 하고 질문을 던진다. 이에 대해 이헌경은 성인의 학문은 조리가 있지만 공부가 힘들고, 이단의 학문은 신기하지만 공부하는 것은 빠르다고 하면서 천주학이 치성하는 이유에 대하여 언급하였다. 천주교의 성행 이유에 대하여 두 가지 점을 들어 서술한다. 첫째는 학문 자체의 성향이다. 성인의 학문 즉 유학은 조리가 있고 평이하지만 공부하기란 어려운 반면에 이단의 학문은 말이 아주 신기하여 공부하기도 쉽고 빠르기 때문이라는 것이다. 이 때문에 배우는 자들이 예전부터 노(老)·불(佛)에 지속적으로 빠져들었으며, 주자(朱子) 또한 초년에는 여기에 관심을 가질 정도였다는 점을 언급하고 있다. 이러한 맥락에서 이헌경은 천주학 역시 노·불과 같은 이단의 학문이기 때문에 기본적으로 배우는 사람들이 신기하다고 여기고 빠져들기 쉬운 속성을 지녔다고 인식하였다. 둘째는 시대적 변화상 즉 중화의 운수가 쇠하여 이적(夷狄)이 판치는 세상이 되었기 때문이다. 이헌경은 청나라 초기 학자였던 모기령(毛奇齡, 1623~1718)[17]을 주목하였다. 모기령을 예로 들어 주자성리학이 비난받고 부정되는 현 세태를 중화의 운수가 쇠퇴한 징조로 인식을 했다. 이런 상황에서 천주학이 절묘한 시점에 창도되어 유학으로부터 아무런 비판과 견제를 받지 않게 되어 나날이 치성해질 수밖에 없다는 것이다.

2) 제2항 : 천학의 그릇된 실질 비판

두 번째 항에서 객은 천주학이 해괴하고 이상하기는 하지만 『서경』·『시경』 등 유가 경전의 천(天)과 상제(上帝) 관념에 근거하고 있는데, 이를 배척하는 이유가 무엇인가 하고 물었다. 주지하듯이 초기 중국에 천주교를 전파한 마태오 리치는 유교와 천주교와의 친연성을 강조하는 전략을 사용하였다. 리치는 고대 유가의 천과 상제 등의 용어는 바로 궁극적 주재자로서 신을 인지하는 것으로 천주교의 '천주' 관념과 부합하는 부분이라고 주장하였다. 또한 영혼의 존재와 불멸에 대하여도 고대 유가의 혼백(魂魄) 관념을 근거로 정당화하였다. 이러한 리치의 논리는 당시 유학자들이 천주학을 수용케 하는 기제가 되기도 하였다. 전통적인 성리학적 입장에서 천주학에서 말하는 인격적 신의

---

17) 명말 청초 때 절강(浙江) 소산(蕭山)인. 자는 대가(大可) 또는 제우(齊于), 본명은 신(甡)이다. 양명학의 영향을 받았으나 고증학을 선호하였다. 주자를 비판한 『사서개착(四書改錯)』, 저술을 모은 『서하합집(西河合集)』 400여 권이 있다.

존재로서의 천과 상제의 관념을 반박한다. 동일한 맥락에서 상제는 인격적 신의 요소가 없는데, 즉 신이 아닌데도 이를 형상으로 그려내고 여기에 제사를 지내면서 상제를 마치 귀신을 떠받들 듯이 대하니, 천주학은 천·상제를 높인다고는 하지만 오히려 하늘을 업신여기고 하늘을 더럽히는 학설이라 여겼다. 더욱이 이는 마태오 리치가 간교한 지혜를 짜내어 만들어낸 기이하고 괴벽한 논설에 불과하며, 독창적일 것도 없이 불교의 천당지옥설과 유학의 상제 개념을 차용한 것이라고 평가하였다. 나아가 서양의 천문·역법조차 고대 중국의 선기옥형(璇璣玉衡)[18]의 원리를 추연한 것이라 말하였는데 이처럼 이헌경은 천학의 실질이 매우 그릇되고 형편없는 것이라 평가하였다.

3) 제3항 : 천학과 불교와의 비교

세 번째 항목에서 객은 불교와 천주학을 비교하면서, 불교는 매우 허탄하지만 천주학은 마음을 전일하게 하고 하늘을 받들며 사람들에게 선을 권면하는 등 그래도 불교보다는 훨씬 낫지 않느냐고 물었다. 실제로 동아시아에서 불교와 노장은 유학자들에게 오랜 세월 이단으로 배척되어 왔으며, 마태오 리치 또한 불교와 도교를 비판하며 유교와 가까움을 강조하였다.

불교보다 천주학이 더 낫지 않느냐는 질문에 이헌경은 반대로 답변을 하였다. 불교의 지옥설은 본래 목적을 따져보면 선을 권면하는 데서 나온 것이고, 선가(禪家)의 적멸은 그 의도를 더듬어보면 생각을 맑게 하려는 데 있다고 하였다. 분명 문제점과 폐단이 크지만, 그래도 본래의 주된 취지는 인정할 만한 지점이 존재한다는 것이다. 그러나 천주학은 이마저도 없이 허황되고 실제 아무런 근거하는 바가 없이

---

18) 천체를 관측하는 기구. 순(舜) 임금 때부터 사용하였다고 한다.

천하를 도깨비와 같은 상태로 빠트리니 칭할 수 없다는 것이다. 천주학을 오히려 불교보다 못한 학설로 치부해 버리는 것이다.

4) 제4항 : 천학에 대한 우려와 그 대응

네 번째 항목에서 객은 우리나라의 천주학 파급에 관하여 질문한다. 앞서 중국의 경우에는 천주학이 크게 확산이 되어 문제라 할 수 있겠지만, 그래도 조선의 경우에는 정치와 교화가 잘 이루어지고 조정에서도 분명한 금지의 입장을 보이고 있으니 천주학이 세상을 크게 어지럽힐 것이라는 우려는 지나친 염려가 아닌가 하는 것이다.

천주학을 몹쓸 나무, 거센 물결에 비유하여 발본색원해야 할 대상으로 여긴다. 앞선 1항부터 3항까지 줄곧 천주학의 그릇됨을 이야기해 왔으므로, 4항에 이르러서는 천주학을 철저히 금해야 한다는 입장에서 "서학의 책들을 모조리 불태워 없애고 그들의 학설을 모조리 뽑아내야 한다."는 적극적인 발본론(拔本論)을 폈다. 그렇지 않으면 일시적으로는 천주학의 유행이 수그러 들더라도 다시금 치성해질 것이라 주장하였다.

5) 제5항 : 서양 천문학에 대한 인식

이상의 네 가지 항목의 질의-응답을 통해 객 또한 천주학을 부정적으로 인식하게 된 듯하다. 이에 다섯 번째 항목에서 객은 서양의 천문학까지도 배척해야 하는 것인지 묻고 있다. 18세기 서학에 대해 비판적 입장을 피력했던 하빈 신후담, 순암 안정복조차도 서양의 천문 역법이나 상수학의 학문적 성취에 대해서는 높게 평가하였다. 그러나 이에 대해서 이헌경은 다른 입장을 보였다.

"서양인들이 비록 천체의 도수를 잘 관측한다고 하지만 이는 복희·황제·요·순의 구법(舊法)에 불과하며, 천문을 잘 부연하여 설명을 한다고 하지만 이는 허탄하고 망령되며 요망하고 괴이한 변론일 뿐이다. 만약 이 없었다면 저들이 어찌 천지의 조화를 포괄하고 해와 달의 운행을 관찰할 수 있었겠는가. 서양이 중국과 통교하기 이전에도 . …… 설령 서양의 천체를 관측하는 학문이 중국보다 낫다 하더라도, 이는 겨우 한 부분에만 밝은 것이니 실로 귀하게 여길 바가 못 된다. 하물며 그 학문은 본래 중국의 역법 밖에서 나왔음에랴."

이헌경은 서양인들이 천문 역법에 뛰어나다는 평가가 존재하지만, 이를 허탄하고 망령되며 요망하고 괴이한 변론이라 치부하였다. 또 서양인들이 천문 관측에 뛰어난 이유는 중국 고대의 제도(희화(羲和)[19]의 윤법(閏法)과 순임금의 선기옥형(璇璣玉衡)등)을 잘 활용한 결과에 지나지 않는 것이라고 말하였다. 그렇지 않다면 저들이 어떻게 천체 운행을 잘 관찰할 수 있겠느냐고 반문하였다. 중국은 서양과 통교하기 이전에도 독자적으로 역법과 관측법을 갖추고 있었다는 점을 강조하면서 사마천(司馬遷)·호수(壺遂) 등이 태초력(太初曆)[20]을 만들었으며 당나라 일행(一行)이 세차법(歲差法)을 수립한 점을 예로 들었다. 나아가 설령 지금 서양의 천문 역법이 중국보다 뛰어나다고 해도 이는 겨우 한 부분에서만 뛰어난 것이라 귀하게 여길 바가 못 된다고 치부하면서 서양 학문 일체를 부정하였다.

---

19) 요임금 밑에서 천지와 사시(四時)를 맡았던 관리.
20) BC 104년~84년까지 중국 한(漢)나라에서 쓰인 역법(曆法)으로 태초(太初) 원년에 칙명. 삼통력(三通曆)이라고도 한다.

6) 제6항 : 마태오 리치에 대한 평가

여섯 번째 항에서 객의 질문은 마태오 리치에 대한 것이다. 앞서 2항에서 이헌경은 천주학을 마태오 리치가 간교한 지혜를 짜내어 만들어낸 기이하고 괴벽한 논설이라 하였다. 그렇지만 객은 마태오 리치가 중국과 서양을 통교하게 한 공을 생각한다면 그를 성자·지자까지는 아니더라도 신이한 사람으로는 평가할 수 있지 않느냐고 되묻고 있다.

마태오 리치가 중국에 온 연유에 대해 유람을 온 것인가, 표류해서 온 것인가 하고 의문을 제기한다. 이후 이헌경의 답은 마태오 리치에 관한 이야기와 천주학 관련 저술들은 중국의 호사가들이 마치 『서유기』·『수호전』을 지어내듯 꾸며낸 것이며, 이는 명말청초의 경박하고 괴이한 자들의 소행일 것이라 추측하였다.

7) 제7항 : 천학을 금할 방도

이상의 질문을 거쳐 오면서 천주학은 허구로 꾸며진 학설이고 그릇된 학설이며 불교만도 못하고 세상에 끼치는 해악이 극심한 학설이 되었다. 서양의 천문학도 그다지 대수롭지 않은 것이며, 마태오 리치는 중국으로 온 연유조차 분명치 않은 수상한 사람이 되어버렸다. 이에 자연스레 천주학은 축출해야 하는 대상으로 전락하게 되었다. 마지막 질문은 이러한 천주학을 어떻게 금할 것인가 하는 것이다.

이에 대하여 이헌경은 천주학을 금하고 축출할 방법으로 유학의 도를 밝히고 가르치는 방법밖에 없다고 단언하였다. 앞서 천주학이 치성하는 이유에 대해 이헌경은 중화의 도가 쇠하였기 때문이라 진단하였다. 따라서 이적의 가르침과 이단의 학설을 물리치기 위해서는 그들의 서적을 불태우고 그들의 학설을 뽑아내려는 행동과 더불어, 유학의 도를 밝히고 가르쳐 다시금 중화의 도를 제고시키는 것이 최선이라 말하고 있다.

4. 의의 및 평가

18세기 서학에 대한 비판은 근기 남인 계열 중에서도 성호의 문하에서 비롯되었다. 성호우파 신후담, 안정복이 그 대표적인 사례이다. 성호 이익은 선구적으로 서학서에 대한 전면적 독서를 행한 후에, 제자들에게도 서학서를 읽기를 권하였고 이를 바탕으로 제자들과 서학에 관한 토론을 주고 받았다. 따라서 신후담, 안정복의 경우에는 주요 서학서에 대한 비교적 높은 수준의 이해가 있었으며, 이를 바탕으로 나름의 비판적인 입장을 전개해 나갔다. 신후담은 그의 저술『서학변』에서 『영언여작(靈言蠡勺)』·『천주실의(天主實義)』·『직방외기(職方外紀)』에 대한 핵심 내용을 소개하고 이를 비판하였다.

또한 안정복의 「천학설문」·「천학고」·「천학문답」을 살펴보면, 그가 『직방외기』·『천주실의』·『교우론(交友論)』·『기인십편(畸人十篇)』·『진도자증(眞道自證)』·『칠극(七克)』 등을 읽고 서학에 대한 비판적 논리를 펼치고 있다는 것을 확인할 수 있다.

이들에 비해 이헌경은 어느 정도의 범위로 서학서들을 접하였고 또 서학에 대해 얼마나 깊이 있는 식견과 이해가 있었는가 하는 점은 명확히 드러나지 않는다. 그의 「천학문답」을 살펴보면 서학의 이론이나, 천주학의 주요 개념을 두고 논리적으로 비판하는 지점은 찾아보기 어렵다. 논의 과정에서 간단하게 '십이중천설', '오대주', '천당지옥설' 등을 언급하는 수준에 지나지 않는 것으로 미루어 보면, 실제로 주요 서학서를 보았다고 생각되지 않을 정도이며 혹 서학서를 보았다

하더라도 이에 대한 깊이 있는 이해를 지녔던 인물은 아니었던 것으로 보인다. 이러한 측면에서 그는 신후담이나 안정복조차도 긍정한 서양의 천문 역법이나 상수학마저 대수롭지 않은 것으로 치부해버린 것으로 추정된다. 또 마태오 리치의 행적이나 천주학의 발생에 대해서는 잘못된 이해를 지니고 있었으며, 성리학적 관점에서 천주학은 오히려 불교만도 못하다는 다소 편파적인 인식을 지니고 있었다.

하지만 이헌경이 서학에 대해 올바른 이해를 하고 깊이 있는 식견을 지니고 있었는가 하는 여부와는 관계없이, 우리가 주목하고 눈여겨보아야 할 점은 18세기 중반을 넘어서면서 성호우파 계열과는 관계없이 근기 남인 계열 안에서 서학에 대해 비판적 인식을 지니고 있는 이헌경, 목만중 같은 인물이 등장하였다는 점이다. 이들은 근기 남인 계열의 인사로서 서울에 거처를 두고 특별한 스승 없이 가학을 통해 학문의 길로 나아갔으며 과거를 통해 관직 생활을 지속했던 인물이었다.

또 관직 생활 중에 노론·소론의 인사들과도 폭넓게 교유하면서 당여(黨與)에 대한 인식도 상대적으로 느슨한 인물이었다. 이들은 분명 남인 계열의 인사였지만, 안정복의 경우처럼 자기 당의 와해와 체제 이탈에 대한 불안감[21]도 보이지 않는다. 이들이 서학을 어느 정도로 접하고 얼마나 이해하고 있는가 하는 점은 명확히 드러나지 않는다. 이들은 천주학이 청나라는 물론 조선에 유입 되어 그 위세를 떨치고 있는 상황을 위험하다고 인식하고 있었는데, 그것은 천주학이 유입되면서 함께 들어온 서양 문물들이 청나라와 조선 사회에 큰 혼란을 일으키고 있었기 때문이었다.

결국 이헌경에게 서학에 대한 비판적 입장은 논리적이고 이성적인

---

21) 「與權旣明書 甲辰」『順菴集』卷6. *참고로『順菴覆瓿稿』卷10에는 '권기명에게 보내는 세 번째 편지. 사홍에게도 겸하여 보내다[與旣明第三書 兼呈士興]'라는 제목으로 실려 있다.

차원을 초월하여 무조건적으로 거부되고 부정되어야 하는 확고한 신념으로 자리 잡고 있었다. 이로 인하여 이헌경의 〈천학문답〉에서는 천주학에 대해 일관되게 비난과 폄하조의 발언을 하였다. 나아가 서학서는 모조리 불태워야 하는 대상이고, 천주학의 학설을 모조리 뽑아내고 축출해야 하는 대상으로 인식하게 만들었다. 이들이 추구하였던 목표는 '동방 조선만큼은 결단코 서양의 먼지에 오염되지 않도록 하는 것[東韓判不汚西塵]'이었다. 이들은 당여에 대한 의식이 상대적으로 약하였으므로 소론·노론의 인사들과도 교유하면서 서학 비판의 인식을 공유하였다. 이헌경이 오랜 세월 소식조차 모르고 지냈던 안정복과 더불어 서학 비판의 인식을 공유하였던 것도 같은 측면에서 이해할 수 있다.

김홍우[22]는 이헌경의 이러한 서학 비판에 대하여 안정복의 비판과 비교하여 차이점과 공통점을 다음과 같이 세 가지 점에서 들었다. 첫째, 이헌경은 주자학이 쇠퇴했음을 분명하게 하였다. 둘째, 18세기 척사론의 대표적인 강경론자로서 서학금지를 위한 적극적이고 구체적인 방안을 제시하였다. 단기적으로는 서학서를 태워 없애는 것이고 장기적으로는 유학을 밝히고 또 널리 가르치는 것이다. 셋째, 그는 서양과학의 우월성을 부인하고 있다는 점이다. 이와 함께 이헌경은 안정복과 다음과 같은 점에서 공통점을 갖고 있다. 첫째 천주학과 불교를 동일시한 점, 둘째 천주학이 짧은 시일 내에 "그치거나 끊이지"는 않을 것이라는 것, 오히려 보다 치성할 것으로 내다본 점, 셋째 서학교인들을 이적(夷狄)과 같이 이단시하였으나 반국가적(反國家的) 무리로 인식하지는 않은 점이다.

이후, 신체인(申體仁)은 1791년 안정복, 이헌경, 조술도(趙述道) 세 사

---

22) 金弘宇, 「正祖朝의 천주학 批判-安鼎福과 李獻慶을 중심으로」, 68면.

람의 서학 비판 논저를 읽고 이를 보완하는 입장에서 「천학종지도변 (天學宗旨圖辨)」을 지었다. 이 글에서 신체인은 천주교가 얼핏 보면 의리에 맞는 것 같으나 실제로는 의리에 위배되는 일이 많기 때문에 신봉할 가치가 없다고 강조하며 강력하게 배척해야 한다고 주장하고 있다. 이처럼 이헌경의 「천학문답」은 후대 서학 비판 저술에도 영향을 끼치고 있음을 볼 수 있다.

〈해제 : 배주연〉

참 고 문 헌

1. 사료

『艮翁集』, 한국문집총간 234.

『順菴集』, 한국문집총간 229.

『耳溪集』, 「爾雅軒記」, 한국문집총간 241.

2. 논문

조지형, 「18세기 西學 비판의 맥락과 艮翁 李獻慶의 天學問答」, 『교회사연구』
50.2017.

金弘宇, 「正祖朝의 천주학 批判-安鼎福과 李獻慶을 중심으로」, 『한국정치학회보』
23, 1989.

「벽사변증기의(闢邪辨證記疑)」

분류	세부내용
문 헌 종 류	조선서학서
문 헌 제 목	벽사변증기의(闢邪辨證記疑)
문 헌 형 태	木活字本
문 헌 언 어	漢文
저 술 년 도	1847(1866)년
저 자	金平黙(1819~1891)
형 태 사 항	78면
대 분 류	思想
세 부 분 류	衛正斥邪
소 장 처	『중암선생문집 원집(重菴先生文集 原集)』별집 권5 -국립중앙도서관 -연세대학교 학술정보원 소장 -대구가톨릭대학교 중앙도서관
개 요	김평묵이 이정관(李正觀)이 쓴 『벽사변증(闢邪辨證)』의 내용에 대해 의문을 제기하고 그 가운데 충분하지 않은 점들을 26개 항목으로 나누어 하나하나 들면서 서양의 종교, 사상에 대해 유교 경전과 주자 등의 말을 빌어 비판함과 동시에 서양의 문물 및 세력의 도래 등과 그에 대한 대처 방식에 관해 자신의 견해를 밝힌 글이다.
주 제 어	이정관(李正觀), 벽사변증(闢邪辨證), 이마두(利瑪竇, 利胡), 성호이익(星湖李瀷), 순암(順菴), 불산국(佛蒜國), 시헌력(時憲曆), 서양(西洋), 양력(洋曆), 허균(許筠), 천주당(天主堂), 대서양(大西洋), 경교(景教), 삼물망(三毋妄), 칠극(七克), 천주실의(天主實義), 서사(西士), 상제(上帝), 잠실(潛室), 주자(朱子), 김잠곡(金潛谷, 金堉), 위정척사(衛正闢邪), 내수외양(內修外攘)

1. 문헌제목

『벽사변증기의(闢邪辨證記疑)』

2. 서지사항

 김평묵의 문집인 중암집(重菴集)은 『중암선생문집 원집(重菴先生文集原集)』, 『중암선생별집(重菴先生別集)』으로 이루어져 있다. 모두 활자본이며 국립중앙도서관에 소장되어 있다. 김평묵 사망 후인, 1892년 3월에 그의 손자 김춘선(金春善)과 사위 홍재구(洪在龜), 문인 유기일(柳基一)이 유고(遺稿)를 수습하여 보관하고 있었는데, 손자 김춘선이 교정(校正)하고 증손 김익증(金益曾)이 편집한 유고(遺稿)를 1905년 관서(關西)의 사인(士人)들이 개천(价川)에 있는 숭화재(崇華齋)에서 활자로 인행하여 나온 것이 54권 28책으로 된 원집이다. 원집은 현재 국립중앙도서관(한46-가682), 규장각(古3428-173)에 소장되어 있다.
 원집이 인행된 후, 지도(智島)에서 유배 생활을 하던 때 저자에게 수학했던 호남의 문인(門人)들이 별집을 간행하였다. 별집은 11권 5책으로 되어 있는데, 그들이 지니고 있던 가장(家藏) 수본(手本)과 원집에서 산삭(刪削)된 부분을 수집하여, 1912년 능주(綾州 : 綾城)에서 활자로 인행되었다. 별집은 현재 국립중앙도서관(한46-1065), 연세대학교 중앙도서관 등에 소장되어 있다. 『벽사변증기의(闢邪辨證記疑)』는 별집의 권5 잡저(雜著)에 들어 있다.[1]

---

1) http://cafe.daum.net/jangdalsoo/bADC/1001?q=%F1%EC%E4%E0%E0%BB%DF%E6%D9%FE%F3%A2 (검색일: 2017년 6월 15일 16시 03분.)

해제에 이용된 판본은 국립중앙도서관 소장 목활자본이다. 한 면당 10행(行), 한 행에 22자(字)로 되어 있다. 제목에 이어 서(序)가 3면에 걸쳐 나오고 이하 나머지 본문 부분을 보면, 먼저 검토의 대본으로 삼았던 이정관(李正觀)의 『벽사변증(闢邪辨證)』의 내용은 전부 한 칸 아래로 내려 한 줄에서 몇 줄에 걸쳐 열거하고 바로 다음 줄부터 한 칸을 내리는 것 없이 김평묵의 견해가 서술되어 있다.

서(序)에는 『벽사변증기의』가 나오게 된 과정을 간략하게 기술해 놓고 있다. 이에 의거하면, 1866년 유중교(柳重敎)는 이복(李墣)이 벽사(闢邪)에 관한 글을 써달라는 부탁을 받고 응낙했지만, 연이은 사고 등으로 글을 쓸 겨를이 없었다. 이를 알게 된 김평묵이 1847년에 이정관의 『벽사변증』을 읽고 미심쩍은 것을 기록해 놓고 내버려 둔 원고를 다시 손질해서 이 글이 만들어졌고, 그는 이것을 필사해 유중교, 이복에게 주어 바로잡아 줄 것을 간청하면서 세상에 나오게 되었다고 한다.

[저자]

김평묵(金平默, 1819~1891)은 본관(本貫) 청풍(淸風), 자(字) 치장(穉章), 호(號) 중암(重庵), 시호(諡號) 문의(文懿)이다. 1819년(純祖19) 9월 16일 포천현 화산면 시우촌(현 경기도 포천군 소재)에서 태어났다. 부친은 성양(聖養)이고 모친은 장수(長水) 황씨(黃氏)이다. 화서(華西) 이항로(李恒老)와 매산(梅山) 홍직필(洪直弼)을 스승으로 모셨다.

최익현(崔益鉉) 등과 동문수학하였고, 문하에 홍재구(洪在龜), 유인석(柳麟錫)과 유기일(柳基一) 등을 배출하였다. 27세 때 14세의 유중교(柳重敎)를 가르쳤다. 이후 과거를 포기하고 학문에만 정진하였다. 1852년 홍직필이 사망한 후에는 이항로의 학설인 심즉리(心卽理)의 설을 따랐는데, 그는 이항로가 본심(本心)을 이(理)라고 하는 것에 대해 예지(睿

智)를 이(理)라고 하였다. 또한 유중교는 심(心)은 기(氣)라는 주장을 하며 명덕(明德)을 이(理)로 보아 서로 견해가 달랐는데, 이러한 견해 차이로 큰 논쟁을 일으키기도 하였다.

1866년(高宗3) 병인양요(丙寅洋擾)로 조정에서 이항로를 동부승지에 임명하자, 유중교와 함께 스승을 모시고 상경했으나 프랑스 군대가 물러나자 다시 귀향하였다. 1868년에 이항로가 사망한 후, 1874년에 유중교 등과 함께『화서아언(華西雅言)』을 편집, 간행하였다. 1876년 (高宗13)에는 일본과의 수호조약(修好條約) 체결을 반대하기 위해 홍재구, 유인석 등의 청으로 척화상소의 초고를 지었다. 1878년 경기어사 (京畿御史)가 학행으로 천거하여 선공감가감역(繕工監假監役)에 제수(除授)되었으나 나아가지 않았다.

1881년 김홍집(金弘集)이 유포한『조선책략(朝鮮策略)』에 대해 이만손(李晚孫) 등이 올린 영남만인소(嶺南萬人疏)에 호응하여 경기 유생을 위해 상소문을 짓고, 홍재학(洪在鶴) 등이 올린 척양(斥洋)·척왜(斥倭)의 상소에 앞장섰다가 같은 해 8월 전라도 지도(智島)로 유배되었다. 1882년 임오군란으로 흥선대원군(興宣大院君)이 재집권하자 유배에서 풀려났으나, 흥선대원군이 청나라에 강제로 납치되어 톈진으로 이송되어 가자 다시 지도(智島)로 유배되었다. 1886년부터는 경기도 포천 영평에 운담정사(雲潭精舍)를 짓고 강학에 전념했다. 1891년(고종28) 운담정사에서 사망하였다.

3. 목차 및 내용

[목차]

없음

[내용]

김평묵은 서(序)에 이어서, 이정관(李正觀)이 쓴 『벽사변증(闢邪辨證)』의 내용에 대해 26개 항목에 걸쳐 비판함과 동시에 서양 세력 및 문물의 도래 등에 대해 어떻게 대처해야 할 것인가에 관해 위정척사(衛正斥邪) 및 내수외양(內修外攘)의 입장에서 자신의 견해를 피력하고 있다.

序

지금 임금이 왕위 오른 지 3년, 서양의 무리들이 번다하게 일찍이 조정(朝廷)을 떠보았다. 이항로 선생의 둘째 아들인 이복(李墣 : 字 仲文)이 치정(穉程) 유중교(柳重敎)²⁾에게 편지를 보내어 이르기를, "친구인 한사(漢師)가 나에게 벽사(闢邪)의 글을 지으라고 하여 우매한 나로 하여금 쉽게 미혹하게 해서 나는 실로 즐거이 듣고 많이 힘썼지만 미처 그러할 여가를 얻지 못하였다. 나의 형이라도 마땅히 한 편을 지어

---

2) 柳重敎(1832~1893) : 字 치정(穉程), 호는 성재(省齋). 본관이 高興. 金平默과 함께 李恒老의 문하에서 수학했다. 1852년(철종 3) 이항로의 명으로 『송원화동사합편강목(宋元華東史合編綱目)』을 편수했다. 1876년에는 繕工監假監役에 제수되었으나 취임하지 않았다. 1881년 斥邪衛正의 疏論이 일어나자 김평묵과 함께 春秋義理論을 기반으로 舊法保守와 斥洋斥倭를 주장했다.

야 하지만 다시 돌려서 좋은 친구에게 간청한다."고 하여 유중교가 편지를 받고 삼가 응낙하였다. 그러나 잇달아 사고가 있어서 글쓰기를 시작함에 미치지 못하였다. 나 또한 독자(獨子)로 늦게 상제 노릇을 하여 노친을 모시고 정처 없이 떠돌아 다녀3) 조석(朝夕)으로 장차 죽을 때가 되어, 정력(精力)이 실로 이에 미치기에 족하지 못하였다. 그러나 또한 하루라도 마음에서 잊을 수 없었다. 대개 성상(聖上)께서 새로이 정무를 통괄하시는데 옳고 그름을 가려 결정하심이 대단하셨다. 즉시 악당의 두목을 멸하고 또한 소굴을 쓸어버림으로써 국내와 국외에 호오(好惡)함을 명시(明示)하신 이것이 바로 난리를 평정해 태평성세를 이루는 큰 기회이다. 그리고 오로지 덕교(德敎)를 내수(內修)하는 것으로써 외세를 물리침의 근본으로 삼는 것은 아직 도모함이 있지 않았는데, 이것은 제신(諸臣)이 임금의 총명을 개발할 수 없었던 허물이며, 내외의 유식(有識)한 사람들이 밤낮으로 간절하게 바란 것이다. 만약 신의 계시와 임금의 염원으로 이렇게 평안, 무사함에 미쳐서, 이것에 힘을 쓴다면, 조정 관료의 존귀한 자들을 물론이고 여항(閭巷) 평민의 천한 자들도 각각 흉중(胸中)의 깊은 속을 다하여 알절(遏絶)4)된 한 팔(一臂)을 부지(扶持)하는 것으로 한다. 만일 비범(非凡)한 모략과 공업(功業)으로 대책을 보조(輔助)할 것이 있다면, 모두 분수 내에서의 일이지만 그만둘 수 없는 것이다. 이에 헌종(憲廟; 憲宗의 묘호) 정미(丁未)년간(1847)의 일을 기록하면, 잠실(潛室) 이정관(李正觀, 1792~1854)이 지은 『벽사변증(闢邪辨證)』한 권을 얻어 망령되게 미심쩍은 것을 기록한 바가 있었다. 약간 난고(亂稿)인 채로 있었는데, 배운 것이 부족

---

3) 김평묵은 부친이 1836년에 사망하였고 1851년 아우 金章默의 喪을 당했다. 1866년 2월 아들 金基朋이 갑작스런 병으로 사망하고, 3월에는 楊根의 大谷으로 이사한 것을 말한 것으로 생각된다. 모친은 1873년 12월에 사망하였다.
4) 1. 誅滅 ; 滅絶. 2. 阻止하고 禁絶하다.

하고 글이 서툴러, 스스로 부족함의 있고 없음을 숨겼다. 지금 자못 수정하고 다듬어 조금 온전해졌다. 손수 필사해서 두 친구에게 올려 보내 밝게 살펴 바로잡아줄 것을 간청하여 허물과 흠을 면하게 하였다. 또한 각자 약간의 말을 함으로써, 한사(漢士)의 선의(善意)를 저버리지 않았다. 그러나 어찌 다만 그 요구에 결따르기만 하겠는가? 삼가 나의 노선생(老先生)의 술작(述作)이 이미 완성되어 나와 있고, 또한 그것은 강설(講說) 때의 잡록(雜錄)에서 산출(散出)한 것과 같지 않아, 함께 취하여 권수(卷首)를 갖춘 즉, 그것을 보니 맹자가 양묵(楊墨)과 거리를 두고 주자(朱子)가 선불(禪佛)를 배척한 것과 거의 고금(古今)에 있어서 유사하다. 그래서 우리들의 글은 스승의 완성되어 나온 글에 부미(附尾, 附驥尾)[5]하였으니, 근본에 지엽(枝葉)이 있는 것과 같다. 그런 후에 서사(書社)에서 윤강(輪講)하며 좋은 점을 보고 배우는 사이에, 비록 일람하도록 아주 잘 완비하기까지는 이르지 못했지만, 세상에 드러내었다. 그것은 알절(遏絶)된 것을 부지(扶持)하고 비범한 모략과 공업(功業)으로 위에 있는 자의 대책을 보조하는 영역에 있어서 또한 작은 도움이 없지 않았다. 보잘 것 없고 식견이 천박한데, 삼가 두 친구가 힘써주기를 원한다. 숭정 기원(紀元) 후 네 번째 병인(崇禎四丙寅)[6] 중복(中伏) 다음날 청풍(淸風) 김평묵(金平黙)이 용문(龍門)의 대곡(大谷) 우사(寓舍)에서 쓴다.

(1) 성호 이익이 이마두의 칠극이라는 책을 논하여 사물의 각주라 운운(星湖李瀷論利瑪竇七克之書 爲四勿之註脚云云)

이마두[7]의 칠극과 우리 유교의 사물(四勿)은 똑 같이 볼 수 없는데,

---

5) 파리가 말의 꼬리에 붙어서 천리를 가다.
6) 1866년(고종3).
7) '利胡'라고 경멸하는 뜻의 표기를 하고 있다.

성호(星湖)는 비교하여 같다고 하였다. 유교의 사물은 예(禮)를 표준(準)으로 한 것이다. 예이면 따르고 예가 아니면 하지 말라는 것이다. 예와 비례에 대한 분별은 나의 마음이 지(知)를 깨끗하게(澄淸) 하여 사물(事物)의 이(理)를 궁구함으로써 분명해져 의심할 여지가 없어진다. 그리하여 예를 따라 좇으며 예의 본질로 되돌아간다. 칠극은 겸손함으로써 교만함을 극복하고, 버림으로써 인색함을 극복하고, 깨끗함으로써 음란함을 이기고, 인내함으로 분노를 이기고, 담박함으로써 탐욕을 이기고, 인(仁)으로써 질투를 이기고, 근면함으로써 나태함을 이기는 것인데, 공자와 안연(顔淵)이 전수(傳授)한 심법(心法)과 어렴풋하게 근사(近似)한 것이 있으나 좋은 말을 잡다하게 취하여 외면만 가식(假飾)한 것에 불과하다.

칠극의 말들은 실속이 없는 말로 천하의 사람을 속이려는 것이다. 겸손으로써 교만함을 이기는 것을 말하는 것 같은데, 국왕, 부모에게 절하지 않는다는 것을 보면, 오만 무례이며, 조금도 겸양(謙讓), 외경(畏敬)의 뜻이 없다. 이에 반해 신부(神父)·교주(敎主)는 말로 할 수 없이 존경하는 것은 극히 대역무도(大逆無道)한 것으로 교화를 기다릴 것 없이 죽여야 한다.

버림으로써 인색함을 이긴다고 한 것에는 버리는 것에 어떤 기준이 없어 천하의 이치를 모르는 것이다. 이치상 마땅히 버려야 할 것이 있지만 또한 버리지 말아야 할 것이 있기 때문이다. 그리고 인색함을 이긴다는 것은 오히려 도적에게 선물을 가져다주는 꼴이 되어 재물(財物)과 여색(貨色)에 通하고자 하는 사악한 뜻에서 나왔고, 그 화(禍)는 재물(財物)과 여색(貨色)에 통(通)하는 데에 그치지 않고 인륜을 모독하여 짐승의 추함에 빠지게 된다.

깨끗함으로써만 귀한 것으로 할 경우, 불교의 절륜(絕倫)에 들어갈 것이다. 염치의 상실(喪失) 여부를 불문하고 담박함만을 귀한 것으로 할 경우 도류(道流)의 청정무위(淸淨無爲)에 유(類)하는 것이 될 것이다. 분노(怒)는 칠정(七情) 중의 하나이니 사람이라면 없을 수 없는 것이다. 다만 이치(理)의 옳고 그름을 불문하고 오로지 인내함으로써 분노를 이기는 방법으로 한다면, 의로운 분노도 이겨야 한다는 것이니 이는 올바른 이치가 아니다.

인(仁)으로써 질투를 이기는 방법으로 삼는 것은 인이 무엇인지를 모르는 것이다. 인은 본심(本心)의 온전한 덕(全德)으로 조금이라도 인욕(人欲)의 사(私)가 있음을 용납하지 않는 것이다. 질투를 이기는 것 한 가지로 인을 얻는다고 하기에는 족하지 않다. 또한 인으로써 질투를 이긴다고 하는 것은 말을 뒤집은 것으로 이치에 맞지 않는다. 근면함으로써 나태함을 이긴다고 한 것은 경승태(敬勝怠 : 敬이 怠를 이긴다)의 설과 비슷하다. 여기에서 경이라는 것은 백 가지의 사(邪)를 이기는 것이니, 본원(本源)을 함양하고 사사(私事)로운 욕심(慾心)이나 그릇된 생각을 눌러 다스려 도심(道心)의 미묘한 전체(全體)를 얻는 것이다. 칠극에서의 근면함이 무슨 일에 근면하고자 하는 것인지 알 수 없는데, 양호(洋胡)의 심술(心術), 기량(伎倆[8])으로써 생각하면, 그 말의 뜻을 판단할 수 있다.

그러나 성호(星湖)는 전혀 그것을 눈치채지 못하고 망령되게 우리 유학의 사물(四勿)에 비겼다. 그런 즉 스스로 문을 열고 적(賊)을 받아들인 것이다. 이정관(李正觀)이 이를 배척한 것은 옳은 것이다. 그러나 칠극과 사물은 서로 거리가 먼 것이기 때문에, 한 마디 말로 변파(辨破)할 수 없다. 양인(洋人)의 영수(領袖)인 이마두(利胡)가 음(淫)을 이긴다고 말함은 여색을 탐하는 것을 금(禁)하는 것인데, 양인(洋人)의 죄악은 이것에서 으뜸이다. 이마두가 비록 영수지만 한 마디 말로 중호

---

8) 技倆. 技術的 才幹이나 솜씨.

(衆胡)의 정욕을 막기에는 부족하다. 이것으로도 저것으로도 모두 입에 담기에 족하지 않다. 지금 높은 지위에 있는 유학자가 그것을 비유해 공·안(孔顏)의 사물(四勿)과 같다고 하니 말이 없을 수 없다.

(2) 불산국은 국왕과 부모의 어른들께 절하지 않으며 귀신을 믿지 않으며 하늘에 제사지낼 따름이라고 운운함(佛蒜國9) 不拜國王父母之尊 而不信鬼神 祀天而已云云).

주자(朱子)에 따르면, 인·의(仁義)를 버리고서는 사람의 도리(道)를 세울 방법이 없다. 그런데 仁은 父子보다 큰 것이 없고 義는 君臣보다 큰 것이 없다. 이것을 일컬어 삼강(三綱)의 요(要), 오륜(五倫)의 근본, 인륜(人倫)·천리(天理)의 지극함이 군신(君臣)의 의(義)·부자(父子)의 인(仁)이다. 그런 즉, 임금을 높이고 부모를 공경하며 조상을 받듦이 천리인심(天理人心)의 당연한 바이다.

양속(洋俗)에서, 국왕과 부모에게 절하지 않음은 임금을 임금으로, 부모를 부모로 여기지 않음이다. 귀신을 믿지 않으니, 그 조상을 조상으로 여기지 않는다. 임금, 부모 그리고 조상이 없으니 금수와 같다. 하늘에 제사지내는 것은 天子의 일이고 또한 그 종자(宗子)만이 제사할 수 있다. 지금 사람들마다 하늘에 제사를 지내는 것은 아랫사람이 윗사람을 참월하고 지(支)가 종(宗)을 맡아 민의(民義)에 힘쓰지 않고, 신(神)을 더럽히고 공경하지 않는 것이다.

---

9) 신형식은 佛蒜을 남예멘의 Perim섬이라고 하는데 (신형식, 「통일신라와 발해」), 中國 唐代 旅行家였던 杜環의 『經行記』에는 拂菻国으로 나오고, 동로마제국(비잔틴제국)을 가리키는 것으로 보인다. 그의 기록에 의거하면, "拂菻國은 시리아 서쪽에 있는데, 山으로 數千里나 隔해 있고 또한 大秦이라 일컫는다. … 늘 사라센과 서로 견제한다."고 있다.

(3) 왕이 나와 예당(禮堂)에 앉아 무리를 위해 설법(說法)하여 이르기를, 인생(人生)은 심히 어렵고 천도(天道)는 바뀌지 않는데, 간음, 도둑질, 細行10), 남을 속이는 것, 자신을 편하게 하고 남을 위태롭게 하는 것, 가난하고 천한 사람을 속이고 학대하는 것, 이러한 것이 하나라도 있으면 죄가 막대하다고 운운함(王出坐禮堂 爲衆說法曰 人生甚難 天道不易 姦非劫竊細行謾言 安己危人 欺貧虐賤 有一於此 罪莫大焉云云)11).

순리(順理)하면 살고 욕망을 따르면 죽는데, 사람이 욕망을 억누르고 천리를 따름이 심히 어려운 것이다. 천도(天道)의 불변함이라는 것은 순리하면 복이고 욕망을 따르면 화이니, 화의 근본을 끊어 복록을 증진한다는 것이다. 이(理)라는 것은, 마음의 근본은 오상(五常; 오륜)이니, 그것을 세상에 베풂이 천도(天道)의 본연(本然)이고 인생(人生)의 중요한 부분이라는 것이다. 욕망이라는 것은 인생(人生)에 없을 수 없는 것인데, 그 원하는 바를 하고 싶은 대로 하고 천리 당연의 법칙으로써 다스리지 않는 것이다. 인간의 윤리는 남에게 화를 끼치는 것들은 두려워하는 바 없이 범하지 않는다. 금수의 무리를 교화함이 천도의 본연(本然)이고 인생의 중요한 부분이지, 진멸(殄滅)하여 남김이 없게 함은 참혹한 것이다. 이것은 호(胡)의 추(酋)는 알 수 없는 것이다. 문물이 열리고 예의가 바른 나라, 진도(眞道)의 백성은 두려워할 바를 알아야 한다. 양추(洋酋)의 설법에는 임금과 부모에 대한 충과 효, 천리·

---

10) 1.사소한 실수 2.사소한 행위 3.자그마한 실수.

11) 이 글은 中国 唐代 旅行家였던 杜環(杜還이라고도 함, 생졸년 미상)의 『經行記』에서 인용된 것이다. 그는 唐 天寶10년(751) 高仙芝장군을 따라 탈라스 城에서 사라센과 전투에 참여했다가 포로가 되었는데, 이후 서아시아 북아프리카를 遊歷하다가 寶應 初年(762)에 상선을 타고 귀국하여 『經行記』라는 책을 저술하였다. 이 책은 失傳되었지만, 杜佑의 『通典』(801년 완성됨)에 1,500여 字가 인용되어 있다. 여기에는 아시아, 아프리카 몇 개 국가의 역사, 지리, 물산, 풍속과 人情 등이 기록되어 있다. 또한 이슬람교, 景敎, 妖敎(摩尼敎)에 대한 기술이 나온다. 위에 인용된 부분은 그가 아랍인이 믿었던 이슬람교에 대해 기록한 것이다.

인륜에 대해서는 어둡고 깨달음이 없어 한 마디 말도 없었다. 그런 즉, 위의 몇 마디 구절은 신임을 받고자 함에 불과한 것이며, 화색(貨色 : 財色)을 탐내어 형기(形氣)의 재화·기용(器用)을 받들 따름이다. 그러니 그들의 적나라한 모습을 살핌으로 속아 유혹을 당해서는 안 된다.

(4) 무릇 전쟁에 출정하여 적에 의해 살육당한 자는 반드시 하늘에서 태어 나고 복을 얻는 것이 헤아릴 수 없다(凡有征戰 爲敵所戮 必得生天 獲福無量云云).[12]

장자(張子 : 張載, 1020~1077)가, "만물이 처음 생겨나면, 기가 날로 이르러 번성하고 자란다. 물체의 생이 이미 가득 차면, 기는 처음으로 되돌아가 흩어지고 없어진다."고 한 것에 의거할 때, 하나의 기(氣)가 윤회하며 상존(常存), 불멸하여 이곳에서 죽었다가 또 다른 곳에서 태 어난다는 것은 이치상(理) 있을 수 없는 것 중 하나이다. 하늘에서 기 (氣)를 받고 땅에서 형(形)을 부여받은 것이 인간과 만물(物)인데, 기를 받고 형을 받지 않거나, 형을 받았으나 기를 받지 않고 태어난다는 것 역시 이치상 있을 수 없는 것 중 두 번째이다. 땅에서 태어나지 않고 하늘에서 태어남은 하늘의 분수에 맞지 않는 것으로, 이치상 있을 수 없는 것 중 세 번째이다.

또한 "출정하여 싸움(征戰)"에는 천리(天理)에서 나온 것과 인욕(人 欲)에서 나온 것이 있다. 황제(黃帝), 우(禹), 탕(湯), 문왕(文王), 공명(孔 明), 송(宋) 진종(眞宗), 명(明) 태조(太祖) 등이 일으킨 것은 천리에서 나온 것인데 반해, 치우(蚩尤), 우만(虞蠻)이 하(夏)를 어지럽힌 것, 춘 추(春秋) 시대의 전쟁, 오호(五胡)가 중국을 어지럽힌 것, 금(金)과 몽고

---

12) 이 글 역시 杜環의 『經行記』에서 인용된 것으로, 위의 (3)에 인용된 글에 이어 서 나오는 것이다. 여기에는 "爲敵所戮 必得生天 獲福無量"으로 제시되어 있으 나, 원문에는 "爲敵所戮 必得升天 殺其敵人 獲福無量"으로 나온다.

의 중국 함락, 양비(洋匪)가 와서 人類를 핍박한 것은 인욕에서 나온 것이다. 인욕에서 나온 전쟁은 천지가 미워하는 바이며 신인(神人)이 분(憤)내는 바이다. 그러한 전쟁은 성지(城池), 화색(貨色)을 탐내거나 혹은 신하, 자식이 임금, 아버지를 범하거나, 이적(夷狄)이 중국(中國)에 대항하거나, 금수(禽獸)가 인류(人類)를 위협하여 민생(民生)을 도륙(屠戮)한 것이므로 처음에는 횡행(橫行)할지라도 마침내는 진멸(殄滅)될 것이다. 신인(神人)이 그들을 용서할 근거가 없으므로, 지옥이 있다면 소인(小人)들이 들어갈 것인데, 그들이 하늘에서 태어나 복을 얻을 리가 없다.

(5) 당나라 황제는 부드럽게 서이로 하여금 환속해서 중국 사람들과 뒤섞여 거처하게 한 것은 사찰을 설치해서 마니로 처하게 함으로써 오히려 작은 폐가 되도록 하는 것만 못하다고 운운함(唐帝勅令西夷歸俗 使之混處於中國 不如置寺而處摩尼之猶爲小弊也云云).

화하(華夏)는 천지의 중심이다. 그러므로 거듭해서 성현(聖賢)을 낳아 화육(化育)을 참여하여 돕는다. 소민(小民)은 그에 따르게 할 수 있는데, 사이(四夷)는 비록 성인(聖人)이 함께 있더라도 교화시켜 도(道)에 들어가게 할 수 없다. 중국(中國)의 사람과 더불어 섞여 거주한 즉, 도리어 우리 백성들이 동화되어 해(害)가 있게 되어 요·순·삼왕(堯舜三王)이 내버려 두고 상대하지 않고 막아 지킴이 매우 엄했던 까닭이다. 당나라 황제가 서이(西夷)로 하여금 중국에 섞여 거주하도록 명령한 것은 옛 법을 본받지 않았으니 준칙으로 삼을 수 없다. 만약 사찰을 두고 머물게 하면, 불교도와 더불어 한데 뭉칠 것이니, 그 해(害) 또한 어찌 헤아릴 수 없다. 이정관(李正觀)의 말은 이해할 수 없다.

(6) 전목재의 경교고(錢牧齋13)景敎考云云)

전겸익(錢謙益)은 명말의 대가(大家)이고 경교(景敎)는 대진(大秦)의
宗敎인데, 불교의 소승(小乘) 가장 열등한 것에 불과하다. 당시 중국에
서 깊은 지식과 앞으로 올 일을 헤아리는 깊은 생각이 없었다. 그들이
멋대로 행하도록 내버려두어 금일에 재앙이 극에 달한 것은 마땅하다.

전겸익은 천백억 사람의 화신(化身)이 되는 자이다. 화하(華夏)가 이
적(夷狄)과 다르고 인류가 금수와 다른 것은 삼강오륜이 있기 때문이
다. 전겸익은 문장(文章)으로 천하에 이름이 높은 자이며, 중국 의관
(衣冠) 중 뛰어난 자였다. 그가 임금을 잊고 부모에게 등을 돌려 견양
(犬羊)의 신첩(臣妾)이 되어 천하로 하여금 보고 따르게 한 즉 이것 역
시 이적(夷狄), 금수(禽獸)의 두목일 따름이다. 득실을 의론하기에 족하
지 않다.

(7) 만력29년 천진 세감 마당이 대서양 이마두의 방물을 올렸다. 예부 말하
기를, 대서양은 회전에 올려 있지 않으니 진위를 알 수 없고 또한 그 올
린 바 천주녀도는 불경하며 주머니에 신선의 뼈 등이 있다는데, 신선은
날아 올라가는데 어찌 뼈가 있을 수 있는가. 마땅히 관대를 주어 그 나
라로 돌아가게 해야 한다고 하고 보고하지 않았다(萬曆二十九年 天
津稅監馬堂 進大西洋利瑪竇方物 禮部言 大西洋不載會典 眞僞
不可知 且其所貢天主女圖 旣屬不經 而囊有神仙骨等物 夫仙則
飛昇 安得有骨 宜給冠帶 令還其國 不報云云).

예부(禮部)가 간(諫)한 것은 마땅한데, 천주녀화상(天主女畵像)이 불

---

13) 錢謙益(1582~1662) : 字는 受之, 號는 牧齋, 晚號는 蒙叟,또한 東澗老人이다. 江
蘇省 常熟人이다. "江浙五不肖" 중의 우두머리이다. 明末淸初의 著名한 詩人이
며 文學家이다. 明 萬曆38(1610)에 進士가 되었다. 崇禎初 禮部侍郞, 南明 弘光帝
때 禮部尚書를 지냈다. 淸兵이 南下하자, 그는 南京에서 솔선하여 맞이하고 항
복하였다. 청 정부에서 禮部右侍郞을 지냈다. 名妓인 柳如是(河東君)는 그의 첩
이었다.

경하다고 알고 대낮에 날아 올라갔다는 설 역시 불경하다는 것을 모른 것은 程子의 말에 의거할 때, 예부의 관리가 성현의 가르침을 강구(講究)하여 밝히지 않고 무리한 설을 망발(妄發)한 것이며 임박한 화를 막지 못한 것이다. 옛날의 명주(明主)는 먼 곳에서 온 물건을 귀히 여기지 않고, 정자(程子), 주자(朱子)는 이것들이 천도(天道)를 거스르고 화기(化機[14])를 훔친다고 천지간의 한 적(賊)으로 단정하였다. 그러므로 이러한 것은 성왕(聖王)이 매우 싫어하는 것이다. 또한 화기(化機)를 훔쳐 인간의 수명을 늘이는 것은 본래 정해진 수 외에 조금 연장하는 것에 불과한 것이다. 물체의 생이 이미 가득차면, 기는 처음으로 되돌아가 흩어지고 없어지며 인간은 여기에서 벗어나지 못한다. 진시황제와 한무제는 자신을 이겨 마음을 기르는(克己養心) 공(功)이 없어 정명(定命 : 宿命)에 불안해하였다. 유학에 대한 깊은 지식이 없어 도리에 밝지 못했기 때문이다. 지금 흉예(凶穢)한 뼈를 끌어들여서는 안된다.

(8) 순암이 이르기를, "명말 역법에는 잘못이 많았다. 또한 용병이 막 급하였는데, 서사가 때마침 와서, 그로 하여금 치력하고 화기를 만들도록 하였다. 청나라에 이르러서는 비로소 천주당을 세웠는데, 승사, 도관 같음에 불과했을 따름이며, 일찍이 그 학을 숭상하지 않았다"(順庵曰 明末曆法多錯 且用兵方急 而西士適來 使之治曆 又造火器 至于淸人 始立天主堂 而不過如僧寺道觀而已 未嘗崇其學).

주자(朱子)는 이적(夷狄)은 사람과 금수(禽獸) 사이의 일물(一物)이라고 했다. 이적은 사람의 형상을 하고 있다고 하더라도, 부자(父子), 군신(君臣), 부부(夫婦), 형제(兄弟), 사우(師友)의 도(道)를 모른다. 中國은 안에 거(居)하고 사이(四夷)는 바깥에 두어, 사람과 이적을 구별한다.

---

14) 변화의 樞機.

중국(中國)은 천하에서 왕노릇하고 이적은 내버려 두고 상대하지 않아, 그들이 오면 방어하고 물러가면 쫓지 않음은 성인(聖人)의 도(道)이다. 그러므로 역법이 틀리더라도 이적에게 맡길 수 없으며 용병이 비록 급하더라도 이적에게 맡길 수 없다. 이렇게 되면, 중국에 사람이 없음을 보임으로써 이적에게 업신여김을 받는다. 명말(明末)에 이러한 도(道)를 강구하지 않다가 망하였다.

순암(順菴)은 양호(洋胡)를 심히 두둔하여 그들로 하여금 역법을 다루고 무기를 제조하게 하고, 천주당(天主堂)은 이미 세워져 있는데 천주교(洋術)를 숭상하지 않는다고 말한 것은 모순되는 것이다. 승사(僧寺)와 도관(道觀)을 마땅히 철거해야 하는 것처럼, 천주당을 창립하여 사악하고 망령된 교(敎)를 늘어나게 해서는 안 된다. 이러한 건물을 짓는데 추호라도 돈을 써서는 안 된다.

(9) 지금 중국에서 마술하는 사람은 불을 토하고 칼을 삼킬 수 있는데, 대다수가 서번 사람이다. 서양 지역에서는 또한 색다르게 총명하여 그 땅에서 태어난 자의 대부분의 이상한 술법은 천도[15]를 묘해하고 역법·산수(算數)를 관측하며, 기용의 정교함과 의약의 신기한 효험에 있어서는 진실로 중국보다 훨씬 뛰어난 것이 있지만, 그 종교는 마도일 따름이다(今中國幻戲之人 能吐火吞刀者 類多西番之人 至於西洋一區 又鍾得異樣靈明 生於其土者類多異術 妙解天度 推步曆法筭數 至於器用之精巧 醫藥之神效 眞實有遠過於中國者 然其敎魔道而已云云).

오늘날 사람들 사이에서 위와 같이 서양인의 기술이 뛰어나다는 말들이 유행하고 있다. 『중용(中庸)』에서는 천하만세(天下萬世)에 상행(常行), 불역(不易)의 도를 가르치고 있는데, 그 체(體)는 곧 인의예지(仁義禮智)의 성(性)이고, 그 용(用)이 희노애락(喜怒哀樂)의 정(情)이다. 이것

---

15) 경위(經緯)의 도수(度數). 하루낮과 하룻밤에 걸쳐 하늘이 움직이는 단위를 하늘의 1도로 하고 달력의 하루로 함.

을 마음속에서 절제함이 화(和)이다. 그것을 몸에서 닦아 예(禮)가 아 니면 움직이지 않는다. 일상사에서 부자(父子), 군신(君臣), 부부(夫婦), 곤제(昆弟), 붕우(朋友)의 다섯 가지 준칙은 알고 지키고 강하게 해야 한다. 이것은 인리(人理)이며 물리(物理)이니, 고금(古今)을 관철하고 천지에 꽉 차 있다.

그런데, 인간이 태어날 때의 기품(氣稟 : 氣를 받는 것)에 따라 귀천 의 차이가 발생하고 물욕(物欲)으로 인해 마음의 본연(本然)이 온전할 수 없다. 이에 노력을 통해 기질(氣質)의 차이를 없애고 본연의 심을 깨끗하게 함으로써 인욕(人欲)의 망령됨(妄)을 제거하고 천리(天理)의 참된 것을 회복하고 그 모든 행실에 마땅함을 얻는다. 이 도는 요순 (堯舜)-삼왕(三王)-공맹(孔孟)-정주(程朱)-우리 조선의 한, 두 선각(先覺) 에게 전해졌다. 이들은 성인(聖人)이고 이에 도달하지 못한 군자(君子) 는 수양함으로 길(吉)한데, 이를 모르고 거스르는 소인은 흉(凶)하다.

성현(聖賢)의 도는 평상불역(平常不易)한 가운데 신묘불측(神妙不測) 한 것이 존재한다. 천명을 따라 때에 맞출 수 있어야 정치의 도가 확 립되고 천하의 사무(事務)를 성취하며 천하가 신뢰한다. 토화탄도(吐火 呑刀) 같은 것은 신묘(神)한 것이 아니며 천하의 사무에 도움이 되지 않는다. 천도(天度), 역산(曆算), 기용(器用), 의약(醫藥) 같은 것은 신농 (神農), 황제(黃帝), 요순(堯舜), 삼왕(三王)이 다 성취해 모두 갖춰져 있 으니 조금도 아쉬움이 없다. 이것을 이어서 변혁함이 적절한 즉, 이용 후생(利用厚生)에 부족한 바가 없고 정묘(精妙)함은 소용(所用)됨에 빠 뜨릴 수 없으니 이 범위(範圍)에 들어 있는 것이다. 이 범위 밖의 것은 모두 사악하고 음험한 기교이며, 무익하고 해악이 되니 국가가 마땅 히 엄히 금해야 한다.

군자가 능숙한 바는 위(上)에 있으나, 소인이 능숙한 바는 아래(下) 에 있다. 군자가 좋아하는 것은 의(義)이고 소인이 좋아하는 것은 이

(利)이다. 중국이 통달(通達)한 것은 중국의 도이며, 이적이 통달한 것은 이적의 사(事)이다. 인류가 밝은 것은 인류의 도이며, 금수가 밝은 것은 금수의 재간이다. 지금 소인이 능(能)한 것에 대해 선망하여 군자로 하여금 본받게 하고 이적(夷狄)이 능한 바를 선망하여 중국으로 하여금 본받게 하고 금수가 능한 바에 대해 부러워하여 인류로 하여금 본받게 해서는 안 된다.

(10) 성호가 이르기를, "지금의 시헌력은 백대에 폐가 없다. 역가의 세월이 오래된 착오는 오로지 세차법이 그 요를 얻지 못함에서 말미암은 것이다. 서국의 역법은 요왕 시절의 역법과 비할 바가 아니다"(星湖日 今時憲曆 百代無弊 曆家之歲久差忒(차특; 착오) 專由歲差法之不得其要 西國曆法 非堯時曆之可比云云).

성호는 양력(洋曆)이 대요(大堯)의 역(曆)보다 뛰어나다고 여겼다. 성호가 진호(眞胡)의 사업(事業)을 중국 대성인(大聖人)의 위에 두려고 생각한 것은 식자(識者)로서 한심(寒心)하다. 요(堯)의 총명과 예지는 천리(天理)의 극(極)이고 인도(人道)의 지극함이어서 흠결이 없다. 백세(百世) 뒤로 성인을 기다려도 그를 능가할 수 없다. 그의 역법은 당시 폐(弊)가 없었고, 만세(萬世)에 유전(流傳)해서도 틀리지 않는데, 불행하게도 주(周)가 쇠하여 성왕(聖王)이 일어나지 않아 요(堯)의 역법은 중국에서 실전(失傳)되었다. 한(漢)이 일어난 이래, 역가(曆家)가 수시로 설을 만들어내었지만, 성인(聖人)의 총명예지(聰明睿知)가 아닌 즉, 정교함을 다할 수 없었고 세월이 오래 지나 착오가 없을 수 없다. 서호(西胡)의 역(曆)은 그 재지(才智)가 금충(禽蟲)의 편기(偏技)이다. 국호(國號)가 대진(大秦), 소진(小秦)인 바에서 유추하면, 대략 진실(秦室)이 세워진 후 중국 문물의 찌꺼기를 모방한 것임을 알 수 있다. 요임금 때의 역법은 중국에서 실전(失傳)되었는데, 서국(西國)에서 모방하던 초기에 유입되었을 것이다. 시헌력이 백세무폐(百世無弊)라고 하나, 결국 요력(堯曆)의 범위 안에서 벗어나지 못한다.

(11) 혹자가 순암에게 묻기를, "성호 선생은 늘 이마두는 성인이라 일컬었는데, 그렇게 믿는가?" 이르기를, "성에는 여러 가지가 있다. 통명의 성은 크고 교화하는 성과 같지 않다. 선생의 이 말은 서사의 재식은 통명이라 일컬을 수 있다고 한 것에 지나지 않는다. 어찌 요순주공의 성을 그에게 허락하겠는가?"(或問於順庵曰 星湖先生常謂利瑪竇爲聖人 其信然乎 曰 聖有多般 通明16)之聖 與大而化之之聖 不同 先生 假有是言 不過曰西士才識 可謂通明矣 豈以堯舜周孔之聖 許之 乎云云)

이마두는 이적(夷狄) 중 조금 영민한 자일 따름이다. 순암(順庵)이 그를 사(士)로 칭했는데, 사는 소인인 농공상고(農工商賈)와 달리 대인(大人)의 일을 꾀하는 자를 일컫는 것이다. 이마두(利胡)가 꾀한 것은 대인의 명덕신민(明德新民)의 사(事)가 아니라, 소인의 공기형기(工技形氣)의 사(事)이다. 이마두는 예의(禮義)를 경멸하고 염치(廉恥)를 쓸데없는 것으로 하며, 재화(財貨)와 여색(女色)을 더럽혀 욕되게 하며 기교(技巧)의 술(術)을 왕성하게 하여 천하를 바꾸고자 생각했다. 이러한 사술(邪術)을 사방(四方)에서 행하여 사방의 유식한 자로 하여금 서방의 정교(政敎)를 알게 하여 임금을 욕되게 하고 인륜을 어지럽히며 천하의 사람을 속이고 유혹하였다. 따라서 이마두에게는 털끝만치도 사(士)에 근사(近似)한 명실(名實)이 없었다. 그러한 그를 사(士)로 칭하고, 성인(聖人)이라 함은 크게 잘못된 것이다. 크면서 남을 감화시키는 성(聖)은 물론이고 통명(通明)의 성(聖)도 도심(道心) 위에서 덕(德)을 이룬 사람이다.

---

16) 모든 것에 통달(通達)하고 지혜(智慧·知慧)가 밝음.

서호(西胡)는 기예(技藝) 한 편에만 통명(通明)함이 있다. 오상(五常), 인륜, 예의위의(禮儀威儀)에 대해서는 무지하여 금충(禽蟲)의 편지(偏智) 소령(小靈)에 불과하다. 성호가 이마두의 역(曆)을 몹시 칭찬하여 요력(堯曆)과 비교될 것이 아니라고 한 것은 요순(堯舜)보다 현명하다는 말로 들린다. 역법이 오래되어 착오가 난 것은 한당(漢唐) 이래 역가(曆家)의 잘못인데, 성호는 이것을 살피지 못하고 허물을 요력(堯曆)에로 돌리고 있다.

또한 성호는 『天主實義』의 발(跋)에서 '궁구하지 않은 이(理)가 없다.', '통하지 않은 구석이 없다.'고 서호(西胡)를 온갖 이(理)에 밝은 성인(聖人)이라 하고 있다. 순암은 이러한 스승의 말에 대해서는 입을 막고 말을 하지 않는 것으로 족한데, 오히려 그것을 그럴 듯하게 꾸며 덮고 있다. 이 두 사람은 사대부 유자(儒者)임에도 도(道)에 대해서는 실로 보이는 것이 없으니, 어려운 고비를 많이 겪음을 면치 못했는데. 어리석은 서민이 무항산·무항심(無恒産無恒心)으로 사벽(邪僻)[17]에 들어가는 자는 더 말할 것이 없다.

(12) 이른바 천주는 우리 유에 있어서는 상제이다. 상제에게 어찌 일찍이 상모와 형적이 있는가? 다만 만물을 주재하는 하나의 이름일 따름이다(所謂天主 其在吾儒 果卽是上帝 則上帝何嘗有貌象形迹 只是主宰萬物之一名耳云云).

저들이 천주를 우리 유가(儒家)의 상제로 하는 것은 자신들의 설을 끌어다가 유(儒)에 붙이고자 한 것이다. 이것은 중국 유술(儒術)의 아름다움을 알고 자신을 끌어서 그에 붙인 것인데, 자신을 버리고 유술의 참된 것을 찾아 따르는 것이 아니다.

우리 유(儒)가 천(天)이라 하고 상제라 하는 것은 이(理)로써 말함인

---

17) 마음이 간사하고 한쪽으로 치우쳐 있음.

데, 저들이 천주라 말하는 것은 기(氣)로써 말하는 것이다. 천지조화(天地造化), 인생일용(人生日用)에는 각각 그러한 까닭이 있는데, 그 당연한 준칙이 이(理)이다. 이것이 없으면, 하늘과 땅이 번복(飜覆)되고 사람과 만물이 소진(消盡)된다. 이 이(理)의 자연(自然)을 사람의 힘으로 추이안배(推移安排)함을 용납하지 않는 것을 천(天)이라 하고, 이 이(理)를 주재통령(主宰統領)하는 자를 제(帝)라고 한다. 인간에게 있어서 곧 심(心)의 허령지각(虛靈知覺)18)이다.

저들(西洋)의 천주라는 것은 단지 일신(一身) 형기(形氣)의 이해화복(利害禍福)이며, 텅 비어 있는 위를 올려다보고 예(禮)하고 제사함이 무격(巫覡)이 섬기는 것 같다. 그런 즉, 아득한 것을 천(天)이라 해서, 천이 천이 되는 바를 모르고, 기양(祈禳)하는 것으로 화를 피하고 복을 부르는 도구로 삼으나 인간이 마땅히 섬겨야 하는 준칙을 잃어버린 것을 모른다. 그러므로 하늘에 죄를 짓고 흉화(凶禍)가 와도 피할 곳이 없다. 이정관(李正觀)의 변(辨)에는 친근한 이치가 빠져(缺) 있다.

(13) 혹자가 순암에게 이르기를, "우리 유학은 하늘을 섬김에 다름 아니다. 그대가 서사의 학을 배척함은 어째서인가?" 이르기를, "저것은 사하고 이것은 정하므로 배척한다. 오직 이 일심은 천성에서 근원하였다. 만약 이 심을 보존할 수 있으면 그 성을 보유하며 우리 상제가 부여한 바의 명을 잊지 않는다. 그런 즉, 하늘을 섬기는 도는 이것을 넘지 않는다.

---

18) 허령은 심의 體이고, 지각은 심의 用이다. 텅 비고 신령한 지각능력이다. 허령은 수양공부로 일심이 되어 솟아오르는 靈智(知)인데, 허령이 솟아오를 때 감추고 참아서, 생각하고 연마하면 지각이 열리는 것이다. 마음은 흔히 合理氣, 統性情, 主一身, 該萬化, 虛靈知覺등으로 정의된다. 이기의 합이 허령지각의 기초이고, 통성정은 허령지각이 발휘된 결과이므로, 허령지각이 마음의 중심적인 기능이다. 허령이 지각을 형용하는 언어라고 보면 理를 인식할 수 있는 지각이야말로 마음을 대표하는 기능이다. 合理氣는 지각을 구성하는 대표적인 두 요소가 있음을 말해준다.

하필이면 서사처럼 절하며 기도해 아뢰고, 무축의 섬김 같이 한 연후에야 하늘을 섬기는 도라고 하는가?"(或謂順菴曰 吾儒之學 果不外乎事天 則子斥西士之學 何也 曰 彼邪此正 所以斥之也 惟此一心本乎天性 若能操存此心 保有其性 無忘吾上帝所賦之命 則事天之道 無過於是 何必如西士拜祈齊疏 如巫祝之事 然後爲事天之道乎云云).

우리 유(儒)의 올바름은 과욕청심(寡欲淸心)을 본(本)으로 하여 학문을 닦고 연구하여 이(理)를 밝히는 공(功)으로써 성취된다. 이단(異端)이 비록 청심과욕(淸心寡欲)을 공언하지만, 오로지 이것을 자부할 뿐, 학문을 닦고 연구하여 이(理)를 밝히는 일이 없었다. 그러므로 사(邪)가 아닌 것에 마음을 두고 있으나 미혹되고 망령되게 행동하니 마침내 사로 돌아간다. 육상산(陸象山)·왕양명(王陽明)의 부류가 이러한 것이다. 지금 서호(西胡)는 이적(夷狄)이다. 그것은 육왕(陸王)을 모방하지 않았지만, 사천(事天), 칠극(七克)과 삼서(三誓)를 말한다. 이들은 진호(眞胡)의 무리 가운데서 생장하여 형기(形氣)에 밝으나, 도심주재(道心主宰)의 공(功), 격물치지(格物致知)의 학(學)에 대해 듣지 못해, 사천(事天)·칠극(七克)·삼서(三誓)는 다만 정욕(情欲)의 사(事)를 동반하여 도적이 간악함을 성취하는 도구일 따름이다. 순암(順庵)이 존심보성(存心保性)을 말하나 진심지성(盡心知性)함이 없는 것은 육왕(陸王)과 같은 물에 몸을 담그고 있는 것이다. 서호(西胡)에 대해 거스르지 못함을 보이는 것이다. 이렇게 해서는 서호(西胡)의 사천(事天)을 비웃을 수 없다.

순암이 '하필(何必)'이라고 말한 것은 무익(無益)하다는 말이다. '불가(不可)'라고 해서 그러한 사천(事天)이 유해(有害)하므로 행해서는 안 됨을 극명하게 보였어야 한다.

(14) 하늘이 땅의 바깥을 싸고 있다(天包地外云云).
양호(洋胡)가 죽이기를 좋아하고 죽기를 즐겨하는 것은, 사시(四時)

로는 가을(秋) 숙살(肅殺)[19]의 때, 오행(五行)으로는, 금(金) 절단하는 물건, 오방(五方)으로는, 서쪽 일몰(日沒)의 땅에 해당하기 때문이다. 중국의 서쪽 변두리로 진인(秦人)에게 이러한 맛이 있다.

전날의 양적(洋賊)은 죽음을 돌아가는 것으로 보았는데, 금일은 죽음을 불을 피하듯이 한다. 이처럼 상반되게 바뀐 까닭은 첫째, 양인(洋人)이 그 본토를 떠나 여기 사람들과 혼처(混處)하면서 성미(性味)가 변한 것; 둘째, 사람들을 속여 유혹하고, 화색(貨色)을 탐내어 훔치며, 형체(形體)를 모시는 데에 삶의 즐거움이 있고 죽을 마음이 없는 것이다. 그들 모두는 항산(恒産)을 잃었으므로 항심(恒心)이 없고 구차스럽게 먹고살기 위한 계(計)로 기어들어온 자들이므로 어떻게 살고 죽어야 하는지에 대한 확고한 뜻이 없다.

군자(君子)는 살신성인(殺身成仁), 사생취의(舍生取義)의 성심(誠心)으로 천하의 대경(大經)을 세우고 천하의 대의(大義)를 밝힐 수 있다. 전날의 양적(洋賊)은 성심(誠心)이 사교(邪敎)에 있었으므로 한결같음을 이룰 수 있었고 형륙(刑戮; 죄지은 사람을 형벌에 따라 죽임)이 굴복시킬 수 없었다. 금일에는 모두 이러한 성실한 심지(心地)가 없다. 천지의 교화와는 아무런 관계가 없을 뿐만 아니라, 조변석개(朝變夕改), 동에 번쩍 서에 번쩍하니, 분변(分辨)할 방법이 없고 족히 괴이하다고 할 만한 것도 없다. 그런 즉, 서양의 큰 파도가 하늘을 덮을 듯하더라도, 실제로는 두려워하기에 족하지 않다. 조정(朝廷)이 본원(本源)에 힘쓰고, 정교(政敎)를 발전시키면, 그 소굴을 완전히 제거하고 그 근본을 뽑음이 손바닥 보듯이 쉽게 이루어진다.

---

19) 쌀쌀한 가을 기운(氣運)이 풀이나 나무를 말리어 죽임.

(15) 순암이 이르기를, "그가 말하여 이르기를, 매일 아침 마음과 눈이 모두 하늘을 우러러 부르짖어 천주께서 나를 낳아 양육하시며 나를 가르치고 잘못을 깨우치게 하시니 헤아릴 수 없는 은덕에 감사하고, 다음에는 지금 기도하여 이르기를, 나를 도우셔서 반드시 세 가지 맹서를 실천하고 망념, 망언, 망행을 하지 않게 해주시라고 하며, 저녁에는 또한 몸을 굽혀 땅에 엎드려서 그날의 생각과 말과 행동에 망령됨이 있었는지를 엄하게 스스로 성찰하여, 그렇지 않은 즉 공을 천주께 돌려 은혜와 도움에 감사한다. 만약 잘못이 있다면 즉시 스스로 통회하며 천주께 용서해주시기를 간구한다. 그 법은 이같을 따름이다. 이 학문을 하는 자는 이것을 자신을 돌아보는 학문으로 삼아 유학과 같다고 여기는데, 그 행동거지의 모양이 우리 성훈과 같은가? 다른가?"(順庵曰 其言曰每朝心與目 偕仰天籲謝天主 生我養我 至敎誨我 無量恩德 次祈今曰祐我 必踐三誓 毋妄念 毋妄言 毋妄行 至夕又俯身投地 嚴自省察 本日所思念 所言語 所動作 有妄與否 否則歸功天主 叩謝恩祐 若有差爽 卽自痛悔 祈懇天主 慈恕有赦 其法如斯而已 爲此學者 以此爲省身之學 而等視儒學 其擧措貌樣 與吾聖訓 同乎異乎云云)

저들이 말하는 삼물망(三毋妄)은 대역(大易)의 무망(无妄)과 유사함에 미혹되어 유학(儒學)의 진리와 같다고 여기는데, 그 차이를 변(辨)함에 요점을 잡아 사람들에게 이해시켜야 한다. 충효예의(忠孝禮義)는 인간의 떳떳한 본성으로 참된 것인데, 그에 반(反)하는 것은 망(妄)이다. 따라서 무망(无妄)은 천하고금에 걸쳐 바뀌지 않는 바른 도리이며 계구신독(戒懼愼獨)[20], 동정교양(動靜交養)[21]함이 곧 근본이 되는 마음이다. 학문하고 사변(思辨)하여 사물(事物)의 진망(眞妄)을 가림에 있어서 귀착점은 정밀함(精)이다. 이로써 조금의 망(妄)도 용납하지 않을 수

---

20) 戒懼 : 경계하고 두려워하다. 愼獨 : 홀로 있을 때 삼가고 도덕적 준칙을 준수하다.
21) 동할 때와 고요할 때 內外를 함양하다.

있고 동정(動靜)은 천리상도(天理常道)의 참된 것이 된다.

저들은 이에 반(反)하여, 스스로 인간을 위한 도구가 되어 충효예의를 해치니, 그 도는 망령된 것이다. 공(功)을 이루는 과정에는 거경궁리(居敬窮理)의 어렴풋한 그림자도 없다. 따라서 심령(心靈)의 지각(知覺), 사물(事物)에 대한 응대는 모두 망령될 따름이다. 변(辨)하는 자가 구차하게 행동거지의 모양의 같고 다름에 대해 분별한 것은 지엽적인 것이다.

(16) 이르기를, "백성들이 겸애하며 서로 이롭게 하니 재화의 이로움이 상통한다." 저들은 진실로 좋은 일로 여기고 그것을 한다(旣曰兼愛交利則貨利相通 彼輩固以爲善事而爲之矣).

물자의 유통이 일반화된 즉, 재화가 마르고 백성이 궁핍해지는데, 그 추세는 반드시 사람과 물질이 소진되고 나서야 그친다. 그 까닭을 깊이 조사하여 밝힌다.

겨울 대한(大寒), 여름 대우(大雨)에 필부필부(匹夫匹婦)가 농사와 길쌈에 온 힘을 다하면서 잠시도 해이하지 않음은 풍족하지는 않더라도 추위와 배고픔을 면하고 사망에서 구(救)할 수 있기 때문이다. 그것을 남에게 구(求)했으나 주지 않아 훔치면 국가의 형벌이 있다. 이에 각자 경직(耕織)해야지 놀 수가 없다. 천하에 노는 백성이 없으면, 의식(衣食)이 풍족하고 재물과 이익이 족하다.

또한 아래에 있는 자는 직사(職事)를 나누어 맡고 위에 있는 자는 권병(權柄)[22]을 총괄함에, 잠깐 동안 조금이라도 나태해 천지의 마음을 어기지 않는다. 성왕(聖王)은 새벽에 일어나 늦도록 부지런히 정사에 힘써 한가롭게 밥을 먹지 않으며, 이로써 천하의 백성을 이끌고 그들로 하여금 각자 맡은 일에 힘쓰게 하는 자이다. 그런데 후세에는 성왕이 나오지 않아 인욕(人欲)이 넘치고 직업이 없이 노는 자가 가득

---

22) 권력(權力)으로써 사람을 마음대로 좌우(左右)할 수 있는 힘.

찼고 온세상이 이를 모방하니, 겨울 대한(大寒), 여름 대우(大雨)에 초라한 오두막집에서 고생하는 자는 호미와 베틀의 북을 던져두고 하늘을 바라보며 원망하고 탄식한다. 그들이 원하는 바는 생전에 조금이라도 편안하면서도 의식(衣食)이 직업이 없이 노는 자 같은 것이다. 그들은 기름불 가운데에서 고통을 당하고 있는 자들이다.

이러한 때에 아주 먼 것에서 흉포하고 교활한 호객(胡客)이 괴상망측한 모습으로, 이목을 어지럽게 움직이며 통화(通貨)의 설로 선동하며 쾌락을 즐기며 노는 술(術)로 속이니, 어리석고 무지한 자들은 장차 고통에서 구해줄 것으로 기뻐하며 치부를 드러내며 따른다. 최근에 서호(西胡)의 무리는 날로 번성하며 많아지고 있다. 그러나 잠시 뒤에 의식일용(衣食日用)의 필수품은 날로 부족해진다. 양술(洋術)에 들어가면, 실 한올과 한 톨의 쌀도 다시는 생산할 수 있는 길이 없어질 것이다. 이러한 때에 양인(洋人)의 책을 읽으며 세상의 낙을 누리며 사는 것은 불가능하다.

통화(通貨)가 절도나 사람을 죽이고 물건을 빼앗아 얻은 것은 아니지만, 환술(幻術)로 취한 것이거나 기교(技巧)로 바꾼 것이니 모두 국가가 엄하게 처벌해 철저하게 끊어야 한다.

(17) 또 이르기를, 원수를 잊고 원수를 사랑한 즉, 사당의 무리가 모여 서로 어지럽힌다. 그 교(敎)에 있어서는 아주 사소한 일이어서 잊고 사랑할 수 있다(又曰 忘讎愛仇 則邪黨之輩聚交亂 在其敎 固爲薄物細故 而可忘可愛矣)

저 교(敎)는 사당(邪黨)의 무리가 모여 서로 어지럽힌다. 원수를 잊고 원수를 사랑한다는 설을 행할 경우, 부형(父兄)에게 많은 자제(子弟)가 있고 임금에게 수많은 신하와 백성이 있더라도 전혀 의지가 되지 못한다. 고금 천하를 통해 이렇게 부조리하고 교화를 손상시키는 교

(教)가 있음은 천하의 화(禍)가 된다,

유교에서 복수에 관한 설을 보면, 예경(禮經)에서는 군친(君親), 형제(兄弟), 사장(師長)의 원수는 같다고 하였다. 논어에서는 사(私)가 없이 원한을 갚고 덕으로 덕을 갚으라고 가르쳤다. 이것은 사람 사이에 지켜야 할 마땅한 도리이고 천명(天命)에 근원한 자연스러운 것이다. 이렇게 말할 수 있는 것은 하늘은 음양오행(陰陽五行)으로써 만물을 낳고 만물은 각각 성명(性命)을 바르게 하니, 오행의 생극(生克)은 각각 은(恩)·원(怨)·보복(報復)의 상(象)을 갖추고 있기 때문이다.

따라서 원수를 잊고 원수를 사랑한다는 설은 인륜을 거꾸로 뒤집고 인정(人情)에서 멀며 화란(禍亂)의 실마리가 된다. 주자(朱子)가 소학(小學)에서 은혜와 복수를 분명히 밝힌다고 한 것은 양설(洋說)과 다른데, 주자는, "원한은 갚지 않음이 있으나 덕은 사소한 것이라도 반드시 보답해야 한다. 하찮은 원한 같은 것은 다만 내버려둔다."고 하였다. 잊는 것으로 부족해 사랑한다면, 이는 인정이 아니다. 하물며 부형(父兄), 임금과 스승(君師)의 원수를 잊고 사랑할 수 있다는 것은 하늘을 놀라게 하고 땅을 뒤흔드는 큰 변고이며 광기의 괴상한 설이다.

(18) 이미 이르기를, 귀천을 가리지 않고 남녀 상하가 한 곳에 섞여 구별이 없으니, 가환의 집의 노복처럼 내실에 출입한다(既曰無間貴賤 而男女上下雜處無別 則如家煥之家奴僕 出入內室矣).

남녀 상하가 뒤섞여 구별이 없으면, 노복이 내실에 출입함에 그치지 않으며 남녀가 정을 통한다. 易에 이르기를, 남편이 남편답고 부인이 부인다워야 家道가 바르다. 역경(易經), 시경(詩經), 예기(禮記), 공자, 맹자에서 유부유별(夫婦有別), 남편이 남편답고 부인이 부인다워야 가도(家道)가 올바르게 됨을 강조하였다. 또한 과부의 아들로서 탁월한 재능이 있는 사람이 아니면 벗으로 삼지 말고 하였다.

그런데, 금일 남녀가 뒤섞여서 구별이 없으니, 친소귀천(親疎貴賤)을 불문하여 남자에게서는 남편이 다 없어지고 여자에게서는 부인이 다 없어졌다. 부부의 윤리가 한 번 어지러워지면, 부자(父子)·형제(兄弟)·구족(九族)의 윤리가 한꺼번에 괴란(壞亂)한다. 정욕(情慾)은 시기심을 낳고 이해(利害)로 서로 공격하여 싸우며 사람을 죽이는 참혹한 화(禍)에 이른다.

남녀에 구별이 없음은 인정(人情)이 크게 바라는 바이며, 상하에 구별이 없음은 아랫사람이 심히 기뻐하는 바이다. 그 크게 바라는 바를 따르고, 심히 기뻐하는 바를 좇음은 어리석은 백성들이 보기에 악한 일이 아닌 것 같으나, 식자(識者)가 보기에는 본심(本心)이 멸(滅)한 것이고 예악(禮樂)이 무너진 것이다. 인류(人類)가 금수(禽獸)로 됨이다. 그러므로 그 화(禍)는 천하에 생명이 있는 것들이 없어지게 하고서야 그칠 것이다. 현재의 상황은 위험하고도 급하다.

(19) 허균이 이르기를, "남녀의 정욕은 하늘이다. 의리를 분별함은 성인의 가르침이다. 하늘은 성인보다 존귀한 즉, 성인을 어길지언정 하늘을 어기겠는가?" 하늘은 정말로 성인보다 존귀하다. 그런데 하늘을 섬김은 성인을 배움으로부터 시작한다. 시경에서 일컬은 바처럼, 하늘이 하는 일은 소리도 없고 냄새도 없다. 반드시 문왕을 본받으면, 만방을 진작(振作)하여 믿게 할 수 있다(許筠謂男女情欲 天也 分別義理 聖人敎也 天尊於聖人 則寧違聖人而不敢違天云云 天固尊於聖人矣 然事天自學聖人始 如詩所謂上天之載 無聲無臭 必須儀刑文王 可以作孚萬邦云云).

허균의 말은 광패(狂悖)해서 도(道)라 하기에 족하지 않다. 잠실(潛室)의 변(辨)은 큰 혼란을 면치 못한다. 무릇 형체(形體)로써 말한 즉, 하늘(天)은 아득하게 아래에 있는 성인(聖人)보다 존귀하다. 하늘이 하늘이 되고, 성인이 성인이 된 까닭은 형체(形體)가 아니라 이(理)이기 때문이다. 원형이정(元亨利貞)의 하늘의 도(道), 인의예지(仁義禮智)는 성인의 덕(德)이다. 그들의 이(理)는 한 가지로 같아서 존비(尊卑)가 있을 수 없다. 문왕(文王)이 시경에서 말한 것은 하늘이 하는 일은 형체가 없어서 알기가 어렵지만 성인의 일은 볼 수 있는 흔적이 있어서 본받는다. 그런 즉, 양자는 같은 것이다. 성인은 곧 천리(天理)이다.

허균이 이른바 하늘은 인욕(人欲)의 사예(私穢)이며 금수도 더불어 할 수 있는 것이다. 잠실(潛室)은 허균의 설을 계승해서 허균은 하늘이 성인보다 존귀하다고 일컬었다고 했다. 그 변(辨)한 것은 하늘을 섬김이 성인을 배움으로부터 시작한다고 하고 상천(上天)의 일은 무성무취(無聲無臭)하여 문왕을 법하여 본받는다는 말을 인용함에 불과하다.

허균은 '인욕(人欲)이 천리(天理)보다 존귀하다.' '인욕을 따름은 천리를 배움으로부터 시작한다.'고 했으니, 말이 안 된다. 허균에 의하면, 성인을 배워서 하늘에 도달한다고 한 즉, 성인이라는 것은 인욕에 오르는 계단에 불과하여 금수의 함정에 빠진다. 허균의 하늘은 남녀의 정욕이니 그것을 상천의 무성무취에 비길 수 없다. 이것은 이(理)에 해를 끼치고 교(敎)를 상(傷)하게 함이 작지 않다. 극언(極言)으로 통렬하게 변(辨)해야만 한다. 그러니, 허균의 설에 대해서는 잠실(潛室)의 변(辨) 같이 해서는 안 된다.

사람의 정욕은 천리의 자연에서 근원하여 사람에게 없을 수 없는 것이지만 그 중 선악, 사(事)의 마땅함과 그렇지 않음의 판단에 따라, 선하여 마땅한 것(善而當者)은 허균이 일컬은 바 의리(義理)이고 성인의 가르침이며 천리가 나아간 것이다. 악하여 마땅하지 않은 것(惡而否者)은 허균이 일컬은 바 하늘이다.

그러나 성인의 덕(德)의 공(功)은 하늘과 하나가 되어 존비우열(尊卑優劣)이 없다. 군자(君子)는 성인을 좇으니 길(吉)하고, 성인을 거스르는(悖) 자는 소인(小人)이 되어 흉(凶)하다. 길이 군자에게 응보하고 흉이 소인에게 응보하는 것은 불역(不易)의 정리(正理)이며 과장이 아니다. 허균은 하늘의 존귀함을 아나 하늘이 하늘 된 바의 존귀함에 상응하는 것이 없다는 것을 모른다. 욕망이 하늘에서 나오나 욕망이 하늘을 거스르고 하늘이 아님을 모른다. 천명(天命)의 올바름(正)을 업신여기고 성교(聖敎)의 아름다움을 모독한다. 이미 이로써 스스로 큰 죄를 부르는 것은 문제로 삼기에 족하지 않다. 안으로는 세상 풍속의 효시(嚆矢)가 되고 밖으로는 양적(洋賊)의 광란(狂瀾)을 도우니 실성(失性)함이 여기에까지 이르렀다.

통색(通色 : 정을 통한다)은 양적(洋賊)의 교(敎)이다. 무릇 유가(儒家) 이외(方外)의 색(色)을 범하는 부류(類)들이 모두 그러하다. 이것은 마땅히 유추, 격물치지하고 자신을 돌아보아 성찰함으로써 자신을 이기고 마음을 바르게 하는 실공(實功)으로 삼아야 한다.

(20) 순암이 이르기를, 무성무취라고 하는 것은 곧 태극이라 하며, 이(理)라 한다(順庵曰 以無聲無臭者言之 則曰太極 曰理云云).

이(理)는 무성무취(無聲無臭)로 이(理)를 말하면, 무극(無極)이라 하고, 조화(造化)[23]의 추뉴(樞紐)[24], 품휘(品彙)[25]의 근저(根底)로부터 말하면, 태극(太極)이라 한다. 무극(無極)을 말하지 않은 즉, 태극(太極)은 일물(一物)과 같아 만화(萬化)의 근본이 되기에 족하지 않고 태극을 말하지 않은 즉, 무극은 공적(空寂)[26]에 빠져 만화의 근본이 될 수 없다. 일신(一身)의 주(主)라고 여기고 만사(萬事)의 강(綱)으로 높이기에 족하며, 일신(一身), 일가(一家)의 사(事), 일국(一國), 천하(天下)의 정(政)

---

23) 만물(萬物)을 낳고 자라게 하고 죽게 하는, 영원(永遠) 무궁(無窮)한 대자연(大自然)의 이치(理致).
24) 중추. 주축. 허브(hub). 관건. 키(key). 지도리.
25) 種類 물건의 여러 가지 종류. 온갖 물건.
26) 우주(宇宙) 만상의 실체(實體)가 모두 비어 지극(至極)히 고요함.

이다. 영구불변의 진리이며 인간이면 다 지니고 있는 떳떳한 본성이다.

양적(洋賊)의 천주(天主), 상제(上帝)는 그것과 다르다. 순암이 이(理)에 대해 말한 것은 무성무취(無聲無臭)만을 들고 조화의 추뉴, 품휘의 근저가 됨을 빠뜨려서 공적(空寂)에 빠진 것이다. 이러한 치우친 말은 모자라는 것이다.

(21) 순암이 이르기를, "지금 세상에서 이 학(천주교)을 하는 자들은 한 마음으로 상제를 받들어 모시며 한 순간도 소홀히 하지 않는다고 말하며 그것을 비유하자면 우리 유학의 주경의 학이다. 몸가짐을 바르게 하고 거친 식사를 하며 (분에) 넘치는 생각을 하지 않으니 비유하자면 우리 유학의 극기하는 공부이다. 문로는 비록 다르지만 선을 행함은 같다. 다만 세상의 도가 교묘히 속이니, 사람의 마음은 헤아리기 어렵다. 만약 일개 요사한 사람이 있어 동쪽에 한 천주가 내려왔다, 서쪽에 한 천주가 내려왔다고 거짓으로 떠들어댄다면, 민심은 탄망한 것에 익숙해져 참되다고 여겨 바람에 휩쓸리듯 따를 것이다. 그러한 때에 이 학(천주교)을 하는 자는 내가 바르고 저가 사특하며 내가 진실되고 저가 거짓이라고 말할 수 있겠는가?"(順庵曰 今之爲此學者 皆曰一心尊事上帝 無一息之所忽 比之吾儒主敬之學也 飭躬薄食 無踰濫之念 比之吾儒克己之工也 門路雖異 爲善則同 但世道巧僞 人心難測 設有一箇妖人 假冒倡言 東有一天主降 西有一天主降 民心習於誕妄以爲實然而風從之矣 當此之時 爲此學者 其能曰我正而彼邪 我實而彼僞乎云云[27])

순암은 양학(洋學)이 충분히 옳고 마땅하다고 하여 그것을 배웠다. 유학(儒學)은 양학(洋學)의 옳고 마땅함만 못하다고 하여 그것에 거슬렀다. 이것은 마땅치 못한 것이다. 우리 유(儒)의 주경극기(主敬克己)와 비교해서는 안 된다. 천하의 이(理)는 이것이 옳으면 저것은 옳지 않으며(邪), 저것이 옳으면 이것이 옳지 않아서 둘 다 옳고 둘 다 마땅할

---

27) 安鼎福의 『天學問答』 중의 내용임.

수는 없다. 그런데 지금 저것도 옳고 이것도 옳다고 함은 잘못이다.

이미 우리 유(儒)가 옳고 마땅함을 알면서, 법을 어겨가며 이적금수(夷狄禽獸)가 옳고 마땅하다고 하는 것을 배움은 도적(盜賊)의 정상(情狀)이며 정도(正道)에 맞지 않으며 궤휼을 숨기는 버릇(例套)이다. 우리 유(儒)의 주경(主敬)은 주경에 더 나아가 궁리(窮理)라는 것이 있고 극기(克己)는 극기하고 더 나아가 복례(復禮)라는 것이 있다. 이로써 체용(體用)이 포용되고 내외(內外)가 일치함으로써 일신(一身)을 선(善)하게, 가(家)를 화목하게, 방(邦)을 흥하게, 천하를 바르게 할 수 있다.

저들은 상제(上帝)에게 다만 푸른 하늘을 우러러보며 절하고 꿇어앉아 기양(祈禳)[28]하지, 영구불변의 진리(天經地義)와 인간이면 다 지니고 떳떳한 본성(民彝物則)에 대해서는 조금이라도 비슷한 것을 궁리하여 밝힘이 없으니 우리의 주경지학(主敬之學)이 아니다. 저들의 극기(克己)는 몸가짐을 바르게 하고 거친 식사를 하는 부류인데, 이는 속이는 것이고 욕망을 성취하는 도구(資斧)이다. 또한 군친(君親)을 원수로 여기고 혼가(婚嫁)를 금하면서 하늘이 준 경전에 골몰하며 천질(天秩)[29]의 예(禮)를 어지럽히니, 우리의 극기의 학이 아니다. 문로(門路)가 일단 다르니 선악이 하늘과 땅의 차이가 있다. 순암(順庵)이 밝힌 것은 여기에 미치지 못하고 있다.

(22) 성호의 무리들은 순암을 유종으로 보고 처음에는 자못 의지했는데, 후에는 점차 배반해 떠나 빠르게 사교에 들어갔다. 순암이 거듭 간곡하게 권하고 힘써 다투었지만 끝내 어찌할 수 없었다. 이에 채제공에게 편지를 보내 힘을 합쳐 함께 배척하고자 했는데, 채제공은 내가 조정할 뜻

---

28) '祈'는 祈禱이며, 신에게 災禍를 그치게 하고 福慶을 연장시켜 달라고 기도해 고하는 것이다. '禳'은 또한 禳災, 禳解라고 하는데, 법술을 행해 임하고 있는 재난을 풀어달라고 하는 것이다.

29) 上天이 규정한 品秩等級으로 禮法制度를 일컫는다.

을 보이겠다고 답할 겨를이 없다고 함으로써 안정복은 할 수 없음을 알고 그것을 슬퍼해 시를 지어 이르기를, "학문의 파가 갈려 제각기 따로 가는데, 서양에서 온 한 교가 더욱 기세를 부린다네. 낙엽에 바람이 불면 뿔뿔이 흩어지고 외로운 나무에 달 비치면 우뚝하게 더 높지. 단약(丹藥)이 연소되니 어찌 할 수 없다. 늙어 힘이 다했으니 소리치며 울부짖을 뿐. 차라리 다 놔두고 술이나 마시자꾸나. 성인이 되건 광인이 되건 저들에게 맡겨두고."라고 하였다(星湖之徒 視順庵爲儒宗 初頗依歸 後漸叛去 駸入於邪敎 順庵苦口力爭 終不可得 乃抵書蔡樊庵 要與合力而共斥之 蔡以我則不暇答之 以示調停之意 順庵知不可爲 乃作詩以悼之曰 道術派分各自逃 西來一敎更橫豪 風吹落葉紛紛去 月照孤林子子高 丹竈烟消無可奈 白頭力盡但號咷 不如且進杯中物 爲聖爲狂任爾曺).

순암이 밝힌 바에 의거하면, 그는 마음과 힘을 다하여 지극한 정성을 들였음은 볼 수 있다. 그런데 어린 싹일 때 끊어내지 않으면, 우거져 넝쿨이 무성할 때는 어찌하지 못하며, 서리를 밟으면 곧 얼음이 얼 때가 닥친다는 것을 꿰뚫어 보아야 하는데, 어리석은 자는 깨닫지 못한다. 이로써 퍼진 화(禍)가 하늘을 덮어 막고 있다. 이러한 뜻으로써 추론컨대, 능히 공토(攻討)하지 않고 또한 공토할 필요가 없다고 주장하는 자는 간사하고 교활한 무리와 난적(亂賊)의 당(黨)이다. 성인의 무리인 순암과 같은 자가 이러한 세(勢)를 도운 것은 무슨 마음에서 나온 것인지 모르겠는데, 심히 불인(不仁)한 것이다. 난신적자(亂臣賊子)는 먼저 그 당여(黨與)를 다스리는데, 사람들을 얻어 공토(攻討)함이 앞서야 한다.

(23) 마땅히 문음제신에서 학식이 있는 자를 뽑아 분별해 형옥의 관으로 보낸다. 외읍에서 부교처가 있으면 또한 따로 택해 파견한다. 무릇 현재 비웃고 큰소리치는 자를 붙잡아 먼저 형문을 하지 않고 그와 문답함이 스승과 제자 사이에 강학하는 모습 같다. 저들의 책을 펴서 그와 함께

해설함에 우리는 진심과 지성으로 어느 한편으로 치우치지 않게 논해서 힘써 저들의 설이 틀린 바를 분명히 알게 하여 느끼어 깨닫는 단서가 있기를 기한다. 얼굴을 맞대고 말할 때에는 급하게 서두르지 않는다. 매일 이렇게 하면서 그들이 감격하여 눈물 콧물을 흘리며 마음속에 고치기로 맹세한 뒤에 상을 주어 보내 돌아가 경전, 성리의 서를 읽게 한다. 끝내 교화되지 않아 끝까지 패악한 자는 묶고 차꼬에 채워 죄수로 하옥하고 병살의 형벌에 넘긴다(宜選文蔭諸臣有學識者 分差刑獄之官 外邑之有邪敎處 亦各另擇差遣 凡現捉於譏詞者 勿先刑訊30) 且與之問答 如師弟子講學之狀 展彼書卷 合渠解說 而吾以眞心至誠 折衷以論之 務使彼 明知彼說之所以爲非 期有感悟之端 達於言面之間 毋急毋遽 日日如此 見彼之感泣涕泗 矢心改行 然後賞賜而遣之 使歸讀經傳性理之書 其終不可化 一向悖惡者 桎之纏之 下獄牢囚 以付於屛殺之科).

주돈이(周敦頤)가 "백성들을 가르침에 있어서는 그들의 마음을 순(純)하게 해야 한다. 인의예지(仁義禮智)를 보고, 듣고, 말하고, 행동함에 잘못이 없는 것을 순(純)이라고 한다. 마음이 순한 즉 현재(賢才)가 정치를 보필하고, 현재가 정치를 보필한 즉, 조정(朝廷)이 바르게 되고 천하가 다스려진다."고 한 것처럼, 금일의 급무는 재야에 숨어 있는 유도지사(有道之士)를 불러들여 사우(師友)로 삼아 성덕(聖德)을 성취하는 것이다. 조종성헌(祖宗成憲)에 비추어서 전장(典章)에 어긋나는 것은 모두 개혁하여, 조금이라도 형기(形氣)에 의해 흔들리지 않고, 조금이라도 개인적인 인정에 의해 속박되지 않은 즉, 조정(朝廷)이 올바르게 되어 백관(百官)을 사람의 재능에 따라 쓰고 여러 가지 공적은 매일 일어난다. 안으로 나라의 사당(邪黨)을 다스리고 밖으로 바다로 들어오는 흉적(兇賊)을 막는 것은 다스림 중의 한 가지 일에 불과하며,

---

30) 刑問 : 형장으로 정강이를 때리던 형벌(刑罰). 죄인(罪人)의 정강이를 때리며 캐어묻는 일.

상하(上下)가 파동(波動)하고 거국적으로 들끓게 되지 않은 후에야 성
공할 수 있다.

이를 위해서 첫째, 인재를 씀에 구설(口舌)로 다투지 말아야 한다.
둘째, 우리의 도(道)를 가볍게 여겨 금수·이적(禽獸夷狄)의 적(賊)과 함
께 일을 하고 말을 해서는 안 된다. 셋째, 사교(邪敎)가 속여 미혹함은
정학(正學)이 중시되지 않음에서 말미암은 것이다. 지금 문음학식(文蔭
學識)의 사람이 모두 심술(心術)이 순정(純正)하여 족히 사인(邪人)의 속
마음을 활짝 열게 할 수 있어야 하는데, 이는 한 사람의 힘만으로는
절대 불가하다.

(24) 사족 중 무식한 자는 하나의 경전조차도 읽기가 어렵고 백성 중 우매한
자는 글을 대하지 못하는데, 또한 인정이 복을 좋아하며 말세의 타락한
풍속은 신을 두려워한다. 그러므로 선왕께서는 신도로써 가르침을 베풀
고 화복으로써 권장하였다. 진독수(眞德秀)는 지방의 임지에서 『태상
감응편』을 간각하고 몸소 권속문을 만들어 백성들을 가르쳤다. 중국 명
나라(皇明) 성조 황제는 『위선음즐서』 2백 권을 우리나라에 하사해
중외에 널리 퍼뜨렸다. 이들 외에 진계유(陳繼儒)의 『복수전서』, 김
육의 『종덕신편』 같은 것들, 또 외전인 『문창효경』, 『보부모은중경』 및
사책 중의 선을 행하면 복을 얻고 악을 행하면 재앙을 얻는다는 부류에
서 유신으로 하여금 불교와 도교가 섞여 있지 않으면서 민속에 도움이
되는 것을 가려 뽑고 그것을 모아 책을 만들어 한문과 한글로 반포해
유전시키면 3년이 지나지 않아 나쁜 풍습이 타파될 것이라고 운운함
(士族之無識者 一經難讀 匹庶之愚昧者 文字不當 且人情喜福
末俗畏神 故先王以神道設敎 以禍福勸懲 眞西山31)之在外任也

---

31) 眞德秀(1178~1235) : 福建 浦城 사람. 南宋 末에 살면서 벼슬이 戶部尙書에 이
   르렀는데 정치 업적이 뛰어났다. 그는 주희에게서 직접 가르침을 받지는 못했
   으나 주자를 私淑한 저명한 주자학자이다. 『心經』은 진서산이 유가경전 詩經,
   書經, 논어, 맹자, 대학, 중용과 주돈이, 정이 , 정호, 주희 등의 마음을 논한 구
   절에 諸家의 의론을 붙여서 편집하고, 자신이 贊語와 주석을 달았는데, 요지는

刊刻太上感應編 親作勸俗文以敎民 皇明成祖皇帝 頒爲善陰騭
書二百本於我國 廣布中外 此外如陳繼儒32)之福壽全書 金潛
谷33)之種德新編 又如外典之文昌孝經，報父母恩重經及史冊中
爲善獲福 爲惡得殃之類 使儒臣揀選其不雜佛老而有裨民俗者
彙輯成書 以眞以諺 頒下流傳 則不出三年而丕變矣云云).

성인(聖人)이 신도(神道)로써 가르침을 베푼 바를 보면, "신(神)이 이
르는 때는 알 수 없으니 어찌 게을리 하여 공경치 않을 수 있으리요."
라고 했고 "하늘의 도는 착한 사람에게 복을 주고 나쁜 사람에게는 재
앙을 내린다."고 하였다. 따라서 군자는 이런 것을 닦으므로 길하고
소인은 이런 것을 거역하므로 흉해지는 것이다.

신(神)은 천지의 오묘한 작용이며 사물(事物)의 주재(主宰)이다. 예부
터 지금까지의 바른 도리(正理)이다. 인간의 심(心)의 인의예지(仁·義·
禮·智)의 성(性)과 측은(惻隱)·수오(羞惡)·사양(辭讓)·시비(是非)의 정
(情)이다. 인간의 윤기(倫紀)에 있어서는 오륜(五倫)이다. 인간의 정사
(政事)에 있어서는, 경례삼백(經禮三百)·곡례삼천(曲禮三千)34), 악을 막
고 선을 칭찬함, 덕(德)이 있는 자에게 벼슬을 명하고 죄가 있는 자를 토
벌함, 위정척사(衛正闢邪), 내수외양(內修外攘) 같은 것들이 모두 이것이다.

따라서 성인이 권징(勸懲)하는 정리(正理)는 제자백씨(諸子百氏)의 치
우치고 과장된 말이나 저속하며 핑계 대는 말의 그릇된 것과 함께 논

마음을 바로잡고 근본에 힘쓰는 것으로, 主敬공부, 사물의 이치 궁구, 실천의 뜻
을 밝혔다.

32) 陳繼儒(1558~1639) : 명대 문학가이며 書畵家이다. 字는 仲醇, 號는 眉公, 麋公
이다. 華亭(지금의 上海, 松江) 사람이다. 諸生으로 29세에 小昆山에 은거했다가
후에 東佘山에 거했는데, 杜門하며 著述에만 힘썼다. 누차 詔를 내려 관직에 쓰
고자 했으나 모두 질병을 핑계로 고사하였다.

33) 金埰.

34) 지키고 갖추어야 할 예의(禮義, 經禮, 儀禮)는 삼백 가지나 되고, 예법에 맞는
사소한 몸가짐의 위의(威儀, 曲禮)는 무려 삼천 가지나된다. 예의의 번다함을
나타내는 상징어.

할 수 없다. 같은 곳이 비록 많더라도, 근본(本領)이 옳지 못하면, 전체가 같지 않은 것이다.

지금 벽이단식사교(闢異端息邪敎)함에 성현(聖賢)의 서(書)를 경시하면서, 외전잡서(外典雜書)는 취하니, 신도(神道)로써 가르침을 베풂이 천주(天主)를 받들어 모시는 것과 함께 하는 것이 된다. 이것은 근본이 올바른 것을 모은 것이 아니고 민속(民俗)에 도움이 되는 듯한 것을 모은 것이니 정력을 소모하면서 또한 이단 잡가(雜家)에게 업신여김을 당하는 것이다. 경전 하나도 읽기 어려운 사족(士族)에게 잡서를 가르친들 쉽게 읽을 수 없고 문자가 되지 않는 서민을 잡서로 가르침은 적절치 못하다.

(25) 이러한 류는 관이 도첩을 주어 승니로 하고, 사찰에 나누어 주어 승니의 노비로 삼으면, 이단으로써 이단을 다스리는 한 가지 방법이 되기에 족하다고 운운함(此類 自官給度牒爲僧尼 分送寺刹 以爲僧尼之奴婢 足爲以異端治異端之一法云云).

사찰에 나누어 보내 승니의 노비로 삼는 것은 승니로 하여금 멋대로 편안히 거하며 스스로를 높이는 것이니, 조종(祖宗) 이래 불교를 금절하고 승니를 천히 여기고 싫어하며 사람 축에 들지 못하게 한 뜻이 아니다. 또한 승도로 하여금 같은 악이 서로 돕게 하여 화가 더욱 번성하게 함이다.

가장 좋은 방법은 군심(君心)을 바르게 함으로써 조정(朝廷)을 바르게 하고, 항산(恒産)을 족하게 함으로써 만민을 양육하며, 사치를 고침으로써 재용(財用)을 풍족하게 하며, 교화를 바르게 함으로써 삼물(三物：六德, 六行, 六藝)를 회복는 것이다. 또한 병농(兵農)을 하나로 함으로써 삼군(三軍：訓鍊都監, 禁衛營, 御營廳)을 키우며, 상벌을 신실하게 함으로써 권징을 엄하게 하며, 조금의 사의(私意)도 용납하지 않으며, 겉만 그럴듯하게 꾸미지 않는 것이다.

(26) 역관들을 단단히 단속하여 외국의 기이한 물건을 가져오지 않게 하는 것이 사교를 금하는 하나의 큰 관건이 된다. 운운(操束衆譯 不齎外國異物 爲禁邪敎之一大關楗也云云).

역관들을 단단히 단속하여 외국의 기이한 물건을 들여오지 못하게 함이 왕정(王政)의 한 가지 일인데, 지금 양물(洋物)이 끊임없이 들어오는 것은 오로지 역관들만에 의한 것이 아니다. 이양선함(異樣船艦)이 강해(江海)의 안(岸)에 왕래하나 유사(有司)가 문제 삼지 않고(不問), 금수(禽獸)와 귀매(鬼魅)가 산과 골짜기 사이에서 패거리를 불러 모으나 유사가 체포하지 않은 지가 여러 해가 되었다.

유사가 문제 삼지 않고 체포하지 않은 데는 그 까닭이 있다. 이러한 기이한 물건은 이목(耳目)을 즐겁게 하는 노리개로서 몸을 편하게 하는 사사로움이 된다. 그런 즉, 임금의 마음이 발본색원(拔本塞源)해야 하는데, 이미 지나간 일은 간(諫)할 수 없지만, 지금 당장의 일은 조심해서 이전과 같은 과실을 범하지 않을 수 있다. 지금 임금이 철저하게 극기(克己)하고 선(善)을 일상적으로 따르고자 한 즉, 제양물(諸洋物)이 악한 까닭을 알게 되고, 복식일용(服食日用)을 모두 찾아내어 궐문(闕門) 밖, 큰 거리에서 태움으로써 임금의 뜻을 밝히 보이게 된다. 이로써 깨우쳐 격려한 즉, 귀천(貴·賤), 친소(親·疏)에 이르기까지, 우리 동쪽 한(韓)의 사람들은 그 뜻에 따라 양물(洋物)을 단절할 것이다. 그렇게 하지 않고 그 본줄기가 아닌 말류(末流)[35]를 다스려 막고자 함은 모두 쓸모없는 빈말이다.

위에 조목들은 옛날에 기록해 놓은 것인데 새롭게 고쳤으니 사우(士友)의 판단을 구한다. 한 잔의 물로 한 수레나 되는 장작불을 구하기에 족하지 못한 것처럼, 이 아주 천루(淺陋)한 자의 물방울 하나로

---

35) 잘되어 오던 일의 끝판에 생기는 폐단.

하늘을 불사르는 열화(烈炎)를 당할 수는 없지만 작은 도움이라도 될 것이다. 제군자(諸君子)는 함께 천 사람의 한 잔을 모으고 만 사람의 물 한 방울을 합해야 한다.

주자(朱子)가, "난신적자(亂臣賊子)는 사람들을 얻어서 토벌한다."고 한 것은, 천하로 하여금 집집마다 난적(亂賊)을 물리치게 하고, 사람들로 하여금 난적을 물리치게 하면, 난적은 용납될 곳이 없고 도덕규범이 선다는 취지로, 이는 지금의 양설(洋說)에 대해서도 마찬가지이다.

조정(朝廷)은 이러한 의(義)를 높이고 사람들의 주의를 끌어야 한다. 전배(前輩) 중에서 이미 이러한 일에 공(功)이 있는 자는 미미한 것과 현저한 것을 불문하고 모두 상세하게 밝혀내서 사시(賜諡), 증직(贈職)하거나 치제(致祭)하거나 자손 중 현존해 있는 자에게 녹(祿)을 주며 그 재학(才學)에 따라 선발해 거두어 씀으로써 사람들에게 이를 권장한다. 이와 함께 뿌리째 뽑음과 공수(攻守)를 마차의 두 바퀴처럼 병행하는 것이 사설(邪說)을 멸하고 풍속을 바르게 하며 보민보국(保民保國)하는 데에 도움이 될 것이다.

4. 의의 및 평가

헌종(憲宗) 5년 기해교옥(己亥敎獄)(1839)이 일어났을 때 이정관(李正觀)은 『벽사변증(闢邪辨證)』(1839)을 저술하여 서양종교와 서양문물에 대한 비판론을 제시하였던 것이 위정척사론의 하나의 계기가 되고 있다. 화서학파의 김평묵은 『벽사변증기의(闢邪辨證記疑)』(1866)를 저술하여 이정관의 비판론을 더욱 강경한 성리학적 정통의식과 척사론으로 비판하였는데, 이는 이항로의 『벽사록변(闢邪錄辨)』(1863)에서의 서양종교와 서양문물에 대한 강경한 비판론을 재확인하고 있다. 특히, 이항로는 19세기 중반기를 살면서 외세의 침략을 정확하게 감지하고 이를 물리치기 위한 학문적 이론의 정립을 위해 이학(理學)과 사학(史學)을 깊이 연구하였는데, 그의 역사관은 중화와 오랑캐를 구별하는 춘추사관(春秋史觀)에 의거해 있었다. 그의 이러한 학문적 기획은 그의 아들 이준(李埈)과 유중교·김평묵에 의해 그 결실을 맺었다고 하는 것36)을 보면, 김평묵의 학문적 이론 성향을 이해할 수 있다.

이항로는 1835년 「우탄(憂歎)」이라는 제목의 시를 지어 실세한 남인 정치 세력의 재기와 서양 세력의 확산에 대한 깊은 우려를 표명하였다. 특히, 남인의 종사(宗師)인 윤휴(尹鑴)의 정치적 후예는 조선으로 진출해 오는 서양 세력과 함께 사(邪)로 규정해 배척하였다.37) 이러한 이항로의 입장은 김평묵의 『벽사변증기의(闢邪辨證記疑)』에 그대로 드러나고 있다.

가 글은 1839년 기해교옥을 계기로 만들어진 것인데, 결국은 병인 양요(丙寅洋擾)가 계기가 되어 세상에 모습을 드러냈다. 이를 통해 19세기 후반, 위정척사(衛正斥邪)의 기치 하에 현실을 인식하고 행동했던 정통 주자학자의 서학(西學)에 대한 입장, 서학을 비판하는 논리를 잘 알 수 있다. 조선의 정통적 지배 사유가 서양 제국주의 열강 세력을 접하면서, 기존에 알려져 있었던 서양의 종교, 사상과 문물에 대한 이해를 바탕으로 해서 어떠한 대응 논리를 구축해 갔는가를 이 글을 통해 살펴 볼 수 있다.

〈해제 : 송요후〉

---

36) 권오영, 「화서 이항로의 위정척사이념과 그 전승양상」, 『화서학논총』 제3집, 2008. 10.
37) 위와 같은 주.

『벽사변증기의(闢邪辨證記疑)』

序

지금 임금이 왕위 오른 지 3년, 서양의 무리들이 번다하게 일찍이 조정(朝廷)을 떠보았다. 이항로 선생의 둘째 아들인 이복(李墣 : 字 仲文)이 치정(穉程) 유중교(柳重敎)[38]에게 편지를 보내어 이르기를, "친구인 한사(漢師)가 나에게 벽사(闢邪)의 글을 지으라고 하여 우매한 나로 하여금 쉽게 미혹하게 해서 나는 실로 즐거이 듣고 많이 힘썼지만 미처 그러할 여가를 얻지 못하였다. 나의 형이라도 마땅히 한 편을 지어야 하지만 다시 돌려서 좋은 친구에게 간청한다."고 하여 유중교가 편지를 받고 삼가 응낙하였다. 그러나 잇달아 사고가 있어서 글쓰기를 시작함에 미치지 못하였다. 나 또한 독자(獨子)로 늦게 상제 노릇을 하여 노친을 모시고 정처 없이 떠돌아 다녀[39] 조석(朝夕)으로 장차 죽을 때가 되어, 정력(精力)이 실로 이에 미치기에 족하지 못하였다. 그러나 또한 하루라도 마음에서 잊을 수 없었다. 대개 성상(聖上)께서 새로이 정무를 통괄하시는데 옳고 그름을 가려 결정하심이 대단하셨다. 즉시

---

38) 柳重敎(1832~1893): 字 치정(穉程), 호는 성재(省齋). 본관이 高興. 金平黙과 함께 李恒老의 문하에서 수학했다. 1852년(철종 3) 이항로의 명으로 『송원화동사 합편강목 宋元華東史合編綱目』을 편수했다. 1876년에는 繕工監假監役에 제수되었으나 취임하지 않았다. 1881년 斥邪衛正의 疏論이 일어나자 김평묵과 함께 春秋義理論을 기반으로 舊法保守와 斥洋斥倭를 주장했다.
39) 김평묵은 부친이 1836년에 사망하였고 1851년 아우 金章黙의 喪을 당했다. 1866년 2월 아들 金基朋이 갑작스런 병으로 사망하고, 3월에는 楊根의 大谷으로 이사한 것을 말한 것으로 생각된다. 모친은 1873년 12월에 사망하였다.

악당의 두목을 멸하고 또한 소굴을 쓸어버림으로써 국내와 국외에 호오(好惡)함을 명시(明示)하신 이것이 바로 난리를 평정해 태평성세를 이루는 큰 기회이다. 그리고 오로지 덕교(德教)를 내수(內修)하는 것으로써 외세를 물리침의 근본으로 삼는 것은 아직 도모함이 있지 않았는데, 이것은 제신(諸臣)이 임금의 총명을 개발할 수 없었던 허물이며, 내외의 유식(有識)한 사람들이 밤낮으로 간절하게 바란 것이다. 만약 신의 계시와 임금의 염원으로 이렇게 평안, 무사함에 미쳐서, 이것에 힘을 쓴다면, 조정 관료의 존귀한 자들을 물론이고 여항(閭巷) 평민의 천한 자들도 각각 흉중(胸中)의 깊은 속을 다하여 알절(遏絶)[40]된 한 팔(一臂)을 부지(扶持)하는 것으로 한다. 만일 비범(非凡)한 모략과 공업(功業)으로 대책을 보조(輔助)할 것이 있다면, 모두 분수 내에서의 일이지만 그만둘 수 없는 것이다. 이에 헌종(憲廟; 憲宗의 묘호) 정미(丁未) 년간(1847)의 일을 기록하면, 잠실(潛室) 이정관(李正觀, 1792~1854)이 지은 『벽사변증(闢邪辨證)』 한 권을 얻어 망령되게 미심쩍은 것을 기록한 바가 있었다. 약간 난고(亂稿)인 채로 있었는데, 배운 것이 부족하고 글이 서툴러, 스스로 부족함의 있고 없음을 숨겼다. 지금 자못 수정하고 다듬어 조금 온전해졌다. 손수 필사해서 두 친구에게 올려 보내 밝게 살펴 바로잡아줄 것을 간청하여 허물과 흠을 면하게 하였다. 또한 각자 약간의 말을 함으로써, 한사(漢士)의 선의(善意)를 저버리지 않았다. 그러나 어찌 다만 그 요구에 곁따르기만 하겠는가? 삼가 나의 노선생(老先生)의 술작(述作)이 이미 완성되어 나와 있고, 또한 그것은 강설(講說) 때의 잡록(雜錄)에서 산출(散出)한 것과 같지 않아, 함께 취하여 권수(卷首)를 갖춘 즉, 그것을 보니 맹자가 양묵(楊墨)과 거리를 두고 주자(朱子)가 선불(禪佛)을 배척한 것과 거의 고금(古

---

40) 1. 誅滅；滅絶. 2. 阻止하고 禁絶하다.

今)에 있어서 유사하다. 그래서 우리들의 글은 스승의 완성되어 나온 글에 부미(附尾, 附驥尾)[41]하였으니, 근본에 지엽(枝葉)이 있는 것과 같다. 그런 후에 서사(書社)에서 윤강(輪講)하며 좋은 점을 보고 배우는 사이에, 비록 일람하도록 아주 잘 완비하기까지는 이르지 못했지만, 세상에 드러내었다. 그것은 알절(遏絶)된 것을 부지(扶持)하고 비범한 모략과 공업(功業)으로 위에 있는 자의 대책을 보조하는 영역에 있어서 또한 작은 도움이 없지 않았다. 보잘 것 없고 식견이 천박한데, 삼가 두 친구가 힘써주기를 원한다. 숭정 기원(紀元) 후 네 번째 병인(崇禎四丙寅)[42] 중복(中伏) 다음날 청풍(淸風) 김평묵(金平黙)이 용문(龍門)의 대곡(大谷) 우사(寓舍)에서 쓴다.

〈역주 : 송요후〉

---

41) 파리가 말의 꼬리에 붙어서 천리를 가다.
42) 1866년(고종3).

참 고 문 헌

1. 단행본

연세대 국학연구원 편, 『연세대학교 중앙도서관 소장 고서해제 11』, 평민사, 2008.

2. 논문

노대환, 「18세기 후반~19세기 중반 노론 척사론의 전개」, 『조선시대사학보』
    46, 2007.

양인성, 「〈벽사변증기의(闢邪辨證記疑)〉를 통해서 본 김평묵의 척사론」, 『한국
    천주교회의 역사와 문화 : 김성태 신부 고희 기념 논총』, 한국교회사연
    구소, 2012.

權五榮, 「金平黙의 斥邪論과 聯名儒疏」, 『韓國學報』15권2호, 1989.

_____, 「화서 이항로의 위정척사이념과 그 전승양상」, 『화서학논총』 제3집,
    2008. 10.

吳瑛燮, 「華西文學의 對西洋認識 : 李恒老金平黙柳麟錫의 경우를 중심으로」,
    『泰東古典研究』 제14집, 1997.

_____, 「위정척사사상가들의 사유구조와 서양인식 : 화서학파의 경우를 중심으
    로」, 『숭실사학』 제30집, 2013.

「벽사록변(闢邪錄辨)」

분 류	세 부 내 용
문 헌 종 류	조선서학서
문 헌 제 목	벽사록변(闢邪錄辨)
문 헌 형 태	활자본(木活字)
문 헌 언 어	漢文
저 술 년 도	1863년
저 자	李恒老(1792~1868)
형 태 사 항	32면
대 분 류	思想
세 부 분 류	衛正斥邪
소 장 처	『화서집(華西集)』 권25 -국립중앙도서관 -고려대학교 도서관
개 요	이 책은 19세기 중반 산림계를 대표한 이항로가 천주교와 유교와의 차이점을 15개 항목으로 나누어 서술한 것으로, 천주교의 기본 교리가 유학의 이론과 상반된다는 것을 비교 설명하면서, 유학의 논리를 정학(正學)으로 제시하고 천주교의 교리를 논평한 것이다.
주 제 어	이정관(李正觀), 벽사변증(闢邪辨證), 남계래(南啓來), 남숙관(南肅寬), 원서애유략만물진원변(遠西艾儒畧萬物眞源辨), 김평묵(金平黙), 태극지도(太極之道), 천주(天主), 상제(上帝), 예수(耶穌), 삼물망(三勿妄), 사물(四勿), 칠극(七克), 생극설(生克說), 삼구(三仇), 공장(工匠), 곤륜(崑崙), 천당(天堂), 지옥(地獄), 양설(洋說), 역법(曆法)

1. 문헌제목

『벽사록변(闢邪錄辨)』

2. 서지사항

『벽사록변(闢邪錄辨)』은 『화서집(華西集)』권25 잡저(雜著)에 수록되어 있다. 『화서집』은 42권(卷) 22책(册), 19×29.5cm으로 되어 있는데 1899년(光武3) 충주에서 목활자본으로 간행되었다. 총42권 중에서 권14에서 권26까지가 잡저이다. 권25에는 『벽사록변』외에도 『송자대전잡저수조기의(宋子大全雜著數條記疑)』등 18편의 글이 실려 있다. 『벽사록변』은 모두 32면이며 면당 10줄, 한 줄 20자로 되어 있다. 규격은 21.2×14.0(cm)이다. 제목에 이어 이 글이 나오게 된 계기를 서술한 서문에 해당하는 글이 있다. 여기에는 "계해 원월칠일 이항로서(癸亥 元月七日 李恒老書)"라고 있어, 이항로가 72세 되던 해인 1863년 1월 7일에 썼음을 보이고 있다.[1]

그 이하에는 목차 없이 15개 항목으로 나누어 서양의 종교와 학문에 대한 비판의 글이 열거되어 있다.

현재 『벽사록변』은 『화서선생문집(華西先生文集)』(국립중앙도서관 古書本) 안에 수록되어 있으며, 고려대학교 도서관의 신암문고본(新菴文庫本 : 金若瑟 기증, 도서번호 2253)에도 소장되어 있다.

---

1) 차기진씨는 이 글이 1863년(哲宗14)에 저술된 것이나, 그 서문에서 볼 때 1836년의 『論洋敎之禍』의 내용을 문인 김평묵의 권유에 따라 개고 보정한 것으로 보고 있다. 차기진, 「한국교회사연구입문(130)─《闢邪錄辨》」, 『교회와 역사』제154호, 1988년 3월.

[저자]

이항로는 1792년(正祖16) 2월 13일 경기도(京畿道) 양근군(楊根郡) 벽계리(蘗溪里)에서 부친 벽진이씨(碧珍李氏) 이회장(李晦章)과 모친 처사(處士) 이의집(李義集)의 딸의 독자로 출생하였다. 초명은 광로(光老)였으나 철종 사친(私親)²⁾의 이름을 피하여 항로(恒老)로 개명하였다. 자(字)는 이술(而述), 호(號)는 화서(華西)³⁾이다.

3세 때 천자문을 배우고, 6세 때『십구사략(十九史略)』을 읽고「천황지황변(天皇地皇辨)」을 지었다고 한다. 12세 때 신기령(辛耆寧)에게서『서전(書傳)』을 배웠다. 17세 때인 1808년(순조8) 반시(泮試 : 성균관 시험)에 응하러 갔다가 당시 재상에 의한 과거의 부정을 보고 개탄하여 그 날로 되돌아왔다. 18세에 한성시(漢城試)에 합격하였다. 그러나 그는 과거급제를 구실로 한 권력층 고관자제와의 친교를 종용받고 환멸을 느껴 다시는 과거에 응하지 않았다.

과거를 포기한 뒤 당시 학문으로 이름이 높았던 서울의 임로(任魯)와 지평(砥平)의 이우신(李友信) 등을 찾아가 학우의 관계를 맺고 경학상의 여러 문제에 관해 토론하였다. 25~26세 때 연이어 양친과 사별한 뒤 학문에 전념하여 주자(朱子)의 학문에 심취하였다. 그는『주자대전(朱子大全)』의 미언대의(微言大義)를 궁구하면서 점차『송자대전(宋子大全)』으로 나아가 송시열(宋時烈)이 주자 이후의 정종(正宗)을 이룬다는 확신을 갖게 되었다. 그는 항상, "주자를 종주(宗主)로 하지 아니하면 공자의 문정에 들어갈 수 없을 것이며, 송자(宋子)를 헌장(憲章)하

---

2) 종실(宗室)로서 임금이나 세자의 자리에 오른 이의 친부모를 말하는 것인데, 哲宗 때에 全溪大院君과의 嫌名을 피하여 조정의 명령에 따라 고쳤다고 한다.
3) 이항로가 출생하여 거주하던 벽계리가 靑華山의 서쪽이었으므로 붙여진 것이라고 한다.

지 아니하면 주자의 계통에 접하게 될 수 없을 것이라"고 하였다.

그는 33세인 1824년부터 존양(尊攘)에 뜻을 두기 시작하였다. 44세 때인 1835년에는 "공자가 춘추(春秋)를 쓰고 주자가 강목(綱目)을 저술한 가장 큰 의의는 바로 존양(尊攘)보다도 큰 것이 없는데, … 만세에 전하여 갈 큰 법을 엄중하게 아여야 할 것이다."라고 하고 이러한 것이 송자(宋子)의 뜻을 성취시키는 것이라고 하였다. 또한 그는 남인(南人) 세력과 천주교(天主敎)의 해(害)가 심하여질 것을 예감하여 시(詩를) 지었는데, "헐어지고 좁은 말(斗)만한 집에, 만곡(萬斛)도 넘는 근심이 차곡차곡 쌓였네. 천지에는 봄소식이 적적(寂寂)한데, 바람과 비는 밤새도록 그칠 줄 모르네, 흑수(黑水)의 파란(波瀾)은 요란하기만 한데, 서양귀신·도깨비(西洋鬼魅)는 깊숙이 도사리고 있구나. 동쪽 바다가 아직 얕아지지 않았거니, 어찌 우리 도가 길게 휴식될까 보냐."라고 하였다.

그는 서양(西洋) 교(敎)의 화(禍를) 논하여, "이단과 사설(邪說)이 남의 가정이나 국가를 망치게 하는 것이 마치 독 발린 화살이 사람의 살에 박히면 바로 뽑아 버리더라도 그 독이 이미 피부의 근육과 골격의 혈맥 속에 파고드는 것과 같은 것이라"고 하였다. 또한 서양 기술에 대해서는, "서양 사람들이 기필코 그 기술을 전파시키려고 하는 것은 진심으로 그 도를 행하려는 성의가 아니라 대개 장차 우매한 민생들을 속이고 현혹시켜 광범위하게 내응(內應)하여 주도록 결탁한 다음에 즉 그들의 욕망을 자행할 수 있게 하는 것이라"고 경고하였다.

45세 이래로 많은 선비들이 그의 문하에 모여들었고, 그의 학덕이 조정에 알려지면서 49세 때인 1840년(憲宗6) 휘경원참봉(徽慶園參奉)에 제수(除授)되었으나 사양하였다. 그가 이러한 뜻을 보인 것은 당시의 뇌물 관행과 외척의 정치 간여에 대해 부정적 입장을 표한 것이라 하겠다. 그 뒤에도 조인영(趙寅永)을 비롯한 실력자들로부터 지방수령 등의 교섭을 받았지만 고사하고 향리에서 강학을 위해 여숙강규(閭塾講規)를 수정하여 실시하였다.[4] 이 무렵 한말의 위정척사론자로 유명한 최익현(崔益鉉)·김평묵(金平默)·유중교(柳重敎) 등이 문하에서 수학하였다.

1862년(哲宗13) 이하전(李夏銓)의 옥사 때 김순성(金順性)의 무고로 체포되었다가 무죄임이 밝혀져 곧 풀려났다. 1864년(高宗1) 당시 권력자 조두순(趙斗淳)의 천거로 장원서별제(掌苑署別提)에 임명된 후 같은 해에 전라도도사(全羅道都事), 사헌부지평(司憲府持平)·장령(司憲府掌令) 등에 차례로 임명되었으나 노환(老患) 때문에 관직에 나아가지 못하였다.

1866년 병인양요가 일어나자 김병학(金炳學)의 주청(奏請)에 따라 승정원동부승지(承政院同副承旨)로 부름을 받아 입궐하여 흥선대원군에게 척화론(斥和論)을 건의하였다. 그 뒤 공조참판(工曹參判)으로 승진되고 경연관(經筵官)에 임명되었으나, 경복궁 중건의 중지와 과중한 세금 부과의 시정을 촉구하는 상소를 올리고, 만동묘(萬東廟)의 재건을 상소하는 등 흥선대원군의 정책에 대해 정면 공격을 가한 것이 문제가 되어 관직을 삭탈당하고 낙향하였다. 1868년(高宗5) 향년 77세로 세상을 떠났다. 사후 내부대신에 추증되었고, 시호는 문경(文敬)이다.

대표작으로는 『화서집(華西集)』, 『송원화동사합편강목(宋元華東史合編綱目)』, 『주자대전차의집보(朱子大全箚疑輯補)』, 『화서선생아언(華西先生雅言)』 등이 있다.

---

4) 확정한 講學規定의 결론에 이르기를, "北虜는 의관을 파괴하여 버렸고 西鬼는 心術을 좀먹고 있으니 마땅히 몸을 꼿꼿하게 하고 다리를 든든하게 세우며 마음을 분명하게 밝히고, 눈을 똑바로 뜨고 보아 성현들의 교훈과 조상들의 유업을 추락시키지 않는 것이 儒者의 철두철미한 法門이라"고 하였다.

3. 목차 및 내용

[목차]

없음

[내용]

이항로는 먼저 『闢邪錄辨』을 쓰게 된 계기를 다음과 같이 말하고 있다.

"기해(1839)에 이정관(李正觀)이 『벽사변증(闢邪辨證)』을 써서 초본(草本)을 나에게 주고 수정하고 다듬어 달라고 했다. 그러므로 남계래(南啓來)에게 청하여 그의 대부(大父[5])인 팔탄공(八灘公) 남숙관(南肅寬, 1704~1781)[6]이 지은 『원서애유략만물진원변(遠西艾儒畧萬物眞源辨)』을 빌려 내용을 대략 파악한 뒤에 오래된 종이 더미 속에 섞어 넣어두었다. 김평묵(金平黙)이 나에게 글을 한 편 쓰기를 권하였는데, 질병이 깊음을 핑계 삼아 거절하였다. 임술(1862)에 … 우연히 옛날에 쓴 글을 발견하였다. 이에 요점 몇 단락을 기록해서 그 소략함을 보완하였다. … 계해(1863) 정월 7일 이항로 씀."

이하에서 이항로는 15개 항목으로 나누어 존화주의적인 화이론에

---

5) 할아버지와 한 항렬(行列)되는 유복친(有服親) 밖의 남자(男子).
6) 남숙관에 관해서는 이홍식, 「팔탄(八灘) 남숙관(南肅寬)의 한역시조 연구」(『時調學論叢』 第41輯, 2014.07)를 참조할 것.

입각해, 성리학적 유교와 그가 한문서학서 등을 통해 얻은 서학 및 서양에 관한 지식을 비교하면서 유교의 윤리, 도덕적 우월성을 근거로 서양에 대한 배척을 주장하고 있다.

(1) 상제와 천주가 상반됨을 분명히 함(上帝與天主相反辨)

이항로는 유교에서 섬기는 것은 상제(上帝)이고 서양에서 섬기는 것은 천주(天主)인데, 유교의 상제는 태극지도(太極之道)라고 하고, 태극지도인 상제의 마음(心), 정(情), 윤리(倫理; 五倫)에 대해 설명하고 있다. 상제가 덕이 있는 자에게 상을 주고 죄인에게 벌을 내림에 조금도 사사로움이 개입되지 않는데 이를 이(理)라고 한다.

이항로는 성인(聖人)은 상제의 마음을 가장 잘 알고, 상제의 말을 하고 상제의 행위를 하는 자라고 하며, 중국에서의 성인으로 복희(伏羲), 신농(神農), 황제(黃帝), 요(堯), 순(舜), 우(禹), 탕(湯), 문왕(文), 무왕(武王), 주공(周公), 공자(孔), 맹자(孟), 정호·정이(程), 주자(朱)를 들고 있다.

그는 불교에서는 석가여래(釋迦如來)를, 도교에서는 노자(老子)를, 서양에서는 예수(耶穌)를 성인이라 칭하는데, 이들 중 무엇으로써 그 진위(眞僞)를 정하겠는가라고 묻고, 공자와 맹자의 말을 인용하여, 의리(義理)에 대해 깊이 알고 진심으로 좋아하는 자는 군자(君子)이고 형기(形氣)에 대해 깊이 알고 진심으로 좋아하는 자는 소인(小人)이라고 한다. 곧 사람이 비록 형기(形氣)의 일(事)을 상대함에 재능이 많더라도 도덕과 의리를 주로 하지 않으면 소인임을 면치 못하고 도덕·의리를 주로 한 즉, 비록 다른 기량이 없더라도 군자가 됨에 해(害)가 되지 않는다는 것이다. 비록 능력이 없더라도 진실로 덕이 있으면, 천하의 선(善)이 모두 따를 것이고 비록 능력이 있더라도 진실로 덕이 없으면, 천하의 악이 모두 따를 것이라고 한다.

이처럼 이항로는 단지 유교적인 관점에서 성인을 규정함에 그치고 석가모니와 노자, 예수가 왜 성인이 되지 못하는지에 대해서는 구체적으로 밝히고 있지 않다.

(2) 서양 사람들이 하늘을 섬기는 것과 우리 유교에서 하늘을 섬기는 것이 상반됨을 분명히 함(西洋事天與吾儒事天相反辨)

이항로는 맹자의 말을 인용하며, 유교에서 하늘을 섬긴다는 것은 하늘이 인간에게 심어준 심(心 : 惻隱之心, 辭讓之心, 羞惡之心, 是非之心)과 성(性 : 仁·禮·義·智)을 극진히 실천하는 것(父子有親, 君臣有義, 長幼之序, 夫婦之別, 朋友之信의 도를 다함)이라고 한다.

유교에서의 하늘은 오로지 도리(道理)를 말함인데, 서양인은 하늘이 나에게 명(命)한 바가 무엇인가를 불문하고, 하늘에 절하며 복을 기원하기 위해 하늘을 섬기므로 서양인의 하늘은 오로지 형기(形氣), 정욕(情欲)을 말한다고 그는 보고 있다.

(3) 삼물망과 사물이 상반됨을 분명히 함(三勿妄與四勿相反辨)

이항로는 우리의 이른바 사물(四勿)이라는 것은 '예(禮)'라는 자(字)를 밝힘을 표준(標準)으로 삼는다고 한다. 그는 유교에서의 예는 공경하고 사양함(恭敬辭遜)을 근본으로 삼고, 절문도수(節文[7]度數[8])를 상세하게 갖추고 있으며 복희(伏羲) 이래로 온갖 성인과 왕들이 서로 인습(因襲)하고 가감(加減)하여 만든 것이라고 한다. 그는 공자가 안연(顏淵)에게 제례(諸禮)를 상고해 봐서 이것에 맞은 즉 보고, 이것에 맞지 않으면 보지 말 것이며, 이것에 맞은 즉 듣고 이것에 맞지 않으면 듣지 말 것이며, 이것에 맞으면 말하고 이것에 맞지 않으면 말하지 말 것이며, 이것에 맞으면 행동하고 이것에 맞지 않으면 행동하지 말라

---

7) ① 禮節에 관한 글월 ② 예절의 規定.
8) 정해진 제도.

는 사물(四勿)을 말하였고, 그리하여 사람의 겉으로 나타나는 말이나 행동과 속의 생각은 모두 예에서 말미암았다고 한다.

그는 서양인의 망령되이 생각하지 말라(妄念), 망령되이 말하지 말라(妄言), 망령되이 행동하지 말라(妄動)의 삼물망(三勿妄)은 망령된 것이고 어떤 것이 진실된 것인지를 논하지 않았다고 하고 삼물망(三勿妄)은 '사물(四勿)의 각주(脚註)'9)라고도 말할 수 없다고 한다.

(4) 서양인의 칠극은 우리 유교의 팔형과 상반됨을 분명히 함(洋人七克與吾儒八刑相反辨)

이항로는 관작(官爵)으로 선(善)을 권하고 형(刑)으로 악(惡)을 금(禁)함은 천리(天理)에서 나온 것으로, 사람이 악함을 금함에도 악을 떠나지 않으므로 형벌을 주는 것이라고 한다. 유교에서 가르치는 삼강(三綱)10), 육행(六行)11)은 영원히 바뀔 수 없는 사람이 늘 지켜야 할 떳떳한 도리이다. 그는 오형(五刑)12)과 향팔형(鄕八刑)13)은 육행 및 오륜(五倫)과 관련되어 나온 것이라고 한다. 이항로는 서양인의 칠극(七克)14)

---

9) 이익의 제자인 안정복(安鼎福)은 『칠극(七克)』이 공자(孔子)의 사물(四勿)의 각주에 불과하며, 비록 심각한 말이 있다 하더라도 취할 바가 못 된다고 평하였다.

10) 유교(儒敎) 도덕에 있어서 근본이 되는 세 가지 강목(綱目). 임금과 신하, 어버이와 자식, 남편과 아내 사이에 마땅히 지켜야 할 도리로서 곧 군위신강(君爲臣綱), 부위자강(父爲子綱), 부위부강(夫爲婦綱)임.

11) 여섯 가지의 德行. 곧, 孝, 友, 睦, 仁, 任, 恤.

12) ① 다섯 가지 형벌. 태형(笞刑), 장형(杖刑), 도형(徒刑), 유형(流刑), 사형(死刑); ② 中國 古代에 있어서 輕重이 다른 다섯 가지 형벌로. 살갗에 먹물 넣기(墨), 코 베기(劓), 발뒤꿈치 베기(剕), 불알 까기(宮), 죽이기(大辟)를 말한다.

13) 中國 周代의 여덟 가지 형벌. 곧, 불효(不孝), 불목(不睦), 불인(不婣), 불임(不姙), 부제(不弟), 불휼(不恤), 조언(造言), 난민(亂民)에 대한 형벌을 말한다.

14) 『七克』은 D.Pantoja(龐迪我)가 1614년에 지은 천주교의 수양의 내용을 담은 저서이다. 칠극은 일곱 가지의 죄의 원인과 일곱 가지의 덕행을 가리킨다. 일곱 가지 죄의 원인(七罪宗)인 교만, 질투, 인색, 분노, 탐욕, 음란, 게으름 등을 모든 죄의 근원이 되는 악으로 여긴다. 일곱 가지의 덕행은 믿음, 소망, 사랑의

에는 재물과 이익만을 말하고 강상(綱常)15)의 윤기(倫紀)16)가 완전히 빠져 있어서 분별이 유교에 미치지 못한다고 한다.

(5) 우리 유교의 살신성인과 서양의 순교는 상반됨을 분명히 밝힘(吾儒殺身成仁與西洋樂死殉欲相反辨)

이항로는 공자17), 맹자18)와 정이(程子 : 程頤, 1033~1107)19)의 말을 인용하면서, 그들은 형기(形氣)보다는 도덕을 선택하는 것이 더 가치 있는 일이라고 판단했기 때문에 형기가 가볍고 작으며 도덕이 중하고 큼을 분명히 했다고 한다. 또한 그는 동중서(董子 : 董仲舒)의 말을 인용하여, 그가 마음의 바탕을 도의(道義)에 두고 공리(功利)에 두지 않았다고 한다.

그는 서양 사람들이 신앙을 지킨다면서 생명을 가볍게 여기고 기꺼이 순교하는 것은 오로지 천당·지옥의 허황된 말에 빠져서 그렇게 하는 것이니, 이것은 형기의 사사로움에서 나온 것으로 보고 있다.

(6) 생극설을 분명히 밝힘(生克說辨)

이항로는 하도(河圖)와 낙서(洛書)에 의거해, 상생(相生)과 상극(相克)을 설명하면서 만물이 만들어지는 것은 상극(相克)이 상생(相生)한 바임을 밝히고 있다. 그는 이에 의거해서, 인욕(人欲)을 억제함이 천리

향주삼덕(向主三德)과 智德, 義德, 節德, 勇德의 사추덕(四樞德)을 말한다.
15) 삼강오상(三綱五常).
16) 윤리(倫理)와 기강(紀綱).
17) "뜻있는 선비와 어진 사람(志士仁人)은 자신을 희생해서 仁을 이루는 일은 있지만 살기를 구하여 仁을 해치는 일은 없다."고 하였다.
18) "목숨을 건지는 것도 바라는 바이고 義 역시 자신이 바라는 바이지만 그 두 가지를 다 할 수 없을 때에는 목숨을 버리고 의를 선택한다."고 하였다.
19) "(여자가) 절개를 잃는 것은 엄청난 일이지만 굶어 죽는 일은 사소한 일이다."라고 하였다.

(天理)를 보존하며 기르는 바이며, 죄악을 금하여 끊음(禁絶)이 곧 양선
(良善 : 어질고 착함)을 살아 있게 하는 바이니, 원망과 증오를 낳지 않
을 뿐만 아니라, 본래 원망할 만하며 증오할 만한 일이 없고, 천지 군
부(君父)가 낳고 기른 대덕(大德), 나쁜 짓하는 것을 제지하는 지극한
정성이 모두 우리에게 망극의 은혜가 된다고 한다.

그러나 천주교에서는 이렇게 생각하지 않고 불경(不敬)하고 은혜가
없는 말을 내며, 삼구(三仇)[20]를 말하는 것은, 상극이 상생의 도(道)임
을 이해하지 못하기 때문이라고 한다.

(7) 성현과 공장이 이름을 얻음이 다름을 분명히 밝힘(聖賢工匠得名不同辨)

이항로는 도덕에 밝은 자를 성현(聖賢)이라 하고 술업(術業)[21]에 능
한 자를 공장(工匠)이라 하며 이 양자를 맹자(孟子)는 대인(大人)과 소
인(小人)으로 구분했다고 한다. 그는 『중용(中庸)』에 나오는 구경(九經)[22]
의 순서에 '현인을 존중함(尊賢)'[23]이 두 번째에 있고 '각종공장(工匠)을

---

20) 선행(善行)을 하지 못하도록 하는 세 가지 원수(怨讐), 곧 육신(肉身)과 세속(世
俗)과 마귀(魔鬼)를 말한다.
21) 여기에서의 함의(含義)는 학술기예(學術技藝), 학업(學業)을 말한다.
22) 구경(九經)은 중용의 도(中庸之道)로 이로써 천하국가(天下國家)를 치리(治理)함
으로써 태평(太平)과 화합(和合)에 도달하는 아홉 개 항목의 구체적인 일을 말
한다. 그 구체적인 일은 다음과 같다 : ① 자신을 수양하기(修身), ② 현인을 존
중하기(尊賢), ③ 親族을 愛護하기(親親), ④ 大臣을 공경하고 중히 여기기(敬大
臣), ⑤ 衆臣을 體恤하기(體群臣), ⑥ 百姓을 愛護하기(子庶民), ⑦ 各種의 工匠
을 勸勉하기(來百工), ⑧ 遠方에서 온 客人을 優待하기(柔遠人), ⑨ 諸侯를 安撫
하기(懷諸侯)(凡爲天下國家有九經 : 曰修身也, 尊賢也, 親親也, 敬大臣也, 體群臣
也, 子庶民也, 來百工也, 柔遠人也, 懷諸侯也). 이 가운데 "親親"과 "尊賢"(進賢)
의 양자는 권리의 계승과 인재의 발탁에 관계되는 것으로 당시 사람들의 정권
관념과 정치 사상을 반영하고 있는 것이다.
23) 尊賢은 才能과 道德 方面에서 남보다 우월한 자를 뽑아 통치의 인재로 삼는 것
이다.

권면함(來百工)'이 일곱 번째에 있다는 것으로 그 귀천을 알 수 있다고 한다. 그는 또한 '百姓을 愛護함(子庶民)'이 '각종공장(工匠)을 권면함(來百工)'보다 앞에 있다는 것을 강조하고 있다.

그는 성현은 심지(心志)를 기르고 공장은 형체(形體)를 기르는데, 심지는 인의예지(仁義禮智), 선을 좋아하고 악을 미워하는 것과 같은 것이고 형체는 이목구비(耳目口鼻), 사지백해(四肢百骸) 같은 것이니, 양자 모두 길러야 하지만, 무엇이 존귀하고 천하며, 크고 작은지를 분별해 밝혀야 한다고 한다. 그는 존귀한 것과 큰 것을 앞세우면, 천한 것과 작은 것이 함께 복을 받는데, 작은 것과 천한 것을 앞세우면 존귀한 것과 큰 것이 도리어 가려지게 된다고 한다.

그는 기량, 재능으로 사람이라 칭해서는 안 되고 도·기(道器)의 경계와 의·리(義利)의 구별을 분명히 밝혀 그 대소(大小)와 경중(輕重)의 소재를 정해야 일(事)이 매우 쉽고 도리(理)도 바로잡힐 것이라고 한다.

(8) 하(夏)를 써서 이(夷)를 변화시키는 설(用夏變夷說)

이항로는 중화(中華)의 가르침이 이적(夷狄)을 교화하여 이적이 중화를 경모(敬慕)하여 심복함은 천리(天理)의 본연(本然)에서 나오는 것이며 인심(人心)의 마땅한 바이니, 중화의 명성과 교화가 사해(四海)에 다 미쳤고 중화가 이적을 교화시키려는 마음에 한계가 없다고 하고 요순(堯舜)의 사례를 들어 이를 설명하고 있다.

그는 서양(西洋)은 중국과 멀리 동떨어져 있어 그 풍속이 뚜렷이 다르나 중국의 육의문자(六義²⁴⁾文字)를 학습하여 묵덕나(默德那 : 메디나

---

24) 『시경(詩經)』의 육체(六體)의 분류법(分類法). 시(詩)의 여섯 가지 문체. 곧 부(賦), 비(比), 흥(興), 풍(風), 아(雅), 송(頌)을 이른다; 한자의 여섯 가지 구성 방법. 곧 상형(象形), 지사(指事), 회의(會意), 해성(諧聲), 전주(轉注), 가차(假借)가 있다; 한자의 여섯 가지 서체. 대전(大篆), 소전(小篆), 예서(隸書), 팔분(八分),

Medina)25)에 소장된 경전이 3,800여권이나 된다고 한다. 그는 중국과 서양간의 교류가 이루진 과정을 약술하면서, 결국은 서양이 중국의 대도(大道)의 요(要)를 들을 수 없었고 지덕(至德)의 교화를 볼 수 없었음을 애석해 하고 있다.

이항로는 서양 세력이 중국에 대하여 보고 들은 후에, 공자의 유가(儒家), 이정(二程)·주자(朱子)의 설을 비웃고 폄훼하여, 그 본심을 감화시켜 고칠 수 없는데, 기량(伎倆)26)과 기계(器械)27)는 도리어 중국인이 미치지 못하는 바의 공교함이 있은 즉, 그들은 자신들의 설로 천하를 바꾸겠다고 자신하고 있다고 한다.

그러나 이항로는 천체(天體)는 지극히 커도 그 안에서 임금(主) 노릇을 하는 것은 오직 북극성인 것처럼, 태극(太極)은 만물을 통솔하고 만물은 태극에 모이는 것이 이치인데, 이 태극이 심(心)이고, 명덕(明德)이며 도(道)라고 한다.

초서(草書), 행서(行書) 또는 고문(古文), 기자(奇字), 전서(篆書), 예서(隷書), 무전(繆篆), 충서(蟲書)를 이른다.

25) 『阮堂全集』卷八「雜識」에, "明 나라 가정(嘉靖) 연간에 정효(鄭曉)가 지은 『오학편(吾學篇)』에 이르기를, '서역에 묵덕나(默德那)라는 나라가 있는데 곧 회회국(回回國)이다. 처음에 국왕 모한맥덕(摹罕驀德; 모하메드)이 태어날 때부터 영성(靈聖)하여 서역의 나라들을 신복(臣服)시켰으므로, 이들 나라들이 높여서 별암원이(別諳援爾)를 삼았으니 중국말로 천사(天使)란 뜻이다. 나라 안에 불경 30장(藏)이 있는데 모두 3천6백여 권이다. 글은 전서(篆書)·예서(隷書)·초서(草書)·해서(楷書) 등이 혼합되어 있는데, 서양이 모두 이것을 사용한다. 그 땅이 천방국(天方國)에 접해 있는데, 일명 천당(天堂)이라고 한다.'";『五洲衍文長箋散稿』「經史篇」三 釋典類一 釋典總說 釋敎梵書佛經에 대한 辨證說 附釋氏雜事에, "玄奘法師에 대하여는 실제로 있었던 인물이다. 당 나라 貞觀3년(629)에 三藏 현장이 西域 여러 나라에 들어갔으니, 곧 西番의 天方·黙德那 등 지방이며, 그곳 那蘭陀寺에서 戒賢을 만나 唯識의 宗旨를 전수받아 돌아왔었다."

26) 技術的인 才幹이나 솜씨.

27) ① 道具, 器具의 總稱 ② 實驗 測定 容器나 실용상 늘 一定한 목적에 쓰이는 裝置. 제 自身 動力 裝置를 갖고 있지 않은 점에서 機械와 구별된다.

(9) 서양의 역법은 중국 요 시대의 역법과 다름을 분명히 밝힘(西洋曆法與堯時曆法不同辨)

이항로는 온갖 기예(技藝)는 시대가 흐를수록 더욱 공교(工巧)해지는 것이 추세이나, 그러한 추세가 그 기예의 근본 목적에 해를 끼쳐서는 안 된다고 한다. 그는 요(堯) 시대의 역법은 오로지 하늘의 마음을 공경하고 인륜을 밝히는 것을 근본으로 했는데, 서양의 역법은 정교하고 세밀하나 크고 중요한 근본(大本)이 서 있지 않다고 한다. 그래서 서양은 천서(天叙), 천질(天秩), 천명(天命), 천토(天討)의 대강세목(大綱細目)은 전혀 거론하지 않고, 하늘에 죄악을 소멸하고 복을 주기만을 기구(祈求)하므로 천시(天時)[28] 월령(月令)[29]에는 쓸모가 없다고 한다. 그는 서양의 역법이 근본적으로 하늘의 마음을 모멸(侮蔑)하고 인륜을 폐(廢)하는 것으로 보고 있으며, 따라서 서양 역법이 보다 더 정밀함은 논할 것이 없다고 한다.

(10) 서양 의약과 염제 의약이 다름을 분명히 밝힘(西洋醫藥與炎帝醫藥不同辨)

이항로는 천지가 만물을 낳는 것을 마음(心)으로 하는 것처럼, 만물은 천지의 이러한 마음을 얻음으로써 한 몸의 주체가 된다고 한다. 따라서 개별의 물(物)들은 모두 물(物)을 낳는 것을 마음으로 하며, 이것을 의약(醫藥)으로 삼아 질병, 요절(夭折)의 근심을 구제하고 천지의 물을 낳는 마음에 참여하며 이것이 생(生)을 좋아하는 일단(一端)이라고 한다.

그는 서양인은 빨리 죽는 것(速死)을 복(福)으로 여기는데, 의약은 원기(元氣)를 돕고 병을 고치는 작용을 하는 것이니, 오히려 그에 방해가 되므로, 양자 사이에는 그 근본에 차이가 있음을 말하고 있다.

---

28) 晝夜·季節·寒暑 등과 같이 때를 따라서 돌아가는 自然의 現象을 말한다.
29) 일 년 간에 行해지는 정례의 政事, 儀式, 農家 行事 等을 다달이 記錄한 標.

(11) 천도경위설(天道經緯說)

이항로는 지구상에서 남북간의 문물의 교류는 느린데 반해, 동서간의 문물의 교류는 아주 빠르다고 하고, 과일, 화초, 상아 등을 예로 들고 있다.

그는, 중국 및 조선에서 멀리 떨어진 파미르 고원 일대에서 발생한 불교의 해악이 동방에서 매우 심하고, 서양은 파미르 고원에서 서쪽으로 아주 멀리 떨어져 있음에도 천주(天主)에게 미혹됨은 동방에서 가장 심하여 해(害)를 막심하게 입고 있다고 하고, 이를 막기 위해서는 맹자가 말한 네 가지 덕(德)인 인의예지(仁義禮智)의 도(道)로 빈틈없이 대비해야 할 것을 주장하고 있다.

(12) 지세순역설(地勢順逆說)

이항로는 천도(天道)[30]는 왼쪽으로 돌고 지도(地道)[31]는 오른쪽으로 돌며 서로 교차하며 만물을 낳는 것이 진리라고 한다. 그리고 천하의 산은 곤륜(崑崙)으로부터 나오는데, 동쪽에서 나온 한 가지가 오른쪽으로 돌아 왼쪽으로 도는 하늘과 서로 교차(相交)하여 성주(聖主)를 낳아 만방(萬方)을 가르칠 수 있으며, 곤륜에서 서쪽으로 가는 것은 모두 왼쪽으로 돌아 왼쪽으로 도는 하늘과 순행(巡行)하며 함께 돌아가므로 종기(鍾氣)[32]하여 성주(聖主)를 낳을 수 없음이 천지의 대세라고 그는 주장한다.

(13) 사해대통설(四海大統說)

이항로는 우리나라가 복희(伏羲 : 庖羲)[33], 대순(大舜), 우(禹), 공자,

---

30) 天體가 運行하는 길.
31) 大地의 특징과 地殼의 運行, 地上의 萬物의 運行의 一般規律을 말한다.
32) 天地間의 빼어난 氣를 凝聚함을 일컫는다.

정주(程朱)를 이어받아 의(義)를 지킴으로써 그 덕(德)을 이었는데, 그 덕은 맹자가 말한 인의예지(仁義禮智)의 사덕(四德)과 오륜이며, 이는 중하(中夏)가 이적(夷狄)을 가르치니, 이적이 중하를 사모함에서 나온 것이라고 하고, 유교의 도가 세상을 새롭게 할 것임을 확신하고 있다.

(14) 천당·지옥을 분명히 밝힘(天堂地獄辨)

이항로는 천당·지옥의 유무(有無), 참과 거짓은 이미 밝혀졌다고 하고, 사람이 사물을 인식하는 방법과 과정(心術)을 무너뜨리고 화란(禍亂)을 불러와 상서롭지 못함이 큰 것으로, ① 하늘을 모멸하고 성인(聖人)을 경멸함, ② 성(性)을 멸(滅)하고 욕망을 따름, ③ 혹세무민(惑世誣民)의 세 가지를 들고 있다.

그는 살아 있는 것은 결국 죽게 됨에도 불구하고, 천주교에서 "너는 내말을 따르면 죽어서 반드시 다시 살아나 천당에 들어가고, 나의 말을 따르지 않으면 죽은 뒤 다시 태어나는데, 반드시 지옥에 들어간다"고 함은 하늘을 모멸하고 성인을 경멸함이라 하고, 나아가 부모를 사랑하고 임금을 공경하는 것 등을 통해 현세에서 복을 구함이 인정상 마땅함에도, 이를 구하지 않고 목숨이 다한 후에 복을 구하는 것은, 성(性)을 멸하고 욕망을 따르는 것으로 비난하고 있다.

그는 또한 인간의 죄와 관련하여 유교적인 입장에서 볼 때, 천주교에서 "너의 인륜(人倫)을 폐(廢)하고 너의 예악(禮樂)을 버리고 나를 따라 간절하게 기원하면, 죄를 멸하고 복을 취할 수 있어 한량없는 쾌락을 받는다."고 함은 혹세무민하는 것이니, 어리석은 백성들이 이를 좇아 목숨을 바침이 낙토(樂地)를 밟는 것 같이 하고 있다고 탄식하고 있다.

---

33) 伏羲는 古代中國의 전설상의 三皇 중 하나이다. 風姓이다. 최초로 八卦를 그려 전하였고 백성들에게 漁獵을 가르쳤다. 犧牲을 취하여 주방(庖廚)에 공급하였으므로 庖犧라 칭하였다. 또한 伏戲, 伏犧로도 칭하였다.

이항로는, 선(善)에는 복(福)이 악(惡)에는 화(禍)가 따름은 하늘의 이치(天道)이니, 성인의 가르침은 선을 밝히고 악을 징계하며, 인정(人情)은 선을 기뻐하고 악에 분노하니, 이를 따름으로써 복을 얻을 수 있다고 한다.

그는 천주교를 양묵(楊墨) 같은 사설(邪說)로 보고, 이러한 것이 마음에서 일어나면 정치와 그로부터 나오는 일들에 해가 된다고 하고 성인(聖人)의 도(道)가 다시 드러나, 중국(中國)뿐만 아니라 해외 만국이 모두 편안해지기를 바라고 있다.

이항로는 당옥(堂獄)은 불교에서 나와 여러 나라에 해독을 끼쳤으나 그 해는 제한적이며 적은데 반해, 천주교(洋說)는 불교와 달리, 남녀 관계를 끊지 않고 어육(魚肉)과 술을 금하거나 경계하지 않으며 수염과 머리털 깎을 필요가 없고, 마음의 올바르고 그릇됨을 불문하며, 사람의 은의(恩義)와 원한을 모두 망각해 버리며 멋대로 향락을 누리고 거만하고 예법이 없으니, 인욕(人欲)이 번성하고, 천리(天理)는 쇠하여 유교의 가르침을 막는 화(禍)는 치발(薙髮)[34], 소벽(燒臂)[35] 같은 것들보다 심하다고 하고 유학자들이 맹성(猛省)하고 신속하게 그것을 다스려야 한다고 한다.

그는 이러한 잘못은 이미 도가(道家)의 장생술(長生術)에서부터 시작되어 유학(正學)에 엄청난 병폐를 만들어내었는데, 이를 제거하는 방도는 천지가 만물을 낳는 마음이라고 한다.

(15) 우리 유교가 신묘함을 궁구해 변화를 앎은 이단설과 상반됨을 밝힘(吾 儒窮神知化與異端說相反辨)

이항로에 의하면 유학에서는 태극의 신묘함(神)이 고금(古今), 원근

---

34) 薙髮. 머리카락을 바싹 깎음. 머리털을 깎고 승려가 됨.
35) 팔을 불로 태워 발원하는 것.

(遠近)을 관통하여 끊어짐이 없고, 음양의 변화(化)는 시종(始終)과 본말(本末)이 있어 순서가 뒤집힐 수 없다고 한다. 그리고 이렇게 유학에는 끊어짐이 없으므로 느리고 빠름에 각각 그 때가 있고 신묘함(神)과 변화(化) 양자 모두 잃는 바가 없다고 한다.

그는, 불교는 인과(因果)의 설로 인해 윤상(倫常)이 결여되어 있어 아버지도 없고 자식도 없는 설이며, 서양인은 환희(幻戲)의 풍습에 미혹되어 오로지 사사로운 이익에만 힘써 재물과 이익으로 사람들을 미혹시킨다고 한다. 따라서 서양인은 하늘을 도적질하지 않으면, 반드시 사람을 도적질하는데, 여기에는 큰 재앙이 기다리고 있으니 요행히 잠깐의 소리(小利)를 얻는다고 하지만 인심(人心)에 흡족한 바가 아니라고 한다.

4. 의의 및 평가

조선시대 천주교 배척의 척사위정론은 17세기 이익(李瀷)의 『천주실의발(天主實義跋)』에서 처음 보이는데, 여기에서 이익은 천주교 교리에 대한 비판 끝에 천주교는 사람들을 미혹에 빠지게 하는 종교라고 배척하고 있다. 이외에 17~18세기의 문헌으로 안정복(安鼎福. 1712~1791)의 『천학문답(天學問答)』, 신후담(愼後聃. 1702~1761)의 『서학변(西學辨)』, 이헌경(李獻慶. 1719~1791)의 『천학문답(天學問答)』, 홍정하(洪正河. 생몰년 미상)의 『증의요지(證義要旨)』 등에서도 천주교 교리에 대한 유교적 비판 내용이 담긴 척사위정론이 전개되어 있다.

신후담과 안정복이 천주(天主) 개념을 상제(上帝)와 동일시하는 보유론적(補儒論的) 해석을 받아들인 것과는 달리 홍정하에 이르러서는 천주 개념 자체에 대한 비판에 초점을 맞추고 있는 전면적 비판을 추구하고 있다. 그러나 홍정하는 이러한 비판 태도를 관철하고 있으면서도, 여전히 천주교 교리에 직접 근거하여 이론적 비판의 입장, 논증적 비판 태도를 보이고 있다.[36].

그러나 19세기에 들어오면 천주교에 대한 독단적인 배척 태도가 나타나고 있다. 이항로(李恒老. 1792~1868)의 『벽사록변(闢邪錄辨)』, 이정관(李正觀. 1792~1854)의 『벽사변증(闢邪辨證)』, 김치진(金致辰)의 『척사론(斥邪論)』, 김평묵(金平默. 1819~1891)의 『벽사변증기의(闢邪辨證記疑)』, 황필수(黃必秀. 1842~1914)의 『척사설(斥邪說)』 등의 척사위정론들은 학문적 비판이라기보다는 서양세력에 대한 배척적 증오감에 우러난 것이며 이 때문에 이후의 척사위정론은 편협한 한계를 벗어나지 못한다.[37]

이항로의 『벽사록변』에는 그의 척사론이 체계적으로 기술되어 있는데, 학문적 근거보다는 고루한 존왕양이의 대의명분 위주로 척사론을 전개했기 때문에 편협하고 비합리적인 면을 보이고 있다.[38]

이항로의 천주교 비판 논리는 1836년(헌종2)에 『논양교지화(論洋敎之禍)』를 지을 때 이미 확립되어 있었다고 보여진다. 그는 이때의 입장을 토대로 1801년의 「토사반교문(討邪頒敎文)」, 1839년의 「척사윤음(斥邪綸音)」 등에 접하면서, 또 이정관의 『벽사변증』, 안정복의 『천학고(天學考)』, 남숙관(南肅寬)의 『원서애유략만물진원변(遠西艾儒畧萬物眞源辨)』 등을 구해 검토함으로써 척사 이론을 심화시켰다고 할 수 있다. 그의 심화된 척사 이론이 구체화된 것이 바로 『벽사록변』이다.[39]

---

36) 금장태, 「髥齋 洪正河의 서학비판론과 쟁점」, 『종교와 문화』 제7집, 2001.
37) 한국가톨릭대사전편찬위원회 편찬, 『한국가톨릭대사전』, 한국교회사연구소, 1985. p.1119.
38) 한국가톨릭대사전편찬위원회 편찬, 위와 같은 책, p.959.
39) 차기진, 「한국교회사연구입문(130)—《闢邪錄辨》」, 『교회와 역사』 제154호, 1988년 3월.

그의 천주교 교리 비판은 자연 현상과 인륜 도덕을 구분하지 않은 성리학적 관점에서 이룩된 것이지 이성이나 윤리를 초월하는 신앙의 차원에서 설명된 것이 아니다. 이러한 동양의 보편적 윤리 관념과 사회 교화의 합법적 개념은 서학이나 천주교에 대한 이해의 여지를 남기지 않은 배척 자세를 낳게 한 것이었으며, 따라서 독단적이고 폐쇄된 당시의 사회성을 반영한 것이다.[40]

이렇게 이항로의『벽사록변』은 조선 후기 유가(儒家)들의 시대적 상황에 따른 천주교 인식의 변화를 이해함에 있어서 중요한 근거가 되는 자료라고 할 수 있다. 여기에서 그가 유교와 천주교를 분변한 큰 요점은 도덕성(義)과 공리성(利)의 문제로 귀결되는데, 그가 천주교를 비판하는 입장은 유교와의 공통성을 모색하면서 접근하는 입장이 아니라 이질성을 추출하여 배척하는 입장이라는 데에 한계가 있으나, 윤리를 수단으로 삼는 종교의 공리주의적 한계성을 비판한 것이라고 할 수 있다.

그의 척사 이론은 그의 문인들에게도 영향을 주었다. 김평묵이 이정관의『벽사변증』을 기본 자료로 하여 이익이나 안정복의 천주교 비판 논리를 더욱 강경한 입장에서 배척한『벽사변증기의』(1847), 유중교(柳重敎)가『옥계산록(玉溪散錄)』에서 제시한 자신의 척사론 같은 것이 그것이다. 이는 더 나아가, 홍재구(洪在龜. 1845~1898)의『정속신편(正俗新編)』으로 이어져가면서 화서학파(華西學派) 척사위정론이 전개되었다.

정조(正祖) 사후, 19세기에 들어서자마자 노론(老論) 벽파(辟派)가 집권하였고 천주교도에 대한 대대적인 탄압과 함께 남인(南人)을 축출하면서 남인을 대신해서 노론 산림계(山林系)가 척사론을 주도하게 되었다. 이러한 노론의 척사론은 1830년대 후반에 들어 이항로와 이정관

---

40) 차기진, 위와 같은 논문.

에 의해 새로운 전기를 맞게 되는데, 이항로는 산림계의 입장을 계승, 심화시킨데 반해, 이정관은 산림계와 북학론계(北學論系)의 입장을 절충한 척사론을 제기하였다. 이렇게 노론의 척사론이 활성화되는 가운데 이항로와 김평묵이 산림계의 입장을 강화시켜 간 반면에, 윤종의 (尹宗儀)와 박규수(朴珪壽) 등은 산림계와는 다른 입장을 취하는 등 인식의 차이가 분명하게 드러나고 있었다. 이러한 논란의 초점은 주로 서양 과학기술에 대한 평가문제였는데, 이는 척사론이 심화되는 양상을 보여주는 것임과 동시에 위정척사론과 동도서기론(東道西器論)의 분화를 예기하는 것이기도 하다.[41]

〈해제 : 송요후〉

---

41) 노대환, 「18세기 후반~19세기 중반 노론 척사론의 전개」, 『조선시대사학보』 46, 2007.

참 고 문 헌

1. 단행본

李恒老 著, 金胄熙 譯, 『華西集』, 良友堂, 1994.

2. 논문

금장태, 「聱齋 洪正河의 서학비판론과 쟁점」, 『종교와 문화』 제7집, 2001.

노대환, 「18세기 후반~19세기 중반 노론 척사론의 전개」, 『조선시대사학보』 46, 2007.

부남철, 「조선 유학자가 佛敎와 天主敎를 배척한 정치적 이유—鄭道傳과 李恒老의 사례를 중심으로—」, 『韓國政治學會報』 30輯 1號, 1996.

차기진, 「한국교회사연구입문(130)—《闢邪錄辨》」, 『교회와 역사』 제154호, 1988년 3월.

3. 사전

한국가톨릭대사전편찬위원회 편찬, 『한국가톨릭대사전』, 한국교회사연구소, 1985.

「벽이단설(闢異端說)」

분 류	세 부 내 용
문 헌 종 류	조선서학서
문 헌 제 목	벽이단설(闢異端說)
문 헌 형 태	한장(漢裝) 필사본(筆寫本)
문 헌 언 어	漢文
저 술 년 도	미상
저 자	윤기(尹愭, 1741~1826)
형 태 사 항	8면
대 분 류	사상
세 부 분 류	척사(斥邪)
소 장 처	『무명자집(無名子集)』 문고 제1책 -성균관대학교도서관
개 요	조선후기 문인(文人) 학자(學者) 윤기(尹愭)가 정통 유학(儒學)의 입장에서 천주교를 배척하며 쓴 논설(論說). 윤기의 시문집 『무명자집(無名子集)』에 수록.
주 제 어	벽이단(闢異端), 성인지도(聖人之道), 부자(夫子), 정백자(程伯子), 맹자(孟子), 이단(異端), 양묵(楊墨), 노불(老佛), 주자(朱子), 도지불명(道之不明), 무부무군(無父無君), 천주학(天主學), 이마두(利瑪竇), 천주실의(天主實義), 천주(天主), 상제(上帝), 천당(天堂), 지옥(地獄), 유도(儒道), 화복(禍福)

1. 문헌제목

「벽이단설(闢異端說)」

2. 서지사항

이단에 대한 반박문 「闢異端說」은 조선 후기의 문신 윤기(尹愭)가 천주교를 배척하며 쓴 논설(論說)이다. 윤기의 시문집 『無名子集(무명자집)』에 수록되어 있다.

『무명자집』은 본래 27책에 달하는 방대한 저술이었으나 현재는 필사본 20권 20책만이 남아 있다. 이본이나 다른 저술이 발견되지 않아서 후손 윤병희(尹炳曦)씨 소장본이 유일본으로 추정된다. 서문과 발문이 없어 편자 및 편년은 알 수 없다.

『무명자집』은 시(詩)와 문(文)으로 구성되어 있다. 시고(詩稿)는 1745년부터 1810년 사이에 지은 시가 연대순으로 편차되어 있고, 문고(文稿)는 1759년부터 1826년 사이에 지은 글이 연대순으로 편차되어 창작 시기별 적절한 분량으로 나누어 책을 편찬하였다. 시고 권1~6에 시 3,277수, 문고(文稿) 권1~14에 설(說) 33편, 제문(祭文) 9편, 기(記) 31편, 제(題) 26편, 서(序) 13편, 행장(行狀) 1편, 명(銘) 11편 자찬(自贊) 1편, 서(書) 47편, 논(論) 29편, 자경(自警) 5편, 훈고(訓詁) 3편, 보문(報文) 17편, 유문(諭文) 3편, 공사(供辭) 1편, 시사(時事) 2편 문답(問答) 1편, 계(誡) 2편, 문(文) 13편, 계(啓) 4편, 소(疏) 3편, 뇌문(誄文)·변(辨)·의(疑) 각 1편, 전책(殿策) 42편, 책(策) 79편, 중용조문(中庸條問) 1편, 소학조문(小學條問) 1편, 한담(閑談) 134편이 수록되어 있다.

「벽이단설」은 문고(文稿) 제1책(冊)에 실려 있다. 문고 제1책에는 50편의 글이 수록되어 있는데 문체별로 대략 분류하면, 설(說) 6편, 제문(祭文) 5편, 기(記) 7편, 제사(題辭) 4편, 서(序) 5편, 행장(行狀) 1편, 명(銘) 2편, 서(書) 4편, 논(論) 5편, 상량문(上樑文) 1편, 기타 10편이 창작연대순으로 섞여 있다.

길거나 혹은 짧은 글모음이므로 앞의 글이 끝나면 한 줄도 띄지 않고 이어서 곧바로 제목을 쓰고 다음 글을 실었다. 한장(漢裝) 필사본으로 한 면 12행 한 줄 28자이다.

「벽이단설」은 본설(本說)과 뒤에 붙인 후기(後記)로 구성되어 있는데, 각각 시기를 달리해 집필하였다. 본설은 1785년 3월 형조(刑曹, 秋曹)에서 최초로 천주교도들의 비밀 신앙집회를 적발해 낸 을사추조적발(乙巳秋曹摘發)사건 발생 이전에 지은 것인 듯하다. 조선 후기 천주교 관련 옥사는 이 사건이 처음이기 때문이다. 1784년 이승훈이 북경에서 세례를 받고 돌아오며 조선천주교회가 창설되었고 이때를 전후해 천주교에 대한 사회적 논의가 활발했을 것이어서, 이 논설은 그런 사회적 분위기 속에서 쓰여 진 것이다. 후기는 1801년 정부에 의해 천주교에 처음 시행된 신유박해(辛酉迫害)가 일어난 후 쓴 글로 판단된다.

본설은 내용적으로 전반부, 중반부, 후반부로 나누어 구분 지을 수 있다. 총 22행(行)이 전반부에 속한다. 중반부는 「벽이단설」의 핵심 부분이라 할 수 있는데 총 39행이다. 후반부는 총 10행이다.

후기는 본설과 관계없는 독립적 논설인데 후에 붙여 넣은 것으로 추정된다. 기록 방법도 본설과 유표(有表)하게 한 글자를 아래로 내려 쓰며 구분하여서 한 줄이 27자씩이다. 총 10행이다.

『벽이단설』이 실려 있는 『無名子集』은 윤병희(尹炳曦) 가(家) 소장본을 1977년 성균관대학교 대동문화연구원에서 영인 간행하였고, 그 후 한국고전번역원에서 한국문집총간 256집으로 총 9권으로 간행하였다. 한국고전번역원 본을 본 해제 저본으로 삼았다.

[저자]

윤기(尹愭, 1741~1826)는 조선 후기의 문인(文人), 학자(學者)로, 자

는 경부(敬夫), 호는 무명자(無名子)이다. 본관은 파평(坡平)으로 경기도 통진(通津) 일대에 세거하였다. 근기남인(近畿南人)출신으로 유년기에 문재(文才)가 뛰어나 가문의 촉망을 모았다고 한다.

윤기의 학문에 영향을 끼친 것은 성호(星湖) 이익(李瀷, 1681~1763)이다. 윤기는20세에 성호를 처음 만난 후 성호 사망까지 4년 동안 세 차례 성호를 방문하고 수차례 학문에 대해 질의하는 시신을 주고받았는데 이익은 윤기에게 좋은 자품과 재주를 지녔다며 격려하였다. 『성호전서(星湖全書)』에 윤기와 관련된 글 「답윤기(答尹愭)」, 「답윤기소학문목(答尹愭小學問目)」이 실려 있고, 특히 윤기의 성호 제문(祭文)에'문인 윤기(門人尹愭)'라고 명기하여 성호 문하에 당당히 섰음을 알 수 있다. 직접 가르침을 받은 것은 잠깐이었으나 윤기는 평생 성호의 학덕에 깊은 감화를 받았다. 그리하여 "선생의 저술이 매우 많으니, 소자가 그것을 읽고 유학(儒學)의 연원(淵源)과 고명한 의론(議論)을 익힌다면 지난날 밝히지 못한 깊은 뜻을 깨달을 수 있을 것입니다. 이 어찌 큰 행운이 아니겠습니까?"(文稿 冊1 祭星湖先生文)라고 하여 성호가 남긴 저술을 통해 학통을 이어받았음을 술회하였다.

33세 되던 1773년(영조 49) 증광 생원시에 합격하여 성균관에서 공부를 시작했으나 18세기 남인의 몰락으로 한미한 가문에 올곧은 기질로 사회와 영합하지 못해 20년을 성균관 유생으로 지내며 문과 급제의 기회는 좀처럼 얻지 못했다. 이때 자신이 직간접적으로 경험한 성균관의 모습을 『태학성전(太學成典)』을 참고하며 정리해 엮은 「반중잡영(泮中雜詠)」 220수는 성균관의 옛 모습과 운영 실상을연구하는 귀한 자료이다.

52세 되던 1792년(정조 16) 식년(式年) 문과에 급제하여 이듬해 성균관 전적(成均館典籍 종6품), 종부시 주부(宗簿寺主簿 종6품)를 시작으로 벼슬을 시작하여 예조 좌랑(禮曹佐郎 정6품), 강원 도사(江原都事 종

5품), 사헌부 지평(司憲府持平 정5품), 사헌부 장령(司憲府掌令 정4품), 통례원 우통례(通禮院右通禮 정3품), 병조 좌랑, 이조 좌랑을 거쳐 81세에 정3품 호조 참의(戶曹參議)를 역임하였다.

외직으로 57세에 남포 현감(藍浦縣監 종6품)과 60세에 황산 찰방(黃山察訪 종6품)을 지냈다. 63세이던 1803년(순조 3)부터 1805년까지 2년간 『정조실록』 편수관을 역임하였다. 저서로 문집 『무명자집』 20권 20책이 있다.

3. 목차 및 내용

[목차]

없음

[내용]

「벽이단설」은 천주교를 이단으로 규정하고 배척한 논설이다. 각각 시기를 달리하는 본설(本說)과 뒤에 붙여 쓴 후기(後記)로 구성되어 있다.

본설의 내용은 대체로 전반부, 중반부, 후반부로 나누어 구분 지을 수 있다. 본설 전반부는 유가 문헌을 근거로 먼저 이단의 뜻을 규정하였다. 그리고서 이단을 배척한 공자(孔子), 맹자(孟子), 한유(韓愈), 정자(程子)를 인용하며 사례를 들고, 유가의 도가 존숭되는 우리나라 상황이므로 이단의 폐해가 잘 다스려질 것이라고 낙관하였다. 총 22행(行)이 전반부에 속한다.

이단이란 성인(聖人)의 도(道)와 길을 달리 하는 이론이며 이를 배척하는 것은 막힌 곳을 틔워주어 안목을 넓혀주기 위함이라고 하였다. 그리하여 성인의 도와 다르면 반드시 성인의 도를 해치게 되므로 성인의 도를 공부하는 사람은 이단을 논박하지 않을 수 없다고 「闢異端說」을 짓는 이유와 목적을 먼저 밝히고 있다. 또한 공자의 "攻乎異端 斯害也已(이단을 전공하면 해로울 뿐이다)"와 정백자(程伯子-程顥)의 "道之不明 異端害之(도가 밝지 않은 것은 이단이 해치기 때문이다)."와 "闢之而後 可以入道(이단을 논박한 뒤에야 도로 들어갈 수 있다)."는 문구들을 인용하여 이단을 논박하지 않으면 안 되는 이유의 근거로 제시하였다.

그런 후 역대 이단을 나열하며 그에 대처해 배척하고 유학을 옹호한 역사적 인물들을 제시하였다. 우선 양주(楊朱)와 묵적(墨翟)이 개인주의(爲我)와 겸애주의(兼愛)를 주장한 이단이었는데, 맹자(孟子)가 '無父無君'이라 규정하며 이들을 배격하는 사람은 성인의 무리라며 엄중하게 이단을 출척하였다.

맹자 사후에는 노장(老莊)과 불가(佛家)가 사람 마음을 빠져들게 하여 유가의 도를 해치는 일이 극에 달하였다. 이에 대해 당(唐)나라 한유(韓愈)가 분연히 글을 써서 배척하였으니 위대하다고 하였다.

그 후 송(宋)나라 정호(程顥)와 정이(程頤) 형제가 천년 동안 단절되었던 도(道)를 전하여 노장과 불가의 옳은 듯하나 그른 학설을 논파하였고, 또 그 뒤를 주희(朱熹)가 이어 반박하여 성인의 도가 다시 찬란히 밝아지게 되었다. 이에 천하 후세 사람들이 모두 이단에 한번 물들고 나면 우리 도(道)의 죄인이 된다는 사실을 알고, 지향할 것과 지양할 것을 확고히 정하여 단일한 길을 따르게 되었으니 주자(朱子)의 공이 맹자 못지않다고 생각한다고 하였다.

그러면서 전반부를 조선조에 와서 유도(儒道)를 존숭하여 공자의 도가 아니면 익히지 않고, 선비들은 주자의 말이 아니면 따르지 않아 반박하지 않아도 이단은 저절로 세상에서 용납되지 못한다고 하며 우리나라의 경우로 마무리하였다.

본설 중반부는 천주학(天主學)에 대해 중점적으로 논설하였다. 천주교의 유래, 교의(教義), 천주교의 대(對) 유가(儒家) 입장 등을 한 객(客)과의 문답 대화 형식으로 쓴 「벽이단설」의 핵심 부분이라 할 수 있다. 총 39행이다.

찾아 온 손님(客)이 천주학이라는 것에 대해 아는지 묻자, 윤기는 모른다고 답하며 대강의 설명을 요청한다. 이에 객은 천주학은 서양의 이마두(利瑪竇, 마태오 리치)에게서 나왔으며 관련서적은 『천주실의(天主實義)』등 10여 종으로 사행(使行) 길에 이 책을 구입해 왔는데 재주는 있으나 진중하지 못한 선비들이 보고 좋아해서 배우는 자들이 많다고 설명하였다.

천주학 교의(宗旨)에 관해서는, 신봉자들이 상제(上帝)인 유일신 천주(天主)만을 섬기며 오로지 육신을 빨리 벗어 버리고 영혼이 참된 경지로 들어가는 것을 바라며, 기도와 교리의 믿음으로 사후 천당과 지옥설을 믿는다고 설명한다. 다른 교리서로 『진도자증(眞道自證)』과 『교요서론(教要序論)』을 언급하고 있다.

천주교의 유가에 대한 입장에 관해서는 오직 공자에 대해서만 비방하지 않고, 맹자 이하 정자와 주자에 대해서는 철저히 공격한다고 청(淸) 모기령(毛奇齡)[1]의 말을 인용해 설명하였다.

이 간략한 설명을 듣고 윤기는 천주교는 이단 중에서도 이치에 어긋나기 짝이 없어서 논박할 가치도 없다고 견해를 밝힌다. 예로부터 여러 이단의 설(說)은 모두 핵심적으로 내세운 논리가 있어서 천하 사

---

1) 모기령(毛奇齡, 1623~1718) : 경(經), 사(史)와 음운학(音韻學)에 조예가 깊은 중국 청초(淸初)의 뛰어난 경학가(經學家), 문학가, 문인화가이다. 저서로 『서하합집(西河合集)』이 있다.

람들을 현혹하기에 충분하였다. 그러나 천주학은 내세우는 논리도 주장하는 설도 없이 불가의 소승(小乘)과 유사한데, 그 설들은 한층 저열하고 사리에 어긋나니 지각 있는 사람이라면 현혹될 리가 없다고 하였다.

이마두(마태오 리치)에 대해서는 천문·지리에 해박하고 정밀한 식견을 지닌 그가 이 같은 천주교 교리를 설파하는 것은 새로운 이론을 통해 역사에 이름을 남기기 위함이라고 진단하였다. 윤기 자신은 그가 천문 지리에 통달하고 책력 추산법이 매우 정밀 오묘해서 천하가 그 법을 쓰니 탄복하곤 했는데, 바로 그가 터무니없는 설을 주장해 작은 우리 예의지국(禮儀之國)까지 영향을 끼칠 줄은 생각조차 못 했다. 예로부터 재주와 지혜 있는 자들은 대체로 이전 사람의 자취를 답습하려 하지 않고 독특한 노선을 세워 천추에 이름을 전하려했는데 이마두도 자신이 고금에 뛰어나고 세상에 뚜렷한 존재로 우뚝 서 있다고 생각해서 신성함을 자처하며 지금까지 아무도 하지 않은 말을 창안해 만고에 다시없는 사람이 되려는 것인 듯하다. 그러나 천도(天道)에 입각해 문명의 표준을 세운 동양의 옛 성현(聖賢)들과 노선을 달리한 많은 학설들이 모두 뭇 성현들에게 논파 당했으니 이러한 표방으로 천하 후세를 속일 수는 없는 것이다.

천주학의 '천주(天主)' 개념 도입에 대해서는, 지극히 높고 존귀한 '하늘(天)'이란 단어를 선택해서 천주(天主) 두 글자로 높이 받드는 대상을 지칭하는 말로 삼았다고 정의하였다. 이는 유가(儒家) 경전의 상천(上天) 및 '상제(上帝)' 개념에 의거하였으나 유가 용어는 피하기 위한 것이었다고 보았다.

동시에 어리석은 백성을 속이고 현혹하기 위해서 육신, 혼령, 천당, 지옥 등의 말들을 만들었으며, 또한 이마두는 자신의 학설이 불가의 부류와 혼동될까 염려하여 불가를 비판하는 주장인 것처럼 겉모습을 바꾸어 교묘하게 꾸몄으나 우스꽝스러워 성낼 가치도 없고, 애처로워 싸울 가치도 없다고 하였다.

따라서 천주학의 시비(是非)와 사정(邪正)은 쉽게 구분되고 자세히 따지지 않아도 저절로 드러나니, 논의할 것도 없다고 하였다.

본설 후반부에서는 천주학에 대한 젊은 사대부 자제들의 관심은 사람들의 새롭고 기이한 것을 좋아하는 습성과, 화복(禍福)에 흔들리기 쉬운 마음 때문에 나타난 현상에 불과하고, 천주교에 빠져드는 사람은 정상적 본성을 잃은 소수이므로 걱정할 것이 못 된다고 하였다. 또한 만약 문제가 심각해지면 국가에서 배격할 것이라고 마무리 하였다. 총 10행이다.

찾아 온 손님(客)은 요즘 사대부 자제들 중에 천주학 연구자가 이미 많아서 따질 가치도 없다는 윤기의 말이 무색하다고 우려를 표명하자, 윤기는 사람들은 흔히 새롭고 기이한 것을 좋아하기 때문에 천주학을 얼핏 보고 좋아하는 것이다. 그러나 인간에게는 고유의 지혜(良知)와 능력(良能)이 있으니 인륜을 도외시하고 도리를 무시하는 천주학을 좋아하고 믿는 경우는 드물 것이니 걱정할 것이 못 된다고 하였다.

그리고 만약 유학이 천주학에 물들어 왜곡되는 문제가 발생한다면 유도(儒道)를 존숭하는 임금이 있는 이 나라에서 필시 엄중히 배격하고 철저히 금지하는 조처가 있을 것이라고 예단하였다.

「벽이단설」을 마무리하며 윤기는 객에게 천주학 연구자를 보게 되거든 "부모가 없으면 사람으로 태어날 수 없고, 성인이 없었으면 선비가 나올 수 없는 법, 하늘은 속일 수 없고 도는 두 가지일 수 없다. 지금 보고 있는 천주학 책을 태워 버리고 천주학에 쏠린 마음을 씻어 낼지니, 서양 오랑캐의 사설(邪說)에 현혹되어 우리 유도의 죄인이 되지 말라." 라고 하라고 결론삼아 설파하였다.

「벽이단설」을 끝맺으며 윤기는 「客去 乃記其說 以示兒輩」이라고 이 논설의 집필 이유를 밝혔다. 아이들에게 보여 주기 위해 기록한다고 하였다. 후세가 이단을 경계하라는 것임을 명시한 것이다.

후기는 본설과 관계없는 독립 논설인데 후에 문집을 만들며 붙여 넣은 것으로 추정된다. 기록 형태도 본설과 유표(有表)하게 한 글자를 아래로 내려 써서 구분하였으며, 그리하여 한 줄이 27자씩으로 구성 되었다. 총 10행이다. 또한 집필 시기도 본설 작성 시기보다 훨씬 뒤인 1801년 신유박해 이후인 듯하다.

내용은 천주교 신부가 귀양 간 뒤에 천주학 연구자들이 보인 반응을 묘사하고, 또한 천주학에 빠지는 이유가 마음이 화복(禍福)에 흔들리기 때문이라고 자신이 본설에서 역설한 것이 증명되었다고 밝히고 있다.

본설에서 윤기 자신은 천주학은 세세히 따질 가치도 없다고는 하였으나 내심 이단이 갑자기 나타나 재주 있으나 기이한 것을 좋아하는 사람들이 곧장 서양을 중국보다 높이고 이마두를 공자보다 어진 사람으로 평가하며 빠져들며 쉽게 현혹됨을 이상하다고 탄식했었다는 것이다. 그러나 조정에서 천주학 연루자들을 역옥(逆獄)으로 다스려 천주교 신부를 잡아 문초하고 귀양 보내자, 문도(門徒)들은 처음에는 함께 죽겠다고 하다가 나중에는 그런 말이 사라졌고, 함께 공부하던 자들도 연좌될까 두려워 앞 다투어 글을 올려 천주학을 배우지 않았다고 해명하였다. 또한 성균관에서 천주학 배척 글을 발표할 때도 스스로 연명에 참여해 천주학 배척 뜻을 보이기도 하였으니, 가련하고 가소로운 정상(情狀)이다. 이는 그들이 처음 천주학을 좋아한 것은 오로지 화복에 마음이 흔들렸기 때문으로 이해(利害)의 갈림길에 서게 되자 이내 투항했으니 이는 필연적 결과라는 것이다. 먼저 쓴 논설에서 자신이 말한 것이 증명된 것이 기뻐서 먼저 글 뒤에 붙여 다시 기록한다고 하였다.

4. 의의 및 평가

18~19세기를 살았던 조선지식인 윤기의 학문과 철학은 그의 문집 『無名子集』의 시(詩)와 문(文)에 잘 드러나 있다. 문란해진 제도 속에 한미한 출신으로 여러 차례 과거에 낙방하고, 52세의 나이에 늦은 문과 급제 후에도 미관말직을 전전했으므로 사회현상과 제도, 역사에 깊은 관심을 기우리며 글로써 자신의 내면을 묘사하고 현실의 여러 모순과 부조리를 예리하게 비판하였다.

「闢異端說」과 「又記答人之語」는 당시 조선지식인들 사이에 관심과 논란의 대상이던 천주교와 관련해서 쓴 논설이다. 이를 통해 윤기의 경학(經學)과 소위 사학(邪學)에 관한 인식, 즉 정통 유가(儒家) 조선지식인 입장에서 본 천주학 인식을 알 수 있다.

윤기의 스승 성호(星湖) 이익(李瀷, 1681~1763) 문인들 중에는 이벽(李蘗), 이가환(李家煥), 정약전(丁若銓), 권철신(權哲身) 등처럼 처음에는 서학(西學)에 관심을 가졌다가 학문적 호기심을 결국 천주교 신앙으로 승화시켜 후에 순교에 이른 인물들이 있었다. 그러나 윤기는 서학에 경도되는 대신 스스로를 정통 유가(儒家)로 자각하고 성호의 학문을 계승한 듯하다. 이로써 당시 대다수 조선지식인의 서학 및 천주교에 대한 인식을 윤기가 「闢異端說」과 「又記答人之語」에서 보여주고 있다고 하겠다.

〈해제 : 장정란〉

참 고 문 헌

1. 사료

『無名子集』, 영인본(影印本), 성균관대학교 대동문화연구원, 1977.

2. 단행본

윤기, 강민정 외 (역),『무명자집(無名子集)』1-9, 한국고전번역원 한국문집번역
    총서, 성균관대학교출판부, 2013~2016.
김병건,『무명자 윤기 연구』, 성균관대학교출판부, 2012.

3.논문

이규필,「무명(無名)의 선비, 기록으로 말하다 - 무명자(無名子) 윤기(尹愭)의 생
    애(生涯)와 교유(交遊) -」,『대동문화연구』89, 성균관대학교동아시아학
    술원, 2015.

「양학변(洋學辨)」

분 류	세 부 내 용
문 헌 종 류	조선서학서
문 헌 제 목	양학변(洋學辨)
문 헌 형 태	필사본
문 헌 언 어	한문
저 술 년 도	1786
저 자	이삼환
형 태 사 항	12면
대 분 류	사상
세 부 분 류	척사
소 장 처	『소미산방장(少眉山房藏)』 3책 권5 - 국립중앙도서관
개 요	이삼환(李森煥)이 지은 벽위론으로 천주교의 출처와 존재, 성서 내용의 허황됨, 조선 선비들의 양학 접촉 유형, 예견되는 박해와 회유책 등의 내용으로 구성된다. 상편에서는 천주교의 실체와 교리-탄생 의혹, 십자가 사형, 천당지옥설-에 주목하여 의혹을 제기하였다. 하편에서는 상편에서 다룬 내용을 보완하여 설명하고 특히 효제충신(孝弟忠信)을 중시하는 유자의 입장에서 천주교를 비판하면서 멀리할 것을 강조하였다.
주 제 어	상제(上帝), 양학(洋學), 야소(耶蘇), 천당지옥(天堂地獄), 효제충신(孝弟忠信), 서사(西士)

1. 문헌제목

「양학변(洋學辨)」

2. 서지사항

「양학변(洋學辨)」은 목재(木齋) 이삼환(李森煥)이 지은 벽위론으로 국립중앙도서관 소장 『소미산방장(少眉山房藏)』[1] 3책 권5 '변(辨)'편에 수록되어 있다. 총 12면으로 본문은 10행 20자로 구성되어 있다. 상편과 하편으로 나누어져 있으며 상권은 1181자, 하권은 1125자, 총 2306자의 분량이다.

『소미산방장(少眉山房藏)』은 이삼환의 손자 이시홍(李是鉷, 1789~1862)이 1852년 간행한 필사본으로 그가 쓴 서문을 붙여 정리하였으며 6권 3책으로 이루어져 있다. 중국 송대의 학자 이상(李常)의 「이씨산방(李氏山房)」을 모방하여 이삼환의 시문(詩文), 제문(祭文), 묘문(墓文), 행장(行狀), 서(序), 기(記), 발문(跋文), 잠(箴), 명(銘), 송(頌), 경해(經解), 예설(禮說), 서간(書簡), 잡저(雜著) 등을 모아 『소미산방장서(少眉山房藏書)』 8책이 있었다고 하나 그 중 3책만 필사본으로 현존한다.

이시홍(李是鉷)이 쓴 문집 서문에 한치응(韓致應, 1760~1824)[2]이 아버지 한광적(韓光迪, 1725~?)과 이삼환의 친분으로 인하여 문집 간행을 위해 자신의 집으로 그의 글을 가져갔으나 화재로 소실되어 지인들이 보관하였던 글들을 수습하여 3책으로 편집하여 정리하였음을 밝히고 있다.

---

1) 四周單邊 半郭 20.4x14.6cm, 有界, 10行20字 註雙行; 28.3x18.5cm
2) 한치응 : 본관은 청주(淸州), 자는 혜보(徯甫), 호는 병산(甹山)이다. 1784년 정시 문과에 장원급제하여 1792년 지평(持平)을 거쳐 1795년 관동 암행어사, 1797년 수찬과 교리, 집의를 역임하였다. 1799년 진하사겸사은사(進賀使兼謝恩使)의 서장관(書狀官)으로 청을 다녀왔고, 1812년 대사간과 형조판서를 역임하였다. 1817년 동지사로 두 번째 청을 다녀왔고 1818년 한성판윤, 1821년 병조판서, 우참찬, 판의금부사를 역임하고 1824년 함경도 관찰사에 나아가 임지에서 사망하였다.

[저자]

이삼환(李森煥, 1729~1813)은 호가 목재(木齋) 또는 소미(少眉)이고, 자(字)는 자목(子木), 당호는 소미산방(少眉山房) 또는 목치도인(木癡道人)이라고 칭하였으며 본관은 여주(驪州)이다.

성호 이익의 큰 형인 이해(李澥, 1647~1673)의 손자로 경기도 안산(安山) 첨성리(瞻星里) 섬곡장(剡谷庄)에서 이광휴(李廣休, 1693~1761)와 해주(海州) 정씨(鄭氏)의 셋째 아들로 태어났다. 성호(星湖) 이익(李瀷, 1681~1763)의 종손으로서, 35년 동안 경기도 안산 첨성리 섬곡장에서 이익의 집 근처에서 살았다.

1740년(영조 16)부터 종조인 성호 이익에게서 학문을 수학하기 시작하였고, 그곳을 드나드는 성호학파의 여러 학자들과도 자주 접촉하면서 성장하였다. 성호는 어린 시절 이삼환을 친손 이구환(李九煥, 1731~1784)과 가까이 지내도록 배려하며 관심을 두었으며 이에 대하여 이삼환은 이구환을 두고 "세간의 모든 형제들 가운데 우리 두 사람과 같은 자 어디에 있을까"라고 평한다. 1746년 진사시에 장원으로 합격하였으나 문과에 응시하는 것은 포기한 채 성호의 가르침에 따라 학문 연구에 매진하였다. 또한 성호의 외아들 이맹휴(1713~1751)로부터도 돌봄을 받으며 수업하였는데 이삼환이 쓴 제문에 다음과 같이 언급하고 있다.

> "불초(不肖)는 공(公)에게 종부(從父) 곤자(昆子)입니다. 어려서부터 공의 집에서 자라 이곳에서 공으로부터 십 수 년을 수업하였으니 과연 불초와 같이 공을 아는 사람이 없기에 불초가 더욱 공의 죽음을 슬퍼합니다."

어려서부터 맹휴의 집에서 자라면서 그로부터 10여 년을 공부하였기 때문에 맹휴를 잘 안다고 말한다. 이러한 점으로 보아 이삼환은 어릴 때에는 성호의 보살핌 아래에서 이구환과 함께 맹휴로부터 배우고 맹휴가 관직에 나가 있을 때 이후에는 전적으로 성호의 가르침을 받았던 것으로 추정된다.

이후, 1763년 성호 이익의 조카인 이병휴[3]의 부인 허씨가 자식이 없이 죽자, 이병휴에게 양자로 입후된 후 곧 충청도 덕산(德山) 장천(長川)으로 이사하여 양부를 모시고 살게 된다.

성호문인들 가운데에는 그들이 거주하는 곳에서 후학을 양성하며 성호학통을 전승시켜 나아간 이들이 많았다. 그 대표적인 인물이 인천의 윤동규(尹東奎, 1695~1773), 경기도 교하의 신후담(愼後聃, 1702~1761), 충청도 덕산의 이병휴(李秉休, 1710~1776), 경기도 광주의 안정복(安鼎福, 1712~1791) 등이다.

1763년 이익이 사망하자 충청도 덕산의 이병휴가 윤동규와 안정복의 협조아래 성호학파를 사실상 이끌어가게 되었다. 1764년부터 이병휴가 덕산에서 성호 유고 정리를 주관하고 덕산이 성호학파의 새로운

---

3) 이병휴 : 본관은 여주(驪州), 자는 경협(景協), 호는 정산(貞山)이다. 성호(星湖) 이익(李瀷)의 조카로 성호의 학문 중에서도 진보적인 면을 주로 계승, 발전시킨 그는 윤동규·안정복 등의 만류에도 불구하고 주자학의 권위에 구애받지 않고 경전을 자주적으로 해석하면서 양명학을 수용하였다. 즉, 주자학은 결함을 지닌 불완전한 것이므로 뒷사람이 그 결함을 변론해 완성해가야 한다고 주장하였는데 이는 왕양명(王陽明)의 주자학에 대한 태도와 일치한 것이었다. 도덕적인 이치에 대해서 누구나 선천적으로 알 수 있으므로 격물치지(格物致知)와 같은 지(知)에 관한 공부는 필요 없기 때문에 행(行)에 관한 공부인 성의(誠意)를 제1의 공부로 삼아야 한다고 주장한 것, 심(心)의 성(性)을 지선(至善)으로 해석한 것, '명명덕(明明德)'과 '신민(新民)'을 같은 일로 보고 '성의'를 '명명덕'과 '신민'의 공부로 삼은 것 모두 왕양명의 주장과 일치하는 것이었다. 저서로『정산고(貞山稿)』, 『심해(心解)』, 『정산잡저(貞山雜著)』 등이 있다.

본거지로 등장하면서 성호학파의 젊은 인재들이 이병휴의 가르침을 받고자 덕산으로 모였는데, 그 대표적인 인물이 권철신(權哲身)을 비롯하여 이인섭(李寅燮)·이기양(李基讓)·한정운(韓鼎運)·심유(沈浟) 등이다. 이들 가운데 권철신과 이기양, 이벽 등은 양명학과 천주교 사상에 큰 관심을 보임에 따라, 정통 유학을 고수하려는 안정복과 심한 갈등을 빚게 되었다.

1776년 이병휴가 사망한 이후, 덕산에는 더 이상 권철신 계열 성호 문인들이 드나들 필요가 없게 되었고, 1780년대에는 여주 이씨 당내의 성호문인들도 거의 사망하여, 이병휴의 양자 이삼환이 종족과 성호학파에서 중요한 역할을 맡게 된다.

18세기 말 성호학파는 벽위 노선을 고수하는 안정복 계열과 천주교에 귀의하여 전통유학보다 천주교 사상을 신봉하는 권철신[4] 계열로 분열되어 있었다. 그나마 성호학파의 상징적 존재였던 원로 안정복마저 1791년 사망하자, 그의 문인 황덕일·황덕길 형제가 스승 안정복의 유지를 받들어 경기도 양천에서 성호학통으로서의 활동을 하였다. 1790년대 성호학파는 크게 황덕일·황덕길 형제가 경기도에서, 이삼환이 호서지방에서 재기를 위한 활동을 하게 되었다. 권철신 등 천주교와 관

---

4) 권철신 : 본관은 안동(安東), 자는 기명(旣明), 호는 녹암(鹿庵), 세례명은 암브로시오이다. 성호 이익(李瀷)의 문하에서 수학하였고 특히 이병휴의 영향을 크게 받았다. 권철신의 학문은 현실 사회와 경제적 개혁의 의지를 담고 있는 것으로 평가된다. 이러한 학문적 성향으로 처음 천주교를 접하면서 새로운 학문으로 이해했으나 점차 종교로 받아들이게 된다. 이승훈의 전도를 받아 천주교에 입교한 후, 1777년(정조 1년) 경기도 양주(楊州)에서 이벽·정약전·정약용 등의 남인(南人) 계열 실학자(實學者)들과 서양의 학문과 천주교를 연구하는 모임인 서학 교리 연구회(西學敎理硏究會)를 열어 활동하였으며, 이때부터 본격적인 신앙생활을 하였다. 1801년(순조 1년) 노론벽파에 의해 신유박해(辛酉迫害)가 일어나자 그는 이승훈·이가환(李家煥)·정약종, 강완숙 중국인 천주교 신부 주문모(周文謨) 등과 함께 체포되어 사형 당하였다.

련된 성호 문인들은 정부의 박해 여파로 활동의 제약을 받는 상황에서 성호학파로서의 역할을 기대할 수 없었다. 따라서 성호학을 내세우며 성호학파를 이끈 인물로 경기도 양천의 황씨 형제와 호서지방 덕산의 이삼환을 대표적으로 들 수 있다.

이삼환은 입후되기 전, 안산에서 재종형제 이구환과 함께 성호 이익의 가르침을 받아 그의 영향을 많이 받았는데 이 점은 그가 쓴 성호제문이나 『성호선생언행록』 등에 잘 나타나 있다. 이를 통해 그가 성호의 검소하고 내립된 생활방식, 대인관계의 예절, 이웃에 대한 구휼 실천 등을 본보기로 삼아 체득하였음을 알 수 있다.

그는 1763년 성호 이익이 사망한 뒤 양부 이병휴가 『성호유고(星湖遺稿)』 교정 작업을 주도할 때 함께 참여하였으며, 67세 때인 1795년 충청도 온양의 봉곡사(鳳谷寺)에서 정약용(丁若鏞) 등과 강학 모임을 갖고 『성호유고』의 정리와 함께 성호학파의 재기를 시도하였다. 당시 호서지방에 거주하던 후학들이나 사림들은 이병휴 보다도 오히려 이삼환을 성호의 적통으로 보기도 하였다.

1799년 홍역이 유행하자 중국의 의서인 『마과휘편(痲科彙編)』을 연구하여 백성들의 구제에 힘썼다. 또 같은 해 성호의 영정 봉안을 위한 영당 건립을 주관하였는데 1780년 봄에 상상하여 그린 영정을 경제적 여건이 어려워 그동안 영당없이 보관되다가 이삼환이 1799년 사림들과 함께 영당 건립을 추진하였던 것이다.

1809년(순조 9) 덕산현감(德山縣監) 정래중(鄭來重)의 시폐 척결에 대한 상소문을 부탁받고 「응지소(應旨疏)」를 지어 '환곡(還穀)의 폐단', '양정(良丁)의 폐단', '전부(田賦)의 폐단' 등 이른바 3폐를 지적하면서 현실개혁론을 펼쳤다.

그 외 저술로 예설에 관한 변증론인 『소미산방급고경(少眉山房汲古經)』, 『금삼품(金三品)』, 『백가의(百家衣)』, 『장천리향약(長川里鄉約)』 등이 각각 1책 씩 필사본으로 전해지고 있다. 1813년 12월 12일 85세 나이로 사망하였다.

3. 목차 및 내용

[목차]

없음

[내용]

「양학변」은 상편과 하편으로 나누어져 있으며 천주교의 출처와 존재, 성서 내용의 허황됨, 조선 선비들의 양학 접촉 유형, 예견되는 박해와 회유책 등의 내용으로 구성된다. 상편에서는 천주교의 실체와 교리, 조선인이 천주교를 접하는 양태를 세 가지로 나누어 다루고 있다. 천주교 교리를 불교 및 유교 교리와 비교하면서 천주교는 불교의 나머지 설에 불과하다고 비판한다. 동정녀 마리아의 임신과 예수 탄생 의혹, 예수의 십자가 사형, 천당지옥설에 주목하여 의혹을 제기하면서 부정적으로 다루고 있다. 하편에서는 상편에서 다룬 내용을 보완하여 설명하고 특히 효제충신(孝弟忠信)을 중시하는 유자의 입장에서 천주교를 비판하고 박해에 따른 파멸을 예고하면서 천주교를 멀리할 것을 강조하고 있다.

1) 천주교의 출처와 유·불관계

서두에 "머리 위에는 하늘[天]이 있고 마음 위에는 상제(上帝)가 있다. 무릇 이 아래 백성들 누가 하늘을 받들고 상제를 공경해야 한다고 말하지 않겠는가"라고 전제하면서 비록 그렇다 하더라도 하늘을 섬기는 것과 귀신을 섬기는 것은 같지 않다는 점을 강조한다. 천주교를 불교나 유교와 비교하면서 그 출처를 의심하면서 천주교와 불교의 관계를 다음과 같이 밝히고 있다.

① 양학(洋學)은 이와 달라 남녀 귀천이 없고 같은데 이 모두 하늘 섬기기를 명분으로 삼고 있다. 손으로는 이름난 향을 태우고 입으로는 경전에 있는 말을 외우며, 매일 아침저녁으로 합장하고 이마가 땅에 닿도록 절을 하는 것이 마치 중이 부처를 섬기는 것과 같다. 저 부처는 실제로 그 사람이 있었고, 그의 무리들이 오랫동안 숭배하고 받들었는데, 아마도 이들과 가까이 하였을 것이다. 오랑캐 마귀의 황탄한 법이 어찌 숭고한 하늘에서 만들어졌겠는가.

② 서사(西士) 역시 사람일 뿐으로 육신을 바꿀 수 없고, 시력이 한계가 있어 저승의 까마득한 일을 누가 보고 누가 전해 주었단 말인가? 이로써 나는 불가의 나머지 설을 빌려 끌어다가 자기 것으로 만들어 사람들을 속이는 권력의 자루로 삼았다는 것을 알겠다. 대저 그 가르침은 전적으로 불가에서 나왔고, 그 의도는 새로운 문벌[新門] 수립을 꾀하는 데 두고 있는 까닭에 윤회의 설을 거짓 배척하고 그 밖에는 마치 배척하지 않는 것처럼 하였다.

천주교에서 하는 예식이 절에서 스님이 부처에 드리는 예식과 다를 바 없고, 천당지옥설도 불교에서 주장하는 것을 빌려 자기의 것처럼 만들었다 하여 천주교는 불교에 뿌리를 두고 새로운 문벌 세우는 것을 꾀한다는 것이다. 이는 불교에서 말하는 윤회설을 천주교에서 배척하는 것 같으나 사실은 그렇지 않으며 천주교에서 새로운 문벌을 세우려는 것은 불교 외에 또 다른 이단을 만드는 것이라는 언급이다. 천주교와 유교의 관계에 대해서,

"또한 중국에서 중국인들이 자기 나라의 신앙이 아니라고 생각하는 것을 두려워하여 유가에서 말하는 한 두 개의 대수롭지 않은 글을 따다가 모아 설을 만들고 성인의 말씀에 맞는다고 편리하게 마음대로 지껄인다. 그러나 중심이 되는 근본은 본래 달라 성인의 실상과 배치되는 것이 많이 발견되고, 그 욕망이 더욱 점점 드러나 갈수록 교묘하고 졸렬하다."

라고 언급하면서 천주교가 불교 교리에서 답습한 것처럼 유교에서도 본 떠 가져온 것이 있다고 하였다. 불교에서 모방한 것이 중국에서 받아들여지지 않으니 유가의 언행을 따다가 자신들의 교리인 양 만들어 성인들의 말과 부합된다고 주장한다는 것이다. 그러나 천주교 교리와 유교 성인의 말은 근본적으로 다르며 이를 끌어들이려는 의도가 교묘하고 졸렬하다고 비판하고 있다.

2) 성서 내용 비판

첫째, 구세주로서의 예수의 존재와 신격화를 비판하고 있다. 성서에 나타나는 동정녀 마리아에 의한 잉태, 설교와 기적, 십자가 처형과

부활, 승천이라는 예수의 일생과 행적을 지나치게 신격화 하였다 하면서 "유대[女德亞] 마을 여인이 낳아 기른 자를 어떻게 믿어야 할지 모르겠다."라고 언급하고 있다. 하늘을 섬긴다고 하지만 오히려 하늘을 속이고 업신여기는 것이라 하면서 예수의 일생에 관한 기록은 황망한 것으로 조작된 것이라 보았다.

둘째, 천당지옥설의 부인이다. 천당과 지옥은 불교에서 권선징악의 목적으로 만들어낸 것으로 보면서 죄를 짓지 않도록 사전에 교화하는 것이 순리라는 것이다. 양학은 그 하는 말이 극히 신기함에서 나온 것으로 미혹됨이 심하고 화복으로 위협하므로 사람을 미혹하는 설로 사람을 제압하는 계책을 써서 우리 동방의 풍속을 이적(夷狄)의 교(敎)에 빠뜨린다고 하였다. 그러나 임금께서 펴신 문명의 정치와 천리가 존재하니 얼마 있으면 사악한 설의 제거가 이루어질 것이니 기다려 보자고 하였다.

또 천주교에서 『시경(詩經)』, 「대아(大雅)」, 문왕지십(文王之什)의 "문왕의 오르고 내림이 상제(上帝)의 좌우에 계시니"라고 한 부분을 들어 천당의 근거를 유교 경전에서도 찾아 볼 수 있다고 하는데 이는 억지로 끌어다 부합시키려는 것으로 보았다. 문왕이 이 세상에 살다가 상제의 곁을 오르내렸다는 시기와 예수의 생존 시기를 비교해도 문왕의 시기가 먼저이니 이들을 비교할 수 없다는 것이다.

셋째, 천주(天主) 대부(大父)를 부정한다. 효제충신은 인지상정이며 천주교에서 하늘을 아버지로 섬기는 것에 대하여 다음과 같이 언급하고 있다.

　　　"지금 그들의 말에 '하늘은 우리 대부모(大父母)다. 하늘을 섬기
　　지 않고서 부모를 섬기고 임금을 공경할 수 없다'고 하며 괴탄불
　　경(怪誕不經)한 법으로 정력을 다 허비하고 스스로 하늘을 섬기면

서 지옥을 탈출하여 천당에 오르기를 바라는데 비유하자면 마치 백성이 어리석고 완고하여 국법을 몰라 관장(官長)을 받들지 않는 것과 같다. 오로지 아침저녁으로 대궐을 향해 절하고 마주 앉아 식사하며 반드시 만세를 부르면서 '나는 능히 임금을 공경하고 임금을 잘 섬긴다.'하면서 임금의 은혜를 바라고 형벌을 면하기를 꾀하는데 나는 그가 반드시 유능하지 않다는 것을 알겠다."

하늘을 대부모로 섬기는 것은 괴탄불경의 법으로 천당에 가려고 하늘에 직접 비는 것이라 하면서 이는 어리석은 백성이 국법을 몰라 수령과 같은 관장(官長)은 받들지 않고 임금만을 공경하면서 임금이 자신들의 요구를 직접 해결해 주기를 비는 것과 같다고 비유하였다.

3) 양학 접촉의 세 가지 유형

이삼환은 조선에서 학문하는 이들의 양학 접촉 유형을 세 가지로 나누어 언급하였다.

첫째, 선비로서 양학을 독서하고 궁리하는 자이다. 수학에 정밀하고 천체 관측에 능하며 천문 기상 계측이 이치에 맞고 정확하여 마침내 그들 말이 진실 되고 허황되지 않다고 말한다. 더불어 그들 학문을 기꺼이 숭상하는 자가 혹간 있으나 이들은 관련 책을 보지만 그 법을 실행하지는 않고 성인의 가르침을 지키고 그 예절을 폐하지 않아 머지않아 돌아오리라고 기대하였다.

둘째, 선비의 명예를 흠모하면서 즐거이 함께 어울리는 자이다. 진실로 기뻐하면서 본래의 학문을 버리고 배워 마침내 미혹되지만 우리 도가 다시 밝아져 스스로 바른 곳으로 돌아오면 의지할 데가 없어져 결국 없어질 것이니 이 역시 근심할 필요가 없다고 언급하였다.

셋째, 매우 어리석어 지옥에 빠질까 두려워하며 그림자 따라 다니듯 온 힘을 다하는 자이다. 한자(韓子)의 이른바 '노소(老少)가 세찬 물결처럼 그 생업을 버리고, 이마와 손가락을 불태우며 백 명, 천 명 무리를 지을 것이다'[5]라고 한 부분을 들어 이미 굳어져 형법으로도 금할 수 없는 정도로 천주교를 적극적으로 신봉하는 유형을 말하였다. 이들은 생산 활동에 종사하지도 않고 가난 속에 온종일 무리지어 교법을 지켜 쇠잔해 있다고 지적하였다.

4. 의의 및 평가

목재 이삼환의 「양학변」의 의의는 성호학파의 계승과 관련하여 규정할 수 있다. 앞서 살펴본 바와 같이 1763년 성호 사후 10여 년 동안 성호학파는 인천의 윤동규, 충청도 덕산의 이병휴, 경기도 광주의 안정복 등이 중심이 되어 연락하면서 학파를 이끌어 갔다. 그 중 성호의 친조카인 이병휴는 학문적 성격이 윤동규나 안정복에 비해 개방적이고 학문 대상의 폭이 넓어 권철신 등을 비롯한 젊은 성호학파의 학문 성향과 잘 맞았던 것이다.

이후 윤동규와 이병휴 사후, 1780년대 들어 성호학파는 천주교 문제로 갈등을 빚게 되어 권철신을 중심으로 천주교를 수용하려는 젊은 층과 이들을 막으려는 원로 안정복이 불편한 관계가 되어 분열 위기에 이르게 되었다.

이러한 상황 속에서 안정복은 1785년 「천학고」와 「천학문답」을 지어 천주교 배척의 이론서로 삼아 지인들에게 돌려 읽게 하였고, 같은 맥락에서 이삼환도 비슷한 시기인 1786년 「양학변」을 지어 역시 주변

---

5) 당(唐) 한유(韓愈, 768~824)의 「논불골표(論佛骨表)」에 있는 글의 일부이다.

사람들이 읽도록 하여 천주교를 멀리 하도록 하였던 것이다.

이전 시기 신후담이 천주교 교리서에 대한 비판서였다면 안정복과 이삼환의 경우는 동문과 후학들의 신앙 활동에 맞서 이들을 회유하고 경계하기 위한 서학비판론이었다. 그 이단성을 경계하였으며 학인들의 천주교 입교를 막는 한편, 천주 교리의 이단성을 이해시키려고 하였다. 안정복의 서학비판은 어떠한 종교인가를 역사적으로 논증하여 이를 배격하기 위한 의도에서 엮은 척사위정론서(斥邪衛正論書)이나 동양에서 서교의 기원을 밝혀 보고자 한 기록이었으며 이삼환의 서학비판은 양학 교리와 성격의 모순에 대한 배타적 비판 태도를 가졌다. 그는 성호학파 내에서 발생한 천주교인들을 설득하기 위한 토론의 태도를 견지하였던 것이다.[6]

이와 같이 광주의 안정복과 예산의 이삼환은 공히 천주교 배척에 앞장서면서 성호학파를 지키려 하였다는 공통점이 있으며, 이는 이병휴 문도로 알려진 권철신 계열이 천주교와 연루되어 천주교 박해로 거의 맥이 끊어진 것과 대조된다. 즉, 성호학파의 보위를 위하여 예고된 천주교 박해의 대상이 될 권철신 계열과의 분리를 확실히 하고자 하는 의도로 「양학변」을 저술하였다.

그동안 이병휴의 제자들과 가까이 지냈던 이삼환이었으나 1780년대 들어 천주교와 관련된 정치적 변화, 성호학파의 사상적 갈등, 이가환 (李家煥, 1742~1801)[7] 등 집안의 천주교 입교, 성호학파의 보위 등을

---

6) 이와 같이 성호학파 안에서 이루어진 안정복과 이삼환의 서학비판론은 신후담의 비판론과 그보다 뒤에 나오는 홍정하의 비판론 사이에 위치하면서 유교와 서학의 갈등이 전개되는 과도기적 성격을 보여준다고 하겠다.

7) 이가환 : 본관은 여주(驪州). 자는 정조(廷藻), 호는 금대(錦帶)·정헌(貞軒)으로 이익(李瀷)의 종손으로, 아버지는 이용휴(李用休)이며, 이승훈(李承薰)의 외숙이다. 천주교에 대한 학문상의 관심과 우려로 이벽과 논쟁을 벌이다가 도리어 설득되어 교인이 되었다. 이벽으로부터 서학 입문서와 『성년광익(聖年廣益)』 등을 빌

고려하여 그의 천주교에 대한 입장을 이 글을 통해 드러내고자 하였다.

1780년대 중반 이후에는 이삼환이 덕산 여주 이씨 일가와 이 일대 성호학파의 학자들을 이끄는 실질적 종사가 되었던 것으로 보이며 1795년에 정약용 등 10여인과 함께 온양의 봉곡사에서 강학을 열어 성호 유고를 정리하고 성호학통을 계승하고자 하였다.

이후로 하학과 벽위론을 주장한 안정복 계열은 사승(師承)을 통해 학통을 이어 20세기 초에는 서울·경기를 비롯하여 영남지방까지 확대 됨으로써 전국에 걸치는 성호학통을 두었으며, 충청도 덕산의 여주 이씨 가문을 중심으로 이어온 이삼환 계열의 성호학통도 19세기 말 20세기 초까지 호서지방 전역으로 성장하였다. 두 계열이 지닌 특징은 성호의 학문 사상을 전승하면서 천주교를 불교와 같은 이단으로 다루 고 유학자의 입장에서 천당지옥설이나 예수의 기적과 같은 신비적 요 소를 비판하고 배척하고 있어 공히 벽위사상을 고수하였다는 점이다.

19세기 후반 들어 호서지방 성호학통에 속하는 여러 인물들이 성재(惺 齋) 허전(許傳)의 문인이 되었는데 허전은 안정복의 제자 황덕길의 문인으 로 영남 지방에서 많은 문인을 배출시키고 성호학문을 이 지역에 확산시 키는 역할을 한 인물이다. 이로써 허전을 정점으로 영남지방 성호학통과 이삼환의 후학들로 구성된 호서지방 성호학통이 서로 유대관계를 유지하 면서 이어지게 되었다.

〈해제 : 배주연〉

러 탐독하고, 제자들에게도 전교하는 열렬한 신자가 되었다. 그러나 1791년 신 해박해 때에는 교리 연구를 중단하고, 광주부윤(廣州府尹)으로서 천주교를 탄압 하였다. 그 뒤 대사성·개성유수·형조판서를 지냈고, 1795년 주문모(周文謨) 신부 의 입국사건에 연루되어 충주목사로 좌천되었다. 그곳에서도 천주교인을 탄압하 다가 파직되었다. 그 뒤 다시 천주교를 연구해 1801년 이승훈·권철신 등과 함께 옥사로 순교하였다.

참 고 문 헌

1. 사료

『소미산방장(少眉山房藏)』3, 국립중앙도서관.

2. 논문

강세구, 「이삼환의 양학변 저술과 호서지방 성호학통」, 『실학사상연구』19,20 합
　　　집, 무악실학회, 2001.

「양화(洋禍)」

분 류	세 부 내 용
문 헌 종 류	조선서학서
문 헌 제 목	양화(洋禍)
문 헌 형 태	목판본(木板本)
문 헌 언 어	漢文
저 술 년 도	미상
저 자	李恒老(1792~1868)
형 태 사 항	23면
대 분 류	思想
세 부 분 류	衛正斥邪
소 장 처	『화서선생아언(華西先生雅言)』 서울대학교 규장각한국학연구원 국립중앙도서관
개 요	이 글은 19세기 중엽 대표적 척사론자인 이항로가 남긴 논설과 어록들 중에서 서양 사교의 화를 논한 부분들을 발췌하여 17개 항목으로 나누어 편집한 것으로, 서양의 화(禍)가 많지만, 그 가운데 가장 문제가 되는 '아비도 없고 임금도 없다는 것(無父無君)', '재화 융통(通貨)'과 '정을 통하는 것(通色)' 등에 관해 논하고 우리의 유교에서 말하는 도(道)를 다시 밝힘으로써 서양 세력의 도래와 침략에 대비해야 함을 강조한 것이다.
주 제 어	무부무군(無父無君), 통화(通貨), 통색(通色), 사교(邪敎), 통색(通色), 애유략(艾儒略), 사덕(四德), 서학(西學), 칠금(七禁), 예수(耶穌), 형기(形氣), 사물(四勿), 삼물망(三勿妄), 양설(洋說)

1. 문헌제목

『양화(洋禍)』

2. 서지사항

이항로(李恒老)의 『양화(洋禍)』는 유교 수양서인 『화서선생아언(華西先生雅言)』에 실려 있다. 『화서선생아언』은 이항로가 말년에 병으로 강학을 할 수 없게 되자, 중암(重庵) 김평묵(金平黙 1819~1891)과 성재(省齋) 유중교(柳重敎 1832~1893) 등이 후학들의 학문 연마에 지침서가 될 수 있도록 편찬한 것이다. 이 책은 개항 전후 전개된 척사운동에 참여했던 이항로 학맥을 이은 유생들의 척사운동의 이념 교재로 줄곧 쓰였다. 뿐만 아니라 을미의병운동 이후의 이항로 학맥의 민족독립운동의 노정에서도 이념적 가치를 발하였다.[1]

화서선생 아언범례(華西先生雅言凡例)에 보면, 이항로가 스스로 필사한 도(道)를 논한 글과 문인(門人)과 제자들이 각기 들은 것을 기록해 놓은 어록(語錄), 그리고 여러 아들이 기록한 「家健紀錄」 등에서 '대체(大體)에 관계되고 일용(日用)에 절당(切當)한 것을 발췌하여 유(類)에 따라 분류하고 편집하여, 12권 36편(篇) 891조목(條)으로 만들고 『화서선생아언』이라고 하여 그들의 강습하는 자료가 되게 하였다.'[2]고 하는데, 『양화(洋禍)』는 권12 제35편에 해당하고 이 제목 옆줄에 모두 17개 조목으로 되어 있으며 "서양 사교의 화를 논한다(論西洋邪敎之禍)"

---

1) 권오영, 「화서 이항로의 위정척사이념과 그 전승양상」, 『화서학논총』 제3집, 2008.
2) 李恒老 著, 金胄熙 譯, 『華西集』(韓國名著大全集29), 大洋書籍, 1973, p.22.

라고 제시하여 이 글의 전반적인 내용이 무엇인지를 알려주고 있다.

그리고 『화서선생아언』을 찍어 내기 위해 목판이 제작되었는데, 연어문판(蓮魚紋板)으로 1867년(고종 4) 문집을 완성[3]한 지 7년 후인 1874년(고종 11) 여름에 완성되었다. 이 판목은 이항로에게서 수학한 의암(毅菴) 유인석(柳麟錫)의 고택에서 소장하고 있다. 2013년 2월 1일 충청북도 유형 문화재 제348호로 지정되었다. 板形은 20.6×15.6cm, 1면당 10행(行), 1행 20자(字) 주(註)는 쌍행(雙行)으로 되어 있다.

이항로의 가장 뛰어난 저서로 꼽히는 『화서선생아언』은 1874년 『화서문집(華西文集)』이 2책으로 영인, 간행될 때 부록으로 편집되었다.

본 해제에 참고한 판본은 국립중앙도서관에 소장되어 있는 목판본의 『화서아언(華西雅言)』으로 제목이 되어 있는 것이다. 이 문헌은 1874년(高宗11)에 간행되었고 5책(冊)으로 되어 있으며 각 책은 오행(五行)이 금(金), 목(木), 수(水), 화(火), 토(土)의 순서로 겉표지의 제목 밑에 붙여져 있다. 『양화(洋禍)』는 제5책(土)에 실려 있다.

『화서선생아언』의 번역본으로는 1974년 휘문출판사에서 발행한 『세계의 대사상』32권에 최창규(崔昌圭)가 일부 번역한 것이 있고, 1973년 『화서집(華西集)』이라는 제명(題名)으로 김주희(金胄熙)가 완역해 대양서적(大洋書籍)에서 『한국명저대전집(韓國名著大全集)』으로 출판한 것이 있다. 역시 1994년에 『화서집(華西集)』이라는 제명(題名)으로 김주희(金胄熙)가 완역해 양우당(良友堂)에서 『한국사상대전집(韓國思想大全集)17』로 출판한 것이 있다.

---

3) 凡例에 "崇禎紀元之四丁卯(1867)孟夏 編輯于根根之迷源山中云"이라고 나온다. '崇禎紀元之四丁卯'는 1867년에 해당한다.

[저자]

이항로는 1792년(正祖16) 2월 13일 경기도(京畿道) 양근군(楊根郡) 벽계리(蘗溪里)에서 부친 벽진이씨(碧珍李氏) 이회장(李晦章)과 모친 처사(處士) 이의집(李義集)의 딸의 독자로 출생하였다. 초명은 광로(光老)였으나 철종 사친(私親)4)의 이름을 피하여 항로(恒老)로 개명하였다. 자(字)는 이술(而述), 호(號)는 화서(華西)5)이다.

3세 때 천자문을 배우고, 6세 때『십구사략(十九史略)』을 읽고「천황지황변(天皇地皇辨)」을 지었다고 한다. 12세 때 신기령(辛耆寧)에게서『서전(書傳)』을 배웠다. 17세 때인 1808년(순조8) 반시(泮試 : 성균관 시험)에 응하러 갔다가 당시 재상에 의한 과거의 부정을 보고 개탄하여 그 날로 되돌아왔다. 18세에 한성시(漢城試)에 합격하였다. 그러나 그는 과거급제를 구실로 한 권력층 고관자제와의 친교를 종용받고 환멸을 느껴 다시는 과거에 응하지 않았다.

과거를 포기한 뒤 당시 학문으로 이름이 높았던 서울의 임로(任魯)와 지평(砥平)의 이우신(李友信) 등을 찾아가 학우의 관계를 맺고 경학상의 여러 문제에 관해 토론하였다. 25~26세 때 연이어 양친과 사별한 뒤 학문에 전념하여 주자(朱子)의 학문에 심취하였다. 그는『주자대전(朱子大全)』의 미언대의(微言大義)를 궁구하면서 점차『송자대전(宋子大全)』으로 나아가 송시열(宋時烈)이 주자 이후의 정종(正宗)을 이룬다는 확신을 갖게 되었다. 그는 항상, "주자를 종주(宗主)로 하지 아니하면 공자의 문정에 들어갈 수 없을 것이며, 송자(宋子)를 헌장(憲章)하

---

4) 종실(宗室)로서 임금이나 세자의 자리에 오른 이의 친부모를 말하는 것인데, 哲宗 때에 全溪大院君과의 嫌名을 피하여 조정의 명령에 따라 고쳤다고 한다.
5) 이항로가 출생하여 거주하던 벽계리가 靑華山의 서쪽이었으므로 붙여진 것이라고 한다.

지 아니하면 주자의 계통에 접하게 될 수 없을 것이라"고 하였다.

그는 33세인 1824년부터 존양(尊攘)에 뜻을 두기 시작하였다. 44세 때인 1835년에는 "공자가 춘추(春秋)를 쓰고 주자가 강목(綱目)을 저술한 가장 큰 의의는 바로 존양(尊攘)보다도 큰 것이 없는데, … 만세에 전하여 갈 큰 법을 엄중하게 아여야 할 것이다."라고 하고 이러한 것이 송자(宋子)의 뜻을 성취시키는 것이라고 하였다. 또한 그는 천주교의 해가 심하여질 것을 예감하여 시를 지었는데, "헐어지고 좁은 말(斗)만한 집에, 만곡(萬斛)도 넘는 근심이 차곡차곡 쌓였네. 천지에는 봄소식이 적적(寂寂)한데, 바람과 비는 밤새도록 그칠 줄 모르네, 흑수(黑水)의 파란(波瀾)은 요란하기만 한데, 서양귀신·도깨비(西洋鬼魅)는 깊숙이 도사리고 있구나. 동쪽 바다가 아직 얕아지지 않았거니, 어찌 우리 도가 길게 휴식될까 보냐."라고 하였다.

그는 서양 교(敎)의 화를 논하여, "이단과 사설(邪說)이 남의 가정이나 국가를 망치게 하는 것이 마치 독 발린 화살이 사람의 살에 박히면 바로 뽑아 버리더라도 그 독이 이미 피부의 근육과 골격의 혈맥 속에 파고드는 것과 같은 것이라"고 하였다. 또한 서양 기술에 대해서는, "서양 사람들이 기필코 그 기술을 전파시키려고 하는 것은 진심으로 그 도를 행하려는 성의가 아니라 대개 장차 우매한 민생들을 속이고 현혹시켜 광범위하게 내응(內應)하여 주게 결탁한 다음에 즉 그들의 욕망을 자행할 수 있게 하는 것이라"고 경고하였다.

45세 이래로 많은 선비들이 그의 문하에 모여들었고, 그의 학덕이 조정에 알려지면서 49세 때인 1840년(憲宗6) 휘경원참봉(徽慶園參奉)에 제수되었으나 사양하였다. 그가 이러한 뜻을 보인 것은 당시의 뇌물 관행과 외척의 정치 간여에 대해 부정적 입장을 표한 것이라 하겠다. 그 뒤에도 조인영(趙寅永)을 비롯한 실력자들로부터 지방수령 등의 교섭을 받았지만 고사하고 향리에서 강학을 위해 여숙강규(閭塾講規)를 수정하여 실시하였다.[6) 이 무렵 한말의 위정척사론자로 유명한 최익현(崔益鉉)·김평묵(金平默)·유중교(柳重敎) 등이 문하에서 수학하였다.

1862년(哲宗13) 이하전(李夏銓)의 옥사 때 김순성(金順性)에 무고로 체포되었다가 무죄임이 밝혀져 곧 풀려났다. 1864년(高宗1) 당시 권력자 조두순(趙斗淳)의 천거로 장원서별제(掌苑署別提)에 임명된 후 같은 해에 전라도도사(全羅道都事), 사헌부지평(司憲府持平)·장령(司憲府掌令) 등에 차례로 임명되었으나 노환(老患) 때문에 관직에 나아가지 못하였다.

1866년 병인양요가 일어나자 김병학(金炳學)의 주청에 따라 승정원 동부승지(承政院同副承旨)로 부름을 받아 입궐하여 흥선대원군에게 척화론(斥和論)을 건의하였다. 그 뒤 공조참판(工曹參判)으로 승진되고 경연관(經筵官)에 임명되었으나, 경복궁 중건의 중지와 과중한 세금 부과의 시정을 촉구하는 상소를 올리고, 만동묘(萬東廟)의 재건을 상소하는 등 흥선대원군의 정책에 대해 정면 공격을 가한 것이 문제가 되어 관직을 삭탈당하고 낙향하였다. 1868년(高宗5) 향년 77세로 세상을 떠났다. 사후 내부대신에 추증되었고, 시호는 문경(文敬)이다.

대표작으로는 『화서집(華西集)』, 『송원화동사합편강목(宋元華東史合編綱目)』, 『주자대전차의집보(朱子大全箚疑輯補)』, 『화서선생아언(華西先生雅言)』 등이 있다.

---

6) 확정한 講學規定의 결론에 이르기를, "北虜는 의관을 파괴하여 버렸고 西鬼는 心術을 좀먹고 있으니 마땅히 몸을 꼿꼿하게 하고 다리를 든든하게 세우며 마음을 분명하게 밝히고, 눈을 똑바로 뜨고 보아 성현들의 교훈과 조상들의 유업을 추락시키지 않는 것이 儒者의 철두철미한 法門이라"고 하였다.

3. 목차 및 내용

[목차]

없음

[내용]

이 글의 내용은 모두 17개 조목으로 이루어져 있는데, 각 조목에 대해서는 제목이 붙여져 있지 않다. 원문을 보면, 이항로의 논설과 제자들이 모아놓은 어록(語錄) 가운데서 '양화(洋禍)'와 관련되는 부분들을 추출, 수록해 놓은 것으로 보인다. 따라서 긴 논설에서 절록(節錄)된 것과 짧은 단문(單文)들도 실려 있다. 아래는 그 내용을 정리한 것이다.

(1) 이항로는 서양의 화(禍)가 많지만, 그 가운데 가장 문제가 되는 것은 '아비도 없고 임금도 없다는 것(無父無君)', '재화 융통(通貨)'과 '정을 통하는 것(通色)'으로 보고 있다.

(2) 그는 천주교가 퍼져 나가고 있는 상황을 우려하며 천주교를 따라 기뻐하고 즐거워하는 자들은 그에 빠져들어 사망에 이르게 될 것임을 경고하고 있다.

(3) 그는 유교의 인의(仁義)를 막아 세상을 현혹시킨 사교(邪教)가 어느 때나 있었지만 천주교가 가장 비참한 것이라 하고, 예의와 염치가 사람의 욕심을 막는 것은 제방으로 홍수를 막는 것과 같

아서, 조금이라도 무너져 버리면 그 화(禍)가 민중에게 미침이 몇 만(萬) 가(家)가 될지 알 수 없다고 한다.

(4) 그는 서양의 학문은 기만하지 않는 것과 죽음을 즐기는 것으로 자신들의 학문의 극치를 삼고, '재화를 융통하는 것(通貨)'과 '정을 통하는 것(通色)'을 당연하게 여기는데, 이는 이적(夷狄)들도 꺼리며 이러한 것들을 용납하지 않는다고 하여, 이적만도 못한 것으로 말하고 있다. 그리고 나아가서 그는 옛 성인들이 혼인의 예(禮)를 제정할 때 남녀 분별을 교육하고 간음을 처벌하는 법령을 만들어 그 화를 방지함으로써 부자(父子)를 알게 하였고, 염치를 알게 교육함으로써 인류의 파멸을 막았다고 주장하고 있다. 그는 이전에 서양 학문을 한 사람들은 죽기를 마다하지 않았기 때문에 쉽게 구별되어 처형할 수 있었는데, 최근에는 이름과 형체를 숨기기 때문에 분별할 수 없다고 한다. 따라서 이들을 구별해 내는 방법은 그들이 읽은 책과 행동이 아니라, '재화를 융통하는 것(通貨)'과 '정을 통하는 것(通色)'이나 명분이나 의리가 없는 말을 하는 자들은 모두 서양 학문에 빠진 자들이라고 한다. 그리고 그들이 이러한 말을 하는 것은 그 학문을 사모해 본받고자 해서가 아니라, 깨우침이 없어서 그런 것이니 불쌍하다고 한다.

(5) 그는 '재화를 융통하는 것(通貨)'과 '정을 통하는 것(通色)'의 화는 금수(禽獸)나 이적(夷狄)에 빠져 들어간 것이라 하고, 그 두 가지의 화에 대해 길게 논하면서 통화(通貨)의 화가 통색(通色)의 화보다 심하다고 주장한다. 왜냐하면 색(色)은 인간에게 육체와 함께 쇠퇴하지만, 재화(財貨)와 편안함에 대한 욕망은 인간이 땅

에 태어난 이래로 조금도 줄어들거나 일각이라도 없어진 때가 없이 넓게 확대되다가 죽음에 이르러서야 멈추기 때문이라고 한다. 따라서 어떠한 상황에서라도 주의해서 잘잘못을 보아 살펴 실수하지 않아야 천명(天命)을 다하고 의리와 학문에 대해 말할 수 있게 될 것이라고 한다.

(6) 이항로는 애유략(艾儒略)[7]이, "천지의 창조와 만물의 변화와 탄생, 이 모든 것에는 그 근원이 있어 천지 만물의 주재(主宰)가 되는데, 나무에 뿌리가 있고 수(數)에 하나(一)가 있음과 같다." 고 말한 것에 대해 비판하고 있다. 그는 주재에 대해 명백하게 규명함이 필요한데, 애유략(艾儒略)이 뿌리(根)와 하나(一)에 대해 물어볼 필요가 없다고 하면서, 자신의 사견과 망령된 소견을 아무 근거도 없이 늘어놓아 자신을 속이고 남을 속이며 자신과 남을 그르치고 있다고 주장하고 있다. 그는 이러한 이단은 그 이치를 분명하게 알아보지 않았기 때문에, 설명할 수 없고 실행할 수 없다고 치부하며, 알 수 없고 말할 수 없고 물어볼 수 없는 것으로 결말지어 버리고 다시는 의심하지 않도록 함으로써 현혹되기 쉽다고 한다.

(7) 이항로는 사덕(四德)[8]은 천도(天道)의 진실이고 오륜(五倫)은 인도(人道)의 상리(常理)라 하고 이것 이외는 모두 이단(異端), 사

---

7) 艾儒略는 알레니(Guilio[Julius, Jules] Aleni[Alenis]; 1582~1649년)의 중국어 이름이다. 이탈리아 인 신부로 자(字)는 사급(思及)이다. 1609년 원동(遠東)에 파견되어 1610년 마카오(澳門)에 도달하였다. 『三山論學記』, 『滌罪正規』, 『西學凡』, 그리고 『職方外紀』 등을 저술하였다.
8) 元·亨·利·貞을 말한다.

설(邪說)로 규정하고 있다.

(8) 그는 인간의 욕망이나 인의(仁義)의 공심(公心)은 모두 마음에서 근원하는 것이지만, 인의는 성명(性命)에서, 욕망은 형체(形體)에서 나오는 것이니 형체는 한 몸의 사물(私物)이나 성명은 천하의 공리(公理)이며 형체는 새털 같이 경미한 것이나 성명은 태산(泰山)과 같이 중요하다고 한다. 그는, 신하가 인군을, 아내가 남편을, 아우가 형을, 우매한 자가 현명한 자를 그리고 천한 자가 귀한 자를 자신보다 급하게 여겨야 한다고 하여 그의 의식 가운데에는 신분제가 강고하게 자리 잡고 있음을 알 수 있다. 그는 또한 "하늘이 성인들에게 명령하여 너의 인군이 되게 하고 너의 스승이 되게 하여, 한 번 다스리게 하고 한 번 가르치게 한 것이 모두 다 네 마음을 바르게 하여주고 네 인생을 완수하게 하여준 것이다."라고 하여 성인의 역할을 강조하고 있다.

그는 천주교에서, "성인이 천하를 바꾸어 놓기로 생각하였다."고 한 것은 천하로 하여금 천주교의 성인의 말만을 따르고 행하게 하려 한 것인데, 이것을 널리 사람들에게 전해 젖어들게 함은 사람을 함께 끌고 들어가 죽이려고 하는 것이라고 한다. 또한 그는 천주교에서, 이 세계 외에 따로 다른 세계가 있어 현세의 일생을 마친 뒤에 다른 세계에서 또 다시 일생을 보내는데 고락(苦樂)이 동일하지 않고 화복(禍福)이 상반된다고 함은 불교를 통해 증거가 없다는 것이 확인된 것이므로 믿지 말라고 한다.

(9) 그는 서학(西學)의 잘못은 근본적으로 태극이 만물의 근원임을 모르고 형·상(形象)이 있는 것을 천지를 창조한 것으로 인식하여, 간편한 것을 즐기고 이득을 좋아하는 마음으로써 윤리를 단

절하고 예절을 폐(廢)한 것이라고 하면서, 서학은 본바탕이 이러하면서 또한 중국(中國)의 이론(異論)을 따라 전전(輾轉)하며 지금에 이르고 있다고 한다.

(10) 그는 천주교의 일곱 가지의 금(七禁)의 조목에는 다만 화식(貨食 : 財物과 食物) 한 조목만 두고 절도(盜竊)의 죄목은 모두 없다고 하며, 이것은 불효와 불제(不弟) 등의 주관(周官)9)에서의 8개 대죄목(大罪目)과 달라 우리의 도(道)와 상반된다고 하고 그러한 것들이 왜 설파(說破)되지 못하고 있는지 알 수 없다고 한다.

(11) 이항로는 우리의 유학이 섬기고 있는 것은 상제(上帝)이고 서양이 섬기는 것은 천주(天主)라 하고, 먼저 상제가 무엇을 지칭하는 것인지를 설명하고 있다. 그는 '상제'는 '태극(太極)의 도(道)'를 가리킨다고 하고 '태극의 도'가 무엇인가를 상제의 마음, 상제의 성(性), 상제의 정(情), 상제의 윤리(倫理), 상제의 명령으로 나누고, 여기에는 사람의 힘이 사사로이 관여할 수 없는 것이며 이것이 바로 이(理)라고 설명하고 있다.

그는 이(理)는 무성(無聲), 무취(無臭)인데, 성인(聖人)이 상제의 마음을 잘 알고 있어 성인의 말은 상제의 말이고 성인의 행동은 상제의 행동이므로, 주(周) 문왕(文王)을 법받아 하면 만방(萬邦)이 흥기(興起)하여 신임하게 된다고 한다. 중국의 성인은 복희(伏羲), 신농(神農), 황제(黃帝), 요(堯), 순(舜), 우(禹), 탕(湯), 문왕(文王), 무왕(武王), 주공(周公), 공자(孔子), 맹자(孟子), 정자(程子)와 주자(朱子)라 하고, 이들과 불교의 성인인 석가여

---

9) 周禮

래(釋迦如來), 도교의 성인인 노자(老子), 서양의 성인인 예수(耶
穌)를 무엇으로 분별하고 진위를 정하는가에 대해 설명하고 있
다. 그는 공자와 맹자 등의 말을 인용하여 형기(形氣)를 주(主)
로 삼는가, 도덕(道德)을 주로 삼는가에 따라 군자(君子)와 소인
(小人)의 구분이 이루어진다고 한다.

(12) 그는 오륜(五倫)의 도리를 다하게 되면 이것이 곧 하늘을 섬기
는 일인 것이라 하고, 서양은 그렇지 않아서 하늘이 사람들에
게 명(命)하여 준 것이 무엇인지를 알아보지 않고, 단지 하늘에
게 절하여 복을 비는 것으로써 하늘을 섬기는 일로 삼고 있다
고 하고, 우리는 '하늘을 섬긴다'는 것이 도리를 갖고 말하는
것인데 반해 서양에서 '하늘을 섬긴다'는 것은 오직 형기(形氣)
와 정욕을 위한 것이라고 한다.

(13) 그는 유학에서 말하는 사물(四勿)10)은 예(禮)를 표준으로 삼은
것으로, 예라는 것은 공순(恭)과 공경(敬), 사양과 겸손을 근본
으로 삼아 절문(節文 : 절차)과 도수(度數: 표준, 규칙, 道理)가 상세
하게 되어 있는데, 복희(伏羲) 이해 성인들과 왕들이 서로 인습
(因襲)하여 증감(增減)해서 만들어낸 것이므로 온 천하가 만세
토록 다 같이 행하게 되는 바라고 한다. 그 결과로 사물(四勿)
이 나온 것인데, 서양 사람의 삼물망(三勿妄)인 '망령되이 생각
하지 말라(勿妄念)', '망령되이 말하지 말라(勿妄言)', '망령되이
행동하지 말라(勿妄動)'는 무엇이 망령되고 무엇이 진실한 것인
지를 논하지도 않고 덮어놓고 허무맹랑한 공갈을 한 것이라고

---

10) 非禮勿視, 非禮勿聽, 非禮勿言, 非禮勿動 (『論語』 顏淵篇 首章 참조).

한다. 그들이 말하는 '망령됨'이라는 것은 '임금에게 절하고 부모에게 절하며 신(神)에게 제사지내는 것'을 가리키는 것이라 하고, 이것은 우리 유학의 사물(四勿)의 교훈과 반대됨에도 불구하고 이 삼물망(三勿妄)을 사물(四勿)의 각주(脚註)라고 일컬은 것은 어처구니가 없는 것이라고 한다.

(14) 이항로는 천주교의 폐해를 불교와 비교하면서 천주교의 폐해가 훨씬 더 극심함을 보이면서, 이에 대한 극복 방안을 제시하고 있다. 그는 불교에 있어서는, 남녀 관계의 단절, 어육(魚肉)과 술을 금하고 경계하며 수염과 머리털을 깎는 일 등을 실행함으로써 비로소 승려가 되므로 불교의 피해는 한도가 있고 얕으나, 천주교(洋說)는 남녀 관계를 단절할 필요도 없고 어육(魚肉)과 술을 금하고 경계할 필요도 없고 수염과 머리털을 깎을 필요도 없다고 한다.

더구나 천주교는 마음의 그릇됨과 올바름(邪正)을 따지지 않고 은혜와 원수를 모두 잊으며, 놀면서 마음껏 즐기며(般樂) 태만하고 오만하여, 인욕(人欲)이 번성하기를 기(期)하지 않아도 날로 번성하며 천리(天理)는 소멸되기를 기하지 않아도 날마다 소멸되어 인의(仁義)를 꽉 막아버리는 화(禍)는 치발(薙髮)11)과 소비(燒臂)12)하는 부류보다 오히려 심함이 있다고 한다.

그는 천주교라는 병이 극심해지고 그 피해가 절급(切急)하게 된다고 해도, 성인(聖人)의 도(道)가 다시 밝아진다면 중국(中國)만 편안한데 그치지 않고 해외(海外) 만국이 모두 다 편안해질 것이니, 자신의 주장은 틀림이 없다고 한다.

---

11) 薙髮 : 머리카락을 바싹 깎음. 머리털을 깎고 승려가 됨.
12) 팔을 불로 태워 발원하는 것.

(15) 이항로는 중국의 도(道)가 망(亡)하면 이적(夷狄)과 금수(禽獸)가 밀려오는데, 북쪽의 오랑캐(北虜)는 이적(夷狄)이니 오히려 말할 수 있지만, 서양(西洋)은 금수(禽獸)이니 말할 것도 없다고 하여 서양 세력의 도래와 침략에 대해 아주 깊은 우려를 표하고 있다.

(16) 이항로의 제자들은, 그가 서양(西洋)에 대해 말을 하게 되면, 앞으로 닥칠 화(禍)와 해(害)에 대해 극언(極言)을 했음을 밝히고 있다. 혹자가 "저들은 서쪽의 끝에 있으니 동쪽의 끝에 대해 어떻게 하겠습니까?"라고 물었다. 이항로는 "우리들과 저들이 통공역사(通工易事)[13]한 지가 지금까지 여러 해가 되었다. 통공역사한 즉, 거리가 만리(萬里)가 떨어져 있더라도 이웃과 같다."고 하였다.

이항로는 서양 세력에 대해 '소소한 해적(海浪小寇)이라 어떻게 할 수 있는 것이 없다.'는 말에 대해, 적(敵)을 다스림에 있어서 두려워함을 귀(貴)히 여겨야 하며 교만해서는 안 된다고 하면서 "'그 망하게 될까, 그 망하게 될까, 염려해야 한다.'는 것은 세상을 다스리는 큰 교훈이라고 밝히고 있다.

(17) 이항로는 서양(西洋)이 우리의 도(道)를 어지럽힐 것을 가장 우려하였다. 그는 천지의 한 맥(脈)의 양기(陽氣)가 우리나라에 보존되고 있는데, 우리들은 천지(天地)를 위해 이 도(道)를 서둘러 밝혀 서양 세력에 대비해야 하며, 나라가 보존되는가 멸망

---

13) 일을 나누어 합작하다. 有無를 상통하다. 많아 여유가 있는 것을 없는 것과 서로 교환하다. "通功易事(분담하고 협조하여 일을 쉽게 처리하다. 분담하고 협조하면 일 처리가 쉽다)"와 같음.

하는가는 차후의 문제임을 강조하고 있다.

4. 의의 및 평가

19세기 중엽의 척사론을 주도한 대표적 인물인 이항로의 『양화(洋
禍)』편(篇)은 당시 시대 상황과 깊은 연관성이 있는 글이다. 특히, 그의
척사론을 계승한 제자들인 김평묵, 유중교 등이 그의 논설과 어록 가
운데서 이른바 서양(西洋) 사교(邪敎)인 천주교의 화(禍)와 관련된 언설
들을 발췌하여 모아 놓았다는 점에서, 이항로를 비롯한 그의 제자들
의 척사 사상(思想)을 이해함에 있어서 중요한 단서가 되는 것이라고
하겠다.

이항로는 서양의 화(禍)들 가운데 가장 문제가 되는 것은 '아비도 없
고 임금도 없다는 것(無父無君)', '재화 융통(通貨)'과 '정을 통하는 것(通
色)'의 세 가지를 들고 있다. 그는 '재화를 융통하는 것(通貨)'과 '정을
통하는 것(通色)'의 화에 대해 길게 논하면서 특히 통화(通貨)의 화가
통색(通色)의 화보다 심하다고 주장한다.

이항로는 사덕(四德)과 오륜(五倫) 이외는 모두 이단(異端), 사설(邪
說)로 규정하고 있다. 따라서 이러한 유교적 입장에서 천주교에서 말
하는 창조주나 예수와 관련된 종교적 논의에 대해 철저하게 부정하고
있다. 그는 천주교의 폐해가 불교보다 훨씬 더 극심하다고 하는데, 그
까닭은 인욕(人欲)을 번성케 하고 천리(天理)는 소멸되기를 기하지 않
아도 날마다 소멸시키기 때문이라는 것이다. 따라서 이항로는 철저한
화이론적인 입장에서 중국의 도(道)가 망(亡)하면 이적(夷狄)과 금수(禽
獸)가 밀려오는데, 서양(西洋)은 이적(夷狄)만도 못한 금수(禽獸)로 규정

하고 서양 세력의 도래와 침략에 대해 아주 깊은 우려를 표하고 있다. 그는 천지(天地)를 위해 우리나라에 있어서 유교의 도(道)를 서둘러 다시 밝혀 서양 세력에 대비해야 한다고 하는데, 이러한 그의 주장은 홍재구(洪在龜) 등의 19세기 후반의 제자들에게까지 그대로 계승되고 있음을 알 수 있다.

〈해제 : 송요후〉

참 고 문 헌

1. 단행본

李恒老 著, 金冑熙 譯, 『華西集』(韓國名著大全集29), 大洋書籍, 1973.

李恒老 著, 金冑熙 譯, 『華西集』(韓國思想大全集17), 良友堂, 1994.

2. 논문

노대환, 「18세기 후반~19세기 중반 노론 척사론의 전개」, 『조선시대사학보』 46, 2007.

정옥자, 「19세기 존화 사상의 전개와 척사론의 성격」, 『조선 후기 조선 중화사상 연구』, 일지사, 1998.

權五榮, 「金平黙의 斥邪論과 聯名儒疏」, 『韓國學報』 15권2호, 1989.

_____, 「화서 이항로의 위정척사이념과 그 전승양상」, 『화서학논총』 제3집, 2008. 10.

吳瑛燮, 「華西文學의 對西洋認識 : 李恒老金平黙柳麟錫의 경우를 중심으로」, 『泰東古典研究』 제14집, 1997.

_____, 「위정척사사상가들의 사유구조와 서양인식 : 화서학파의 경우를 중심으로」, 『숭실사학』 제30집, 2013.

「우기답인지어(又記答人之語)」

분류	세부내용
문 헌 종 류	조선서학서
문 헌 제 목	우기답인지어(又記答人之語)
문 헌 형 태	한장(漢裝) 필사본(筆寫本)
문 헌 언 어	漢文
저 술 년 도	미상
저　　　자	윤기(尹愭, 1741~1826)
형 태 사 항	3면 (『無名子集』 문고(文稿) 책1
대 분 류	사상
세 부 분 류	척사(斥邪)
소 　 장 　 처	『무명자집(無名子集)』 문고(文稿) 책1 -성균관대학교도서관
개　　　요	조선 후기의 문인(文人), 학자(學者) 윤기(尹愭)가 정통 유학(儒學)의 입장에서 천주교를 배척하며 쓴 짧은 논설(論說). 윤기의 시문집 『무명자집(無名子集)』에 수록.
주 　 제 　 어	정자(程子), 노자(老子), 소진(蘇秦), 장의(張儀), 귀곡(鬼谷), 첩부지도(妾婦之道), 천주학(天主學), 천주(天主), 호천(昊天), 상제(上帝), 부자지륜(父子之倫), 성현지훈(聖賢之訓), 천당(天堂), 지옥(地獄), 윤회보은지설(輪回報應之說)

1. 문서제목

『우기답인지어(又記答人之語)』

2. 서지사항

『우기답인지어(又記答人之語)』 즉 '다른 사람에게 답한 말을 또 기록하다'는 조선 후기의 문신 윤기(尹愭)가 천주교를 배척하며 쓴 짧은 논설(論說)이다. 윤기의 시문집 『無名子集(무명자집)』에 수록되어 있다.

『무명자집』은 본래 27책에 달하는 방대한 저술이었으나 현재는 필사본 20권 20책만이 남아 있다. 이본이나 다른 저술이 발견되지 않아서 후손 윤병희(尹炳曦)씨 소장본이 유일본으로 추정된다. 서문과 발문이 없어 편자 및 편년은 알 수 없다.

『무명자집』은 시(詩)와 문(文)으로 구성되어 있다. 시고(詩稿)는 1745년부터 1810년 사이에 지은 시가 연대순으로 편차되어 있고, 문고(文稿)는 1759년부터 1826년 사이에 지은 글이 연대순으로 편차되어 창작 시기별 적절한 분량으로 나누어 책을 편찬하였다. 시고 권1~6에 시 3,277수, 문고(文稿) 권1~14에 설(說) 33편, 제문(祭文) 9편, 기(記) 31편, 제(題) 26편, 서(序) 13편, 행장(行狀) 1편, 명(銘) 11편 자찬(自贊) 1편, 서(書) 47편, 논(論) 29편, 자경(自警) 5편, 훈고(訓詁) 3편, 보문(報文) 17편, 유문(諭文) 3편, 공사(供辭) 1편, 시사(時事) 2편, 문답(問答) 1편, 계(誡) 2편, 문(文) 13편, 계(啓) 4편, 소(疏) 3편, 뇌문(誄文)·변(辨)·의(疑) 각 1편, 전책(殿策) 42편, 책(策) 79편, 중용조문(中庸條問) 1편, 소학조문(小學條問) 1편, 한담(閑談) 134편이 수록되어 있다.

『우기답인지어(又記答人之語)』는 문고(文稿) 제1책(册) 「闢異端說」에 바로이어 실려 있다. 문고 제1책에는 50편의 글이 수록되어 있는데 문체별로 대략 분류하면, 설(說) 6편, 제문(祭文) 5편, 기(記) 7편, 제사(題辭) 4편, 서(序) 5편, 행장(行狀) 1편, 명(銘) 2편, 서(書) 4편, 논(論) 5편, 상량문(上樑文) 1편, 기타 10편이 창작 연대순으로 섞여 있다.

길거나 혹은 짧은 글모음이므로 앞글이 끝나면 한 줄도 띄지 않고 곧바로 제목을 달고 다음 글을 실었다. 한장(漢裝) 필사본으로 한 면 12행 한 줄 28자이다. 『우기답인지어』는 총 14행이다.

『우기답인지어』는 「闢異端說」을 쓰고 얼마 지나지 않아 부연 서술로 쓴 것으로 추정된다. 본문에서 윤기 자신은 천주교 서적을 읽은 적이 없지만 지금 세상 사람들이 불가항력적으로 그에 빠져드는 경우가 있으니 그 까닭은 알 수 없다. 그러나 이런 풍조는 저절로 일어났다가 저절로 사그라질 것이니 논하지 말고 그냥 놔두는 것이 좋겠다고 하였다. 1784년 이승훈이 북경에서 세례를 받고 돌아오며 조선천주교회가 창설되고 당시 지식인들 사이에 천주교에 대한 논평이 활발했을 것이므로 이 논설도 이때를 전후해 쓴 것으로 추정된다.

또한 윤기의 스승 성호(星湖) 이익(李瀷, 1681~1763) 문인들 중 이벽(李蘗), 이가환(李家煥), 정약전(丁若銓), 권철신(權哲身) 등은 처음 서학(西學)이라는 학문에 관심을 가졌다가 결국 신앙으로 승화시켜 후에 순교에 이른 인물들로서 윤기 자신은 천주교 서적을 읽은 적이 없다고 하였으나 역시 천주학에 대한 호기심과 관심은 있었을 것이므로 이 논설을 작성하였을 것이다.

『우기답인지어』가 수록된 『無名子集』은 윤병희(尹炳曦) 가(家) 소장본을 1977년 성균관대학교 대동문화연구원에서 영인 간행하였고, 그 후 한국고전번역원에서 한국문집총간 256집으로 총 9권으로 간행하였다. 한국고전번역원 본을 본 해제 저본으로 삼았다.

[저자]

윤기(尹愭, 1741~1826)는 조선 후기의 문인(文人), 학자(學者)로, 자는 경부(敬夫), 호는 무명자(無名子)이다. 본관은 파평(坡平)으로 경기도

통진(通津) 일대에 세거하였다. 근기남인(近畿南人)출신으로 유년기에 문재(文才)가 뛰어나 가문의 촉망을 모았다고 한다.

윤기의 학문에 영향을 끼친 것은 성호(星湖) 이익(李瀷, 1681~1763) 이다. 윤기는20세에 성호를 처음 만난 후 성호 사망까지 4년 동안 세 차례 성호를 방문하고 수차례 학문에 대해 질의하는 서신을 주고받았 는데 이익은 윤기에게 좋은 자품과 재주를 지녔다며 격려하였다. 『성 호전서(星湖全書)』에 윤기와 관련된 글 「답윤기(答尹愭)」, 「답윤기소학 문목(答尹愭小學問目)」이 실려 있고, 특히 윤기의 성호 제문(祭文)에 '문 인 윤기(門人尹愭)'라고 명기하여 성호 문하에 당당히 섰음을 알 수 있 다. 직접 가르침을 받은 것은 잠깐이었으나 윤기는 평생 성호의 학덕 에 깊은 감화를 받았다. 그리하여 "선생의 저술이 매우 많으니, 소자 가 그것을 읽고 유학(儒學)의 연원(淵源)과 고명한 의론(議論)을 익힌다 면 지난날 밝히지 못한 깊은 뜻을 깨달을 수 있을 것입니다. 이 어찌 큰 행운이 아니겠습니까?"(文稿 冊1 祭星湖先生文)라고 하여 성호가 남 긴 저술을 통해 학통을 이어받았음을 술회하였다.

33세 되던 1773년(영조 49) 증광 생원시에 합격하여 성균관에서 공 부를 시작했으나 18세기 남인의 몰락으로 한미한 가문에 올곧은 기질 로 사회와 영합하지 못해 20년을 성균관 유생으로 지내며 문과 급제 의 기회는 좀처럼 얻지 못했다. 이때 자신이 직간접적으로 경험한 성 균관의 모습을 『태학성전(太學成典)』을 참고하며 정리해 엮은 「반중잡 영(泮中雜詠)」 220수는 성균관의 옛 모습과 운영 실상을 연구하는 귀 한 자료이다.

52세 되던 1792년(정조 16) 식년(式年) 문과 전시(殿試)에 급제하여 이듬해 성균관 전적(成均館典籍 종6품), 종부시 주부(宗簿寺主簿 종6품) 를 시작으로 벼슬을 시작하여 예조 좌랑(禮曹佐郎 정6품), 강원 도사 (江原都事 종5품), 사헌부 지평(司憲府持平 정5품), 사헌부 장령(司憲府掌

슈 정4품), 통례원 우통례(通禮院右通禮 정3품), 병조 좌랑, 이조 좌랑을 거쳐 81세에 정3품 호조 참의(戶曹參議)를 역임하였다. 외직으로 57세에 남포 현감(藍浦縣監 종6품)과 60세에 황산 찰방(黃山察訪 종6품)을 지냈다. 63세이던 1803년(순조 3)부터 1805년까지 2년간『정조실록』 편수관을 역임하였다. 저서로 문집『무명자집』20권 20책이 있다.

3. 목차 및 내용

[목차]

없음

[내용]

『우기답인지어』내용은 크게 두 부분으로 이루어져 있다. 전반부에서는 정자(程子)의『이정유서(二程遺書)』권18의 한 조목을 인용하여 역사적으로 이단이 어떻게 사람들을 현혹하며 어지럽혔는지, 그러나 그것이 옳지 않아 결국은 스러져버린 것에 대해 서술하였다. 후반부에서는 정자의 이론에 의거해 천주학(天主學)에 대한 윤기 자신의 생각을 피력하며 결론적으로 역사에서 이단의 학설이 한 시대를 풍미하다가 저절로 쇠퇴한 것처럼 천주학도 쇠퇴할 것이기 때문에 굳이 논박할 것이 없다고 하였다.

윤기는 정자(程子)가 노자(老子)의 도(道) 사상이 후에 변질된 것에 대해 비판한 것을 인용하며 천주학을 비판하고 있다. 곧, 정자가 말하였다. 노자(老子)는 처음에는 도(道)의 현묘(玄妙)한 점을 말하려고 했으나 뒤에 가서는 권모술수와 속임수로 변질되어 갔고, 노자 뒤에 나온 신불해(申不害)와 한비자(韓非子) 학설의 근원도 노자에게서 나왔다.

또한 소진(蘇秦)과 장의(張儀)에 대한 맹자와 정자의 비판을 인용하며 천주학 비판의 근거로 삼았다. 곧, 소진과 장의는 분열책과 연합책을 적절히 쓴 방법이 당대에 공명(功名)을 낚기에는 충분하였으나, 음험하고 저속한 말이라서 천하 후세 사람들의 마음을 빠져들게 할 수는 없었다. 그래서 논할 가치도 없다고 했으나 그런데도 맹자는 '첩 같은 도(妾婦之道)', 정자(程子)는 "그다지 도에 가깝지 않아서 사람들이 심하게 현혹되지는 않았다."라고 하였다.

지금의 천주학이란 것은 그저 도에 가깝지 않을 뿐 아니라 말도 되지 않는다. 저들이 받든다는 '천주(天主)'는 경전 속의 '호천(昊天)'·'상제(上帝)' 등을 본떠서 형상적 존재에서 찾은 것이고, 천당·지옥은 불경의 윤회설(輪回說)·응보설(應報說)을 따른 것이지만 천박하고 속되어 윤회설과 응보설 근처에도 못 미친다.

천주학이 부모 자식 사이의 윤리를 저버리고 성현의 가르침을 배척하여 고함치고 소란을 피우는 등 추악한 광경을 무수히 만들어내는 것으로 말하면 미치광이와 취한(醉漢)을 넘어선다. 비록 천주학 책을 보지는 못했지만 사람들이 전하는 말로는 그렇다.

그런데도 지금 세상 사람들이 불가항력적으로 그 속으로 빠져드는 경우가 있으니 그 까닭을 알 수 없다. 그러나 이러한 풍조는 저절로 일어났다가 저절로 사그라질 것이니, 논하지 말고 그냥 놔두는 것이 좋겠다고 결론지었다.

4. 의의 및 평가

18~19세기를 살았던 조선지식인 윤기의 학문과 철학은 그의 문집 『無名子集』의 시(詩)와 문(文)에 잘 드러나 있다. 문란해진 제도 속에 한미한 출신으로 여러 차례 과거에 낙방하고, 52세의 나이에 늦은 문과 급제 후에도 미관말직을 전전했으므로 사회현상과 제도, 역사에 깊은 관심을 기우리며 글로써 자신의 내면을 묘사하고 현실의 여러 모순과 부조리를 예리하게 비판하였다.

『又記答人之語』과 「闢異端說」은 당시 조선지식인들 사이에 관심과 논란의 대상이던 천주교와 관련해서 쓴 논설이다. 이를 통해 윤기의 경학(經學)과 소위 사학(邪學)에 관한 인식, 즉 정통 유가(儒家) 조선지식인 입장에서 본 천주학 인식을 알 수 있다.

윤기의 스승 성호(星湖) 이익(李瀷, 1681~1763) 문인들 중 이벽(李檗), 이가환(李家煥), 정약전(丁若銓), 권철신(權哲身) 등은 처음에는 서학(西學)에 관심을 가졌다가 학문적 호기심을 결국 천주교 신앙으로 승화시켜 후에 순교에 이른 인물들이다. 그러나 윤기는 서학에 경도되는 대신 스스로를 정통 유가(儒家)로 자각하고 성호의 학문을 계승한 듯하다. 이로써 당시 대다수 조선지식인의 서학 및 천주교에 대한 인식을 윤기가 「闢異端說」과 『又記答人之語』에서 보여주고 있다고 하겠다.

〈해제 : 장정란〉

참 고 문 헌

1. 사료

『無名子集』, 영인본(影印本), 성균관대학교 대동문화연구원, 1977.

윤기, 강민정 외 (역),『무명자집(無名子集)』1-9, 한국고전번역원 한국문집번역
　　총서, 성균관대학교출판부, 2013~2016.

2. 단행본

김병건,『무명자 윤기 연구』, 성균관대학교출판부, 2012.

3. 논문

이규필,「무명(無名)의 선비, 기록으로 말하다 - 무명자(無名子) 윤기(尹기)의 생
　　애(生涯)와 교유(交遊) -」,『대동문화연구』89, 성균관대학교동아시아학
　　술원, 2015.

「증의요지(證疑要旨)」

분 류	세 부 내 용
문 헌 종 류	조선서학서
문 헌 제 목	증의요지(證疑要旨)
문 헌 형 태	木版本
문 헌 언 어	漢文
저 술 년 도	미상
저 자	洪正河(생몰년 미상)
형 태 사 항	13면
대 분 류	종교
세 부 분 류	천주교 교리 비판
소 장 처	『대동정로(大東正路)』 권6에 수록 -국립중앙도서관
개 요	홍정하는 천주교 학설의 옳지 못함을 여러 측면에서 유교와 사례를 들어 비교해 가며 밝히고 있다. 그는 천주교 교리들이 서로 상충되며 서양 선교사들이 중국에 들어와 유교, 불교, 도교의 설들을 차용해 그것들을 예수에게 덧입혀 놓았다고 한다. 그는 서학의 학설로 서학을 공격함이 옳다고 보는데, 사람들이 한번 그것에 빠지면 나오지 못하는 것은 마(魔)이기 때문이라고 한다. 그는 서학서의 내용을 철저히 궁구해 잘못된 것을 보임으로써, 천주교인들이 돌아서도록 함이 최선이라고 보고 있다.
주 제 어	공자(孔子), 태극(太極), 맹자(孟子), 교황(敎皇), 치명(致命), 사옥(邪獄), 천주(天主), 형애긍(形哀矜), 마서(魔書), 예수(耶穌), 십자가(十字架), 양설(洋說), 십계(十誡), 칠극(七克)

1. 문헌제목

「증의요지(證疑要旨)」

2. 서지사항

홍정하(洪正河)의 「증의요지(證疑要旨)」는 『대동정로(大東正路)』 권5 「척사(斥邪)」에 실려 있다. 『대동정로(大東正路)』 권5와 권6에는 「척사 (斥邪)」 관련 논설들이 실려 있다. 『대동정로』는 6권 5책으로 이루어 져 있는데, 한말(韓末)의 유생(儒生) 허칙(許伏)과 곽한일(郭漢一) 등이 도의의 추락을 개탄하고 세태의 인심을 바로잡기 위해 유교의 숭상과 서양의 새로운 학문의 배척을 위해 저술한 것으로 1903년에 간행되었 다. 「증의요지」가 언제 쓰여졌는지는 현재까지 알려진 바가 없다.

해제에 이용된 판본은 許伏 等著, 李離和 編, 『朝鮮事大斥邪關係資料集』 6(서울 : 驪江出版社, 1985)에 실려 있는 영인본이다. 『대동정로(大東正 路)』 권5 척사(斥邪)에는 『척사윤음(斥邪綸音)』, 신후담(愼後聃)의 『서학 변(西學辨)』, 홍정하의 「증의요지(證疑要旨)」, 『실의증의(實義證疑)』, 『만물진원증의(萬物眞源證疑)』의 순서로 다섯 편의 글이 들어 있다. 별 도의 면으로 제목을 제시하고 있지 않으며, 서학변(西學辨)의 내용에 이어서, 증의요지(證疑要旨)라는 제목이 한 줄에 나오고 바로 이어서 본문이 시작되고 있다. 본문은 소제목 없이 단지 두 개의 단락으로만 나뉘어져 있다. 한 면은 열 줄, 한 줄은 22자로 되어 있다.

홍정하는 호(號)를 염재(恬齋), 평옹(坪翁)[1]이라 하며 정조(正祖) 때

---

1) 금장태, 「恬齋 洪正河의 서학비판론과 쟁점」, 『종교와 문화』 제7집, 2001.

의 처사(處士)였다. 「증의요지(證疑要旨)」, 「실의증의(實義證疑)」, 「만물진
원증의(萬物眞源證疑)」, 「진도자증증의(眞道自證證疑)」, 「성세추요증의(盛
世蒭蕘證疑)」 등 5편을 저술하여 서학 서적들에 실려 있는 천주교 교
리에 대해 유교의 관점에서 비판하였다. 이들 저술들은 『대동정로』권
5와 권6에 실려 있다. 현재 홍정하의 서학비판 저술의 전체 규모는 확
실히 알 수 없다.[2]

「증의요지(證疑要旨)」를 비롯한 이들 저술들이 언제 저술되었는지
정확히 알 수는 없다. 정조(正祖) 때의 처사(處士)였다는 것과 치명(致
命)에 대한 언급 등이 있는 것을 보면, 1791년(正祖 15)에 있었던 진산
(珍山)사건 직후나 이후 얼마 안 된 때, 더 나아가면 1801년 신유박해
(辛酉迫害)가 일어난 후 얼마 지난 사이에 저작된 것으로 추측된다.
「증의요지(證疑要旨)」를 보면,

> "십계(十誡), 칠극(七克)의 목록을 조사해 보면, …… 행음(行淫)
> 하지 말라고 했는데, 최근에 들으니 사옥(邪獄) 문서(文書)의 반
> (半)은 음란 사건(淫案)이라고 하니(밑줄 필자), 이것이 과연 음란
> 하지 않은 것인가?"[3]

라고 하여, 사옥(邪獄) 문서(文書)에 관해 들었다고 하니, 1801년 신유
박해가 일어난 지 얼마 안 되어 홍정하가 이 글을 썼다고 생각된다.
홍정하와 접촉한 강준흠(姜浚欽)이나 그의 저술을 소개한 허전(許傳,
1797~1886)[4], 허칙(許侙) 등의 배경을 볼 때, 홍정하도 남인(南人) 계

---

2) 위와 같은 주.
3) 『大東正路』卷5 「證疑要旨」, pp.17b~18a.
4) 『大東正路』卷6 「書西學辨後」은 許傳이 쓴 것인데, 그는 여기에서 홍정하가 저술
   한 논설들의 전체 제목을 '四編證疑'라 언급하고 있다.

열의 인물로 짐작된다.[5]

　홍이섭(洪以燮)은 『만성대동보(萬姓大同譜)』下(37右)와 『남보(南譜)』豊山洪氏世系를 인용해 홍정하의 가계(家系)를 보여주고 있고, 정조(正祖)때 홍낙안(洪樂安), 이기경(李基慶) 등과 서학 비판에 앞장섰던 강준흠(姜浚欽)의 『삼명유고(三溟遺稿)』二, 詩에 실려 있는, 홍정하를 방문했을때의 시(詩) 한 수(首)와 홍정하에 대한 만가(輓詞)로 지은 시 두 수를소개하고 있다.[6]

3. 목차 및 내용

[목차]

　없음

[내용]

　"무릇 천하 사람들은 모두 더불어서 서로 논쟁하여 말하며 시비(是非)를 견줄 수 있다. 다만 서양학설(洋說)은 더불어서 서로 논쟁하여 말하며 시비를 견줄 수 없음은 어째서인가? 함께 더불어시비를 논쟁하며 말하는 사람은 모두 반드시 한 곳에 있어야 한다. 양측이 믿어 따르는 바는 다를 수 있는데, 처지를 바꾼 후에야 비로소 이것에 의거하고 저것을 끌어들임으로써 그 의거한 바

---

5) 금장태, 위와 같은 논문.
6) 洪以燮, 『韓國史의 方法』(探究新書35), 서울 : 探究堂, 1970, p.415 주13.

에 서로의 차이를 알아보고 그 장점과 단점(得失)을 증명할 수 있다. 예를 들면 자녀는 부모에 의거하고, 신민(臣民)은 임금(君上)에 의거하고, 도덕(道德)은 성현(聖賢)에 의거하고, 사(事)는 의(義)에, 물(物)은 이(理)에, 그리고 두려움(畏)은 죽음(死)에 의거하는 것이 모두 이것이다. 지금 내가 부모를 근거로 하여 서양학설(洋說)이 옳지 않음을 견주고자(較) 한 즉, 저것은 곧 아비 없이 태어났다고 하니 이륜(彝倫 : 사람으로서 지켜야 할 떳떳한 道理)을 경멸하였다. 임금을 의거하는 것으로 삼아 서양학설이 옳지 않음을 견주고자 한 즉, 저것은 세속의 임금(世主)을 가볍게 여기고 교황(敎皇)을 세웠다. 성현(聖賢)을 의거하는 것으로 삼아 서양학설이 옳지 않음을 견주고자 한 즉, 저것은 순문(舜文 : 舜과 文王)을 옥에 오래 갇혀 있는(滯獄) 죄인으로 삼고 공자(孔子)의 태극(太極), 맹자(孟子)의 삼불효(三不孝[7])를 잘못된 것이라 하고 명도(明道[8])를 소인(小人)이라 하였다. 의리(義理)를 의거하는 것으로 하여 서양학설이 옳지 않음을 견주고자 한 즉, 저것은 5상(五常[9])을 임시로 의지하는(依賴) 거짓으로 꾸미는 겉치레(虛套)라 하고, 이(理)를 예수의 마음속에서 우연히 만들어져 나온 후에 쓸데없는 것(閒事)이 되었다고 한다. 죽음(死)을 의거하는 것으로 삼아 서양학설이 옳지 않음을 견주고자 한 즉, 저것은 순교(致命)를 제일 즐거운 일(樂事)로 삼고 아무것도 두려워하지 않는다. 무릇 내가 금석(金石)같이 믿고, 하늘의 해처럼 우러러보고, 승냥이와 호랑이(豺虎)처럼

---

7) 不孝가 되는 세 가지의 行實이란 뜻으로, 父母를 不義에 빠지게 하고, 가난 속에 버려두며, 子息이 없어 祭祀가 끊어지게 하는 일을 말한다.
8) 정호(程顥). 北宋 때 儒學者.
9) 사람이 지켜야 할 다섯 가지의 떳떳한 도리(道理)란 뜻으로, 인(仁), 의(義), 예(禮), 지(智), 신(信) 또는 오륜(五倫 : 父義, 母慈, 兄友, 弟恭, 子孝)을 말한다.

두려워하는 것을 그들 모두는 일소(一笑)에 부치며 짚인형(芻靈)처럼 부딪쳐 쓰러뜨린다. 내가 여기에서 재주가 막히고 힘이 다하니(技窮力盡) 장차 무엇에 의거하여 서로 더불어 견줄 것인가? 혹은 하나의 도(道)가 있는데 서양학설의 방법(法門 : 수단, 요령, 비결)은 지기를 싫어하고 이기기를 좋아함(好勝)을 위주로 한다. 진실로 자기 학문에 대해서 이미 말한 바는, 한 글자 반화(半畫)에도 결단코 아주 조금도 오류(差誤)가 없다고 한 즉, 마땅히 그 전후(前後)가 서로 부합되고(相符) 수말(首末)이 상응(相應)하여 시종 피차(彼此) 어긋나는(違背) 근심(患)이 없다는 것이다. 그러나 일찍이 내가 서학(西學)의 여러 서적(諸書)을 보니 대체로 모두 서로 위배된다. 혹은 한 행(行) 안에서, 혹은 한 문장(章) 안에서, 혹은 한 책(編) 안에서, 혹은 한 회(會) 안에서, 앞에서는 이렇게 말하고, 뒤에는 저렇게 말해 앞에서는 크게 잘못되었다고 배척한 것에 뒤에는 스스로 범(犯)하니, 요지는 서로 관통하지 않고, 따르는 방향이 갑자기 뒤바뀌며, 말하는 대로 따라 전혀 기준이 없으니, 다른 사람이 신랄하게(苦口) 배격(排擊)하고 공격하기를 기다릴 것도 없이 저들은 이미 스스로 공격하기에 겨를이 없다. 대개 그 학문의 사·정(邪·正)은 잠시 논할 것도 없고, 시종 몸소 행하여 참여함(躬行足蹈10))에 진실로 깨달음(見得)이 있는 것이 아니다. 다만 (西士가) 중국에 온 후 여러 서적을 두루 보고 그 자신의 학설(說)을 회고(回顧)하니 천박하고 열등하여 사람들을 미혹시키기에 부족하자, 이에 이른바 성경(聖經) 등의 서(書)는 죽기로 입을 다물고 내놓지 않고 비로소 별도로 애쓰고 고생해서(契活11)) 교파(門戶)을 창립

---

10) 足蹈 : 置身하다. 參與하다.
11) 契闊 : ① 삶을 위하여 애쓰고 고생함 ② 오래 만나지 않음. 멀리 떨어져 있어 서로 소식이 끊어짐.

(創立)하여 벌거벗은(赤身) 예수를 더 이상 높은 곳이 없는 가장 깊은 곳에 앉혀두고 삼교(三敎 : 儒敎·佛敎·道敎)에서 주워 모아 제설(諸說)을 두루 잘라 동쪽으로 끌어당기고 서쪽으로 잡아당겨 본떠 흉내 내어 꿰매고 풀칠하여(縫糊) 예수의 위에 입혀놓은 것이다. 천오(天吳)와 자봉(紫鳳)[12]이 단갈(短褐)[13]에 거꾸로 매달려 있고 하잘 것 없는 것들(馬勃牛溲[14])이 잡다하게 나오고 있다. 그 서적들 중에 세간(世間)에 유행하는 것이 비록 많지만, 모두 중국에 온 뒤에 꾸며진 것이지, 조금도 당초 그들 나라에 있던 본래 모습의 진짜 서적은 없다. 그런데 그들의 몰수된 바의 본서(本書)를 보면, 그 주인(主人)이 이 책을 저술한 것은 서학(西學)을 위해서 만든 것이 아니고, 곧 자기의 학(學)을 위하여 만든 것이니, 그 추구해 나아간 바가 각자 달라, 어떤 것은 저것을 가리키는 것이 있고, 어떤 것은 이것을 가리키는 것이 있으며, 어떤 것은 높은 것을 향하는 것이 있고, 어떤 것은 낮은 것을 향하는 것이 있어서, 비록 천만(千萬)의 갈림길(岐逕)이라 하더라도 진실로 이 서책의 내용으로써 논하건대, 분명히 훼손하고 잘라낼 수 없는 확실한 특징이 있으니 타인(他人)에게 사용된다는 것이다. 서양학설은 이미 한 학문(一學)의 뜻(意)을 훔쳐 성명(姓名)을 바꿔 앞에서 사용한 즉, 그 표(標; 끝)는 남(南)을 향한다. 또한 한 학문의 뜻을 훔쳐 성명

---

12) 天吳 : 古代 傳說 중의 水神으로, 虎의 몸에 사람의 얼굴을 하고 있는데, 머리가 8개, 다리와 꼬리도 각각 8개이다. 紫鳳 : 古代 傳說 중의 神鳥로, 사람의 얼굴에 새의 몸을 하고 있다. 머리가 9개이다. 급한 대로 사용하기 위해 만든 케케묵은 사물을 널리 가리킨다.
13) 짧고 거친 베옷. 貧賤한 자가 입는 거친 베로 만든 의복을 말한다.
14) ① 소의 오줌과 말의 똥이라는 뜻으로, 가치 없는 말이나 글 또는 품질이 나빠 쓸 수 없는 약재 따위를 이르는 말. ② '우수(牛溲)'는 질경이란 뜻이고, '마발(馬勃)'은 藥材로 쓰는 먼지버섯으로, 卑賤하지만 有用한 材料, 흔하지만 유용한 약재를 말한다.

을 바꿔 뒤에서 사용한 즉, 그 표는 북(北)을 향한다. (저들이) 비록 비슷한 것에 의거해 꿰어 맞추었지만 끝내는 기계의 이빨이 맞물리지 않으며, 시비가 상반되어, 서로 충돌하고 어긋나, 서로 허물을 비난하게 된다. 이것이 내가 나의 (유교)의 학설로써 저들의 학설을 공격할 수 없다고 생각한 까닭이니, 다만 저들의 학설로써 저들의 학설을 공격하는 것이 마땅하다. 자세하게 보면, 혹시 당연히 가하다고 할 만한 것이 있을 수 있다. 사람은 인사(人事)[15]에 대해 그 복잡한 사정(曲折)을 모르고서 의혹(疑惑)을 마구 낳아서는 안 된다. 서양(西洋)의 학설(學說)됨은 실로 한 자(一字)도 그럴싸하게 좋은 것이 없다. 남을 미혹시킬 수 있으나 미혹한 자는 밑도 끝도 없이 끝까지 필사적으로 지키며 포기하지 않는다. 일단 그 속에 들어갔다가 돌이키는 자는 극히 적으니, 생각컨대 괴이하다. 겪은 지가 좀 오래되고 나서야 비로소 필사적으로 지키는 데에는 역시 그 까닭이 있다는 것을 알게 된다. 이 책은 마서(魔書)이다. 그 학문이 서방(西方)에서 나왔는데, 서방의 요망함(妖)을 이름하여 마(魔)라고 하며, 마의 장기(長技) 가운데 가장 잘하는 것이 사람을 미혹시키는 것이다. 정신과 혼백이 어지럽게 동요하고 휩쓸려가니, 그 독기(毒氣)가 쏜 바가 인심(人心)의 뿌리에 곧바로 맞는다. 나는 이 학설을 구전(口傳)으로 얻었고 그 상세한 것은 그 서책(書)에서 얻었다. 대개 들으니, 이 학문(종교)을 하는 자는 방자한데 마음이 동요하여 근심 걱정에 잠기다가(悄然) 마음이 슬퍼져 처음에는 춥고 떨림이 온몸에 퍼져 갑자기 학질이 비로소 닥친 것 같음을 느끼게 된다. 간장(肝腸)이 찢어지듯 아파 칼끝이 창자(肚)에 닿는 것 같다. 향기가 피어오르니 오싹해져서

---

15) 사람 일, 인간사. 또는, 사람이 해야 할 일.

(薰蒿悽愴; 焄蒿悽愴[16]) 힘이 풀리고 뼈가 녹으며, 햇빛은 음산하고 흐려지고 하늘이 낮게 내려와 아득하여 스스로 자제하지 못하고, 저 세간의 만사를 꿈속에 있는 것 같이 본다. 매미 소리가 있는 것 같기도 하고 없는 것 같기도 하다가 갑자기 막아서 방해하는 것이(掛礙[17]) 없어진다. 이것이 서(西)를 배우는 자가 가리켜 '신오(神悟)의 참된 체험(眞驗神悟)'이라 하는 것이며, 스스로 자신은 남이 모르고 자신만 홀로 아는 바에 대해 이 실증(實證)이 있다고 생각한다. 이것이 바로 천주(天主)의 애긍(哀矜)이라고 나의 저급한 도(下道)로 하여금 깨닫게 하는 것이니, 어찌 말하는 자에게 의거할 수 있겠는가? 그런데 그 학설을 궁구해 본 즉, 끝까지 광명정대(光明正大)한 밑바탕이 되는 기상(氣像[18])이 없고, 가냘프고 연약하다가(幽幽楚楚) 은밀하게 뾰족한 날을 들이대는 것은(隱回尖斜) 결코 심성(心性)의 올바른 감응(正感)이 아니다. 어찌 진일보해서 두터운 안개(重暈)를 뚫고나와 머리를 돌려 돌이켜볼 필요가 없겠는가? 필경은 천주에게도 심성(心性)이 있다고 할 수 없으며, 무릇 사람들은 또한 천주가 셋이라고 생각할 수 없으며 천주에서 갈라져 나온 하나가 강생(降生)한다는 것은 자연계의 현상에서 이루어질 수 없다. 십자가(十字架)에서 한 번 죽음으로 세상을 구원한다는 것은 애초부터 귀결될(着落) 곳이 없다. 천당(天堂)의 네 가지 복(福)과 여섯 가지 기이함(奇)은 맹랑하고(孟浪[19]) 가소롭다. 지옥이라는 영원한 죄와 영원한 형벌은 종결됨이 없다(收殺[20]).

---

16) 향기(香氣)가 서려 올라 사람의 기분(氣分)을 오싹하게 한다는 뜻으로, 귀신(鬼神)의 분위기(雰圍氣)가 서림을 형용(形容)해 이르는 말
17) 걱정하다. 근심하다; 늘 생각하다. 항상 마음에 두다. 염려하다. 걱정하다.
18) 사람이 타고난 기개나 마음씨. 또는 그것이 겉으로 드러난 모양. 의기(意氣).
19) 생각하던 바와는 달리 아주 허망(虛妄)함.
20) 收場, 結束.

불교와 도교와 비교해서 또한 몇 배나 밑으로 떨어지는지 모른다. 돌아보건대, 이 삼층육절(三層六節)이 서양학설(洋說)의 핵심인데, 백 번을 생각해 봐도 하나의 잠꼬대로밖에 돌릴 데가 없다. 생각이 여기에 이르러서, 어찌 마귀의 기운(魔氣)으로 하여금 파쇄(破碎)당하고 진형(眞形)이 모두 드러나게 하지 않겠는가? 마치 취했다가 비로소 깨고 가위눌리다가(魘) 비로소 깨어난 것과 같다. 이후의 광경(光景)을 마음속으로 생각하면(黙念), 낙심한 나머지 일을 그르치지(憮然失圖) 않겠는가? 대체로 사람의 마음의 영(靈)은 감응(感)을 따라서 움직인다(動). 올바름(正)을 만난(遇) 즉, 그 감응(感) 역시 올바르다(正). 사악함(邪)을 만난 즉, 그 감응 역시 사악하다(邪). 어찌 마을의 무당에게 신(神)이 내린 것을 보지 못했는가? 바야흐로 북을 치고 피리를 불 때, 무절제하게 비틀거리면서 노래하며 춤을 추기를 그치지 않아(屢舞21) (佯佯22)) 눈길은 먼 곳을 응시하고(視瞻23)) 평상시의 안색(貌色)은 검푸르게 변하고 목소리와 거동은 모두 본인이 아니다. 혹은 눈물, 콧물이 마구 흐르거나 기쁨과 노여움이 일정하지 않다. 또한 자잘하고 겉으로 드러나지 않은 일을 말할 수 있기도 하여, 어리석은 세속을 매우 놀라게 할 수 있지만, 기실 이는 무당의 올바른 감응(正感)이 아니요, 산과 나무의 도깨비들(山妖木魅)이 심규(心竅24))가 잠시 빈(虛) 틈을 타고 빈 껍데기에 파고들어가 덧붙어서 살고 있는 것이다.

---

21) ① 계속해서 여러 차례 노래하며 춤추다. 또한 무절제하게 歌舞함을 일컬음(춤추는데 정신이 팔림).
22) 술취해 춤추는 모습. 술취해 춤을 추며 모습(形貌) 잊음.
23) ① 먼 곳을 응시하다. ② 마음을 써서 돌보는 표정 태도.
24) 심안. 지혜. 이해력. 사고력 : 옛날 사람들은 심장에 구멍이 있어서 생각을 할 수 있다고 여겼다. '심장에 있는 구멍'이라는 것인데, 認識과 思惟의 능력을 가리킨다.

신(神)이 떠난 뒤에 물어보면 망연(茫然)하여 아는 것이 없다. 다만 온몸에 식은땀이 흐른 것이 열병에 걸렸다가 비로소 물리친 것 같다고 이해한다. 이제 만약 이것을 체험으로 삼아 평생 버리지 못하고 이로 인하여 죽음으로 나간다면 어찌 개죽음이 아니겠는가? 혹자가 이르기를, "마(魔)라는 것은 양학(洋學)이 가장 공격하고 배척하는(攻斥) 것이다. 그대는 이미 명증(明證)함이 없었는데, 마(魔)라 이름 붙인 까닭이 무엇인가?"라고 했다. 내가 이르기를, "이것은 나 같은 사람이 증명할 것이 아니다. 양인(洋人)이 자기 스스로 마(魔)됨을 증명하였다."고 하였다. 혹자가 이르기를, "양인(洋人)의 어떤 서적이 그 학문이 마(魔)됨을 증명하고 있는가?" 나는 이르기를, "양인(洋人)의 교법(法門)은 자기의 쑤시고 아픈 곳인 결점을 감싸는데 능란하니, 반드시 그들의 꾀를 사전에 알아차리고 일이 일어나기 전에 미리 막아 내고 따끔하게 직언을 해야(痛言25)) 한다. 사람들로 하여금 자기(洋人)가 악(惡)이 없으므로 남의 악(惡)을 바르게 할 수 있다고(無諸己故非諸人)26) 생각하게 하고, 자기(洋人)에게 이러한 행위가 있음을 의심하지 않게 하고자 한다. 십계(十誡), 칠극(七克)의 목록을 조사해 보면, 십계의 처음 3개조에서 천주(天主)를 받들어 섬기라는 것 외에 어찌해서 하나라도 자신(洋人)의 것이 아닌 것이 있는가? 부모님께 효경(孝敬)하라고 하고서 부(父)의 위패(位牌; 主)를 태우고, 부(父)의 후대(後代; 父後)를 끊고 부모를 내버리고서 멀리 9만리(萬里) 밖으로 여행한다. 살인(殺人)하지 말라고 하고서, 살인한 것이 222만(萬) 명에 이른다. 행음(行淫)하지 말라고 했는데, 최근에 들으니 사옥(邪獄) 문서(文書)의 반(半)은 음란 사건(淫案)이라고 하니, 이것이 과연

---

25) ① 호되게 말함. 또는, 그 말. 극언(極言) ② 따끔한 직언(直言).
26) 『大學』八章 「釋修身齊家」에 나오는 말.

음란하지 않은 것인가? 도둑질하지 말라고 했는데, 그 문자(文字)를 보니 모두 삼교(三敎)의 말을 몰래 훔쳐 이름(名字)을 바꿔치기 해서 자신의 말로 삼았으니 아둔한 것은 곧 아둔한 것이다. 도적이라는 이름을 면할 수 없는 것이 아닌가 한다. 망령되이 증언하지 말라고 했는데, 서학서(西學書)는 처음부터 끝까지 모두 망령된 생각과 망령된 말(誑說)이니 어찌 한 자(字)라도 진정한 증언이 있겠는가? 타인의 처(妻)를 탐내지 말라고 했는데, 타인의 처를 탐내지 않는다면 어찌해서 음란 사건(淫案)이 있는가? 타인의 재물을 탐하지 말라고 했는데, 형애긍(形哀矜) 7개 조[27]는 모두 남의 재물을 거저 대가(代價) 없이 받는 것이다. 자신은 탐하지 않고 타인으로 하여금 나의 재물을 탐하게 함은 탐하는 것을 가르침(敎)으로 함이라 할 수 있다. 인간(人世[28])을 업신여겨 금수(禽獸)로 일컫는 것은 교만이 아닌가? 더 이상 높은 자가 없다고 자처하고 천주(天主)라는 존호(尊號)를 주제넘게 사용하는 것은 오만이 아닌가? 자기의 학문(學 : 宗敎) 외에는 완전한 사람(全人)이 없다는 것은 질투가 아닌가? 천지(覆載)를 단독으로 점유(獨專[29])하고 아주 작은 것도 포기하지 않는 것은 탐(貪)이 아닌가? 불교의 장재(長齋[30])를

---

27) 긍휼히 여기는 행위(哀矜之行)는 남의 궁핍을 救하는 것인데, 形哀矜七端(배고픈 자를 먹이는 것, 목마른 자를 마시게 하는 것, 헐벗은 자를 입히는 것, 병들고 갇힌 자를 돌보는 것, 여행자를 머물게 하는 것, 포로된 자를 救贖하는 것, 죽은 자를 장사지내주는 것)으로 사람의 육신을 구원하는 것과 神哀矜七端(사람에게 선을 권하는 것, 어리석은 자를 깨우쳐주는 것, 근심 있는 자를 위로하는 것, 과실이 있는 자를 꾸짖는 것, 나를 모욕하는 자를 용서하는 것, 남의 약함을 관대히 봐주는 것, 살아 있는 자와 죽은 자를 위해 기도하는 것)으로 사람의 영혼을 구원하는 것으로 나뉜다. 영혼은 육신보다 귀하므로 신애긍이 형애긍보다 더욱 아름답다고 한다.

28) ① 人生. ② 人間.

29) ① 單獨으로 占有함. ② 獨擅.

30) 오랜 세월(歲月)을 두고 하루에 낮 한때만 먹는 등(等)의 계율(戒律)을 굳게 지

맛이 달콤한(甘美) 것으로 바꿔 스스로를 살찌우는 것은 음식에 미혹됨(迷)이 아닌가? 불교를 욕하는 어세(語勢)를 보면, 눈을 크게 부릅뜨고 그 성(城)을 점령한 후에 성안의 사람들을 깡그리 학살하려는 위세를 뽐내며, 이를 갈면서 원한을 갚고자 하니, 분노(忿怒)가 없는 자가 이러한가? 법을 세워 남녀의 구별을 없게 한즉, 과연 정욕(色)에 미혹되지 않겠는가? 열 손가락을 움직이지 않고 천주당(天主堂)에 편안히 앉아 금옥(錦玉)을 누리기를 헛되이 도모하는 것은 게으름(懶惰)이 아닌가? 이것 외에 처음부터 끝까지 모든 것이 불교에 속박되어 있으나 입으로는 불씨(佛氏)를 배척하고, 귀신을 쫓으며 비를 기원함(逐鬼祈雨)은 또한 도교(道門)에서 훔쳤으나 겉으로는 부록(符籙31))을 배척하며, 손가락을 뻗어 가리키면서 꾸짖고(戟手32)) 격동분기하여 팔을 뻗으며(攘臂33)) 큰 소리로 꾸짖고 작은 소리로 비난하는 것이 자신의 환부(病處34))가 아님이 없다. 지금 이것이 마귀(魔鬼)라는 한 단서(一端)는 양인(洋人)이 가장 심하게 꾸짖고 욕하는 것이니 그 가장 심하게 꾸짖고 욕하는 것을 보면, 그것이 가장 병(病)으로 아파하는 바임은 말하지 않아도 알 수 있다. 또 그 태도나 형색과 행동거지를 보면 요사스럽고 괴상하며 황홀하여, 마음의 자취는 악독하고 간사하며, 계략은 교묘하게 속이고 예리하니, 온갖 방법과 계책이 반드시 인류를 없앤 다음에 그칠 것이다. 참으로 귀신 가운데도 더할 나위 없이 독한 것이요, 간사함 가운데서도 가장 흉한 것이니, 마(魔)가

키는 일. [불교] 장기간의 소식(素食). 불교 신자가 장기간 채식만 하는 것.
31) 점술에서, 뒷날에 일어날 일을 미리 알아서 해석하기 어렵게 적어 놓은 글.
32) 소리를 지를 때, 두 손을 창가지처럼 펼치거나 주먹을 불끈 쥐고 내저음. 손가락을 뻗어 상대방을 가리키며 욕하다.
33) 소매를 걷어 올리다. 화가 나다. 격동하여 분기하는 모양.
34) ① 환부(患部) ② 깊이 뿌리 박혀 있는 결함(缺陷).

아니고 무엇이겠는가.

지금 논하여 상세하게 말하는 것은 다만 도(道)의 사(邪)하고 정(正)함을 밝혀야 할 뿐이지 먼저 그 사람을 공격할 필요는 없다. 무릇 이 학문(學 : 종교)이 배고프나 먹을 수 없고 추워도 입을 수 없다면, 비록 이 학문을 하는 자라 할지라도, 역시 어찌 사리(私利)에 해(害)되는 바가 있고서야 그것을 배우겠는가? 처음에는 새롭고 기이한 소문에 빠지고, 찬양(讚揚)하고 유혹하는(讚誘) 말에 현혹되어 시험 삼아 한번 간 것에 불과한데, 이미 입교한 다음에는 놀러 다니기를 즐기고 주색(酒色)에 빠지며(流連荒亡[35]) 좌우로 이끌려서 되돌아올 수 없는 것이다. 어째서 잠시 사람(천주교도 : 역자 주)을 버려두고 먼저 그 서적(書)을 논하지 않겠는가? 모호한 곳은 상세히 밝혀내고, 감추어 비호하는 곳은 지적하고 비판하며, 허물을 품은 곳은 해부해 보이고, 거짓으로 꾸며 속이는 곳은 검증하며, 모순된 곳은 비교(比較)한다. 하나의 단서가 겨우 끝나면 또 하나의 단서에 미쳐, 머리에서부터 꼬리까지 모두 드러내 미세한 것이라도 숨기지 않는다면, 보는 자는 스스로 마땅히 묵묵히 옆에서 보고만 있으면서도 두려워하며 속으로 생각하기를, 그 몸이 이미 (지켜야 될 : 역자 주) 테두리 밖(圈外)으로 벗어났는데 흔적이 전혀 없기가 물과 같으니, 물을 쏟고 몸을 돌이킴이 차라리 좀 쉽지 않겠는가? 지금 만약 그 서학서(西學書)에 대해 아직 다 궁구하지 못하고서 먼저 사람(천주교도 : 역자 주)을 공격하여, 눈으로 보고 귀로 들을 수 있게 극악한 형벌로 처치한다고 표방(標榜)하며, 이뿐만 아니라 이미 혹시 의심(疑阻)이 있어 풍문(風聞)

---

35) 유련(流連)은 노는 재미에 빠져서 집에 돌아가지 않는 것이고, 황망(荒亡)은 사냥이나 술을 마시는 데 빠진다는 뜻으로, 놀러 다니기를 즐기고 주색(酒色)에 빠짐을 이르는 말

을 들어 믿고, 그 흑백(黑白)을 가리지 않고 모두를 장평지갱(長平
之坑)36)으로 끝내고자 의도한 즉, 천주교를 믿는 자는 지려고 하
지 않고 결국 믿지 않는 자는 초조해 스스로를 펼 수 없어 양쪽이
서로 합치기 곤란하여 목청을 높이는 것이 아닌가 한다. 도(道)가
옳은지 옳지 않은지, 학문(學)이 해야 할 것인지 하지 않아야 할
것인지를 무론하고, 오직 저들이 나를 공격하는데 대적하는 것을
급한 일로 삼으니, 여기에 시기와 원한은 더욱 깊어지고 분노는
거듭하여 일어나며 말이 오고감에 고동을 틀어(기계를 움직이는
장치를 돌려) 축이 돌아가니(機生軸轉), 형세가 널뛰기(跳板) 같아
서 이곳에서 차니 저곳이 뛰어오르고 저곳에서 차니 이곳이 뛰어
오른다. 서로 발동하여 교대로 나오니 그칠 때가 없다. 이것이 사
랑하여 돌이키게 하고자 하지만 격동시켜 달아나게 함을 면치 못
하는 까닭이다. 나는 품성(稟性)이 혼미하고(迷) 그에 더하여 학문
이 막혀 있는데, 그것이 서학(西學)의 설(說)에 대한 것인 즉, 진실
로 장벽이 있어 통할 수 없으니, 사리에 어둡고 완고함이 가장 심
한 것이라 말할 수 있다. 그러니 그 서학서를 공격함에는 진실로
그러한 것이 있다. 그 사람(천주교인)에 이르러서는 평생(平生)에
아직 일찍이 아무개(誰某)를 지목해서 헐뜯어 비방한 적이 없다.
비록 꾸짖어 욕하고 중첩하여 주먹질과 발길질에 이른다고 할지
라도, 모두 받을 따름이며 감히 추호라도 도리어 욕설로 응할 생
각이 없다. 이것은 내가 덕이 갖춰지고 도가 크며(道大) 재능·도
량이 광활한 소치가 아니다. 진실로 당초에 세운 뜻은 만류하여
그치게 하는데 있고 격동시켜 달아나게 하는데 있지 않았으니, 만
약 혹시라도 분개하는 마음을 이기지 못하여 도중에 길을 바꾸고

---

36) 秦나라가 趙나라와 장평의 싸움에서 승리한 후, 항복한 조나라 군사 40만 명을
    생매장해 죽인 것을 말함.

세운 뜻을 지키지 못하면 그 부끄러움이 크다. 사람의 말의 사특함(枉)이 그러한 고통에 의해 적어지는 것도 사람이 혹시 머리를 숙이고 헤아릴 수 있는 것이 아닌가?"

위의 홍정하의 언설의 내용을 분석해 볼 때, 「증의요지(證疑要旨」는 홍정하의 4편의 한역서학서에 대한 비판의 글인 「천주실의증의(天主實義證疑)」, 「만물진원증의(萬物眞源證疑)」, 「진도자증증의(眞道自證證疑)」, 「성세추요증의(盛世蒭蕘證疑)」의 제일 앞에 제시되어 있다는 점도 고려해 보면, 홍정하가 서학을 비판함에 있어서 자신의 기본 입장을 밝혀 놓은 것이라고 하겠다.

그는 자신의 서학 비판의 목적이 천주교에 빠져 있는 사람들을 교화하여 다시 되돌려 놓음에 있음을 밝히고, 이를 위한 방법으로 천주교도를 비판함으로써 그들과 대립이나 싸움을 일으키기보다는 먼저 서학서(西學書)가 내부적으로 상충, 모순으로 가득 차 있음을 보일 필요성이 있음을 강조하고 있다.

홍정하는 오상(五常), 성현(聖賢)과 죽음 등에 대한 유교의 입장에 의거해서 서양학설(洋說)과 시비(是非)를 논하고자 하지만, 서양학설이 순교를 제일로 삼고 자신의 학문에 대해 조금도 착오가 있다는 것을 인정하지 않으므로, 양자를 견주는데 의거할 것이 없다고 탄식하고 있다.

그는 서학의 제서(諸書)을 읽은 후, 그 요지가 일관되지 못하고 서로 상충되는 것들로 가득 차 있다고 한다. 그래서 서양의 선교사(西士)들은 중국에 들어 온 후, 자신의 학설이 천박하고 열등하여 사람들을 끌어들이기에 미흡함을 알고 삼교(三敎 : 儒敎·佛敎·道敎)에서 제설(諸說)을 끌어다가 새로운 책을 만들었다. 따라서 이들 책들은 서학(西學)을 위해 만든 것이 아니고 자신들이 새로이 창립한 교파를 위해 만든 것인데, 그 내용은 이빨이 맞지 않고 서로 충돌하므로 유교의 학설로써 저들의 학설을 공격할 수는 없고, 서학서(西學書)에 나오는 그들의 학설로써 그들의 학설을 공격하는 것이 마땅하다고 홍정하는 주장하고 있다.

홍정하는 서양 선교사들이 쓴 책을 마서(魔書)라 하고 이는 사람을 미혹시키기 위한 것이라고 한다. 그는 천주교의 영적(靈的) 체험, 삼위일체설, 예수의 강생(降生)과 십자가에서의 죽음을 통한 인류의 구원, 그리고 천당(天堂)의 복(福)과 지옥의 영원한 형벌 등을 천주교의 핵심이 되는 설이라고 하면서, 이들은 잠꼬대라고 단정하고 있다.

홍정하는 특히 천주교에서의 영적 체험에 대해, 무당의 영적 감응(感應)만도 못한 것으로 도깨비들이 몸에 잠시 들어왔기 때문이라고 하고, 천주교 신자들이 이 체험을 평생 품고 죽음으로 나가는 것을 안타까워하고 있다. 그는 십계(十誡)와 칠극(七克)의 내용에 대한 비판을 통해, 천주교가 사람들로 하여금 자신이 악이 없으므로 남의 악을 바르게 할 수 있다고 생각하게 하고 있음을 비판하고 있다.

홍정하는 천주교 신자들의 신앙생활의 모습을, 천주당(天主堂)에 편안히 앉아 금옥(錦玉)을 누리고자 한다고 하며 '게으름'이라 표현하고, 천주교의 불교와 도교에 대한 배척의 태도는 마치 한 성(城)을 점령한 후에 그 성민(城民)들을 전부 학살하려는 위세와 같이 지나치다고 하며, 이러한 것은 오히려 자신의 결점─불교와 도교에서 제설(諸說)을 끌어들인 것─을 가리고자 하는 데에서 나온 것이 아닌가 하고 있다.

다른 한편으로, 홍정하는 사람들이 천주교에 빠지는 이유로, 놀러 다니며 주색(酒色)에 빠지는 등의 신자들의 사적인 이익의 추구를 결부시키고 있다. 그는 먼저 천주교도들을 극악한 형벌로 처벌하는 등으로 공격해서, 그들의 원한과 분노를 일으키고 더욱 유교에서 멀어지게 하기보다는 서학서(西學書)를 철저히 궁구해 미세한 부분까지 잘못된 단서들을 모두 철두철미하게 모든 서적들에서 드러냄으로써 천주교도들을 돌이키게 할 수 있을 것으로 보고, 자신은 어려움이 있더라도 이 신조를 지켜 나가겠다고 하고 있다.

4. 의의 및 평가

18세기의 공서파(攻西派)에서 천주교 교리에 대한 비판의식은 신후담(愼後聃)과 안정복(安鼎福)에서 영혼(靈魂) 개념의 문제가 가장 직접적으로 충돌하는 문제로 제기되었고, 성리학의 귀신·혼백 개념을 근거로 천주교의 영혼 개념을 비판함으로써 유교와의 차별성을 확보하고자 하였다. 이에 비해 홍정하(洪正河)는 신해박해(辛亥迫害 1791)가 일어난 이후의 상황에서 천주교에 대한 더욱 근원적인 비판론을 확립하고자 하였다. 이에 따라 신후담과 안정복이 천주(天主) 개념을 상제(上帝)와 동일시하는 보유론적(補儒論的) 해석을 받아들인 것과는 달리 홍정하는 천주 개념 자체에 대한 비판에 초점을 맞추고 있는 전면적 비판을 추구하고 있다는 것이 가장 뚜렷한 특징을 이루고 있다.[37]

또한, 홍정하는 천주교를 '마(魔)', 서학서(西學書)를 '마서(魔書)'라 규정하고, 천주교의 타 종교에 대한 배척의 태도를, "성(城)을 점령한 후에 그 성민(城民)들을 전부 학살하려는 위세와 같다."고 하고, 천주교세의 확대에 대한 우려의 뜻에서 이를 저지하고자 하는 방책을 제시하고 있는데, 강경하고 극악한 형벌로 처벌하는 것은 오히려 원한과 분노를 일으키면서 유교와 천주교의 관계를 더욱 멀어지게 하므로, 서학서에 대한 철저한 궁구를 통해 그 모순점을 낱낱이 보임으로써 천주교인들로 하여금 유교로 다시 돌아서도록 해야 할 것을 강조

---

37) 금장태, 위의 논문.

하고 있다. 따라서 그의 서학에 대한 비판적 저술에 증의(證疑)라는 명칭을 붙인 것이다.

그의 비판론은 18세기 공서파(攻西派)에서 가장 늦게 출현하여 가장 근본적인 비판 태도를 관철하고 있으면서도, 여전히 천주교 교리에 직접 근거하여 이론적 비판의 입장을 지키고 있다. 그는 다음 시대에서 척사론(斥邪論)의 극단적이며 독단적인 배척 태도보다는 논증적 비판 태도를 보이고 있다.[38] 그러나 그의 비판론도 성리학적 입장을 이론적 기준으로 전제하고 있어서 서학과의 상호 이해를 통한 공통의 기반을 찾고자 했던 흐름에서 이탈하였다.

〈해제 : 송요후〉

---

38) 위의 논문과 같음.

참 고 문 헌

1. 단행본

洪以燮, 『韓國史의 方法』, 探究堂, 1970.

2. 논문

금장태, 「鬐齋 洪正河의 서학비판론과 쟁점」, 『종교와 문화』 제7집, 2001.

朴鍾鴻, 「西歐思想의 導入 批判과 攝取 ― 其一 天主學 ―」, 『亞細亞硏究』 12(3), 1969.

「진도자증증의(眞道自證證疑)」

분 류	세 부 내 용
문 헌 종 류	조선서학서
문 헌 제 목	진도자증증의(眞道自證證疑)
문 헌 형 태	木版本
문 헌 언 어	漢文
저 술 년 도	미상
간 행 년 도	1903년(光武7)
저 자	洪正河(생몰년 미상)
형 태 사 항	25면
대 분 류	종교
세 부 분 류	천주교 교리 비판
소 장 처	『대동정로(大東正路)』 권6에 수록 -국립중앙도서관
개 요	홍정하는 천주교의 도가 참되지 못함은 유학에서 말하는 인륜을 저버렸기 때문이며, 천주교에서의 천도의 세 가지 단서는 예수(천주)와 결부되어 있음을 비판하고 있다. 그는 성리학적 입장에서, 서사(西士)가, 온갖 선의 뿌리가 조물주에게서 나왔고, 인간에게 부여하여 명한 것이 천리라고 한 것은 잘못이라고 한다. 예수 강생과 십자가에서의 죽음, 천주교 신앙 이후 서양 사회의 변화, 교황 제도에 대해서도 성리학적인 입장에서 비판하고 천주교의 확산이 사회에 큰 화를 끼칠 것임을 경고하고 있다.
주 제 어	서사(西士), 윤상(倫常), 조물주(造物主), 예수(耶穌), 오륜(五倫), 천명양심(天命良心), 천도(天道), 천리(천리), 천주(天主), 천당(天堂), 지옥(地獄), 형이상(形而上), 성리(性理), 심성원욕(心性願欲), 교황(敎皇)

1. 문헌제목

「진도자증증의(眞道自證證疑)」

2. 서지사항

홍정하(洪正河)의 「진도자증증의(眞道自證證疑)」는 『대동정로(大東正路)』卷6에 실려 있는데 권5의 「척사(斥邪)」라는 편목에 포함되는 것이다. 『대동정로』는 6권 5책으로 이루어져 있는데, 한말(韓末)의 유생(儒生) 허칙(許侙)과 곽한일(郭漢一) 등이 도의의 추락을 개탄하고 세태의 인심을 바로잡기 위해 유교의 숭상과 서양의 새로운 학문의 배척을 위해 저술한 것으로 1903년에 간행되었다. 「진도자증증의」가 언제 쓰여졌는지는 현재까지 알려진 바가 없다. 다만, 홍정하가 정조(正祖) 때 처사(處士)였다[1]는 것과 이 글의 가장 마지막 부분에 나오는 다음의 글을 통해 추측해 볼 수 있지 않을까 한다.

"맹인(盲人)이 눈 먼 말을 타고 심야에 깊은 못에 임(臨)하였으니, 아아! 마음이 아프다. 올바른 곳에서 치명(致命)함은 진실로 사양하지 않는 바인데, 옳지 않은 곳에서 치명(致命)함은 어째서인가?"[2]

---

1) 朴鍾鴻,「西歐思想의 導入 批判과 攝取 — 其一 天主學 —」,『亞細亞硏究』12 (3), 1969.9.
2) 洪正河,「眞道自證證疑」, 13a (許侙 等著, 李離和 編,『朝鮮事大斥邪關係資料集』 6,『大東正路』卷6, 서울 : 驪江出版社, 1985, p.491).

『진도자증(眞道自證)』에는 치명(致命)에 관한 언급이 없음에도, 정조 (正祖) 때의 처사(處土)였던 홍정하가 이 서학서의 교리에 대한 비판과 는 무관하게 치명에 대해 언급하면서, 올바른 곳에서 해야 한다고 한 것을 보면, 1791년(正祖 15)에 있었던 진산(珍山)사건 직후나 이후 얼 마 안 된 때에 이 글이 나온 것이 아닌가 한다. 물론 이에 대한 보다 정확한 입증을 위해서는 그의 다른 글에 대한 참고가 있어야 할 것이다.

해제에 이용된 판본은 許伩 等著, 李離和 編,『朝鮮事大斥邪關係資料集』 6(서울 : 驪江出版社, 1985)에 실려 있는 영인본이다. 별도의 제목을 제 시한 면은 없고, 한 면의 오른쪽 첫줄에 진도자증증의(眞道自證證疑)라 는 제목이 있고 바로 그 옆줄부터 본문이 시작되고 있다. 그 구성을 보면, 중국에 들어온 프랑스 출신 예수회 선교사 샤바냑(Emeric Lang- lois de Chavagnac 沙守信 : 1670~1717년)이 천주교를 변호하여 쓴 『진도자증(眞道自證)』의 내용 중에서 비판할 부분을 위에서 한 자(字) 를 내려 제시하고, 이어서 인용문에 대해 비판하는 글은 맨 윗줄부터 제시하고 있는데, 이러한 형식이 5개 나타나고 있다. 한 면에 10줄, 한 줄에 22자로 되어 있다.

홍정하는『대동정로(大東正路)』권5「척사(斥邪)」에 실려 있는 홍정 하(洪正河)의 글인『증의요지(證疑要旨)』에 의하면, 호(號)를 염재(髯齋) 라 하며 정조(正祖) 때의 처사(處土)였다고 한다.「증의요지(證疑要旨)」, 「천주실의증의(天主實義證疑)」,「만물진원증의(萬物眞源證疑)」,「진도자 증증의(眞道自證證疑)」,「성세추요증의(盛世蒭蕘證疑)」 등 5편을 저술하 여 서학 서적들에 실려 있는 천주교 교리에 대해 유교의 관점에서 비 판하였다. 이들 저술들은『대동정로』권5와 권6에 실려 있다. 현재 홍 정하의 서학비판 저술의 전체 규모는 확실히 알 수 없다.[3]

---

3) 위와 같은 주.

『증의요지(證疑要旨)』를 비롯한 이들 저술들이 언제 저술되었는지 정확히 알 수는 없다. 정조(正祖) 때의 처사(處士)였다는 것과 치명(致命)에 대한 언급 등이 있는 것을 보면, 1791년(正祖 15)에 있었던 진산(珍山)사건 직후나 이후 얼마 안 된 때, 더 나아가면 1801년 신유박해(辛酉迫害)가 일어난 시기 사이에 저작된 것으로 추측된다. 홍정하와 접촉한 강준흠(姜浚欽)이나 그의 저술을 소개한 허전(許傳, 1797~1886)[4], 허칙(許伏) 등의 배경을 볼 때, 홍정하도 남인(南人) 계열의 인물로 짐작된다.[5]

홍이섭(洪以燮)은 『만성대동보(萬姓大同譜)』下(37右)와 『남보(南譜)』豊山洪氏世系를 인용해 홍정하의 가계(家系)를 보여주고 있고, 정조(正祖) 때 홍낙안(洪樂安), 이기경(李基慶) 등과 서학 비판에 앞장섰던 강준흠(姜浚欽)의 『삼명유고(三溟遺稿)』二, 詩에 실려 있는, 홍정하를 방문했을 때의 시(詩) 한 수(首)와 홍정하에 대한 만사(輓詞)로 지은 시 두 수를 소개하고 있다.[6]

3. 목차 및 내용

[목차]

없음

---

4) 『大東正路』卷6「書西學辨後」에서 홍정하가 저술한 논설들의 전체 제목을 '四編證疑'라 언급하고 있다.
5) 위와 같은 주.
6) 洪以燮, 『韓國史의 方法』(探究新書35), 서울 : 探究堂, 1970, p.415 주13.

[내용]

홍정하는 중국에서 활동했던 프랑스 출신 예수회 선교사 샤바냑 (Emeric Langlois de Chavagnac 沙守信 : 1670~1717년)의 『진도자증 (眞道自證)』의 내용 중에서 5개 부분(아래 가~마)을 인용하고 그 부분들에 대해 비판을 가하고 있다. 이하에서는 『진도자증』에서의 인용 내용을 먼저 제시하고, 이어서 그에 대해 홍정하가 비판한 것을 서술하고 이어서 그 비판 내용을 간략하게 분석하였다.

홍정하는 가장 먼저 샤바냑이 예수회 선교사들 참된 도(道)인 천주교를 전하기 위해 죽음을 무릅쓰고 왔다고 진술한 부분을 인용하고 있다.

"대개 9만리(萬里)를 항해하여 온 자는 죽음을 무릅쓴 사람이다. 죽음을 무릅쓰고 허도(虛道)를 전하는 이러한 사람이 있는가? 곧 한, 두 사람이 천만인(千萬人)을 얻을 수 있는가? 천만인(千萬人)이 하나하나 모두 궁리지사(窮理之士)일 수 있는가? 지금 서사(西士)가 고국(故國)을 떠나고 부모 형제와 이별하여 멀리 이역(異域)의 험준하고 다니기 어려운 곳에 가서 구사일생(九死一生)을 겪었는데, 이것을 도(道)의 증거로 함이 또한 가(可)하다. 그런데 도리어 이로써 부족하다고 하고 물으니 가하겠는가?"[7]

홍정하의 이에 대해 다음과 같이 비판하고 있다.

---

7) 이 내용은 『眞道自證』卷首 「眞道要引」, p.8a(鐘鳴旦 等編, 『徐家匯藏書樓明淸天主教文獻續編』第26冊, 臺北 : 臺北利氏學社, 2013, p.173)에서 인용한 것이다. 『大東正路』 卷之六 眞道自證證疑, p.1a.

"지금 그대가 도(道)가 참됨을 증명하는 것은 다만 나라를 떠나 인륜(倫)을 버리고 항해해 멀리에 이른 것에 있다. 그러나 내가 도(道)가 참되지 못함을 의심하는 까닭 역시 이것에 있음은 어째 서인가? 사람이 이미 있은 즉 이미 가운데에 처해 있고 좌우·상 하·전후가 곧 오륜(五倫)이다. 군부(君父)가 없은 즉 상(上)이 없고, 후손(子姓)이 없은 즉 하(下)가 없다. 형제·부부·붕우가 없은 즉 좌우·전후가 없다. 그대의 도(道)는 비록 참말(千眞萬眞)이라고 할 지라도, 반드시 그대의 도는 그대의 상하·좌우·전후가 없을 수 없은 즉, 역시 어찌 그대의 오륜을 버릴 수 있는가? 오륜의 질서 (序)는 실로 사람의 힘으로(人力) 취합(聚合)하여 억지로 이름지은 (强名) 바가 아니다. 이것은 이치적으로 반드시 있어야 하는 것이 며 추세로도 면(免)하지 못하는 바이다. 하늘이 차례를 정하여(敍) 사람에게 준 것이다. 이로써 세상이 윤리와 기강(倫紀)을 말하는 것은 다만 인륜을 말하는 것일 뿐만 아니라, 또한 천륜(天倫)이 인 륜(人倫)을 밝힌 바를 말하는 것인 즉 하늘이 준 것이다(天敍). 하 늘은 이미 이러한 윤(倫)을 사람에게 준 즉, 반드시 마땅히 사람으 로 하여금 이러한 윤(倫)을 지키고 그 준 것에 순종하게 해야 하 며, 반드시 사람으로 하여금 이 윤에 거스르고(悖) 그 준 것을 멀 리하게 해서는 안 된다. 지금 나라를 떠난 즉 군(君)을 버렸다. 부 모와 헤어진 즉, 친(親)을 버렸다. 형제와 헤어진 즉, 동기(同氣[8]) 를 버렸다. 아내를 맞고 장가들지(娶) 아니 한 즉, 부부(夫婦)를 버 렸다. 후사(後嗣)가 없은 즉, 후손(子姓)을 버렸다. 버리지 않은 것 은 다만 붕우 한 가지 윤이며, 후(厚)한 바의 곳이 곧 저(彼)와 같 은 즉, 박(薄)한 바의 것은 또한 어찌 논하겠는가? 천주(天主)의 유

---

8) 兄弟, 姊妹의 總稱.

무는 내가 알 수 없다. 진실로 있다고 하고서 그대가 증명하는 바는 곧 천주의 도이다. 그대가 만약 천주의 도는 본래 오륜을 버리고자 한다고 말한다면, 백성이 태어난(生民) 이래, 오륜이라는 명목(名)이 오래 되었는데, 천주의 전지전능으로써 어찌 그 도를 만들지 않고 사람들로 하여금 이 윤을 있게 하지 않는가? 이것은 천주의 위령(威令)이 도리어 그대의 이른바 세주(世主)가 행하는 것을 금지하도록 한 것만 못하니, 어찌 천주라 하기에 족하겠는가? 만약 오륜이라는 명목(名)이 모두 천주가 내려서 사람에게 준 바라고 한 즉, 그 내려준 바의 것이 곧 그 도이다. 어떻게 그 내려준 것을 끊고서 그 도를 증명하겠는가.

무릇 도학(道學)의 참과 거짓(眞假)을 논하는 것은 다만 그 이(理)의 유무, 사(事)의 시비(是非)를 마땅히 논해야 할 따름이다. 어찌 이(理)의 유무, 사의 시비를 묻지 않고 다만 사람의 수의 많음으로써 압박을 가해 증명하는 자가 있겠는가? 진실로 이(理)가 없고 사(事)가 옳지 않다면, 천만인(千萬人)뿐만 아니라, 비록 억만인(億萬人)이라 할지라도 어찌 그것을 믿을 수 있겠는가? 요순공맹(堯舜孔孟)으로부터 이후, 그대의 도에 맞지 않는 자는 그 인수(人數)가 과연 매우 많다. 그대가 비록 스스로 궁리(窮理)의 사(士)로서 허락한다고 할지라도, 서학(西學) 외에 역시 어찌 궁리의 사가 없겠는가? 이미 궁리한다고 말하고는 오륜을 버리고 궁구(窮究)할 바를 모르는 것이 어찌 이(理)인가?"[9]

홍정하는 예수회 선교사들이 죽음을 무릅쓰고 9만리 먼 서양 땅에서 도를 전하러 왔다는 것이 도리어 그 도가 참되지 못함을 입증하는

---

9) 『大東正路』 卷之六 眞道自證證疑, pp.1a~2b.

것이라고 한다. 그 이유는 그들에게도 인간으로서 지켜야 할 오륜이 있음에도, 붕우의 인륜 외에 군(君), 부모, 형제, 부부의 네 가지 인륜을 모두 버렸기 때문이다. 그는 이것은 천주의 도라 하기에 족하지 않다고 하고, 서학이 궁리를 한다지만, 오륜을 버리고 궁구를 하는 것은 이(理)가 없는 것이라고 한다.

홍정하는 서양 선교사들이 사람이 본원, 현재, 그리고 그 결국에 대하여 앎이 도(道)를 앎이며 선(善)을 이루는 터가 된다고 한 부분을 인용하고 있다.

"서사(西士)는 이르기를, 천도(天道)의 완전한 것이 인성(人性)의 근본이니, 행위가 적절하고 선(善)에 정성을 다하여 그 사람됨을 이루는 것이다. 비록 이 뜻은 넓으나 세 개의 단서(三端)로 요약할 수 있다. 하나는, 사람의 본원으로, 어디에서 나왔는가이다. 둘은, 사람의 현재로, 세상에서 어떠한가이다. 셋은, 사람의 결국인데, 죽으면 어디로 가는가이다. 이 세 가지를 앎은 사람이 마땅히 다 해야 하는 도(道)를 앎이고 선을 이루는 터가 있다. 이 세 가지를 모르고서는 비록 천하의 잡학(雜學)이 끝까지 궁구(窮究)되더라도 근본을 잃어 허(虛)한 것이다.

혹자가 이르기를, 천명양심(天命良心)이 온갖 선의 근원이다. 그 천리(天理)를 좇아 현세(現世)에 다함에 구태여 다른 곳에서 구(求)하고 멀리서 힘쓸 필요가 있는가? (西士가) 이르기를, 속(俗)에서는 이것이 지극히 올바른데, 모순됨이 실로 심함을 모른다. 어찌 본원(本原)을 궁구하지 않고, 온갖 선의 뿌리는 조물주에게서 나왔고 (조물주가) 인간에게 부여하여 명(命)한 것이 천리(天理)임을 살피지 않는가? 자신이 조물주의 여하에 달려 있음을 모르고서 어찌 그 현세를 다할 수 있겠는가? 또한 죽은 후 어디로 가는지를 모르면서 누가 부지런하게 천리를 힘쓰며 현세를 다하고 실행에 힘쓰고자 하겠는가?"10)

홍정하는 이에 대해 다음과 같이 비판하고 있다.

　"중사(中士)는 이르기를, 삼가 받들어 깔보아 멀리하지 않고 가르침(敎)을 내려주어 권했으니 참으로 매우 다행이다. 품성(品性11))이 어리석어 미혹되고, 견식이 불명(不明)해서 요해(了解)할 수 없는 것이 많으니, 혹은 그 각각이 자신의 견해를 다하는 것을 허락할 수 있다. 무릇 이것이 말한 바는 모두 천지간(天地間) 공동(公共)의 기질(底物)로 사실 한 개인의 사설(私說)이 아닌 즉, 양측이 비록 혹시 꺼려서 피할 것(避諱)이 없더라도 많은 것이 서로 충돌되는 바, 진실로 마땅히 사(私)가 없는 터에 마음을 두어야 마땅히 정(正)을 얻을 따름이다. 털끝만치라도 이기기를 좋아하는 생각이 그 사이에 섞임으로써 한 번, 두 번 마음이 격동되고 마침내 증오와 원수의 경지에 도달할 필요가 없을 것 같다. 의론(議論)은 의론에서 일어나며, 정(情誼)은 정에서 일어나니, 차라리 뛰어넘는 것보다는 도리어 사물을 분별하여(分數) 이것으로써 저것에 미치는 편이 낫다. 그대가 가르친 바 천도의 완전함이 인성의 근본이고, 행위에 적합하고 선에 정성을 다함이 그 사람됨을 이룬다고 일컬은 것은 첫머리에 나온 말로 심히 괴류(怪謬12))함이 없다. 그

---

10) 『眞道自證』卷首「眞道要引」, pp.1b~2a(鐘鳴旦 等編, 『徐家匯藏書樓明淸天主教文獻續編』第26冊, 臺北 : 臺北利氏學社, 2013, pp.160~161); 『大東正路』卷之六 眞道自證證疑, pp.2b~3a.
11) 사람 된 바탕과 성질(性質), 성격(性格).
12) 도리에 맞지 않다. 황당무계하다. 터무니없다

세 가지 단서로 요약한 것은 이르기를, 인간의 본원은 무엇으로부터 창조되어 나왔는가라고 하는 것은 어찌 인간의 태어난 바가 모두 예수의 조성(造成)에 의해 말미암았음을 일컬음이 아니겠는가? 인간이 현재 세상에 있는 것이 어떠한가 하는 것은 현세의 사람이 예수를 받든 즉, 공(功)이 되고 예수를 배반한 즉, 죄가 된다고 하는 것이다. 사람이 결국 죽어서 어디로 가는가라고 하는 것은 사람이 죽은 후, 세상에 있을 때 예수를 받든 자는 공으로써 천당에 오르고 세상에 있을 때 예수를 배반한 자는 죄로써 지옥에 빠진다고 하는 것이다. 겉으로는 입언(立言13))하여 천도(天道)를 범칭(泛稱, 汎稱)하지만, 속으로는 분석(分釋)함이 오로지 예수에 있으니 어찌 그 겉과 속이 서로 호응하는 것을 지지해주지 못하는가? 서사(西士)는 이르기를, "천도(天道)라는 것은 곧 천주(天主)이다. 천주는 곧 예수니, 이미 천도는 곧 예수라고 칭한 것이며, 그 안에서 이미 예수를 가리켜 곧 천도라고 한 즉, 그것을 나누어 둘로 할 필요가 있겠는가?" 중사(中士)가 이르기를, "그렇지 않다. 도라고 하는 것은 곧 형이상(形而上)의 것을 가리킨다. 형이상이라고 하는 것은 이 물(物)이 형(形)이 있기 전에 형이 되게 하는 바의 연고(故)일 따름이다. 물이 있음으로 해서 비로소 있는 것이 아니다. 물이 없다고 해서 그로 인해 없는 것이 아니다. 물마다 모두에게 있는데, 또한 일찍이 주지 않았으니 모두(道와 物) 함께 간다. 처음부터 심성(心性) 원욕(願欲)은 한 곳에 의거하고 있는 것이라고 할 수 있는 것이 아니니, 천주의 지능(智能)이 비록 완전하다고(全) 할지라도 이 도를 따라 행하는 것이라 일컬은 즉 용납되거나 가(可)하다. 끊임없이 이 도는 불가하다고 일컬으니,

---

13) 의견(意見)을 세상(世上)에 발표(發表)함.

어떻게 천도와 예수를 하나로 합하여 구별하는 바가 없게 할 수 있는가? 천도와 예수가 구별이 없을 수 없은 즉, 이 세 가지 단서로써 천도의 전체로 삼음은, 말이 될 수 없는 것이 아닌가 한다.

우리들의 세계(世界)는 삼대(三代) 이전에는 드물게 이(理) 자(字)를 칭하였다. 이(理)를 말할 곳에서는 대부분 도자(道字)로써 말하였다. 그러므로 옛사람이 천도를 말한 것을 자세하게 살피니, 그 취지는 모두 천의 이(理)를 가리킨다. 공자(孔子)의 계역(繫易)의 사(辭)에 비로소 궁리진성(窮理盡性)의 이(理) 자(字)가 있어 성리(性理)를 뚜렷이 밝힘은 이것에서 시작된다. 후세의 유가(儒家)는 도(道) 자(字)가 진실로 인·물(人·物)이 함께 말미암은 바를 알고 있다고 여긴 즉, 비록 이(理) 자(字)의 의(義)와 같다거나 다른 바가 없다고 하더라도, 도는 허위(虛位)의 칭(稱)이다. 천지인물(天地人物)의 선악(善惡)·사정(邪正)은 모두 도(道) 자(字)를 쓸 수 있다. 선(善)과 정(正)한 곳을 가리킴에는 이(理) 자(字)와 같고 사(邪)와 악(惡)한 곳을 가리킴은 이(理)에 위배되는 것이다. 사람이 혹 분석(分析)에 미치지 못하여 쉽게 혼란하게 된 바이다. 그러므로 이에 이(理) 자(字)를 말함이 많(盛)고 도(道)를 말하는(說) 곳에서는 대부분 그 제목(題目)을 위에 씌운다. 이른바 왕도(王道), 백도(伯道), 군자도(君子道), 소인도(小人道)와 같은 것이다. 이(理)를 말하는 곳에서는 다만 천리(天理), 물리(物理)를 칭할 따름이다. 선악제목(善惡題目)이 그 위에 씌워진 문(文)이 아직 일찍이 없음은 어째서인가? 이(理)는 진실(眞眞實實)하고, 지정지순(至正至純)하며 처음부터 거짓(虛假), 불선(不善)의 흠(病)이 없기 때문이다. 당신네 학문은 유문(儒門)의 성리(性理)의 설(說)을 훔쳐 예수를 장식하였으므로, 이 편(編)의 첫 번째 단서(始端之處)에서 크게 입을 열어 본원(原頭 : 本原)을 말함으로써 일세(一世)를 굴복시키고자 한다.

그리고 만약 예수의 전인성(全人性)의 근본(本)을 말한다면, 그 설이 이루어지지 못함을 스스로 안다. 만약 천주의 전인성의 근본을 말한다면, 그 설 또한 성립되지 않음을 스스로 안다. 그대는 이미 천주로써 일컫기를, 심성원욕(心性願欲)이 있다고 했다. 심성원욕이 있은 즉, 심(心)이라는 것은 성(性)을 모아두고 있는 외성(外城 : 郛郭)이다. 성(性)이라는 것은 외성이 쌓아 놓은 바의 원욕이라는 것이고 또한 이 심(心)이 움직여서 정(情)으로 되는 것이다. 이미 외성이 있은 즉, 반드시 주위를 둘러싸서 지적할 수 있는 있는 형(形)이 있고, 이미 쌓아둔 바가 된 즉, 반드시 헤아릴 수 있는 조건(條件)의 명목(名)이 있다. 또한 움직여서 정(情)이 될 수 있고 원(願)이 있고 욕(欲)이 있은 즉, 원욕이라는 것은 나의 마음(心)이 저 일(彼事)을 원하고 저 물(彼物)을 바라는 것을 일컬음이다. 모두 정(情)에서 나온 것으로 뜻(志)이 원한(要) 바이며 형기(形氣[14])가 시킨 것이다. 이에 사람의 형세(局)가 이루어지고, 하늘의 형세는 멀어지니, 천도(天道)는 전체 무리(全衆)의 성(性)의 본(本)이 될 수 없다. 만약 천리의 완전함(全)이 인성(人性)의 본(本)이라고 한다면, 그 설(說)이 기세가 매우 세차나(沛然) 자취가 없어짐(泯然)을 따라(順) 어긋남이 없음을 모르지 않음이다. 그러나 본주(本主)를 두려워하여 당장(當場)에 가주(假主; 제사 때의 神位)는 더욱 몸을 둘 장소가 없다. 이에 머리도 없고 꼬리도 없이 모호(模糊) 분명치 않은(漫漶) 것을 통칭하여 이르기를, 천도의 완전함(全)이 인성의 본이라고 한다. 겉으로는 천리(天理)에 섞여 사람으로 하여금 괴이함이 없게 하는데, 내면으로는 천주에 숨어서

---

14) 形氣는 天의 六氣와 地의 五行을 가리킨다. 『黃帝內經素問·天元紀大論』 : "그러므로 하늘에 있는 것을 氣라 하고, 땅에 있는 것을 形이라 한다. 형과 기가 서로 感化하여 만물을 낳는다(故在天爲氣, 在地爲形, 形氣相感而化生萬物矣)."

자기의 설을 이어붙이고 그 아래에 세 가지 단서로 나누어 점차 끌어 속하게 하였다. 예수의 신상(身上)은 쉽게 깨질 수 없게 하고 공교함(巧)을 얻을 수 있게 한다. 그런데 천주에게는 이미 심성원욕이 있은 즉, 천도와 서로 다르고 사람의 공죄(功罪)는 천도와 무관하며, 천의 상벌은 인성과 무관하다. 상하의 문리(文理)는 끊어지고(腰折) 항목(項目)은 결단코 서로 조응(照應)하지 않는데, 그 흔적에는 은폐할 수 없는 것이 있다. 혹자가 말하기를, "역(易)에 이르기를, 복(復)에서 천지의 마음(心)을 볼 수 있다고(復15)見天地之心) 한 즉, 천지의 마음에는 역시 주위를 둘러싸서(周包) 가리킬 수 있는 형(形)이 있다. 천지에는 이미 무형(無形)의 마음이 있은 즉, 천주의 마음 역시 무형이다. 원욕은 마음에서 생겨나는 것이요 마음에 이미 무형의 마음이 있은 즉, 원욕에 역시 어찌 무형의 원욕이 없겠는가? 사람의 공죄에서, 공이 있는 것은 천도에 맞는 것이다. 죄가 있는 것은 천도에 위배되는 것이다. 하늘의 상벌은, 인성의 근본을 얻은 자는 상을 주고, 인성의 근본을 잃은 자는 벌하니, 어찌 인성, 천도가 서로 관련되는(相關) 것이 아니겠는가?

중사(中士)가 이르기를, 그렇지 않다. 복괘견심(復卦16)見心 : 복괘에서 마음을 본다)의 훈(訓)은 이것을 일컬음이 아니다. 양(陽)은 생(生)에 대해 주관(主)하고 음(陰)은 살(殺)에 대해 주관한다. 복(復)이라는 괘(卦)는 음이 극에 이른 때에 당하여 일양(一陽)이 비로소 동(動)하여 생의(生意)가 드러남이니, 인심(人心) 중의 인애

---

15) 여기에서 '復'은 復卦를 지칭하는 것으로 先天的 本能으로 回歸, 돌아감을 말한다. 復卦에 대한 해석은 다음과 같다 : 陰으로 뭉쳐진(重陰) 곳에 한 개의 양(一陽)이 다시 생성되는 것으로 이것은 천지의 생물의 마음이 거의 소멸 상태에서 이에 이르러 다시 회생하여 나타나는 것이다.

16) 육십사괘(六十四卦)의 하나. 곤괘(坤卦)와 진괘가 거듭한 것으로 우레가 땅 속에서 움직이기 시작(始作)함을 상징(象徵)함.

의 단초(仁愛之端)가 천성(天性)에 근원(根源)하는데, 비록 억제를 받아 쇠망한(牿亡[17]) 끝(餘)에도, 그 본연(本然)의 체(體)는 스스로 있어서(自有) 멸(滅)할 수 없음과 같다. 이것은(천지의 마음을 본다는 것) 비유의 뜻을 취한 것이지, 어찌 복괘(復卦) 중에서 진실로 천주에게 원욕(願欲)의 마음(心)이 있다는 것을 일컬음이겠는가? 그렇다고 하더라도, 이 하늘과 땅(玄黃)이 덮고 떠받들고 있는 것은 역시 외성(外城 : 郛郭)이다. 진실로 이 천지(玄黃)의 외성(郛郭)이 없은 즉, 복괘(復卦)의 마음(心) 역시 어느 곳에 붙어 있겠는가? 공(功)이 천리(天理)에 합(合)할 수 있고 죄는 천리에 위배한 즉, 천리에 위배한 것 역시 인성(人性)의 근본(本)이 천도의 완전함(全)에 있고 그것을 얻은 것이다. 인성의 근본을 얻은 자는 상을 줄 수 있고, 인(人)의 본(本)을 잃어 지옥의 벌을 받는 것 역시 인성의 근본이라 일컬을 수 있다."세 가지 단서(三端) 중 천주, 천당·지옥(堂獄)의 설은 그 설이 심히 뛰어나다. 후에 마땅히 받들고 탐하는(奉叨) 것이 있어 공·죄(功罪)의 한 항목에 이르고 이것은 곧 후래에 천당·지옥 상벌의 근거라고 한다. 당신의 말대로라면, 선을 행하는 자는 참된 선(眞善)이 아니다. 공으로써 상을 구하려는 뜻이다. 악을 미워하는 사람은 진정으로 악을 미워하는 것이 아니다. 벌을 피하고 죄를 두려워하는 계교(計)이다. 사람이 선을 좋아하고 악을 미워함은 호색(好色)을 좋아하고 악취를 싫어함처럼 천부적으로 얻고 거짓 없이 참된 정성(眞誠)에서 우러나온 것이지 서로 견주어 살피고 성취되기를 바람에서 말미암은 그런 것이 아니다. 이제 만일 상 때문에 선을 행하고 벌 때문에 악을 피한다면, 구차하게 상이 없으면 행할 필요가 없고 벌이 없으면

---

17) "억제하여 쇠망하다 저지(억제)를 받아 쇠망하다."로 해석. 牿亡이라고도 함. 어지럽게 하여 滅함.

피할 필요가 없다. 하늘로부터 얻은(天得) 본성(眞)이 꾀(계략)을 찾는 재능이 뛰어나다(天得之眞素計度之巧著矣). 그대가 칭하는 참된 도는 어디에 있는가? 만약 상을 좋아하고 벌을 싫어함이 인정(人情)의 본래 그러함이라고 한다면, 이것이 참된 이유이다. 그렇다면, 비간(比干[18])의 심장을 가름은 곧 천당에 오르는 공부(工夫)이고 백이(伯夷)가 자신의 명예를 더럽히는 것을 몹시 두려워함(若浼)은 곧 지옥을 회피하려는 생각이다.

그대가 천명양심(天命良心)이 천리(天理)를 좇는 것을, 본원(本原)을 생각하지 않는 것으로 함은 어째서인가? 무릇 천리라는 것은 천도(天道)이다. 윗글에서 이미 이르기를, 천도의 완전함(全)은 인성의 본이라 했고, 아래에서는 이르기를, 본원을 생각하지 않는다고 했는데, 이것은 어찌 모순되는 것이 아니겠는가? 그대가 만약 천주의 완전함(全)은 인성의 본이라고 한다면, 이 설은 또한 혹 가할 것이다. 이미, 천도의 완전함(全)은 곧 인성의 본이라고 한즉, 도라는 것은 심성이 없는 물건(物件)이다. 주(主)라는 것은 심성이 있는 물건이니 실로 서로 어울려 섞일 수 없다. 그 형세(勢)는 주(主)와는 합할(混) 수 없고 반드시 이(理)와 합(混)해야 한다. 천도를 말한 즉, 곧 인성의 본이고 천리를 말한 즉, 본원을 궁구하지(究) 않았다고 하니, 어찌 다르다고 할 수 있는 것이 아니겠는가? 그대의 뜻은 천도(天道) 자(字)를 바꿔 예수로 하고자 하는 것 같다. 이(理)와 상통(相通)함을 금(禁)해서는 안 되는데, 문자(文字)에는 각각 의미(意義)가 있다. 이것이 어찌 그대의 위력(威力)이 강제로 금(禁)할 수 있는 것이겠는가?

천명양심(天命良心)은 어째서 온갖 선(萬善)의 근원(原)이 될 수

---

18) 商王 紂의 叔父로, 與微子 및 箕子와 더불어 殷의 三仁이라 칭하여진다. 紂에게 누차 諫하였기 때문에 심장이 갈려져 죽임을 당하였다.

없는가? 그대의 설은 어째서 천은 유형무지(有形無知)의 물(物)로 유심유성(有心有性)의 예수와 다르므로, 운용(運用), 조작(造作)하여 온갖 선의 근원을 열기에 족하지 않다고 하는가? 이것은 아마도 그렇지 않고, 만약 단지 천(天) 자(字)를 칭할 따름이라면, 그대의 설은 당연히 옳다. 이미 이르기를, 명(命)은 이(理)라고 한 즉, 이(理)라는 자(字)는 곧 본원(本原)이다. 천은 비록 무지무각(無知無覺)의 물(物)이나 이(理)가 그 가운데 존재하니, 이(理)는 당연히 온갖 선의 근원이다. 그대가 말한 것처럼, 육신에 영혼이 있고 사람에게 영혼이 있으면 당연히 만사(萬事)를 할 수 있다고 하는데, 천에 이미 이(理)가 있으면 어찌 온갖 선의 근원이 될 수 없겠는가? 따라서 하나의 이(一理)가 유행(流行)하여 인간에게 명(命)하여지매 인간의 양심(良心)이 되고, 인간은 양심으로써 명받은 바에 따름으로써 이(理)에 합(合)한다. 이것은 본원(本原)으로 생각할 만한 곳이 될 뿐만 아니라, 온갖 선이 유래하는 바이다.

또 이르기를, "온갖 선의 뿌리가 조물주에게서 나왔고, 인간에게 부여하여 명한 것이 천리(天理)임을 살피지 못하고 있다"고 한다. 나는 그대가 이 설이 말도 안 된다는 것을 깨닫지 못하고 있는 것인지, 아니면 알면서 지기 싫어하여 억지로 말해 보는 것인지 모른다. 아! 성리(性理) 두 자(字)는 그 원류(源流)를 궁구하면, 서로 다른 두 가지 물(物)이 아니다. 하늘에 있어서 사려(思慮)가 없으면 이(理)가 되고, 사람에게 부여하여 지각(知覺)이 있으면 성(性)이 된다. 하늘과 사람 사이의 경계(界)가 나뉘어져 이미 다른 체양(體樣)이며 또한 다르게 이미 인간에게 부여되었다. 어찌 성(性)을 뛰어넘어서 사람의 천리(天理)가 될 수 있겠는가? 이 천(天) 자(字)는 사람의 오장(五臟) 안의 어디에 붙잡아 놓아야 온당한가? 유가(儒家)가 성(性)을 논할 때 역시 천리를 말하는 자가 많은데,

그 글의 기세(文勢)를 살펴보면 모두 본원(本源)을 찾고 그 얻게 된 바의 뿌리를 밝혀 그것을 보존에 이르게 하려는 노력인 것이다. 어찌 사람의 뱃속(腔子)에 사람에게 부여하지 않은 생명(生)이 있으며, 천리가 사람에게 명(命)을 부여하여 온갖 선의 근본이 되게 할 수 있다고 상언(常言)하는가? 무릇 이 병통(病痛)은 모두 양탈(攘奪)[19] 두 자(二字)에서 나오니, 공화(功化)는 예수에게 돌리고 이(理) 자(字)를 몰아내어 인성(人性) 아래에 잠복(伏)하게 함으로써, 후래의 사람들이 천주를 섬기는 설이 되었다. 혹자가 나에게 묻기를, "천리로부터 인성이 있음은 어리석은 백성들(愚夫愚婦)이 다 아는 바인데, 서사(西士)가 이 설을 굳게 지키며 죽어도 버리고자 하지 않고 반드시 이(理)를 빼어내고(拔) 성(性)의 뒤에 두고자(拔理後性) 함은 어째서인가?" 나는 이르기를, "이것은 곧 속(俗)에서 이른바 옹색한 것(酸處)이다. 이(理) 자(字)를 본래의 위치로 돌린 즉, 장차 예수를 어느 곳에 두겠는가?"

또한, 죽어서 어디로 가는지를 모른다면 누가 부지런히 행하기에 힘쓰겠는가라고 말하는데, 나는 서국(西國) 사람이 천당이 없으면, 줄곧 흉악한 패란(悖亂)으로 나아가 돌아보지 않고 한 사람도 선으로 향하는 자가 없을 것임을 안다. 이 설은 다만 세상의 인성(人性)을 왜곡하는데 그치는 것이 아니다."[20]

홍정하는, 서사(西士)가 천도(天道)의 완전한 것은 곧 인성의 근본이고, 행위가 적절하고 선(善)에 정성을 다하여 그 사람됨을 이루는 것이라고 한 것은 별 문제가 없으나, 이 말의 취지를 세 가지 단서—하나는, 사람의 본원으로, 어디에서 나왔는가이다. 둘은, 사람의 현재로, 세상에

19) 힘으로 빼앗아 가짐. 掠奪.
20) 『大東正路』卷之六 眞道自證證疑, pp.3a〜8b.

서 어떠한가이다. 셋은, 사람의 결국인데, 죽으면 어디로 가는가이다—
로 해석한 것과 관련하여, 그 모든 것이 예수와 결부되어 있음을 비판
하고 있다. 즉 천도(天道)와 예수가 서로 호응이 되지 않는다는 것이다.

서사(西士)는 천도는 천주(天主), 천주는 예수이니 천도와 예수는 별
개가 아니라고 한다. 그러나 홍정하는 도(道)는 형이상의 것이니, 천주
의 지능(智能)이 비록 완전하다고 할지라도 이 도를 따라 행한다고 해
야 용납될 수 있다고 한다. 서사(西士)는 끊임없이 이러한 도는 인정할
수 없다고 함에 반해 홍정하는 천도와 예수는 구별되어야 하며 세 가
지 단서로 천도의 전체로 삼는 것은 말이 안 된다고 한다.

홍정하는 선진(先秦) 유학에서는 도(道) 자(字)를 썼지만, 성리학에서
는 이(理) 자(字)를 쓰고 있다고 한다. 그는 천지·인물의 선악, 사정(邪
正)에 모두 도(道) 자(字)를 쓸 수 있어서, 선(善)과 정(正)한 곳을 가리
킴에는 이(理) 자(字)와 같지만 사(邪)와 악(惡)한 곳을 가리킴에는 이
(理)에 위배되는데, 이(理)는 진실(眞眞實實)하고, 지정지순(至正至純)하
며 거짓(虛假), 불선(不善)의 흠(病)이 없는 것이기 때문이라고 한다. 그
는 천주교가 성리(性理)의 설을 훔쳐 예수를 꾸미고 이로부터 인간이
창조되었다고 말함으로써 세상 사람들을 굴복시키고자 했다고 한다.
그리고 그는 예수와 천주의 전인성(全人性)의 근본으로 볼 때, 이러한
주장은 성립되지 않는다고 한다. 그는 천도의 완전함이 인성의 본이
라고 한 것은 아주 모호한 것으로 겉으로 천리를 섞어 사람들에게 이
상한 것이 없게 했지만, 내면으로는 천주를 숨기고 여기에 세 가지 단
서를 끌어들인 것이라고 한다. 천주에게 심성원욕(心性願欲)이 있다는
것은 사람의 형세이지 하늘의 형세가 아니므로 천도(天道)는 인성(人
性)의 본(本)이 될 수 없다고 한다.

홍정하는 세 가지 단서에 나오는 천당·지옥설과 관련하여, 서사(西
士)의 말대로라면, 선을 행하는 자는 참된 선이 아니며 공을 세워 상

을 구하려는 뜻이며, 악을 미워하는 사람은 진정으로 악을 미워하는
것이 아니라 벌을 피하고 죄를 두려워하는 계략에서 나온 것이라고
하면서, 이렇다면 참된 도는 어디에 있는가 하고 묻고 있다.

홍정하는 성리학적 입장에서, 천은 무지무각(無知無覺)의 물(物)로
이(理)가 그 속에 존재하며 이(理)는 온갖 선의 근원이 되는데 서사(西
士)가, 온갖 선의 뿌리가 조물주에게서 나왔고, 인간에게 부여하여 명
한 것이 천리(天理)라고 한 것은 말도 안 된다고 한다. 성리학에서는
하늘에 있어서 사려가 없으면 이(理)가 되고, 사람에게 부여하여 지각
이 있으면 성(性)이 되어 하늘과 사람 사이의 경계(界)가 나뉘어져 이
미 서로 다른 체양(體樣)으로 인간에게 부여되었으므로 성(性)을 뛰어
넘어서 사람의 천리(天理)가 될 수 없다는 것이다. 이러한 입장에서 홍
정하는 천당이 없다면, 서국(西國) 사람들은 뒤도 돌아보지 않고 줄곧
흉악한 패란(悖亂)으로 나아가, 한 사람도 선으로 향하는 자가 없을 것
이라고 주장하고 있다.

홍정하는 하늘의 천주인 예수가 인성(人性)을 띠고 동정녀의 몸을
통해 태어났다는 것에 대해 인용하고 있다.

> "혹자가 이르기를, 지존(至尊)과 지비(至卑)는 한 몸(一位)으로
> 합쳐졌으니(締合) 매우 추잡하지 않은가?.
> (西士가) 이르기를, 인성(人性)을 합(合)하여 그 존귀함을 더할
> (增) 수 있고 성자(聖子)는 결단코 그 존귀함을 경감시키지 않았으
> 니, 비유하면 나라 안에서 지위가 천한 여자가 왕후가 되었다면,
> 여자의 천함은 바로잡혀지고 임금의 존귀함은 계속이어서 존재함
> 과 같다."[21]

---

21) 『眞道自證』 卷3 「駁疑引據」 總論 第一前道於理無不合, p.4a(鐘鳴旦 等編, 『徐家匯
　　藏書樓明淸天主敎文獻續編』 第26冊, 臺北 : 臺北利氏學社, 2013, p.301); 『大東正

홍정하는 이에 대하여 다음과 같이 비판하고 있다.

　"진실로 구세(救世)할 수 있다면, 어째서 존비(尊卑)를 논하는가? 다만 부부가 결혼함(夫婦配合)으로써 두 성이 서로 합한 것(兩姓[sic.]相合)을 비유하니 또한 잘못이다. 부부는 비록 합하더라도 곧 두 몸(二身)이며 성(性)은 곧 한 몸(一身) 속의 물(物)이다. 그대가 과연 천한 여자(卑女)가 왕후가 되어 천자(天子)와 한 몸이 되는 것을 본다고 해도, 여자의 본몸(本身)이 없어지고 나아가 천자로 되는 것이겠는가? 만약 그러하다면 곧 여자가 변화되어 남자로 되니 크게 변괴(變怪)이다. 또한 이것은 모자간(母子間)의 일이다. 어째서 매번 부부로써 비유로 하는가? 무식하고 무식하다."[22]

　이 부분은 예수의 강생(降生)과 예수는 양성(兩性) 즉 천주성(天主性)과 인성(人性)을 겸하고 있다는 『진도자증(眞道自證)』의 내용을 비판한 것이다. "예수가 한(漢)나라 때 태어난 것은 인성이다. 천주성은 원래 무시(無始)이며 스스로 존재함이다. 다만 천주 성자(聖子)가 당일에 인성과 결합하여 강생한 일이 있는 것이다"라고 한 것을 이해시키기 위해 서사(西士)가 비유해서 말한 것을 홍정하는 전혀 이해하지 못하고 있다. 『진도자증』에서는 천주성과 인성의 양성(兩性)의 결합을 부부결합으로 비유했는데, 홍정하는 성리학적 입장에서 부부는 양성(兩姓)이니 결합했더라도 성(性)은 각각의 몸에 있다고 한다. 또한 성자(聖子)를 부인(婦人)으로 비유했는데, 이것이 남자로 변했다고 하면서 괴이하다고 하고 있다. 『진도자증』에는 이 질문에 앞서 '천주가 동정녀로써 임신됨', '천주가 인성을 띠고 성자(聖子)로 강생한 후에도 천주성

　　　路』卷之六 眞道自證證疑, p.8b.
22) 『大東正路』卷之六 眞道自證證疑, pp.8b~9a.

을 갖고 있었다는 것', '천주성이 인성과 결합할 수 있고 한 몸에 귀속되어 구세자(救世者)가 된 것', '지존자가 스스로 굽혀 비천에 이른 것' 등에 대한 질문과 그에 대한 설명이 제시되고 있는데, 이에 대해서는 전혀 언급하고 있지 않다.

홍정하는, 예수회 선교사가 예수가 인류를 구원하기 위해 강생한 것을 부모된 자의 자식에 대한 사랑으로 비유한 것을 인용하고 있다.

> "혹자가 이르기를, 사람을 구원하려 강생했는데, 뜻은 비록 선하나 너무 지나친 것 같지 않은가?
> (西士가) 이르기를, 보지 못하는가? 부모된 자는 자식에게 질병이 있으면 친히 스스로 몸을 낮추고 겸손하게 노고를 다한다. 부모의 마음을 모르는 자는 지나치다고 생각한다.
> 혹자가 이르기를, 천주의 사랑(慈)이 이미 이와 같은 즉, 사람들은 마땅히 모두 그 은택을 입어야 하는데, 오히려 다하지 못한 자가 있음은 천주의 사랑에 부족함이 있는 것이 아닌가?
> (西士가) 이르기를, 자녀에게 질병이 있으면, 부모는 그를 구원한다. 만약 자식이 (약이) 쓴 것을 두려워하여 죽을지언정 마시지 않으면 대개 자식이 스스로 죽음이다."[23]

홍정하의 이에 대해 다음과 같이 비판하고 있다.

> "천주의 사랑이 이미 이와 같은데, 악한 주장으로써 그 병의 근원을 열고 유혹의 마귀를 풀어놓음으로써 그 오랜 병환을 더한

---

23) 『眞道自證』 卷3 「駁疑引據」 總論 第一前道於理無不合, pp.4ab(鐘鳴旦 等編, 『徐家匯藏書樓明淸天主敎文獻續編』 第26冊, 臺北 : 臺北利氏學社, 2013, pp.301~302); 『大東正路』 卷之六 眞道自證證疑, p.9a.

것, 이것이 모두 자애의 소치인가? 자식에게 병이 있으면 약석(藥石24))으로써 치료하며 음식으로써 도와 보호하는데, 마음을 애태우고 온힘을 다하기를 마다하지 않고 노고함은 당연히 있을 수 있는 일이다. 자식의 병을 보고 인간으로 태어나 도살하는 가게(屠肆25))에 몸을 던져 몸소 희생을 대신하여 도살하는 자로 하여금 자기를 찌르게 하는 것이 어찌 자애를 다하는 방법이 되겠는가? 자식이 차라리 죽을지언정 마시지 않는 것은 과연 무슨 약인가? 만약 숭봉(崇奉), 찬양(讚揚)으로써 양약(良藥)으로 한다면, 어찌 자식을 위한 양약이 모두 병과 무관한 것이며 모두 약을 가르친 사람에게는 이로운 것인가? 만약 이르기를, 강생하는 외에 다른 방법이 없다고 한 즉, 몸을 굽혀 자신을 낮추고 강생함도 용납되거나 가하다. (그런데) 어째서 악한 주장을 버리고 요괴하며 사악한 마귀를 가두어 그 착한 마음을 묵묵히 열어 편안히 앉아 구원하게 하지 않는가? 천주가 전능(全能)한데 진실로 그 원하는 바라면 어찌 할 수 없는 것이 있겠는가? 더디고 더디다. 만세(萬世) 중에서 보고도 못 본 체하는 때에 한 번 분노한 위세는 사람 222만 명을 죽인다. 그러한 때 얼마나 그 자애(慈愛)가 크게 미치지 못하며, 속태(俗胎)에 투신(投身)하여 흉화(凶禍)가 (예수 자신의) 몸에 미칠 때라면 곧 또한 얼마나 자애가 분에 넘치는가."26)

이 부분은 앞의 (다)에 나오는 예수 강생과 관련된 서사(西士)의 계속된 설명에 대한 비판의 일부이다. 홍정하는 예수가 인간의 구원을

---

24) 약과 돌바늘이라는 뜻으로, 사람을 훈계(訓戒)하여 나쁜 점(點)을 고치게 하는 것이다.
25) 소, 돼지 따위의 짐승을 잡아서 고기를 파는 가게.
26) 『大東正路』 卷之六 眞道自證證疑, p.9a.

위해 십자가에 달려 죽임을 당한 것에 대해 그것이 인간에 대한 사랑을 다하는 방법이 될 수 없다고 한다. 또한 그는 인간의 구원이 예수를 숭봉, 찬양하는 방법으로는 이루어질 수 없다고 하고, 그 구원도 사악한 마귀들을 제압하고 편히 빨리 이루어져야 할 것임을 말하며, 예수가 인류를 구원하기 위해 자신의 몸을 희생 제물로 바쳤다는 것에 대해 비꼬고 있다.

홍정하는 예수회 선교사가 예수의 가르침이 서양(遠西)에 어떠한 영향을 끼쳤는가에 대하여, 그리고 정치적 군주와 더불어 교황의 지위와 역할에 관해 서술한 것을 인용하고 있다.

"예수의 도(道)를 얻고부터 원서(遠西)의 여러 나라들은 종래 만자(萬慈, 온갖 사랑. sic. :『眞道自證』원문에는 '萬惡'으로 나온다. 문맥으로 봤을 때도 '萬惡'이 옳다)의 온상이었는데 후에는 지선(至善)의 영역이 되었다. 재물을 탐하던 자가 베풀기를 좋아하고, 색(色)에 미혹된 자가 정결해지고, 자만하며 사나운 자가 양순해지고, 게으르고 나약한 자가 용감하고 굳세져 풍속이 드디어 변하여 상하가 서로 편안하며 조용하고 무사하다. 부자는 교만하지 않고 가난한 자는 탐하지 않는다. 귀한 자는 속이지 않고 천한 자는 대항하지 않는다. 부자는 빈자의 재물이 보관된 창고(帑藏)가 되고, 빈자는 부자의 팔과 다리(股肱)가 된다. 도(道)를 품은 자는 중인(衆人)의 모범이 되고, 권력에 오른 자는 백성의 부모가 된다. 한 나라가 마치 일가(一家)와 같다. 늙은이에게는 공양(公養)이 있고, 소년에게는 공교(公校), 병자에게는 공의(公醫), 여행자에게는 공사(公舍), 포로에게는 속(贖)이, 재난(囚, sic. : 죄수에게는,『眞道自證』원문에는 '囚'로 나옴)에는 위로가 있다. 가난한 백성인데 알리지 않은 자는 모두 서로 돌아가며 구휼한다. 함께 앓아 일체(一體)이다. [지금까지 천 수 백년 거치면서, 그 풍속이 늘 새로워졌

다. 대개 그 도(道)는 바뀌지 않는다 : 홍정하의 인용문에는 빠져
있다] 세상의 통치자(世主) 외에 따로 도(道)를 주재하는 공동의
군(共君)이 있다. 세상에 미침이 없고 다만 크고 훌륭한 덕에 의거
해 선다. 오로지 도를 다스리는 것을 임무로 한다. 이름하여 교황
(敎皇)이라 한다. 그 아래 또 각국에 주교·신사(主敎神司)를 두고
그 직을 나누어 맡고 각 지역에서 성화(聖化)를 돕고 교황은 그 가
운데서 예수의 자리(位)를 대신해 예수의 권(權)을 받든다. [안으
로는 깨우치는 것을 맡고, 밖으로는 성전(聖傳), 성경(聖經)으로써
그 도(道)가 참됨을 지키며 그 속(俗)의 바른 것을 정한다 : 홍정하의
인용문에는 빠져 있다] 열국(列國)의 군민(君民)은 그 도범(道範)을 존
숭한다. [예수의 명(命)을 받들 뿐만 아니라, : 홍정하의 인용문에는
빠져 있다] 그 교화를 베풀어 마지않음은 원서(遠西)의 여러 나라에
그치지 않아 천하에는 교(敎)를 경청하지 않는 자가 없다."[27]

홍정하는 이에 대해 다음과 같이 비판하고 있다.

"이것이 곧 서교(西敎) 치세(治世)의 큰 계획(排布[28])인데, 예악
(禮樂)·형정(刑政)의 대강기(大綱紀)에는 모두 미치지 못하고 있다.
단지 사람을 꾈 수 있는 세절(細節)을 취하여 말한 것으로, 보잘
것 없는 일에 골몰하는 것이다. 사람의 각각에게는 자제(子弟)가
있는데, 늙은이가 어찌 반드시 공양(公養)을 기다려야만 하겠는
가? 병자는 어찌 반드시 공의(公醫)를 기다려야만 하겠는가? 행려

---

27) 『眞道自證』卷3「駁疑引據」總論 第三論道確據 升天後據, pp.29b～30b(鐘鳴旦 等
   編, 『徐家匯藏書樓明淸天主敎文獻續編』 第26冊, 臺北 : 臺北利氏學社, 2013,
   pp.352～354); 『大東正路』 卷之六 眞道自證證疑, p.9b～10b.
28) 생각을 해서 일을 이리저리 조리 있게 계획함, 또는 마음속에 가지고 있는 계획.

(行旅)의 숙박은 여관에서 주인과 손님이 서로 편의대로 해야지 어찌 공사(公舍)가 필요하겠는가? 다만 사궁(四窮[29])의 어느 누구에게도 자신의 괴로움을 하소연할 데가 없는 자가 공양(公養)과 공의(公醫)를 기다릴 수 있다. 이것은 특히 문왕(文王)의 인정(仁政) 중의 단지 한 가지니, 어찌 이것으로써 세상을 잘 다스린 모범으로 처리할 수 있겠는가? 듣자하니, 서국(西國)은 천주교 후에 다투어 전쟁하고 왕위를 찬탈하고 시해(弑害)하는 일이 없어야 하는데, 어째서 포로가 있다고 하는가? 포로라는 것은 곧 적에 사로잡힌 바를 칭하는 것이며 속(贖)은 포로로 잡힌 나라가 금전을 보내 포로 된 사람의 죄를 면제받는 것이다. 이미 다투며 전쟁하는 일이 없은 즉 포로와 속금(贖金)은 마땅히 모두 없어야 할 것 같다. 이것은 곧 세부적인 일로 잠시 내버려두더라도, 그 본원에 크게 잘못된 곳이 있다. 어째서인가? 그 처음부터 끝까지 한 마디도 윤상(倫常)에 미친 것이 없다. 윤상은 인간의 대본(大本)이다. 인간에게 윤상이 없으면 금수와 무엇이 다르겠는가? 비록 재물과 여색(財色)이 가난하거나 부유한 때에 행동거지의 과정에 각각 그 마땅함을 얻는다 할지라도, 비유하자면, 뿌리가 없는 나무가 심겨져 서 있을 수 없는 것과 같으니 어찌 다스려짐이라 여기겠는가? 혹시 그것에 천주의 권(權)에 방해가 됨이 있어 차라리 입을 다물고 말을 하지 않고 있는 것이 아닌가 한다. 비록 입을 다물고 말을 하지 않는다고 할지라도 그것(倫常)은 저(西方)와 단절되어 있다. 비록 입을 다물고 말을 하지 않고, 끝내 감히 드러내놓고 말하지 않았지만, 이것은 곧 없앨 수 없는 증거이다.

부모라는 명분(父母之名)이 어찌 권세를 타고 망령되이 칭해질

---

29) 네 가지 매우 딱한 처지의 사람. 곧 늙은 홀아비(鰥), 늙은 홀어미(寡), 부모 없는 아이(孤), 자식 없는 늙은이(獨)를 통틀어 이르는 말.

수 있는가? 나를 낳은 자가 부모가 된다. 천지간에 나를 낳은 자는 오직 이 두 사람일 뿐이다. 곧 하늘이 내려준 혈족이며 출생의 근본이다. 본래 권(權)이 없다고 해서 그것을 끊거나 권(權)이 있다고 해서 그것을 칭할 수 없다. 어찌 권세를 타고서 백성의 부모가 되겠는가? 예수는 천주의 권세를 훔치고자 하였고, 부모를 백성에게서 훔치고자 하였다. 그러므로 매번 권세를 타는 곳에서 부모임을 허락하였다. 권세(權)가 중(重)하니 부모는 칭하기 어려운 호칭이 아님을 알고 이 말을 믿었다. 부자에게는 금과 비단의 권세가 있고, 귀한 자에게는 지위와 위세의 권세가 있다. 비록 지극히 천하고 지극히 미미한 부류라 할지라도, 그 자리에서 권세를 쓴 즉 그것이 있다. 만약 권세가 있는 곳으로써 곳곳에 따라서 부모라고 한 즉, 거짓 아들이 먼저 황금탕(黃龍湯 : 金汁)[30]을 맛보니 곧 예수의 효자이다. 혹자가 이르기를, 세상이 군(君)을 칭하여 군부(君父)라 하고, 사(師)를 칭하여 사부(師父)라 하는데, 모두 부모가 아닌데 그들을 일컬어 부모라 함은 어째서인가? 나는 이르기를, 천하에서 높이며 사랑할 만한 자로 부모보다 더한 것이 없으며, 군과 사(君師)는 부모에 견주어 높일 수 있으므로, 견주어 높일 수 있는 의(義)를 밝히고자, 부모를 끌어다가 그것을 증명한 것이다. 이것이 군을 칭하여 부라 하고, 사를 칭하여 부라고 함으로써 군과 사가 부와 같음을 밝힌 것이다. 군과 사는 그 본래의 지위이며 부모는 그 중함(重)을 끌어다가 비유한 것이다. 이것으로써 저것을 비춘 즉 피차의 분(分)이 매우 분명해진다. 군·사(君師)는 군·사로부터 나온 것이고 부모는 부모로부터 나온 것이다. 만일 군·사라는 본래의 호칭을 버리고 그대로 부모라고만 칭한다

---

30) 黃龍湯是將糞放在甕中,埋在土中,久之,會變成糞水,據言可解百毒.

면, 부모는 유일무이함을 사람들이 모두 아는 바이다. 다만 하나만 있는데 군과 사가 그에 의거한 즉, 부모는 거(居)할 자리가 없어지고 말 뿐이다. 또한 아들(子 예수)의 성벽(性癖31))은 정말로 불가해하다. 만약 아들(子 예수)를 높여 스승으로 삼고 온 세상을 몰아 귀의케 하고자 한다면, 마땅히 그 덕을 선양하며 그 도를 상세히 밝히고서 선(善)을 칭하고 신(神)을 칭하여도 불가할 바가 없다. 사람들은 마땅히 그 성신(聖神)을 알고 그를 높이고 그를 사랑함에 있어서 부모께 하는 것보다 못하지 않을 것이다. 하필이면 군·부(君父)의 호칭을 빼앗아 염치를 무릅쓰고 이를 써야만 할 것이 무엇인가? 부모라는 호칭은 결국 아들이 필설(筆舌)로 권세(權)를 타고서 여탈(與奪)할 수 있는 바가 아니며, 헛되이 질투해서 훔친다고 하는 나쁜 점으로 보일 따름이다.

교황(教皇)이라는 말은 쓸 수 없는 것이다. 말할 수 있는 바라도 그것을 말함에는 두려워해야 한다. 황(皇)이라는 것은 군(君)이다. 군이라는 것은 덕이 있다는 칭호가 아니고 지위가 있다는 칭호이다. 군은 군의 지위가 있음에서 나오고 신하는 신하의 지위가 있음에서 나온다. 군은 덕이 없음으로 해서 그 지위를 버릴 수 없고, 신하는 덕이 있다고 해서 군의 지위를 사칭해서는 안 된다. 어찌 스스로 덕이 있다고 여겨서 멋대로 군의 지위에 처할 수 있겠는가? 중국(中國)으로써 말하면, 삼대(三代) 이전에는 성인(聖人)이 재위(在位)했으니, 이때에는 그를 일컬어 교황이라 해도 어쩌면 좋을 것이다. 삼대 이후에는 성인이 아래에 있어 그 지위를 얻지 못했으므로 다만 자(子)로써 칭하였다. 자(子)라는 것은 다섯 번째 등급의 신위(臣位)로 황(皇)을 참칭(僭稱)하는 자가 있을 수

---

31) ① 心身에 굳어진 좋지 않은 버릇 ② 先天的 또는 主觀的으로 情慾의 만족을 志向하는 素質 ③ 性味.

없었다. 지금 만약, 자기에게 덕이 있다고 하고서, 거만하게 군과 같은 높임을 받고 교황의 지위에 처한다면, 군주(君主 : 人主 임금)를 세주(世主)로 지칭하는 것이니 매우 오만한 것인데, 천주는 지금 비로소 변하여 인주(人主)가 되었다. 자천(蔗蟲[32])이 사탕수수를 조금씩 먹어 점입가경(漸入佳境[33])하여 한 나라의 권세의 높고 낮은 것을 장악하고자 함이 마음에 있은 즉, 필경에는 어느 지경에까지 이를 것인지 모른다. 또한 인군(人君)이 주관하는 바는 어떤 일인가? 교화(敎化)라는 두 자(字)는 이미 타인이 주관하는 바로 된 즉, 이른바 세주(世主)라는 자는 온갖 집사(執事)의 우두머리인 일본국(日本國)의 황제에 불과하다. 장차 어찌 저러한 군(君)을 쓰겠는가? 군도(君道)는 없어지고 신도(臣道)는 어지러움이 이 같으니 또한 세상이 잘 다스려지는 것이라고 할 수 있는가? 진실로 이 사람에게 성인(聖人)의 덕이 있으면, 교화를 일으킬 수 있은 즉, 마땅히 충(忠)과 지(智)를 다해서 군을 보좌해 교화를 이루게 하고, 교(敎)를 베푸는 노고는 자신의 지위에 속하게 하고 교(敎)를 행하는 권(權)은 인주(人主)에게 돌아가도록 한다. 그렇지 않으면, 물러나 아래에 처해서 온몸을 깨끗하게 하며 온 세상에 사(師)가 되어 영재(英材)를 기르고 이후(他時)에 전도(傳道)함으로써 장래에 공로가 있기를 바람이 가하다. 어째서인가? 널리 퍼져 있는 도당(徒黨)이 몰래 기기(機器)를 베풀어 미련하고 어리석은 자들을 속여 홀리게 하고 현우남녀(賢愚男女)를 가리지 않고 단지 사람이 많은 것(人衆)으로써 중요한 것으로 한다. 처음에는 공손, 미미하고 흐름이 가늘었으나 끝내는 곧 사납고 포악하여 재앙이 극에

---

32) 蔗蟲(柘蟲 : 사탕수수 누에).
33) 들어갈수록 점점 재미가 있음. 시간이 지날수록 하는 짓이나 몰골이 더욱 꼴불견(-不見)임을 비유적으로 이르는 말.

달한다. 한 군(君) 외에 별도로 교황이라는 명의(名)을 만들어 내어 치세(治世)도 주관하고 교화(敎化)도 주관한다. 비록 전쟁, 시대가 바뀜의 변(變)이 없지만, 인민(人民)·세계(世界)는 골짝에 있던 배가 한밤중에 남모르게 옮겨지는 상태(壑舟之夜徙)에 들어간다. 속담에 이른바 불쌍하고 가엾게 여겼더니 주방을 엿보고서 손에 기름을 묻히고 장을 뽑은 것이(扱腸) 그 술(術)을 부림이다. 참된 것인가? 참담하고 또한 악랄하다. 그러나 그 설에 미혹된 자는 이제 비로소 또한 손뼉을 치고 찬탄하면서 오랜 세월을 통하여 드물게 대단히 뛰어나다고 여기며, 그것에 큰 화(禍)가 숨어 있는 바를 모른다. 맹인이 눈이 먼 말을 타고 심야에 깊은 못에 임하였으니, 아아! 마음이 아프다. 올바른 곳에서 치명(致命)함은 진실로 사양하지 않은 바인데, 옳지 않은 곳에서 치명함은 어째서인가?"[34]

여기에서는 우선, 유럽 여러 나라들에서 천주교가 신앙화하면서 일어난 정치·사회적 변화에 대해 『진도자증』에 언급된 것들을 비판하고 있다. 여기에서도 홍정하는 역시 성리학적인 입장에서, 이러한 변화에 대한 언급에 있어서, 인륜(人倫)의 상도(常道)인 윤상(倫常)이 한 마디도 나오지 않는 것에 대해 비판하면서, 설령 유럽 여러 나라에서 행해지고 있는 일들에 마땅한 바가 있다고 하더라도, 실제로는 뿌리가 없는 나무가 심겨져 서 있을 수 없는 것과 같으므로 잘 다스려지고 있다고 볼 수 없다는 것이다. 그리고 천주교가 이를 말하지 않는 것에 문제를 제기하고 있다.

홍정하는 또한 부모라는 명분을 천주교에서 망령되이 칭하고 있다고 비판한다. 그는 나를 낳아준 이가 부모인데, 예수가 이 명분을 훔

---

34) 『大東正路』 卷之六 眞道自證證疑, pp.10b～13a.

치고 있다고 한다. 그는 부모는 유일무이한데, 이를 여기저기에 갖다 붙이면, 부모가 거할 자리가 없어지고 말 것이라고 하고, 예수를 높여 스승으로 삼고 온 세상을 귀의토록 하고자 한다면, 그 덕을 선양하고 그 도를 상세하게 밝히고서 신(神)을 칭하여도 불가할 것이 없을 것이라 하고 부모라는 호칭을 굳이 쓸 필요는 없을 것이라고 한다.

　마지막으로 홍정하는 교황이라는 말을 쓰는 것을 비판하고 있다. 그는 황(皇)은 군(君)으로 군은 덕의 유무와는 무관하며 최고 통치자의 지위를 나타내는 용어라고 한다. 그는 삼대 이전에는 성인(聖人)이 통치했으므로 교황이라 칭할 수도 있겠지만, 삼대 이후에는 성인이 군(君)의 아래에 처해 있게 되었다고 한다. 따라서 그는 성인은 군주(君主)의 신하로서의 지위를 갖고 있으니 충(忠)과 지(智)를 다해서 군을 보좌해 교화를 이루도록 노고는 하지만 교(敎)를 행하는 권(權)은 인주(人主)에게 돌아가도록 해야 하고, 그렇지 않을 경우에는 재야에서 인재를 길러야 할 것이고 한다. 홍정하는 천주교 신자 세력이 커질 것을 염려하고, 현재의 통치자를 대신해 교황이라는 명의를 가진 자가 정치와 교화를 모두 주관하게 되는 경우가 올 수도 있다고 한다. 천주교 설에 미혹된 자들은 이를 찬미하고 대단히 뛰어난 것으로 여기는데, 이는 마치 맹인이 눈 먼 말을 타고 깊은 못에 임한 것과 같다고 하고, 결국 쓸데없는 죽음을 초래할 것이라고 한다.

4. 의의 및 평가

　홍정하는 이 저술에서 천주교 교리를 다룬 중요 서학서 중 하나인 『진도자증』을 철저하게 성리학자의 관점에서 비판하고 있는데, 이 책의 전반에 대해 비판을 제기했다기보다는 내용 중에서 아주 극히 일부에 대해 비판을 제기했고, 비판 방식도 논리적이라고 보기가 어렵다. 다만, 이외에도 그가 「증의요지(證疑要旨)」, 「천주실의증의(天主實義證疑)」, 「만물진원증의(萬物眞源證疑)」, 「성세추요증의(盛世蒭蕘證疑)」를 저술한 것을 보면, 천주교 교리에 관한 서학서를 폭넓게 읽었음을 알 수 있는데, 그의 천주교 교리에 대한 이해 수준과 그에 대한 비판의 성격 등은 위 저술들에 대한 전반적인 분석이 이루어진 뒤에야 보다 정확하게 평가될 수 있을 것이다. 다만, 그가 간접적인 방식이 아닌 직접적으로 예수회 선교사들이 저술한 한문서학서들을 읽고 성리학적 관점에서 보았을 때 문제가 되는 교리들에 대해 비판을 했다는 점에서 의미가 있다.

홍정하는 천주교의 전파가 지금은 미미하지만 뒤에는 세력이 커져 나라에 재앙을 끼칠 것을 염려하고 있다. 그 염려는 천주교도들이 증가하고 그 가르침이 퍼짐으로써 성리학적인 윤상(倫常)이 무너지는 것이었다. 결국 정조 때 처사인 홍정하가 성리학적 이념의 수호를 내세우면서 천주교의 교리를 비판한 저술들이 100여 년이 지난 뒤인 1903년에 출판된 것은, 당시의 위정척사운동에서 표방한 이념과 상통하는 면이 있었던 것이라 하겠다. 다만, 아직은 성리학과 천주교를 정(正)과 사(邪)로 구분하고 있지는 않지만, 천주교에 대해 참담하고(慘) 또한 악랄하다(毒)고 언급하며, 장래에 화(禍)가 될 것임을 경고함에 그치고 있고 그 구체적인 상황에 대한 언급은 나타나지 않고 있다. 대체로 그의 비판은 아직은 주로 윤리적인 면에 그치고 있는 것[35]으로 보인다.

홍정하가 천주교인을 맹인이 눈 먼 말을 타고 깊은 못에 임한 자들로 비유하면서, 쓸데없는 치명(致命)을 언급한 것은 천주교에 대한 박

---

35) 朴鍾鴻, 위와 같은 논문.

해가 정당함을 주장한 것으로 보인다.

〈해제 : 송요후〉

참 고 문 헌

1. 단행본

홍이섭, 『한국사의 방법』, 탐구당, 1970, pp.413～416.

鐘鳴旦 等編, 『徐家匯藏書樓明淸天主敎文獻續編』 第26册, 臺北 : 臺北利氏學社, 2013.

2. 논문

금장태, 「髥齋 洪正河의 서학비판론과 쟁점」, 『종교와 문화』 제7집, 2001.

朴鍾鴻, 「西歐思想의 導入 批判과 攝取 ― 其一 天主學 ―」, 『亞細亞硏究』 12(3), 1969.9.

「척사교변증설(斥邪敎辨證說)」

분류	세부내용
문 헌 종 류	조선서학서
문 헌 제 목	척사교변증설(斥邪敎辨證說)
문 헌 형 태	필사본
문 헌 언 어	한문
저 술 년 도	1847년 이후 근년 추정
저　　자	이규경(李圭景, 1788~1856?)
형 태 사 항	86면
대 분 류	사상
세 부 분 류	척사
소 장 처	『오주연문장전산고(五洲衍文長箋散稿)』권18에 수록 -서울대학교 규장각한국학연구원 -동국대학교 중앙도서관
개　　요	『지봉유설(芝峯類說)』,『명사(明史)』,『화한삼재도회(和漢三才圖會)』를 비롯한 조선·중국·일본의 60여종의 문헌을 근거로 천주교가 중국과 조선에 전래된 역사를 편집·정리하여 기술하고 이에 대한 저자의 비판을 담고 있다. 기원 전후 시기부터 1840년대까지의 천주교 동양 전래사 및 조선에서의 천주교 사옥의 역사를 구성하였다.
주 제 어	척사(斥邪), 상제(上帝), 천주(天主), 야소(耶蘇), 사옥(邪獄), 대불랑서국(大佛唧西國)

1. 문헌제목

「척사교변증설(斥邪敎辨證說)」

2. 서지사항

「척사교변증설(斥邪敎辨證說)」은 『오주연문장전산고(五洲衍文長箋散稿)』 18 經史 釋典類 西學 條에 실려 있다. 『오주연문장전산고(五洲衍文長箋散稿)』는 이규경(李圭景,1788~1856?)이 쓴 백과사전 형식의 책이다. 이 책은 원래 더 거질(巨帙)이었던 것으로 추정되나, 60권 60책의 필사본만이 최남선(崔南善,1890~1957)에 의해 소장되어 왔다. 그러나 이 필사본도 6.25 전쟁으로 소실되었으며, 다만 최남선 소장본을 필사한 것이 보존되어 이것을 규장각에서 보관하여 왔다. 규장각에는 2종이 소장되어 있는데 「古0160-13」와 「奎 5627」이다. 「古0160-13」는 1929년 3월~9월 경성제대에서 필사한 것이다. 60권 60책 필사본이고 사이즈는 30.3×21.3cm. 완질이다. 「奎 5627」는 조선 총독부에서 필사한 것으로 1~4권이 낙질되어 현재는 56책만이 남아 있다. 1959년에 古典刊行會에서 이 두 종을 합쳐서 完帙로 영인·간행하였다.

「古0160-13」의 권두에는 이규경의 서문(序文)이 있으며, 권1의 「십이중천변증설(十二重天辨證說)」에서 권60의 「황정편정변증설(黃精偏精辨證說)」까지 역사(歷史)·경학(經學)·천문(天文)·지리(地理)·불교(佛教)·도교(道教)·서학(西學)·풍수(風水)·예제(禮制)·재이(災異)·문학(文學)·음악(音樂)·병법(兵法)·풍습(風習)·서화(書畵)·광물(鑛物)·초목(草木)·어충(魚蟲)·의학(醫學)·농업(農業)·화폐(貨幣)·자연과학(自然科學) 등 여러 영역을 망라한 총 1,417 항목에 달하는 내용으로 구성되어 있다.

「척사교변증설(斥邪敎辨證說)」은 『오주연문장전산고(五洲衍文長箋散稿)』 18 經史 釋典類 西學 條에 실려 있는데 한 면은 19~20자 10줄로 구성되어 있다. 내용은 『芝峯類說』,『明史』,『和漢三才圖會』를 비롯한 조선·중국·일본의 60여종의 문헌을[1] 근거로 천주교가 중국과 조선에 전래된 역사를 기술하고 이에 대한 저자의 견해·비판을 담고 있다. 기원 전후 시기부터 1840년대까지의 천주교 동양 전래사 및 조선에서의 천주교 사옥의 역사를 구성하고 있다.

[저자]

이규경의 본관은 전주(全州), 자는 백규(伯揆), 호는 오주(五洲) 또는 오주거사(五洲居士), 소운거사(嘯雲居士)라고도 한다. 정조대 규장관 검서관(奎章閣 檢書官) 이덕무(李德懋,1741~1793)의 손자이며, 역시 규장각 검서관이었던 이광규(李光葵)의 아들로 이규경은 가학(家學)의 전통으로 어려서부터 다양한 분야의 학문을 접할 수 있었다. 『오주연문장전산고』가 조부 이덕무의 『청장관전서(靑莊館全書)』를 가장 많이 인용하고 있는 것에서도 가학의 전통을 볼 수 있다.

이규경은 7~8세 무렵에 외가의 별장이 있던 과천 세오개(三峴)에 어머니를 모시고 가서 독서를 했는데 간혹 4~5달을 머물기도 했다고 한다. 이덕무가 세상을 떠난 것이 이규경이 6살 때 던 것을 생각하면 조부가 타계하자 외조부에게 교육을 받은 것이 아니었을까 짐작 된다. 그의 외조부는 정의동(鄭義東)인데 중국에 갔을 때 나귀가 맷돌을 돌리는 것을 보고 돌아와 모방하여 설치하여 사용했다는 일화가 전한다. 외조부의 향을 받아서인지 이규경도 기계 제작에 관심이 많았다. 이덕무는 북학파의 일원으로 청나라로부터 서양의 발전된 과학기술을

---

1) 조선 문헌인 『湛軒集』,『北遊日記』,『芝峯類說』,『澤堂集』,『弘齋全書』,「帛書」(黃嗣永),「對策」(洪樂安),『海游錄』, 사옥 관련 供招, 포도청 草記, 중국 문헌인 『明史』,『外夷傳』,『帝京景物略』,『淸三通』,『學福齋雜著』,『說文』,『通典』,『日知錄』,『漢書』,『海國圖志』,『嶺南雜志』,『池北偶談』,『淸會典』,『淸一統志』,『心史』, 일본 문헌인 『和漢三才圖會』,서양 선교사가 지은 『七克』,『景敎碑詮』,『景敎碑訟』등의 다양한 분야의 문헌 자료를 인용하였다.

수용하여 조선의 산업을 일으켜야 한다는 개방적및 서양 제국과 통상 교역을 적극적으로 실시하여 국가를 부강하게 만들어야한다는 문호 개방론을 표방하였다.

『오주연문장전산고』서문에서 '명물도수(名物度數)의 학문이 성명의 리지학(性命義理之學)에는 미치지 못하나 가히 폐할 수 없다'고 밝혔듯이, 그는 불교, 도교, 서학(西學), 자연과학 등 모든 학문과 사상을 포괄하려는 사상과 학문의 개방성이 두드러진다. 김상인은 『오주연문장전산고』를 출산하면서 쓴 서문의 서두에서 "우리나라의 실학은 선조 광해 연간 이래 중국으로부터 전해오던 서학(西學)과 청조 고증학의 영향에서 이루어지고 발전되어온 것이어니와 그것을 집대성한 분은 실로 앞에 있어서는 정다산(丁茶山)이요 뒤에 있어서는 이오주(李五洲)라 할 것이다"라고 평한 바 있다

또한 『오주연문장전산고』의 각 항목을 변증설(辨證說)로 처리하여 철저한 고증적 입장을 취하고 있는 것도 특징이다. 그가 이러한 학문 태도를 보인 것은 조선사회 내부에 축적된 학문 성과와 함께 「중원신출기서변증설(中原新出奇書辨證說)」에서 보이듯 중국의 선진학문을 적극 수용하는 입장에 있었기 때문이었다. 그의 사상적 특징은 여러 사상을 포용, 통합하여 실사구시(實事求是)적으로 활용하는 데 있었다. 주자의 사상과 육구연과 왕양명의 사상, 그리고 도교와 불교의 사상까지를 통합하려는 입장에 있었으며, 이러한 회통적(會通的) 사상은 그가 추구하는 박학(博學)을 완성하는 기반이 되었다. 불교와 도교에 대한 이규경의 기본적인 인식 또한 성리학을 우위에 두면서도 불교와 도교에 보이는 성리학과의 공통점을 발견하고 그 장점을 취하여 성리학체계가 가지는 한계성을 보완하려 하였다.[2]

---

2) 「釋敎梵書佛經辨證說」,「海東佛法辨證說」,「法華金剛兩經辨證說」,「地獄辨證說」, 「輪廻辨證說」,「老子道德經辨證說」,「壽辱辨證說」,「東國道敎本末辨證說」

또한 이규경은 호를 '오주(五洲)'에서 규견되듯 서양과 천주교에 깊은 관심을 가지고 있었다. 이러한 입장은 변증설 가운데 약 80항목에 걸쳐 서학을 직접, 간접적으로 논하고 있는 것에서도 나타나는데, 「용기변증설(用氣辨證說)」, 「백인변증설(白人辨證說)」, 「지구변증설(地球辨證說)」, 「척사교변증설(斥邪敎辨證說)」 등에 구체화되어 있다. 그가 변증한 서학 관련의 항목은 천문·역산·수학·수리·의약·종교 등에 이르렀으며 이러한 개방성은 개국통상론으로 이어졌다. 서양문명과 중국문명을 비교하여 중국의 학문은 오로지 이기성명(理氣性命)의 학문만을 위주로 하는 형이상학의 도(道)이고 서양의 학문은 궁리측량(窮理測量)의 가르침을 닦는 형이하학의 기(器)로 대비시켰다. 즉, 중국의 학문이 형이상학이라면 서양의 학문은 궁리측량에 바탕한 형이하학으로서 형하(形下)의 기(氣)를 잘 이용한 서양기술의 우수성을 인정하였다. 그러나0 이규경은 용기법(用器法)이 동양에서도 도가(道家)들에 의해 이미 만들어진 것으로서 다만 그것을 계발하지 못하였음을 지적하고, 도가의 이법(理法)을 궁구하면 이를 과학기술상에도 적용할 수 있음을 강조하였다. 그는 서양의 과학기술이 중국의 그것보다 우위에 있음을 자각하면서도 동양사회의 과학적 전통을 중시하였다.

역사를 정의하면서 "역사란 나라의 거울이다 옛 것을 드러내고 미래를 여는 것이다. 옛 것을 법삼아 오늘에 비추어 보는 것이 역사이다"라 하여 역사의 현재적 의미를 강조하였으며, 역사를 기록하는 법은 포폄(褒貶 : 평가)과 편기(編記 : 편집하고 기록함)의 2가지에 있다고 하였다. 이규경의 고증적인 학풍은 중국사에 대한 해박한 고증에서 잘 나타나 있다. 「이십삼대사급동국정사변증설(二十三代史及東國正史辨證說)」은 중국의 역사책에 대해 고증을 가한 것으로 그의 학문적 깊이를 알 수 있는데, 중국의 자료와 함께 이덕무의 『청장관전서』와 이익의 『성호사설』등 선대의 한국 자료도 광범하게 인용하였다.

그는 조선의 풍속과 역사, 지리, 물산 등에 대해서도 많은 고증을 하였으며[3], "외국에도 또한 역사가 있다. 모두 같은 문화를 입었으면 오랑캐의 후예라 하여 그것을 버릴 수 없다. 외국의 역사는 불가불 알아야 할 것이니 정사(正史)를 읽다가 그 근거를 참고할 곳이 있으므로 그 근거를 적는다"고 하여 외국의 역사와 문화에도 관심이 많았다. 이규경이 외국사에 안남(安南 : 베트남)과 일본, 회부(回部 : 이슬람)를 포함시킨 것은 우리나라와의 문화교류를 의식했기 때문이며, 그 서술에 있어서는 중국과 조선자료를 널리 참고하였다.

이규경은 관직에 종사하지 않고 농촌에 은거하면서 가학(家學)으로 마련된 학문적 배경과 최한기, 최성환 등과의 교유관계를 통하여 서양과 청나라의 선진 학문을 수입하였다.「사소절분편변증설(士小節分編辨證說)」,「지지변증설(志地辨證說)」등에는 교유하였던 김정호(金正浩, 1800?~1864?),최성환(崔瑆煥,1813~1879), 최한기(崔漢綺,1803~1877)에 관한 기록이 있다. 그는 학통상으로는 북학파와 연결되고 있었으나, 그가 처했던 위치가 농촌의 재야 지식인이었던 만큼 농민의 생활안정과 농촌문제의 해결에도 깊은 관심을 가지고 있었다. 그의 저술이 다양한 분야[博物]의 내용을 담고 있는 것은 저자의 이러한 지역적, 학문적 기반과 깊은 관련이 있다. 그가 무엇보다 지향한 것은 부국(富國)과 통상(通商)으로 소장되어 있는 자원을 활용하고 잠재되어 있는 문화적 역량을 활용하여 선진적인 국가를 지향하려는 것이었다. 이러한 입장은 도량형의 문제에 관심을 가지고, 화폐의 유용성을 타진하는 것으로 나타났으며, 시장의 유래와 기능을 소개한 것에서 출발하여 개국통상론을 주장하였다.[4] 이는 북학자들의 강남통상론을 계승한 것으로

---

3)「東方舊號故事辨證說」에서는 우리나라를 부르던 명칭에 대한 고사를 소개하면서, 국호에 대한 관심을 피력하였다.
4)「西洋通中國辨證說」,「與番舶開市辨證說」. 특히「여번박개시변증설」에서 이규경

세도정권의 폐쇄적 대외정책에 정면으로 문제를 제기한 것이었다. 한편 이규경은 도기(道器)의 논리를 통해 서양 과학 기술의 적극적인 수용을 주장하였는데 이 역시 북학자들의 논리를 받아들인 것으로 동도서기론의 원형을 이루는 것으로 볼 수 있다.

젊은 시절 이규경의 마음을 사로잡은 것은 박물학이었다. 21세인 1808년(순조 8)에 검서 취재에 응시하였지만 제술(製述)에서 차하(次下), 해서(楷書)에서 三下 등 저조한 성적으로 낙방하였다. 이덕무·이공무(李功懋) 형제와 부친 이광규가 검서직을 역임하고 그의 학문 능력도 만만치 않았던 것을 고려하면 낙방은 다소 의외로 시험 준비가 부족했다고 할 수 있는데 이는 당시 그가 박물학에 심취해 있어서가 아니었을까 추측된다.

이러한 점은 47세 되던 1834년에 남긴 다음 술회를 통해서도 확인할 수 있다. "나는 성인이 되면서부터 장무선(張茂先)과 이석(李石)의 학문을 가장 좋아하여 자못 힘써 모으고 찾아 몇 편의 자료를 완성하였다. 스스로 대단한 작품인 양 만족하여 소중히 간직하여 둔 지도 벌써 수십 년이 지났다. 그 후 잊은 듯이 버려두어 내가 쓴 책이라는 것마저도 기억하지 못할 정도였다."라고 술회한다. 이규경은 10대 후반 내지 20대 초반 시절에 박물학에 심취해 있었던 것으로 보이는데, 이규경이 좋아했다는 장화(張華,232~300)와 이석(李石,1108~?)은 박물

은 "다른 나라와 시장을 열어 교역하는 일은 서로 도움이 되는 것인데 어찌 해가 있을 것인가? 중국은 우방과 서로 교역하여 공사(公私)의 이익을 크게 누리고 국가경제가 넉넉한데 우리만 그것이 병란(兵亂)을 부를까 염려하여 감히 교역할 생각을 못하여 옹색해지고 기이한 나라가 되었다. 고려시대의 송상(松商)들이 조석으로 왕래하였건만 병환이 없었으니 만일 서남의 선박들과 무역한다면 족히 나라를 부하게 할 것이다"라고 하여 개국통상의 입장을 적극적으로 지지하였다. 그는 특히 16세기의 학자 이지함(李之菡, 1517~1578)이 유구국과의 교섭을 주장한 것을 높이 평가하기도 하였다.

학서를 남긴 대표적인 인물이다. 이규경은 일생 동안 '박학격물지사(博學格物之士)'가 되고자 하였으며 그의 다양하고 방대한 저술은 이러한 문제의식의 산물로 볼 수 있을 것이다.

〈표 1〉 이규경 저술 목록1)

		서명	내용	비고
1	五洲書種	心遊方	선박 제조 등에 한 내용을 담은 책	매우 이른 시기에 술함.
2		華東甲子	1804년까지의 역대 갑자년을 기록한 책	새로 확인한 서적 .『오주서종』外部에 들어 있음.
3		種樹書	화초의 종과 재배법	
4		種樹書補50)50)	五洲書種種樹書의 보편	새로 확인한 서적
5		미상	「五洲書種神機火法」과 「五洲書種神機水法」이 포함	1839년 편집. 별도 서명이 있었을 것으로 추정
6		李家圖書約	각종 圖와 圖說을 모은 책	
7		書櫃畵筌	서화의 제작과 감상법을 담은 책	서양의 鏡齒에 한 내용이 상세하게 실려 있음
8		猋擾卷51)	각종 동물 사육법에 대한 책으로 짐작됨	새로 확인한 서적 .
9		博物攷辨	박물의 종류, 성질, 제련법	834년 편집
10		博物辨證52)	미상	새로 확인한 서적
11		五洲瑣	염료와 염색법에 대한 내용이 들어 있음	
12		五洲別)	염색에 대한 내용이 들어 있음	새로 확인한 서적 .
13		五洲襍	율무·고구마 등에 대한 내용이 들어 있음. 五洲襍儀識와 같은 책일 것으로 추정	
14		五洲筆疇	弩에 대한 내용이 들어 있음	
15		菊蕘月令	풍속을 다룬 저술로 추정	
16		測象一斑	恒星의 行度를 정리한 책	
17		九章經緯表軌	算法에 대한 책	

	서명	내용	비고
18	羅經覆	풍수지리서인 肘楯經과 搜地神經을 합하여 異同을 증명한 책	새로 확인한 서적
19	미상5)	기후를 점치는 데 대한 내용을 모은 책	새로 확인한 서적
20	霍疹要	콜레라에 대한 구급법을 담은 책	1821년 병이 나돌아 많은 사람이 사망한 것을 계기로 편집함
21	歐邏鐵絲琴字譜	洋琴의 유래와 악보를 수록한 책	
22	普齊奇書	救荒에 한 기록을 모은 책	
23	家葠牒	인삼 파종과 재배에 한 기록을 모은 책	
24	南交繹考	安南과 교류한 내용을 모은 책	
25	統運紀年	역대 甲子에 대한 책	
26	彤管拾遺	조선의 규방시를 모아 편집한 것	
27	篆桯詩塵	시 짓기를 가지고 하는 놀이에 대한 책	
28	詩家點燈	한국과 우리나라 서적에서 詩學과 관련된 내용을 발췌하고 자신의 견해를 붙인 책	1850~1851년 사이에 편찬되고 1855년 이후 續集이 편찬 된 것으로 추정됨5)56)
29	大東溯源	우리나라 역대 古蹟에 대한 책	
30	諾皐通驗	天王 通·象志 등 여러 책을 비교 분류하여 天官의 미비함을 보완한 책	
31	人部補遺	奇形과 怪狀을 지닌 사람을 기록한 本草綱目「人疴篇」의 미비점을 보완한 책	
32	五洲衍文長箋散稿	각종 변증설을 모은 책	

	서명	내용	비고
33	經世紀數原本	皇極經世 數法에 대한 책. 일식과 월식에 한 내용이 들어 있음.	
34	經世紀數內外篇	皇極經世 數法에 대한 책	
35	經世纂圖指要注解	皇極經世 數法에 대한 책	
36	經世一元消長數圖解	皇極經世 數法에 대한 책	經世一元消長數圖說라는 책도보이는데 같은 서적인지 확인이 필요함.
37	經世一元始終數解	皇極經世 數法에 대한 책	
38	經世地運約說	皇極經世 數法에 대한 책	
39	經世地行數原	皇極經世 數法에 대한 책	
40	經世始終數釋疑	皇極經世 數法에 대한 책	
41	經世紀數	皇極經世 數法에 대한 책	
42	經世軌運	皇極經世 數法에 대한 책	
43	經世軌運約本	皇極經世 數法에 대한 책	

3. 목차 및 내용

기원 전후 시기부터 1840년대까지의 천주교 동양 전래사 및 조선에서의 천주교 사옥의 역사를 구성하여 천주교가 중국과 조선에 전래된 역사를 기술하고 이에 대한 저자의 견해·비판을 담고 있다.

---

5) 정경주, 「오주 이규경과 『詩家點燈』의 시학 범주에 대하여」, 『부산 한문학연구』 9, 1995 p.307 참조.

1) 천주교의 특징과 동방전래의 역사(기원 전후 한대(漢代)~ 명·청대)

① 천주교를 사학(邪學)으로 전제하고 서두에서 유교는 올바른 학문 [正學]이며 천주교는 사학이라 규정지었다(耶蘇教者 即俗稱天主邪學也). 이규경은 세인(世人)들이 도교와 불교를 유교와 동등하게 취급하여 '삼족(三足)'에 비유하는 것을 부정하면서 도교와 불교도 이단(異端) 이며 양자(楊子)·묵자(墨子)와 함께 세상에 피해를 끼쳐왔다고 주장 하였다.

② 천주교의 주요 개념-야소(耶蘇)·성모·교왕(教王)·미철(米撒)·십자 가(十字架)-등에 대한 용어를 설명하는데, 명의 유동(劉侗)·우혁정 (于奕正) 등이 편한 『제경경물략(帝京景物略)』에 근거하여 '야소'라는 말은 '세상을 구제하는 왕'이란 뜻으로 도사(徒斯,Deus)가 강생(降生) 한 후의 이름이라고 하였다. 야소(예수)는 한(漢) 애재(哀帝) 원수(元 壽)2년(丙申, 기원년 1년)6)에 유대[如德亞國]7)에서 동정녀인 마리아 (瑪利亞)의 몸에서 태어났고 33년 간 "바른 도리[正道]를 전도[傳示]하 다가 본시오 빌라도[般雀比剌多]가 조사무송(造詞誣訟)하여 국법으로 극형에 처해 죽었다가 3일 만에 살아나 40일을 더 살았으므로 세상 을 구원하는 공적을 마쳤다. 살아난 지 3일 만에 하늘로 올라갔다 고도 한다"고 서술한다. 천주교 교리인 예수의 강생구속(降生救贖)과 부활승천(復活昇天)에 대하여 언급하면서 문헌에 나타난 사실에 대 하여 인용하면서 객관적으로 서술하고 있다.

그러나 홍대용(1731~1783)의 『건정필담(乾淨筆談)』을 인용하여 "천

---

6) 원문에는 주를 달아 "신라 시조 57년, 백제 시조 18년, 고구려 유리왕 19년"으로 보충하고 있다.
7) 원문에는 '여덕아국'에 세주를 달아 '瑪寶言古大秦國'이라 되어 있다.

주교가 중국에 유행하고 있는데 사대부들은 '금수지교(禽獸之敎)'라 하여 옳지 않게 여기고 있으며, 나도 일찍이 그 경전을 보았는데 그 미혹됨이 심하다. 우습다"라고 하여 천주교를 비판하는 입장을 보였다.

이외에도 이규경은 "예수를 그리스도[契利斯督]라고 하면서 교황[法王]을 주교[俾斯玻,bishop], 전교사[傳法者]를 신부[撤責而鐸德], 봉교자(奉敎者)를 크리스챤[契利斯當]"이라 표현하였다. 또 이탈리아[意達里亞] 로마[羅瑪城]에서 예수가 죽은 후 그 제자인 베드로[伯多祿]가 가르침을 베푼 후 뒤를 이어 교황[敎王]이 항상 그곳에 사는데 모든 나라가 경의를 표한다고 기술하였다. 천주교 전례의식에 사용하는 특이한 형태의 제의(祭衣)와 제관(祭冠) 및 천주상, 예수상, 성모상 등의 모습을 『제경경물략(帝京景物略)』, 『북유일록(北遊日錄)』등에 의거하여 기술하고 7일마다 첨례(瞻禮)가 있는데 이를 미사[米撒]라 한다고 설명하였다.

③ 한(漢)·당(唐) 이래 천주교의 전래에 대한 고증
『한서(漢書)』, 『통전(通典)』, 『주례(周禮)』, 『설문해자(說文解字)』, 『옥전잡저(沃田雜著)』등을 인용하면서 천제(天帝)의 칭호는 이미 『예경(禮經)』에 보인다고 언급하였다. 한나라 때부터 '천주(天主)'라는 명칭이 불려졌으며 삼국 시대인 손오(孫吳)[8] 때에는 땅을 파다가 십자철(十字鐵)을 발견했고, 당나라 때에는 파사사(波斯寺)가 있었다고 하면서[9] 한나라 때부터 천주교가 전래하여 당나라 때까지 존재했다고

---

8) 孫權이 세운 吳나라 赤吳 연간(238~248)
9) 唐나라 貞觀 9년(635)에는 경교가 크게 유행하여 大秦寺를 창건하고 景敎碑를 세웠음을 언급한다. 페르시아인에 의해 중국 기독교의 네스토리우스파가 전래됨. 왕실의 보호로 전래 후 약 2백 년간 교세가 유지되었으며 당 무종(武宗)때 불교

말하였다. 그러나 상제(上帝)를 예수에 비교하는 것은 경전에 위배되며 신을 모독하는 죄를 짓는 것이라고 하여 이마두(利瑪竇)의 글을 비판하였다. 명나라등옥함(鄧玉函)[10]이 지은 『기기도설(奇器圖說)』서문에 언급된 '경교유행중국비송(景敎流行中國碑訟)'을 언급하면서 이는 당나라의 관자의(郭子儀)가 새긴 것으로 1000년이 지났으나 어제 만든 것처럼 새롭다고 말하였다. 이어 청나라의 매문정(梅文鼎)이 쓴 『역학의문보(曆學疑問補)』에 의거하여 당대에 파사국(波斯國)[11]사람이 세운 대진사(大秦寺)가 경교비와 관련이 있다고 하여 당대에 성행한 경교의 존재가 천주교 동전(東傳)의 증거임을 간접적으로 드러냈다. 경교에 대하여 디아즈(E.Diaz,陽瑪諾,포르투갈, 1574~1659)의 『경교비전(景敎碑詮)』과 알레니(Aleni,艾儒略,이탈리아,1582~1649)의 『경교비송(景敎碑訟)』을 언급하기도 하였다.

④ 천주교 주요 교리에 대한 비판

『기기도설』을 인용하면서 "인류의 시조는 아담[亞當]인데 조물주가 아담과 애와[厄襪]를 만들어 땅 위 살기 좋은 곳에 두었으나 계율을 어겨 굶주림과 추위, 병과 죽음이 있게 되었고 남자는 농사를 여자는 아이 낳는 고통을 받게 되었다"는 내용을 전재(全載)하였다. 그러나 "그들이 높이 받드는 천주는 바로 옛 성현이 말한 상제이고 선유(先儒)들이 말한 하늘의 주재(主宰)이므로 이상한 것은 없는데 고의로 야소(耶蘇) 등의 말을 꾸며 허황되고 비루하게 하니 가소롭다. 일찍이

와 함께 금지되어 거의 멸망하게 된다.

10) 등옥함(鄧玉函) : 명나라 때 중국에 들어온 열이마니아(熱而瑪尼亞,Roumania,루마니아)인 테렌츠(J.Terrenz)의 한자명. 천문과 역산에 밝았으며 대표적인 저서 『기기도설(奇器圖說)』, 『신법산서(新法算書)』 등이 있다.

11) 파사국(波斯國) : 페르시아. 지금의 이란(Iran).

그 책을 읽어 보니 이치를 설명할 때마다 까닭 없이 천주하는 말을 끌어넣어서 억지로 군더더기를 만들어 놓았다"라고 하면서 예수가 천주임을 부정하였다.

동시에 천주교의 긍정적인 측면도 언급하는데 "태서(泰西)의 책에 말한 그 이치를 불교와 도교 등과 비교하면 유교와 가장 부합된다. 그『칠극(七克)』등과 같은 류는 모두 자신에게 절실한 학문이다. 그 책에서 가장 중요한 것은 '아니마(亞尼瑪)'라고 하는데 이는『대학』에서 말하는 명덕(明德)이라는 것이고 '지미호(至美好)'라는 것은 『대학』에서 말하는 '지선(至善)'이다. 다만 세밀히 나누고 중간에 신비하고 미혹되는[12] 말들을 섞어 놓았을 뿐이다"라고 하여 천주교를 불교나 도교보다는 낫다고 평하고 있다. 또한 이수광의『지봉유설』을 인용하면서 "이마두가 8년 동안 8만 리의 풍도(風濤)를 넘어 동월(東越)에 건너왔다"든가 "교화황(敎化皇)은 혼인하지 않으며 현자 등에서 택한다"든가 라고 하면서 그 내용을 객관적으로 설명하였다. 특히『중우론』에 대해서 "서역의 이군(利君)이 '친구는 제 2의 나이다'라고 하였으니 이 말이 참으로 기이하다"라고 한 초굉(焦竑)의 말을 그대로 인용하였다.

2) 천주교의 조선 전래와 사옥의 시말(17세기 한문 서학서의 도입~ 1839년 기해사옥)

① 천주교의 조선 유입

이식(李植)의『택당집(澤堂集)』을 인용하여 천주교를 처음 조선에 들여온 것은 허균(1569~1618)이라 언급하였다.[13]

---

12) 원문은 幼로 표기 되었으나 幻의 오기인 듯하다

② 천주교 보급과 정조의 천주교 대책

1788년 (정조 12) 진사 홍낙안(洪樂安)이 지은 「춘당대도기시(春塘臺 到記試)」14)의 대책을 인용하면서 이 시기 천주교가 일부학자 지식인 의 학문적 호기심 차원을 넘어서 민간 신앙의 차원으로 퍼져 가고 있음을 지적하였다. 1791년 전라도 진산(珍山)에서 윤지충(尹持忠, 1759~1791)이 "조상의 제사를 폐하고 신주를 땅에 묻었으며 어버 이 상중에 조문 간 사람들에게 마땅히 축하할 일이라면서 혼백을 모시지 않았다"고 언급하고 있다. "권철신(權哲身,1736~1801)도 신 주를 땅에 묻었고 이윤하(李潤夏,?~1793)도 조상의 제사를 지내지 않았다"고 덧붙였다. 이어 천주교 전파에 대하여 정조가 취한 태도 에 대하여 높이면서 정조의 천주교에 대한 생각을 간단히 말하였 다. 정조는 천주교를 당시의 식자들이 우려하면서 시끄럽게 논의할 정도로 대단한 것이 아니라 그저 정학(正學)이 아닌 수많은 이단사

---

13) 안정복(1712~1791)은 「천학문답(天學問答)」에서 "허균은 총명하고 문장에 능했 으나 행실이 좋지 않았다.……주장하기를 '남녀간의 정욕은 하늘이 준 것이고 윤리와 기강을 분별하는 일은 성인의 가르침이다. 하늘은 성인보다 높으니 차라 리 성인의 가르침을 어길지언정 하늘이 준 본성을 거스릴 수는 없다'하였다. 당 시 그의 제자로 문장에 재주 있다고 하는 경박한 자들이 천학에 대한 설을 처음 으로 주장하였다"고 언급하였다. 박지원도 『연암집』에서 "「게십이장(偈十二章)」 이 있는데 허균이 사신으로 중국에 가서(1610년) 그 게를 얻어 가지고 왔다. 그러 므로 사학이 조선에 들어온 것은 아마도 허균으로부터 시작되었으리라. 현재 사학을 배우는 무리들은 허균의 남은 무리들이다. 그 언론과 습관이 한 꾸러미에 꿴 듯 전해져 왔으니 그들이 그릇되고 간사한 학설을 유달리 좋아하고 지나치게 미혹되어 정신을 차리지 못하는 것은 당연한 일이다"고 언급하였다. 이를 통해 볼 때, 17~19세기 조선 지식인들의 인식에 있어서 "허균이 최초로 조선에 천주 교를 들여왔다"는 주장이 상당히 퍼져 있었음을 추정할 수 있다.

14) 춘당대도기시(春塘臺到記試) : 과거(科擧) 종류의 하나. 조선조 선조 5년 (1572) 이후 창경궁(昌慶宮) 넷[있는 춘당대에서 보던 문무과 시험이다. 왕실에 경사가 있을 때 임시로 시행하였다. 도기(到記)는 성균관 식당에 들어간 수를 적던 장부 로 조석 두 끼를 1점으로 하여 50점이 되면 봄 가을의 과거를 보게 한 것을 말한다.

설 중 하나일 뿐으로 인식한다는 것이다. 이러한 이해는 정조의 저서 『홍재전서(弘齋全書)』에 숙종 말년 연행사로 북경에 가서 천주당을 방문하고 서양 선교사들과 왕래하면서 교법(敎法)에 대해 문의했던 이이명(李頤命,1658~1722)과 서학서를 구입해 온 현감 이승훈(李承薰)15), 서학을 비난한 찰방 이숙(李淑)과 최헌중(崔憲重) 등의 언행에 대해서 평가한 부분을 근거로 하는 것이었다. 이규경은 정조의 천주교 대책에 대하여 "진실로 성심(誠心)으로 권면하고 징계하여 과격하지도 않고 해이하지도 않으며 배척하는 마음을 잊지도 말고 또한 그들을 조장하지도 않는다면 머지않아 그 효과를 거둘 수 있을 것이다"는 말로 평가한 바 있다.

③ 신유치옥(辛酉治獄)의 전말

이만수(李晚秀)의 「토사주문(討邪奏文)」의 내용을 인용하여 "여자들을 모아 수독(獸犢)과 같은 행동을 했으며 성과 이름을 바꾸어 각기 표호(標號)를 세워 마치 황건적이나 백련교와 같이 몰래 서로 물색하였으며 공공연히 선동하였다"고 말하였다. 특히 『토사주문』의 내용 중 황사영 「백서(帛書)」에 대하여 언급하면서 이에 따라 "청나라 황제가 조선에서 직접 주문모를 처형하도록 하였다."고 말한다. 황사영이 건의한 다섯 가지 교회 재건의 방책 중에서 서양의 정병 5~6만 명과 화포 등을 이끌고 내침하라는 조항과 국경의 책문(柵文) 내에 신자가 운영하는 가게를 차리자는 등의 두 가지만을 서술하고 이러한 내용은 유항검(柳恒儉·윤지헌(尹持憲) 등의 공초에 나오는

---

15) 이승훈(李承薰) : 교명은 베드로. 정조 7년(1783) 동지사(冬至使) 동욱(東郁)을 따라 북경에 가서 예수회 선교사 그라몽(Grammoont) 신부에게 영세를 받아 조선인 최초 영세 신자가 되어 교리 서적을 가지고 귀국하였으며 신유년(1801) 형을 받아 사망하였다.

'양박청래(洋舶請來)'의 계획과 동일한 모반 행위로 여겼다.

④ 기해사옥(己亥邪獄)의 전말

무술년(1838, 헌종 4) 12월경에 서울부터 보은(報恩)·단동(緞洞)까지 남녀노소를 막론하고 사교에 전염된 사람이 늘어나 전국에 널리 있어서 신유년보다도 심하였다고 그 배경을 설명하였다. 앵베르(L.Imbert, 范世亨,1796~1839)[16],모방(P.Maubant,羅伯多祿,1803~1839)[17],샤스탕(J.Chastant, 鄭牙各伯, 1803~1839)[18] 등 프랑스 선교사들과 조신철(趙信喆,1795~1839)[19], 김제준(金濟俊,1796~1839), 유진길(劉進吉,1791~1839), 정하상(丁夏祥, 1795~1839) 등 주요 신자들의 공초(供招)의 내용을 구체적으로 언급하였다. 또 옥사(治獄)를 다스릴 때 발견된 천주교 서적 중에는 없는 내용이 없을 정도였는데 의술이나 농업에 관한 것도 있었다고 말하면서 관심을 보였다. 기해사옥을 "천주교 신자들이 심한 힐문을 받아 피가 흐르고 살이 터져도 아픈 줄을 모르게 하는 것이 영세 때 바르는 성수(聖水)라는 물이며 형을 받도 죽은 사람의 피를 솜으로 닦아서 이를 신변에 두고 성혈(聖血)이라 부르며 장형(杖刑)을 받을 때에도 반드시 '取蘇摩尼[20]'를 부를 뿐 조금도 소리 내어 우는 법이 없다고"고 하면서 천주교 신자들이 매우 독하다고 서술하고 있다.

---

16) 앵베르 주교 : 제2대 조선 교구장으로 파리 외방전교회 소속 한국 선교사. 1796년 3월 23일에 태어나 1819년 서품을 받은 후 중국에서 12년 동안 활동하였다. 1837년 12월 31일 서울에 도착하여 사목활동 및 사제 양성 등에 힘쓰다 1839년 9월 모방 신부와 샤스탕 신부와 함께 새남터에서 순교하였다.

17) 모방 신부 : 교명은 베드로 프랑스인 신부로 파리 외방전교회 소속으로 1835년 (헌종 1)에 정하상의 안내로 입국하여 1839년 (헌종 5)에 형을 받아 사망하였다.

18) 샤스탕 신부 : 교명은 야고보 프랑스인 신부로 파리 외방전교회 소속으로 1837년 (헌종 3)에 들어와 1839년에 형을 받아 사망하였다.

19) 원문에는 趙德喆로 기록되어 있다.

20) 耶蘇瑪里亞의 誤字인 듯하다

3) 중국 일본의 천주교 전파와 그 대책(17~19세기)

① 중국 천주당의 시말(始末)

중국 천주당의 내력을 명말 숭정(崇禎) 연간 서양 역법의 도입과 이를 전담하는 흠천감(欽天監)[21]의 설치에서 비롯된 것이라 설명하였다. 그러나 천주당이 각 성(省)에 세워지고 광주성(廣州城) 등 서양 선박이 모이는 곳에서 무리를 지어 난을 일으킬까 염려하여 그곳 총독들이 천주교 금지를 상소하였다는 사실도 기록하고 있다. 천주당 내부의 벽화나 성상(聖像)에 대하여 "황홀하고 괴이하여 기분이 좋지 않게 한다"는 감정을 드러냈다.

② 오문(澳門,마카오)의 기원과 내력

오진방(吳震方)의 『영남잡기(嶺南雜記)』, 왕사정(王士禎)의 『지북우담(池北偶談)』등을 인용하면서 향산현(香山縣) 바다에 있는 오문은 중국 내륙에 팔 서양 물건들의 총 집합처라고 소개하였다. 서양 사람이 이곳에 모여 산 지 200년이 되어 호구가 날로 번성하여 장정만도 3000여 명에 이르며 명말에는 1년에 500金씩 세금을 냈으나 청대에 와서 면제되었다는 점을 지적하였다. 서양인 풍속에 대하여 "여자를 귀히 여기고 남자를 천히 여기며 백인은 귀하고 흑인은 천하며 여자들의 경우 얼굴만을 내놓고 비단으로 온몸을 감싸는데 맨발"이라고 서술하면서 부정적 인식을 드러냈다. 남자는 두 여자를 취할 수 없고 만약 이를 범하면 여자가 법왕에게 호소하여 즉시 그 남자를 처형한다고 언급한 후, 청조(清朝)가 천주교 신자를 죽이지 않고 다만 무거운 죄로

---

21) 흠천감(欽天監) : 명·청 시대에 설치된 중국의 천문대. 천문·역수·보시(報時) 등 천문·기상 현상을 관측하여 기록하였다. 『明史 卷74 職官志 三』

다스리는 것만 능사로 삼고 있다고 말하면서 '유원지도(柔遠之道)'와 관대함으로 법외(法外)의 은혜를 베푼다고 비판하였다. 특히 "천주교는 그들의 풍속에서 생겨난 것이니 다만 이를 유전(流傳)시켜 견문을 흐리게 하지 않으면 그만이다"라고 한『청삼통(淸三通)』에 언급된 천주교관을 비판하면서 "진실로 그 뿌리를 뽑아 버리려면 먼저 천주당을 헐어 버리고 오문에 있는 서양인들을 쫓아 버려야 한다. 그렇지 않으면 게를 잡으면서 막아 놓은 물을 터놓는다는 속담과 같으니 무슨 징계의 효과가 있겠는가?"라고 평하였다.

③ 왜인(倭人)의 천주교 대책

"왜인은 비록 섬 오랑캐이나 천주교가 옳지 못한 것을 알아서 일체 금지하여 위반한 자를 찢어 죽이거나 목베어 죽였으며 남쪽 오랑캐들이 바다 건너 본국에 정박하는 것을 금지시켰으므로 능히 사교를 다스리고 백성을 인도하는 법을 안다 할 수 있으며 가상한 일이다"라고 평하였다. 임진란 때의 고니시 유키나가[小西行長]이 천주교 신자였으며 1653년(효종 4)에 제주도 대정현에 표류한 임장주(林藏主)라는 중도 길리시단(吉利是端)이었다고 하면서 1638년(인조 16년) 동래 부사 정양필(鄭良弼)이 보낸 장계에는 일본 도쿠가와 막부가 천주교 신자의 난을 평정하고 그 무리를 죽였다는 내용이 있다는 점을 소개하였다. 이어 신유한(申維翰)의 『해유록(海遊錄)』[22]을 인용하여 18세기 대마도에 정박하여 선교하려 했던 서양 선박을 추방한 사건에 대하여 가상한 일이라고 찬하였다.

---

22) 해유록(海遊錄) : 신유한(申維翰, 1681~1752)이 조선 숙종 45년 통신사 제술관(製述官)으로 일본에 다녀온 사행일록(使行日錄). 1719년 4월부터 이듬해 1월까지 10개월간의 일기를 3권으로 나누어 썼으며 끝에 「문견잡록(聞見雜錄)」이 수록되어 있다.

④ 여러 사교(邪敎)를 배척함

중국의 여러 사교를 열거하고 백성들을 미혹시킨 폐단에 대하여 비판하였다.

4) 병오 사옥과 프랑스 군함의 내항(1846~1847)

1846년(헌종 12) 7월 초순 호서(湖西)의 홍주목(洪州牧) 외연도(外烟島)에 '프랑스[大佛啷西國]'라 자칭하는 선박이 출현하여 조정에 문서 궤짝을 전달해 줄 것을 요구하였다고 하였다. 그 내용은 당시 프랑스 수사(水師) 세실[瑟西爾][23]이 기해 사옥 때 자국 선교사 3명이 죽임을 당한 이유를 문책하면서 문호 개방을 요구하는 것이었다. 이 서한을 인용하여 "프랑스가 9만 리나 떨어져 있는 외국의 일을 눈으로 직접 본 것처럼 자세히 알고 있던 이유는 중국의 천주당과 마카오[澳門]를 통해서 가능하였을 것이며 침략을 강행하기 위한 구실을 찾는 복선이 깔려 있다"고 평하였다. 이어 기해사옥 전 마카오로 유학 간 "김제준(金濟俊)의 아들 재복(再福)이 김대건(金大建)[24]으로 바꾸고 귀국하였다가 포도청에 체포되어 형을 받았다"는 사실을 언급하였다.

또한 조정의 답서를 받으러 온 프랑스 군함이 호남의 고군산도(古群山島) 부근에서 파선된 사실을 말하면서 "이제 많은 무기를 싣고 와 육지에 내려 막사를 치고 화약을 만드는 것은 그들의 힘이 세다는 것과

---

23) 슬서이(瑟西爾) : 프랑스 동양함대 소속 해군 제독 세실(Cécille). 1846년 군함 3척을 운항하여 기해박해 때 처형당한 앵베르·모방·샤스탕 등 3명 신부 사건에 대한 문책 서한을 전달하였다.

24) 김대건(金大建,1821년 8월~1846년 9월,세례명은 안드레아)은 한국인으로서 최초의 로마 가톨릭교회 사제이다. 본관은 김해(金海)로 성인으로 시성되었으며, 축일(기념일)은 7월 5일이다. 천주교 집안에서 태어나, 모방 신부를 통해 마카오로 유학하여 신학 교육을 받았고 이후 우리나라 최초의 신부로 임명되었다. 1846년 병오년 9월 16일 새남터에서 형을 받아 사망하였다.

오래 머물겠다는 뜻을 보이려는 것이다. 또 양식을 청하고 배를 빌려 달라는 것과 이치에 맞지 않는 허다한 말은 그 뜻이 양식과 배에 있는 것이 아니라 모두 우리를 한번 시험해 보려는 것이니 만일 그들이 청하는 것을 들어주지 않으면 위협하고 해를 끼치기 위한 핑계를 만들려는 간사한 꾀이다"라고 파악하였다.

마지막 부분에서 서양인이 중국 해변에서 많은 여자들을 약탈해 갔으며 중국의 광동성 전체가 서양인의 관할이 되었다는 사실을 기록하고 조선에서 철수한 프랑스 군함이 섬에다 병기를 놓아두고 간 이유에 대해서도 트집 잡기 위한 계책이라 말하고 내년을 기다려 다시 기록해야겠다고 지속적 관심을 드러내고 있다.

4. 의의 및 평가

이규경은 조부 이덕무를 비롯한 박지원·박제가·홍대용 등 북학파 실학자들의 문호 개방론을 이어 서양과의 통상 교역의 필요성을 제기하는 등 적극적 대외 개방 의식을 표방하였다. 그러나 1840년대 중반 프랑스 군함의 두 차례 내항과 무력시위에 자극을 받아 서양의 제국주의 침입의 가능성을 예고하면서 위기감을 느껴 이에 대비해야 한다고 의식하게 된다. 특히 이규경은 이러한 배경 속에서 「척사교변증설」을 통해 조선의 천주교인들이 서양 세력을 끌어들인 것이라 단정하고 천주교가 전래된 내력을 편년체에 가깝게 서술하였다. 천주교 전래와 조선 교회 공동체의 확산을 부정적으로 서술하면서 천주교를 사학(邪學)으로 규정하고 비판적 입장을 견지하는 척사론을 주장하는 것이다.

그가 서술한 내용은 기원 전후의 한(漢) 대부터 명·청대까지 서양이

중국과 통교(通交)한 내력, 경교(景敎)가 동방에 전래된 역사, 조선에
천주교가 전래된 이후부터 19세기 중반까지 천주교의 전파와 위정자
들의 대책과 척사론, 1801·1839·1846년 천주교 사옥, 1846~1847년 프
랑스 군함의 조선 항해와 무력 시위 등을 포함한다. 그의 척사론에는
'명정학식사설(明正學息邪說)'류의 온건한 견해와 '궁치절멸(窮治絶滅)'식의
과격한 견해가 혼재하고 있다. 이러한 의식은 그의 대외관의 변화와도
관련 있는 것으로 1840초반까지 유지되어온 통상개방론으로 대표되는
낙관적 문호개방론이 1840년 중반 이후 서양의 침입에 대비해야 한다
는 신중한 문호개방론으로 바뀌면서 척사론이 더욱 강화된 것이다.

또한 이규경 척사론의 특징으로 그의 천주교 인식은 매우 구체적이
고 객관적인 증거를 바탕으로 삼고자 한 점을 들 수 있다. 천주교가
서양에서 중국으로 동전(東傳)해 온 내력을 중국의 여러 문헌과 조선
의 선학(先學) 이수광·이익 등의 문집을 인용하면서 척사론적 입장에
서 비판적인 천주교 조선 전래사를 서술한 것이다.

물론 「척사교변증설」의 언급 중에서 천주교 전례 의식과 선교사 및
신자들의 생활 등과 관련된 일부 기록의 경우 진위 여부 검증이 안 된
사실들을 그대로 싣는 고의적 오류를 범하는 한계를 가지고 있으나 천주
교 전래의 시말을 여러 문헌을 근거로 하여 체계적으로 상세히 기록한
글이라는 점에서 「척사교변증설」은 그 독자적 의의를 가진다 하겠다.[25]

〈해제 : 배주연〉

---

[25] 단 18세기 안정복의 「천학고」에서 천주교가 전래된 배경을 여러 전적을 통해
고증하고 있어 「척사론변증설」의 일부 내용에 해당하는 부분을 전개하고 있으
며 이규경보다 20~30년 뒤인 1880년대까지 관련 기록을 편집한 윤종의의 『벽
위신편(闢衛新編)』이 다소 복잡하고 중복된 형태로 산만하게 나열되어 있음이
확인된다.

참 고 문 헌

1. 사료

『五洲衍文長箋散稿』, 古典刊行會, 1959

2. 논문

노대환, 「五洲 李圭景(1788~1860)의 학문과 지성사적 위치」, 『震檀學報』121, 2014

박상영·안상우, 「五洲 李圭景의 생애 연구」, 『民族文化』31, 2008

元載淵, 「五洲 李圭景의 對外觀과 天主敎 朝鮮傳來史 인식」, 『교회사 연구』17, 2001

한국연구재단 토대연구지원사업 총서

조선시대 서학 관련 자료 집성 및 번역·해제 3

초판 1쇄 | 2020년 3월 10일
초판 2쇄 | 2021년 8월 10일

지 은 이   동국역사문화연구소 편
해 제 자   배주연, 송요후, 장정란
발 행 인   한정희
발 행 처   경인문화사
편   집   박지현 김지선 유지혜 한주연 이다빈
마 케 팅   전병관 하재일 유인순
출판번호   406-1973-000003호
주   소   경기도 파주시 회동길 445-1 경인빌딩 B동 4층
전   화   031-955-9300 팩 스   031-955-9310
홈페이지   www.kyunginp.co.kr
이 메 일   kyungin@kyunginp.co.kr

ISBN 978-89-499-4874-4 94810
      978-89-499-4871-3 (세트)
값 38,000원

* 저자와 출판사의 동의 없는 인용 또는 발췌를 금합니다.
* 파본 및 훼손된 책은 구입하신 서점에서 교환해 드립니다.